李西闽

著

地震三书

上海文艺出版社

目 录

幸存者
……001

救 赎
……153

我们为什么要呼救
……327

幸存者

　　我是一个幸存者。我在"汶川大地震"中被埋了七十多个小时。作为一种纪念,我记录下危难中的生死体验。愿活着的人快乐,死去人的安息。崇高的,卑微的都是人生,都应该保持对生命的敬畏,对自然的敬畏。

　　谨以此书,献给所有幸运地活着的人,也献给所有死难者。

——题记

风　景

2008年5月12日，中午，阳光从高远的天空倾泻下来，一扫几天来的阴霾。我5月8日来到九峰山半山腰的鑫海山庄，一连数日，都是阴雨天。尽管是不见天日的阴雨天，我还是陶醉在自然的风光之中，这里离银厂沟风景区只有两公里，山川幽静而灵秀。我此行的目的就是在这里写一部名为《迷雾战舰》的长篇小说。这天对我来说，起初没有什么特别的地方，早上吃了两个小馒头后就开始写作，一直到中午。当阳光在窗外灿烂一片时，我的心受到了刺激，就走出了房间，来到了阳台上。

我住的房间在鑫海山庄C栋的四楼，是最靠近山谷的一栋楼房，离几十米深的山谷也就几米的距离。这个有阳台的房间应该是鑫海山庄最好的房间，因为透过窗户的玻璃，可以看到山上的风景，站在阳台上，视角十分独特，不仅可以看到山谷清澈的流水穿过嶙峋的怪石顺流而下，还可以远远地望到九峰山神秘莫测的顶峰，还有那个像是镶嵌在山壁中的古色古香的寺庙。

阳光给风景涂上了一层亮色。

也给我的心灵涂上了一层亮色。

山谷里有很多蝴蝶在飞舞，像是在召开一场盛大的舞会。在此之前，我从来没有见过这么多的蝴蝶，这种景象让我迷醉，我迫不及待地回到房间，拿出照相机，一口气拍下了好些照片。清新而凉爽的风拂面而来，我觉得这里是人间仙境。

我迷恋自然的风景。

那些没有被世俗的浊气污染的风景让我灵魂安宁。

多年来，每年我都要去不同的地方，在自然的风中寻找安慰。我一直认为，很多地方你去了后就会爱上它，比如西藏，比如川西，比如新疆……如果可能，我会一生流连在这些地方。

山谷里的蝴蝶越来越多，这些自然的精灵从四面八方聚拢在山谷里。我不知道这是不是一种罕见的异象，阳光下飞舞的各种各样美丽的蝴蝶，仿佛在向我诉说着一个个神秘的故事，我可以听到它们柔弱的翅膀波动的声音，我还可以闻到它们身上残留的野花的香气。

这时，我听到了笑声，清脆的笑声。

我的目光朝笑声寻找过去，在楼下的空坪里，站着一个年轻的姑娘，她是山庄的服务员，我不知道她的名字，只记得她在我吃饭时和我说过，她原来在山外的城市里打工，因为她的男朋友在这里工作，她就跟过来了。她笑着用甜美的声音对我说："李老师，你在看风景呀！"

她的眼睛笑起来弯弯的，很美，很纯真。此时，她在我眼中，也是风景。我笑着点点头说："是的，是的！看风景。"

她又笑着说："你要住好长时间哟，等你有时间，可以到银厂沟风景区去看，那里的风景更好。"

我又点了点头："一定去，一定去！"

我向往着那更美丽的风景，这是我一生的向往。我怎么也没有想到，我可能永远也看不到银厂沟风景区美丽的风光了。

风自由地穿过山谷，穿过蝴蝶的灵魂。

回到房间，我坐在笔记本电脑前，没有马上继续写我的小说，而是把我 QQ 的签名改成了：风自由地穿过山谷。那种心情十分诗意和美好，其实我自从住进鑫海山庄，就一直持续着这样的心情。

我从来没有想到在两个多小时后，自己会在这个风景如画的地方遇险。

灾难在悄悄临近。

瞬　间

下午2时28分，这是个黑暗的、邪恶的、被诅咒的时刻。

那时我正在电脑上兴奋地敲下这样一行文字："大海平静得可怕，许多灵魂在海的深处安睡……"

突然，传来令人惊心动魄的隆隆巨响。巨响不是从天空中传来的，像是很多列火车从楼底的地下滚过。

顷刻间，桌椅开始晃动，墙壁也剧烈地摇动，犹如有一个巨人在拨动着楼房，在和我开玩笑。

我伸手合上电脑，惊惶地站起来，大声说："这是怎么啦？这是怎么啦？"

没有人回答我，在剧烈的摇晃和隆隆巨响中，我看不清楚窗外的景象，也不清楚山谷中纷飞的蝴蝶是否像我一样发出惊恐的尖叫。

墙上和天花板上的水泥块"哗啦""哗啦"往下掉，砸在我的头上、身上。

吊灯也砸了下来，落在玻璃桌面上，整个玻璃桌面一起粉碎，碎片飞溅。

我一眼看到对面的立柜，几乎是没有任何思考的余地，我向立柜方向奔出两步，企图躲到立柜的下面。我还没有靠近立柜，就被一股强大的力量推了出去，摔倒在地上。

紧接着我就感觉到楼轰隆隆地坍塌了，许多东西压下来。

我的身体侧躺着被压在了废墟里。

一块木板立起来，竖在我的胸前，还有一块木板倒在我胸前竖起的木板上面，这样形成了一个直角三角形，我的头就被夹在这个直角三角形的锐角上，动弹不得。

我的左侧太阳穴旁边被一块铁质的东西顶住，朝上的锋面插进了我左脸的皮肉里，左侧的腰部也感觉有一片锋利的东西插了进去，肋间也横着一条坚硬的东西，后来才知道那是一条钢筋，勒进了皮肉里。

瞬间，我陷入了一个黑暗的世界，脑子里混乱成一片，我想我是在做梦吧，可是我是那么的疼，左边的眼睛被温热的血模糊住了，不停地有血流进眼睛，又流出去。

我被这突如其来的变故惊呆了。

我根本就不知道这个瞬间改变了什么。

也不知道这个瞬间，有多少鲜活的生命变成黯淡的尸体。

我的呼吸变得急促。

我被埋在了废墟之中，身体在黑暗中沉沦。

我在持续不断的山崩地裂的轰响中不知所措。

我的思维一刹那间被中断了。

黑　暗

我是不是在另外一个世界里？那个世界叫地狱。我什么也看不见，冰凉的液体在我的左眼流进流出，那不是泪，应该是血。人死了还会感觉到自己流血吗？还会听到轰响吗？

黑暗让我无法证明自己还活着。

我的思维难道是鬼魂的思维？如果鬼魂也还有想法的话。

黑暗让我恐惧。

我想起了前不久做过的一个梦：

我在黑暗中大口地呼吸着，胸口像是被压了一块沉重的石头。我看不清任何东西，我只是听到一种细微而且阴冷的声音在我耳边响起："李西闽，你已经死了。"我怎么死了？我清醒地感觉到我还活着，自己的思维还是那么的灵敏，只是我浑身不能动弹，整个身体像是被捆住了。是谁在和我开玩笑，说我死了？

阴冷的声音消失后，我眼前有了光亮，那是惨白的光亮。我想从床上爬起来，可我的身体还是动弹不得。突然，我听到了呼天抢地的哭声，房间里一下子涌进来很多人。他们中有我的父母，有我的妻子和儿女，有我的弟弟，有我的朋友，还有一些模糊的面孔。亲人们都在痛哭着，有人在说："人都死了，哭也没有用了，节哀顺变吧。""谁死了？"我大声地问。可是没有人回答我。过了一会儿，有两个穿着白麻布的蒙面人走到我的床前，抬起了我。其中一个人说："这尸体好沉呀！"这时，我才明白过来，是我死了。我大声地喊叫："我没有死，我没有死，你们要把我抬到哪里去？"没有人能够听到我的话，我的亲人们还在痛哭着。那一刻，我的心变得冰凉。

我被抬到了屋外，那里放着一口黑漆棺材。我被那两个人放进了棺材，我听到有人说："可惜呀，年纪轻轻就死了！"这些人怎么如此荒诞？我没有死，我怎么会死呢！尽管我身体无法动弹，但是我的思维还是那么的清晰，人死了怎么可能还有思维呢？我还能够喊叫，可这些人怎么都像聋了一样，听不到我说话了呢？过了一会儿，我看到一个人走到棺材面前，她低头看着我，脸仿佛离我很近，我却看到她的脸白茫茫一片，她轻轻地对我说："你一路好走——"然后，她的一滴泪水掉到了我的脸上，我还感觉到了泪水的温热。她是谁？我不知道。她说完话后，我眼前一黑，就陷入了万劫不复的黑暗之中。我听到了钉棺材板的声音，我突然身体能动了，可我的挣扎和喊叫无济于事，谁也感觉不到我还活着，钉棺材的声音还在沉闷地响着，亲人们的哭声也还在继续。那一刻，我真的绝望了，我有种被活埋的感觉。

我难道真的死了？

我的挣扎和呼喊是我的魂魄在做最后的努力？

我在冰冷的黑暗中大号起来，我不相信我还会号叫，我相信我的号声里充满了对生活的眷恋，这个世界上还有我深爱的人，还有我未写完的书稿……可一刹那间和我隔绝了，我的身体在往下沉，在一个深不可测的黑洞里缓缓下沉，离现实越来越远，越来越远……

我是在做梦吗？

如果是，我还能不能从黑暗中醒来？

此时，我没有号叫，只是大口地喘息。心里呼唤着妻儿的名字，不知道应该对她们表达什么。

我还是不知所措。

一缕光

我在一种迷茫而恐惧的状态中又听到了一阵轰响,紧接着传来吱吱嘎嘎的声音,有许多碎物掉落在我的脸上和身上。

突然,我眼前出现了一缕光。

这难道是天堂里透过来的圣光?

我的左眼已经看不见光了,我只能用右眼看到那缕光。那是阳光,我告诉自己,是的,是阳光,阳光中还有浓浓的粉尘!我还闻到了阳光特殊的味道,那是一股淡淡的焦煳的香味。我能够看到阳光,能够感觉到阳光的味道,这证明我还活着,还没有沉入万劫不复的地狱。

那是余震中裂开的一条缝,从缝中透进的光亮仿佛让我看到了希望。我想,有光进来,就会有空气进来,我不至于很快被憋死;而且,通过这条缝,或许我能够听到外面的人声,我的声音也许可以传出去;更重要的是光明给我带来的希望,一线的希望。我看到眼前有一个三角形的小空间,这个小空间没有使我的脸被杂物堵起来。

我的大脑开始思考一些问题。

这到底怎么了?楼房为什么会坍塌?

在持续不断的山崩地裂的响声中,我所处的地方也还在不停地抖动，背上积压的东西越来越多，身体也越来越受限制。我想是不是这个新建的山谷旁边的度假山庄因为山体承受不了楼房的重量而产生了滑坡？那时我根本就没有想到这是一场惨绝人寰的大地震。

轰隆隆的声音还在一波一波地继续，水泥板子上不断有物体砸落的声音，不断地颠簸和摇动，我在下面被越压越紧。房子是建造在高高的山坡上的，边上就是一个悬崖，我担心坍塌的楼会在不停的震动中掉下悬崖，成为那美丽山谷之间的填充物。

我努力地让自己冷静下来。

我还活着，我该怎么办？此时，我不知道山庄里的那些工作人员是否也被埋在废墟里了，他们是否也还活着？我为他们担心起来。他们是多么好的人！我想起他们热情质朴的脸，心里隐隐作痛。

我的大半个身体都被砖块渣土埋着。外面有很好的阳光啊，可是，我却被隐埋在废墟中。我的右手还能动，左手却被压住了。我的大腿下有一个硬块顶在那里，我的右手慢慢摸索下去，摸到的居然是我的笔记本电脑，它在此刻竟然成了与我相依为命的伙伴，它与我是这样的不离不弃，它是这么的不愿与我分离，在笔记本里，有我所有的书稿。我心动了，使劲地把它从大腿下拿了出来，艰难地放在了我眼前的那个小空间里，那个小空间刚刚好可以放下我的笔记本电脑。我突然有了个想法，能不能打开电脑，通过 QQ 和朋友们联系，告诉他们我还活着，如果有人知道我活着，一定会来救我的。那个空间太小了，笔记本电脑的盖只能开到三分之一，但是我的眼睛可以斜斜地看到电脑屏幕，我的右手十分困难地开了机，可无线网卡怎么也连接不上，我无奈地合上了电脑。我还想在等待的过程中打开电脑听听音乐，很快地，我的右手因为压下来的东西越来越多，根本就进入不了我眼前的空间了。

我还能不能活着出去？

这是个重大的问题。

人　声

很长时间，我都没有听到人的声音。山庄里的人是不是都死了？或者像我一样被埋在废墟里？尽管鑫海山庄还没有正式营业，我是唯一住进来的客人，但是山庄里的工作人员基本配齐了，有些工人还在这里工作，做装修完以后最后的收尾工作。这些人到哪里去了呢？为什么我听不到人的声音？

我的脑海浮现出一张淳朴的笑脸，那是阳光下鲜活的笑脸。她就是中午和我说话的那个姑娘，此时，她在哪里？我不敢想象她死了或者像我一样被埋在废墟中。

那是多么残忍的事情！

我希望山庄里的人都平安。

可我怎么就听不到他们的声音呢？哪怕是惊叫或者痛哭。

我可以感觉到自己身上的伤口在流血，我的裤子和衣服都被血水浸透。

我十分无助。

我没有办法阻止血液流出体外，我不能确定多长时间血会流干，我也无法确定我能坚持多久。

我多么渴望听到人的声音，那样我不会感觉自己是孤独的。

身居闹市的时候，总是感觉到太吵太闹，面对喧闹的人群，总想独自一人宁静孤独，现在，我却因为听不到人声而恐惧。

外面山摇地动的声音稍微平息了些，我突然听到了远处有呼喊的声音，知道那不是在喊我，心里却充满了喜悦，我想，只要外面还有人，他们听到我的声音，发现我还活着，就一定会来救我的！

于是，我大声喊起来："救救我——"

"救救我——"

"救救我——"

"……"

我喊得声嘶力竭，这是求生的呼喊。

终于有人听到了我的呼喊，我听到有人踩在废墟上走过来发出的声响。我的心在颤抖，那一刻我充满了希望。

我心里说："李小坏，你爸爸有可能获救了！"

我大声地喊："你们听到我的声音了吗？"

外面的人停住了脚步，我感觉他们离我很近很近，仿佛一伸手就可以拉住他们。

来的是一男一女。

他们在和我说话。

女的问我："李老师，你受伤没有？"

我听出来了，这是山庄老板娘的声音，我大声说："我没有受什么重伤。快救我——"

男的是山庄里的工作人员，他说："李老师，你一定要坚持住，我们会救你的，你要保存体力，我们一定会来救你的——"

我说："好的，我一定会坚持住的，你们快来救我呀！"

老板娘用沙哑的声音说："李老师，你放心，我们一定会来救你的，那边还有几个人要救，救完他们我们就过来救你！"

我听得出来，老板娘的声音里充满了焦虑和悲哀，尽管她对我说的话很克制。发生这样大的事情，她还能够这样对我说话，我心里十分感动。

他们说完就走了。

说心里话,我多么想让他们留下一个人,陪着我,哪怕是不救我,就和我说说话,我心里也会有安全感,因为我已经把他们当成了自己的亲人。可我没有那样做,我希望他们赶快把其他人救出来,然后来救我。

我听到他们走路的声音渐渐远去,然后就怎么也听不到他们的声音了。

我的一颗心又提了起来。

孤独感又从我的心底升起。

我躺在废墟中,焦急地等待着他们的再次到来。

……

当时觉得我会很快得救的,因为我一直以为这是一次山体滑坡,却不知道外面已经成了人间地狱。我一直耐心地等待着,相信他们一定会来救我,尽管我的伤口在流血,尽管我的身体被乱七八糟的东西越压越紧,我怎么努力也动弹不得,右手的活动空间也越来越小,后来甚至摸不到自己的脸。

表　情

　　我的表情是什么样的？我不清楚。我是个被埋葬的人，表情已经没有任何意义。没有人会看到我的表情。

　　我想到了离我很远的亲人朋友的表情。

　　此时，他们一定还不知道我被埋在废墟之中，命悬一线。我根本就没有办法告诉他们我的情况，我可以和外界联络的工具，除了笔记本电脑就是手机了，笔记本电脑已经无法使用，手机也不知道被埋在哪里，要找到它是一个不可能完成的任务。

　　我的身体动弹不得，只是右手能够在有限的窄小空间里活动，可我摸到的是一堆压在我身上的碎片。

　　我后悔当时没有把手机抓在手上。

　　现在，只有期望山庄的老板娘他们救我出去，如果他们不能救我，也希望他们把我的消息尽快传递出去。

　　时间一分一秒地流逝。

　　我在想象着亲人朋友听到我遇险后的表情。

　　比如妻子娉，她如果知道我被埋在废墟之中，会怎么样呢？她不是个喜形于色的人，她绝对不会在公司里表现出惊慌和悲痛，她只是会在心里焦虑和担心。回到家里后，她会独自地流泪，想尽一切办法来救我。我可以感觉到她独自流泪的表情，眼睛红红的，任凭泪水在脸上流淌而不会擦拭，脸上写满了无助的忧伤，默默地寻找可以帮助我的朋友的电话，并且盘算着怎么样来救我。

女儿李小坏还小，她才一周岁多点，根本就不知道爸爸的危险，所以不会有什么表情，或者和她提起爸爸时，她还会挥舞着小手，笑着叫声："爸爸——"那稚嫩的声音让人心颤。

父亲的表情应该是沉重的，他历来是个沉默寡言的人，在任何事情面前，他只是沉默。

母亲会扭曲着老脸失声痛哭，边哭边跪在家里的神龛底下的蒲团上，企求神灵和祖先保佑我。

……

那缕光线渐渐地暗下来时，我才知道，黑夜很快就要来临了。

他们怎么还不来救我？

我充满希望的心开始忐忑不安。

我看不到外面的情景，这个世界的表情我一无所知。

愤　怒

在黑夜来临之前，我又一次大声呼救。我每喊一声，就可以感觉到血从我的左脸上漫出来，有些血流进我的左眼，循环一圈后又流出去。

我又听到了有人踩在废墟上走过来的声音，我停止了呼喊。

也许他们是听到了我的呼喊才过来的，也许是他们正巧要过来救我，无论怎么样，听到他们的脚步声和说话的声音，我心里又一次充满了希望，而且十分惊喜。

我大声说："亲人呀，你们终于来了呀！"

我听到了老板娘沙哑的声音："李老师，你现在怎么样？"

我说："我现在还没有什么问题，你们快把我救出去呀，我越压越紧了，很难受——"

老板娘说："李老师，那边还在救人，你先忍耐一下，等把那边的人挖出来了，我们就过来救你。"

她话音刚落，我就听到了男人的声音，他的声音十分洪亮："李老师，你一定要坚持住，忍耐一会儿，我们把那个人刨出来后，下一个就到你了，下一个就救你。"

我说："你们人手不够，为什么不打电话出去，让山下的人上来救人呢？"

男人说:"我们打过电话了,打不通呀。你忍耐一会儿,我们这里还有人手的,一会儿就过来把你刨出来。你不要再喊了,要保存体力,不然我们不好救你了。"

接着,我听到他们俩在商量着什么。我就听到了一句:"李老师埋得很深,不好挖呀——"

他们边说着话边往远处走去。

他们又一次离我渐渐地远去,直到听不见他们的任何声音。

我的心又一次陷入了黑暗。

他们走后不久,黑夜也降临了,那缕光渐渐地被黑暗吸掉了。

我的灵魂也和肉体一起陷入了黑暗,万劫不复的黑暗。黑暗中还不时传来山崩地裂的声响,我可以感觉到山上许多巨大的石头轰隆隆地滚落河谷。如果我所处的残楼掉进谷底,我将粉身碎骨!黑暗连同我的希望一起掩埋,我心底发出了绝望的哀号:"李西闽,你将被埋葬在这个美丽的山谷,永世不得超生!"

我喃喃地说:"娉,我可能永远见不到你了,小坏,你那么小就没有爸爸了,可怜的小坏……"

我的心里特别的憋屈,我怎么会突然被埋在这里。

很多问题我想不明白。

越想不明白我心里就越烦躁。

我是个脾气暴躁的人,诗人李亚伟还说过:"李西闽是脾气最坏的福建人。"我虽然脾气不好,可我还是个讲道理的人,我只要觉得委屈或者看到不公平的事情,我才会发火。

此时,我觉得十分的不公平。

我活了四十多年,没有做过什么伤天害理的事情,而且总是不停地帮助别人,老天爷怎么就不长眼,把我埋在了废墟中,让我在这里忍受焦渴,忍受饥饿,慢慢地流血而死……这太不公平!

我突然觉得特别的愤怒。

怒火在我体内熊熊燃烧。

我挣扎着大声吼道:"老天爷,你他妈的太不讲道理了,凭什么把我埋在这里!"

"老天爷,你把我收走,我死了也会和你没完的,我到天上也要和你拼命,闹你个天翻地覆!"

"阎王爷,你他妈的有种,我下了地狱也要找你算账,你的眼睛是瞎的,你看不清人间的善恶!"

"……"

我怒骂得筋疲力尽。

老天爷和阎王爷听不到我的吼声,也许他们听见了,对我不屑一顾。我愤怒的吼叫变得一文不值,却消耗着我的体力。

回答我的只是余震发出的震耳欲聋的巨响。我没有办法和自然抗衡,在自然面前,我算什么!我只好闭上了臭嘴,喘息着,心想,你这样大吼大叫,不是自讨苦吃吗?老板娘他们说的没有错,我必须保存体力,等待救助。我不知道自己会在这里待多久。

我平静了会儿后,心里说:"李西闽,你真傻!你骂天骂地有什么用,你必须耐心地等待,获救和死亡都是你的命运,你没有选择!"

我浑身因为愤怒湿透了,汗水和血水交融在一起。

云端里的祖母

那说过要来救我的人此时在哪里,我不得而知。我听不到任何人的声音,只有山谷里河水的咆哮声和滚石的巨响提醒着我还活着。我还是时不时大声地呼救,希望有人能够听见,可是没有人回应我。

时间仿佛被黑暗冻结。

我不知道这个夜晚会有多长,我还能不能等到天亮。有一点,我十分清楚,老板娘他们是绝对不会在这个黑夜里来救我的了。

我长长地叹息。

为自己叹息。

落寞而又无奈。

就在这时,我仿佛听到有人在呼唤我的名字,那么轻,那么柔和……我的心颤抖起来,那是我祖母的声音,我真切地听到了。

她在对我说:"闽儿,你不会有事的,我在保护着你呢!"

我突然有流泪的冲动,可我眼睛里流不出泪,只有血在循环。

我仿佛看到祖母坐在云端里,双手合十,慈祥地朝我微笑。

祖母过世多年了,我一直觉得她还活着,她只是到世界的另一边去居住了,我在梦中通过一条长长的黑暗的甬道,就可以在甬道的尽头找到她,我发现,甬道的尽头十分明亮,祖母就端坐在云端里,朝我微笑。

祖母的微笑是我内心世界最圣洁的微笑。

想起祖母的微笑，我内心就会平静。她的微笑无数次消解了我生存中的困难和心灵的苦难和煎熬。

祖母死的时候我不在她的身边。那年部队正好搞演习。我回部队后的第一天就打了个电话回家里，父亲告诉我，祖母一个月前去了！我大哭，我记得一个月前我做过祖母去世的梦，可我没有想到祖母会真的离开，我一直认为梦是相反的。我马上就请了个假，回到了老家。祖母被埋在爷爷的旁边。我看着一个新坟和一个老坟相依在一起，我跪下了，号啕大哭！祖母死之前我没有见到最后一面是我一生的痛！想起来，我的喉咙就会被什么东西堵住，异常的难受。

我祖母是我一生的守护神。我是她带大的，她给了我精神上的依靠。她那年无疾而终。她吃了几十年的素，信了几十年的佛，她死后，老家人都把她当成了菩萨。她在我心中也是个菩萨！听我弟弟讲，那天中午，她自己做完了午饭，还挑了两桶水回家。就坐在大厅里的藤椅上，对我弟弟说："我要走了，很多菩萨要来接我。"她要我弟弟通知我，可是我那时正在参加部队的演习，根本就通知不到我。

祖母一生坎坷，但是她善良、无私、正直，连我当土匪的堂伯也说她是好人，村里人都鄙视他，祖母却从来没有鄙视过他。祖母的名字叫"王太阳"，她的确像太阳一样，一直照耀着我。

其实我在黑暗中什么也看不到，我只能感觉到祖母的存在，她总会在我危难的时候出现，也许她真的一直没有离开过我。

我想起了以前发生过的一些事情。

比如我还在汕头的部队的时候，有一次要到广州出差。头天晚上，我梦见了祖母，她端坐在云端里，微笑地对我说："闽儿，明天你不要去了，记住奶奶的话，明天一定不要去！"说完，祖母就消失

幸存者　021

了。我醒过来后，一直在思考祖母的话，我相信冥冥中有种强大的力量在主宰着人的命运。最后，我听从了祖母在梦中和我说的话，第二天一早就去汽车站改签了车票，推迟了一天出差。到了晚上，我在新闻里看到，我本来要乘坐的那辆长途汽车出了事故，车翻到了山沟里，死伤了不少人。

这样的事情发生过多次。

现在，我被埋在了废墟里，我想起了祖母王太阳，她还会庇护我吗？

我轻轻地说："奶奶，我知道，你就在离我不远的地方，如果你保护不了我，那也是我命该绝，我终于可以去看你了，和你一起去走过漫长的道路，像我童年时你带我去山上的庙里朝拜一样。"

我的祖母在云端里微笑！

蚂　蚁

这个世界里只有寥寥几个人知道我的一个秘密。

这个秘密说出来脸红,所以我基本上不会和别人说出这个秘密,除非我最亲近的人,如今,我可能将这个秘密带到地狱里去。假使我右手的手背没有产生那种奇怪的痒,我还不会在这个时候想起这个秘密。

我感觉有只细小的虫子在我手背上爬,那是蚂蚁吗?

黑暗中,我什么也看不到,更不用说是手背上的虫子,我无法用左手去抓住那只虫子,我的左手被碎物压住了,根本就抽不出来。

无论是痒还是疼痛,我都必须忍耐,没有什么办法能够解决这些问题。

要命的是我想到了蚂蚁。

我什么也不怕,就是害怕蚂蚁。

这就是我内心的那个不能示人的秘密。

我为什么害怕蚂蚁?这或许和童年的一次经历有关。我清晰地记得那天的情景,阳光散发出惨白的光芒。我被一个比我大的孩子带到了山上的一个乱坟坡,那里有散落的白森森的骷髅头。大孩子和我在一个晚上看到了山上的鬼火,他对我说,那是磷火,不是鬼火。他还说,山上的那个乱坟坡上有很多死人骨头和骷髅头,磷火就是从它们身上发出的。为了证实他的说法,他就在那个正午把我带上了山。大孩子用一根竹子从某个角落挑起了一个骷髅头,大笑着在我面前晃来晃去,他说:"你看到了吗,这个东西到了晚上就会变成鬼火。"我木然地看着在我眼前晃来晃去的骷髅头,觉得浑身奇痒无比。他从我的眼睛里发现了恐惧,就说:"你害怕了?骷髅头有什么可怕的!"我摇了摇头,喃喃地说:"我,我不怕。"他把骷髅头扔在了野草丛中,盯着我说:"你看你,都吓傻了,还嘴硬说不怕!"那时,我真的没有害怕骷髅头,而是对爬在骷髅头上的那些大黑蚂蚁产生了恐惧。我没有告诉他我害怕蚂蚁,否则他会嘲笑我一辈子的。那个晚上,我就梦见自己变成了骷髅头,很多大黑蚂蚁在我眼窟窿和嘴巴里爬进爬出,还听到了蚂蚁肆无忌惮的尖利的叫声……

我的确害怕蚂蚁,只要看到蚂蚁,我的心就会莫名其妙地抽紧,浑身起鸡皮疙瘩。

如果我把这个秘密告诉给我那么多血性的兄弟,他们一定会笑痛肚子,然后说:"你他妈的蒙谁呀,你可以提着刀把去砍人,还会害怕一只蚂蚁?"

的确,我在某些时候异常的勇敢,比如在街上看到歹徒行凶,我会毫不犹豫地挺身而出。我的大腿上有一条刀疤,那就是见证。那是十多年前的事情了,那时我在广东兴宁的空军部队工作,一个晚上,我送两个客人到汽车站。客人上车后,我就准备回部队。在汽车站门口,我看见了这样一幕:两个年轻人正在打一个中年人。我走过去,听看热闹的人说,那两个年轻人是"烂仔",他们强行拉中年人坐他的摩托车,中年人不干,他们就对他拳打脚踢。听了这些话,一股热血冲上脑门,我对着那两个"烂仔"大喝一声:"你们给我住手!"他们果然停住了手,中年人赶紧奔逃而去。我以为他们会就此罢休,我们各走各的路,没想到,他们俩饿狼般朝我扑过来,嘴巴里还不干不净地骂着什么。我仓促应战,和他们打了起来。说实话，这俩"烂仔"还真不是我的对手，很快就被我打趴下了。我想这下我应该可以走了吧，没有想到，突然来了好几个人，他们的手上都操着刀。我想，这下我跑不脱了，只好硬着头皮和他们干了！双拳难敌四手，况且我手无寸铁，结果我的大腿上中了一刀，要不是那个逃走的中年人叫来警察，说不定我身上还会多中几刀。

被砍一刀根本就算不了什么，可如果有人捉一只蚂蚁放在我身上，我会惊声尖叫！

丢人呀！一个大男人还怕蚂蚁！

我的手背还是痒痒的，那真的是蚂蚁吗？

我叹了口气，纵使真的是蚂蚁在我手背上爬，又能怎么样呢？你就把自己当成一具死尸吧，死尸难道还会怕蚂蚁吗？人死了，一切都不会怕了，只有活着才会有恐惧。

我在黑暗的废墟中忍耐着一切折磨。

渐渐地，我已经感觉不到蚂蚁的存在了。

我想我是不是又一次战胜了自己。

每个人都有弱点，而在特定的场合，弱点和优点都会变得无关紧要。

黑夜中变白的头发

疼痛之中,我又听到了余震的轰响,我所处的地方嘎吱作响,随时都有可能掉下山谷。我的牙齿打着冷战。我又一次想到了妻子娉,她是不是和我一样,在痛苦中不能入眠?

她忧伤的眼神像一把锋利的刀子,割着我的心脏。

我的心脏变得支离破碎。

我承认,我不是个称职的丈夫。尽管我爱她,可我总是不经意地伤害她。

比如醉酒。

我嗜酒,酒是什么?它为什么能够让我迷失自己?

每次醉酒回家,对她来说就是灾难。

我不清楚我醉酒后的样子多么的丑恶。娉多次在我酒醒后对我说,应该把我醉酒后的丑态拍下来,让我看看自己是多么令人厌恶!因为醉酒,她总是被我折磨得不能安睡,心身都受到伤害。我会朝她莫名其妙地大喊大叫,尽管我从来不动手打人,可我疯狂的闹腾哪个女人也受不了的。

那是我的恶行!

每醉一次酒,她就会变得十分憔悴。

某一天清晨起来,娉发现自己有了白发。年纪轻轻就有了白发,这是令人伤怀的事情。她表情沮丧地让我给她拔掉白头发。给她拔白头发时，她会轻轻地说："你知道我为什么会长白头发吗？"

我说："不知道。"

她又轻轻地说："都是你害的！你总是喝醉，总是让我睡不好觉，让我生气，我能不长白头发吗？"

我也会为她心酸，想想她工作那么辛苦，还要受我的折磨，我就想，我真不是人。

我总是忏悔，却总是故伎重演。

我在伤害和忏悔中不能自拔。

如果说酒是魔鬼，那真冤枉了它，它真的是好东西。魔鬼在我的心里，我没有力量驱赶它。

我有罪！

而她总是忍耐着，告诫我，为了身体，也不能再喝了！是的，随着年龄的增长，我的身体越来越虚，不像年轻时那么强壮了。年轻时，熬他个三天三夜不睡觉，一点问题也没有。可现在，只要熬一个通宵，就力不从心了。谁又能和岁月抗衡？

在这个充满死亡气息的夜晚，她是否获得了我被埋的消息？我宁愿她不知道。那样她会认为我没事，认为我在喝酒。可她打不通我的电话，她会怎么想？无论怎么样，对她而言，这同样是个难熬的漫漫长夜。

在这个无情的夜里，有多少黑发会在她的头顶慢慢变白？

她离我那么远，她知道我的事情后又能怎么样呢？

我来四川，她甚至不知道介绍我到鑫海山庄来的战友易延端的电话，还有其他联系方式，我上海的其他朋友也不知道。我后悔这次离开她和女儿远行，真的后悔。

后悔又有什么用？一切伤痛都是我带给她的。

我在密不透风的黑暗中大吼了一声，那是困兽般无奈而又悲怆的吼声！

尿 水

我身上的水分渐渐地流失。

我就像一尾等待风干的鱼。

我变得奄奄一息，在焦渴中等待天亮。外面的天空下起了大雨，我听到了雨点打在废墟上的声音。我口渴得要命，嗓子眼儿冒着火。那些雨水却没有从废墟的缝隙中漏下来，滋润一下我干涸的嘴唇。

我的嘴唇起了一层厚厚的泡，张嘴都觉得沉重。

左脸上的伤口还在冒着血，我想喝自己的血，可是我的手够不到脸，我无法让血打湿我的嘴唇。

我焦渴得难以忍受。

雨水在外面飘飘洒洒，却和我一点关系都没有，我的心情异常复杂。等待的时间越长，我心中艰难树立起来的希望就越来越濒临破灭。说实在的，我一点都不觉得饥饿，只是渴。

也不知道过了多久，我的嘴巴已经被口腔里渗出的黏液粘住了，我也不想张开嘴巴了。我只是静静地躺在那里，等待着天亮。我想，只要我熬到天亮，就会有获救的希望，山庄的老板娘知道我还活着，一定不会放弃我的。

我突然觉得我的膀胱胀得难受。

这是我被埋后第一次有这样的感觉。

我想撒尿。

我想起了一件事情，那是在西北当兵时的事情。有个战士在戈壁滩上迷路了，他水壶里的水喝干后，就是靠着喝自己的尿，艰难地等到找他的战友的到来。我也知道，尿是很干净的，无菌的，是完全可以喝的。

对呀，我不能浪费自己的尿呀，应该喝自己的尿，这样或许可以补充我身体流失的水分，因为疼痛，我出的汗太多了。但是，一个严峻的问题摆在了我的面前，我如何才能喝到自己的尿？

我的身体根本就活动不了，唯一能活动的右手也被在不断的余震中落下的碎块所限制，就是我的手能够接到尿，手也不能到达我的嘴巴，就和我想用左脸流出来的血打湿自己的嘴唇一样无能为力。

绝望！

我实在憋不住了，就让那泡宝贵的尿撒了出来。尿水滚烫滚烫的，在我的裤裆里肆意浸漫。尿水漫到我左胯部的伤口时，尿水中的盐分使伤口疼痛，剧烈的疼痛使我又冒出了一身冷汗，我身体的水分又一次流失。此时，我体内的任何一点水分都是那么的宝贵。

短暂的梦

我穿过一条碎石小径,来到一扇门前,那是一扇陌生的石头门。这是什么地方?我疑惑地伸出手,推开了那扇石头门。推开门后,我呆了,这不是我的家吗?那红色的布艺沙发,那个按摩椅,还有小坏的小推车……一切是那么的熟悉。

家里一个人也没有,娉和小坏不知道去哪里了,也许她们出去玩了,一会儿就会回来,她们要是发现我突然回家来了,会是什么样的表情?

我不是在川西的山上写作吗?怎么突然就回到家了?

家让我有如释重负的感觉,我心情爽朗地走进了书房,像往常一样,坐在电脑桌前,迫不及待地打开电脑,上了网。我上网一般就在天涯、新浪、搜狐这三个网站浏览。天涯是我有生以来上的第一个网站,也是花时间最多的地方,这里有我众多的老朋友新朋友,喜欢这里的原因是因为这里很民间。新浪是因为我的博客建在那里,也常在那里看新闻,首页的社会新闻里总是有很多触目惊心的事情,让我感觉到世界是如此的恐怖。

我打开了天涯社区的网页,一个很大的黑色标题挂在首页上:谁来救救李西闽!我骂了一句,老子还好好地活着呢,干吗要发帖子来救老子,简直是莫名其妙。

我想在那个帖子下写个回复，告诉朋友们我好好地在家里，什么事情都没有，不要操心救我了。就在这时，我觉得口渴极了，我就想，先去喝点水再说吧。于是我从书房走到了餐厅里，在吧台上拿起一个玻璃杯子，那个玻璃杯子十分古怪，像个漏斗。

我以前从来没有见过这样的玻璃杯。

我管不了那么多了，拿起那个古怪的玻璃杯在饮水器上接水。我打开饮水器的开关，水无声地注入了玻璃杯子，可那个玻璃杯怎么也装不满水，我十分诧异，仔细一看，才发现玻璃杯尖尖的底部竟然是漏的，水都无声无息地流到地板上了。等我换了个杯子再过来接水，纯净水桶里一滴水也没有了。

我往地板上一看，流到地板上的水也没有了，地板干干的。

见鬼了！

我焦渴难忍，便冲进厨房里，拧开了水龙头。

水龙头里竟然没有水流出来！

这是怎么回事？

我听到了水流的声音，没错，水流的声音是从水龙头里传出来的，我惊喜地等待着水流出来。

水流的声音停止了。

我看到水龙头的出口上挂着一滴晶莹的水珠。

对于焦渴的我来说，那一滴水珠也是那么的宝贵，我迫不及待地把嘴巴凑了过去，可我的嘴巴还没有凑近水龙头，那滴珍贵如金的水珠就掉落在水斗里了……

突然又是一阵震动，我清醒过来，原来我是做了一个梦，一个短暂的梦。我回到了残酷的现实中——我在废墟底下埋着，不知道还要埋多久。那是我被埋在废墟中唯一的一次短暂的沉睡，而且还做了那样一个梦，后来我才知道，成千上万的朋友那时真的在网上为了营救我而奔忙。

从梦里回到现实中后,我惊异我还能够醒来,如果我永远也醒不过来了呢?会不会永远梦下去?

我告诉自己:你再也不能睡过去了,沉睡就意味着死亡!

普集镇、北京、汕头及其他

疼痛总是不安分地刺激着我，我只有忍耐，咬着牙忍耐，不让自己因为疼痛而喊出来，我不会因为疼痛而喊叫。疼痛使我的心脏快速地跳动，我担心自己会因为高血压而血管爆裂，12日早上，我还用电子血压计量过血压，高压是148，低压是98。

不知道为什么，在疼痛中，我会突然想起那些地方……

普集镇，尘土飞扬的普集镇，它坐落在关中平原的一隅，面目清晰而又模糊。它是我当兵后第一个最靠近部队的县城，它很小，只有一条街从县城里贯穿而过。尽管很乱，它却总是热气腾腾的，像是刚刚揭开的蒸笼，高亢的秦腔总是会穿过飞扬的尘土到达我的耳际。那时我才十八岁，一个不知道天高地厚的年龄。

在普集镇的时光依然那么的清纯，没有一丝杂质，尽管因为过错而得过部队的处分。我会把天空想象成是一片海洋，把自己当成汪洋之中的一条船。那时，有一个从未谋面过的远在杭州的女孩子，感动着我。我记得她叫何国婷，是个身有残疾而又坚强地写诗的女孩子，我们通着信，相互鼓励着往前走。她说，她就是汪洋之中的一条船。在许多心灰意冷的日子，她给了我力量，她让我对自己的理想绝不放弃。现在想起她来，无限感伤。多年来，我们失去了联系，我在这个暗无天日的夜晚，祝福她。

那个时候，我会在傍晚，坐在营房后面的围墙上，目光穿过大片的麦地，一直眺望着尘土弥漫的普集镇，想象着一场牺牲。就在我眼前的这片麦地，坠毁过战机，我回想着当时惨烈的情景，一次又一次地审视着牺牲的含义。

普集镇，你是中国最平凡的县城，却是那么的让我挂念。此时我想要是能够坐在街旁肮脏的路边摊上吃上一碗凉皮或者一碗泡馍那是多么幸福的事情，那种平凡的幸福，多么宝贵，可它们此时离我是那么的遥远，不可企及。

……

我第一次进北京，是在1988年夏天。经谢平伟的介绍，我到解放军文艺出版社主办的《昆仑》杂志社帮助工作。我是在傍晚时分到达北京的，偌大的北京城让我既兴奋而又有一种莫名的惊恐。我从来没有想过自己会踏入这个城市，这个父亲向往了一生的都城。我在迷茫中按谢平伟写的地址，找到了空军大院里乔良的家。那时，乔良已经是蜚声军内外的大作家了，他热情地接待了我。在乔良家里，我第一次喝了红酒，那一杯红酒许多年后才品出味来。第二天，乔良把我送到了解放军文艺出版社，把我交给了海波他们。

在《昆仑》杂志社，我学到了许多，我打开了另外一个世界的大门，我突然发现这个世界是多么的奇妙和新奇，可以说，我的文学之路就是从这里开始的。白天，我看着来稿，晚上，修改自己的第一部中篇小说《红火环》。海波一遍一遍地让我修改，一次一次地给我提意见。他是个完美主义者，对每一篇小说都是那么的苛刻，近乎残忍。也是因为如此，他赢得了军内众多作家的尊重。《红火环》我改了二十多遍，那时没有电脑，是用笔写在稿纸上，每改一遍，都是重新抄写一遍，三万多字的小说，最后修改完就等于写了六十多万字，尽管没有在《昆仑》上发表，却让我明白了小说应该怎么写，那也是我最有效的文学训练。

解放军文艺出版社是部队作家的摇篮，它培养了我。那时，很多作者都在这里帮助过工作，其实是在这里学习怎么写作和做人。许多在这里帮助过工作的人，来到北京，都要来这里看看，把这里当作娘家。记得有一次，刚刚转业不久的诗人马合省在一个晚上突然闯入了编辑部，在这里打开一张行军床住下了。那天晚上，我们找了个小酒馆，喝了些酒，听他说了很多关于他在《昆仑》编辑部帮助工作的事情，说这些事情时，他的眼中散发出金属般的光泽，他一直希望自己能够调进解放军文艺出版社工作，却没有如愿，这成了他一生最大的遗憾。

北京，这个每粒沙尘里都充满文化味儿的城市，这个大得毫无规则的城市，让我这个懵懵懂懂的山里人倍感温暖。想起北京，我就会想起那些夜晚，我一个人站在西什库茅屋胡同，呼吸着微醺的空气，想象着自己是一尾误入大海的小鱼，自由而又茫然的情景；有时，我也会站在西什库教堂的门口，感觉到一种力量在召唤我，我不知道那是不是神的力量，我一直想踏进教堂的门，可我内心有种恐惧，最终没有踏进那扇门；我也会想起那些关爱着我的师长们，丁临一、郭晓晔、程步涛、李晓桦等。

……

汕头在我的记忆中永远充满了海腥味儿。

那种浓烈的海腥味让我在这种情境下感到忧伤。那是多么美好的一个地方，我在那里度过了军旅生涯中最长的一段时光。很多早晨，我会在明晃晃的阳光和飞机的轰鸣声中走向机场，和战友们一起体验辛苦和快乐，汗水肆意地从头脸上滑落，畅快淋漓……

那个地方有快乐也有伤痛。很多时候，自己给予别人的，永远没有别人给予自己的多，包括友情和爱。想起郭作哲、陈跃子、庄奕龙、王亚、刘桂书他们，内心总觉得对不住他们，因为他们的淳朴善良，因为他们总是在我最困难的时候帮助我，安慰我。在那个物欲横流的地方，我有那么多真诚的朋友，是我的幸运。现在，我想起那个地方，那些人，犹如梦境。我还想起了那个叫"利宝"的酒吧，那时，我经常一个人坐在一个靠窗的位置，迷茫地看着窗外大街上的情景，希望有一个女孩子穿过街道的斑马线，来到利宝酒吧……那一切都在我的疼痛中变得那么的不真实了……

……

还有三亚，那是我最喜欢的地方之一，这几年，几乎每年冬天，我都要去的地方。那里的天空和海水，让我痴迷。想起三亚，我自然地想到了那里的美食，我最喜欢吃的就是墨鱼和东山羊了……想到美食，我想吞口水，可我现在没有口水可吞，满嘴都是黏黏的东西，我只是像将要渴死的鱼那样无奈地张了张嘴。我会不会在想完美食后死去？不，不会！我的运气一直是那么好的！没错，我的运气的确不错，否则，我怎么能够在三亚度假时捡到李嘉诚儿子李泽楷的钱包呢？那是很巧的一件事情，那天晚上，我和妻子吃完晚饭，回房间去换衣服准备游泳，没有想到，在电梯口就捡到了李泽楷的钱包，当我亲手把钱包交还给李泽楷时，我心里充满了豪气……去年冬天的三亚，阳光依旧那么好，我和雪村、菊开那夜一起住在大东海的一栋酒店式公寓里写作。我记得我们每天下午去海里游泳的情景；记得王亦晴、伊秋雨他们从海口来看我的情景；记得忧尘给我送东西来的情景；记得和少君、张大姐他们在一起的情景……菊开的笑容定格在三亚的记忆中，那么柔美，那么的遥远，仿佛一片云彩，在这个黑夜里飘走，可惜和她说话不多，想起来多么的遗憾。

……

那些我走过的地方，是否依旧？

我的怀恋变得那么悠长而不切实际。

我不想在疼痛中死亡，我要在疼痛中咬牙活下去……

李小坏

迷蒙的光亮。

是的,我看到了迷蒙的光亮。

这应该是 13 日的清晨了吧!

此时十分宁静,外面还在下着雨。我听到雨声就更加焦渴,望梅止渴在这个时候一点用处也没有。我的喉头堵着一团黏黏的糊状物质,它让我呼吸困难,我必须把它吐出来,否则我会被它憋死。

我使出吃奶的力气,吐出了那团浓痰,因为用力,我身上的伤口仿佛苏醒,剧烈地疼痛起来,像有人用钢刀在挖着我的伤口,我的左眼上又有冰冷的血漫进去,循环着流出。

我的左眼被黏糊糊的东西糊住了,完全看不清楚迷蒙的光亮,糊住我眼睛的东西不像是血,有点像我刚才奋力吐出的浓痰。

那迷蒙的光亮给我传递了一个信息:天很快就要亮了。

这个时候,女儿李小坏明亮的眼睛突然出现在我的脑海,往常只要我带她睡觉,她很早就会醒过来,睁着明亮的眼睛看我,还会伸出她肉乎乎温暖的小手摸我的脸。

此时她是不是也醒了?

她是不是睁大明亮的眼睛在寻找她的爸爸?

就在前两天,《凤凰生活周刊》的编辑郭蔷还向我约了一篇写给女儿的文章,准备发在第六期父亲节的专栏上的。

我那篇题为《小坏,你和爸爸心连着心》的文章是这样写的:

小坏,爸爸离开你没几天,就特别地想念你。爸爸现在离你很远,在川西的一座大山上写作,而你是在上海的家中。我离开时,你哇哇大哭,我的心酸酸的,想起你稚嫩的哭声,我就想,离开你是一件多么残忍的事情。

去年你降生的那天,当你妈妈被推进手术室后,我一个人在外面的休息室里焦虑地等待。我突然听到了婴儿的哭声,哭声很响,我第一感觉,那就是你的哭声,我的心抽紧了,浑身颤抖了一下。第一个出来的麻醉师告诉我你妈妈顺利地产下一个女孩时,我的眼睛潮湿了。过了一会儿,一个漂亮的护士就把你推出来了,我看到了一个清秀的干净的你,那么的小,那么的让人怜爱,你睁开了一只眼,我看到你没有经过尘世污染的眼睛,是那么的纯净,那一刻,我相信我们父女的心已经紧紧地相连在一起,再也不会分开。那个晚上,我一直抱着你让你感觉到爸爸的温暖。

小坏,这一年多来,看着你慢慢地长大,每一点微小的变化都会让爸爸充满惊喜,让世界充满惊喜。比如你第一次翻身,比如你第一次露出笑容,比如你第一次生病,比如你第一次爬行,比如你第一次站立起来快乐地歪歪斜斜地迈出第一步……最让爸爸惊喜的,还是你叫的第一声"爸爸",我的内心幸福极了。

小坏,你还记得吗?去年冬天的第一场大雪。去年冬天好像整个南方都在下雪,很多人因为雪灾无法回家过年,也有很多人在雪灾中过着艰难的日子。而你却是幸福的,爸爸抱着你,走进大雪之中,让你感受到雪的寒冷,爸爸却把你搂得紧紧的,用体温温暖着你,只要爸爸存在一天,你就不会被严寒侵蚀。在这个大雪天里,爸爸还为你写下了这样的诗句:

小坏,

下雪了,

爸爸抱着你到雪中去。

雪花落在你脸上,

无声无息,

你笑着,伸出小手,

要抓住那美丽的雪花,

你的瞳仁里,充满了好奇。

这是你降生后的第一个雪天,

整个天空都在为你歌唱。

其实你就是一片雪花,

精灵般落在爸爸的心上。

小坏,雪花温暖呀,

你和爸爸脸贴着脸,

心连着心。

小坏,这个温暖雪天,

你被爱包容。

小坏,这是爸爸在2008年的第一首诗,

是写给你的,

宛若一片雪花,

温暖你明亮的眼睛。

前段时间,爸爸每天下午用小推车把你推到公园里去玩。那是春天的公园,各种花儿在阳光下竞相开放。有山茶花、樱花、牡丹花……看着那些怒放的美丽花朵,你挥舞着小手嘎嘎地笑着,你的小脸阳光般灿烂,你幸福的童年就从此开始。爸爸的童年充满了苦难,充满了寒冷和饥饿,回想起过去,爸爸就不会让你的童年留下苦难的记忆。小坏，你就是那些花朵，在春天的风中开放，爸爸会用生命呵护着你成长。

　　小坏，你知道吗？昨天晚上，爸爸做了一个梦，梦见你在清晨醒来就像往常一样寻找爸爸，找不到爸爸就哭了……爸爸醒来时，也是清晨，窗外传来山林里鸟儿的叫声。爸爸迫不及待地往家里打电话，果然听到了你的哭声。那一刹那间，我的眼睛湿了，内心柔软似水，女儿呀，我们真的心连着心呀。于是，我在这个清新的早晨，写下了这些文字，写下了爸爸对你的深情，给你。

　　小坏不知道她的爸爸给她写的这篇文章会不会成为绝笔，我也不知道。我一阵心伤，在这个清晨，我真想抱着她柔软的小身体，闻着她身上散发出来的特殊的奶香……可小坏和她妈妈一样，离我那么遥远，也许我永远也见不着她们了……我想流泪，却怎么也流不下来，外面沙沙落下的雨水，就是我的泪吧，也是天下悲伤人的泪水！

鸟　鸣

光明是一帖药，它让我的心灵暂时平静。

我伸出舌头舔了舔干裂的嘴唇，舌头上都是黏黏的糊状物质。

我听到了外面山林里传来的鸟鸣声，鸟鸣声和光明一样，刺激着我的大脑皮层。我从小就喜欢听到小鸟鸣叫的声音。每天清晨，从睡梦中醒来，听到清脆如玉的鸟鸣，我自然会想到草叶间的露珠和乡村美丽的景致，那时，我会觉得特别幸福，觉得自己是真实地活在大自然之中。这是一种淳朴幼稚的感情。我现在知道为什么自己总是厌倦城市的生活，总是逃离城市四处追寻风景地的原因。

很多时候，我宁愿维持这种淳朴幼稚的感情，这样能够让我的心灵保持敏锐，城市生活对我的伤害是导致我思想的麻木。

就是被埋在废墟中的当下，我还是这样认为。

我可以想象风自由地穿过山谷的情景。

我贪婪地呼吸着从那个小裂缝中透进来的山野的清新空气，我固执地认为那是清新的、没有杂质的，让我生命得以维续的，像水一样的空气。

我听到自己沉重的心跳。

我想我必须活下去。就是为了听到清脆的鸟鸣，或者呼吸清新的空气，也该活下去。

甚至就是为了一滴渴盼的清水，也得活下去！

这样死去太不值得了。

我再次希望被营救。

我使劲咳嗽了一声，清了清嗓子，尝试着能不能继续呼喊。

我朝着那个透进光亮和空气的缝隙扯着干燥得冒火的嗓子，大声喊道："救命啊——"

我一连喊了几声，呼吸急促，心在狂蹦乱跳，伤口剧烈疼痛，每喊一声，伤口就像被撕开一次，扎在伤口上的东西就会不断深入皮肉，血又会重新漫出来。

我静下来，等待着外面的反应。

还是鸟鸣声和山谷里訇訇的流水声。

此时，我多么希望小鸟能够听懂我的呼救声，飞到山外面去找人来救我呀。可惜小鸟听不懂我的话。

我又一次隐隐约约听到了有人说话的声音。

我竖起了耳朵——没错，的确是有人说话的声音，而不是我的幻觉。

于是，我又把堵在喉头的一口黏黏的浓痰使劲地吐出，忍着身上伤口的剧痛，继续大声喊叫："救救我，快来救我呀——"

喊了几声后，我再次听到有人朝我走过来，踩着废墟里的烂砖破瓦朝我走过来。

我听到有两个人在说话，他们在离我很近的地方停住了脚步。

是两个男人。

"上来了吗？"

"很快就上来了，在山下了。"

"……"

这时，有个男人对我说："李老师，你怎么样了？"

我听出他的声音了，就是昨天傍晚和老板娘一起来的说要救我的那个男人，他们的到来令我感动，我说："我很难受，快来救我呀——"

他没有回答我，又和另外的那个男人在说什么，他们说话的声音压得很低，我听不清他们在说什么，我觉得他们是在商量怎么救我。

过了一会儿，我又说："求求你们，快来救我呀——"

这时，和我说话的男人的口气突然变得很生硬："再忍耐一会儿！"

说完，他们就走了。

我听着他们的脚步声和说话声渐渐远去，直到消失。

可他们还是给了我一线生机，我想，只要我坚持下来，他们一定会来救我的。我不能放弃，一定要忍耐，只要还有一口气，内心就要充满希望！后来我才知道，救援的人没能上山，那人后来也下山去了，再也没有上来。

我在凄清的鸟鸣中开始了漫长的等待。

死亡记忆

我一直认为我是个不怕死的人。

因为我见过太多人的死亡,也在鬼门关徘徊过。

那两个男人走后,我很久没有听到人的声音。我的心渐渐地冷了,我再次想到了死亡。

我在《死亡之书》上说过:死亡是另外一条道路的开始。

难道真的有另外一条道路让我的灵魂和肉体通过?

我想到了爷爷的死,那是我有生以来第一次直面死亡,那年我七岁。

那是个春天的清晨,我陪在爷爷的身边。很长时间以来,我都陪着他。我很早就醒了,看着躺在眠床上的爷爷,他灰色的脸胡子拉碴,瘦得只剩下一层皮。那些日子,看到他的脸以及木然的眼神,我就十分伤心,他和奶奶一样疼爱我。年幼的我不知道他正生命垂危,他的内心一直在死亡线上挣扎。

爷爷一生苦难,早年,他和祖母一起当过红军,我们那里当红军的人很多,当土匪的也不少,都是一个"穷"字逼的!爷爷五十多岁就下身瘫痪了。他瘫痪后不会劳动不会赚钱了就遭人恨了,连家里人都欺负他,因为他脾气不好,老引来训斥!别人训斥他时,他就会气得发抖,因为不能行动,只能朝他们吼叫。吼叫没有任何用处，没有人会害怕一个瘫痪的人，尽管他以前是那么的勇武有力。爷爷的吼叫换来的是变本加厉的欺侮，他们甚至会动手打爷爷。

只要发现谁欺侮爷爷，我就会扑上去和他拼命，我不怕任何人！从小就什么也不怕！可我不能整天陪在爷爷身边，保护他，我要上学读书，还要帮家里干很多活。我一有空就陪着爷爷，帮爷爷做这做那，连他把屎尿拉在裤裆里也是我帮他擦洗干净，我从来没有讨厌过他。

爷爷最后的那些日子是痛苦的。

我理解爷爷的痛苦，可我没有办法替他承受痛苦。

他经常看到我脸上写着的忧伤，那时，他会显得特别慈和，伸出干瘦的手，摸着我的头说："闽儿，你不要想太多，一个人一种命，都是注定的。"

我从来没有想过爷爷会在那个春天的清晨死去。

那是个阴霾的清晨，我一大早就听到了死鬼鸟的哀叫。死鬼鸟是我闽西老家一种黑色的鸟，据说它能够闻到死亡的味道，只要它飞到谁家的屋檐上哀叫，谁家就凶多吉少。死鬼鸟的哀叫并没有让我感觉到有什么不妙，因为我的注意力在爷爷的脸上，那时，死鬼鸟在我眼中仿佛不存在。

后来我才发现死鬼鸟的魔力，很长的时间里，我都那样认为，爷爷的魂魄是被死鬼鸟叼走的。那些日子，我会刻意地寻找死鬼鸟，希望它能把爷爷的魂还回来。

我突然看着爷爷大口大口地有节奏地喘着粗气，他的腮帮鼓起来又瘪下去，他的眼睛圆睁着，直直地看着我，他的眼角缓缓地渗出浑浊的泪水。

我觉得不好了，他伸出手摸了我一下，他的手已经冰一样凉了，我看着他的手瘫了下去就再也没有抬起来。他的手曾经是那么有力。我大叫起来，等祖母他们赶过来，爷爷已经永远闭上了他的眼睛。

幸存者　045

他死的时候摸了我一下，我看着他像油灯一样熄灭，我怎么也哭不出来。我人生中第一次眼睁睁地看着自己的亲人死去，竟然毫无办法，我第一次知道什么叫绝望！就是送葬的时候，我也没有哭。我姑姑看我不哭，狠狠地打了我一巴掌，说我不孝。我还是没有哭。可我爷爷下葬后，我经常在深夜哭醒，我不知道我深夜的哭声我爷爷能不能听到？

……

如果我死了，我还能见到我爷爷吗？他是不是还瘫痪着下半身，在另外一个世界里遭人冷眼，被人欺侮？

我长长地叹了一口气。

从缝隙里透进来的光亮是灰色的。

我又一次鼓足吃奶的气力呼喊起来："救命呀——"

没有人回答我，也没有回声，只有外面落雨的声音和山谷中流水的声音，清晨鸣叫的鸟儿已经没有了声音。

我经历过多次的生死考验，都从死亡线上挣扎回来，这一次不会那么幸运了吧？一个人一生不可能总是死里逃生，我是不是该像我爷爷那样认命，让死神无条件地把我带走？

很多事情其实我不愿意想起，希望永远能够将它们遗忘，它们是我内心的一个个伤口，每次触碰它们，伤口都会流出鲜红的血，可它们却固执地出现在我的脑海，像黑白电影一样回放着。

……

那年的大年初三深夜，天上下着微雨。我和战友任继锋骑着一辆摩托车去查岗，因为深夜马路上人迹稀少，摩托车开得飞快，结果不小心撞在了马路边的水泥电线杆上。一刹那间，我的身体飞了起来，那一刻，我想到的只有两个字：完了！我的右脸着地，重重地砸在了三米多远的马路中间，觉得心脏刀扎般疼痛了一下就昏迷过去了。如果不是电影组的战士黄卫到老乡那里去玩，骑自行车回来时发现了我，不知道后果会怎么样。他们把我送到卫生队，我在昏迷中喃喃地叫着任继锋的名字。这时，他们才知道还有另外一个人还在现场，赶紧回去找，结果在马路边的草丛中找到了奄奄一息的任继锋。

后来我们都被送进了陆军179医院抢救。

当我从昏迷中醒来时，发现自己躺在病床上，手脚都打上了石膏，头脸上包着纱布。我的手脚都断了，好在内脏没有摔坏，只是轻微的脑震荡。我还活着，生命失而复得的喜悦是难于言表的，但还是深深的后怕。战友任继锋却没有像我这样幸运，他的肝摔烂了，烂得像豆腐脑一样。他过了四十多天才度过危险期，那时，他的爱人已经怀孕七个月了，还和他爸爸一起从大连赶到广东的部队来。谁也没有想到他能活着，大家都说因为他曾经是飞行员，身体好，否则也就没命了。

可我没有那么想，我一直觉得有种意志在支撑着他活下来，因为他还没有见到自己的亲生女儿呢。

就是在住院的这段时间，我总是在深夜时，听到楼下的病房里传来撕心裂肺的痛苦的惨叫声。那是我们部队的气象主任刘忠民，他得的是晚期肺癌。听着他的惨叫，我可以感觉到他的痛苦。他是个很老实的人，我们部队没有一个人说他不好的，工作也兢兢业业，可就是这样的一个好人，却得了如此绝症，疼痛无情地折磨着他。我的脚好了些后，我会在深夜他痛苦惨叫时，躲过护士的眼睛，偷偷地到他的病房里看他。我拉着他的手，他瘦得像鸡骨爪般的手指死死地抓住我，手指甲抠进了我的皮肉里，那时，我和他一样痛苦绝望。

人的生命是如此的脆弱，有时还不如一只蚂蚁。

不久后的一天深夜，我没有听到他的惨叫，却听到了他爱人撕心裂肺的哭喊声，我知道，刘忠民已经永远地离开了我们，走向了另外一条没有痛苦的道路。我陷入了一种巨大的悲伤之中。等我缓过神来，一拐一拐地走下去，正看着医院的护工把他的尸体推向太平间，他的爱人被两个部队家属搀扶着，哭得呼天抢地，痛不欲生。刘忠民的尸体被白色的尸布盖着，我看不到他的脸，不知道他的脸是不是很安详，他渐渐地离开了我的视线，我的眼睛滚烫滚烫的，流下了两行热泪。

死亡是那么的真实。

我来到了任继锋的病房，他躺在病床上，脸色蜡黄，睁着疲惫的眼睛望着我。我默默地坐在了他的面前，轻声说："刘主任走了。"

他沙哑着声音说："我知道了——"

他伸出手，握住了我的手，我可以感觉到他手的温度。

我们的手紧紧相握。

他又说："活着，真好！我们要珍惜！"

……

其实很多时候，我会记忆起我的恩师朱克岩，不光是在这个暗夜，可现在对他的记忆尤为深重。和他认识是在1988年秋天《昆仑》杂志社举办的上海笔会上，当时一起参加笔会的有裘山山等人，我记得他采摘一束束桂花送到女士们房间里的情景，他脸上祥和的笑容。他听说我在老部队的困境后，就千方百计把我从西北部队调到了广州空军部队，然后又想方设法让我提干。他和林清亮、窦志先他们一样，对我恩重如山。我没有想到他会那么早离开人世，刚刚过完五十岁的生日，刚刚把儿子送进大学，就发现肝癌晚期，不久就与世长辞。在他住院时，我去探望过他，他已经瘦得皮包骨头了。他一生老实厚道，为人仗义，有自己的文学梦想，可他还来不及写出一本传世之作，就永远闭上了慈爱的双眼……在他的追悼会上，我看着他化过妆的面容，心情铅一般沉重，我不知道什么时候才能和他再次相见，永别是多么的令人伤怀，欲哭无泪！某个清明节，我拎了一瓶五粮液和一条中华烟,来到他的坟前,把酒一点一滴地洒在墓碑上,把烟点燃一根一根地插在他的坟前……

……

那些关于死亡的记忆在这个时候重现,意味着什么?

我的身体无法动弹,灵魂却在挣扎。

我还没有死,没有!老子还活着!活着就还有希望!可老板娘他们明明知道我还活着,为什么迟迟不来救我?

难道他们有什么难言之隐?

我又听到了轰隆隆石头滚落山谷的声音,从上面又滚落不少碎物,堆积在我的身体上,越压越紧,我获救的希望越来越小,死亡离我越来越近,我仿佛闻到了自己身上散发出的死亡气息……

泪　水

那是一双泪眼，红肿的泪眼。

那不是我的眼睛，此时，我的眼睛里没有泪水，只有黑色的血。

那应该是我母亲的泪眼。

我很清楚，如果母亲知道我发生了什么事情，她的泪水一定会在五月多雨的天空中飞扬。

母亲和祖母一样是善良的农村女人。

她是个童养媳，从小就和祖母、父亲他们相依为命。所以，也深受乐善好施的祖母的影响，而且也信佛。

母亲生下了我们四个儿子，还带了两个养女。家庭负担一直很沉重。她和父亲靠做豆腐赚点小钱，把我们拉扯大。那时，做豆腐是很辛苦的，每天傍晚，母亲从生产队里劳动回来，就要挑十多担的水到豆腐房的大木桶里备用。每天凌晨三点多，她就和父亲一起起床磨豆腐，那是几十公斤的大石磨，磨完一锅豆腐需要两个多小时……直到早上六点多，豆腐才能做好。父亲会去休息一会儿，而母亲就挑着一担豆腐，挨家挨户去叫卖，卖到八点多，回到家里，随便吃碗稀粥或者一个地瓜，就要和生产队的社员一起下田劳作。

有个情景永远烙印在我的脑海：那是个落雨的清晨，我背着书包打着油纸伞去上学。我走进一条小巷时，看到了母亲的背影，她戴着斗笠，挑着一担豆腐，赤着双脚，边走边喊着："卖豆腐——"小巷子里就我们母子二人，一前一后地走着。我发现母亲的裤子都被雨水淋湿了，她的大脚板踩在鹅卵石路面上，溅起一片片水花……

那个年代，做豆腐卖是违法的，叫什么"投机倒把"，所以不敢公开。被公社市管会的人发现了，要没收东西，还要被抓去游斗。虽然母亲没有被抓去游斗过，但是家里的豆腐房也被抄过，做豆腐的工具被如狼似虎的市管会人员收走，做豆腐用的大锅也被砸漏了。愤怒的父亲抄着长长的火钳要冲上去和他们拼命，母亲却抱着父亲，对他说："我们从头再来！"

我从母亲的身上看到了什么叫坚韧。

她总是默默地承受着一切，用行动去抵抗着人为和自然的灾害。记得那一年大水冲坏了房子，我都哭了。她面无表情地对我说："哭什么哭，房子倒了可以重建，只要人还在！"

可母亲还是会流泪，而且比一般人流的都多，那是亲人受到伤害的时候。祖母死后，她哭了三天三夜，眼睛都快哭瞎了，还生了眼病，很久才好。我小妹付莲是母亲的养女，抱养过来时刚刚满月，在她不到三岁的时候，得了一场大病，母亲每天以泪洗面。小妹得的那病需要经常输血，母亲一次一次地把自己的血输给小妹，最后把自己的身体也搞垮了，壮实的一个人变得精瘦，而且落下了病根。

……

从那一次大水灾之后，我就一直希望自己能够给父母亲盖一栋新楼，让他们幸福舒适地居住。可我一直没有实现这个梦想，直到去年，我把一大笔稿费寄回家里时，我才觉得这个梦想就要实现了。新楼房是去年冬天开始动工的，可我不知道为什么建得那么慢，到现在也还没有建起来。本来，我想2009年春节一定能够建好的，到时我会带我妻儿回去和父母过个团圆年。现在，回家在新楼房里过年的愿望也许就成了我永远不能实现的一个梦想。

或者我的魂魄会飘回故乡。

……

不知怎么的，我感觉到母亲知道了我被埋的事情，感觉到她在哭，她的泪水像雨一样从五月铅灰色的天空中落下。

我的心里也落起了绵绵的雨。

冰冷的雨。

妈妈，我不希望你哭，就是我死了，你也不要哭。你要是哭瞎了眼睛，你就看不到你其他的儿子以及孙子孙女了，他们和我一样重要，一样是你的至亲至爱，你看到他们就像看到我一样。我希望你好好和爸爸一起活着，儿子给你们建的房子还没有建好呢，你们可以在新房里好好地活好多好多年，来生，我还会做你们的儿子，还会赚钱建新楼房给你们住，让你们安享晚年……

绝　望

　　我在黑暗中感觉到自己的呼吸越来越沉重，压住我肋骨的钢筋似乎是压在我的心脏上，我的心脏随时都有可能爆炸。我突然觉得自己特别窝囊，怎么就被埋在这里一动不动了呢，我就要这样渴死、饿死？这不是我要的死法，这样死不符合我的死法，如果我死在前线，我认了；如果我路见不平死在歹徒的刀下，我也认了；就是为了妻子儿女累死，我也认了……可是我怎么能够就这样死去呢？我的父母还需要我赡养，我的妻子还那么年轻，我的女儿才一周岁，我的兄弟姐妹们……还有那么多事情没有做完，我的新书才写了三万字……我不能这样死去！

　　可我还能坚持多久？

　　目前，焦渴是最大的问题。

　　昨天早上我就吃了两个小馒头，喝了一瓶花生牛奶。因为写作十分顺利，午饭也没有吃，本来想写到下午四点多就收工，到山庄里的饭店去好好吃一顿的。山庄饭店的厨师厨艺十分不错，原来是在江苏的一家川菜馆当大厨的，鑫海山庄的赵老板把他挖了回来。刚刚来的那天，老板娘请银厂沟电厂的几个工人吃饭，叫上了我，吃了十多道地道的川菜，感觉好极了，可以说，这是我有生以来吃到的最好的川菜，尤其是本地河里出产的冷水鱼烧得很绝。我想好了今天的晚饭就吃一条大厨烧的冷水鱼。结果，这成了我的幻想。

我不知道那个厨艺良好的厨师现在怎么样了，我希望他活着，世界上真正优秀的厨师毕竟不太多，人民需要这样的厨师。

那条我本来要吃的鱼现在在哪里？是不是被砸死了？还是掉下了山谷，重新游回水中，自由了？

昨天出事之前，我没有喝一口水。

我有个极坏的习惯，写作的时候只是一个劲地抽烟，根本就想不到喝水。这让我吃了大亏呀，如果我多喝点水，或许我现在就不会如此焦渴难忍，或许我可以多坚持两天。

废墟外面的雨下得更大了，从落雨的声音可以辨别。

又一阵剧烈的余震，我身体底下的楼板瑟瑟发抖。

许多碎物又从上面滚落，压在我的背上，因为楼板是倾斜的，我的背部承受着重负，像一座山压在我的背上。

余震过后，楼板停止了颤动。

暂时的平静使我悬着的心放了下来，我真担心楼板会在余震中掉落到几十米深的山谷里去，那样，我会和楼板一样粉身碎骨。

这时，我身体下面的皮肤感觉到了一阵清凉。

我一阵惊喜：是雨水顺着楼板流下来了！

过了一会儿，我绝望了，我只能感觉到雨水从我身下流走，却没有办法使它流进我的嘴里，甚至连打湿一下我的嘴唇都是不可能的事情，就像我无法喝到自己的尿，无法让左脸上的血抹到嘴唇上一样。

我以为是上天可怜我，给我送些天水下来解解渴，可那是上天的一个恶作剧，在玩我呢！

水！水！水！

此时，就是让我喝口水，让我马上死去，我也无怨无悔！

我什么时候感觉到水如此宝贵？

在被埋在废墟里之前，每天用那么多水洗澡，一次一次地用水冲着自己的身体，生怕哪个毛孔没有冲洗干净，有时水龙头也忘记关闭，任凭宝贵的水白白地流走，还嫌自来水不干净，还要喝什么矿泉水……想起来，那就是犯罪呀！刚刚住进山庄时，山庄里的人告诉我，这里连冲厕所的水都是矿泉水，他们特地从山上的一个泉眼接了根管子到山庄里来。

现在，就是冲过厕所的水给我喝，我也会把它当成琼浆玉液！

可是，那是不可能的事情。

我突然想起了花生牛奶。

上山前，我特地在山下的一个小超市里买了一箱花生牛奶，准备不吃早饭或者晚上熬夜时喝上一罐的。几天里，那一箱花生牛奶我才喝掉了三罐。

那箱花生牛奶此时在何处？我记得把它放在房间里靠近厨房的那个角落的，楼房坍塌时，那些花生牛奶会不会正好散落在我身边？

这个想法让我在绝望中又萌生了一线希望。

我该怎么办？我只有右手还可以在很小的空间里活动，希望只能寄托在还没有被完全埋住的右手上了。

如果没有可以活动的右手，也许我会陷入更加险恶的境地。

我用右手开始在周边摸索着，摸到的都是破碎的和毁坏的东西。

我的右手手指使劲地在碎物里又抠又挖。

忽然我在碎物堆里摸到了一个纸盒的尖角，那一定是装花生牛奶的纸盒！这个房间里没有其他类似这样的东西。

我一阵狂喜，兴奋得手都在颤抖，我艰难地从泥石堆里抠出了那个纸盒，指头都抠烂了，钻心的痛，十指连心呀。如果能够抠出一罐花生牛奶来，这点痛算得了什么！在这个时候，一口水也许就能够让我多存活两天，何况是一罐花生牛奶。

随即，我的心凉了，我费尽心机抠出来的竟然是一个空纸盒，是我喝完了的那罐花生牛奶的纸盒，我突然觉得特别的绝望，盒子里一滴牛奶都没有，我怎么喝得这么干净，如果当初剩下一点该有多好。

绝望！

无与伦比的绝望！

事实上，就是有一罐花生牛奶，我也喝不着，因为我的右手已经伸不到嘴边了。我只能转移着注意力，并且继续呼救。我每隔几小时的呼救变得徒劳无功，因为根本就没有人能够听到我泣血的喊叫。难道我真的要死在这里？

那说过要救我的人此时在哪里？

难道他们忍心让我就这样死在这里，生命慢慢地干枯掉？

我不敢想象他们真的会抛下我，在这样的废墟里！

还是绝望！

《战栗传说》

这次来四川写作，我只带了两本书，一本是满庭花雨的长篇小说《医生》，很早就答应给她写个书评，可一直没有写，说起来也快半年了，我答应人家的事情是一定要做的，除非遇到不可抗力。我住进鑫海山庄的第二天就给《医生》写了书评，因为她要得比较急，一家杂志社马上要用。好在那时给她写好了，否则还不知能不能实现自己的承诺。

《医生》这本书和我一样被埋在废墟中，但是我不知道它被埋在哪个地方。

还有一本书，也和我一样被埋在了废墟中，那本书的书名是《战栗传说》，它的作者是二十世纪初的美国恐怖小说作家洛夫克莱夫特。洛夫克莱夫特被斯蒂芬·金誉为"二十世纪恐怖小说最佳写手，无人能出其右"。我其实不是因为斯蒂芬·金对他的赞赏才读他的书的，而是因为慕容雪村。

慕容雪村是我见过的读书最多的作家。他的博学和良好的记忆力让我惊叹。去年冬天，我们一起在三亚写作时，他向我推荐了洛夫克莱夫特的《战栗传说》。翻了几页纸，我就被吸引。慕容雪村见我对此书爱不释手，就把这本书送给了我。其实，慕容雪村还送给了我一个构思，那就是我这次进川要写的《迷雾战舰》。

洛夫克莱夫特是一个一生都被诅咒的人。他于1890年8月出生于美国罗得岛。从小体弱多病的他度过了坎坷的一生，因为家庭破产和精神崩溃无法完成学业，父母亲相继去世，给他的心理投下了更大的阴影。他因癌症痛苦地死去前，从未出版过任何一本书。

他在孤独中写出的作品充满了奇思怪想，我想他是活在自己作品中的人，他让我对他产生了敬意，我从来没有对一个外国作家如此的尊敬。

《战栗传说》是他的小说集，其中的《克苏鲁神话》最让我着迷。这篇小说描写了一名远古的邪神（克苏鲁），远在人类文明诞生之前，便寄居在地球上，后来他们由于不明的原因而陷入沉眠，他们的身体和文明都被封存在深海或者南极，等待复苏的那一刻重新奴役人类……

洛夫克莱夫特曾经说过："人类最古老而强烈的情绪，便是恐惧。最古老而强烈的恐惧，便是未知。"

就在地震的前一天晚上，我还在睡觉前读他的作品。

那时，我不知道我会被埋在废墟之中，我还考虑过，我将面临的是什么？越是在平安的日子，我就越会感觉到危险。

如今，死去多年的洛夫克莱夫特的中译本《战栗传说》和我一起被埋，这意味着什么？

或者我是被《战栗传说》诅咒的人。

尽管如此，我还是喜欢洛夫克莱夫特的小说，如果我死了，《战栗传说》就是我的殉葬品，我会带着这本书，到地狱里去找洛夫克莱夫特，告诉他，我最接近的是什么。

灰色的花朵

我脑海里浮现出一些花朵。

它们都已经变成灰色。其实我已经记不起那些颜色是什么样子的了，此时在我眼中，一切都是灰色的，包括我的情绪。

灰色的花朵已经没有了香味。

它们在我心中变得那么的不真实。

我曾经和它们靠得很近，可以闻到它们的香味，可以听到花瓣中传出的呼吸，还可以感觉到蜜蜂在它们身上留下的痕迹。

那是些花朵，和叶子不一样。

就是失去了颜色，也和叶子不一样。

易延端

余震来时，空气也在颤抖。

我想过自救，可无能为力。我浑身的力气已经失效，我的挣扎已经毫无意义。这里不是我的沙场。

我是被如来佛压在五指山下的孙猴子，纵使有天大的本事，也无法施展。

我想起了我的战友易延端。

如果这次不是因为他，我是绝对不会来四川写作的。我当兵的第二年就认识了他，那时是1986年，我们同在兰州空军高炮某团当兵。其实他比我早当兵两年，他当时是团机关战士灶的司务长，因为我们都喜欢舞文弄墨，臭味相投，就经常在一起，成了好朋友。

易延端喜欢写诗，他的诗写得一般，但是作为朋友，他是个可以交心的人！我有什么事情都会去找他，比如碰到什么烦恼的问题，都会对他倾诉，他也会给我出主意，解决问题。他经常会弄些酒菜，把我叫到他的房间里，关起门来，边谈文学边喝酒。他的酒量比我好，我喝不过他。

后来我离开了老部队，调到广空某部去了，久而久之，就断了联系，可我还是经常想起他来。

我一直记得他厚道的样子，笑起来还有两个酒窝。

我们重新联系上，转眼就是二十多年。

说来也奇怪，我们早不联系上晚不联系上，偏偏就在地震前的二十多天联系上了，因为郭群。

郭群是有恩于我的人，也是个作家。没有他，我就当不了兵。当年就是他来到闽西接兵，爱才的他看我上中学时就发表过小说，就把我带走了，尽管我身体某些方面不合格。

很巧的是，他也和我失去联系二十多年了，也是今年刚刚联系上，和他联系上不久，他就带着儿子来了一次上海。多年不见，我们显得特别的亲热，其实我心里一直把他当成我的亲人。见面后，我就自然而然地和他谈起了我们共同的朋友易延端。他说易延端一直和他保持密切的联系，去年，易延端还去他那里住了一段时间。

战友的感情的确不一样，他马上就拨通了易延端的电话。

这个多年没有联系的战友终于有了具体的消息。

刚刚好我准备到一个地方去写作，本来准备去三亚和慕容雪村一起写作的，因为很想见易延端，就决定到四川去，于是就来到了银厂沟，住进了鑫海山庄。我们还约好了5月17日他带几个彭州的老战友到山庄来聚会的，没想到我在12日下午就被埋进了废墟之中。

5月8日那天下午，是他和一个叫王晓琳的女人把我送到鑫海山庄的，吃完晚饭后，他就下山去了。

见到易延端后，感觉他没有什么变化，只是老了许多，可他还是那么质朴，笑起来有两个酒窝，还是那么的让人感觉到放心和踏实。

……

被埋后，我一直以为他会尽快赶来救我，可是他一直没有出现，我想山庄里的人就是放弃救我，也应该会把我被埋还活着的消息告诉他，让他想办法来救我的，特别是那个叫王晓琳的女人。这一天将要过去了，我也没有等到他的到来，我不知道为什么会这样。

难道他也会像山庄里的人那样，让我死在废墟之中？

这绝对不可能！

我坚持认为他和我妻子娉一定会想办法来救我！

可是他们什么时候到来，这是个让我难过的问题。

如果我死了，他们再出现，那已经毫无意义。他们只能挖出我的尸体，或者几件残破的沾满泥尘的遗物。还有一盒带给易延端女儿的巧克力，不知道他们能不能找到，如果那盒子没有坏的话，兴许还能食用，巧克力应该不会受伤或者死亡。我还没有见过易延端的女儿呢。

或许我会随废墟一起在余震中掉落山谷，尸体连同一切东西都被永远埋葬……

"易延端"这三个字成了我这次地震遇险中最关键的一个名词。

平常得令我伤怀的场景

那个巨大的城市在暮色中沉入一片辉煌的灯火之中时，杂乱的充满人间烟火味的漕东支路却黯淡下来。路旁一栋居民楼四层的窗户里透出温暖的光亮。

那是我岳父岳母的家。

岳父陆顺忠是个老工程师，现在除了给制造电脑雕刻机的厂家搞设计，没完没了地画图纸外，就和岳母一起帮我们带李小坏。岳母姚菊芳是个工人，很早就退休了，她认识很多人，总是忙碌地串门，在没有李小坏前，如果不是在傍晚的做饭时间，是很难找到她的，可她又会很突然地回到家里。

这时，岳母会在厨房里炒菜，她总是把声音弄得很响，站在家门外也可以听见锅铲碰撞铁锅的声音。我来后，岳父会把李小坏移交给我，又躲到封闭的阳台的那个角落，在电脑上画设计图，还点上一根烟，偶尔会伸手摸摸头上花白的头发。我在客厅里和小坏玩捉迷藏，总是逗得她嘎嘎地大笑，她不笑时像我，笑起来就像她妈妈了。这个孩子是个精灵，她这么小一点点，就可以用童稚的目光和我做心灵的交流。我和小坏玩耍时，会不停地给妻子娉打电话，催她回家。这是倦鸟归巢的时候，她应该回来了，我总担心岳母在她回来前就早早把菜炒好了，等到吃时菜就凉了。我有时也会烧菜，我会等娉快回家的时候烧，等她一回家，我的菜也正好烧好了。

妻子娉回家时会给这个家庭带来一阵喧闹。岳父会边说话边从阳台上走到厅里来，然后到厨房里去盛饭。岳母就坐在饭桌前笑着看李小坏伸出双手从我手中扑到妻子娉的怀里，小坏会仰起小脸，把粉嫩的小嘴凑到她的脸上，亲吻一下，那样子逗得这个家庭的所有人都开怀大笑。

我们吃饭时，小坏就站在我们旁边，啊啊地叫着，我们把她可以吃的东西用筷子放到她的嘴巴里，她就不叫了，边吃边看着我们，吃完后，她又开始啊啊地叫，如果我们不理她，她会边叫边用手拉着我们的衣服，好像在告诉我们："你们怎么可以不理我呀！"

我这个人有时很不好，边吃会边说这个菜太咸了，那个菜太淡了……岳父听了我的话就会去尝那些我点评过的菜，会作出他的评价："这个菜还可以，不咸；这个菜是淡了点……"岳母则微笑地坐在那里，不说话，她已经习惯了我的挑剔，还努力地按我的口味烧菜，比如不在菜里面放糖。她有糖尿病，吃得不多，却又吃得很快，吃完后就抱着小坏看我们吃。这时，妻子娉发话了："你少说两句，有得吃就不错了！"岳母就笑着说："他就那脾气，说就说嘛，没有什么关系的。"有时我也会夸她做的菜有进步，她就会十分高兴："好吃就多吃点，全部吃完。"

……

这是平常得让我感伤的情景。

我想很多平凡的家庭都是这样的。

我希望能够记起更多的细节，这种回忆让我在感伤中温暖。我多么想回到那庸常的生活场景中去！哪怕是岳母做的饭菜再不好吃，我也会吃得很香，很香！

可现在的我……

我如果死在鑫海山庄的废墟之中，那样平凡的家庭场景会不会被破坏？我想很长的时间里，那个曾经温暖过我的家庭会陷入悲伤的氛围，他们的眼中常常会被泪水洗礼，而心里的悲恸比泪水更加长久。当还不懂事的李小坏突然用稚嫩的声音叫出"爸爸"时，他们会怎么面对这个可怜的孩子？她那么小一点点就失去了父亲……

求生的欲望又使我提起一股力气，大声地呼喊："救命啊——"

喊得我筋疲力尽，还是没有人回应我。

我想我离那平凡的家庭场景越来越远，越来越远……

逃亡者

很多时候，我觉得我是个逃亡者。

从我出生的那一天起，我就开始了逃亡。祖母王太阳曾经告诉我，我出生的那天天气特别寒冷，她穿着单薄的旧夹袄去找接生婆时还在路上摔了一跤，膝头皮都摔破了。我是她的第一个孙子，她高兴呀。可当把我接生出来时，我是那么的小，像只小老鼠一样，而且奄奄一息。祖母解开了衣襟，把我——那一小团冰冷的肉放在了她干瘪的乳房前，然后用衣服盖起来。祖母用她的体温把我焐活过来，我的第一声啼哭是从祖母的胸怀里发出的。

那是我的人生的第一次成功逃亡，是祖母没有让我一出生就夭折。

出生在闽西最穷困的乡村不是我的错，也不是我父母亲的错。饥饿的童年有些回忆辛酸而又好笑。父亲在我长大后，还经常对我说起一件事情，当然是在温饱问题解决后于逢年过节的餐桌上说起那件事情，有点忆苦思甜的味道，也是增加一点笑料，可父亲从来就不是个善于讲笑话的人。父亲说，我三岁那年的某天，家里人都出工去了，我在家里爬来爬去，祖母在忙着家务，没有顾得上我，我爬上了饭桌，看到了一团像田螺一样的东西立在饭桌上，以为那是个田螺，饥饿的我一把抓住了它，迫不及待地往嘴巴里塞……祖母发现后已经来不及了，我已经吞下了那团软乎乎的东西。我不知道那是家里的老母鸡飞到饭桌上屙下的一团鸡屎。她连忙说着："造孽哟——"然后擦掉我脸上手上残留的鸡屎，还带我去漱口……

我从来没有恨过生我养我的那个穷困乡村，可它总是让我心痛，让我产生逃离的念头。

堂哥金水的死是那么的令人沉痛和忧伤。

那年端午节，堂哥金水死于大水。那个端午节想起来是那么的昏暗。我们都跑到河堤上看汀江里浑黄咆哮的大水。每年端午节前后是雨季，汀江河里的水会因为上游的山洪暴发而大涨，洪水威胁着我们的村庄。洪水注定那个端午节是无法好过的，大人们呼号着在加固河堤，而我们这些胆大的孩子们就站在河堤上看着大水。堂哥金水站在我旁边，我听到他喃喃地说着："粽子，粽子——"那个端午节，我们村没有一家人包了粽子，一是因为那年是个饥荒年，哪里有米包粽子呀；二是因为洪水的威胁，大家都不过这个节了。我不知道他为什么会在这个时候说粽子，说得我直流口水，饥肠辘辘。金水突然伸出手，往大水横流的河面上指去，他激动地说："看呀，那是粽子——"我朝他指的方向望过去，哪里有什么粽子呀，那分明是漂浮的一块门板。河面上从上游冲下来很多杂物，上游一定有村庄被洪水冲垮了。和我们一起的几个孩子也没有看到什么粽子。可金水坚定地说他看到了粽子。那一定是堂哥金水的幻想，我们没有想到，金水会突然跳入滚滚的洪水之中。我们惊呆了！金水一直以水性好出名，他跳入洪水中后，我还以为他能够游回来。他一直朝那块漂浮的门板游过去，当他就快游到门板边时，一个巨浪朝他打了过去……我们再也没有看到金水浮出水面，甚至连他的尸体也没有找到……

堂哥金水消失在洪水之中，消失在贫困的岁月里，却永远留在了我的记忆中，他是我发誓要离开家乡的最坚强的动力。

我永远背负着亲人的亡魂在这个世界逃亡，金水，爷爷……

父亲一直鼓励我离开家乡，到外面的世界去。每次他带着我在田野里劳作时，就会对我说："你要好好读书呀，否则就会像我一样在这里苦一辈子！"他要我向叔公李佳英和李佳能他们学习，考上大学才有前途，叔公们都是二十世纪五十年代的大学生，那时他们分别在总参谋部和上海工作，据说他们都讨了白皙皙的上海女人做老婆，过着幸福的日子。

那两个叔公是我的榜样，可是我并没有像父亲期待的那样好好读书。

上了初中后，我的成绩就急转而下，原因是我迷恋上了写作。我在笔记本上写着我自己认为是诗歌的东西，其实那些都是一些分行的文字。后来又迷上了小说，我偷偷地写信给远在南平的表姐秋兰，让她给我寄来了大量的文学杂志，那些文学杂志像毒品一样让我上瘾，陷入其中不能自拔。最后，我也开始学习写小说了……

写作的确是一种毒。

我承认我中毒太深，无可救药。

我的学习成绩越来越差，离父亲的期望越来越远，我不敢面对父亲的目光，不敢想他供我读书的钱是怎么辛苦赚来的。很多时候，我不敢回家，像一条野狗一样在乡村田野里游荡。

我的脾气也越来越暴躁，经常因为一点小事情就和人打架。我知道我在堕落，父亲和老师的教育已经在我身上失效，我在一条无望的道路上越滑越远……最后的结果就是我没能考上大学。父亲深夜里沉重的叹息让我惭愧，尽管他总是安慰我，说考不上大学不要紧，打铜也是赚口饭吃，打铁同样也是赚口饭吃。我却知道，那不一样，不一样！在我许多同学兴高采烈地拿到大学的录取通知书的时候，我悄悄地和堂叔李文养去做泥水匠的学徒了，李文养当时是我们那里很有名的包工头和泥水匠，和我同去的还有堂哥李土土。

那时，李文养在大山深处的一个村里承包了一栋楼房的建设。

那段时间我变得沉默寡言，而且会突然做出一些惊人的举动来。我会在休息时从建了一半的二楼上一次一次地往下跳，李文养见状对我吼道："你找死呀，你要摔死了，我怎么向你父亲交代！"

我流着泪对他说："我死了又怎么样！我这样没用的人死了又怎么样！"

李文养无语了，他理解我内心的痛苦。

在那里干了几个月后，我离开了那个山村，离开了李文养，回到家报名参了军。我离开那里，是因为一个叫兰珍的山村姑娘的一句话。兰珍是村里小吃店店主的女儿，她和父亲一起打理着那个小吃店。我经常在小吃店里喝闷酒。那个晚上，我喝得有点多了，就在那里胡说八道。兰珍走到我面前，冷冷地对我说："你总是这样喝酒有什么用？我看得出来，你和他们不一样的，你不应该一辈子当泥水匠。我要是你，就回去补习，继续考大学，实在不行，就去当兵！"兰珍的话使我下了逃离故乡的决心。

那又是我一次成功的逃亡。

当我坐上汽车离开故乡，我看到了祖母在汽车后面哭喊着追赶我，我的父母亲和弟弟们在追着她，泪水迷蒙了我的脸……我要不混出个人模狗样来，还有脸回来吗？

……

我对部队有很深的感情，它让我成长，成长却需要付出沉重的代价。我整个青春时光都在部队里度过，我在部队收获了宝贵的人生历练，有伤口，也有军功章。二十多年的军旅生涯让我从一个青涩的少年变成了一个铁打的汉子。就是后来离开了部队，我也从来没有后悔过那二十多年的坎坎坷坷。

……

2004年，我离开了部队，脱掉了穿了二十多年的军装。我开始了在上海的生活，我没有让地方政府安排工作，选择做一个自由职业者。

几年来，我混得灰头土脸。

刚刚开始和程永新大哥以及汕头的蔡极鸿先生合作开了一家潮州菜馆，我无法忍受商业操作中的一些潜规则以及自私贪婪的商人本质，最后我退出了合作。后来我到唐神传播旗下的图书公司当总编辑，干了几个月后，也灰溜溜地离开了，因为只知道干活，而不知道耍手段，但是我问心无愧，我走时，我手下几个员工都哭了，他们帮我提着我的东西，把我送出办公楼时，我看了看高远的天空，只是轻轻地叹了口气。再后来，和北京的兴安先生和书商贺鹏飞合作开了一家图书公司，最后还是不欢而散，一年多时间，我付出了很多，收获的却是冰冷的叹息……为什么我总是混得灰头土脸？我一直在思考这个问题，我是个直性子的人，我不知道如何适应这个商业社会。

其实我是一个人在和一个现代文明的社会对抗，这个社会不需要你的铁血丹心，不需要你的侠义柔肠……在我的内心恢复平静后，我决定再不从事商业活动，我不是那个料。在一个大雪飘飞的晚上，我在北京的一个小招待所里，呼吸着污浊的空气，写了一篇题为《仇恨是不可救药的绝症》的文章，我记得文章里有这样的话："一切都渐渐平淡，生活从来没有因为自己的粗暴而改变过，只是让自己越来越疲倦，越来越远离人群，越来越怀疑自己。很多时候其实自己就是一个堂吉诃德，总是在和风车作战，自己把自己当个英雄，结果在别人眼睛里是个傻瓜。总是作出无谓的牺牲，因为自己的一意孤行！一切都源于一个简单的词：'仇恨！'很小的时候，现实告诉我，你要学会仇恨，那样你会变得残暴，残暴是一把双刃剑，可以威慑别人，但是也经常弄得自己伤痕累累。仇恨是不可救药的绝症！我决定放弃心中的仇恨，做一个平和的人，与世无争的人，微笑的人,坦荡的人。仇恨使人变得自私,变得面目狰狞,变得睚眦必报,变得提心吊胆!"

我也记得好友曹元勇看完我这篇文章后写下的一段话:"在我心目中,西闽一直是个英雄。因为,这位兄弟敢作敢为,敢恨敢爱。我曾经说过,他的性情中既有疾恶如仇的一面,也有柔情似水的一面。可以说,他是有大爱和大恨的人。现在人们喜欢唱:one night in Beijing,我留下许多情。而西闽在那个北京之夜,可能获得的是一种对世俗庸人卑鄙灵魂的顿悟。现在,他突然宣布不再仇恨,而要拥有平和宁静的心态。我知道,他一定是经历种种'恶'的磨炼。他是一个有着淳朴儿童心态的兄弟,于是庸人免不了利用他疾恶如仇的一面,柔情似水的一面。儿童长大了,就会发现成人的丑陋。西闽这个少年英雄终于看清了这点。他在这种顿悟中,一定经历了刺心的痛苦。就像尼采所说的英雄,发现世界上都是别有用心的绵羊,必须经历心的刺痛,才能超越一样。这是一个长着邪恶脑袋的绵羊吃老虎的时代啊。"

我不是什么英雄,英雄只是我的一种情结。梦想成为古代的英雄,骑着高头大马,一杆长枪挑遍天下敌手,那是我永远不能实现的梦想。

我只是一个永远的逃亡者,长不大的逃亡者,卑微的逃亡者。

可我最终却不知道会逃向何方。

也许鑫海山庄地震后的废墟是我最后的归宿!

再次陷入黑暗

眼前的灰色光亮渐渐地熄灭,我再次陷入黑暗。

我想,山庄里的人再也不会来救我了。我不知道他们为什么会放弃我,如果我是他们,我就剩下一个人,用手也会去刨出埋在废墟里的活人的。我没有恨他们,救和不救都是他们的权利,我尊重他们自己的选择。

黑夜的再次降临让我恐惧。

其实恐惧、希望、痛苦、愤怒、烦躁、委屈、平静……这些情绪一直在我大脑里交替着进行。

曾经有个女人问我:"你怕死吗?"

我反问她:"你呢?"

她笑笑说:"当然!"

我说:"那还用问,只有死去的人才不会怕死。可人能够不死吗?"

对死亡的恐惧并不是在深埋废墟中才出现过,就是在一些庸常的日子独处时也会油然而生。那是相当脆弱的时刻,会突然觉得无望,生活中的一切变得索然无味,自己就像是一个濒临绝境的人。其实那时窗外的天空依然晴朗,花园里的花朵依然怒放。这样的时候恐惧死亡,显然十分矫情。

此时的恐惧则深入骨髓。

那么真实。

我不知道有没有在这种情形下不会恐惧的人。

我显得异常的卑微。

黑暗中仿佛有个魔鬼狞笑着伸出锋利的爪子，插入我的胸膛，抓住我的心脏，使劲地捏着。

我的心脏涌上一阵阵难以忍耐的疼痛。

我感觉到心脏里的血在被魔鬼之手挤干。

恐惧产生的毒素侵入我的五脏六腑，我喊叫起来："不，不，我不要死，不要——"

人死了一切都没有了。没有了思想，没有了语言，没有了亲人，没有了朋友，没有了……绝望！

有人会在恐惧中崩溃，失去求生的欲望，然后把自己活活吓死。

我会不会在恐惧中窒息而死？

不，不，我不要死！

我要活下去！

给我力量，让我度过这个漫漫长夜……

预　兆

世间发生的任何事情都会有预兆吗？

我相信有。可我们不能准确地把握那种上苍传递过来的信息，那种信息是模糊的，不是谁都能够准确领悟的，也不是什么科学仪器可以测量出来的。就在此半年前开始，我就经常做那个噩梦，在噩梦中我被装进棺材里活埋了……我没能从这个噩梦中破译出那蕴藏的密码。

我是个俗人，我不知道那是神对我的暗示，或者说自然对我的警告和提醒。

就在我出发来四川的前一天，我还莫名其妙地在 QQ 上给路金波留言："如果我这次出去有什么不测，请你好好经营我的图书。"那时，我隐隐约约地感觉到了此行凶多吉少。可我为什么还是来了呢？我是个守信的人，和朋友说好了的事情，就会义无反顾地去做。

飞机在成都双流机场降落后，我还犹豫了一下，是不是就在成都写作呢？一个朋友还给我联系好了酒店式公寓，说那是个十分安静的地方。可我还是和开车来接我的易延端去那个当时还未知的地方，因为他说给我找好了住处，但是没有告诉我具体是什么地方。

就是上车后，我问他把我安排在哪里，他也没有说，就说先到彭州，到了彭州再说。我当时就有疑问，他现在在什邡工作，没有在什邡给我找地方，为什么要把我拉到彭州去呢？见到二十多年没有见面的老战友，我很兴奋，说了很多久别重逢的话，却不管其他什么了，他是我值得信任的战友，他安排我到哪里就到哪里吧。奇怪的是，易延端把车开出机场后，一直在成都打转转，他总是找不到开往彭州的路，转了快两个小时，才转出成都。现在想起来，那应该是冥冥中上苍对我的挽留，让我不要前去受难。

可我没有接受上苍的挽留。

车子开到彭州，已经暮色苍茫了。

易延端把车子停在了彭州市区里一个小卖店门口，那里坐着几个男人，正在说着话。我们下车后，其中一个男人站起来，朝我们走过来。易延端介绍说，他以前也在我们团当过兵的。不过我没有见过他，因为他在1985年部队精简整编时就复员回家了。

不一会儿，他们就把我带到了一个饭店里，陆陆续续又来了一些战友，其中有我认识的尹华培和张青。张青是我一个连队的战友，自然很兴奋，说了许多有趣的往事，还通过他联系上了许多当时关系密切的战友，比如兰州的赵清国等。看到这么多战友，我才知道为什么易延端会把我带到彭州来，他早就和战友们商量好给我接风的。那个晚上我喝了不少酒，喝完酒还十分清醒，因为高兴，没有醉。那个晚上，我和易延端在一家小旅馆住下了。那个晚上，我睡得很不舒服，总感觉有什么事情要发生，但是我没有在意。

第二天，易延端对我说，他给我找了四个地方，三个地方在什邡，一个地方在彭州的银厂沟。他先把我拉回了什邡，看了两个他给我找的住处，我都不满意。我还是决定到银厂沟去，他也觉得银厂沟清静，对写作比较有利。然后我就去他的办公室坐着喝茶，和他的同事聊了聊天。易延端在《今日什邡》报社当副总编辑，这是个县级内部报纸，条件并不是很好，可他能够做到这样的成绩，已经相当不错了，这和他为人淳朴和敬有关。中午，他叫了什邡的女作家曾葳茵和他的同事李斌（当时名噪一时的"雪米莉"其中之一）一起吃了个午饭，然后就坐着鑫海山庄派来接我的车子，上了山。

后来才知道，易延端在什邡给我联系的三家宾馆，在地震中都没有任何问题，包括地震重灾区什邡红白镇的那家，全镇的房子基本都塌了，但它没受大的影响。

命中注定我要经历这场灾劫，躲都躲不掉，尽管有那么多预兆，有那么多的可能性。

我应该服从命运的安排？

呼　吸

　　黑夜里传来的轰响让我不再相信这是简单的山体滑坡，这是可怕的地震。连续山摇地动般的余震随时都有可能吞噬残存的生命。在鑫海山庄以外的地方，还有多少生命在那瞬间被无情吞噬？山庄里除了我之外，还有多少人被埋葬？那说过要救我的老板娘他们，是不是已经在余震中遇难？还有易延端，是不是也遭到了不测？

　　我突然替他们担忧，替他们难过。

　　任何一条生命都是宝贵的。

　　如果我能够安全出去，我一定会去救人的。

　　可我现在只有哀叹，自身难保，出去救人的话有点像是谎言。

　　此时，我身体上的伤口已经感觉不到疼痛了，压在底下的那半边身体已经麻木，失去了知觉。

　　伤口是不是还在流血？是不是已经开始发炎，开始腐烂？

　　我想象着我的伤口慢慢地冒出黑色的黏稠的血浆，伤口的四周在糜烂，翻开的皮肉化了脓，有很多像肉芽般的蛆在蠢蠢欲动……我仿佛闻到了腐臭的味道，那是从我糜烂的伤口散发出来的腐臭味儿。

　　我的呼吸沉重。

　　我能听到自己呼吸的声音。

只有呼吸的声音可以证明我还活着。

我还活着，可是我的身体已经开始慢慢地腐烂，最后只剩下一副骨架，最后连呼吸的声音也会消失，就像唱机碰到停电，歌声戛然而止。

我想象着躺在家里那张舒适的大床上的情景，李小坏躺在我的旁边，面朝着我，她的小手放在我的胸膛上，一条小腿也搁在我的肚子上。她在我身边沉睡，我听着她轻微的呼吸声，闻着她身上的奶香，心里充满了慈爱。

我伸出尚能动弹的右手，往旁边摸了摸。

我希望能够摸到李小坏温热柔嫩的小手或者小脸，可我摸到的是冰冷的碎物和从破碎的木板上剌出的铁钉。

我心里一阵悲凉。

我的呼吸停止后，刚刚过完周岁生日不久的李小坏就永远没有爸爸了。

她爸爸也永远不会抱着她，轻轻地哄她睡觉了，也永远不能保护她了。她在成长的过程中，失去了一个最亲近的可以为她遮风挡雨的人……

可怜的李小坏呀！

我想流泪，可流不出来。

我眼睛里只有黑色的血在循环流动。

我还能呼吸多久？

活着的尊严和死的尊严

我难以形容在黑暗的废墟下所忍受的肉体和精神的双重折磨，如果说在那瞬间被砸死了，那也就一了百了了，也就没有任何问题了，死人是没有任何感觉的，一切悲伤痛苦都留给活着的人承担。这是十分自私的想法。是的，我想到过自杀，可我找不到自杀的方式，也就是说，我连自杀的能力也不具备。

但是我很快放弃了自杀的念头。

自杀是没有尊严的！

那是在背叛生命。

在我四十多年的人生中，我有过两次自杀的念头。

其中一次是在梅离开的时候。她走的那天，我没有去送她，我听到她乘坐的那班飞机从我们部队办公楼顶飞过的时候，我霍地站了起来，伸出手，想抓住什么，却什么也没有抓住。那天，我一天都是痴呆的，房间里还残存着她的气息，还有她用过的东西。我们在七月的北京相识，爱情像七月的骄阳那么如火如荼。那时她才二十岁，我也只有二十五岁。或许有些盲目，或许我们不知道生活的残酷，并不是有了爱情就有了一切，可毕竟我们是相爱的。我们的爱情随着她的离开也死亡了，那段时间我总是神思恍惚，像是被魔鬼吸去了灵魂。我在一个晚上，企图用刀片割断我手腕上的动脉血管。就在我要动手的时候，战友陈强敲响了我的房间门，我手上的刀片掉落在了地上。陈强手里提着一瓶白酒和一包卤鹅肉，笑着对我说："呆在那里干什么？喝酒吧！消消愁。"那个晚上，我们边喝酒边谈了很多。当他得知我有轻生的念头后，他朝我吼道："你他妈的还是男人吗？我一直以为你是条汉子，没想到是个孬种！男人要死也站着死，自杀算什么东西！"他走后，我把那刀片扔进了垃圾桶。没错，自杀是没有尊严的，那是对生命的背叛。

在这个黑夜，我自然也想起了她，想起她无奈的表情。

也想起了浩林。

他们同样是我心中的痛！

我想在我呼吸停止之前向他们告别，却无处告别。

……

父亲在我心目中一直是有尊严的人。

人的尊严没有贵贱之分。

父亲大名叫李文友，小名叫火贵生。他一生在故乡闽西乡村靠种田和做豆腐为生。沉默寡语的父亲很少和人聊天什么的，在我记忆之中，他总是一个人默默地劳动着。他年轻的时候身体特别健壮，我记得酷暑的时候，他在田野里劳作时，总是光着厚实的被阳光晒得脱皮的背，汗水从他的背脊上淌下，湿透了裤子。父亲做什么事情都不求人，能干的就干，干不了的也不强求，在父亲的词典里，没有"乞求"这两个字。自己应该干的事情无论再难再苦，也默默地挺着脊梁把它干完！这一点我继承了他的秉性，我不会乞求我得不到的东西。

父亲有他做人的原则。该是他的东西他就要，不是他的东西，他想都不会去想。那时候，他当过生产队的会计，当时生产队的保管员李路长和他关系不错，李路长后来因为贪污被抓起来了，有个别人怀疑我父亲也有问题，上面下来的工作组就调查他，看他有没有和李路长同流合污。结果父亲清清白白，怎么查也查不出问题。生产队的社员都站在父亲一边，说他是个老实的人，根本就不可能和李路长一起贪污。父亲靠着读了两年私塾的底子，把生产队里的账目理得井井有条。多少年后的今天，他还保留着那些年当生产队会计时的账本，他对我说过，什么时候来查他，他都不怕！那年大洪灾，他冒着生命危险抢出了那一塑料袋的账本，就是为了两个字："清白！"

父亲一生辛劳，为了我们四个儿子和两个养女耗尽了心血。

在他的肩膀上，扛着的永远是责任。

父亲也从来没有怕过什么！

他从来不会去欺负人家，却不容别人践踏他的尊严。

他把自己的尊严看得比生命还重！

我们几兄弟都从父亲身上继承了很多美德。

我们都觉得应该像父亲那样活着，一生坦坦荡荡，经得起考验。可我在生命的路途中却失去了很多美好的东西，在物欲横流的年代里沉沦。每当我做了些亏心的事情，我就觉得那是对父亲的侮辱。父亲的人格魅力无时无刻不在影响着我的行为。

父亲很少动手打我们兄弟，可他有一次差一点一巴掌把我的耳朵打聋。那是在我十二岁的时候，我和一个邻居的孩子打架，结果我打输了，我一怒之下抱着一块石头冲到邻居家里，把他家的锅给砸了。那天晚上，我很晚才回家。我准备偷偷地溜进屋里，却被等在厅堂里的父亲叫住了。父亲阴沉着脸，浑身在发抖，我站在那里，知道不妙。他老鹰抓小鸡般一把把我提溜过去，咬着牙说："你今天干了什么好事？"我低着头，大气不敢出一口。父亲愤怒地吼道："你说呀，你今天干了什么好事！"我什么话也说不出来，气急了的父亲扬起蒲扇般的巴掌，朝我的左脸扇了过来。我听到一股凌厉的风声，随后我的左耳"嗡"的一声，脑袋就晕了……父亲说："你出去和人打架，打输了你就要认输，打赢了也不要得意，但是你怎么能够去砸人家的锅呢！你知道吗？那是流氓无赖的行为！你丢尽了我的脸！"

我知道父亲用心良苦，他是要我做一个输得起的，赢得光明磊落，有尊严的人。

活着的尊严和死的尊严同样重要。

父亲如果知道我被埋在废墟里是因为忍受不了痛苦折磨自杀的，他一定会这样说："你怎么能这样做！"

父亲如果知道了我的死是因为血流干了实在坚持不下去了，他会用沉默的忧伤表达对我的感情。

想起父亲，我内心十分沉痛。

四十多年了，我没有混出个人样来，没能让他苍老的心灵得到安慰，却在浪迹的途中死于非命，这不是他想看到的结果。在他面前，我不是个负责任的人，无论是对他和母亲，还是对我的儿女，我都没有尽到我的责任。

我能够这样死去吗？

回故乡之路

明年的这个夜晚也许就是我的忌日。随着余震次数的增加，我身上积压的碎物越来越厚，呼吸也越来越困难。这是我生命中最难熬的一个夜晚，我的坚持已经到了一个极限。

每次路过我家附近的龙华殡仪馆时，我就浑身毛骨悚然，有些时候我特别脆弱。我曾经采访过一个殡葬工人，亲眼看过他把一具尸体送进焚尸炉。说实话，我接受不了火葬，总觉得这是很不人道的事情，人死了，就应该让他穿戴整齐，安放进棺材里，然后入土为安。

这似乎和观念的新旧无关，这是对死者的尊重。

我经常郑重其事地对妻子说："如果我死了，你一定要把我的尸体运回故乡，埋在我奶奶的坟边。"

她笑了："老土，现在谁还土葬呀！"

我很严肃地说："你记住我刚才的话没有？"

她看我一本正经的样子，收起了笑容，点了点头。

现在看来，我的尸体要回故乡埋葬是不可能的了，这里离我故乡那么遥远，而且我的尸体能不能完整地被挖出废墟还是个问题。看来，我注定是个漂泊异乡的孤魂野鬼。

多年来，我在现实的生活中，常常被物欲压迫得抬不起头来，常常为了一些不值一提的东西伤害着自己的灵魂，现实的罪恶让我游离在崩溃的边缘，脑海里充斥着污浊的东西，我的一身臭皮囊已经无法回到纯真的年代。

我想念我的灵魂和肉体早已经背叛的故乡。

我离当初逃离故乡的那个充满理想的少年越来越远，也离那个曾经感动过自己的理想越来越远。

那个闽西乡村的风景在我眼前是如此的灰暗，却又如此的令我感伤。那是我逃离的地方，此时却是我最想归去的地方。故乡那苍茫的群山里，是否还有斑鸠飞过？田野是否还稻花飘香？汀江河里的流水是否还那么清澈，或者洪水滔天？无论怎么样，你都是我的故乡。是我死了都想运回去埋葬的故乡。那些野地里自由开放的苦草花，或者还记得我的模样，以前，每年清明时，我都会采摘一束束苦草花，放在已故亲人的坟前。那是乡村里最平凡的花朵，平凡得它连一个像样的名字也没有，在野地里自由生长，而且生生不息。苦草花就是我故乡乡亲的形象。

此时，我想起那些淳朴的乡亲，会突然心动，感伤。

我发现我是那么多愁善感的人，而不是一个脾气暴躁的武夫。

黄毛婆婆该有九十岁了吧，不知道她现在身体怎么样，以前打电话回家，会向母亲问她的状况，想想，也很久没有她的消息了，人老了，就像一盏临将熄灭的油灯。在那饥馑年代，黄毛婆婆会偷偷地把一把地瓜干塞到我书包里，轻轻地对我说："孩子，带上它，饿了吃吧，看你都饿成皮包骨了！"

还有那个一生都孤独一人的杨秀婆婆，七十多岁了还自己下田劳作，她在我眼中永远穿着打满补丁的衣裳，松树皮般的老脸上永远浮着笑容，对一切那么宽怀，生命中只要有一口饭吃就足够了，而那口饭也是通过自己的劳动得来的。

我的李炳老叔公是否还在做着木匠？想来他也已经八十多岁了，

前两年回乡，还看见他在家里做着木桶什么的。他把儿子们养大成人，给他们娶上媳妇建好新房后，就和他们分家，自己和老伴两人一起度日，他不要儿子们的赡养，他说他能够养活自己。他是故乡最有名的木匠之一，他做的木桶木盆锅盖木勺等家什声名远播。他长得矮小，乡村里的人都叫他"矮炳"，而且他耳背，和他说话要用吼他才能听见，他自己说话也十分大声。我没有考上大学的时候，父亲曾经让我和他学过做木匠，父亲说，有一门手艺在身，怎么样也可以赚口饭吃。可我学了几天，就离开了李炳叔公。他一生除了他儿子没有收过其他徒弟，怕我父亲责备他，就对我父亲说："不是我不愿意教他，也不是他吃不了苦，他的心不在这里，他的心很大呢！"和父亲一样老实本分的手艺人李炳叔公是少数看穿我内心的人之一。他在我离开他的时候，只对我说了这样一句话："一个人做事情，做什么都要做专，否则一事无成。"现在，我们乡村里没有人再去做小木工了，他是一个坚守到最后的箍桶匠，他箍出的木桶是那么的货真价实，是那么的耐用。他最后也会飘散在故乡的风中，连同他精湛的手艺……

除了我三弟李希霖还在部队，其他的弟弟妹妹们，都还在故乡。我们几兄弟从小到大，从来没有红过脸，吵过架。我离开故乡时，弟弟妹妹们都还小，他们跟在我的身后，一直把我送上汽车。大弟弟李希峰后来考上了大学，回乡当了一名中学老师，现在是一所中学的校长。他完全有更好的发展机会，因为我，他留在家乡，我一直对他有愧。那年，经济发达的沿海地区的一个学校高薪聘请他去，他就和我商量，我劝他说："我在外面，三弟也在外面，小弟又没有能力，你一走，父母亲怎么办？"他听从了我的话，留在了家乡，就是为了更好地照顾父母亲，让我没了后顾之忧。

小弟李海军在我当兵离家时还是个小孩子，跟在我后面还流着鼻涕。小弟小时候死活不去读书，和邻居的孩子一天到晚瞎玩。后来,他就没有上学,很小的时候就养了一大群鸭子,最多的时候养过两百多只。我以为他一辈子就当"鸭司令"了。我们那里也有一生靠养鸭为生的人。养鸭子也是十分辛苦的事情,一年到头风风雨雨都要把鸭子赶到田野河流上去放养。后来小弟大一点后,父母亲就把他送去学厨。结果,厨房打杂的那套他都学会了,就没有学到做菜的真功夫,原因是他师傅没有用心地教他,而是把他当小工使唤。有一年我从部队回家探亲,发现小弟养了很多鸽子。我以为小弟改行养鸽子了。后来才知道,那鸽子是自己飞来的。有一天,我们家飞来了一只鸽子,鸽子是受伤的,小弟把鸽子收留了,给它治好了伤。小弟还在楼上的屋檐下给鸽子修了个鸽子屋。小弟在一次鸽子飞走后就认为它不会飞回来了。结果,第二天,鸽子不但飞回来了,还带了几只鸽子回来。后来又飞来了许多鸽子……遗憾的是,在1996年的一场大洪水后,鸽子都飞走了,再也没有飞回来。小弟郁郁寡欢了很长一段时间。现在,小弟在家以种田养猪为生。想起来遗憾的是,小弟结婚时,我没有回去参加他的婚礼。去年,小弟媳妇生了个女儿,比李小坏大两个月,她的名字还是我起的,可惜再也不能见到她了。还有大弟的儿子李浩,他和我很亲,总喜欢打电话给我,我答应送一台笔记本电脑给他,看来这个承诺永远也实现不了了。

命运总是在捉弄三弟李希霖,小时候他快到四岁才会说话,我们都以为他会成为一个哑巴。我不会忘记童年时,他清澈无望的眼神。我尽量地呵护着他,有时带他去很远的地方看露天电影,回来时,他瞌睡了,我就背着他回家,他在我背上轻轻地打着鼾时,我多么想他一觉醒来就会说话呀。他上学后,学习成绩一直很好,小学毕业就考到全县最好的重点中学去读书,可是,高考那几天,他突然拉上了肚子,影响了考试,差几分没有考上大学。要强的他就悄悄地离开了家乡,不知道到哪里去了,听人家说他走了好多地方,干过苦力，做过广告……那些年，他一定吃了很多苦头，可他却不愿意告诉我，他像父亲一样，沉默寡言，把一切都装在肚子里。后来我联系上他后就让他参了军。到部队后，他干得不错，因为文章写得好，部队领导让他搞新闻工作，并且转了志愿兵，本来部队领导准备给他提干的，可是，那年，上面下了个文件，以后不在志愿兵中直接提干了。

还有我的亲叔叔李文多，中风后一直行动不便，我不知道为什么灾祸总会降临到善良劳苦的人身上……还有我的表哥李金波，他多年来对我充满期待的目光令我伤感……

故乡是我一个梦幻，那么多具体的景象和具体的人，渐渐模糊。

很小的时候，看过一部外国电影，忘记了电影的名字。但是我还记得，一个英雄死后，他的几个战友抬着安放着他遗体的棺材一路回到故乡……我多么希望我死后，有人抬着我的灵柩走过万水千山回到故乡。

那只是我的幻想，永远也实现不了的幻想。

我只是漂泊异乡的孤魂野鬼。

也许只有我祖母能够把我的魂魄领回故乡。

可回故乡之路是那么的漫长。

朋　友

我的喉头又堵满了黏糊糊的膏状的物质。

我奋力将它吐出，呼吸稍微顺畅了些。我吐出的东西落在眼前的笔记本电脑上，我听到了它落在上面的声音。我的心活动了一下，如果能把电脑打开，我就可以看到电脑桌面上小坏可爱的照片，可以听到电脑里的音乐，那样或许可以给我带来短暂的慰藉，我却无能为力。

音乐可以安抚灵魂。

我想起了几年前，一个朋友送给我的恩雅的唱碟。从那时起，我就迷上了她穿透时空的歌声和神秘的爱尔兰音乐。我经常在写作的时候听恩雅，灵感的潮水就会一遍一遍漫上我的脑际。我特别感激那个朋友，她让我在这个无望的黑夜里想起了恩雅，音乐在黑暗中响起，它无处不在，渗透进我即将消亡的肉体和绝望的废墟。

我在音乐中想起了朋友们，那些在我生命历程中给过我帮助和爱的朋友们。他们让我感动。

我一直觉得朋友和亲人一样珍贵。

尽管这个世界很多人把朋友当作利用的工具。

我有很多的朋友，三教九流，渗透在世界的每个角落，他们的存在，让我温暖和安全。如果没有他们，我的生命会黯淡很多。

我很少能够像今夜这样有那么充足的时间来想念他们。

李洪洋，这个名字和我的二十多年军旅生活联系在一起。多年前，他还是《空军报》的副刊编辑，我当兵后写的第一篇散文《孤树》就是经由他的手发表出来的。那一年，我因为我们连队的指导员刘昌辉转业中发生的不公待遇的问题，和团领导吵闹，受到处分。听说此事后，从未谋面的他特地从北京赶到了陕西，做通了团领导的工作，给了我一个机会，当时团保卫部门准备送我去劳教。后来，我们就成了好兄弟，二十多年的时光没有冲淡过我们的感情。女儿李小坏出生后，他高兴极了，争着要当她的干爹……

马弘，我不知道你真的是不是比我大，一直让我叫你姐姐，可为了那一件毛衣，我认了。你知道吗？你是第一个给我织毛衣的女人。那时我们多么年轻呀，同坐一趟火车去西北当兵，又在同一个军，只不过你在军部，我们在基层连队。在电话里听到你的声音，那激动的心情是无以言表的。当收到你给我织的毛衣时，我怎么也舍不得穿，我想你用了多少业余时间，一针一针织出来的呀……

郑文革，不对，这是你过去的名字，现在改名叫郑涛了。你和李荣荣、李文榜、瞎木荣、马合佬、李柏元他们都是和我从小玩到大的好兄弟。记得那一年我的腿骨跌断了，无法走路去上学，是你们每天都来到我家里，轮流背着我去学校。时间过去那么久了，那情景还历历在目……

丘有滨，我很后悔在我当兵后第一次回乡探亲的时候，当着北村的面把你说得痛哭流涕，其实我理解你，我知道人的品性是与生俱来的，我不能改变你的生活正如你不能改变我的生活。在很久以前的高中时代，我们度过了臭味相投的一段时光，你总是那么才华横溢，滔滔不绝地讲着你对人生的理解。你把几大本写着你少年时期苦难历程的日记本送给了我，它曾经有一段时间滋润了我落寞的灵魂。你在我心中一直是最优秀的诗人，你忧郁和懦弱的性格决定了你的一切，你如今在闽西的那个小山城里过着悠闲的日子，不知道还写不写诗。我想对你说的是，如果我还能活下去，当我看到你被人欺负的时候，我还会像少年时代那样义无反顾地冲上去和欺负你的人搏斗。如果我死了，我希望你能写一首诗给我，对着如血的残阳大声地朗诵，我相信我能够听到……

明丽，你还在解放军文艺出版社当美编吗？想来我们很久很久没有联系了呀，那时我到《昆仑》杂志社帮助工作，经常晚上到你的暗房里帮你洗照片。那时我是个不谙世事的大男孩，我只知道你对我好，经常请我吃饭。其实那时编辑部的人对我都很好，海波，程步涛，李晓桦，张俊南……他们都是令我难忘的人。记得我离开出版社的那天，下着大雪，是你把我送到北京火车站，我走进站台时，回头张望了一下，发现你还在检票口站着，满脸的微笑……

葆国，那个春节是我此生最愉快的一个春节，我和娉到你家过年，你把你家的大床让我们住，你们夫妻却和小女儿一起挤在小床上睡，那种情谊至死难忘呀！多么想和你一起再去看土楼，再听你讲土楼的传奇故事……

程永新，在谁也不出我的恐怖小说的时候，你一口气出了我的《血钞票》和《尖叫》两本书，帮我渡过了难关。其实我一直把你当我的大哥，在上海这个中国最现实的城市，我为数不多的几个朋友中，你总是给我鼓励。在这个黑夜里，我想你给我送一杯酒，温暖我无望的心灵……

曹元勇，你知道吗？好几次，我想伸出手摸摸你那光亮而饱满的额头，因为我不知道为什么那里面装了多少智慧……

周墙，我们最后一次见面是去年秋天我离开黄山的时候，只是简单地吃了顿饭就匆匆而别。在这个时候想起去年在赛金花故居归园写作《诡枪》的情景，莫名感伤。那秋风秋雨的园林和庭院，那深夜猫头鹰的叫唤，还有赛金花老宅楼上传来的神秘的声响……都是那么的充满情味。还有我和你及你夫人,在那个落雨的晚上,把酒言谈世事,竟也成了遥远的一个梦幻……我说过,还要去归园的,去写一本关于赛金花的小说,可是,不知能否实现了,命运从来都是那么不近人情……

钟灵,我们交往也很多年了,你像大哥一样关心着我,你还记得我们在桂林的时候,面对一伙流氓的挑衅毫无惧色吗?嫂子和侄女都喜欢看我的书,可惜再也没有机会写新书给她们看了。你就让她们多翻翻我以前的书吧,就像是读我的新书一样……

国兴,我们在上海五角场度过的那些凄风苦雨的日子,想起来一去不复返了,多么想重新回到过去呀,还有杨芳、存周他们……

路金波,我把那么多书交给你了,可你到我将死也没有出版一本。我就是死了魂也会飘回你的公司里去的,站在海萍的身后,看她怎么编辑我的书稿,站在余一梅的身后,监督她设计我的书的封面。如果我的新书出来了,你就对着苍天烧一本给我吧,我等着呢……

佩兰,你还记得那年我去青岛,你和暖暖一起陪我在海滩漫步时,我说过的那句话吗?我当时是这样说的:"海风把你的裙子越吹越短,阳光把我们的身影越拖越长。"青岛是我怀念的地方,那里还有我失散多年的兄弟史琳……

花想容,你出版了几本书,哥哥答应给你写个书评的,可是我一直也没有动笔,我想现在要写也来不及了,等来生吧,哥哥会用心地给你写一篇书评的……

小橡皮,你现在长成一个大姑娘了,今年也大学毕业了。认识你时,你还是一个十三岁的小姑娘,是我最小的妹妹。妹妹,你还记得你上高一的时候,迷上了游戏,你妈妈焦急地打电话给我,让我劝告你不要走火入魔,你妈妈说,你就听我的话。妹妹,多年以来,我没有好好照顾你,这是我的错。你就像是一棵在我眼中慢慢长大的小树……

李多钰，在《新京报》两周年的那个晚上，我承诺过请你吃饭，因为我对你的敬意，我还欠你一顿饭呢，不知道什么时候才能还上……

王小山，其实我们都是臭味相投的"烂人"，还记得在广州时你喝得烂醉，从高高的台阶上摔下去，你的膝盖裂开了一个大口子，像张开的一张大嘴，不停地吐着血……另外一次，是我丑态百出。那时在北京，那夜我一个人喝了一瓶二锅头外加一瓶黑方，结果烂醉如泥，你和雪村费了九牛二虎之力才把我弄到宾馆的床上……兄弟，我不能再陪你喝酒了，你也少喝呀，伤身体……

佳梅，我眼前浮现出你的笑容，以前看到你的笑容就感觉到快乐，你是个善良的姑娘，在别人诽谤我时挺身而出，也需要勇气。想起你不懈地努力减肥时的样子，想笑，却笑不出来……

慕容雪村，你一定还在三亚吧。我记得去年冬天我们一起住在大东海的酒店式公寓里写作的情景，每天下午，我们到大海里去畅游，没有想到一年不见，你的游泳技术锻炼得如此炉火纯青，我在你面前自叹弗如。你晒得浑身黝黑，我说，我的身体这样白，真难为情。在我来四川之前，你让我去三亚，可我没有去，现在，我不知道有没有机会再去三亚和你一起在大海里畅游了，我是多么地迷恋大海……

蔡骏，我一直把你当成我弟弟，当我得知你找到了知心的伴侣后，我是多么的高兴。真的，小邱是个好姑娘，你和她在一起后，变了很多，最起码外表上看上去利索多了。遗憾的是，我也许参加不了你们的婚礼了……

袍子，我叫你干女儿，可我把你当成了我的亲生女儿，你是小坏的姐姐。我一直担心你在多伦多的生活，你是个性格倔强的孩子，总担忧你会吃亏呀，这个世界是如此复杂，而你又毫无心计……

……

很多朋友，尽管不联系了，但是我还是记挂着他们，总希望某天能够联系上，见上一面，不为别的，就是为了那份无法割舍的情感。还有那些被我伤害过的朋友，希望你们原谅我的过错，有意或无意的过错。其实我一直对你们心怀内疚，希望有一天能得到你们的宽恕，重新成为好朋友，我记着你们的好，正如我珍惜生命！

我为什么在这个痛苦难忍的黑夜里不厌其烦地想念着亲人和朋友，那是因为我在和他们告别，我只有用这种方式向他们告别。我想我和他们告别完，我就该走了，等待来世，如果我们还有缘分，你们再成为我的亲人，成为我的朋友。希望你们原谅我的所有错误，记住我的笑容，不要把我想象得那么难看，长得丑不是我的错。

音乐还在继续。

……

飘浮在虚空之中

亲人朋友们渐渐地从我的脑海飘走,电影放完了,该散场了。

只剩下我一个人,孤零零地躺在一片漆黑之中。

音乐声也消失了,我钟爱的恩雅离我远去,她还在很远的地方歌唱,只是不再属于我,她仍然是属于大家的,属于这个世界。

在这个世界里我失去了许多本真的东西,现在,我觉得它们一点一滴地回到了我的体内。我还原成刚刚出生时那样,赤条条的,那么的干净。

我仿佛看见了一个光环,巨大的光环。

巨大的光环在黑暗的大地慢慢扩散,照亮了我卑微的身体。

光环呈现出彩虹般的色彩。

我从来没有见过如此美丽的光环。

我身体的所有不适全部消失了,包括痛苦和麻木。我还觉得我身上的伤口也全部消失了,赤裸着完好无损的身体,被那美丽的光环笼罩。

我这是在什么地方?

仿佛听到有人在我耳朵边上说:"来吧,李西闽,来吧,一点痛苦都没有的,相反,你会感觉到快乐——"

那声音很轻,我分不清是男是女,也不知道是谁。

的确，我觉得十分舒服，浑身很轻，像一片鸿毛，慢慢地在光环中飘起来。

我要飘到哪里去？

是天堂吗？

……

"不，那一切都是虚幻的！"我大声喊道。

我的身还在飘，一直往上飘浮着，我几乎控制不了自己了。

我的肉体和灵魂难道要在虚空中飘走，永远也回不到现实之中了？

回到残酷的现实

我承认,当我的身体飘起来的时候,宛如进入了仙境,所有的痛苦和烦恼都消失得无影无踪,那时已经没有了恐惧,反而觉得有种幸福感,就像风自由地穿过山谷。那是一种临界的状态,一面是死,是极乐的;一面是生,是现实的,痛苦的。当我的灵魂将要在幻境中飘走进入昏迷状态的时候,我告诉自己,不能就这样走了,不能!那不是你要去的地方,你不能沉睡,如果你沉睡过去,你就永远也醒不来了。

那时我体内有两个自己,在斗争着。

一个自己在说:"放弃吧,死了就不会遭受痛苦的折磨了。人活着多没意思呀,这世界那么多令你恐惧的事情,你就是地震中死不了,说不定也会死在下一场灾难之中,或者死在人为的事故之中,比如一次车祸,或者一次爆炸……这世界有什么好留恋的,活着就是烦恼和恐惧!还不如到极乐的世界里,什么也不用想了,什么也不怕了。老婆,永别了;小坏,永别了,你不要怪爸爸,下辈子,我还要做你的爸爸,陪你长大;爸爸妈妈,永别了;朋友们,永别了……我不怕死,我早就说过,死亡是另外一条道路的开始,这不,我已经走上这条道路了……"

另外一个自己说:"李西闽,你就这样服输了吗?这样死去,值得吗？你为了自己的解脱，竟然连自己的亲人和朋友都不要了，你多么的自私呀！就是为了你心爱的李小坏，你也不能就这样向死神投降呀，你难道就那么经不起死神的诱惑？这个世界上还有多少人爱着你，在为你的安危担惊受怕，痛不欲生呀！你不是口口声声说你是个有良心的人吗？那么，你摸着你的良心说，你让那么多亲人朋友为你的死而悲恸，你忍心吗？李西闽，你不应该这样撒手而去，你是男人，你的责任感到哪里去了？你必须给我活下去，清醒过来，等待拯救……"

像有一缕光，照亮了我的灵魂。

我不能死，让死神滚开！

我挣扎着大声吼道："狗日的李西闽，你不能死啊！你怎么能死呢？你狗日的要活下去！你从来都不是孬种，你一定要挺住！你经历了那么多事情都没有死，你怎么能够在这个时候死去？你曾经还是个军人，你军人的血性哪里去了？你不能放弃，不能！"

我的灵魂和肉体同时在挣扎，求生的愿望又一次占了上风。

我长叹了一声，回到了残酷的现实之中，现实中是一片密不透风的漆黑，那神秘而美丽的光环消失了，我的呼吸又沉重起来。

可我还是昏昏欲睡，像被死神催眠了一般。

怎么办？我不能这样沉睡过去。

我十分清楚，在这种状态下沉睡过去很危险。我应该制止自己沉睡。只要我沉睡过去了，或许就永远不会醒来了，就是有人来救你，听不到你的声音了，救你的人也会以为你死了，不得不放弃你。我不能睡过去，一定要保持清醒。

我压在下面的左半身，已经麻木了，那些流血的伤口也已经没有疼痛的感觉了。怎么办？只有疼痛才能让我的大脑保持清醒。我想到了还有知觉而且还能够动的右手。于是，我用右手的手背放在一块木板突出的铁钉上使劲地刮下去……只要我快昏睡了，我就用力刮一下……我的手背伤痕累累，鲜血横流……我还刻意把我的头往下压，让插进左脸上的铁片插得更深些，这样能够增加痛感。因为左脸上的伤离耳朵十分近，我头压下去的时候，可以清晰地听到血冒出来时叽叽咕咕的声音……

阳光重现

我又一次看到光亮神奇地从那缝隙中透进来时,这已经是 14 日的清晨了。我庆幸自己又度过了漫长的一个黑夜。我咧开干裂的嘴巴笑了笑,我不清楚我的笑容是不是很凄惨,我轻轻说了声:"小坏,爸爸还活着,你等着爸爸——"

小坏能够听到我的声音吗?

像是挑战了一个艰难的极限,我呼吸着从缝隙中漏进来的空气,那空气中有种微酸的味道,像是氨水的气味,可我还是渐渐地感觉到好受了些。亮光像水,滋润着我。

鸟鸣声如期而至。

我无法想象外面的情景是多么的糟糕。我尽量往美好的地方想,比如那些鸣叫的鸟儿是如何栖上树的枝头的,它们飞翔的姿势是如何的自由和优美,假如给我一双翅膀,我会不会像它们那样飞翔。飞翔是人类的梦想,可是,我在这种状态下想象飞翔,是不是有点儿傻?

天亮了,那些活着的人,还能够自由走动的人此时在哪里?

他们有没有想起在鑫海山庄还有一个被埋的尚且活着的人?

当那一缕金色的阳光从缝隙中透进来时,我感觉到了温暖和希望。这是个晴天,我生命中的又一个晴天。我从来都讨厌阴雨天,阴雨天里我的情绪也会变得阴霾，神经也会发霉。这个晴天我的命运会不会改变？这不是由我决定的，我的命运并不完全由自己掌控。

我是被黑暗禁锢的囚徒，光明将我解放。

我必须坚持。

经历了那最难熬的一夜，我已经十分明确地告诉自己："只要还有一口气，你也要坚持。"

坚　持

小时候，每年到了春夏之交青黄不接的时候，饥饿就会来临。那时，祖母就会对我说："坚持坚持，很快就会有粮食了。"她就会手指着家门口大片的农田，充满希望地说："你看，稻花都开了，用不了多久，稻谷就灌浆了，很快就成熟了，收割了，就会有新米吃了……"

那时，和父亲一起上山打柴，需要一天的时间，是很辛苦的事情。我们一大早就出发，走二十多里的山路，到了山上，打好干柴，已经到了中午，我们就着山泉水，吃了干粮，就挑着一担干柴下山。父亲可以挑近150斤的干柴，我只能挑一百来斤。上山容易下山难，我挑着干柴跟在父亲的后面，扁担深深地勒进父亲的肩膀里，他的双腿绷得很紧，可以看到他小腿上鼓出的肌肉块。尽管重负让他老发出吭哧吭哧的声音，可他的腰板还是挺得直直的。他走得又稳又快，为了照顾我，让我能跟上，他有时会故意放慢脚步等我。我在后面，总是对父亲说："我不行了，歇会儿再走吧。"父亲就会说："我们到前面老松树底下再歇吧，那里阴凉。"结果到了老松树下，父亲还是没有停下来，继续往前走，我喊道："歇歇吧——"父亲说："到小溪桥边再歇吧，那里有水喝。"我只好硬着头皮一步一步地往前赶，那一担木柴越来越沉重，似乎要把我压垮。结果，到了离家只有几里地的大河边上时,父亲才放下担子让我歇了歇脚,如果没有我,父亲会坚持到底,一口气把干柴挑回家的。父亲说:"你要是老想着歇脚,你要什么时候才能走完那二十多里的山路呢?只有坚持住,一步一步地走,才能回到家里……"

部队行军。整个部队都在往前移动。走着走着,就会觉得腿灌了铅般沉重,如果你稍有松懈,就会掉队,就跟不上队伍。很多时候,再坚持一下就会挺过最艰难的时刻,就可以走到目的地。

……

坚持和坚强不一样。

石头很坚硬,但是可以砸碎;水却不一样,水看似很柔软,可它却十分的坚韧,而且蕴含着巨大的力量。

坚持包含了石头和水,它是坚强和坚韧的混合体。

坚持是一种人生的姿态,一种宝贵的生存方式。

什么时候都不要丢掉坚持,因为希望就在你坚持的过程中变得清晰。很多时候,在你无望的时候,其实转机已经悄悄降临。我突然想起前段时间看的一部电影。那是一部美国的恐怖片,片名好像叫什么《迷雾》,由史蒂芬·金的同名小说改编。它讲述了这样一个故事:漫天的迷雾弥散在一个小镇上,来得如此突然,人们都惊慌地四下躲避,艺术家大卫·德雷顿和社区里的人临时拥挤在超市内,关紧门窗,眼看着外面浓如烟尘的大雾,似乎内藏杀机,谁也不敢出去。他们在超市里等待着,等着迷雾会自己散去,但漫长的时间过去后雾却还是没有一点要退却的意思。突然,一声惨厉的叫声打破了平静!"浓雾里有怪物!"一个惊慌失色、鼻孔流血的镇民冲进超市,叫喊着说浓雾中藏匿的东西杀死了他的朋友。虽然镇民们面面相觑、不知他的故事是真是假,但眼看着浓雾阵阵逼近,感觉悚然的他们马上紧闭了店门。终于有人不耐烦了,不顾大家的劝阻要走进外面那个熟悉而陌生的世界。大家决定给他系上绳子,以免发生什么意外。恐怖的一幕如期而至，走入迷雾的人仿佛被什么东西所吞噬，带着绳索飞快地被抽出超市的大门。这时，大家真正明白了危险的存在，虽然没有人亲眼见证——也没有人愿意去见识。一切都笼罩在不安与挣扎之中，外面未知的危险时刻让人们毛骨悚然，而失去耐心的人们也逐渐精神崩溃开始内讧……最后，大卫·德雷顿驾车带着自己的儿子和几个人逃出了超市，当他把车开出小镇时，车停了下来，开不动了，他们听到了沉重的巨大的脚步声和令人恐惧的怪叫在向他们逼近。大卫·德雷顿觉得无比的绝望，开枪杀死了车里的所有人，包括自己的亲生儿子，目的是捍卫人的尊严，他要自决时，发现枪里没有了子弹。在他将要崩溃的时候，他看到迷雾渐渐散去，许多荷枪实弹的军人朝他走过来，还有坦克等重型武器也隆隆地开过来……

如果大卫·德雷顿再坚持一会儿，车里的人，连同他的宝贝儿子都会获救，他为什么不坚持呢？

这是一部令人窒息的恐怖电影。

但是它在这个时候告诉我，放弃是多么愚蠢的事情。尽管地下的恶魔随时都会发动余震来夺去我的生命！

我在坚持中继续呼喊："救命呀——"

谁在呼叫我的名字

时间变得无限漫长。

我可以看到那一缕阳光，心却一阵阵发冷。我第一次感觉到了寒冷。其实山上的气温不高，特别是在晚上。我在这里住了几天，每天晚上都要盖两床被子，觉得特别的冷。山庄的赵老板对我说，就是到了酷暑的时候，气温也和现在这个时候差不多，这里是避暑的好地方。我相信赵老板的话，我想，他也是看上了这里是避暑的好地方，才花两千多万建这个山庄的吧。可现在，山庄变成了一片废墟，避暑圣地成了人间地狱，大自然就这样无情地捉弄着人。

被埋的第一个晚上，我还担心衣着单薄的自己会不会在深夜冻死。

那个晚上，因为疼痛，我浑身一直在冒汗，根本就没有感觉到寒冷。

可现在，我的心在颤抖，感觉脸皮上也冒出了鸡皮疙瘩。

此时，阳光要是能够照耀在我脸上，该有多好。

在我咬着牙坚持的过程中，我的思想也波动过，还产生过这样的疑问："你的坚持有用吗？"

我也再次产生过放弃的念头。

恐惧一次一次地来临，一次一次地被我的抵抗击溃。

我害怕黑夜的再次降临。

害怕自己永远被扔在这废墟中。

我不停地期盼着妻子娉和易延端的到来，我还是坚定地认为，他们是不会把我留在这里不管的。可时间过去那么久了，易延端为什么还不过来？哪怕是我死了，他也应该来看看我的呀！我盘算着妻子的到来，就是她没有获得我的具体消息，也应该猜出我遇险了，因为她那么长时间打不通我的手机，她那么聪明的人难道不知道我发生了什么？我的手机已经不知被压在哪里了，我的相机也遭了难，里面有那么多美丽的照片，我还答应朋友传给他们看呢……

这是我自己的沙场，我不但在抵抗着自然给我带来的伤害和威胁，还在和自己的软弱、恐惧、消极做斗争。

我还是每隔一段时间呼叫一次。

我实在不明白，为什么我都奄奄一息了，我的喊声还那么洪亮，而且嗓子还没有沙哑，尽管每次大声呼救完后，喉咙是那么的疼痛，像在糜烂的伤口上撒了一把盐。我平常说话就很大声，经常被人认为那是我粗俗的表现，也常常被人鄙视。可我学不会小声说话，我不习惯窃窃私语。这是我和现代城市文明的冲突。我本该是个山里人，对着大山高唱山歌。

现在，我就身处川西的大山之中，却唱不出山歌来了，只能一次一次嗓门洪亮地呼救。

我不屈不挠的呼救能够感动上苍吗？

管他呢，反正我已经感动了自己。

……

在我一次撕心裂肺的呼救过后，我陷入了长时间的沉默，那时什么也没有想，只是在积蓄体力，准备下一次的呼救。不知道过了多少时间，那过去的每一秒时间都像一年那么漫长。

突然，我仿佛听到了有人说话的声音。

那声音离我很远，我却能够听到，我的听力和我的视力一样好。可我还是怀疑了一下："是不是我的幻觉？"

我把右手的手背在那铁钉上重重地刮了一下，感觉到疼痛后，继续竖起耳朵倾听——的确，我听见了有人说话的声音，而且，那说话声正在朝我这个方向靠近。

是不是山庄的老板娘他们良心发现带人来救我了？

或者……

我像一个溺水的人，突然看到水面上漂浮着一根救命稻草。

心脏突然狂跳起来。有股热血往头上奔涌。

我激动得说不出话来，按常理，在这个时候我应该大声喊叫的，来人就知道我被埋在哪里，知道我还活着。

我甚至因为过于激动有点痴呆了。

我听到有人踩着废墟上的杂物，朝我走过来，来的不止一个人。其中有个陌生的声音在喊叫："李西闽——"

那个陌生的声音在喊我的名字？我真的不相信自己的耳朵，他是谁？我还来不及考虑那么多，又听到了陌生人浑厚的叫声："李西闽——"他叫完后，旁边有个人说："他会不会已经——"

这时，我突然清醒过来，大声说："我在里面，快救我——"

陌生人说："你是李西闽吗？"

我大声说："我是，我是李西闽——"

陌生人又说："李西闽，你现在情况怎么样？"

我说："还可以，就是很渴——"

陌生人接着说："你喝尿了吗？"

我说："没有，我喝不到自己的尿，我身体被埋住了，动不了——"

陌生人又说："我们是来救你的，你一定要保存体力，坚持住。"

我说："我坚持——"

陌生人和另外一些人在说着话。

"他埋得太深了,上面又那么多大石头压着,靠人力恐怕不行。"

"必须要有吊车才行,否则很危险。"

"那怎么办?"

"我们必须请示领导,派吊车上来,把压在上面的那些大石头吊走,才有办法救他。"

那个陌生人又对我说:"李西闽,你一定要坚持住,我们向领导汇报后,等吊车上来后再来救你。"

我说:"好的,我会坚持的——"

他们就这样走了。

后来我才知道,来的是部队的救援队。鑫海山庄有个打扫卫生的阿姨也被埋在废墟之中了,她的丈夫和儿子从彭州市赶到了这里。他们找不到亲人,不知道她被埋在何处,也不知道她是否活着,凭着他们父子的能力,根本就不可能挖到那个阿姨。他们就一直焦虑地躲在离鑫海山庄不远的树林子里,等待救援队的到来。他们其实早就听到了我的呼救声,可他们根本就救不了我,也没有过来和我说话。他们的内心被巨大的恐惧和悲伤紧紧地攥着。14日这天的下午,他们终于看到了一支从鑫海山庄下面经过的部队,就下去把他们领到了山上。在那种情况下,部队的官兵只能搜救幸存者,他们也没有具体的营救目标。有人告诉他们山庄里还有活着的人,他们一定会来的。可那支部队先去救那些比较容易救出的人了。我一直不明白的是,那个部队的同志为什么知道我的名字,因为那个死去的阿姨的丈夫和儿子当时根本就不清楚我是谁,他们来后,山庄知道我的人早就逃生去了。那一直是个谜,无法揭开谜底的谜。

虽然没有马上救我,但他们的到来还是给我注射了一支强心针。

我的坚持有了意义。

他们走了,我还在想,他们的吊车什么时候才能开到山上来?我考虑到了吊车开上山的难度。

我还能够坚持多久？

一天？两天？三天？……

我不知道。

我只知道我还有希望获救，虽然我心里忐忑不安，对自己的生死还没有准确的把握，因为在没有被救出去之前，一切危险都还有可能发生。

惊喜的痛骂

等待，我只有等待！

知道有人来救你，却不能马上实施，这是多么残酷的事情。我是个性情急躁的人，不免也焦虑起来。当初，山庄里的老板娘他们说过要救我的，却跑得无影无踪；现在这个说来救我的人，也走了，他们会不会像老板娘他们一样撇下我不管了呢，我不得而知。

就在我胡思乱想的时候，我又听到了有人说话的声音。

声音从很远的地方传来，是不是他们找来了吊车，要来救我了？

等说话的人靠近后，我才知道来的两个人，其中一个就是我的老战友易延端。另外一个人不知道是谁，也许是他叫来的帮手。

他在上面朝我喊："西闽，西闽，你怎么样了——"

我听出了他的声音，焦虑而熟悉，我怔了约莫有五分钟，才发出了声音，我没有想到自己会朝来救我的易延端痛骂起来："易延端，你这个混蛋，怎么到现在才来呀！你真是个混蛋！你不顾老子的死活了呀！"

我发泄了一通后，心情才渐渐平静下来。我不知道外面的世界变得如此的可怕，易延端来救我也冒着生命危险。

易延端理解我的心情，他哽咽地对我说："兄弟，你活着就好，你现在感觉怎么样?"

我大声地说:"我的感觉很不好,快点救我呀!"

他又哽咽地说:"你要好好保存体力,我一定会想办法救你的!"

我又大声说:"我不知道还能坚持多久,你快点救我!"

他接着问我埋在什么位置,我一五一十地告诉了他。我问他我的家人知不知道我被埋的事情,他说我老婆已经知道了,我的很多朋友也知道了,朋友们都很关心我的生死安危,很多人打电话给他,要他尽快想办法救我,因为在我所有的朋友里面,易延端是离我最近的,也最知情的人。说完那些话,他就不让我说话了,要我保存体力,生怕我消耗太多体力,没被救出去就发生了意外。

我可以感觉到易延端边和我说话边流泪,我心里也百感交集,可我哭不出来,我只是在心里流泪。

我心里还这样说:"小坏,爸爸的好兄弟来了,他一定会想办法救我出去的,你在家里好好等着我,爸爸一定会回来的,亲爱的小坏,你不会失去爸爸的,不会!"

易延端在和同来的那人说着话。在救我的过程中,我一直不知道那人是谁,易延端也没有顾得上介绍他。他们说话的内容我听得很清楚,他们是在研究我埋的位置以及目前的情况。过了一会儿,他们离开了。我大声说:"延端,你们要走吗?"

他对我说:"兄弟,你不要说话,坚持住,我不会走的,不救你出来,我是不会走的,我们先去想想办法,看怎么救你比较好。"

我大声说:"兄弟,你们千万不要把我扔在这里不管了呀!"

他说:"不会的,你放心吧!"

他们在的时候,我放心,可他们一走,我的心又提了起来。我感觉到了什么,也许我这个地方的确太危险了,要救我出去并不是那么容易的一件事情。我还能不能获救,真的成了一个未知数。

但是我相信,哪怕是有一线生机,易延端都不会放过的。

我也这样想，如果他真的努力过了，就是没有把我救上去，我也不会怪他的，我还希望他安全，不要因为救我发生什么意外，那样，我死了也不得安宁。此时，我多么希望，易延端能够伸进一只手来，在这个冰冷的废墟下和我的手相握，让我得到温暖。这是一个很简单的愿望，可在这样非常的时间里，要实现它比登天还难。人和人之间，不要有那么多争斗，那么多猜忌，那么多仇恨……相亲相爱，是多么幸福的事情。

安　慰

　　纵使我知道易延端不会抛下我，像山庄老板娘他们那样逃亡，我的情绪还是不停地波动，尽管我一个劲儿地告诉自己，要冷静，冷静！愤怒和恐惧只会更加快速地消耗我残存的那点体能。

　　缝隙中透进来的那缕阳光由惨白变成橘红色的时候，凭我的经验，知道这个白天很快就要过去了，这是夕阳的颜色。我心里叹了口气，看来今天我是不能离开这个地方了，夜晚的来临，会给施救带来危险，我很担心在夜晚施救，不光不能把我救出去，也许救我的人也会搭上性命，这是谁都不想看到的结果。

　　夕阳橘红色的光亮没有维持多久，就消失了，如果明天不是个雨天，那么它还会出现，但是人的生命要是消失了，那就永远也回不来了。我不知道有多少生命在这次大地震中消失，那些消失的生命令人心寒。

　　缝隙透进来的亮光渐渐地暗下来时，易延端他们又出现了。

　　我大声说："兄弟，你到哪里去了呀？"

　　易延端说："兄弟，我去找工具了，你放心，我一定会想办法救你的。"

　　我说："天马上黑了吧，你们一定要注意安全呀！"

　　易延端说："兄弟，你放心，我们会注意的，你不要说话，一定要保存体力。"

我不说话了，紧接着我听到了上面传来敲击的声音。

那是易延端他们在用铁锤敲击水泥板。他们每敲一下，我就感觉到我身体底下的楼板震动一下。我真的担心楼板会突然掉落到深深的山谷里去，那样我们都将粉身碎骨。

我又大声说："兄弟，你们一定要小心呀！"

易延端说："兄弟，我们没有问题的，你少说话，我们看能不能先挖个洞，先给你弄点水进去。"

我心里十分过意不去。

他一说到水，我的焦渴感又变得那么强烈。我要喝水，是的，我需要喝水！否则我会干渴而死！

就在他们在上面不停地敲击时，突然又山摇地动。他们停止了敲击，此时，他们一定和我一样惊恐。我大声说："你们赶快跑呀，快跑呀，不要管我了，快跑——"

他们没有回答我，回答我的是一阵排山倒海的轰响，山上又开始滚石头了。不停地摇晃，我头顶的水泥板上滚过一阵巨响，那是一块大石头滚落，最后掉到了山谷里，惊起巨大的爆炸般的声音，和其他石头滚落的声音连成一片。那一刻山摇地动，我以为我们会一起葬身谷底，我悲凉而痛心地说："易延端，我的好兄弟，是我害了你们呀——"

命不该绝，这次余震过去后，我们都还安全，残楼也没有掉下山谷，只是我背上积压的碎物更加沉重了。天也完全黑了，那个缝隙里已经不再有光线透进来了。

我背负着一座大山！

这又算得了什么！

我内心的豪气又油然而生，只要我还有一口气，我就会坚持到底，我他妈的是男人，不是孬种，我四十多年都挺过来了，也死过几回了，还怕什么！老子就这一条命！

我大声朝外面说："兄弟，你们没有事情吧——"

易延端说："兄弟，我们没事，你怎么样？"

我继续大声说："我也没事，你们要小心呀，实在不行，你们就先回去吧，明天再来——"

易延端说："我们不要紧的，你放心吧，只要把你救出来，再大的危险又算得了什么，兄弟，你一定要坚持住呀！"

……

我的喉咙里又冒起了火，那把火漫延到我的五脏六腑，我的肺在燃烧，我的肝在燃烧，我的心脏在燃烧，我的胃在燃烧，我的肠子也在燃烧……我呼出的气息就是滚滚的浓烟。我渴……我不饿，只是渴……我要喝水……喝水……

我忍耐着，听着上面传来的敲击声和他们把敲下来的碎块扔在一边时发出的稀里哗啦的响声。我想，他们在一点一点地朝我逼近，就是今夜不能把我救出去，也可以把水送到我的口中。我忍耐着，为了不给他们增加压力，我不敢说话，不敢朝他们大声地喊："我渴——"

我就像在烈火中煎熬。

我的额头上冒出了黏黏的汗水，和灰土混合在一起。

寒冷的感觉也消失了。

肉体的变化和我的思想一样，那么无常，那么多变。

也不知过了多久。上面的敲击声停止了，他们走开了。我心里又一阵恐慌。他们会到哪里去呢？如果真要离开，也该和我说一声呀。我的呼吸沉重起来，情绪烦躁起来。

生不如死的感觉又一次出现。

我发狠地用手背刮着铁钉，我可以听到皮肉和铁钉刮擦时"沙沙"的声音，那是令人毛骨悚然的声音。

我是黑暗的囚徒，魔鬼们在我的四周无声地舞蹈，他们对着手无寸铁的我下着恶毒的魔咒，他们要摧毁我的肉体，击垮我的信心。我能让他们得逞吗？我的兄弟易延端能让他们得逞吗？

过了好大一会儿，我听见了一个人回来的声音，我大声地喊道："延端，延端——"

上面的人回答我："我不是老易，我是他的同伴，你要坚持呀，老易找人去了。靠我们两人的力量很难把你救出来，他到下面的九峰村，看能不能多找些人上来救你。"

他的话音十分温和，带着一种感情。我当时想他一定是易延端的好朋友。他和我素不相识，能够和易延端一起冒着生命危险前来救我，我心里十分感动和安慰。

我不说话了，接着，我又听到了敲击的声音。

易延端不在，他一个人在敲着那厚厚的水泥板。

又过了好大一会儿，我听到了易延端的声音。他回来了，好像还带来了一些人。他们用很快的语速说着四川话，我听了个大概。易延端在和他们说救我的事情，他对他们说，只要能够尽快把我救出来，他们要多少钱都可以。对方没有把钱放在眼里，这个时候，钱对他们是那么的微不足道，他们在乎的是他们的生命，因为危险，他们不敢答应易延端救我。有一个人把手电筒伸进了一个小洞里，往埋着我的方向照，他问我："你能看到手电光吗？"我说可以看到，有一下，光柱落到了我眼前的一块木板上。那人对易延端说："他埋得太深了，这样救他太危险，也不好救，我看还是等到明天找部队吧，我们也没有办法。"

易延端找来的那些人不一会儿工夫全走了，外面又剩下了他们俩人。无奈的他们一定十分沮丧和哀伤。他们商量了一会儿，决定先想办法弄点水进来给我喝。我听到他们说水，焦渴感又变得十分强烈，仿佛不马上喝到水就会立刻死掉。我多么希望他们能够把水送进来呀。

我不停地说:"水,水,我要喝水,哪怕就是让我喝上一滴水也行,否则我不知道能不能熬过今夜——"

紧接着,他们又继续挖了一会儿,最后挖出了一个小洞,一个人可以钻进来的小洞,易延端冒着生命危险钻进了那个小洞,可他没有办法到达我的身边,因为里面的情况太复杂了,很多东西挡住了他,况且我被埋在楼板的底部,根本就不可能接应他。

他希望通过手电光能够照进来的地方,把一瓶矿泉水用一根长长的竹竿捅进来,一遍一遍地努力着,花了很长时间,也没有成功。最后,那瓶矿泉水也掉在废墟里了,我可以感觉到,那瓶宝贵的矿泉水离我并不远,如果我可以动弹,说不定伸出手就可以拿到它。那时,我唯一能够活动的右手活动的范围也越来越小,就是那瓶矿泉水送到了我的右手上,我也没有能力把它送到我的嘴边。残酷的现实令人绝望。

送矿泉水行不通,易延端想了个办法,他在外面的废墟里找来了一根细小的软水管,企图把水管捅进来给我喂水喝,结果费了九牛二虎之力,也没有成功。这难道就是我的命运?那时已经是深夜十二点多了。我实在没有力气了,奄奄一息。我听到了易延端的哭声,他的哭声让我难过,我也有流泪的冲动,可我哭不出来。我的肉体和心灵都在淌血,淌着黑色的黏稠的血。易延端哭着对我说:"兄弟,我们实在没有办法了,只有等天亮找部队来救你了!你一定要挺住呀,兄弟!"我打起来精神对他说:"兄弟,你别说了,我明白!你们赶快找个地方休息吧,我会坚持的!就是死,我也瞑目了,你给我带来了安慰,最起码没有让我绝望而死!"

他哽咽地说:"兄弟,你一定要挺过这个晚上,明天我一定会想办法把你救出来!"

……

隐秘的忧伤

那些黑暗中的岩石，冰冷而又坚硬。

它们突兀在地球表面，是裸露的骨头。

那些冰冷的岩石不会说话，用沉默隐藏痛苦，它们没有眼睛，却能在黑暗中感受光明。

冷漠而且呼啸的风，用最恶毒的诅咒，雕刻着岩石的外表，让它们越来越锋利，越来越容易粉身碎骨。

风为何如此的阴险，在时间的生命中，一次一次地阻止血从岩石的表面流淌出来，让它变成黑色的金子，在岩石的身体内部燃烧。

……

你是一条毒蛇，滑过腐朽的竹叶。那时乌云遮住了柔美的月亮。

你到达一个温暖潮湿的洞穴。

那里还有一条毒蛇，在黑暗中暴突着晶亮的眼睛。洞穴里的毒蛇等待已久，情欲高涨，洞穴里充满了腥臭的气味，让你发狂的气味。

可你突然觉得索然无味，悄悄溜走，肉体滑过腐朽的竹叶，瑟瑟作响，逃离中摩擦出的快感，胜过了和另外一条毒蛇的纠缠？

你冰凉的血或许早已习惯了背叛，不需要任何理由。

只是忧伤的花朵，在你再次到达时，已经枯萎成灰。

……

那是一列开往黑夜深处的地铁。

空荡荡的地铁上只有你一个人。你一丝不挂，你身体的任何一个部位都是那么黑暗，没有人能够窥视或者抚摸，这个时候，你是独立的、封闭的。

你不知道午夜的地铁开往何方。

那时，你没有任何的方向感，你没有选择，你一踏上来就没有了任何选择。你后悔已经来不及了，你必须服从命运的安排。

地铁到了一个地方停了下来。车门自动地开了，你迟疑着走了出去。

你站在空荡荡的站台上不知所措。

这时，有个幽冥的声音传来："跟我走吧——"

你说不出话来，喉咙里堵着一团棉花。有种魔力让你朝着那声音的方向走去。你每走一步，都回头张望，那列地铁却无情地开走了。

在阴冷的风中，你走出了地铁站。

你以为会到一个熟悉的地方，结果你站在一片荒野。

黑暗大水般把你淹没。

你发出了第一声呐喊。

你的声音是如此的微弱，就连你自己也听不清楚。像有冰冷的利箭穿透你的心脏，你感觉到了疼痛和恐惧。这是什么地方？突然，在你漆黑的四周出现了许多星星点点的亮光。

像萤火虫般的亮光。

很美很凄凉。

星星点点的亮光朝你围拢过来。你突然有些感动，那些亮光渐渐地照亮了你的身体。你的皮肤渐渐地变得透明。

可当你看清那些靠近你的亮光后，你发现那是一只只鬼魂的眼睛。

……

在外星上有个女人。

她永远孤独地站在那里,怀里抱着一只玉兔。她和地球遥遥相望,千万年那样遥遥相望。这个外星女人的故事在地球人口中一代一代流传,说不尽的忧伤。每当月圆的时候,就有很多人,朝她张望,目光中是长长的思念,希望她某天会飘落下来,告诉人们一个真实的故事。

和传说大相径庭的故事。

那是一个永远喝自己的泪水生活的人。

她的名字叫嫦娥。

……

我不知道自己为什么会突然如此忧伤,会冒出这些奇怪的想法。更加让我忧伤的是,我眼前竟然出现了这样一个情景:幼女李小坏躺在床上沉睡,她是那么的安详,那么的无知无觉。空气中弥漫着她幼嫩的身体散发出的香味。她的身边没有任何人。突然有一个黑影出现在她的床前。一声狞笑后,那个黑影伸出了锋利的爪子,朝李小坏的身上摸索过去。李小坏醒了,睁开亮晶晶的眼睛,她看到了那个黑影,嘴巴瘪了瘪,就大哭起来。那个黑影狞笑着,把利爪插进了李小坏的皮肉……李小坏大声地哭起来,还不停地喊着爸爸……

我的心一阵抽紧。

窒息……

此时,我对一切都无能为力。

穿过时间的肉体

一切又安静下来。

死一般的寂静让我心里一阵阵地发慌。

易延端他们此时在何处？他们会不会有什么危险？我担心着他们，也担心着自己。我不知道余震什么时候会再次来临，会给我们造成什么样的伤害。这个时候，一切都充满了不确定性。

我忐忑不安。

寂寞孤独和痛苦更是一次次地向我的坚持挑战。

它们企图摧垮我的意志。

我有点后悔让易延端他们离开了，如果他们在我上面，我会和他们说话，说着说着天就亮了，我现在一点安全感都没有，他们在的话，最起码我心理上可以感觉到自己是安全的。

那么多年了，易延端发生了些什么事情，他应该和我好好说说的。而且我还想问他一些问题，比如他给我妻子打电话时，她听到我被埋后的消息后说了些什么？是不是吓坏了，或者十分冷静，像什么事情都没有发生过。

还有，她说过来四川吗？

如果说来，为什么到现在她还没有来？

我还真希望她来这里，她一定会在上面守着我，和我说着话，给我鼓气，让我充满信心坚持下去。我知道她的脾气，她不会说大话，或者说是豪言壮语，也不会给我什么承诺，但是她会用很平常的话来刺激我。比如，她会这样对我说："李西闽呀，你不是说你以前多么多么勇敢吗？怎么才坚持了几十个小时就坚持不下去了？敢情你是吹牛的呀。"也许会这样说："李西闽，你要乖乖的呀，不要像个淘气的孩子乱发脾气，动来动去的，你的战友易延端一定会想办法救你的，你再忍耐一会儿，很快就天亮了。你要是不乖的话，体力用尽了，救出来也没有用了，这样你对得起我和李小坏吗？李小坏还在家里等着你抱她去公园里玩呢。"还会这样说："李西闽呀，你不要怕，我陪着你呢，大不了我们一起死。你不是说过我们要死一起死的吗？你怎么忘记了呀？不过，我还不想那么早死呢，我们还有多少风景秀丽的地方没有玩呀，还有多少好吃的东西没有吃呀，现在死太亏了，所以，你不能死的，你要陪我的，你这一辈子都是我的跟班。"……仿佛她就在废墟的上面守着我，和我说着话。

　　我来之前，我们还商量好，等我在四川写完《迷雾战舰》这本新书，六月底去马尔代夫度假的，而且行程都定好了，也向旅行社交了定金。马尔代夫我们去过一次，那里是人间天堂，我相信每一个去过的人都会对那里珍珠般的小岛，柔软细腻的沙滩，蓝得可怕的海水，美丽的鱼……记忆深刻。那是度假的好地方，在那里待上一段时间，会忘记工作的重负，会忘记生活给我们带来的压力，会修复我们疲惫的亚健康的身体和心灵。妻子不像我这样是个自由职业者，她在一家外企工作，一年到头忙忙碌碌，像只辛勤的蜜蜂。每年我们都要出去度假，目的就是给她解压。

　　我多么希望我能够活着出去，陪她一起去马尔代夫呀。

　　可现在对我来说，一切都还是不确定的。

　　也许我会获救。

　　也许我会死去……

此时，我觉得这个世界上就剩下了我一个人。

我在为这个灾难的世界守夜。我听到许多灵魂在地狱里传来的呐喊。他们伸出血肉模糊的手，在黑暗中奔突。我沉痛地对他们说："安息吧，我为你们守灵，你们是我的姐妹和兄弟——"

像有一只巨大的手，覆盖了我的身体，覆盖了那些亡灵。

一切又归复寂静。

我的心也归复平静。

我什么也不想了，什么也不说了，只是静静地等待天明。我昏昏欲睡的时候，就会用右手的手背去划铁钉，那声音依然疼痛地划过我的心灵，让我的大脑保持着清醒和警惕。

我残破的肉体在穿越漫长的时间……

狗在远处狂叫

15日清晨,亮光从那缝隙中如期而至。我睁着尚且可以洞察光明的右眼,感受着光明给我带来的慰藉。我想张开嘴大口地呼吸一口清晨的空气,可上嘴唇和下嘴唇紧紧地粘在一起。我用舌头使劲地顶开了嘴巴,让自己的口腔灌进一股冷丝丝的空气。

就在这时,我听到远处传来一阵狗的狂叫。

狗叫声和人声一样宝贵,在这样的清晨里。如果说鸟鸣带给我的是美好的想象,那么狗叫声带给我的是生命的希望。

记得我们家以前的一条老狗,忠实的老狗。有一年,我回家探亲,它大老远地跑过来朝我摇尾巴,一副高兴的样子。没想到,在两天后的那个晚上,我被朋友叫去喝酒,喝多了,回家时,它过来和我表示亲热,我以为它扑过来咬我,就踢了它一脚。那一脚正踢在它的肚子上,那时,它已经怀上了小狗,它本能地回过头,在我的腿上咬了一口。我父亲得知后,点着马灯从屋里出来,大声地训斥它。它躲到一旁摇着尾巴,一副惊惶的样子。被狗咬后,我清醒过来。我对父亲说:"别骂它了,是我的错,我不应该踢它的。"我在家的那几天,每次看到我,它就躲在远处,摇着尾巴,眼睛里仿佛在流着泪水,忧伤的样子。我就大声地对它说:"老黄,你不要难过,我不会怪你的。"尽管如此,它还是躲着我,像个做错了事情的孩子。它越是这样，我就越难过。这是一条多么好的狗呀！父亲说过，有一天夜里，妹妹在回家的路上被一个流氓欺负，它奋不顾身地扑过去，咬着那流氓不放。还有一次，一个小偷到我们家里的猪圈里偷猪，被它发现了，它狂吠着扑上去，咬住小偷的裤管，任凭小偷怎么用棍子打它，它也不松口，直到父亲他们赶出来……直到我走的那天，父亲和弟弟送我到车站，它凄然地跟在我们后面，默不作声。我偶尔一回头，发现了它。我一阵心酸，对它说："老黄，我不怪你，真的不怪你，是我的错！我不应该踢你的——"它这时才走过来，舔着我伸出的手，拼命地摇着尾巴，顿时，我的眼睛湿了……

老黄这条狗早就死了，死时父亲还打电话告诉我，说把它埋葬的时候，他十分的伤感，我听了也十分难过，其实，在某种意义上，它不是一条狗，而是我们的家人。

想着老黄，远处的狗叫声消失了。

我心里一阵惆怅。

我又一次看到阳光的时候，易延端来了，他问了问我的情况后，就走了，去找部队了。我告诉他我还能坚持，其实那时我已经快不行了，只是硬挺着……

重　生

　　就那样，我挺过了一个漫长孤独的上午，那个上午，我没有想什么事情，因为我连想事情的力气都快耗尽了，时间拖得越长，我就越无力。快到中午的时候，我才听到人声，其实我是不知道时间的，易延端带着一支空军部队上来后，我问他几点了，他告诉我是十一点多。

　　我听到了嘈杂的人声后，徒然来了精神，就像死灰复燃。

　　我显得异常兴奋，不停地和他们说话。

　　这支空军部队的最高长官教导员赵斌详细问了我所处的位置和里面的一些情况后，就对我说："我们很快就会救你的，你现在不要多说话了，要保存体力……"

　　他们商量了一会儿后，就开始行动了。

　　我听到了重重的大锤敲击水泥板的声音。

　　每敲一下，残楼就颤抖一下。我真担心会掉落到山谷里去，那样后果就不堪设想，我死了不要紧，那些救我的战士们还那么的年轻……于是，我大声地说："你们要小心呀，一定要注意安全——"

　　一个战士声音洪亮地对我说："老兵，你不要说话，要保存体力，你不要担心我们，我们一定会把你救出来的——"

　　听了这个战士的话，我的心里暖烘烘的。

战士们轮换着施工，碰到什么问题就问赵教导员，赵教导员就分析问题，然后指导他们该怎么做。赵教导员的办法简单而且有效，他们很快就打通了堵在我上面的两堵墙。

他们进到里面后，问题重重，只要一不小心，动了哪块不该动的东西，就有可能砸下来，前功尽弃不说，战士们也会有生命危险，我也有可能遇到什么不测，尽管他们不让我说话，我还是在里面告诉他们我周围的情况，让他们更好地对我进行施救。

……

几个小时过去了。我终于看到了一大片的亮光，以及两个健壮的年轻战士。

我将要获救，摆脱死神的魔掌了？

我异常地激动，想哭又哭不出来。那种情绪无法用语言表达。那两个战士看到我后也很高兴，他们对我说："老兵，你再最后坚持一会儿，我们很快就可以把你弄出去的！"

赵教导员在上面说："先给他喝点水——"

有个战士送了一个矿泉水瓶进来，他让我张开嘴巴，然后把矿泉水瓶里的盐水倒了一点进我嘴里。

盐水顺着我干渴的喉咙流进我身体的内部，我瞬间被滋润，就像干裂的大地遇到了一场大雨。我可以感觉到盐水慢慢地渗透到我身体的每个地方……那是我有生以来最幸福的事情。

我说："我还要喝——"

战士说："不能给你多喝了，多喝了会有问题的。"

紧接着，他们要想办法把我弄出去。问题又出现了：我的头被夹住了。夹住我头的木板是不能动的，如果动了这块承重的木板，上面一大堆东西就会毫不留情地砸下来。他们想把木板上面的东西清除掉，但是那要花很长的时间，况且还很危险。我看他们的军衣都被汗水浸透了，浑身上下都是泥土。

我就对他们说:"你们就用力把我的头拖出去吧,现在受点伤对我来说已经是很小的事情了。"

他们听了我的话,怔了一下。然后一个战士说:"老兵,我们不忍心再让你受伤了——"

我说:"兄弟,我们得尽快离开这个地方,在生命面前,再受点伤真的无关紧要的,你们用力把我拖出去吧!"

他们听从了我的意见,使劲把我的头拖了出去。我后脑勺擦破了两块头皮,血流如注。我以为我的头被拖出去后整个人就可以出去了,没有想到,问题又发生了,我的右脚又被夹住了。我又对他们说:"就像拖我的头一样把我的腿拖出来!"他们又听从了我的意见,用力把我的右脚拖了出来,我膝盖左侧的一块皮肉留在了那里。

这时,我想到了我的笔记本电脑,我让他们把它传了出去。我带来的所有东西都被埋葬了,只有它还跟着我,这也许是上天的旨意。

现在,他们要把我弄出废墟了,可是他们挖进来的洞很窄,我浑身已经麻木,根本就用不上劲,他们也没有办法背起我出去,我被埋的地方离外面有五米多远,而且是个斜坡,很难爬上去的。

这可怎么办?

我们得尽快出去,留在里面一秒钟,就有一秒钟的危险,假如这个时候来次大余震呢,我们都有可能葬身废墟。这时,我的脑门冲上了一股热血,我对战士们说:"你们在后面推着我,我的右手还有点力气,可以爬,看这样能不能出去。"上面的赵教导员也觉得这个方法是最可行了,他还叫排长范夕忠和另外一个战士在洞口接应我。

那两个战士在后面托住了我,竭尽全力地把我往上面推。我大吼着,用右手攀爬着,我相信那几分钟里,我用尽了一生的力量,就是为了活着!就是为了冒着生命危险救我的这些战士们,我也要好好地活着！范排长朝我伸出了粗实的手掌，一点一点地，我的右手掌在向他的手掌靠近。抓住范排长手掌的那一刹那间，我觉得我已经回到了人世。范排长使劲把我拖了上去。到洞口时，赵教导员说："你们谁把他背起来——"范排长说："我来吧！"他俯下了身体，我后面那两名战士把我瘫软的身体放在了范排长厚实的被汗水浸透的背上，范排长弓着腰艰难地把我背了出去。

我看到了灿烂的阳光，看到了赵教导员和易延端憔悴而欣喜的脸，看到了那些年轻的士兵，从他们青春的脸上，我找到了年轻时的自己，那时，我也和他们一样是个稚气未脱的战士。也许这就是宿命，我在空军部队当了二十多年兵，最后还是被空军部队所救……范排长背着我走过一段危险的残墙，才到达坚实的地面，我回头看了一眼，埋住我的楼板斜斜地挂在山谷的边缘上，下面是几十米深的山谷，对面的半座大山已经坍塌了，在我被埋的三天三夜里，六千多次的余震中，一万多次石头滚落的声音就是从对面的山上传来的。

范排长对我说："老兵，你是英雄！"

我在他的耳边说："你们才是英雄！"

范排长把我背到了一个安全的地方，他们小心翼翼地把我放在了一张行军床上。

易延端指着一个瘦弱的小伙子对我说："他就是昨天和我一起来救你的小席，是个志愿者——"

我朝他笑了笑。

接着，他就和我们告别了，说还要去另外的地方救人。看着他单薄的背影远去，消失在一个山坳，我的心里酸酸的，这时，我和易延端都还不知道他的名字。

随队的军医把我的裤子脱掉，还用剪刀剪掉了我的上衣，肋间一条十多厘米的伤口因为血已经凝固，和衣服紧紧地粘在一起，撕开后伤口又渗出了血……军医给我简单地处理了伤口，然后包扎上，他说，送到医院后要好好检查。我左脸上的伤口离眼睛很近，流进眼睛里的血已经变质，一团白乎乎的糊状物质糊住了我的左眼睛。他用棉签轻轻地将那些东西擦掉，然后看了看我的眼睛说："到医院后，一定要让眼科医生好好检查，现在看上去十分严重。"处理完伤口，他就给我身上盖上了两床被子。其实气温很高，我却浑身发冷。

官兵们去吃饭了，易延端一直陪在我的身边。

我对他说："快给我老婆打电话！"

他的声音颤抖："地震后，这里的基站都被毁掉了，手机没有信号的，到了外面再打吧。你现在没事了，没事了，我心里真的很高兴——"

我看到了他熬得通红的眼睛里闪动着泪花。

接着，他就把一盒牛奶撕开，往我张开的嘴巴里倒。我喝了两口，他就收回去了。我想多喝点，他不给，说军医交代过，只能一点一点喝，否则肠胃会受不了；还说，昨天这支部队救的一个人，刚刚出来就喝了一瓶矿泉水，没过多久肚子就剧烈地疼痛。

他不停地用棉签擦着我左眼上渗出的黏液，我真切地体验着他亲兄弟般的关爱。

……

部队官兵吃完饭后，他们就抬着我赶往银厂沟的山门前，那里有部队的直升机，可以把我送往成都。赵教导员让战士们分成了几个小组，一组六个人，轮换着抬我。

银厂沟已经被震得面目全非，曾经的美丽已经不复存在。

战士们抬着我，艰难地走在坎坷的山路上。

因为战士们的个头有高有低，路途也难走，不免会让行军床忽高忽低地抖动，后面的一个高个子战士就对前面的战士说："你们前面抬高点，这样才能保持平衡，老兵躺在上面才会舒服点。"

前面的战士就努力地抬高点。

我对他们说:"你们怎么抬都没有关系,你们已经够辛苦的了。"

高个子兵就对我说:"老兵,你不要说话,好好养精神吧,你被埋了那么久,身体虚呀!"

一路上,他们不停地说着话,所有语言的内容都围绕着怎么抬好我,天空上不时有直升机轰隆隆地飞过,一路上,也有很多部队的队伍通往银厂沟的各个地方,这里变成了一个救人的战场。

到了一个地方,赵教导员带着大部分官兵和我分手,到另外的地方去搜救了,他让范排长带十几个人把我抬到目的地去。这是最艰难的一段路途。他们汗流浃背地抬着沉重的我走上了一个山头,然后下山,蹚过一条宽宽的湍急的河流后,又往山上走,最后到达停机坪。上山下山都十分危险,一不小心就会摔下去,过河时,水漫到他们的胸前,他们就把行军床高高地举过头顶,一步一步地往前挪……到达停机坪后,我看到这里集结了很多部队,他们一队一队地从这里出发,又一队一队地回到这里休整,不停地有担架被抬过来,上面躺着受伤的人。只要有受伤的人抬过来,就有部队的医生赶过来……

下午还阳光普照的天空,到了现在,铅云密布。

范排长他们和我告别,他带着战士们去追赶赵教导员他们去了,我记住了他们,他们是四川夹江95784部队的学兵大队的官兵。

天色渐晚,因为易延端不能和我一起乘坐直升机出去,他只好徒步走出山去,他走的时候,把我的笔记本电脑也带走了,他怕在混乱中丢失。他走后不久,天上就下起了雨,我一直担心着易延端的安全,希望他平安出山。我被抬到了一个亭子里避雨。医生告诉我们这些伤员,说因为天气原因,飞机来不了了,要等到明天才能离开这里。很多伤员就叹起了气,我那时没有想什么,就是待在这里也比埋在废墟中好一万倍了。我只是想尽快地告诉妻子他们,我平安了,不要再为我担惊受怕了。

没过多久,天空中传来了直升机的轰鸣。

部队飞行员在如此恶劣的气象条件下冒险飞行,就是为了把我们这些伤员运出去。

很快地,我被抬上了飞机。巧的是,在飞机上意外碰见了以前的老相识,新华社驻空军记者站的记者孙茂庆和空军宣传部的谭洁,他们觉得十分意外,在这里相逢,是一种大缘分呀!

我的空军兄弟!

飞机冒雨飞往成都。飞机在成都落地后,我被抬上了华西医院派来抢救伤员的救护车。在救护车上,白衣天使的笑容和安慰的话温暖着我的心灵,其实我从被救出来的那一瞬间起,内心就一直被温暖和感动,人性美好善良的一面一直在完美体现。我告诉一个美丽的护士,想给我妻子打个电话。她说没有问题,于是就向我要了妻子的手机号码。接通电话后,我一下子不知道说什么,好长时间我才说了这样一句:"我获救了——"我看不到妻子的表情,但是我可以从她的声音里听出她的惊喜和激动。

那时我妻子和我大弟李希峰正在赶往彭州的车上。他们分别从上海和厦门乘飞机赶到成都,然后找了些朋友,准备前去救我。听到我获救并且已经到成都后,他们就赶了回来,我弟弟的那些朋友却没有回来,他们去做了志愿者,救别的人去了。在华西医院的一条拥挤的走廊上,妻子和弟弟的到来让我欣慰,我看着他们笑了笑,记得妻子见我后的第一句话是这样的:"你看上去还不错嘛——"我清楚,这貌似平静的一句话,隐藏了多少真情。

我永远铭记这一天,2008年5月15日,这是我重生的日子,出生地是四川彭州的银厂沟,接生的人是那些勇敢的空军官兵,还有易延端和那个不知道名字的小席。

他 们

这是我后来才知道的事情。

5月12日下午2时28分，四川省汶川县发生8级地震。受汶川强地震波及，与汶川直线距离三十公里左右，位于四川省彭州市龙门山镇（原白水河镇）的四川著名风景区银厂沟震级达7.6级，鑫海山庄四栋楼房瞬间全部垮塌。我居住的C栋紧邻河边，楼房向河边倒塌，水泥柱子中的钢筋大部分断裂，我居住的四楼大部分悬在了山谷的上空，我被埋在废墟中无法动弹。

在什邡《今日什邡》报社工作的易延端在地震后的第一时间里，就冲到了抗震的第一线，和同事们一起去搜救幸存者、采访那些救人的人，还帮助埋葬那些死难者……他的老家在四川省彭州市，和什邡市一样，都是这次地震的重灾区。他自己的住房张着娃娃嘴，父亲的房子，他哥的房子，以及两个弟弟的房子和姑妈的房子也都在地震中垮塌了。他的亲朋，有几位在这次地震中遇难，有十多位在这次地震中受伤，有的伤情还比较重，但他没时间顾及他们。

5月13日晚上，易延端才从山庄逃出去的人口中得知我被埋在废墟里了！

此前，他一直在拨打我的电话，但因地震后当地通信立刻中断，根本联系不上。那天晚上，天降大雨，重灾区银厂沟已实行严格管制，人员车辆只准出不准进。到银厂沟的道路，也因严重的泥石流灾害，多处阻隔，龙门山镇（白水河）至鑫海山庄的道路几乎全线沿山公路垮塌，山崩地裂，只能步行才能到达，这给营救工作带来了极大的困难。而此时，离我被埋已整整58个小时了！他觉得每一分每一秒都在威胁着我的生命，他的心在煎熬！

5月14日上午，易延端值通宵班下班后，来不及洗脸，赶紧从朋友处借了一辆"福莱尔"汽车火速赶往鑫海山庄。在彭州市政府门前的一个接待点，他向工作人员说，有一位作家被困在银厂沟了，急需他去营救，他们当即发给他一张盖有市政府红印的"政府救援车"的特别通行证。

在赶往银厂沟的途中，易延端路遇一位来自成都的姓席的志愿者，他主动提出和易延端一起来营救我。他们到达小鱼洞大桥时，桥塌路断，武警官兵从河中临时开了一条便道，"福莱尔"类的车底盘太低，担心开不过河而阻碍其他救援车辆通行而禁止通行。后来，易延端在一位战友的帮助下开车下河并顺利到达龙门山镇。

从龙门山镇到鑫海山庄只有十几公里了，因里面的道路多处塌陷，桥梁断裂，山上一直在往下滚落大石头，把守关口的军人不准外面的人进入。易延端和小席只好弃车蹚河，手脚并用，冒着随时都有可能被飞石砸中或陷入泥石流中的危险，徒步急行近六个小时赶到鑫海山庄。这时，已是晚上六点多了。

他们到达鑫海山庄后，易延端和小席用电缆拴住腰，冒着生命危险，头朝下脚朝天钻进垮塌的且在余震中不断晃动的几块水泥板下，用一把小铁锤和自己的双手营救我，他们想先给我弄点水进去……

当晚两点多，疲惫不堪的他们在路边搭的一个简易棚内停了下来，准备在那儿睡一觉。夜色是那么可怕，到处都充满了死亡的气息。他们为防意外，在旁边点燃了一堆篝火。可是，意外还是发生了！就在他们睡下后不久，山村里的几条饿狗张着血口冲进他们住的棚内，想用易延端和小席填充它们的肚子！他们就和饿狗拼了起来……

必须转移地方！易延端和小席赶忙往山坡下走。他们找来找去，找到了一个临时帐篷，不管三七二十一，钻进去倒头便睡。第二天早晨醒来，易延端发现身旁躺着一个人，那人一动不动。易延端喊了几声，那躺着的人没有回答他，易延端走过去，蹲下来推了推那人，那人无动于衷，这时，易延端才发现他是个死人。那是一位姓模的老太太的大儿子，死于地震中，村里活着的人大都往城里逃命去了，没有人帮忙处理他的后事。易延端含着泪水和小席以及几个村上没有离开的老人帮她把儿子埋葬了。从大地震开始，易延端的眼睛里一直含着泪水，那些惨景让这个善良的汉子揪心啊！他听说我被埋后，就只想救我，他想，不能让我一个人在那里……自他的妈妈死后，他一直没有哭过，可来救我，他哭了好几次。后来他这样对我说："你是我的战友，你是我兄弟，你是为我而来这儿的，我不能不管你……我不能不管，哪怕就是死在那里！不然我的心终身难安，也无脸见人……"

天亮不久，守候在公路边上的易延端斗胆拦下正往外山急走的成都空军副司令员林杰，并向他的随行军官报告了我的险情，请他们一定想办法营救我。那位军官告诉他，他们在执行重要任务，不能停留，并说四千多人的大部队很快就要到了。九点左右，一支空军部队从山外走进来，易延端立即拦下他们，说明了情况和林副司令的指示，请他们务必要救救我，他们立刻开始组织人手。

易延端在银厂沟山门停机坪和我分别后，晚上十点多才步行到龙门山镇，用了五个半小时，脚底磨得全是血泡，为了救我，他身上多处软组织挫伤，右脚的脚趾甲都快磨掉了……

后来，我才知道那位姓席的志愿者名叫席盛伟，是川渝中烟工业公司四川烟草工业公司三联卷烟材料有限公司的挡车工。5月13日清晨,强烈的地震后,住在成都的席盛伟一家安然无恙。席盛伟像往常一样,早早来到了公司。广播中关于汶川大地震的报道在席盛伟的耳边一遍遍响起,他有些坐不住了,盘算着为灾区做些什么。听到家乡彭州的银厂沟灾情严重的消息后,席盛伟的心更是绷得紧紧的。5月14日,余震未消,警报未除,公司为保证员工的生命安全暂时放假。席盛伟决定立即动身前往银厂沟,那时,他的妻子很快就要生孩子了。在我获救后,他悄悄地走了,他发现五十多个村民被困在一个地方。他就孤身一人往谢家坪方向赶,去找救援部队。席盛伟找到了一支野战部队,他立即将村民被困的情况告诉了部队的负责人,并为部队带路,回到了事发地点,救出了那被困的五十多位村民……

  他们让我感动。

  在这次惨绝人寰的大地震中,除了解放军外,有多少像易延端和席盛伟一样的"他们",冒着生命危险实践着人道主义的精神?

  "他们"是那么的平凡,却是真正的英雄!

悲悯大地

在我从鑫海山庄被战士们抬到银厂沟山门外直升机停机坪的过程中，一路上，我看到曾经美丽的银厂沟已千疮百孔。连九峰山秀美神秘的顶峰也坍塌了。那些废墟中，有多少冤魂在无声地呐喊！这悲情的山地呀！

汶川，青川，北川，彭州，什邡……川西大地一片悲恸。

那些在废墟中伸出来的干枯的手，在召唤着什么？

那些在黑暗中坚持的人们，早已经忘记了这个世界的冷漠和厌恶，心存希望地等待拯救，而在那些平凡的拯救者们身上，人性最良善最光辉的一面体现得淋漓尽致，他们在和残忍的现实搏斗，让那些幸存者摆脱命运的捉弄。

那些死去的同胞，我不忍心看到你们的惨状，凝固的血和洞开的伤口，紧闭的眼睛和张开的嘴巴，无力垂下的脑袋和在风中飘扬的乱发，泥水和血水，冰冷的肉体和破碎的瓦砾，喑哑的叫魂声穿过黑夜的迷雾。

……

尤其令人心痛的是那些死难学生们，不知道有没有人做过统计，在所有死难者中，有多少人是中小学的学生？那些孩子们还来不及思考为什么，就已经长眠于废墟之中了。那一层层一堆堆挖出来的幼嫩的尸体，还保留着各自的姿势，他们的表情永远定格在那个残酷的瞬间。他们来不及长大，来不及品尝人世间的酸甜苦辣，就永远地凋谢了！

老天啊！你如此的残忍，如此的粗暴，你枉为天呀！

这是多么大的冤屈！

责问老天爷，无济于事。

为什么在同样一个地方，有的学校就没有事情，有的学校就全部坍塌？如果把学校建得坚固一些，如果那些贪官和包工头少贪一些，如果我们早点做好一些防震的准备……太多的如果，太多的悲愤，那些死去的孩子们却永远也不会回来了。如果还有一点点，哪怕是手指甲大小的一点良心，那些罪人们就应该在埋葬那些孩子们的废墟上自决，谢罪天下！

可有谁愿意站出来，承担所有的责任？

……

那些枯萎的花朵，已经散发不出芳香，那些游荡的魂魄，早已不会歌唱。我的目光已经不忍在废墟上停留，我在没命地奔逃呀！我不知道下一场灾难会在什么地方等着我，我也不知道生命为什么如此脆弱，更不知道忘记伤痛需要多长的时间……

长歌当哭呀，我的悲悯大地！

另外一些幸存者

在直升机上，我旁边的一副担架上，躺着一个干瘦的老太太，眼屎糊住了她的眼睛，布满老年斑的脸上一点表情也没有，她的腿断了，我从她的脸上看不出痛苦，却发现她靠我这边的左手不停地微微颤抖。我想起了年迈的母亲，心里一阵感伤。我伸出了可以动弹的右手，轻轻地握住了她的手，她的手像干枯的树枝，冰凉冰凉的。她的手在我的手中继续颤抖着，我心里在呼喊：为什么，为什么会这样？为什么要让本来就贫苦的人遭受如此的苦难！

……

我从华西医院转到成都武警医院的那个晚上，救护车又送来了一个伤员，他被安排住在我对面的一张病床上。他是从汶川送过来的，是一个电厂的工人。他的左腿断了，被打上了厚厚的一层石膏。他静静地躺在那里，和我一样难以入眠，身体的疼痛折磨着我，而他呢？我从一个志愿者口里得知，这个幸存者是自己从废墟里爬出来的。地震前，他正在厨房里，那一瞬间他倒在了地上，头被倒下来的冰箱砸晕了。当他醒过来后，已经过了三十多个小时了。他看到了一丝亮光，那丝亮光让他看到了希望。他动了动，发现自己的身体还能够移动。于是，他开始了自救。他用自己的双手吃力地清除着眼前的障碍，一点一点地朝光亮的地方挪过去……他十个手指头的指甲都脱落了，忍受着剧烈的疼痛，经过了七个多小时的不懈努力，他终于爬出了废墟，重见天日后的他，才发现自己的腿也被砸断了，而他的亲人无一人生还。

……

那个女孩子六七岁的模样，有着一双美丽的大眼睛，可那美丽的大眼睛里却没有了快乐，有的却是深深的忧郁。她就住在我隔壁的帐篷里。因为伤员太多，成都武警医院在操场上临时搭建了许多帐篷，我们这些没有了生命危险的伤员就住在帐篷里。我在那里的几天里，一直没有听到小女孩哭过，或者因为疼痛喊叫过，她也是腿被砸断了。那个志愿者大姐说，这个女孩子特别坚强，自从被救出来，连眼泪都没有流过一次。医院的医护人员和志愿者以及病友们都很喜欢她。可电视台的记者来采访她时，她什么也不说。

……

还有很多人，因为自己的坚持，创造了生命的奇迹。比如被困164个小时获救的绵竹市汉旺镇妇女王华珍；靠四张作业纸和一瓶尿液，坚强挺过108小时的什邡市红白镇中学炊事员李克成；北川县城布满瓦砾的废墟下被埋117个小时的季中山；汶川映秀湾水电总厂废墟中被埋179小时的马元江；在被埋150个小时后，现场接受高位截肢手术的映秀水电公司职员虞锦华……

生命是多么的宝贵！

在为这些幸存者感慨的同时，我深深地为那些长眠地下的死难者哀悼！

挚 爱

郎永淳在他新浪的博客里这样写道:"也曾因为欣慰而流出眼泪。13日直播间隙,我接到一位上海朋友焦急打来的求救电话:她同事的老公李西闽被困在彭州龙门山镇鑫海度假村,导游逃出来报信说,李西闽被卡在倾斜的房子里,等待救援。她看到我在直播,她觉得,要找到中央电视台,才能把求救信号及时、有效地发到前方指挥部。焦急的心情任何人都能理解,我马上联系统筹组印栋兄,他和四川台有联系;联系地方部毛鑫,他能联系上成都台、彭州台;联系军事部记者陈大元,他可以找到成都军区、已经赶往彭州的空军部队。我告诉大元,李西闽是你们的战友,他曾在广空创作室工作过。我也焦急地期盼从几个方面同时发出的求救信号使山边的小小度假村不会成为盲点。15日傍晚,李西闽获救!消息传来,我眼眶湿了。毛鑫说,网上一群人在帮着搜救呢,老李是个挺有名的恐怖小说作家;陈大元说,老李获救,心里一块石头落地了,否则如果有任何意外,我们会抱憾终生。我们充满对生命的敬畏,我想救援官兵也同样敬畏生命。他们和我一样,并不认识李西闽,但我们都知道,那里有活的生命,我们不会抛弃!"

是的,在我被埋后,很多熟悉或者不熟悉的人,都在为我祈祷,为了救我奔走相告,千方百计。

5月12日那天下午，大地震发生后，上海也有震感。正在淮海路上一栋大楼里上班的我的妻子娉，也和同事们一起跑下了楼。当得知四川发生大地震后，她马上就拨打我的手机，可怎么也拨不通，她感觉到了不妙。那时她只知道我去四川投奔一个多年的战友，甚至不知道易延端的名字，更不用说联系方式了。她想，必须找到我那个战友。她前段时间在我手机丢失后，给我新手机输入过电话号码，那些电话号码就保存在她的笔记本电脑里。她找出了那些电话号码，确定了四川的号码，然后，把那些四川的朋友一个一个地放到网上搜索，最后确定易延端就是我要找的人，因为她听我说过易延端在四川的一个小报社工作，只有他符合这个条件。紧接着，她就找到了他的联系方式。她在5月13日早上打通了易延端的电话，那时易延端还不知道我的具体情况，到了13日晚上，易延端才把我被埋的消息告诉她。

娉听到我被埋的消息后，心里充满了焦虑和痛苦。怎么办呢？除了让易延端想办法救我，她还得想更多的办法，我多在废墟中埋一分钟，对她而言就是多一分钟的折磨！她找出了那些电话号码，给谁打呢？她想起了我在部队或者曾经在部队的朋友们，于是，她拨通了李洪洋的电话，李洪洋听到我被埋的消息后，十分吃惊，他边安慰娉，边说想办法，可他也离开部队多年了，能够联系部队上的人去救我吗？她又拨通了钟灵的电话，钟灵显得很冷静，也只能说想办法；她又拨通了刘兴安的电话，刘兴安在《解放军报》工作，他说马上和前线的记者联系；她还拨通了裘山山的电话，裘山山那时正在灾区，说银厂沟归空军部队负责救援，她会联系空军的熟人……她最后拨通了杨献平的电话，杨献平说，他在四川的部队认识的人不多，只能尽量去联系，杨献平还给她提了个建议，让她去天涯网发求救的帖子，或许能够让广大网友想办法救我。

在13日晚上10点44分，娉含着泪在天涯社区"舞文弄墨"版块上发了一篇题为《救救被困在四川的李西闽》的文章,"舞文弄墨"的版主蜘蛛发现这个帖子后,就把这个帖子的题目改为《网络总动员,营救李西闽》,并且让管理员把这个帖子放在了天涯网的首页上,还四处相告,号召网友想办法。很多朋友和我不熟悉的网友都在替我担忧,千方百计救我。在天涯的其他版块,比如"散文天地""莲蓬鬼话"都有人发拯救我的帖子。在一些QQ群里,人们都在讨论着怎么救我。在"莲蓬鬼话"群,许多兄弟姐妹边哭边想办法,那些泪水就像13日晚上川西灾区的大雨,浇在我的心上。

5月14日,在万榕公司的王钱蓉、赵若虹、美编余一梅他们的努力下,新浪博客上贴出了营救我的帖子,这篇题为《吹响集结号,拯救李西闽》的文章很快就被挂在了新浪的首页上,成千上万的人开始为我祈祷和呼救。其实,万榕公司从上到下的每一个人都为我焦虑不安,不仅仅因为我是他们公司的作者,这里面更重要的是情感。我的许多兄弟姐妹和一些不相识的朋友也纷纷用博文的形式加入对我的拯救之中。语言和文字有时是那么的苍白无力,但是通过这些文字我看到了大家对我这个平凡的自由职业者的挚爱,以及对生命的尊重。

李洪洋在博客上说:"西闽的夫人我没见过,也不知道她叫什么名字,她也不认识我。她是从西闽留下的电话号码中查到我的名字的。她知道我是西闽的大哥,我们的友情已有二十多年。从她的声音中,我听到了一个将要失去丈夫的女人的无奈,她声音颤抖,带有哭泣后的沙哑。她说,她已经给很多人打过电话,她还将继续打下去。哪怕还有一点希望,她都会打下去的……此时,我能够想象得出,他是如何呼救的,他的呼救一定是带着谩骂,骂天骂地,骂人骂自己。今天,我和我的朋友,也是他的最好的朋友易延端、刘兴安、郑平等再一次开展对他的救援……"

朱大可在博客上说:"从5月12日下午到现在,他已经被困在废墟达五十多个小时了。一位以写恐怖小说著称的作家，现在面临着生命中最恐怖的时刻，而我们对此却无能为力！我感到极度的无奈和焦虑。唯愿上帝保佑这位被恐怖压倒的兄弟，也保佑所有那些在地震中饱经创伤的人们。"

老猫在博客上说："只有一个家伙还没消息，就是作家李西闽。前一天晚上他在 QQ 群里说，自己在银厂沟风景区。赶紧上网查，这地方在成都北郊彭州，从成都市区开车一个半小时，是在山里，那不就是震中附近吗？到现在打他电话，还一直是关机状态。发了短信，也没回。群里的朋友都在担心他。"

庄秦在博客上说："而现在最让我牵肠挂肚的，是我的大哥李西闽，现在被困在彭州银厂沟外的一座宾馆里。"

陈露在博客上说："老李，你必须回来，你还欠我好几顿酒没喝……"

花想容在博客上说："最牵挂的事就是有'恐怖大王'之称的著名作家李西闽在四川龙门山风景区写作时所住的房屋坍塌被困的事情。他是我的好朋友、好大哥，是我一直欣赏和敬重的人。他的事情牵动着许许多多关心他的人。这个时候，太多相识的、不相识的人都在为营救他而全力以赴，好多人几天几夜都没有睡觉……"

苏绣旗袍在博客上说："你已经被困了七十个小时，因为联系不到救援队伍，不知道你是否得救，什么情况。你是个硬汉，你一定能挺过去。我还记得小坏百日时你是多么的开心。现在我重新更新新浪博客，看到刚开博时你的留言，忍不住又想掉眼泪……为了小坏和小坏的妈妈，你一定要振作。叫你声干爹，难得我肯叫干爹。昨夜得知你的消息后无法入睡，结果今天上班只好请假。我等你平安获救，到时候你要赔我和票子鱼，还有月……你赔我们大家白伤心一场！"

秋千在博客上说："我想是上天给李西闽开了个天大的玩笑，让他好好体味什么是真正的恐怖。他是在做一次真正的采风！凭他军人的气魄，凭他健壮的体格，他一定会挺住的！他还有很多的事情未了，他还要把自己在废墟里的体验写出来……他会从死亡的夹缝里走出来，拍打一下身上的尘土，咧开嘴，疲惫地一笑，说：'你们受惊了吗？'"

廖增湖在博客上说："这个时候，我痛彻地感觉到一个知识分子的软弱无力。大可最早在博客上写了呼吁营救李西闽的文章，他也一定是走投无路了。我看大可的文字，眼泪禁不住地流了下来。西闽的身体一向很强壮，精神也很好，他在部队里曾经受过长期的体能训练，他的胳膊有很多人的腿那么粗，他的朋友遍天下，他的战友们也分散在各地。但是，所有人在天地面前都是渺小的。西闽的身体被压在了断裂的混凝土板下，而营救的人却无法进入。谁能救救他？我们在几千公里之外，都在为西闽祈祷，却束手无策！！！"

雅聊在博客上说："李大哥，看到你被困的消息，心急如焚，希望苍天保佑，您一定要坚强，我们都是军人，一定要挺住，等待，坚持住，您一定能平安，等着看到你再写的文字。"

一枚糖果在博客上说："大哥是我尊敬敬佩的人，地震之前，我曾经邀请他来南充一起聚会，他欣然答应。后来打他电话一直关机，他在成都写作，遭遇地震。任何时候，大哥都说：'糖果啊，你要坚持下去，快乐一点，什么都会过去的。'李西闽现在被困在四川的银厂沟山里，他所住的房屋已经塌了一半，另一半倾斜在河上，自己被卡住，无法逃出，情况危急。请附近的朋友帮忙去看看，至少能送点水什么的，给他一些救助。我不知道我能做什么，我只想等大哥平安的好消息。祈祷，请菩萨保佑他平安。"

稻菽在博客上说："神命令你：一定要好好的！如果你敢放弃，我一定永远恨你！所有我的守护神都和你在一起！"

蔡骏在博客上说："我的大哥李西闽，现在被困在四川地震灾区的银厂沟山里。地震发生时,他正独自在四川银厂沟写作,他在上海的妻子女儿正焦急地等待他平安归来。……我真想自己飞赴四川救他……"

……

很多人很多事情,在危难之中体现了真情和挚爱。比如随风和小羽,他们一直不停地联系前方灾区的救援队;朱大可、王干他们,通过多方的努力对我进行施救,一片真心无以言表;廖增湖、谢有顺、林建法他们,不停地联系在四川的裘山山、麦家他们,麦家和阿来准备自己开车去救我,却因道路不通未能如愿;韩寒,赶到四川,希望能够对我施救;一个我素不相识的叫郑文波的大学生,他自己在银厂沟的家也被夷为平地,在网上看到我的消息后,为我费尽心力;还有上海徐汇区转业干部服务中心的陈坚大姐,听说我的事情后夜不能寐,一直和四川方面沟通,想办法营救我……莲蓬说,如果我救不出来,他就去削发当和尚;阁楼和鱼儿在家里为我点起蜡烛祈祷……我获救后,看到各大网站那些感人的帖子和留言,听到那么多人为我做的一切,我流下了热泪。

在黑夜舔着自己的伤口

我获救后的第一个晚上，躺在成都武警医院的病床上，疼痛使我冒着冷汗。娉和弟弟李希锋就守在我的身边，他们轮换着给我按摩麻木的手脚。他们是我的亲人，悉心照顾我按理也是应该的事情，可我内心总是觉得对不住他们，让他们受了那么多折磨。

他们已经分别给上海和福建的家里打过电话报了平安，也给关心我的人们发了短信报了平安。

娉告诉我，小坏自从我被埋的那天起，每个晚上都会惊醒过来，坐在床上大哭，边哭边喊着："爸爸——"自从她出生到我出事前，她从来没有这样过的，每天晚上都是九点多睡，第二天早上六点多醒来。我不知道她今天晚上还会不会惊醒过来……我想象着小坏的样子，心里对她说："孩子，你真的和爸爸心连着心呀！爸爸再也不会让你担惊受怕了！"

很晚了，一个长得小巧清秀的姑娘来到了我的病床边，用甜美的嗓音问我："你要吃稀饭吗？"

我其实不感到饿，娉给我要了一份稀饭，一口一口地喂给我吃。

那个送稀饭的姑娘是个志愿者，她说她和妈妈都是从外地赶来照顾病人的。她走了后，又来了个志愿者，她的年纪大约五十多岁，原来是成都一家医院的护士长，退休在家。地震后，她就主动来这里做义工。她性格开朗,脸上总是挂着笑容。我叫她阿姨,她笑着说应该叫她大姐。这个大姐来了后就一直忙着照顾病人,我看她帮助我对面的那个伤员擦屁股倒屎盆子。

她忙得差不多了,就坐在一旁,笑着看着我们。

她对娉说:"你睡一会儿吧,否则受不了的。"

她还给我弟弟找了张床,让他睡觉。我弟弟和娉都很累了,他们倒头就睡,很快就进入了梦乡。

这个大姐又对我说:"你也睡吧,我给你看着吊瓶,滴完后我会处理的。"

我闭上了眼睛。我的眼睛又干又涩又痛,一闭上眼睛,泪水就自动地流了出来。过了老大一会儿,我才沉沉地睡去,我已经很长时间没有好好睡一觉了,真想美美地睡上一觉呀!可是,我没有睡一会儿,就被噩梦惊醒了。我梦见自己还被埋在废墟之中,拼命地呼救。我惊醒过来后,又看到了大姐充满笑容的脸。

她坐在了我旁边,轻声对我说:"是不是做噩梦了?"

我说:"是的,我梦见自己还被埋在废墟里。"

她说:"这是正常的,时间长了,你就会好的,你不要想那么多,一切都会过去的。"

娉也被我吵醒了,她一醒过来就给我按摩。

我对她说:"你睡吧——"

她说她睡不着了。

大姐就陪我们一起聊天。

……

噩梦是从那个晚上开始的。

每天晚上,我只要一入睡,就会梦见自己还被埋在废墟之中。5月17日下午,我被人用担架抬上飞机,在深夜回到上海,住进第六人民医院,那天晚上,弟弟和娉回家住去了,我睡下后不久,又在

幸存者 147

噩梦中大叫一声醒过来，浑身的冷汗。我的惊叫把同室的病友也吵醒了。醒过来后，我在黑暗中睁大着眼睛，身体上伤口的疼痛已经不重要了，我现在考虑的是如何摆脱噩梦！如果噩梦长期做下去，也许我会崩溃。

我在黑夜里舔着自己的伤口，心灵的伤口。

我想只有自己才能解救自己。

医院里的一个心理医生告诉我，要学会放松。我知道要让自己放松，问题是我怎么才能放松得了？我尽量地让自己想些美好的事情，想着李小坏童真的笑脸……小坏在我回上海的第二天就来看我了，是她妈妈抱她来的。她看到我时，脸上没有笑容，沉重的样子，这么小的一个孩子，难道知道什么？她认真而又严肃看了我一会儿后，伸出小手，在我右膝盖的伤疤上轻轻地摸了一下，然后轻声地叫了一声："爸爸——"

听到这一声"爸爸"，我的心柔软起来。

我不知道这次灾难中的其他幸存者会不会像我一样被噩梦缠绕，我会想起四川的那些同胞们，尤其是那些孩子们，或许他们比我坚强，但是我相信他们和我一样，被噩梦或者现实中的疼痛折磨，没有一个时间表可以平息创伤。只能够在每向前一步时，告诉自己，你是幸运的，你还活着，还可以吃饭，还可以喝水，还可以看到高远的天空和人间景象，还可以向别人伸出手，和别人相握，感觉到人体的温暖和无声的爱……

可我如何才能摆脱噩梦？

这也是灾后很多人的困境。

最重要的是让自己内心安宁，可说起来容易，做起来是那么的困难。

或许遗忘是最好的药。可这是一句不切实际的话。

我只有在漫长的黑夜里舔着自己的伤口，直到它愈合……

太阳照常升起

某个晚上,娉开车带我去上海影城看电影。那是我在获救后第一次去电影院里看电影。路过徐家汇的时候,我看着城市的霓虹灯和街上川流不息的人们,恍若隔世。

那些霓虹灯像是十分虚假的东西在粉饰太平,在叫卖着什么。

相反地,街上那些川流不息的人变得那么的真实。他们的呼吸或者思想都那么具体,包括他们行走时扇动的空气中留下的他们气味也是如此清晰……因为他们是活着的人。

无论他们是男是女,年轻的还是年老的,高贵的还是卑微的,有钱的或者无钱的……一切都不重要了,重要的是他们还活着。我一阵疼痛,无以复加的疼痛,假如我死在废墟中,这些景象就永远也不会出现在我的眼帘中了,我会渐渐地被人淡忘,像从来没有来过,或者说从来没有过我这么一个人。灾难中那些死难者,他们的魂魄至今还在川西大地上飘游,他们无声的诉说谁又能听得到。活着的人了解到的只是没有任何意义的死亡数字,而大多数死难者的名字无人提及,消失在浓重的黑暗之中。

这是什么样的悲恸?

我无法把眼前的浮华和川西大地上的废墟放在一起比较。

我的眼睛里噙着泪水。

长长地叹了口气。

娉问我:"你怎么了?"

我说:"没什么。"

是呀,我又能说什么?我是个幸存者,还幸福地活着的人,我仿佛没有权利忧伤。然而,我内心真的很悲伤,很脆弱!人在精神上永远是孤独的旅者,没有同伴,所以,自我的解救是多么的重要。

生命因为脆弱而变得坚强。

我擦了擦眼睛,对娉说:"没事了,过去了!没错,那个大姐说的没错,一切都会过去的!"

生活还得继续,明天的太阳照样升起!

2008年7月11日完稿于佘山森林宾馆

后　记

　　自从 5 月 15 日获救，到现在已经快两个月了。这两个月里，感动，激动，彷徨，痛苦，噩梦……交织在一起，构成了一个真实的幸存者的形象。

　　在我的余生里，我不会忘记那些救我的、关爱我的人。我的确需要感恩，向大地感恩，向这个世界感恩，向生命感恩。我会用我微薄的力量去帮助需要帮助的人……

　　这也是我写这本小书的初衷。

　　我的老战友，老大哥李文忠先生给我提供了一个舒适的地方——佘山森林宾馆，这里远离喧嚣的闹市，幽静自然，鸟语花香，竹影婆娑……在这个美好的地方，我写完了《幸存者》。

　　这本数万字的小书，却耗尽了我全部的心力。我写此书的过程，其实就是重新经历了一次地震，这个过程是痛苦的。我想，无论怎么样，我给了自己一个交代。

　　也许这是我忘记忧伤痛苦的一种方式。

李西闽

2008 年 7 月 11 日于佘山森林宾馆

救赎

在黑暗的心灵中寻找光明。

——题记

第一章

1

何国典浑身冰冷。

这个陌生的城市不是他的归宿,他心里十分清楚,可哪里是他的归宿,他一无所知。这是 2008 年暮秋的上海。梧桐树的叶子已经发黄,挂在枝丫间,随时都有可能被风吹落,像无家可归的人茫然的脸。何国典来到上海很长时间了,他不知道自己多少次独自走出蜗居的小屋,穿过一条弄堂,来到大街上。

午后的阳光温暖而且明亮。

可是,何国典还是忍不住浑身颤抖。温暖而明亮的阳光仿佛雪霜。喧嚣的大街是一条奔腾的河流,他站在一个街角,阳光照不到他瘦长的身体,苍白的脸透出一股寒气,目光迷离,大街上的所有东西似乎都和他无关。他是和这个世界隔绝的人,无望的人。

一个曾经对生活充满希望的人,到完全的绝望,这需要多长时间?

何国典内心的苍凉和挣扎有多少人知道?

每一个人都是孤独的。

就像每一片枯叶。

冬天很快就会来临,春天就躲在冬天的后面,冬天来了,他会怎么样?在未来那个陌生的春天里,又会怎么样?没有人可以回答他,他也不敢想象,一切是那么的苍白无力,就像他此时的面容。他两手僵硬地下垂,僵硬的手指无法握起拳头,无法告诉这个世界,他还尚存多少力量。

2

何国典就那样站在那个阳光照不到的街角,看着阳光下匆匆而过的车流和人们。没有谁会注意到他这样一个人。不久,何国典却注意到了一个人。那是个孩子,一个背着书包的小男孩,他从何国典的面前走过。

小男孩八九岁的样子,穿着一身白色的校服,圆圆的脸,那双眼睛明亮而且清澈,他的右眼角有一颗小痣。

看到这个小男孩,何国典满是死灰的眼睛里突然闪动出一点火星,特别是看到小男孩右眼角的那颗痣,他张大了嘴巴。

他浑身触电般颤抖,目光追随着小男孩。

何国典的脚步也开始移动,他跟在了小男孩的身后。他呼吸急促,目光怪异地盯着小男孩的后脑勺,嘴里喃喃地说着什么含混不清的话语。小男孩似乎听到了他说什么,边走边扭头望了望何国典。这个男人蓬乱的头发、苍白的脸和怪异的眼神让小男孩感觉到了不妙,他赶紧扭过头来,加快脚步往前走。小男孩根本就不清楚这是个什么样的人,也许他觉得何国典是疯人院里跑出来的疯子。

何国典的脚步也加快了,他嘴里还是吐出含混不清的话语,眼睛还是死死地盯着小男孩的后脑勺。小男孩越走越快,何国典也越走越快,他紧紧地跟在小男孩的身后,和小男孩相距两三米远。有些路人也感觉到了不妙,有的人停下脚步,看着一前一后走着的他们,可路人什么也没有说,也没有任何的行动,仿佛这个世界就是如此怪异,没什么可大惊小怪的。

那个小男孩突然惊叫着奔跑起来。

何国典也奔跑起来,他大喊道:"我的儿,别跑——"

小男孩听到他的喊叫,跑得更快了。

何国典眼看着要追上小男孩了,小男孩惊叫着跑进了街边的一所小学。

何国典喊叫着要冲进学校,却被门口站着的一个保安拦住了:"你想干什么,你想干什么?"何国典用力地把保安推到一边,朝小男孩追过去。小男孩继续惊叫着,没命地往教室里跑去。学校里很多小学生惊恐地看着追赶小男孩的何国典,在他们的眼里,何国典是个不折不扣的疯子。

那个保安一个趔趄倒在地上,他没想到这个看上去瘦弱的汉子力气竟如此之大,他骂了声什么,从地上爬了起来,朝何国典追过去。这时,出来了两个年轻女教师,挡住了准备疯狂冲进教室的何国典。

她们叫唤着与何国典扭在了一起。

何国典大声喊叫着:"我找我儿,你们拦住我干什么!"

一个女教师说:"你这个人怎么搞的呀,那个孩子怎么会是你儿子!"

另外一个女教师说:"快走吧,不要在这里胡闹了,这里没有你的儿子。"

何国典的眼睛变得血红,吼叫道:"他就是我的儿子何小雨!我没有搞错,我要找我的儿子何小雨!你们放开我。"

何国典使劲地和她们推搡,因为他力气很大,她们眼看就抵挡不住了。

保安冲过来,从身后拦腰抱住何国典。

那两个女教师松开了手,气喘吁吁地站在那里,眼神复杂地看着挣扎的何国典。

救 赎 157

"这个人疯了,他是从哪里来的?为什么会把宋文西当成他的儿子呢?"

"谁知道他从哪里来的,听他的口音像是四川人。"

她们低声说话。

保安的双手死死地扣着何国典的腰,任凭他挣扎着大喊大叫。保安的脸憋成了猪肝色,额头上冒出了汗,他咬着牙说:"看谁的力气大,老子不相信制服不了你!"

宋文西趴在教室的窗边,看着那个疯了般张牙舞爪喊叫的男人,男人左脸上那条蚯蚓般的伤疤在他眼中蠕动。宋文西浑身瑟瑟发抖,根本就不知道发生了什么事情,因为恐惧,他的眼睛里充满了泪水。

保安对那两个女教师说:"你们赶快报警,我快不行了,这个人真的是疯了!"

3

何国典此时看不到阳光,也听不到街上车水马龙的喧嚣。他坐在派出所的一间小房间里,耷拉着脑袋,无力而又茫然。一个年轻警察坐在他面前的桌子旁,用鹰隼般犀利的目光审视着他。

"姓名?"警察冷冷地说。

何国典无语。

"问你呢,姓名?"警察用手中的笔用力地在桌子上敲了敲。

何国典还是无语。

他的沉默激怒了警察,警察霍地站起身,把笔扔在桌子上:"怎么搞的,你哑巴了?把头抬起来,看着我说话!"

何国典置若罔闻。

警察气冲冲地走到何国典的跟前,一把抓住了何国典乱蓬蓬的头发,往后一拉,何国典的脸顿时呈现在他的眼帘。这是一张苍白瘦削的脸，那条暗红色的伤疤仿佛在无言地诉说着什么，何国典血红的眼中积满了泪水。男人眼中汪汪的泪水让年轻的警察内心战栗，他轻轻地把手从何国典的头发上移开，面色凝重地坐回了原处。

警察叹了口气："说吧，叫什么名字？"

4

杜茉莉刚刚给一个客人做完脚，洗了洗手，准备吃午饭。她实在太饿了，其实早已经过了吃午饭的时间。杜茉莉擦了擦额头上的汗，喝了口水，清凉的水经过她的喉管，进入到胃里，她感觉到五脏六腑舒坦起来。每次给客人做完脚，她都希望能够喝上一杯清水，那是惬意的事情，她在"大香港"洗脚店干了快三年了，一直这样。

她端起快餐盒，往嘴巴里扒了口饭，饭已经凉了，硬。顾不了那么多，有饭吃是幸福的，填饱饥肠辘辘的肚子是眼下最重要的事，至于饭菜的冷暖和味道，从来没有考虑过。可是，她刚刚扒了几口冷饭，手机就响了。她放下筷子，从牛仔裤的裤兜里掏出手机，看了看，这是一个陌生的电话。接不接呢？杜茉莉犹豫了一下，还是接听了这个电话。

她接完电话，呆了。

这时，老板娘宋丽在叫："23号，有客人点钟，在2号房，快下来。"

23号是杜茉莉的代号，在"大香港"洗脚店，她没有自己的名字，只有这个代号。杜茉莉没有回答宋丽的叫唤。她的喉头鲠着一团东西，吞也吞不下去，吐也吐不出来，刚才还饥肠辘辘的肚子也变得鼓鼓的，充满了莫名其妙的气体。她突然感觉到了愤怒和委屈，眼睛热辣辣的疼痛。杜茉莉怔怔地站在那里，浑身僵硬，大脑一片混沌。

老板娘宋丽又叫了一声:"23号,快去2号房,有客人点你的钟,听到没有呀!"

杜茉莉眼里滚落了两串眼泪。

她的同事李珍珍走了进来,见杜茉莉呆立在那里落泪,也吃了一惊:"茉莉姐,你怎么啦?"

杜茉莉赶紧用纸巾擦了擦眼睛,慌乱地说:"没什么,没什么!"

李珍珍满脸狐疑:"茉莉姐,到底发生什么事情了,我可从来没有看到过你在店里流泪。"

杜茉莉一阵心酸,是呀,她是个要强的女人,在店里,总是用微笑面对客人和同事,就是内心有再大的伤痛,她也会憋在肚子里,强颜欢笑。可这回,她却控制不了自己的泪水落下来。她又擦了擦眼睛说:"珍珍,没什么,真的没什么,你去做你的事情吧,不要管我。"

宋丽出现在了门口,她有点气急败坏:"23号,你怎么搞的?告诉你2号房有客人点你的钟,你怎么这么磨蹭!还不快去,客人都等急了!"

李珍珍白了宋丽一眼,没好气地说:"老板娘,你说话怎么这样难听呀,你没有看到茉莉姐心里有事,她都哭了!"

宋丽薄薄的嘴唇翻飞起来:"好好的哭什么,有什么事情回家哭去,不要影响我的生意。客人都等得不耐烦了,还有闲工夫在这里哭,干什么呀!啊,是不是对我有意见呀?我对你们够好的了,你们去打听打听,哪个洗脚店有我这里的提成高!把客人都得罪跑了,我看我关门算了!你们也喝西北风去!还好意思在店里哭!有什么事情下班了再说吧,你们回去哭死也和我没有关系,现在赶紧去给客人做脚!"

宋丽说完,就扭着磨盘般的大屁股气呼呼地走了。

李珍珍朝门外啐了一口:"呸,没人性的肥猪婆!"

杜茉莉咬了咬牙，低沉地说："珍珍，做事去吧！谢谢你，我没事了，也该做事去了。"

她把眼泪擦干，神情恍惚地走出了休息室的门。

5

2号房里灯光昏暗。这是一个没有窗户的房间，看不到外面的天空和阳光，也看不见大街上行色匆匆奔忙的人群。尽管房间里喷过空气清新剂，还是可以闻出一股潜伏着的浊气，像这个世界一样。

那个男人半躺在沙发上，细眯着眼睛看着电视，他的头发梳得纹丝不乱，泛着一层油光，苍蝇落在上面也会滑掉。他的国字脸略显富态，让人感觉这是个养尊处优的人。杜茉莉低着头，卖力地给他做足底按摩。对待每位客人，杜茉莉都是如此卖力，她很清楚，要在洗脚店里立足，除技术好之外，就是卖力，只有把客人按得舒服了，才会有更多的客人点她的钟，才能赚更多的钱。

这个男人是她的常客，她知道他姓张，但是她不清楚他是干什么工作的，反正她觉得他很闲，经常在下午来做脚，这个时间如果不是节假日，是很少有人光顾洗脚店的，对大多数人而言，这是上班的时间，谋生是多么重要的事情。张先生却总是在这个时间光顾洗脚店，虽说杜茉莉对他的职业十分好奇，可她从来没有问过这个问题，张先生也从来没有说过他的身份。张先生喜欢边做脚边看电视，偶尔还会和她闲聊几句不咸不淡的话，大部分时间里，张先生看着电视就会睡着，有时还会打呼噜。张先生打呼噜时，杜茉莉就会想起自己的丈夫，丈夫睡着的时候也会打呼噜。想到丈夫，杜茉莉心里就会涌起一股凄凉之感，丈夫的呼噜声是那么的遥远，那么的不可企及。

杜茉莉一直低着头。

张先生的目光从电视屏幕转移到了杜茉莉的头上，他看不清她的脸，看到的只是她乌黑的头发，她身上散发出淡淡的香水味，这种不知道牌子的香水味在抵抗着房间里的那股浊气。在他眼里，杜茉莉是个精致的女人，穿着得体，不像其他按摩女，要么邋遢，要么土气，要么浓妆艳抹把自己弄得洋不洋土不土的。他每次来"大香港"洗脚店，都要点杜茉莉的钟，一方面是因为她的按摩技术好又不偷懒，另外一方面是因为她的精致。

　　张先生说："23号，你今天有心事？"

　　杜茉莉说："哪有什么心事呀！"

　　张先生说："我看得出来，你的确有心事，逃不过我的眼睛的。你进来时，脸色就不对，朝我笑了一下也是很勉强的，一点也不自然，从给我做上脚后，就一直没有抬过头，平常你给我做脚也会看看电视的，今天你和往常不一样。"

　　杜茉莉没有再说话了，继续低头卖力地为他按摩足底。

　　张先生也没有再问她什么。

　　尽管今天张先生没有睡着，也没有打呼噜，杜茉莉心里却一直在想着那个电话，想着丈夫何国典。

　　她的心情十分复杂。

　　那个电话是中江路派出所打来的，说何国典被抓了，要她赶快去保人。一听派出所，杜茉莉心里充满了恐惧，这是令她畏惧的地方。她平素里，看到警察，心里就会忐忑不安，这是普遍的平民的心理。现在，很怕和警察发生什么关系的她发现自己的丈夫被警察抓了，她能不恐惧吗？她不清楚何国典为什么被抓，他不是坏人，难道做了杀人放火的勾当？如果何国典真的做了那些坏事，她区区一个小女子又怎么能把他保出来？还不是只有眼睁睁地看着他被送进班房或者枪毙？她的确被吓哭了。她不能告诉张先生自己的丈夫被警察抓了，就像她不会告诉他一切关于自己的事情。所以，她只有用沉默对待张先生。

张先生见她抓着他脚的手不按了,只是一个劲儿地颤抖,又说:"你怎么了?病了?如果病了,那就不要按了,你赶快上医院,不要耽误了身体。"

杜茉莉实在受不了了,她抬起头,哽咽地说:"张先生,实在对不起,下次来给你按,我自己掏钱请你!"

张先生看到了她满是泪水的眼睛,这是一双好看的眼睛,此时却那么的哀伤,他的心也颤抖了一下,赶紧说:"你赶快去吧,不要管我了!"

杜茉莉说:"谢谢你,张先生,你真是个好人。"

张先生说:"我不是什么好人,你不要说那么多了,快走吧!"

……

走出"大香港"洗脚店时,阳光明媚,那从天上洒落的灿烂阳光却像冰冷的雨,浇在她淌血的心上。她骑着自行车往中江路方向狂奔。

6

停好自行车,杜茉莉站在中江路派出所的大门外,浑身冰冷,牙关打战,来上海这些年,她从来没有进过派出所,老实善良靠自己手艺赚口饭吃的她从来就没有想过会到这个地方来,现在却因为自己的丈夫要踏进派出所,这是多么悲哀的事情。最重要的问题是,她不知道何国典犯了什么事,为什么会被警察抓去,也不知道他到底会怎么样。

这个世界上发生的一切你都应该面对,你无处可逃!况且今年已经发生那么多残酷的事情了,多发生一起又如何呢?一切都是命运!杜茉莉鼓起了勇气,走进了派出所。

事情并没有像她想象中的那么糟糕。

杜茉莉被那个年轻的警察带进了派出所那个小房间。何国典还是低着头坐在那里一动不动，宛若雕塑。看得出来，何国典没有挨打，杜茉莉心里微微松了口气。

年轻警察在带杜茉莉进来之前告诉她，他叫王文波。王文波坐在他应该坐的位置上，对杜茉莉说："你丈夫叫什么名字？"

杜茉莉心里还是忐忑不安，不好在这个场合问何国典究竟犯了什么事，她小心翼翼地对王文波说："他叫何国典。"

王文波又问："籍贯？"

杜茉莉说："四川彭州。"

王文波说："你知道你丈夫干了些什么吗？"

杜茉莉当然不知道，要是知道，就不会这样着急了，她担心的就是这个问题。杜茉莉神情紧张地摇了摇头。

王文波严肃地说："怎么搞的？他竟然跑到中江小学闹事。说那里的一个小学生是他儿子，在街上就开始追赶那个小学生，一直追到学校里，那个小学生都吓坏了。怎么搞的！学校的保安阻止他，他还把保安打倒在地！老师也拦不住他，要不是老师报警，我们及时赶到，还不知道要发生什么事情！怎么搞的嘛！"

杜茉莉说："我丈夫不会打人的，不会的，我了解他，警察同志，你是不是搞错了？"

王文波说："我怎么会搞错？你要不要过来看看学校方面的笔录？"

杜茉莉看了看满脸冰霜的王文波，又看了看低头不语的何国典，她突然双手抓住何国典的肩膀，使劲地摇晃："你说呀，你没有打人，你没有犯法，你说呀！你说呀，你和警察同志说清楚呀！你怎么不说话呀？你哑巴了？你怎么就不能让我少操点心呀？你这个混蛋！你知道我多么担心吗？你说呀，你说你没有打人，你没有犯法，和警察同志说清楚呀！"

杜茉莉边说边流泪。

王文波见此情景，也不知道说什么好。这时外面有人叫了声王文波，他就出去了。

杜茉莉焦虑地说："国典，你告诉我，你究竟怎么了？警察出去了，你就对我说实话吧，国典！"

何国典喃喃地说了一句："那个孩子和小雨长得一模一样，真的一模一样，他的右眼角也有一颗痣，我以为小雨还活着，就——"

杜茉莉心里明白了。

想起死去的儿子何小雨，杜茉莉肝肠寸断，哭也哭不出声来，双手只是紧紧地抓住丈夫的肩膀，十指抠进了何国典的皮肉里，她清秀的脸扭曲着，眼神透出绝望和痛苦。何国典还是低着头，浑身颤抖，不知道是因为被杜茉莉抓痛了，还是因为什么别的。

不一会儿，王文波回到了这个小房间里。

他看到这对夫妻痛苦万分的样子，眼睛里掠过一丝怜悯。

杜茉莉松开了抓住丈夫肩膀的手，走到王文波的面前，扑通跪倒在地，撕心裂肺地说："警察同志，你就放了我丈夫吧，他没有恶意的，他不是故意去打人的，他没有害人之心的呀！我们的儿子在地震中死了，我们心里不好受啊！他看到那个孩子像我们死去的儿子，他才跟上去的，他以为我们的儿子还活着！他神经有点不正常，他把那个孩子当成我们的儿子了，警察同志，事实是这样的，我丈夫不是坏人，真的不是坏人！你放了他吧，他心里也苦啊！警察同志，你放了他吧，我保证他再不会去学校找那个孩子了！"

王文波被杜茉莉的举动弄呆了，一时间不知所措。

他缓过神后，双手拉着杜茉莉："怎么搞的！你起来，快起来！"

杜茉莉泪流满面地说："警察同志，你答应放了我丈夫，我就起来，否则我就跪死在你面前！"

王文波叹了口气说:"快起来吧!我们也没有打算要把他怎么样,叫你过来,就是看他不太正常,让你把他领回去,我们才放心!快起来吧,事情说清楚就好了,没事了,没事了!"

……

杜茉莉和何国典一前一后地走出派出所的大门,天空中还是阳光灿烂。杜茉莉的眼睛里只是一片惨烈的红光,而且,她感觉不到阳光的温暖。这场惊吓,让她心灵的伤口又一次被撕开!她满脑子都是儿子鲜血淋漓支离破碎的脸。她不知道神情沮丧的丈夫此时心里在想什么,她真的不知道。

这时,有个声音叫住了他们。他们看到王文波追了出来。杜茉莉心里咯噔了一下,不是放了丈夫吗,怎么还要把他抓回去?王文波走到杜茉莉面前,从兜里掏出了两张一百元的钞票,递给了她:"这是我的一点心意,你收下吧。"杜茉莉推开了他的手:"谢谢你,警察同志,你的心意我们领了,我们不能收你的钱,真的不能!你不用同情我们,真的不用!我们能够扛过去的!"

杜茉莉挽起何国典的手,离开了。

王文波手上拿着那两张钞票,看着他们离去,眼睛里迷蒙了一层水雾。

他长长地叹了一口气。

他无法预知这对可怜的夫妻会走向何方,也无法预知他们何时才能走出心灵的困境,这个世界又有多少人像他们一样?

第二章

7

回到漕西支路的住处,杜茉莉朝何国典歇斯底里地叫喊:"何国典,你就不能让我省心点吗?你去追那个男孩子干什么?你就不能醒醒?你儿子死了,他已经死了!事情都过去半年了,你就不能平静一点?你究竟要干什么?你活着就不能好好地活着吗?那么多人失去了亲人,难道都像你这样消沉?你就不能好好想想,你没有了儿子,至少还有我!我和你说过多少次了,要坚强一点,你还不如我一个女人呢!你是男人,你知道吗?你是个男人!"

何国典脸色阴沉地坐在破旧的椅子上,一言不发。

杜茉莉的手机响了。

杜茉莉看了看,是老板娘宋丽的来电。杜茉莉骂了声什么,接通了电话。

宋丽在电话里嚷嚷:"23号,你死到哪里去了?现在有客人点你的钟了,我到处找也找不到你,问别人也不知道你去哪里了,你这不是成心和我过不去嘛!出去也不和我打声招呼,你眼中还有我吗?你想干就干,不想干就拉倒,想来我这里上班的人多了去了。如果你还想在这里继续干下去,就给我赶紧回来,客人等着呢!如果不想干了,那就随你去了,你自己考虑清楚!"

宋丽嚷嚷完后,就把电话挂了。

杜茉莉的胸脯起伏，拿着手机的手不停地颤抖。她把手机扔在凌乱的床上，哭着说："我不干了，我不干了还不行吗！我早就受够了，我累死累活为了谁！儿子没了，丈夫也疯了，我活着还有什么意思！"

此时的杜茉莉就是秋风中的一片落叶，瑟瑟发抖，她是那么凄凉，那么的无助。何国典怔怔地看着悲恸的妻子，嘴唇蠕动着，想说什么，却什么也说不出来，他的两手抓着自己的大腿，使劲地抓着，感觉不到疼痛，可他的心里有一万支箭在无情地穿过。

过了一会儿，杜茉莉止住了泪水，她说了一句："一切都是命！"然后走进了卫生间。她面对着那面有斑斑污迹的镜子，简单地梳理了一下头发，洗了把脸，在脸上抹了抹面霜，稍微往身上喷了点香水，就走出了卫生间。她对何国典说："我去上班了，你在家里好好待着吧，不要再给我闯祸了，我会再问问老陈，看他能不能给你介绍个工作。"

说完，她就离开了。

杜茉莉走后，房间里一片寂静。

何国典的目光落在了桌子上的一个小相框上，里面有一张照片，是他们夫妻俩和儿子何小雨的合影。他们都面露笑容，幸福的样子。特别是小雨那张脸，纯真而快乐，明亮的眼睛里充满了活力。这张照片是过年时照的，那时家里的新房也刚刚落成，生活充满了希望。何国典的眼睛死死地盯着小雨的脸，他扑过去，拿起那个相框，喃喃地说："小雨，你没有死，没有！小雨，你爸爸不是神经病，不是！"

8

何国典怎么也没有想到，一场大灾难会降临在川西大地上，会降临到他刚刚开始走向幸福生活的家。

5月12日那天早上,他把何小雨送去米镇中心小学上学。在路上,何国典背起了儿子。

儿子说:"爸爸,我不要你背,我自己能走!"

何国典乐呵呵地对儿子说:"就让爸爸背吧,爸爸喜欢背你。"

儿子病了一个多月,何国典带他到成都的大医院里去治疗。他一直担心莫名其妙的耳疾会无情地夺去儿子的听力,那段时间里,儿子总是茫然地看着他。听不到声音是多么痛苦的事情啊!现在,儿子终于能够听见他说话了,也能够听见清脆的鸟鸣和山谷溪流的声音了,一切又重新美好起来。作为父亲,他心里十分喜悦,这些日子里的担心和痛苦似乎都过去了,他要背着可爱的宝贝儿子重新去上学,他要让儿子健康成长。一路上,何国典不停地问何小雨问题:"儿子,你听到风的声音了吗?"风从山谷吹过,路边的树叶发出悦耳的声音。

何小雨快乐地回答父亲:"爸,我听到了,还听到了树叶的声音。"

到了米镇中心小学大门口,何国典放下了儿子。何小雨走进了校门,不一会儿,他停住脚步,回过身,朝还在校门口张望的父亲挥了挥手:"爸,你回去吧!"

何国典笑了笑:"你要好好听老师的话,好好读书,我这就回去了。"

何国典不晓得,儿子的那一回头,就成了父子俩的永诀。

何国典哼着歌快活地往回走。

黄连村是一个很小的自然村,村里的十几户民居散落在一片山坡上。村子的前面是一条山谷,溪流从山谷流过,村后是郁郁葱葱的森林。这天上午,何国典在自己新房后的林子里挖黄连,这是黄连成熟的季节,何国典和村里人一样,在自家承包的林子里把黄连

救赎　169

挖起,准备晒干后卖给药材商。村里年轻一点的人大部分都出去打工了,像他这样留在黄连村的汉子并不多。因为儿子的耳病,耽搁了一些时日,他必须尽快地把黄连挖出来,自家的活干完了,还得去帮助妻子的娘家挖黄连。

何国典正挖着黄连的时候,他听到了林子外面传来了一个女人清脆的叫声:"国典——"

何国典知道这个女人是谁,她是同村何老三的老婆李幺妹。何老三长年在深圳打工,只有过年的时候才回家。李幺妹是个健硕能干的婆娘,拉扯着两个孩子,还要照顾年迈的公婆。何国典还是十分佩服她的,他经常拿李幺妹来和杜茉莉比较,如果他到外面打工,把一个家扔给杜茉莉,她不一定能够支撑下来。可话说回来,如果没有杜茉莉在上海赚钱,他家的新房也不可能盖起来,他就是在家种那几亩山坑地,养些猪,挖个黄连,累死累活也盖不起新房的。

何国典答应了李幺妹一声,李幺妹就钻进了林子。

李幺妹肉乎乎的脸蛋红扑扑的,两只肥硕的奶子仿佛要撑破衣服冲出来。李幺妹来到何国典身边,蹲下来,帮他挖起了黄连。

李幺妹笑着说:"国典,小雨上学去了?"

何国典笑着瞥了她一眼:"去了,他今天可高兴了。"

李幺妹也瞥了他一眼:"你比小雨更高兴吧!"

何国典笑出了声:"难道你不高兴?"

李幺妹收起了笑容:"我高兴啥子哟,还不是要来当你的苦力。"

何国典继续笑着:"你要不愿意,回去呀,我又没有请你来!"

李幺妹抓起黄连,朝何国典砸过去:"狗日的,没良心的东西!"

何国典拍了拍身上的泥土说:"你家的黄连挖完了?"

李幺妹说:"早几天就挖完了,要不还能来你这里做苦力。"

何国典说:"何老三娶到你做老婆,真是好福气呀!"

李幺妹叹了口气："他龟儿子有福气，老娘却做牛做马，他还没有一句好听的话，谁知道他在外面有没有相好的，说不准早把我忘得一干二净了，狗日的！男人都不是什么好东西。"

何国典说："幺妹，你这样说也不对，在外面打工也是很辛苦的。也是没有法子，要是富裕，谁还想出去呀！谁不想在家过安逸的日子！"

李幺妹冷笑着说："嘿嘿，你是说你家的茉莉吧。她在外面辛苦，有你体谅她。我呢？我在家里做牛做马，他何老三体谅过我吗？"

何国典叹了口气："谁想让她出去呀，晚上睡觉想找个说话的人都没有。"

李幺妹问道："怎么小雨病了那么长时间，茉莉也不回家来看看？她的心真狠！"

何国典说："茉莉也不容易，她起早贪黑地赚那两个血汗钱，艰难啊！她不是心狠，你想回来一趟要花多少钱，就是她回来，也解决不了问题。她也想回来呀，是我不让她回来的。她在电话里哭了好几次，哭得伤心啊！都怪我没本事，让她一个人出去受苦。我也想和她一起出去打工，可我要离开了，我儿子和老娘怎么办？"

李幺妹的脸沉了下来，过了老大一会儿才说出这么一句话："你就放心她一个人在上海？茉莉长得那么漂亮，又打扮得风骚，你看她过年回来，穿得那么时髦，像城里人一样。她以后还能回黄连村来和你过？你就敢肯定她在外面没有男人？"

何国典突然变了脸色，低吼道："李幺妹，闭上你的狗嘴！"

李幺妹讪笑着说："哎哟，何国典，你急啥子哟，我又没说茉莉真的给你戴上了绿帽子！"

何国典不吭气了。

快到中午的时候，林子外面有个老女人在叫："国典，你快去看

救赎　171

看,猪崽子们要造反了!"

那是何国典的老娘在叫唤。听到她的叫声,李幺妹有点紧张,站起来往林子深处窜。何国典也站了起来,低声对李幺妹的背影说:"我娘不会进来的,你跑什么跑!"李幺妹没有理会他,一会儿就不见了踪影。何国典对林子深处说:"幺妹,你先回家吧,下午再说,我得先回去伺候那些猪爷爷了!"李幺妹没有回答他,也许她从林子的另一边跑出去,听不到他的声音了。

何国典这才钻出林子,看到阳光下站立着的老娘,说:"猪怎么了?"老娘抹了抹满是眼屎的眼睛说:"你去看看吧,我也不知道猪崽子们做啥子。"

何国典建新房时,旧屋没有拆,今年过完年后,他就买了几十只猪崽回来,放在旧屋里养,现在那些猪崽都抽条了,养到秋后可以出栏,那应该也是一笔不少的收入。旧屋离他的新房有几十米远。

他还没有到旧屋门口,就听到猪们在屋里嗷嗷直叫。

真是奇怪了,他养了那么多年猪,从来没有见过猪平白无故嗷叫的,而且叫得如此疯狂,如此惨烈,像是有人在用刀捅它们。何国典想,喂猪的时间也没有到呀,如果是过了喂猪时间,它们是因为饿了嗷叫也说得过去。对了,他听人说过,晚上偷猪贼偷猪时,猪也会嗷叫,可这光天化日之下,也没有那么胆大的贼来偷猪呀。

何国典来到老屋门前,操起了一把平常铲猪粪用的铁锹,打开了门。推开门,他喝了声:"哪个在里面!"

没有人回答他,只有那些猪在疯狂地嗷叫,用前腿刨着猪圈的围栏,企图奔逃。何国典在屋里巡视了一遍,根本就没有什么偷猪贼,而那些猪也没有因为他的到来停止嗷叫和挣扎。何国典觉得十分怪异,他几乎没有想其他问题,只是认为猪们肚子饿了。想想,也快到中午了,他就待在老屋里给猪们弄猪食。他每天在猪身上要花费不少时间。到了十二点多了,他才弄好猪食,把猪食分到各个猪圈里的猪食槽上。让他纳闷的是,猪们对猪食不感兴趣,根本就不吃,还是嗷叫着,企图逃出猪圈。何国典十分无奈,他想是不是猪得了传染病了,如果这样,下午就不能去挖黄连了,应该到镇上去请个兽医回来给猪治病,几十头猪呀,要是发生什么问题,那损失巨大。现在不管那么多了,回家吃完午饭再说吧。他走出了老屋的门,锁好门后,就朝新房走去,把猪愤怒的嗷叫声留在了身后。

那时,天空中乌云从四面八方聚拢过来,仿佛要把中天的日头吞没。

何国典没有感觉到什么不妙。

吃完午饭后,他又来到了老屋里,猪们还是没有吃东西,还是嗷叫着乱拱乱扒。何国典飞快地朝镇上跑去,两公里路程,他很快就跑到了。来到小镇上,路过米镇中心小学门口时,他还往里面张望了一下,希望能够看到儿子何小雨。学校的操场上,有些孩子在玩,就是没有何小雨的身影。此时,他心里惦念着猪,没想什么就快步朝兽医站走去。

兽医站里本来有两个兽医,现在只有老兽医王为民在那里。何国典走进兽医站,着急地对王为民说:"老王,赶紧跟我跑一趟。"

王为民不冷不热地说:"怎么了,火烧屁股了?"

何国典说:"我家那几十头猪出问题了。"

王为民说:"什么问题?"

何国典说:"不吃东西,发狂地叫唤,在栏里待不住,像是得了狂躁症。"

王为民笑了笑说:"哦,我倒是头一次听说猪会得狂躁症的。这样吧,你先回去,我一会儿还要回家一趟,我刚刚从麻石村回来,午饭还没有吃呢。"

何国典焦急地说:"你马上和我走吧,到我家吃去!"

救赎　173

王为民说:"不了,你先回去吧,我回家吃完饭马上就过去!"

何国典知道老兽医的脾气倔,拗不过他,只好自己先回黄连村。

回到黄连村,他没有进家门,老娘这个时候一定躺下了,最近她身体不是很好,很多时间都躺在床上。他直接走到了老屋里,看着那些狂躁的猪手足无措。他的心情也被猪弄得狂躁不安,在老屋里走来走去。他心里念叨着:"老王,快些来呀,日他先人板板的,我这些猪要是出了什么问题,非拿你老王是问不可!"他不时地走出老屋的门,往通向米镇的山路上张望,每次出去都看不到老王肥胖的身影。

他却看见了李幺妹,李幺妹闪进了老屋,对他说:"我还以为你在林子里呢,我过去看了,不见人影,就知道你在这里。猪怎么了?"

何国典没好气地说:"你看看这些猪,怎么了,还用问吗?"

李幺妹一脸吃惊的样子:"怎么会这样?我家的那两头猪也狂躁得不行,是不是要发猪瘟了?"

何国典把她推出了门:"去去去,你家的猪才得猪瘟呢!"

他在里面把门关上了,李幺妹在外面说:"没良心的何国典,你就和猪睡吧!一会儿老王来了,别忘了让他也去给我家的猪看看!"

她说完,就无趣地走了。

何国典拿过一条木凳坐下,点燃了一根烟,心里不停地说:"老王,你快来呀,老王!"

那一根烟还没有抽完,大地突然在他的脚下战栗,他不知所措地站起来,手中的烟还来不及摁灭,就传来了山崩地裂的轰鸣声,老屋剧烈地摇晃起来,猪们发出了最后的绝望的嗷叫。这是一瞬间发生的事情,何国典没有考虑任何问题,老屋就倒塌了,他被压在了废墟之中,那一刹那间,他心里只有一个想法,谁和他开了一个恶毒的玩笑?

9

何国典抹了抹湿漉漉的眼睛,把相框放回了桌子上,颓然地坐回椅子,双手抓住自己蓬乱的头发,咧开嘴巴喑哑地哽咽,每当想起那场突如其来的大地震,他就会如此悲恸,肝肠寸断。他内心积郁了太多残酷的东西,无法排解。他常常陷入深深的自责之中,仿佛儿子和老娘的死,他是罪魁祸首!他背负着沉重如山的精神枷锁活在这个世界上,濒临崩溃。

隔壁人家突然传来了很大的声响,那是床在剧烈晃动的声音和一对男女的喘息和疯狂叫唤。何国典住的地方是老公房,房子破败,隔音条件差到了极点。他不知道隔壁的邻居是谁,为什么会在这个下午做那种事情。悲恸中的何国典听到激烈的响动,眼睛里出现了恐惧的神色。他突然站起来,感觉到楼房在颤抖,他大声号叫道:"地震了,地震了——"

何国典惊恐万分地跑出了房门。

他看到楼下的一些人在朝他张望,他们一定听到了何国典惊惶的号叫。

何国典站在那里,大口地喘着粗气,惊魂未定的样子。

楼下有人对他说:"你做梦梦见地震了吧?"

还有人骂了声:"神经病!"

何国典不认识这些人,这个老楼里的所有人他都不认识,这些陌生人不会了解他的内心之痛。缓过神后,他感觉到了无助和寒冷,这个世界有多少人能够理解他?他低下头,默默地回到了房里,这小小的一居室难道是他最后的归宿?他不止一次地追问自己,为什么要离开黄连村到上海来,为什么?他无法回答自己。

他回到房间里后,隔壁那对男女停止了疯狂的做爱。

救 赎

安静下来后的房间如一潭死水。

不一会儿,门口传来了敲门声。

是谁?不会是杜茉莉吧,她每天都要到凌晨两点后才能回来。何国典迟疑了一会儿,见敲门声不断,而且越来越响,他就走过去,打开了门。门口站着一个目露凶光的黑脸壮汉。

"你找谁?"何国典木讷地说,他不敢用眼睛去正视这个凶神恶煞般的黑脸壮汉。

"你说我找谁?啊!"黑脸壮汉推了他一把。

何国典一个趔趄,往后退了两步。

黑脸壮汉走了进来,随手关上了房门。他走到何国典面前,伸出有力的大手,一把抓住了何国典的衣领:"你他妈的是不是故意和我过不去?"

何国典吓坏了,颤抖地说:"我没有,没有和你过不去。"

黑脸壮汉咬着牙说:"没有?你他妈的是找死!我老婆好不容易来趟上海,你就在这里瞎捣乱!告诉你,刚才不是地震,这里不会地震,是我和我老婆在干那事!你明白了吗?你再瞎叫什么地震来了,看我不掐断你的脖子!"

何国典喘息起来,看着他什么话也说不出来。

黑脸壮汉一把把他推倒在床上,就扬长而去了。

何国典心里憋屈到了极点!

隔壁又传来了激烈的响动。何国典的心情复杂极了,愤怒,悲伤,无助,忧郁,懦弱,无望,孤独……这些情绪交织在一起,他觉得自己是一条无家可归的狗,甚至连一条狗也不如,这样活着有什么意思?他用颤抖的手点燃一根烟,他真希望自己像烟卷一样燃烧成灰,消失在这个世界的尽头。

10

  这个晚上起风了。

  风无情地把黄叶从梧桐树上吹落，在落寞的街道上凄凉地翻滚。独自骑着自行车回家的杜茉莉此时就像秋风中的一片落叶。她给最后一个客人做完脚，已经凌晨两点多了，她迫不及待地走出"大香港"洗脚店的门，骑上自行车匆匆地往回赶。往常，李珍珍会和她一起回去，因为以前她们合租一间房子，何国典来上海后，李珍珍就搬出去了。下午重新回到洗脚店后，杜茉莉的心情一直很难过，她担心丈夫会发生什么事情。她已经失去了儿子，不能再失去丈夫了，丈夫现在是她唯一的亲人，相依为命的亲人。来上海后，丈夫情绪还算稳定，没有发生什么让她操心的事情，她以为一切会好起来，没有料到，丈夫会碰到那个和自己儿子长得一模一样的人，受到刺激后的丈夫会怎么样，她不能预料。从下午到晚上，杜茉莉给老陈打了好几个电话，他愣是没有接，她想找他赶快给何国典找个事做，如果他有事情做了，或许会尽快摆脱灾难带来的阴影。

  在冷风中骑了半个多小时，杜茉莉终于来到了楼下。她停好自行车，急忙往楼上跑，楼道没有灯，她差点摔了一跤，人没什么事，脚脖子却扭了一下，痛得她在黑暗中龇牙咧嘴。杜茉莉一瘸一拐地上了三楼，来到家门口，发现里面还亮着灯，心里想，国典应该不会有事吧？她轻轻地敲了敲门，对里面说："国典，开门呀，是我！"

  屋里没有人答应她，也没有人给她开门。

  杜茉莉脑海里划过一道闪电：何国典会不会轻生了？

  在四川家乡的时候，何国典萌发过这样的念头，被她制止住了。现在，他会不会……杜茉莉觉得特别寒冷和恐惧。她用颤抖的手从包里掏出钥匙，打开了门。门一打开，一股浓烈的酒味扑鼻而来，闻到酒味，杜茉莉松下了一口气，只要何国典喝酒，他就一定不会去死，因为他还知道用酒精麻醉自己。果然，酒气熏天的何国典躺在床上呼呼大睡，他那憔悴的脸在灯光下愈加苍白，只有左脸的那条蚯蚓般的伤疤呈现出暗红色的亮光。

杜茉莉的心情异常复杂。

看着醉酒后沉睡的丈夫，又是气恼，又是怜爱。

她飞起一脚踢在何国典露出床沿的腿上，低声吼道："你怎么这样，你怎么这样，你这个没有骨气的东西！你不是男人，你连女人都不如，你怎么就不能好好地活呢？你不是死人，你是个活着的男人呀！"

何国典突然喃喃地说："我不是神经病，小雨，你爸爸不是神经病！"

他是在说梦话。

杜茉莉一阵心酸，扑过去，抱着何国典哭着说："你不是神经病，不是！哪个龟儿子敢说你是神经病，我和他拼命！国典，不要让我担心好吗？我们会好的，一定会好的。你答应过我的，我们一定要好好活着，你听到了吗？国典！我不能没有你，真的不能没有你！只要你好，我累死累活也愿意！"

第三章

11

这是个雨天,气温一下子降了下来,灰蒙蒙的城市突然变得阴冷。杜茉莉在昏睡中听到了闹钟的响声,一激灵地睁开了眼,她伸手摸了摸身旁的位置,发现何国典不见了,房间里有种浓郁的怪味,那是烟酒气和他们的体味以及这个老房子本身的霉味混杂在一起的浊气。

"国典,国典——"杜茉莉叫唤着丈夫,坐了起来。

何国典不在屋里,他会到哪里去呢?

"也许是去菜市场买菜了",杜茉莉看了看闹钟,才八点多,心里就这样想。往日里,杜茉莉没有特殊情况的话,要睡到十点多才会起床,简单收拾一下房间,打扮打扮就骑车去上班,到"大香港"洗脚店也就十一点半左右,那个时间洗脚店正好开始营业。昨天打电话找不到老陈,她想上午去他公司一趟,和他谈谈丈夫工作的事情,这样下去也不是个事。所以,她睡前把闹钟调到了八点。她的眼睛十分酸涩,头昏沉沉的,像是顶着一块巨大的石头,浑身上下像生了锈一样,舒展不开,腰也酸背也痛。做按摩是一种苦活,她不知道自己这些年怎么就坚持下来了。

杜茉莉起了床,穿好衣服,拉开浅蓝色的花布窗帘,推开了窗,新鲜的空气涌进房间,也把寒冷和飘飞的雨丝带了进来。杜茉莉深深地呼吸了一口新鲜空气，头脑清醒了许多。她收拾了一会儿房间，然后走进卫生间洗漱。

杜茉莉把自己收拾停当后，何国典还没有回来。

她想他应该不会有什么问题的，可心里免不了忐忑不安，其实很多时候，她并不知道丈夫心里在想什么，他是从哪天开始在她眼里变得陌生的，她也懵懵懂懂。以前不是这样的，以前他只要眼珠子转一下，她就知道他肚里的肠子转了几转。

杜茉莉看了看时间，自己该走了，否则到时候赶不回来上班，老陈的公司在浦东，离她上班的地方很远。走到门口她又折了回来，她还是不放心何国典。她拿起纸笔，给何国典留了几句话："国典，我先走了，先去老陈那里一趟，问问你工作的事情，你一定要放宽心，再怎么样也要支撑下去，世上没有跨不过去的坎。想不通的时候，就多想想我吧，我是个女人，我的难处比你更多，我都可以看得开，你有什么看不开的！你要是想喝酒，你就喝吧，喝醉了也不会想太多痛苦的事情了。"

12

何国典撑着一把黑布伞，站在离中江路小学很近的一个街角，审视着路上匆匆而过的人流。在他眼里，仿佛每个人都神色严峻，如临大敌。他一早就来到了这里，他其实是在等待一个人，那人就是酷似他儿子的那个小学生。何国典想看看那个小学生，就像看见自己儿子一样，在他的内心深处，儿子没有死，他还活着，在世界的某个地方等着他。在七点多的时候，何国典果然看见了那个孩子，今天他不是一个人去上学，而是有个男人带着他。何国典看见他后，就一直控制着自己的情绪，一次一次地对自己说："他不是你的儿子，不是！"当他们经过他身边的时候，何国典用伞挡住了自己的头脸和上半身。那个带着孩子上学去的男人一定是孩子的父亲，他们边走边说着话，有说有笑的，就像他和儿子何小雨在一起的时候一样。这个父亲是这个世界上最幸福的人！他们消失在何国典的视线外，他还呆呆地站在那里。

雨越下越大，何国典的裤腿和鞋都淋湿了。

那同样是个雨天，天空同样是如此阴霾，只不过时间定格在5月13日。

那天的雨下得猛呀，仿佛是老天的眼泪。何国典从老屋的废墟里爬出来，他不敢相信眼中被地震改变的一切。黄连村所有的房子都倒塌了，无论是新房子还是老房子。对面的大山崩塌了一半，填满了山谷，形成了一道大坝。何国典感觉到一阵山摇地动，对面的大山上又轰隆隆地滚下石头。村里的人呢？他的眼中没有一个人影，有条黄狗在不远处可怜兮兮地朝他张望，他知道，那是李幺妹家的狗。他脸上伤口的血已经凝固，雨水从头浇下，似乎要把那深深的伤口重新冲开。

他喊叫着朝新房深一脚浅一脚地奔过去。

这座刚刚落成几个月的楼房变成了一片废墟，这可是他们夫妻俩的心血凝结而成的新房呀！何国典心如刀剐，更让他心如刀剐的是，他的老娘死在了废墟之中，他可以看到老娘的一只白生生的手露在了外面。何国典扑过去，握着老娘冰凉而又僵硬的手，嘶哑地号叫着，喉咙里也号出了血！

"怎么会这样？怎么会这样？老天爷呀，你怎么能把灾难降临到这些如野草一般的人身上！"

何国典突然撕心裂肺地叫道："小雨，小雨，你在哪里——"

他站起来，跌跌撞撞地四处寻找儿子，可哪里有儿子的身影，滂沱的大雨不会告诉他何小雨的死活。满目疮痍的山地飘浮着浓郁的死亡气息，有多少生命顷刻间变成了鬼魂？何国典突然想起了昨天早上，他送儿子去上学的情景，那时的阳光是多么的温暖，小鸟的鸣叫是多么的清脆，儿子的眼睛是多么的清澈，特别是儿子进入学校后的回头一望……儿子还在米镇中心小学！一定还在那里！何国典朝米镇方向深一脚浅一脚地走去，他已经感觉不到身上的伤痛，他只想见到儿子，想知道儿子是死还是活？

从黄连村通向米镇的路已经找不到了，可何国典还分辨得清米镇的方向，那两公里的路程，他走了足足五个小时，一路的坎坷和艰险自不必说。米镇也被震得面目全非，到处都是废墟和满脸悲伤的人。

走进米镇时，何国典碰到了一个老女人，她身上披着一袭红色的雨披，特别的显眼，她逢人便问："你看到我家老王了吗？你看到我家老王了吗？"她就是兽医站王为民的老婆。她看到何国典后就朝他扑了过来，抓住他的衣服，沙哑着嗓音说："你是何国典，你是何国典，我见过你的，你来过我们家请老王去给你家猪治病的，你就是黄连村的何国典。昨天下午，老王吃完饭，就说去你家的！何国典，你看到我们家老王了吗？快告诉我，你看见他了吗？"何国典蒙了，原来老王来了！他会不会死在路上了呢？也许他已经被埋在山上崩塌下来的石头底下了。他不敢往下想了，喃喃地对她说："我没有看见老王，真的没有看见他！"说完，他就逃离了。他不敢面对这个老女人，如果老王真的在昨天下午去了黄连村，而且真的死在了路上，那么他就是害死老王的罪魁祸首。

何国典来到了米镇中心小学，那座三层楼的教学楼全部坍塌，许多军人在废墟上挖着，每挖出一具孩子的尸体就会传来一阵撕心裂肺的哭喊。孩子的尸体一具具地被放在操场的空地上，他们浑身脏污，血和泥糊在他们无辜的脸上和身上，有人脱下湿漉漉的衣服盖在某个孩子的头脸上，可死难孩子的手和脚却露在外面，让雨水无情地浇淋着。

那些孩子的尸体触目惊心!

小雨此时在哪里?因为也有活着的孩子被救出来,何国典的心里残存着一线希望。他心里不停地说:"小雨,你会没事的,小雨,你一定没事的,你就是被埋了,爸爸也一定会救你出来!"

何国典突然在人群中看到了何小雨的班主任李素琴,这是一个中年妇女,略显肥胖的脸上也糊满了泥巴,她穿着雨衣站在那里,焦虑地看着抢救的现场。何国典心想,她一定知道小雨的情况,于是就朝她扑了过去。他站在李素琴面前,颤声问道:"李老师,我儿子何小雨呢?"李素琴看着他,什么话也说不出来。何国典见她这个样子,感觉到了不妙,可他心里根本就不想接受儿子被埋在废墟里的现实。他抓住了李素琴的衣领,大声吼道:"你告诉我,小雨现在在哪里?你说话呀,说话呀!"

李素琴突然身体摇晃了几下,歪歪斜斜地倒了下去。

有人大叫:"快,李老师晕倒了!"

这时,过来几个人,七手八脚地把她抬走了。

有人对何国典说:"你也是学生家长吧,碰到这么大的地震,不能怪李老师的,从昨天下午到现在,李老师没有离开过这里一步,她亲手救出了好几个学生,刚才她还和解放军一起救人呢,解放军看她顶不住了,才让她下来的。"

何国典无语。

何国典寻找着自己的儿子,可他怎么找也找不到。

他断定何小雨像那么多孩子一样被埋在废墟里了。此时的何国典欲哭无泪!他找来了一把铁镐,朝学校教学楼的废墟扑了过去。他咬着牙说:"小雨,你不会有事的,爸爸一定把你救出来!你要坚持住呀!"

他没把何小雨挖出来,却救出了几个被困的孩子。

何小雨的尸体是被解放军挖出来的,他们掀开了一块楼板,发现里面有一堆孩子的尸体,他们的死状各异,这些年轻的军人含着泪把那一具具孩子的尸体抱出来,何国典走过去,在那些尸体中发现了何小雨。

何小雨永远闭上了明亮的眼睛。

儿子的头发沾满了泥土和血,像一团枯槁的野草,昨天早上还像是春天的嫩草生机勃发的呀,怎么现在就变成了一团枯草了呢?

他躺在那里,就像睡着了一样,他刚刚治好的耳朵却永远听不到这个世界的声音了。

何国典突然沉默了,眼里没有泪水,僵硬地站在那里,手中紧紧地握着铁镐。

过了好大一会儿,何国典才扔掉手中的铁镐,平静地抱起儿子的尸体,黯然地说了声:"小雨,爸爸带你回家。"

他抱着儿子的尸体,一步步地走下了废墟,走过学校的操场,一直往外面走去,天还下着滂沱大雨,不远处的大山上还在轰隆隆地滚落巨大的石头。他走出去的时候有人拦住了他,要他放下小雨的尸体,等待统一埋葬。何国典朝那人大吼了一声:"滚开,老子要带我儿子回家!"

何国典找来了一根绳子,把儿子的尸体绑在了背上,何小雨血肉模糊的头耷拉在他的肩膀上。有个军官默默地把身上的军用雨衣披在了小雨的身上,他不忍心让这个孩子死后还受风雨的侵犯。

何国典背着儿子的尸体向黄连村走去。

一路上,何国典不停地说着话:"小雨,爸爸带你回家。你听到下雨的声音了吗,小雨?你的耳朵好了,完全好了,医生说不会有任何问题了,你可以听到爸爸的话了,可以听到溪流的声音了,也可以听到鸟叫了,还可以给你妈妈打电话了,你知道吗?妈妈听到你的声音是多么的高兴。我和你妈妈早就商量好了,我们要拼命地赚钱,哪怕再苦再累也要供你上学,小学读完了读初中,初中读完了读高中，高中读完了读大学，大学读完了读博士，你要是能够考到外国去留学，爸爸妈妈也供着你，你是爸爸妈妈的希望。小雨，你听到爸爸的话了吗？爸爸妈妈说话算话的，你好好读书，一定要给爸爸妈妈争口气哟！"

何国典说话的声音十分的柔和，充满了父爱，何小雨在他的背上，就像是睡着了。

何国典一步一步艰难地朝黄连村走着，前面就是有再大的危险，也无所畏惧了，他一定要把儿子带回家。

天渐渐地暗下来。

山还在摇，地还在动，雨还在凄凉地落下。

……

何国典不愿意想起那悲伤的事情，可是，他无法抹去惨痛的记忆。那些记忆就像他身上的伤疤，永远不会消失。他站在上海中江路的某个街角，目光迷离地看着雨中奔走的鲜活生命，恍若隔世。他记忆中的事情是那么的真实又那么的虚幻。

"小雨，是爸爸害死了你！"他喃喃地说。

这个雨天，他说出了这句话，在此之前，他从来没有说过这样的话，和谁也没有说，连同他妻子杜茉莉。他心里隐藏了一个秘密。

何国典说完这句话，突然看到了一个人骑车过来，他赶紧用伞挡住了自己的头脸和上半身。那人过去后，他看着她远去的背影，心里一阵酸楚。

那人就是他的妻子杜茉莉。

13

杜茉莉虽然穿着雨披，但雨水还是不停地打在脸上，她骑着自行车，不时腾出一只手来抹去脸上的雨水。她的鼻头冻得红红的，却感觉到身上在流汗。好不容易到了老陈的公司，老陈却还没有来。

老陈开的是一家人才中介公司，公司不大，却有模有样。她问老陈公司里的一个小姐："你知道陈经理今天来吗？"那个小姐说："来的，你再等等吧！这时间应该来了的呀，他昨天还通知，今天上午要开个会的。"

杜茉莉就坐在那里焦急地等老陈，她担心赶不回去上班，如果这样，母老虎一般的老板娘宋丽又要训斥她了。有时，她还真不想在"大香港"洗脚店干了，可这里的提成的确比其他任何一家洗脚店要高，看在钱的分上，她还是忍耐着，况且，她还有许多常客，对她也是很关照的，她也不忍心离开他们。

她魂不守舍地等待老陈时，那个小姐走过来对她说："很抱歉，我们陈经理上午有急事不来了，你改天再来吧！"杜茉莉呆了，老陈这是怎么了，昨天又不接电话，现在他突然又不来了，是不是故意躲着她？怕她给他找麻烦？老陈是她在这个城市里为数不多的信任者之一，她称他为大哥的人，在她最无助的时候，老陈帮助过她，让她去学习按摩，还给她介绍工作。这次家里发生那么多事情，杜茉莉在上海就告诉过三个人，一个是李珍珍，一个是吴老太太，另外一个就是老陈，而且，她是第一个告诉老陈的。

老陈这到底是怎么了？杜茉莉百思不得其解。她拿出手机，给老陈拨电话，她想问为什么，结果老陈的手机是关机。

杜茉莉万分无奈，只好离开。老陈公司的那个小姐送她到门口，杜茉莉总是觉得她的眼神怪怪的，有种说不出的味道，仿佛送她出门不是出于公司的礼节，而有另外的不可告人的目的。

雨越下越大，密集的雨点打在她的脸上，又冷又痛，她的四肢冰凉而又僵硬。杜茉莉在凄风苦雨中，又一次感到了人生的灰暗和无望，她产生了一个十分可怕的念头，干脆跳进黄浦江里去算了，人死了也就一了百了了，什么痛苦什么悲伤一切都不会再有了。

杜茉莉的泪水涌出了眼眶，可她死了何国典怎么办？她不能抛下他。如果要死，她在得知家里遭灾回去时就死了，她是放不下何国典呀！

14

大地震发生的那个下午，她正在给张先生做脚。张先生的呼噜声响起后，她又想起了丈夫，其实那段时间，她最放心不下的是儿子何小雨，想到他的耳朵听不见声音，就万箭穿心，眼泪在眼眶里打转。她多么想回去陪着儿子呀，可那样要花更多的钱，建新房还背了不少的债，儿子得病，无疑雪上加霜。虽然没有回去，可她每天都要打个电话给何国典，问儿子的情况。何国典让儿子和她说话，她可以听到儿子的声音，儿子却听不见她的话，那种痛楚无法言表。她告诉丈夫，一定要治好儿子的耳疾，就是卖血卖房子倾家荡产也要治好儿子的病！地震前一天，当何国典打电话告诉她儿子的病治好时，她心里乐开了花，觉得生活是如此美好，和儿子说话，是她最开心的事情，所有的劳累和痛苦在那一刻化为了喜悦，她答应儿子，过年回家，一定给他买个变形金刚！拥有一个变形金刚，是儿子的梦想，她要为他实现这个梦想。

她边给张先生做脚边想着儿子的梦想，突然，楼房抖动起来。

张先生惊醒了过来问："发生什么事情了？"

外面有人叫喊："地震了！"

张先生鞋也没有穿，跳将起来，跑了出去。杜茉莉也跟着他跑了出去，她看到很多人从附近的写字楼上跑了出来，议论纷纷。杜茉莉笑着对张先生说："没事的吧，回去做脚吧，你还光着脚呢。"张先生一脸严肃的样子："等等，再等等。"那时的她没有想到灾难已经在家乡发生了。

电视上播出四川大地震的新闻后，杜茉莉呆了。

她第一时间往家里打电话，可传来的都是忙音。她赶紧给在成都的表哥打电话，也不通。杜茉莉的心被地震剁得稀巴烂。两天后，她才在电视上看到了米镇受灾的新闻，她再也待不住了，买了一张火车票就往回赶。一路上，她还是不停地给家里打电话，可就是打不通，她根本无法获知亲人的情况，他们是安是危一无所知。回到成都，她想坐汽车回家，可通向米镇的所有班车都停开了。她去找表哥，表哥也失踪了，根本就找不到。实在没有办法，她就徒步回家，足足走了两天两夜，她才回到米镇。一路上，到处都是军人，到处都是受难的人们和废墟以及破碎的大地。杜茉莉的心在淌血，她不明白为什么会这样！她只有在心里祈祷亲人的平安，希望回到家，可以看见亲人们都安然无恙。

她回到米镇时，米镇人都转移到安全的地方了，只有很多军人还在那里搜寻幸存者。

她无法得知黄连村的情况，也无法得知亲人们的情况。

杜茉莉茫然地站在那里，不知所措。

空气中有种奇怪的味道，她分不清是什么味道。

一个军官模样的人走到她面前，脸色严峻地对她说："你是谁？为什么来这里？"

杜茉莉说："我就是这个地方的人，我从上海回来找我家人的！"

军官说："这里的老百姓都转移到县城的安置点去了，你应该到那里去找你的家人。"

杜茉莉焦虑地说："黄连村的人也转移到安置点了吗？"

军官的眼中闪过一丝阴霾："你是黄连村人？"

杜茉莉点了点头，她从军官的眼神里感觉到了不妙："黄连村里的人怎么了，告诉我，怎么了？"

军官一脸悲哀地说："我们一个排的人还在那里搜救，实话告诉你吧，黄连村生还的人很少。"

杜茉莉呆了。

军官又说："不过，黄连村有一个活着的人还没有离开，他不愿意离开那里，我们的人在做他的工作。"

杜茉莉似乎看到了一线希望，迫不及待地问道："那活着的人是谁？是谁？"

军官摇了摇头："我不知道他是谁。"

杜茉莉睁着眼睛说："他是不是叫何国典？"

军官注视着她："我不知道他叫什么名字，不过，我可以让一个兵和你一起去黄连村，看看是不是你的亲人，如果是你的亲人，那样就好办多了，你可以劝他赶快离开，那里还十分危险。假如不是你亲人，你应该也和他很熟悉，你帮我们劝他离开会更有效果，我们不希望看到他发生什么意外。这个时候，每一个活着的生命都是珍贵的！"

杜茉莉慌乱地点了点头，喃喃地重复着军官的那句话："每一个活着的生命都是珍贵的！"

军官马上就叫了一个兵，和她一起去黄连村。一路上，她一句话也没有，那个兵却不停地提醒她小心，因为路实在是太难走了。他们朝黄连村行走的过程中，还有几次余震，这让杜茉莉心惊肉跳，她可以想象大地震发生时的惨烈。

可以看到黄连村了。

杜茉莉一眼就看到了自己一家人辛辛苦苦建起来的新房变成了一堆废墟，浑身一点力气也没有了，颓然地坐在地上。那个兵关切地问她："老乡，你怎么了？怎么了？"

杜茉莉两眼痴呆。

那兵递上了军用水壶："喝点水吧，你一定是累了。"

杜茉莉无言地推开了他递过来的水壶，摇摇晃晃地站起来，朝

救　赎　189

村里一步一步地走去。

一块空地上的帐篷外面,几个军人站在那里,其中一个军官对着帐篷里的人说话:"老乡,你还是离开这里吧,这里很危险,随时都有可能山体滑坡,你孩子已经死了,你守着他也没有用的,他不会再活过来了!你应该把他埋了,你难道忍心看着孩子腐烂掉?我们理解你的心情,不要说你了,就是我们,看到孩子这样惨死,我们的心里也不好受呀!你还活着,应该到安全的地方去,我们不会扔下你一个人在这里不管的!走吧,老乡,我们会把你送到安全的地方去的!"

帐篷里传来了沙哑的声音:"我不走,打死我也不走,我儿子没有死,没有死!他只是睡着了!你们不要骗我,他没有死!你们休想让我和儿子分开,休想让我离开这里,这里是我的家,打死我也不会离开的!你们不要过来,谁过来我就砍死谁!"

杜茉莉听清楚了,她的确听清楚了,帐篷里传出来的声音是从她丈夫何国典嘴巴里说出来的!没错,一定是他!这是她多么熟悉的声音。杜茉莉一下子充满了力量,她喊叫着何国典的名字朝帐篷冲了过去。她在帐篷外面站住了,呆呆地看着帐篷里的人。那人真的是何国典,他坐在一块塑料布上,手上举着一把菜刀,满头满脸都是风干了的泥土和血的混和物,他的目光中充满愤怒和悲伤,还有种执拗。在他的旁边,躺着何小雨,他也浑身脏污,只有那张脸是干净的,也许是何国典给他洗过,他的眼睛紧闭,像是睡着了,仿佛可以听见他均匀的呼吸。

杜茉莉呆立了一会,喃喃地说:"国典,这是怎么了?这是怎么了?小雨他又怎么了?啊——"

何国典也看见了杜茉莉,他霍地站起来,挥舞着手中的菜刀,大声喊叫:"你是谁?你来干什么?你也想让我走?老子就是不走,不走!你不要管我,给我滚开,滚开!"

杜茉莉的眼泪流了下来,声音里似乎也渗着血:"国典,我是茉莉呀!你怎么连我都不认识了?"

她边说边朝他走过去。

两个士兵拉住了她的手,其中一个士兵说:"你不要过去,他好像是疯了,他会砍死你的,我们再想办法把他弄走。"

杜茉莉用力地挣脱他们的手说:"你们别拉我,他就是砍死我,我也要过去,他是我老公,我老公!"

那个军官叹了口气说:"别拦她,让她过去吧!或许她有办法使他清醒过来!"

杜茉莉一步一步地走过去,何国典用菜刀指着她说:"你不要过来,不要过来,我不会跟你们走的,不会和我儿子分离的!你滚开,给老子滚得远远的,我不想看到你!"

杜茉莉厉声哭喊道:"国典,我是茉莉呀,国典!你难道真的疯了,连你自己的老婆都认不出来了吗!"

何国典突然愣愣地看着杜茉莉,喃喃地说:"茉莉,茉莉——"

杜茉莉说:"我是茉莉,是我呀——"

何国典手上的菜刀"当啷"一声落在了地上,蹲下身体,抱着头呜呜地痛哭起来。杜茉莉走进了帐篷,她的目光落在了儿子的脸上,那是一张什么样的脸呀,酱紫色,没有了一点儿生气,那深陷的眼窝积满了浑浊的液体。杜茉莉明白了,儿子已经永远地离开了她,她不顾一切地朝儿子的尸体扑了过去……

15

何国典回到了住处,看到杜茉莉留下来的字条。他坐在椅子上,用拳头敲着自己的额头,自言自语道:"我不是男人!不是男人!"在街上,他看着妻子骑着自行车消失在风雨中,心里像开了锅的水一样翻滚。回来的路上,他收起雨伞,雨水浇湿了他的全身,也让他清醒过来。大地震后,他并不是没有清醒的时候,他是在清醒和梦幻的交织中度过了半年悲恸的日子。清醒过来的何国典也知道这样下去是无望的,他也知道活着的宝贵,也知道体谅妻子的苦楚。那么长时间里,杜茉莉就是个母亲,而他就是个儿子,她呵护和关爱着他,把自己的痛苦隐藏在内心深处。从很多细节上,何国典明白妻子不会比自己好受到哪里去,她回到黄连村后,从看到儿子的尸体到把他埋葬,她就昏死过好几次。就是到了上海,何国典好几次在梦中醒来发现她摸着儿子的照片,浑身颤抖,喃喃地说:"小雨,妈妈对不起你,妈妈答应过你,要给你买个变形金刚的,可是妈妈一直没有给你买!小雨,妈妈对不起你!对不起你呀!"

何国典心里产生了深深的愧疚。

从情理上说,他应该在灾难后坚强地为妻子撑起一片天空,并且安抚她受伤的心灵。他非但没有给妻子提供一个可以让她依靠的胸膛,反而给她增添了无尽的悲苦和沉重的心理负担,这是多么不应该的事情呀!他不止一次在清醒的时候这样想过,可是他心里有个魔鬼在控制着他,在不能自拔时,他又把一切男人应该担当的责任忘得一干二净,沉湎在灾难留给他的巨大阴影中。

"不能再这样下去了!"他咬着牙对自己说。

他决定自己出去找工作。

何国典走出这个破旧的小区时,看到一个妩媚的女人挽着黑脸男人的手,迎面朝他走来。黑脸男人瞪了他一眼,何国典的目光慌乱地避开。他们走过去后,何国典心里说:"何国典,你为何如此窝囊!你男人的血性到哪里去了?"紧接着,他长长地叹了口气。何国典抬头望了望阴霾的天空,心情随即又阴霾起来,他到哪里去找工作呢?

16

　　杜茉莉走进"大香港"洗脚店,就听见老板娘宋丽在嚷嚷:"19号,你给我滚出来,你看看你弄得一地的水!"

　　19号是李珍珍。李珍珍从一个包房里走出来,气呼呼地说:"弄一地的水怎么了?下雨天的,我要不披雨披,你想让雨淋死我呀,你以为谁都像你一样有小汽车坐呀!"

　　宋丽瞪起了眼:"你他娘的还有理了,你就不能在进店前把雨披收好,弄得满地是水,客人要是滑倒摔伤了,你负得起责任吗?"

　　李珍珍毫不嘴软:"我负责,怎么样?我负责!我就不相信这点水就会把人摔死!"

　　这时,杜茉莉说:"珍珍,别吵了,有什么好吵的!"

　　说着,她就去拿来了拖把,把地上的水拖干了。

　　李珍珍不说话了,宋丽却瞟了杜茉莉一眼说:"我看你们都不是什么好东西!"

　　李珍珍又想说什么,杜茉莉把她推开了。她们来到休息室里,李珍珍气愤地说:"肥婆这几天像吃了枪药,总是对我们吹鼻子瞪眼的,好像我们欠了她的钱!"

　　杜茉莉叹了口气说:"算了,珍珍,人在屋檐下,不得不低头,她说什么就让她说去吧,我们身上又不会掉一块肉。"

　　李珍珍说:"茉莉姐,你就是脾气太好了,她才老是欺负你!"

　　杜茉莉笑了笑说:"由她去吧,干好自己的事情就是了。"

　　李珍珍端详了一会儿杜茉莉的脸,轻声地问道:"茉莉姐,你的脸色很差呀,你怎么老是碰到不顺心的事情呀?"

　　杜茉莉叹了口气说:"珍珍,放心吧,没有什么大不了的事情的,一切都会过去的!"

杜茉莉的手机响了。

杜茉莉从包里拿出手机，看到手机屏幕里显示的是老陈的名字时，她心里突然酸了一下，赶紧接通了电话："喂，是陈大哥呀，你这两天怎么啦？打你手机也不接，到公司找你也找不到，你是不是躲着我呀？怕我触你的霉头？"

老陈说："茉莉，你误会我了，这两天碰到了麻烦的事情。我要躲着你，怎么会给你打电话呢？我知道你着急了，所以赶快打个电话，先和你说一声。你着急找我，一定是有什么要紧事和我说，这样吧，我下午三点过来做脚，顺便把你要说的事情谈了，好吗？"

杜茉莉的眼睛热辣辣的，不争气的眼泪似乎又要落下来，她强忍着不让泪水涌出眼眶，颤声说："好嘛，我等你来，陈大哥，让你为我的事情操心真是过意不去。"

老陈说："好了，别说那么多废话了，我来了再说吧！我挂了！"

杜茉莉收起手机，就听到老板娘宋丽在外面叫道："23号，客人点钟！"

在下午三点之前，杜茉莉给两个客人做了足底按摩，两个客人都这样问过她："你好像很不开心？"她没有正面回答他们这个问题，其实自己开不开心和他们又有什么关系呢，她不想把自己内心的伤口坦露在太多人的眼里，那毕竟是伤口，只要轻轻一触碰就会淌出鲜血的伤口，她并不比谁坚强。

老陈来得十分准时，刚到三点，他就踏进了"大香港"洗脚店。这是个矮胖的中年汉子，脸部最明显的特征就是鼻子出奇的大。老板娘宋丽赶紧迎上去，堆着笑脸说："什么风把陈老板吹来了？你可好久没有来了呀！快请进！"她对客人永远是笑脸相迎的，和对待店里的员工时判若两人。老陈朝她笑了笑："23号在吧？"宋丽连声说："在，在！你先到二号包房里坐，我这就去叫她。"宋丽扭着磨盘般的大屁股来到休息室门口，冷冰冰地叫道："23号，有客人点钟，在二号包房,赶快过去!"

杜茉莉用小镜子照了照自己的脸,理了理头发,脸上勉强挤出点笑容,然后走出了休息室。杜茉莉端着一大盆里面放了中药粉的热水走进了二号包房,老陈正在抽烟,他不像张先生,喜欢看电视,只是一根接一根地抽烟,只要帮他做完一个钟的脚,包房里就烟雾缭绕了。

杜茉莉见到老陈,笑了笑说:"陈大哥,先泡泡脚吧!"

老陈也笑笑:"好吧,先泡泡脚!"

杜茉莉帮他脱掉了鞋袜,把他冰凉的双脚放进了木盆里:"水的热度合适吗,陈大哥?"

老陈说:"正好,正好!"

给他泡上了脚之后,杜茉莉就让他坐起来,给他捏背。捏背时老陈也闲不住,还在吞云吐雾。

杜茉莉关切地说:"陈大哥,你还是少抽点烟吧,抽烟对身体不好!"

老陈说:"什么好不好的,我就好这一口,没有办法!"

杜茉莉说:"烟真不是什么好东西,你还是少抽点。"

老陈没有再和她探讨抽烟的问题,话锋一转:"茉莉,你找我有什么事情?"

杜茉莉叹了口气说:"陈大哥,你知道我们家的情况,我老公来上海那么长时间了,也没有找到工作,在上海,我也没有其他什么熟人,不知道怎么办。我儿子死后,他的精神状态一直不好,这样下去,我真担心他会发生什么事情,如果有个工作,或许他会好起来的。大哥,你是好人,你应该理解我,如果他有个什么三长两短,我该怎么活!我就剩下他这一个亲人了!"

老陈吐了口浓烟,闷声闷气地说:"晕,我不是你亲人呀!好了,别捏背了,还是捏脚吧!"

说完，老陈就半躺在沙发上，双脚从木盆里拔出来，平放在按摩垫上。

杜茉莉惶惑地说："当然，陈大哥也是我的亲人，你可别见怪，你知道我嘴笨，不会说话。"

老陈脸色凝重："茉莉，其实我们本来就没有什么关系，萍水相逢，看你是个善良的人，就乐意帮你做点事，你叫我大哥，我担当不起，你家里发生了那么大的事情，我也没有帮上什么忙，说起来我都脸红，我算什么大哥！"

杜茉莉用食指在他粗糙的脚底使劲地按摩，她说："大哥，你可别这样说，你已经够安慰我的了，在我最消沉的时候，你总是打电话关心我，还请我吃饭，带人来捧我的场，我还能说什么，大哥的情意我永生难忘。"

老陈叹口气："唉，这些事情算什么呀！今年情况不好，又是灾难，又是经济危机的，找工作也很难呀！我不是不上心，你丈夫的事情，我都问过很多朋友了，他们都没有办法。这个世界上的很多事情，并不是想办就可以办到的，很多时候都无能为力，只有干瞪眼！"

听了老陈的话，杜茉莉心里特别难受，不知道说什么好。

老陈吸了一口烟说："我知道你心里难受，我说过，只要我能够帮你的，就一定会帮你，你再等等吧，我想办法，谁让你叫我大哥呢！这一声大哥叫出口，对你来说也不容易！你还记得当初我对你说，你的条件不错，长得漂亮身材也好，到娱乐城里去陪男人唱唱歌跳跳舞也能够赚不少钱，如果你愿意和客人出台，赚的就更多了。可是你死活不干，宁愿在这里干苦力活！从这一点上，我敬重你，也就认了你这个妹子！所以，你不要再说了，这两天，我就给你回话，我也不能打包票说一定能够给你丈夫找到工作，但是我会努力的！这段时间，我也有很多麻烦事缠身，有什么照顾不到之处，你也要谅解我。"

杜茉莉哽咽地说:"陈大哥,你对我杜茉莉的好,我记在心里!"

老陈说:"好了好了,别说那么多了,好好捏脚吧,重点,重点,别像挠痒痒一样!"

老陈的脚底永远是那么的受力,像块铁板。

第四章

17

天晴后,天气也回暖了。杜茉莉和何国典走出楼门口时,他们就闻到了桂花的芳香。今年这是第几次闻到桂花的香味了?杜茉莉记不起来了,反正在这个秋天,桂花不止一次地开过。杜茉莉做了个深呼吸,然后抬头望了望蔚蓝的天空,早晨的阳光打在她憔悴的脸上,有了明亮的色泽。杜茉莉笑了笑,对何国典说:"国典,桂花好香呀!"背着一个大背包的何国典也笑了笑:"是呀,香!"看到何国典久违的笑容,杜茉莉心里涌过温暖的潮水,从前的何国典,是多么乐观的一个人,笑容总是挂在脸上。

就在昨天晚上,老陈终于打来电话,告诉她,他给何国典找到事做了,在郊区的一个建筑工地做小工,月工资1000块钱。这对杜茉莉来说,无疑是天大的喜事,何国典有了一份工作,不仅仅是有了一份收入,重要的是或许可以通过工作,让他的生活态度变得积极,从灾难的黑暗中走出来。

今天一大早,他们就起来了。杜茉莉在给他收拾生活用品,到了工地,就要住在工棚里了。何国典在厨房里做早饭,看得出来,他的神色好了许多。杜茉莉凌晨回家后,何国典还没有睡,目光空洞地坐在床上,背靠着墙壁。杜茉莉把老陈替他找到工作的事情告诉他后,他没有多大的反应,只是轻轻地"哦"了一声,愣愣地注视着眉飞色舞满心喜悦的妻子。他心里突然想起来了一句话——"你就敢肯定她在外面没有男人?"这句话是李幺妹对他说过的,而且不止说过一次。想起这句话,何国典心里就打了一个问号:杜茉莉和老陈到底是什么关系?他见过老陈,在他刚刚到上海时,老陈请他们夫妻俩吃过饭,说心里话,他不太喜欢老陈。吃饭的时候,杜茉莉口口声声地叫老陈大哥,何国典觉得特别别扭,心里有些说不清的酸楚,他隐隐约约地感觉到,老陈不是什么好人。杜茉莉不知道他心里在想什么,钻进了被窝,说:"国典,快睡吧,明天一早我们就起来,我带你去见工。"

老陈告诉过杜茉莉那个工地的详细地址,到那个地方要倒两次公共汽车。他们坐上57路公共汽车,杜茉莉把头靠在了何国典的肩膀上。何国典慌乱地推开她的头,轻轻地说:"车上这么多人。"杜茉莉笑了笑说:"我是你老婆,怕啥子哟!"说完,又把头靠在了他的肩膀上。何国典没有再推开她,可他的神色显得十分紧张和不安。

杜茉莉轻柔地在他耳边说:"国典,到工地上干活,一定要注意安全。"

何国典说:"我知道。"

杜茉莉说:"饭要吃饱,不要饿肚子,那样会没有力气。"

何国典说:"我知道。"

杜茉莉说:"工地里的人很多,要和工友、头头搞好关系,有什么问题要和人家好好说,不要和人家伤了和气。"

何国典说:"我知道。"

杜茉莉说:"我问过了的,一个星期有一天的休息时间,你休息的时候,我也请假,你回来,我给你做好吃的。"

……

听着杜茉莉的话,何国典心里十分温暖,他悄悄地伸出手,握住了杜茉莉冰凉粗糙的手。他为自己夜里的那个念头感到羞耻,杜茉莉是个打着灯笼也难找的好女人，这辈子能够娶她做老婆，是他的福分！他想自己不能再让杜茉莉操心了，应该鼓起勇气，好好地活着，为了死去的亲人，为了杜茉莉，也为了自己，好好地活着！他的心里透进去了一丝阳光，温暖的阳光，这丝温暖的阳光能否融化他郁积在心中的黑暗的冰？紧握着妻子的手，何国典想起了一些往事，那些往事像种子般埋在他的心底，在这个阳光灿烂的日子冒出了绿芽。

18

那是几年前一个春暖花开的日子。

何国典背着行李，杜茉莉抱着两岁的儿子何小雨，有说有笑地朝米镇走去。杜茉莉要出远门了，去遥远的上海打工。有了孩子后，他们的生活变得困难了，如果不出去一个人赚钱，日子很难过，靠在家里种地根本就解决不了问题。况且，他们要为儿子着想，要让他以后上学，培养他成才，都需要花大笔的钱，家里没有点积蓄是不行的。夫妻俩商量了一下，就决定让杜茉莉出去打工，正好杜茉莉的表哥那时在上海做事，她就决定到上海去。想象中的上海，遍地黄金，杜茉莉是怀着美好的憧憬离开家乡的。

"小雨，亲亲妈妈。"一路上，杜茉莉不停地这样说，充满童真的小雨也不停地亲她。

杜茉莉心里难受，她舍不得孩子和丈夫，可这是没有办法的事情，为了以后的幸福生活和孩子的未来，她必须做出牺牲。出门前，何国典就和她说好了，在她上车前，千万不要在孩子面前表露出伤感的情绪，杜茉莉答应了。小雨每次把热乎乎的嘴唇凑到她脸上的时候，她强忍着不让自己的泪水流下来，心被一只大手攥得紧紧的，一抽一抽地疼痛。

何国典可以感受到妻子内心的疼痛,他的心也同样的疼痛。

他也忍受着分离的痛苦,笑着对小雨说:"小雨真乖,爸爸妈妈最喜欢小雨了。"

小雨就朝他笑:"亲爸爸——"

杜茉莉就把小雨抱到何国典面前,小雨搂着他的脖子,在他的脸上响亮地亲了一口。

尽管昨天晚上他们一夜没睡,说了许多夫妻之间的私房话,何国典还是有许多话要对杜茉莉说,可一路上他心里要说的话都没有表达出来,小雨成了他们之间的一座桥梁,通过小雨传达着他们浓烈的情感。

通往米镇的山路是那么的短暂,很快地,他们来到了米镇的长途汽车站。杜茉莉让何国典抱着小雨先回去,她不想看到小雨哭。何国典就对小雨说:"爸爸带你去买好吃的,妈妈在这里等我们,好吗?"小雨说:"妈妈一起去!"何国典哄着小雨:"妈妈在这里看住我们的东西,爸爸带小雨去买好吃的,听话,小雨。"小雨就说:"小雨听话。"何国典就抱着小雨头也不回地离开了杜茉莉,小雨却一直看着母亲。杜茉莉不敢和小雨纯洁的目光对视,她扭过了头,泪水扑簌簌地滚落,她的心碎了。

何国典的心被利爪抓着,痛得淌血。他的脸上还是装出笑容,轻描淡写地哄着儿子,心灵却在经受着分离带来的痛苦折磨!在给儿子买了一根棒棒糖后,他突然抱着小雨朝车站冲过去。

何国典赶到车站时,车正在启动。透过车窗玻璃,他看到了妻子泪流满面的脸,他大声喊着:"茉莉,茉莉,我改变主意了,快下车,我不想让你走了,再苦我们也要在一起——"

杜茉莉拉开车窗玻璃,探出头,哭着说:"国典,不要说傻话了,快回去吧,不要让小雨看我离开!快回去吧,我会给你写信的!国典,记住我的话,带好我们的儿子,看好我们的家,一切都会好

救 赎 201

起来的，我也会回来的！快回去吧，国典，听我的话——"

何国典大声喊着："茉莉，茉莉，你赶快下车，我不让你去了——"

小雨茫然地看着母亲的脸。

车开动了。

杜茉莉朝他们挥着手，什么话也说不出来了。

何国典抱着小雨追赶出车站，汽车一加速，就把他们扔在了后面。汽车越驶越远，转过一个山坳就不见了踪影。他呆呆地抱着小雨站在春天的风中，目光变得无限的漫长。小雨终于大声地哭了出来，边哭边喊："妈妈，妈妈——"

……

何国典同样也无法忘记杜茉莉第一次回家的情景。

那是个飘雪的冬日。他知道妻子要回来了，一大早就到米镇的汽车站去等她。他没有带儿子去接杜茉莉，因为天太冷了，怕冻坏了儿子。离开家的时候，何国典问醒过来的儿子："你还记得妈妈的模样吗？"儿子茫然地摇了摇头。何国典一阵心酸："小雨，妈妈要回来了，你高兴吗？"小雨说："高兴。"何国典又说："小雨，妈妈这次回来，你一定要记住她的模样，等妈妈下次回来时，我再问你，你可不许说记不清妈妈的模样了！"小雨认真地点了点头，眸子里闪动着纯真的光泽。

何国典来得太早了。

从早上开始，进站的长途汽车一辆接着一辆。因为要过年了，从外面回来的人特别多，每辆车上都塞满了人和大包小包的行李。每辆车进站，何国典都要跑过去，注视着从车门上下来的每个人，生怕漏掉了妻子那张美丽的脸。整整一个上午，他没有看到杜茉莉下车。他担心汽车会不会在路上出事，每年这个时候，车出事的都特别多。他朝地上呸出一口痰，心想，自己怎么能这样想呢，妻子不会出事的，肯定不会！他走出车站，往来路上眺望，凛冽的风把他的头发吹得凌乱，苍白瘦削的脸冒出了鸡皮疙瘩，鼻孔中还流出了清清的鼻涕。他用手背擦了擦鼻涕，就看到一辆长途客车从远处的山坳转了出来。

杜茉莉就在这辆从成都开来的车上，车经过何国典身边时，他们同时发现了对方，同时激动地呼喊对方的名字。车没有在何国典身边停下来，直接开进了车站里。何国典奔跑着追进了车站。他追进车站后，看到杜茉莉提着包下了车。他冲过去，站在她的面前，傻傻地笑着，鼻涕此时不争气地流下来。杜茉莉抹了抹湿漉漉的眼睛，扑哧一声笑了出来。

她从口袋里掏出纸巾，擦去了何国典流下的鼻涕，说："那么大的人了，还像小孩一样！"

何国典不好意思地笑了笑，一把夺过她手中的提包，说："茉莉，我们回家！"

杜茉莉说："别急，还有一个大包没有拿呢。"说着，她就走到车的中间，从行李厢里把行李一件件搬出来。杜茉莉拿到自己的背包后，递给了何国典。何国典把背包背起来，一手提着另外那个包，一手拉着杜茉莉的手，走出了米镇车站。

此时已经是正午了，何国典说："茉莉，你饿了吗？我们在镇上吃点东西再走吧？"

杜茉莉笑了笑："我不饿，还是赶紧回家吧，我想死小雨了，不知道他现在变成什么样了。对了，你如果饿了，我包里还有面包，随便啃两口吧。"

何国典说："那就走吧！"

其实他们都想好了很多话要向对方说，可一路上，他们想好的话都没有说出来，说的都是关于儿子的事情。

天空飘起了雪花。

风也更加凛冽。

救 赎 203

经过一个小树林时，何国典把妻子搂了过来："冷吗？"杜茉莉说："不冷，心暖就不冷。"何国典停住了脚步，凝视着杜茉莉俏丽的脸说："你下车的时候，我都不敢相信看到的是你。"杜茉莉说："为什么？"何国典说："你变得更漂亮了，穿着打扮也和以前不一样，像城里人了。"杜茉莉笑着说："傻瓜！"何国典手一松，手中的包自然地落在满是枯叶的地上。他张开双手，把杜茉莉紧紧地搂在怀里。杜茉莉说："傻瓜，我知道你想我。赶快回家吧，晚上让你好好抱，你想怎么样就怎么样，我都答应你。"

何国典松开了手，提起地上的包，包上落满了雪花。他重新拉起杜茉莉手的时候，触摸到了什么，他拿起杜茉莉的手一看，发现她右手食指的关节上有一个突出的褐色硬包，而且她的手也十分粗糙。他轻轻地说："这是怎么了？"杜茉莉慌忙把手抽了回来，说："没什么，没什么，工作的时候受过一点伤，很快会好的。"其实她手指关节上的包是长期帮客人做脚留下的印记，她从来没有告诉何国典自己在洗脚店做按摩工，怕他心里难过。

19

杜茉莉的头一直靠在何国典的肩膀上，自己的手和他的手紧紧地握在一起，心里像阳光一样温暖。这样的时刻对他们来说，并不多见，可以说是十分难得的事情。如果不是因为大地震，何国典不会来上海，尽管很多时候她想把他们父子俩接到上海来。她多么想永远和何国典如此相依，不要分离，没有痛苦，幸福生活。

和何国典恋爱时她就开始萌发这个梦想，她的一切努力可以说都是为了这个梦想。

杜茉莉和何国典可以说是青梅竹马。他们都是黄连村人，小时候在一起玩泥巴，一起到米镇的学校读书。奇怪的是，上学后的何国典是个腼腆的男孩，在学校里，他不敢和女同学说话，包括他熟悉的杜茉莉，只有在放学一起回家的路上，才有些话说。杜茉莉一直觉得何国典身上有种吸引她的东西，但是她说不清楚那是什么，就是后来结婚了，她也没有弄明白那是什么，只知道，和他在一起很舒服。

小时候的一些细节杜茉莉经常想起来都觉得很有意思。

比如他老是给杜茉莉炒黄豆吃。何国典的母亲特别喜欢吃炒黄豆，这是黄连村人尽皆知的事情。何国典也继承了他母亲的这个爱好，他的口袋里总是装着喷香的炒黄豆。在上学的路上，何国典就会把兜里的炒黄豆全部塞到她的口袋里去。杜茉莉就会说："你怎么全都给我了呀！"何国典说："我吃得太多了，不想吃了，我妈还是要往我兜里装，说我上课饿了吃。我不会饿的，给你吃吧。"杜茉莉说："何国典，可是我不喜欢吃炒黄豆呀！"何国典看着她清澈的眼睛说："你吃吧，吃多了就喜欢了。"杜茉莉说："我不信。"何国典脸红了："不信你就吃着试试。"杜茉莉不知他为什么会突然脸红，但是她按他的话去做了。奇怪的是，她后来真的喜欢上吃炒黄豆了，每天一见面就问何国典："我要吃炒黄豆。"也有没有豆子吃的时候，那样杜茉莉就会特别沮丧。她沮丧时，何国典也不哄她高兴，就让她一路沮丧着。有一天放学后，走在回黄连村的土路上，何国典怪怪地问了杜茉莉一个问题："茉莉，你吃完炒黄豆后会不会老放屁？"杜茉莉看着脸色通红的何国典，满眼狐疑："何国典，你问这个问题干什么呢？"何国典没有回答他，一溜烟跑出老远。

很多事情的确也是说不清道不明的，考大学时他们俩双双落榜，回到黄连村后两人就开始了恋爱。杜茉莉的美貌在米镇是出了名的，自然有很多年轻小子追求，可她谁都不理，偏偏就对这个培养了她吃炒黄豆兴趣的何国典动了心。何国典把事情和老娘挑明后，老娘说了这么一句："茉莉她喜欢吃炒黄豆吗？"何国典点了点头，但是他非常不解:"她喜欢不喜欢吃炒黄豆有什么关系?"老娘说:"喜欢就好,我一直琢磨,你要是娶一个不喜欢吃炒黄豆的婆娘,肯定和我合不来的,你想想我就你这么一个儿子,她要和我合不来,天天给我气受,那还不要了我的老命!"何国典想想也对,这不歪打正着吗?要不是他当初老是给杜茉莉炒黄豆吃,那不就麻烦了?新婚之夜,何国典对她说出了多年前的一个秘密。何国典说,他其实也喜欢吃炒黄豆,可他不敢吃,怕到学校上课时老放屁,被老师和同学们骂,所以才把炒黄豆全部给她吃的。杜茉莉趴在他的胸膛上说:"如果你不放屁,你会不会给我炒黄豆吃?"何国典坚定地说:"会的,一人一半!"杜茉莉说:"不行,以后所有好吃的你都要让我吃!"何国典不假思索地说:"好!"杜茉莉脸上笑出了一朵花:"傻瓜,我不会那样的,我只希望我们俩永远幸福地在一起。"

想起那些美好的时光,杜茉莉脸上漾出了甜美的笑意。

美好的事情的确能够扫去心中的阴霾。

哪怕是在最悲苦的日子里,也要心存美好,那是良药。

20

其实,当她看到儿子的尸体时,她相信到了世界的末日。起初的时候,她还会抱着儿子僵硬的尸体撕心裂肺地哭喊,可她泣血的哭喊挽回不了儿子的生命,天灾夺去了儿子鲜活的生命,她连仇人都找不到,否则拼了自己的性命也会去为儿子复仇。

苍凉的风刮过这残破的山地,带不走她的悲恸。

杜茉莉那时觉得自己要和心爱的儿子一起去了,心脏剧烈地绞痛了一下就昏死过去了。她的灵魂在黑暗的洞穴里穿行,许多魂魄的凄惨呼号淹没了何小雨微弱的呐喊。

当她醒来时,发现自己的头靠在何国典的胸膛上,他抱着她,面目痴呆。几个军人无言地站在帐篷外面，他们的表情肃穆。

杜茉莉疯狂地推开了何国典："你不要碰我，不要碰我！你这个混蛋，你怎么没有保护好小雨，你怎么能让他这样残酷地死去！"

接着，她又猛扑过去，抓住何国典脏污的衣领，使劲地晃动着："何国典，你还我儿子，还我儿子！"

何国典眼睛里流淌着泪水，脸上的伤疤不停地抖动，他任凭妻子疯狂发泄，咬紧牙关，什么也不说。

两个士兵走进来，分开了他们。其中一个士兵说："你们不能这样，孩子死了那么久了，你们应该让他入土为安，你们这样，是对孩子的不尊重，你们怎么忍心眼睁睁地看着孩子在这沉闷的天气里腐烂？"

这个士兵的声音十分沉痛，说着就流下了泪水，这是个年轻的士兵，顶多十九岁的模样，从某种意义上来说，他也还是个孩子。说完，这个士兵就抱起小雨的尸体走出了帐篷。

何国典浑身战栗，伸出一只手想抓住什么，或者说是想挽留什么，可他什么也抓不住，什么也挽留不住。

听了士兵的话后，杜茉莉也不说话了，她泪眼蒙蒙地看着小雨的尸体被士兵抱走，双手使劲地撕扯自己的头发。士兵抱着小雨的尸体走出帐篷一段路后，杜茉莉突然疯狂地站起来，冲出帐篷，沙哑地喊叫："还我儿子，还我儿子——"

两个士兵一人一边拉住了她的左右手，不让她冲过去。她挣扎着喊叫道："不要拉我，我要我的儿子，我要我的儿子，你们把我和他一起埋了吧，把我和他一起埋了吧，我不活了，不活了——"

那两个士兵眼睛里积满了泪水，他们不知道怎么安慰这个失去儿子的女人，只是使劲地拉住她。这时，看到妻子的疯狂，听到妻子的喊叫，何国典从多日的梦幻痴狂中清醒过来，他朝妻子大声说："茉莉，茉莉，小雨死了，他真的死了，你怎么叫也没有用了，茉莉——"

他摇摇晃晃地站起来，朝前迈了一步，就摔倒在地，他抱着右腿的膝盖，疼痛让他的脸扭曲着。那是他自从废墟里逃出来后，第一次感觉到右膝盖剧烈的疼痛。

一个士兵走过去，撸起他被泥浆和血水浸透的裤腿，发现他的膝盖肿得像个巨大的发面馒头。士兵赶紧对帐篷外面那个军官说："排长，这个老乡的膝盖伤得不轻！"

那个军官说："你照顾好他，等他们的情绪稳定后马上把他们送走。"

他们来到黄连村的时候，何国典就抱着儿子的尸体坐在那里了，帐篷还是士兵们撑起来的。他们不知道受伤的何国典是怎么从黄连村走到米镇，又是怎么从米镇背着小雨的尸体回到黄连村的。是什么支撑他一直没有倒下？

听到他们的对话，杜茉莉仿佛也清醒了许多，她回过头，看了看帐篷里痛苦万状的何国典，哀怨而痛心地叫了声："国典——"

军人们在村外一个比较平缓的山坡上挖好了几十个墓穴，他们把从废墟里清理出来的几十具尸体抬到了山坡上。他们在墓穴里倒上石灰后，就把尸体一具一具地放了进去，接着，在那些尸体的上面洒上厚厚的一层石灰，最后把他们掩埋。

何小雨是最后一个被士兵抱到山坡上的，那时斜阳夕照，阳光像被血染过的一样，风中传送着死亡的气息，悲悯的大地一片肃穆。没有送葬的唢呐声，没有飘飞的纸钱……只有泪水在飞扬。

杜茉莉说："让我最后看一眼我的儿子，你们再把他埋葬吧！"

士兵们答应了她，她来到那片山坡山，蹲在儿子的尸体旁，伸出颤抖的手，摸了摸小雨的额头，摸了摸小雨的眼睛，摸了摸小雨的鼻子和嘴巴……他再也不会醒来了，他刚刚治好的耳朵再也听不到这个世界上的任何声音了，包括母亲的声音，他的嘴唇再也不能亲母亲的脸颊了……杜茉莉眼睁睁地看着士兵把小雨的尸体轻轻地放进墓穴里，然后把他埋葬，那些泥土覆盖了他还没有成年的身体，仿佛覆盖了杜茉莉的希望，她从此和小雨阴阳相隔，永远也没有相见的那一天。可她觉得小雨的魂魄还在人间飘荡，在如血的残阳中凄清地歌唱。

……

那些日子是灰暗无光的，世界仿佛被阴霾笼罩，宛若地狱。有条毒蛇钻进她的身体内部，在噬咬着她的心脏，她的心脏中了毒，死亡的毒。每时每刻，她的眼前都会浮起儿子破布般的脸，绝望总是充满她的脑海，她不知道怎么样面对未来的生活。她的肉体没有受到任何的伤害，心理上留下的创伤比肉体的伤害要可怕得多。有些人一生都不能自拔，活在灾难的阴影之中，最后郁郁而终。杜茉莉会怎么样，她自己也无法预料。如果何国典也死了，那么她会完全崩溃。

好几次，她仿佛听到阴霾的天空中传来轻轻的呼唤，她会痴痴地走到病房的窗口，向天空中眺望。铅灰色的天空中出现了一缕光，那缕光渐渐地变成了一个人形。那不是小雨吗？杜茉莉张大了嘴巴。她看到小雨在天空中微笑地朝她招手，好像在说："妈妈，来呀，来呀——"杜茉莉的心突然鲜活起来，小雨没死，他变成了天使，在召唤她呢！她想，自己要和小雨一起去！她正要从窗口跳下去，突然听到了一声呼喊："茉莉——"

那是何国典的呼喊。

何国典的呼喊把她从迷幻的世界拉回到现实之中。天空中的何小雨消失了，那缕光也消失了。天空还是如此的灰暗，没有一点生机。她回过头来，看着躺在病床上的何国典，他刚刚做完膝盖的手术，苍白的脸显得很痛苦，他对杜茉莉说："茉莉，我渴——"

杜茉莉走到他的病床前，拧开一瓶矿泉水，让他张开嘴，一点一点地往他的嘴里倒。

何国典喝完水,就闭上了眼睛。

何国典现在是她最后的一根救命稻草,可这根救命稻草是那么的不可靠,他受到的是肉体和心理的双重伤害,他是不是也需要一根救命稻草?他的救命稻草又是谁?问题是显而易见的,何国典的救命稻草就是杜茉莉。灾难之后,亲人的相互依靠和关怀是至关重要的。拥挤的病房里住的都是地震中受伤的人,有的有亲人陪护,有的没有,那些没有亲人陪护的人也许亲人都死了。医院里有很多志愿者,她们帮助照顾那些没有亲人的伤者。有时,杜茉莉也会帮助他们做些事情,那样也可以减轻一些痛苦。从某种意义上来说,她庆幸自己的丈夫还活着,否则她的灵魂和肉体都会无依无靠。

杜茉莉理性地思考问题的时候,她觉得自己应该和丈夫一起度过这最艰难的日子。她需要一种力量,使自己尽快摆脱痛苦的梦魇。可这又谈何容易。一个晚上,她从噩梦中醒来,浑身是汗,她几乎每天晚上都会梦见儿子伸出血肉模糊的手抓她的脸。她从折叠床上弹起来,沉重地喘着粗气。她突然一阵恶心,冲出病房跑到卫生间里,大口大口地呕吐起来,吐得涕泪横流。吐完后,她把头顶在墙壁上,然后用头使劲地磕着墙壁,把额头磕得鲜血淋漓。一个看上去五十多岁的女志愿者发现了卫生间里的杜茉莉,她走上前,制止她说:"你不能这样,不能这样!"

杜茉莉喃喃地说:"我受不了了,受不了了!"

女志愿者说:"会过去的,一切都会过去的,我理解你的心情,你看看,医院里那么多人,他们难道不比你痛苦?如果谁都像你这样,大家都不要活了!活着就应该充满希望!"

她把杜茉莉带到了治疗室,给她额头上的伤口消了毒,然后涂上了红药水。她说:"妹子,以后别这么傻了,千万不要和自己过不去,没有什么问题是解决不了的。你要记住,你还活着,活着的人都是幸运的！实话告诉你吧，我丈夫在地震中死了，我不痛苦吗？那是不可能的，你可以悲伤，但是不能消沉，不能失去生活的勇气！"

杜茉莉说："可我没有你那么坚强！"

她说："我坚强吗？不，我其实也很懦弱，可我们都应该面对，发生过的事情已经无法改变，死去的亲人不能复活，我们只有面对！我以前是护士，从灾区来到了这里，我觉得我在做有意义的事情，这样可以让我懦弱的心变得坚强，会让我的悲伤得到解脱。你想想，你自己完好无损，你的丈夫也好好的，不过是受了一点伤，过些时日，你们还可以再要个孩子，生活还会美好起来的。"

她的话十分有道理，杜茉莉一下子接受不了，心里却好受了些。

杜茉莉回到病房，发现何国典坐在病床上，满头大汗，浑身发抖，目光里充满了恐惧。她走过去，关切地问："国典，你怎么啦？是不是膝盖痛？我去叫医生！"

何国典一把拉住了她的手，摇了摇头。杜茉莉轻轻地问："又做噩梦了？"何国典点了点头。也许他的噩梦要比她做的噩梦惨烈得多，杜茉莉突然觉得自己有种责任，就是帮助丈夫度过黑暗的日子，至于自己，她没有考虑太多。她拿起一条毛巾，擦去了丈夫头脸上的汗，接着就给他擦身体。她觉得他就是一个孩子，一个受惊的孩子，她心中漾起了母性的柔情。给他擦完身子后，杜茉莉倒了一杯水给他喝。然后，她就让他重新躺下。何国典躺下后，睁着眼睛。杜茉莉坐在了他的旁边，轻声地说："国典，你睡吧，我在你的身边陪着你，不要怕！"

何国典还是睁着眼睛，呆呆地看着白色的天花板。

杜茉莉告诉自己，一定要有耐心，现在何国典的心就像是一块坚硬的冰，无论如何，她要把这块坚冰化开。她可以把自己的痛苦埋在心底，也要燃起丈夫对生活的希望。他是那么的脆弱，那么的无助！杜茉莉轻轻地对他说着话，说一些记忆中的幸福往事，她刻意地忽略掉了关于儿子和婆婆的那部分。她希望这些幸福的往事能够唤醒他对美好生活的记忆。杜茉莉说得十分动情，每一个细节都说得很详细，以至于她自己也沉浸其中，暂且忘记了内心的苦痛。她也不知道说了多久，窗外的天渐渐地明亮起来，她看到何国典闭上了眼睛，两行热泪从眼角滚落，何国典的手伸过来，她握住了他的手。

两手相握，相互温暖。

21

杜茉莉和何国典找到了那个工地。来到工地入口时，何国典站住了，他的眼睛里掠过一丝恐惧，在他眼里，工地就像震后的废墟。杜茉莉注意到了他表情的变化，但不知道他心里在想什么，灾难以后，何国典很少和她做深入的交流，大多时间里，都是杜茉莉在和他说话，什么心里话都和他说，她在倾诉的过程中缓解了内心的痛苦和压力。相反，何国典心中的积郁却越来越深重，他也有倾诉的欲望，可话到口边又缩了回去，他心里隐藏着不为人知，也不想让人知道的秘密。

杜茉莉关切地问："国典，你怎么了？"

何国典慌乱地说："没什么，没什么！"

杜茉莉说："国典，不要想太多了，一切重新开始吧。走吧！"

何国典点了点头，跟在她后面，走进了工地。老陈告诉过杜茉莉，让她到工地后找一个叫王向东的包工头，他会安排好何国典的事情的。杜茉莉好不容易在一个工棚里找到了王向东，是个精干的中年汉子，不是想象中的那种满脸横肉的包工头。他见到杜茉莉他们后，和蔼地笑笑说："哦，是陈老板介绍来的，好，好！我马上叫人过来安排。"他打开对讲机喊道："李麻子，李麻子，你过来一下，有个工人来了，你带他过去吧！"

不一会儿，走过来一个带着黄色安全帽的粗壮汉子，这个汉子满脸的麻子，显得那张脸特别的脏，和他的名字倒是很吻合。杜茉莉第一眼看到李麻子，心里就产生了一个想法：李麻子不像个好人！杜茉莉隐隐约约地觉得何国典在这里会受李麻子欺负，可她又不好说出口，只是对何国典说："国典，你要注意安全，我先回去上班了，有什么事情打电话给我。"

何国典点了头，就跟着李麻子走了。

何国典走出一段路，杜茉莉朝他的背影喊了声："国典，你要记住我和你说的话！"

何国典没有回头，也没有答应她。

王向东笑了笑，温和地对她说："你放心吧，他在这里会很好的，我们对工人的管理是很人性化的。"

杜茉莉这才离开工地。

她心里忐忑不安，不知道何国典在这里会发生什么事情，她真的不希望有什么不幸的事情再降临在自己头上。

第五章

22

杜茉莉匆匆地赶回漕西支路的住处，在楼下取了自行车，准备往"大香港"洗脚店赶，今天是铁定要迟到了，现在都已经十一点半了，骑车到店里起码也要半个小时。她骑上自行车时，那个黑脸壮汉正好下楼，他目送着杜茉莉骑着自行车出了小区的门，他粗大的喉结滑动了一下，吞咽了一下口水，眼睛里闪出怪异的光芒。

杜茉莉飞快地骑着自行车在街上穿行。

她想："今天又少不了要挨老板娘宋丽的骂了，唉，管不了那么多了，她爱骂就骂吧，无所谓了，反正又不是第一次挨她的骂。"她骑车经过中江路小学门口时，放慢了车速，她看到了一个小男孩，那个小男孩和何小雨长得一模一样，特别是眼角的那颗痣，让她触目心惊。她停下了自行车，目不转睛地盯着这个孩子，有一个男人牵着他的手朝她的反方向走去。她回转身，继续目不转睛地盯着男孩的背影，更让她心惊肉跳的是，这个男孩的背影也和何小雨惊人的相似。难道他就是让何国典疯狂的男孩，如果不是理智战胜了自己，她也会疯狂地冲过去，抱着他狂吻他的脸蛋！

一路上，她满脑子都是男孩和何小雨重叠在一起的形象，她还冒出了这样的想法：是不是小雨没有死，他失踪后被当成孤儿，被上海的热心人收养了？不，不可能，她亲眼看着小雨被士兵们埋葬的，她还清晰地记得小雨那张破布般的脸和如血的残阳。

她的心脏像是被捅进了一把尖刀，痛得要死！

她没有注意到前面的红灯亮了，一不小心撞在了另外一辆自行车上，她连人带车一起倒在了地上。

前面的那男人回过头骂了一句："妈的，瞎眼了！"

她快速地从地上爬起来，拉起自行车，连声对骂她的人说："对不起，对不起！"

那人蛮横地说："对不起就行了？"

杜茉莉赔着笑脸说："真的对不起！"

那人还不依不饶："你把我的自行车撞坏了，说句对不起就得了？"

杜茉莉不说话了，她的内心悲哀到了极点。这时，后面一个戴眼镜的年轻人打抱不平地对那人说："屁大的一点儿事，过去就过去了，凶什么呀！难道要这个大姐给你下跪？"

那人的矛头指向了年轻人："关你什么事！"

年轻人义正严辞地说："路不平有人踩！今天这事，我就管定了，人家一个女人，不小心碰了你一下，你就如此发狠，你是不是男人呀？你想打架不成，我们到旁边练练！"

这时，绿灯亮了，那人骑车头也不回地冲了出去。

杜茉莉朝年轻人凄婉地笑笑："谢谢你！"

年轻人也朝她笑笑："不客气，这些人就是欺善怕恶的主，不要怕他！"

23

杜茉莉到了"大香港"洗脚店，果然遭到了老板娘宋丽的一顿恶骂。杜茉莉没有理会她，只是做自己该做的事情，她知道，和宋丽吵一点意思也没有。

在休息室里，李珍珍对杜茉莉说："你知道为什么这段时间肥猪脾气这么大吗？"

杜茉莉摇了摇头，其实她根本不想知道为什么，这和她没有任何关系。况且，她现在也没有心思听李珍珍说八卦。

李珍珍还是压低了声音说："告诉你吧，肥猪的老公要和她离婚，听说在外面有了别的女人了！"

杜茉莉听了她的话，叹了口气："唉，那老板娘也不容易，现在的男人怎么都这样！"

李珍珍说："活该！"

杜茉莉说："好了，珍珍，不说了。哪个女人碰到这样的事情都会难过的，我们都是女人，知道做女人的苦。"

李珍珍也叹了口气说："茉莉姐，你的心就是好！你说的也是，我男朋友也好长时间没有给我打电话了，不知道是不是有了新欢。"

杜茉莉说："你打电话问问他嘛。"

李珍珍说："我才不给他打呢，他爱怎么样就怎么样，大不了分手！世界上又不光他一个男人。"

杜茉莉说："珍珍，你说，人死了会不会复生？"

李珍珍注视着她的脸说："茉莉姐，你今天怎么啦？魂不守舍的，还问这样古怪的问题。人死了就死了，怎么会复生呢。"

杜茉莉说："我觉得会，天下怎么会有这样相像的人呢？要不是小雨复生了，他怎么会这样像小雨呢？"

李珍珍同情地拉起了她的手："茉莉姐，你是不是又想小雨了，我不是和你说过吗？不要想了，就忘了他吧，你越是想他，心里就会越痛苦，你受的折磨还少吗！过去的就让它过去吧，你自己不也说，要向前看吗？"

杜茉莉说："我本来也没有想小雨，可是我路过中江路小学的时候，看到一个和小雨长得一模一样的男孩，我简直不敢相信自己的眼睛！"

李珍珍握紧了她的手："我看你还是没有从阴影里走出来，你心里一直放不下小雨，所以只要看到一个稍微有点像小雨的孩子，你就会觉得特别像。"

杜茉莉说："真的很像！我怀疑小雨还活着！"

李珍珍说："茉莉姐，你想开点吧，实在不行，你就和姐夫再要一个，这样对你有好处，你就不会老是想着小雨了。看你悲伤的样子，我心里也特别难受，我总是想不通，为什么好人没有好报呢？你这样的好人，是不应该这样的。"

杜茉莉眼睛湿湿的，她其实并不是那么坚强，一切都是生活逼出来的。杜茉莉见李珍珍为了自己忧伤，反过来安慰她："珍珍，别为了我的事情伤心了，你放心吧，我不会有事的，最难受的日子也挺过来了，会好起来的，国典也找到工作了，工作也许会让他重新振作起来，那时，就好了。"

李珍珍点了点头："我相信，会好的！"

和李珍珍说了这些话，杜茉莉的心里稍微好受了些，很多时候，能够把心里的话向你信任的人倾吐出来，那是十分有益的事情。

杜茉莉又听到了老板娘宋丽的叫声："23号，快出来，有客人点你出台。"

李珍珍说："茉莉姐，你去吧，又有人点你出台了，怎么就没有人点我呢？"

出台就是上门去为客人服务，这样的收费会比在店里做高些，店里的员工们都希望有客人点自己出台。

杜茉莉笑了笑："好了，别酸了，我去了。"

李珍珍说："茉莉姐，你别想太多了，放宽点心。"

杜茉莉说："我明白，人怎么也得活下去！"

24

　　这次点杜茉莉出台的客人她并不熟悉,要去的地方也十分陌生,好在离"大香港"洗脚店并不远,她很快地找到了长平路的"黄金海岸"小区。"黄金海岸"小区门口的马路边是一条十几米宽的污水沟,杜茉莉可以闻到污水沟里飘出的臭味。这是一个新建的小区,门楼显得十分气派,门口还有两个穿着制服的保安。杜茉莉对穿制服戴大盖帽的人天生就有种畏惧感,加上今天见到那个男孩后,心情不是很爽,所以在小区门口被人模狗样的保安拦下来时,她不禁浑身颤抖了一下。

　　保安满脸冰霜地问她:"你到哪里去?找谁?"
　　杜茉莉的声音也有些颤抖:"我到五号楼1102室,找蔡先生。"
　　保安的目光凌厉:"你们约好了吗?"
　　杜茉莉说:"约好了的。"
　　保安怀疑地从头到脚审视了她一遍,然后走到保安室拨起了电话。杜茉莉心里很不舒服,仿佛自己是个贼。不一会儿,打完电话的保安对她说:"进去吧!"
　　杜茉莉心想,不就是个居民小区嘛,搞得像政府办公大楼似的!她骑上自行车进入小区后,那两个保安嘀嘀咕咕地说着什么,还发出奇怪的笑声,那笑声恶毒地刺激着杜茉莉的大脑皮层。
　　杜茉莉乘电梯上楼,来到了蔡先生的家门口。
　　她按了按门铃,不一会儿,她听到了沉重的脚步声。门开了,迎接她的是一个高大的秃顶男人,他穿着一身白色的睡袍,睡袍穿在他身上显得小了,露出毛乎乎的手臂。他油光发亮的脸上堆着笑:"你好,请进,请进。"
　　杜茉莉脱了鞋,走进蔡先生家。

蔡先生的家里很暖和，显然是开了空调，这个时候开空调的人家并不多见。

蔡先生十分殷勤地拿了一双拖鞋放在她的脚边。杜茉莉穿上拖鞋，环顾了一下蔡先生的家，看得出来，主人十分整洁，东西摆放得井井有条。杜茉莉也希望把自己的家弄成这个样子，可是她家的新房被震垮了。她心里不免有些无奈和伤感。

蔡先生笑着说："小姐，你喝点什么吗？咖啡还是茶？或者可乐？"

他的目光在杜茉莉身上扫描着，杜茉莉觉得有些奇怪，这是个什么样的人？那些叫她出台的熟客，不会像他这样客气，一般上门后就直奔主题，马上开始做脚或者全身按摩。杜茉莉本能地有了些提防。她笑着说："谢谢蔡先生，我自己带了水。"

蔡先生又笑着说："在我家里不要客气，想喝什么就喝什么，小姐，你坐，你坐！"他说着就把杜茉莉按在沙发上，然后顺势坐在了杜茉莉的身边，他的大腿和杜茉莉的大腿紧紧地贴在一起。杜茉莉往里面移了移，他也跟着往里移了移，杜茉莉闻到一股奇怪的臭味，那是蔡先生的狐臭。杜茉莉尽管十分讨厌狐臭的气味，但她还是强忍着，干她这行的，没有选择客人的权利。

杜茉莉笑着说："蔡先生，你是做全身按摩还是做脚呢？"

蔡先生凑近她的耳朵说："随便，做什么都可以。"

蔡先生说话时，一股热气冲进杜茉莉的耳孔，痒痒得难受。杜茉莉说："蔡先生，不能随便的，你是做脚还是按摩，或者都做，都做的话我们按套餐的价格收费，这样比较便宜。"

蔡先生说："随便，你说什么就什么，钱不是问题。小姐，我们先不着急按摩还是做脚，先坐会儿，我们聊聊天。"

他把手放在了杜茉莉的大腿上，杜茉莉脸红心跳的，觉得十分不妙，她把蔡先生的手从大腿上拿开，站起来说："蔡先生，你究竟做什么？快说吧，我从进你家门就开始算时间的，浪费了时间也就浪费了你的钱。"

蔡先生叹了口气说："好吧，就做全身按摩吧。跟我来！"

他走进了卧房。他脸面朝上地躺在床上，对跟他进来的杜茉莉说："这样可以按吧？"

杜茉莉看到他裸露出来的腿上长满了又浓又密的腿毛，这个怪物头上不长毛，手脚上却长满了毛，让杜茉莉觉得怪异。杜茉莉的脸上发烫，有点害臊，如果是在店里，她不会这样，在这个特定的场合，杜茉莉害臊是正常的，毕竟她是个正经的女人。杜茉莉走近前，说："蔡先生，你翻过身来，我给你按背吧！"

蔡先生脸上露出了充满邪气的笑："就这样吧，我喜欢按前面，不喜欢按后面。"他说着还伸起一条腿抖了抖，露出红色的三角裤，他似乎在朝杜茉莉暗示什么。

杜茉莉也没有说什么，她只是想赶紧给他按完后离开这里，她的心脏跳得很厉害，感觉要发生什么不应该发生的事情，其实，她现在真想不给他做了，马上离开。她硬着头皮走到了床边，伸出双手，去按蔡先生的胸膛。蔡先生说："小姐，你知道我为什么会叫你来吗？"

杜茉莉被他身上浓烈的狐臭味熏得难受，她紧紧地闭着嘴巴，摇了摇头。

蔡先生的手绕到她的身后，轻轻地放在了她的臀部。"有一天，我到你们洗脚店里去洗脚，我看见了你就动了心，本来想叫你给我做的，那天你在给别人做，走的时候，我问了你的代号，我想，让你到我家里来做，会更舒服的。你可迷死我了！"

他的手突然抓紧，杜茉莉惊叫了一声，跳开了："你，你怎么能这样！"

杜茉莉呼吸急促起来，大脑有些发蒙，不知如何是好。说实话，来店里洗脚的人中，也有不怀好意的，嘴上占点便宜是常有的事情，只要不太过分，她也忍了。现在，面对用意十分明显的蔡先生，她真的不知所措。她回头看了一眼，好像背后有一双清纯的眼睛在注视着她。

蔡先生笑着说："小姐，你不要担心，这里很安全的，什么事都没有的！"

杜茉莉强忍着屈辱说："蔡先生，让我好好给你按摩吧，不要和我开玩笑了。"

蔡先生突然从床上爬起来，下了床，朝杜茉莉走过来，一把抱住她，嘴巴在她的脸上乱拱。"你就别装了，我知道，你们这些人就是干这事的，钱我有的是！只要你让我舒服，我不会亏待你的！"

杜茉莉拼命挣扎着，在挣扎的过程中，她发现何小雨站在房间的一个角落上，呆呆地望着她，她心里悲哀到了极点。她大叫了一声："畜生！"然后用膝盖使劲地顶在这个衣冠禽兽的下部，他"哎呀"一声，松开了杜茉莉，双手捂住下身，蹲了下去，他的脸痛苦地扭曲着。杜茉莉趁机跑出了他家，仓皇而去。

在回"大香港"洗脚店的路上，她的眼前总是浮现出儿子何小雨那双纯真而无辜的眼睛。她想起了一件事情。也就是今年过年回家的时候，小雨这样问过她："妈妈，你在上海到底做什么工作？"杜茉莉笑着对小雨说："妈妈在上海的一个工厂里做工。"小雨冷冷地凝视她的眼睛问："妈妈，你说的是真的吗？"杜茉莉点了点头："真的，妈妈不骗你。"小雨接着冷冷地说："可是有人说你在上海做见不得人的事情。"杜茉莉的心被儿子的话语和怀疑的目光刺痛了，她颤声说："谁说的？"儿子还是冷冷地说："是李幺妹说的。"杜茉莉难过极了："儿子，你相信她的话吗？"小雨考虑了一会儿说："不信，妈妈，我不相信！"她一把把儿子抱在怀里说："好儿子，妈妈不会干任何对不起你和你爸爸的事情，不会，永远不会的！"

杜茉莉满腹的屈辱不知道和谁诉说,她多么想对儿子说,她是清清白白的,可儿子永远听不见她的声音了。但是他还在注视着她,一直注视着她,好像从来没有离开她的左右。

回到店里,杜茉莉还没有来得及和老板娘宋丽说明情况,宋丽就朝她破口大骂:"我就知道你不是什么好东西!你这个骚狐狸!人家叫你到家里去是做按摩的,不是让你去勾引人的!你以为你的脸蛋长得光鲜点就谁都可以卖呀,也不撒泡尿照照,看看自己是个什么东西!"

原来,那流氓在她走后就打电话给宋丽,说杜茉莉上他家后勾引他,要和他睡觉,想赚更多的钱,结果他没有同意,而且十分厌恶,就愤怒地把她赶走了!这简直就是颠倒黑白。

杜茉莉终于忍无可忍,大声地和宋丽吵了起来:"不是这样的!不是这样的!你胡说八道!他这是血口喷人,恶人先告状!是他想非礼我,我才逃回来的,你怎么能不分青红皂白就相信了他的鬼话!这个无耻的流氓!"

宋丽来劲了:"我相信他说的话,不管怎么样,他是我们店的客人,客人就是上帝!你要不勾引他,他怎么会赶你走!你说他非礼你,你有什么证据!我看就是你自己发骚,还赖别人!"

杜茉莉气得浑身发抖,她从来没有如此顶撞过老板娘,她是被逼到了不得不反击的地步了,此时的她已经不顾一切了,她冲到宋丽面前,厉声说:"你再说一遍!"

宋丽也红了眼:"我就说,就是你自己发骚,勾引了蔡先生!"

杜茉莉扬起手,狠狠地在宋丽肥胖的脸上扇了一记响亮的耳光!

宋丽觉得半边脸一麻,捂住脸,呆呆地看着凶狠如一只母豹的杜茉莉。这时,从包房里赶出来的李珍珍拦住了杜茉莉,推走了她。李珍珍回过头对宋丽说:"你不要以为谁都像你一样会发骚,也不要以为老实人都是好欺负的!"

杜茉莉大声说:"老娘不干了!"

25

风呜咽,街道两旁的梧桐树黄叶飘飞,沙沙作响。大风仿佛要把挂在天空中那颗明晃晃的太阳吹落。杜茉莉推着自行车,漫无目的地行走着,她不知道自己要走到哪里去。她的脑海一片混沌,无头无绪。此时的她无法理清自己的思想,任凭风把头发吹乱。她真想找一个人,扑在他的怀里大哭一场。那人应该是谁?何国典还是老陈?都不是,此刻,他们离她都十分遥远,不可企及。而且,杜茉莉根本就不能在他们怀里哭,对何国典来说,她的痛苦哭泣也许会冲垮他刚刚建立起来的那一丁点对生活的信心,老陈呢,她还没有和他好到可以倒在他怀里痛哭的程度。

26

杜茉莉不知不觉来到了中江路小学的门口,扶着自行车站在那里,朝学校里面张望。学校的操场上空无一人,也许学生们正在上课,她听不到他们读书的声音,可她的眼前还是浮现出那个小男孩高声念书的情景,不,是小雨在念书,认真地念书。她真想走进学校里,趴在教室的窗户上,看他上课,她从来没有见到过小雨坐在教室里上课的样子。

小雨长到九岁,她有多少时间和他在一起?想到这里,杜茉莉的心脏一阵绞痛。特别是小雨耳疾的那段时间,她竟然没有回去陪他。每次她给何国典打电话时,小雨就在旁边,何国典会把电话给小雨,小雨在电话那头大声地和她说话,小雨饱含思念的话语她听得很清楚,可是,小雨就是听不到她说的话,无法从她的话中感觉到那份揪心的母爱。小雨，妈妈对不起你呀！杜茉莉心里说。

学校门口传达室的那个保安一直盯着她，提防着她，也许他就是那天阻拦何国典进入这个学校的保安。

这时，一个人走到了她的面前，对她说："是你呀，站在这里看什么呢？"

杜茉莉浑身一激灵，扭头看了看这个人。他就是中江路派出所的民警王文波，他今天没有穿制服，穿了一件米黄色的夹克衫。杜茉莉慌乱地说："没什么，没什么。"

王文波笑了笑，也往学校里看了看，说："是不是来看那个孩子，像你儿子的孩子？"

杜茉莉诚实地点了点头。

王文波说："看看是不是会觉得心里好受些？"

杜茉莉摇了摇头。

王文波叹了口气说："我十分理解你的心情，真的，其实我希望你看见那个孩子心里会好受些。可不是这样的，这只会增加你的痛苦，所以，你还是不要看的好。"

杜茉莉说："不看，不看了。"

说着，她推着自行车要走。

王文波善意地说："多想点美好的事情，也许会好些。"

杜茉莉突然大声朝他说："天下哪里有那么多美好的事情！"

她说完后自己也吃了一惊，她怎么能够朝警察大声说话？她骑起自行车，一溜烟跑了。

王文波注视着她离去的背影，若有所思。

27

杜茉莉的情绪糟糕透了，早上送何国典去工地时的爽朗心情飞到爪哇国去了。她在菜市场里买了一斤五花肉，买了些辣椒和黄豆，回到了住处。她推开门，一股浊气扑面而来。她把肉和菜放到逼仄的厨房里时，看到几只蟑螂在灶台上爬，她一阵恶心。她想，难道自己就只配在这个肮脏的小房子里生活？这些年，她独自在举目无亲的大上海含辛茹苦，究竟为了什么？这么多年和丈夫儿子的痛苦分离，究竟值不值得？如今，那用她的血汗钱建起来的新楼房已经轰然倒塌，变成了一片废墟，给她带来无限希望的儿子何小雨也离开了人世，她突然觉得特别的无望，她不知道这个世界上什么东西是最重要的。这种情绪出现过无数次，一次一次都过来了，但现在她不知道能不能迈过这个坎儿。

杜茉莉突然操起菜刀，使劲地朝灶台上拍下去，蟑螂四散奔逃，很快就无影无踪。不过还是有一只蟑螂被她拍死在灶台上，蟑螂变成了一摊烂泥。杜茉莉仰起头狂笑起来，笑得眼泪横流，浑身颤抖。狂笑过后，她用一块旧抹布擦掉了蟑螂的尸体，扔到了垃圾筐里。

不一会儿，传来了急促的敲门声。

杜茉莉拿起菜刀，正准备切肉，听到敲门声，她就拎着菜刀走了出去。她打开门，看到门口站着那个黑脸壮汉。黑脸壮汉看到她，眼珠子转了一下，充满怒气的话还是脱口而出："你他妈的在干什么呀？吵吵闹闹的，让不让人睡觉了！"

杜茉莉气不打一处来："我在自己家里干什么关你什么事情？现在是什么时候，你知道吗？是下午，下午！你睡什么觉！"

黑脸男人盯着她，不知说什么好，他没有想到这个女人会如此和自己说话，瞧她的眼神，那么的凌厉。

杜茉莉举起手中的菜刀，大声说："滚，滚！不要烦我！"

黑脸壮汉轻轻说了一声："好男不和女斗！"然后就撒腿跑了。

杜茉莉"砰"地关上门，背靠在门上，胸脯一起一伏，她咬着牙自言自语道："人倒霉了，什么乌龟王八蛋都可以来欺负我！"

杜茉莉烧了一锅饭，炒了一大盘的回锅肉，又把黄豆给炒了。炒黄豆的香味在房间里飘散，很快掩盖了房间里的那股浊气。她把饭菜端到房间的小饭桌上，拉了个椅子，一屁股坐下来，用筷子夹起一块肉，塞进嘴里，大口地吃起来。杜茉莉吃饭的样子十分疯狂，狼吞虎咽，像是饿了很多日子。很多时候，她碰到烦心事时，就会如此疯狂地吃东西。其实，吃东西的时候，她根本就吃不出什么味道，吃饭只是一种机械的运动。很快，她就吃下了两碗饭，把那盘回锅肉也一扫而光。吃完饭，杜茉莉脑中一片空白，眼睛直勾勾地注视着前方。前方窗户下的桌子上，放着那个相框，儿子和何国典都在看着她。

在她渐渐模糊的眼中，相片中的自己和何国典渐渐地模糊，最后完全看不清楚了，只有儿子的形象越来越清晰。她发现小雨从相片中跳落到地上，那小人儿站在地上，慢慢地长高，然后一步一步朝她走了过来，边走边说："妈妈，我不要住新的楼房，也不要你给我买变形金刚，我只要你和我在一起——"杜茉莉用手背使劲地揉了揉眼睛，然后定睛一看，何小雨已经走到了自己的面前，他鲜活的小脸变成一片死灰，明亮的眼睛也变得黯淡无光。她伸出双手，企图把何小雨拉到自己怀里来，可何小雨一下子跳开了。杜茉莉自言自语道："这不是真的，不是真的，小雨已经死了，已经死了！"她听到何小雨阴冷的话："妈妈，我没有死，我就站在你面前，我没有死！你明明看到我了，怎么就说我死了呢？妈妈，以前你总不和我在一起，现在，我和你在一起了，妈妈——"

杜茉莉大喊："不，不，小雨你已经死了，不要折磨妈妈了，妈妈受不了了，受不了了呀——"

杜茉莉看到何小雨惊恐地看着自己，一步一步地往后退，退到桌子旁边的时候，渐渐地变小，小到如一粒灰尘，然后化成一股青烟，飘走了。她又大声喊道："小雨，你不要走，不要走，你不能就这样抛下妈妈！小雨，你回来，让妈妈抱着你，温暖你——"

何小雨不见了，真的不见了。杜茉莉的心灵陷入了黑暗之中，天也渐渐暗了下来，窗外城市的夜色斑斓，屋里却一片漆黑。她坐在那里，巨大的孤独感如潮水般袭来，将她淹没。杜茉莉在黑暗中挥舞着双手，她想抓住一根救命稻草，可什么也抓不到。如果在洗脚店里，她不会有这样绝望的感觉，如果何国典在，她也不会如此绝望，可她已经离开了洗脚店，何国典也去了建筑工地。杜茉莉恐惧地睁大眼睛，大口地喘息。

她的手摸到了饭桌上的黄豆。

她抓起一把黄豆，塞进嘴巴里，用力地咀嚼，"咔吧""咔吧"的响声使她觉得自己还活着，还没有在黑暗中窒息而死。杜茉莉站了起来，走了几步，伸手摸到了房间灯的开关，她使劲地按了下去，灯亮了。白灿灿的灯光显得那么不真实，房间里的一切还是那样，没有任何改变。寂寞和孤独还是那么强烈地占据着她无望的心灵，虽然她嘴巴里还在咀嚼着炒黄豆，却感觉不到黄豆的香味。杜茉莉喃喃地说："我不要这样的生活，不要！不要！"

她的目光落在角落里的酒瓶子上，好像还有半瓶白酒，那是何国典喝剩下的酒。喝醉酒难道真的可以忘记一切苦痛？可以让灵魂安宁？她走过去，躬下腰，一把抓起那个酒瓶子，摇了摇，里面果然还有酒。她拧开酒瓶盖，不顾一切地往嘴巴里灌，她像是在喝白开水，半瓶酒不一会儿就全灌进了肚子。她不会喝酒，以前只要喝一杯就醉，这半瓶酒灌进肚子后，很快，她就觉得天旋地转，扑倒在床上，不省人事。

28

杜茉莉在奔跑，没命地在满目疮痍的山地上奔跑。天空中下着雨,黏稠的血雨,浓郁的血腥味包裹着她,整个世界一片血色。她的身后有很多血淋淋的人喊叫着,追赶着她。杜茉莉边跑边回头张望,追赶她的人中有自己的父母,有何国典的老娘,还有李幺妹以及村里的很多人。她看不清楚他们被血水糊住的脸容,不知道他们追赶她时是什么表情,只能听见他们的喊叫:"抓住她,抓住她,抓住这个连儿子也不要了的女人——"根本就没有路,她在坎坎坷坷的山地上费劲地奔跑,一不小心脚一滑,摔倒在地上,地上的泥土也被血水浸透了,烂糊一片。追赶她的人眼看就要赶上来了,她奋力地爬起来,喊叫着:"国典,你在哪里?国典,快来救我呀——"任凭她怎么呼喊,何国典就是不见踪影。她没跑几步,又摔倒在地上,她在血色的泥浆里挣扎。她抬起头,看到血雨中站着何小雨,她同样看不清他的表情,可她坚信,他就是心爱的儿子何小雨。她一只手撑在地上,另外一只手伸向小雨,凄惶地叫道:"小雨,救我——"此时,后面追赶的人越来越近,她可以听到清晰的越来越响亮的、纷至沓来的脚步声。何小雨站在她的前面,一动不动,他冷冷地说:"我不认识你,为什么要救你?"杜茉莉哭了:"我是你妈妈呀,小雨,救救我——"何小雨又冷冷地说:"你骗我,你不是我妈妈,我妈妈不是你这个样子的!"杜茉莉绝望地喊叫:"小雨,我是你妈妈,你过来仔细看看,我真的是你妈妈!"何小雨说:"你不是我妈妈,我为什么要过来看你?"这时,那些人已经冲上来了。他们扑在杜茉莉的身上,又抓又打。他们边打她边说着一些让她心惊肉跳的话。"打死她,打死她!""这个女人早就不是我们黄连村的人了,打死她!""她连自己的亲生儿子也不管,跑到外面去和别的男人乱搞,打死他!""打死这个贱人,我们撕了她的肉吃吧!""对,吃她的肉!吃她的肉!"于是,那些人就用锋利的爪子把她身上的肉一块一块地撕扯下来,塞到嘴巴里,疯狂地咀嚼……杜茉莉掉进了万劫不复的深渊……

杜茉莉从噩梦中惊醒过来，天还没有亮。房间里的气味难闻极了。她觉得自己的口腔很黏很臭。她的头也很痛，像有个紧箍使劲地往里勒。浑身冰冷的杜茉莉起了床，摇摇晃晃地朝卫生间走去。她上完厕所还坐在抽水马桶上一动不动，接着咽了一口口水，嗓子干干的，生痛。

　　她心里在问自己："我这是怎么了，怎么了？"

　　她突然想用自己的头去撞墙，也许死了真的就一了百了了，活着一点意义也没有。

　　窗外刮着凛冽的风，像有一只魔兽在怪叫。

　　此时，她想起了何国典，这样寒冷的夜里，他在工棚里会不会冷？有了对丈夫的关爱，她体内绝望的毒素变淡了些。她不能扔下何国典不管，如果她死了，何国典该怎么办？他会像一片枯叶在冬天的风中飘零，当他绝望地穿过城市街道的时候，那双悲恸的双眼会灼伤岁月的迷雾。

　　杜茉莉叹了口气，站起来，走出了卫生间。她看了看闹钟，已经是凌晨五点多了。她的目光又落在了那张照片上，一看到何小雨那张脸，她浑身又颤抖起来，内心紧张极了。她强行让自己的目光从照片上移开，走过去，把相框倒扣在桌面上。就是这样，她也无法排解紧张的情绪。她很清楚，这种情绪十分的危险，也许会让她疯掉，也许会让她自杀。

　　杜茉莉自言自语道："杜茉莉，你放松，放松！从你的头发开始放松，对，你的头发一根一根地放松了；你的头皮也开始放松，对，很好，你的头皮也放松了；闭上眼，放松你的眼睛，然后放松你的鼻子，你的嘴唇也要放松，还有你的耳朵，是的，你整个脸部都放松了；你的脖子也开始放松，不要紧张，接着放松你的右手，自然地放松，下垂，不要动，对，再放松你的左手……你全身都放松了，最后，放松你的心脏，只有你的心脏放松了，你才能从紧张的情绪中解脱……"

杜茉莉睁开了眼睛,她无法放松自己的心脏,她的心脏还在一阵一阵地抽紧。这可怎么办,她不想活在痛苦的梦魇之中,她想从黑暗的心灵中挣扎出来。可她现在做不到,做不到!

杜茉莉突然想起了吴老太太。

29

吴老太太是她一个特殊的客人。去年夏日的某天,一个年轻漂亮的女子走进了"大香港"洗脚店。她不是来洗脚,也不是来按摩,进来就问前台坐在那里修指甲的老板娘宋丽:"你们这里,谁按摩的手艺最好?"

宋丽马上满脸堆笑地说:"我们店里的员工手艺都挺不错的。"

年轻女人面无表情地说:"这话听上去怎么那么假,我问你,谁的手艺最好?"

宋丽觉得这个女人很不好说话,又不敢对她说什么不好听的话,还是堆着笑脸说:"我说的不假,真是每个人的手艺都不错,进我们店的员工都是我亲自考察的。"

年轻女人冷笑了一声说:"是吗?给我推荐一个最好的,听明白没有,最好的!"

宋丽想了想说:"那就23号吧。"

年轻女人冷冷地说:"叫出来给我看看!"

宋丽就大声叫道:"23号,你出来一下!"

杜茉莉从里面走了出来。

宋丽指着她说:"就是她!"

年轻女人的目光在杜茉莉的全身上下审视了足足有五分钟,嘴巴里才吐出一句话:"那就是她了!"

原来，年轻女人是要找个按摩工去她家里给她母亲服务的，她母亲就是吴老太太，一个下身瘫痪的老太婆。年轻女人要她每周去一次，给老太太按摩两个小时。

第一次上门的时候，杜茉莉有点忐忑不安，她不知道吴老太太是个什么样的人，因为很多老太太的性格都很怪，不好对付，而且她还是个下身瘫痪的老太太。给杜茉莉开门的不是吴老太太的女儿，而是她家的保姆薛大姐，薛大姐是个健硕的中年妇女，看上去十分能干的样子。后来杜茉莉才知道，吴老太太的女儿在她到"大香港"洗脚店去请按摩工的第二天就出国了。薛大姐刚刚把杜茉莉迎进屋，她就听到一个爽朗的声音："小薛呀，是不是按摩的人来了？"

薛大姐笑着说："老人家的耳朵真好，是的，是她来了。"

吴老太太在房间里说："太好了，快请她进来了，我有些日子没有按摩了，骨头都生锈了。"

吴老太太的声音极富感染力，从她的声音判断，这是个开朗乐观的老人，杜茉莉的心稍微安定了些。她一走进吴老太太的房间，就闻到了百合花的芳香，她的房间洁净，墙壁上挂着一个很大的相框，相框里镶着大幅照片，那是好几个人的合影，看上去是一张全家福。吴老太太脸色红润，皮肤嫩得像孩童一般，她半躺在床上，戴着镶着金边的眼镜，穿着一身白绸布的睡衣，手上还拿着一张报纸。

吴老太太看到杜茉莉就笑了："哟，挺标致的姑娘，好呀，看来我闺女的眼光就是不俗，让我赏心悦目呀！"

吴老太太的话没有挖苦的成分，杜茉莉的脸却羞红了。

吴老太太又乐呵呵地说："哟，还脸红了，脸会红的人有良心，我喜欢，现在社会上很多人，都不知道什么叫羞涩了。"

杜茉莉笑着说："老人家不要夸我了，其实我这个人不像你说的那么好！"

吴老太太说:"我不管,我认为你好,你就好,我看人相信第一感觉,好了,我不和你耍贫嘴了,姑娘,快过来给我按摩吧,好久没有好好享受了。"

杜茉莉微笑着走过去。

吴老太太说:"先给我按背吧,然后再按腿脚,各按一个小时。姑娘,来,把我的身体翻过来。"

杜茉莉帮助她把身体翻了过来,吴老太太的头偏着枕在枕头上,像个淘气的孩子一样笑看杜茉莉。

第一次上门,吴老太太就对杜茉莉产生了好感,杜茉莉也喜欢上了这个开朗善良而又很会享受生活的老人。她在给老太太做按摩时,老太太不停地说些笑话什么的,让杜茉莉十分开心,两个小时做完后,她觉得特别轻松,一点儿也不累。吴老太太也没有忘记夸奖她的手艺,说杜茉莉是给她按摩的几个人中最好的一个,还叮嘱她下周的这个时间一定要准时来。杜茉莉临走时,吴老太太让薛大姐送了一箱苹果给她。她死活不要,吴老太太拉下了脸:"你给我拿着,这不是苹果,是我的一片心意,难道你可以拒绝我的心意?"

薛大姐也笑着说:"姑娘,拿着吧,你不拿,老人家要生气的!"

杜茉莉无奈,只好收下了。

时间长了,杜茉莉和吴老太太就成了无话不谈的忘年交,每次上门去给她按摩,就像去看自己的奶奶或者母亲,心里那种感觉特别美好。她有什么心事都会和吴老太太说,吴老太太会耐心地听她说话,用深入浅出的道理解开她心里的疙瘩。但是,杜茉莉从来没有问过她是因为什么造成下身瘫痪的。四川发生大地震后,吴老太太第一个打电话给她,问她家里的情况。当她得知杜茉莉的家乡遭灾后,马上就让她回家,并且说,需要钱的话,就到她那里去取。吴老太太还对她说,无论家里发生了天大的事情,都要沉住气,不要往绝路上走。吴老太太表示,在上海等着杜茉莉回来,在她回来之前，她不会再找任何人上门按摩。就是在杜茉莉回四川后，吴老太太还经常打电话给她，嘘寒问暖的，鼓励她渡过难关。杜茉莉每次接完吴老太太的电话，就泪流满面，在回上海之前，她没有告诉吴老太太真相，怕老人家难过。

　　杜茉莉回到上海后，就第一时间去了吴老太太家。杜茉莉的到来让吴老太太高兴而又难过，拉着杜茉莉的手，仔细端详着她憔悴的脸，痛心地说："闺女，你瘦了，下巴也变尖了，眼眶都黑了，成大熊猫了，你受了多少苦呀！这么大的灾难，四川有多少人受苦呀！你能够回来，我高兴啊，闺女！"她伸出另外一只手去摸杜茉莉的脸，她的手温暖而又柔软。杜茉莉仿佛从她的身上感受到了母爱，这些日子以来心灵的折磨让她站在了崩溃的边缘，她像个孩子，抱着吴老太太的手呜咽起来。

　　吴老太太伤感地说："闺女，难为你了，你哭吧，把心中苦哭出来，哭出来就好了，憋着会中毒的，中毒深了，人就垮了，生命也就枯萎了。"

　　杜茉莉的恸哭让薛大姐也流下了眼泪。

　　吴老太太又说："闺女，我知道你心中有事隐瞒我，我打电话给你的时候，就从你的声音里听出来了，你家里也出了大事，如果没有什么事情，你不是那种悲凉的语气的，我了解你，你是个平和的姑娘。那段时间里，我每天都守在电视机旁，在那些惨痛的画面中寻找着你的身影，希望能够知道你真实的情况。那真是让人揪心的日子呀，现在想起来心里都不好受。闺女，你就把你心里的话都吐出来吧，不要憋着，那样很伤身体，那些东西真的是毒，会毒死人的。我知道你不愿意说出来，是怕再勾起你痛苦的回忆，可你需要倾诉，那是你内心的一个出口，释放你内心痛苦的一个有效的出口。说出来吧，闺女，说出来就好了。"

　　杜茉莉本来不想说那些悲恸的事情，吴老太太慈祥的话语仿佛给自己指明了一条道路，仿佛在黑暗中看到了一缕光，神性的光，它将指引她泅渡苦难之海，到达彼岸。她边哭，边把发生的一切一股脑儿地倾诉了出来。吴老太太在她倾诉的时候，把温暖的手放在她的肩膀上，专注地看着她，眼睛里充满了慈爱，认真地倾听着。

杜茉莉把心里隐藏了许久的话倾诉出来后，泪眼蒙蒙地看着吴老太太。

吴老太太轻轻用纸巾擦去她脸上的泪水，柔和地说："闺女，没事了，没事了，一切都过去了。你失去了儿子，失去了父母，失去了婆婆，可你也是幸运的，你还有丈夫，你应该珍惜。"

杜茉莉感觉到吴老太太身上有种强大的力量在向她传递。

吴老太太含着泪微笑："我现在笑，你一定会觉得奇怪，你给我讲了如此悲恸的事情，我还笑得出来。我也希望你笑，面对灾难哭泣是正常的反应，那些天，我也常常看着电视流泪，可我还是希望大家用笑容面对，在最艰难的时候，笑需要勇气。你一定想知道，为什么我的下身会瘫痪，你从来没有问过我，我也从来没有告诉过你，那是我心里的一块伤疤，也许重新揭开它，我的心会流血，可我现在还是要微笑地讲给你听，或者对你会有些好处。"

接着，吴老太太平静地给杜茉莉讲了一件发生在两年前的事情。"我老伴早几年就得癌症过世了，他死后，我十分悲伤，我儿子就把我接过来和他一家人住在一起，我女儿一直在国外，她父亲去世时回来了一下，不久就走了，她在那边成了家，不可能总是陪着我。我儿子是一家公司的高管，我儿媳妇是个老师，我孙子和小雨一样的年龄。他们都是很有教养的人，对我十分孝顺，和他们在一起，我渐渐地从失去老伴的痛苦中走出来。我记得儿子和我说过一句话，他是这样说的，无论我们是多么亲密的关系，总有一天会离开的，不过有的人走得早，有的人走得晚，早走的人解脱了，留下的人不应该有痛苦，应该快乐地活着，因为总有一天还会在另外一条道路上相逢。儿子经常在周末的时候，开着车带着我们全家人出去游玩，我们过得很快乐，特别是我那孙子，每次出去玩，他都开心得不得了。人有时就是乐极生悲，两年前的一个周末，儿子像往常一样带我们出去玩，记得那次去的是苏州，我们在苏州住了一个晚上，那个晚上，可爱的孙子和我住一个房间，他临睡时突然问了我一个问题：奶奶，如果你再也见不到我了，你会想我吗？我没有回答他这个问题，只是让他不要乱想，早点睡。第二天，我们又玩了一个上午，吃完午饭，我们才往回赶。儿子开车，儿媳妇坐在前面副驾驶的位置，我和孙子坐在后座上。孙子上车后就想睡觉，也许他玩累了。他躺在后座上，把头枕在我的腿上，车开出去后不久，他就睡着了。不久，我看到有一辆大货车在超我们的车，突然，轰的一声，我的身体猛烈地往前冲去，觉得心脏剧烈地疼痛了一下，然后就昏迷过去了。我醒过来后，发现自己躺在医院的病床上，下身麻木，动都动不了了。我就问医生，我孙子呢？我儿子呢？我儿媳妇呢？医生不愿意告诉我。我隐隐约约地感觉到了什么，但是我心里一直在想，他们会没事的。可事实上，他们都死了，就我一个人还活着。当我得知这个残酷的事实后，我昏死过去了。那种悲恸是无法言表的。我叫天天不应，叫地地不灵呀！为什么我这个没用的老太婆不死，他们却死了，我儿子儿媳妇那么年轻有为，他们又是那么好的人，我那孙子更是让我悲痛，他还那么小，人生的滋味都还没有真正尝过，就这样走了。我想起头天晚上他和我说的那句话，就拼命地骂自己，为什么没有重视他的话。很长时间里，我都不相信他们死了，每天早上醒来，都充满期待地等待他们来给我道早安，期待孙子拉着我的手起床。随后，我就噩梦连连，心里十分绝望。我女儿从新西兰回来陪我，每当她见我从噩梦中醒来，就和我说话，安慰我，让我坚强地活下去。其实，她在安慰我的同时，她心里也被巨大的痛苦折磨！她陪了我好几个月，给我请好保姆看我情绪稳定后才回新西兰，以后就每年回来一次。很多时候我也想不开，特别是出院后一个人在家的时候，心里会产生特别孤独和绝望的情绪。那天上午，小薛去买菜了，房间里突然变得无比冷清，我突然觉得活着特别没有意思，这种有毒的情绪折磨着我，让我不能自拔，我就拿起床头柜上的那瓶安眠药，全部倒进了自己嘴里。要不是小薛回来及时发现，把我送到医院里去，那我早就命归黄泉了。其实，在那之前，我不像现在这样平和，而是一个喜怒无常的老太婆，我经常会莫名其妙地朝小薛发怒，找碴儿骂她，还摔东西，连我自己都十分讨厌自己，有时良心发现，觉得挺对不起小薛的，可我又不会给她认错。小薛真是个善良的任劳任怨的人，她从来没有顶撞过我，或者撂挑子不干了，尽管有时被我的无理气得抹泪。把我送到医院抢救过来后，小薛含着泪对我说：'老人家，你不能这样想不开呀，你要替我想想，你要有个三长两短，你女儿回来会要我的命的！她会以为我虐待你，把你逼上了绝路！你要好好活着，等下次你女儿回来，你如果不满意我，你可以让你女儿重新给你找个保姆。可是，在她回来之前，你就担当点，我有什么做得不对的，你就和我说，我改，你打我骂我都可以，只要你高兴！'看着小薛可怜巴巴的样子，我觉得不应该这样对待她。我也想起了女儿，如果我这样走了，那她怎么办？我是她在国内唯一的亲人了。我突然想起了在我老伴死后儿子对我说的那句话：'无论我们是多么亲密的关系，总有一天会离开的，不过有的人走得早，有的人走得晚，早走的人解脱了，留下的人不应该有痛苦，应该快乐地活着，因为总有一天还会在另外一条道路上相逢。'这句话像一道光，重新照亮了我黑暗的心灵，他们没有死，他们只是去了一个很远的地方，我们总有一天还会见面，我们应该相互在此地和彼地快乐地生活，耐心等待相逢的那一天！无论多长时间，我们相隔多远，我们都会彼此相互守候，相互温暖，相互信任。我出院后，就让小薛把那张全家福的照片拿去放大，装在相框里，挂在我卧室的墙上。在此之前，我害怕看到这张照片，因为看到他们，不可名状的痛苦就会像毒蛇一样钻进我心里。我必须面对现实，面对他们，逃避和痛苦都无济于事。我每天看着照片中的他们，就想着他们在很远的地方等我的情景，我就想着迟早有一天我们会见面的，心里就宽慰起来。痛苦还是会在某些黑夜里来临，我就会打开灯，看着照片上的他们，挨个儿和他们说话，说这个世界上最温暖的话，最后说得我自己的心里也温暖起来，我就安然地睡去。这个世界上，天灾人祸是那么的普遍，我们都要在痛苦中让心灵变得坚强，变得温暖，勇敢地面对。我们不知道什么时候灾祸会重新降临到我们头上，所以，当我们活着的时候，就要过好每一天，珍爱生命！这样才对得起死去的亲人，对得起自己。这话说出来容易，做起来是很难的，特别像你这样的情况，我希望你能够尽快地走出灾难带来的阴影，走向正常的生活！闺女，从今往后，你心里有什么疙瘩排解不开了，你就来找我说话，打电话给我也可以，我愿意和你交流。"

　　吴老太太的讲述也像一缕光，透进了杜茉莉黑暗的心灵。

　　吴老太太说完这些，就让薛大姐抱来了一个红漆描花的小木箱，看上去有些年头了。吴老太太打开了小木箱，里面有一沓封好的人民币。吴老太太拿起那沓人民币递到杜茉莉的面前说："闺女，这是我的一点心意，你收下，日后或许可以派上什么用场。"

　　杜茉莉显得十分紧张："老人家，这钱我不能要，不能要。我有手有脚，自己可以赚钱的！"

　　吴老太太微笑着说："闺女，我喜欢你这样有骨气的人，再苦也靠自己的双手创造属于自己的财富，你有你自己的人格，这一点我毫不怀疑。可我要和你说的是，我给你钱不是施舍，没有任何瞧不起你的意思，这是我的一片心意，明白吗？"

　　杜茉莉说："我明白，可我不能收，真的不能收！"

吴老太太说:"你是不是担心我把钱给你了,我就没有钱花了,这个你放心,我还有养老金,我女儿也会经常寄钱回来给我,我够花的。你就收下吧,闺女!给老太婆一个面子。"

这时,站在旁边的薛大姐说:"你就收下吧,这是老人家的一片好心。地震发生后,老人家把她十五万的存款都取出来了,这是老人家一生的积蓄,她留下了一万块钱,然后将那十四万块钱全部捐出去了。那天,还是我推着轮椅送她到居委会,亲眼看到她把钱交给他们的。"

杜茉莉说:"老人家,这钱我真的不能收,收了这钱,我心里会不安的,真的!"

吴老太太拉下了脸,把钱强行塞在了她的手上:"你一定要收下!否则你就不要来看我了,我们也当从来没有认识过!"

杜茉莉含泪接过了那沓人民币。这钱她是不会动的,等一切过去之后,她会原封不动地还给吴老太太,她不能花老人家的钱,不能!从那以后,每当杜茉莉有想不开的事情,就会对吴老太太说,吴老太太身上仿佛有种神奇的力量,总能让她的痛苦的心灵得到缓解。回到家里,她就会用吴老太太的话来开导何国典,何国典的内心是一块坚冰,她要把它融化。

30

想起吴老太太,杜茉莉的情绪才暂时放松下来。她走到桌子边上,拿起昨天晚上倒扣在桌面上的小相框,凝视着儿子栩栩如生的面容,轻声地说:"小雨,你没有死,真的没有死。你只是去了一个很远的地方,你在那个地方等着我们,我们迟早会在那里相逢的,小雨!"说着,她憔悴而秀丽的脸上露出了凄婉的微笑,无论怎么样,她毕竟面对照片中的儿子微笑了,在这个冬天的清晨,窗外的天空渐渐地明亮。吴老太太也和她说过，要让自己的心理恢复正常，不是一朝一夕的事情，那是一场持久战。杜茉莉突然想起来了，今天下午应该去给吴老太太做按摩了，尽管她离开了"大香港"洗脚店，她还是要坚持去给吴老太太按摩的，还可以把这些天发生的事情向她倾诉，把心中积郁的毒排解出来。杜茉莉也想起了何国典，不知道他是怎么度过这个漫漫长夜的。

第六章

31

何国典听不到任何声音。

他感觉自己在一条黑暗的隧道里摸索着行走。焦虑和恐惧充满了他清瘦的身体，是什么力量支撑着他在黑暗的隧道里行走下去？他要去哪里？去干什么？他朝隧道的深处大声呼喊着一个人的名字。他听不到自己的声音，只能感觉到自己的嗓子很痛，在撕裂，在渗血水。血水咸腥的味道从喉咙到达口腔，然后通过他的呼喊，在黑暗的隧道里扩散。

他的膝盖好像碰到了坚硬的东西，是石头，还是钢铁？

何国典仿佛听到膝盖骨碎裂的声音，疼痛和抽搐。他像受伤的野狼一般号叫，可他还是听不到自己的声音。

血腥味却越来越浓。

血腥味和许多不明物在黑暗中朝他压过来，他呼吸急促。

何国典突然想起了他要找的那个人，他大声喊道："何小雨——"

他还是听不到自己的声音，也不清楚黑暗中有没有人听到他的喊声。他知道，如果找不到何小雨，杜茉莉会用锋利的爪子挖出他的心肝！就是杜茉莉不挖出他的心肝，他也要找到何小雨，何小雨同样是他的心肝。

突然，何国典仿佛被什么击中，他仰头倒了下去。是的，一团软软的东西把他击倒。他的头被那团软软的东西压住了，他的手触摸到了那东西，那是一具冰冷的肉体。

他推开了冰冷的肉体，死亡的气味在黑暗中弥漫。

他还闻到了一股熟悉的气味。

何国典不敢相信，熟悉的气味是从黑暗中将自己击倒的尸体上散发出来的。此时，他看不清一切，只能伸出颤抖的手，去摸索那具冰冷的尸体。他的手在尸体上摸索，他的心泡在了冰水里，快要窒息。他摸到了那张脸，摸到了右眼角的一颗痣……这不就是儿子吗？

一只冰凉的小手突然掐住了他的脖子，阴森森地说："还我命来！还我命来！是你害死了我——"

仿佛是儿子何小雨的声音，又好像是一个女人的声音。

被掐住脖子的何国典挣扎着。

……

何国典大喊一声从床上弹起来，大汗淋漓，两眼在黑暗中散发出惊恐的光芒。他又做噩梦了。他心里说："我这是在哪里？"从黑暗中传来了一声怒吼："谁他妈的在那里鬼叫，还让不让人睡觉了！再这样叫，就给老子滚出去！"他听出来了，那是李麻子在吼。何国典现在才明白过来，自己是在工棚里。他大气不敢出一口。大工棚里住着几十个工人，何国典听到此起彼伏的呼噜声，还有放屁的声音，磨牙的声音……这种环境他很不习惯，可又有一种安全感，因为那么多活着的人陪着他。要不是白天劳动太累了，他也许不会那么快就进入梦乡。很长时间里，他晚上都不敢合眼，因为睡着后就会进入噩梦之中。就是到了上海，他也是如此，晚上不敢睡觉，只有天亮后，他才闭上眼睛睡上一会儿，就是在白天里，他也会被噩梦缠绕。大工棚里虽然四面透风，可因为住的人多，每个人身上散发出的热量汇集在一起，使得这里面暖烘烘的。醒来后的何国典再也睡不着了，内心惶恐不安，而且受过伤的那个膝盖隐隐作痛。白天干活时，用了一下力气，伤过的膝盖剧烈疼痛了一下，好大一阵才缓过劲来。他出院时，医生交代过他，在一年内最好不要干重活，如果不是疼痛，他是不会记起医生的那句话的。肉体的疼痛对他而言并不重要，他能够忍受，心灵上的痛苦才是他的致命伤。

32

刚来的那天，李麻子带他到工棚里的路上，怪怪地对他说："你这个人好奇怪，快到年底了还出来做工，你可能不知道，我们这里已经快半年没有发工资了，过年回家都不知道能不能拿到钱，唉！我们找过王向东不知道多少次了，他总是说，等开发商的钱到账了，就给我们发工资，工友们都嗷嗷叫，可拿他们也没有办法，走也不是，留也不是，闹也不是。"何国典没有理会他的话，他现在想的不是钱的问题，而是自己有没有信心在这里干下去。

建筑工地乱糟糟的，何国典很容易就联想到地震后的废墟，重型机械的轰鸣就像是地震时的响声。这对他来说是一种折磨，他心中的那些惨不忍睹的影像就会被无情地激活。

这时，何国典就会停止干活，惊惶地站在那里，不知所措。

李麻子见他呆立在那里，就会朝他号叫："何国典，你魔怔了呀？妈的，还不快把砖头送到升降机那里去，上面的师傅说砖头快供不上了。"

他的思维还停留在地震过后的景象之中，仿佛工地上的工人都是军人，正在米镇中心小学救人，他自己则是抱着儿子何小雨的尸体愣愣地站在那里，所以，李麻子的号叫声，他根本就没有听见，就像当初他听不进任何人的叫声一样。

李麻子气急败坏地跑到他面前，狠狠地在他的屁股上踹了一脚：

"你他妈的聋了？我让你赶快把这车砖头推到升降机那里去！"

何国典的身体往前冲了两步，差点摔倒在地。他回过头，看到李麻子丑陋而愤怒的脸，才从幻境中清醒过来，推起堆满砖头的小推车，飞快地朝新楼下的升降机奔去。把那些砖头卸在升降机上，马上就推着小推车回到堆放砖头的地方，往小推车上装砖头，然后又疯狂地朝升降机方向奔去。就这样，他马不停蹄地干着活，里面的衣服都被汗水湿透了，苍白的脸上有了血色，那是劳累出来的血色。

他的疯狂行为让和他一起负责运送砖头的工友也百思不得其解："这人是不是疯了，哪有这样卖命的，是不是工头多给了他一份工资？"

有的工友就对他说："何国典，悠着点，你这样用不了几天，就会累得吐血而死的！"

何国典没有理会他，还是继续疯狂干活，连李麻子也愣愣地看着他，他自言自语道："如果大家都像他这样干，这个小区早就建好了！"

他们都不清楚何国典心里在想什么。

何国典自己清楚，他是在用这种方式在和自己内心的恐惧战斗，只有这样，他才不会回到残酷的幻象之中。也许这的确是他抵抗恐惧的一种有效方式。

那天晚上吃过晚饭后，李麻子走到他的面前，递了一根烟给他："抽！"

何国典惶恐地看了看他。

李麻子的眼神变得柔和了一点，说："抽吧！不要怕我，我不是老虎，吃不了你！"

何国典接过烟，李麻子给他点上。他吸了口烟，长长地吐出一口气。

李麻子说："兄弟，你有心事？"

何国典勉强地笑笑，没有说话。

李麻子说："你不用说我也知道，王向东告诉过我，你是从四川灾区来的，他要我好好照顾你。我这个人性子急，脾气又不好，在工作上有对不起的地方，你要多多担待。"

何国典说："没什么，没什么。"

李麻子伸出手，拍了拍他的肩膀说："兄弟，看得出来，你是个实在人，如果你看得起我，有什么问题就对我说，不要憋在心里，那样容易生病。"

说完，他就走了。

何国典想，我是有病，是心病，你是没有办法理解的，李麻子。

33

何国典躺在床上，翻来覆去，薄薄的床板发出吱吱嘎嘎的声音。睡在他上铺的人被他吵醒了，探出头对他说："老兄，求求你了，你就消停点吧，你不困我困，我的精力没有你好，真的！我们都不是闲人，明天还有活要干呢！"

何国典轻声说："对不起！"

他躺在床上不动了。

他不敢睡着，怕睡着就会做噩梦，他的心里强烈地拒绝噩梦的来临，噩梦却总纠缠着他，不知何时是个尽头。他没有办法固定一个姿势躺在那里，为了不影响工友睡觉，他轻手轻脚地下了床，穿上衣服，蹑手蹑脚地走出了工棚。头顶的天空黑漆漆的一片，像永远洗不白的锅底，没有星星，也没有月亮，只有厚重的乌云。冬天的寒风呼呼地刮着，何国典感受到了刺骨的冷，牙齿不停地打战。他不知道现在几点了，妻子杜茉莉下班回去没有？何国典往城市的方向眺望，那是个不夜城，城市的夜光照亮了那片天空。也许，在那片光亮天空下面，杜茉莉正顶着寒风骑着自行车在寂寞的街上穿行，满脸的疲惫和无奈。想起这个情景，何国典的心就隐隐作痛。他喃喃地说："茉莉，我对不住你啊！"如果没有杜茉莉，他现在也不可能在这个地方，他也不知道自己会变成一个什么样的人，也许真的成了疯子，被关进疯人院，或者根本就不会有人管他，人不人鬼不鬼地活着。

儿子何小雨死了，何国典不敢面对杜茉莉。她每次离开家的时候都会对他说，一定要保护好儿子，如果儿子有什么问题，不会放过他的。大地震夺去了儿子宝贵的生命，当时他们都痛不欲生，杜茉莉没有过多地责备他，反而用她母性的力量温暖着他。她越是这样，何国典就越觉得自己对不起她，他心里有个结，无法解开。

他从来也没有想过会和杜茉莉来到上海，对外面的世界他有种莫名的恐惧，就是带儿子到成都治耳疾的时候，看着城市里的一切，心里十分惶惑，走在街上提心吊胆的，而他儿子何小雨却用纯真的目光看着新奇的世界。他知道儿子心里想的是什么，在儿子的耳疾治好后，他对儿子说："小雨，你一定要好好读书，考上大学，到成都来读书，以后就在大城市生活。"何小雨说："我要考到上海去。"何国典问他："为什么？"他说："妈妈在那里。"小雨反问他："爸爸，你要不要去上海？"何国典摇了摇头说："爸爸哪里也不去，和你奶奶待在黄连村，等着你们回来过年，你要记住，以后真的考去上海读大学了，每年过年都要和你妈妈一起回来，我在家里杀好猪，等着你们！"小雨笑了："好的，爸爸真好。爸爸，我想问一个问题。"何国典说："你说吧。"小雨说："你为什么不和我们一起去上海呀？"何国典的脸上掠过一丝阴郁："爸爸要在家伺候你奶奶，你想，我们要都走了，奶奶怎么办？"小雨不假思索地说："我们也可以把奶奶一起带到上海去的，奶奶还对我说过，她活了一辈子，连成都也没

救　赎　245

去过。"何国典没有话说了。外面的世界再好，他心里也只有黄连村，不仅仅是因为这里山清水秀，重要的是他习惯了黄连村的生活，在这里才有安全感。学生时代的远大理想早已被悠闲而又艰苦的乡村生活遗忘，他把所有的希望都寄托在了何小雨身上。

突如其来的灾难带走了何小雨鲜活的生命，也带走了何国典的希望。震后在医院的那段日子，何国典总是沉默寡言，无论杜茉莉怎么开导他，他也没有办法向妻子吐露内心的秘密。他觉得自己是个罪人，何小雨的死，他是罪魁祸首。何国典头上压着一座沉重的大山，灵魂在沉默中挣扎。有些时候，他听着杜茉莉对过去美好生活的回忆，黑暗的心里会突然活动一下，出现一点玫瑰色的光亮，那点玫瑰色的光亮却很快就熄灭了。杜茉莉能救得了他吗？

出院后，何国典和杜茉莉被安置在一处活动板房里住下来。在那期间，"大香港"洗脚店的老板娘宋丽打过几个电话给杜茉莉，问她家里的情况，杜茉莉没有告诉她真相，只是说房子倒了。宋丽说，如果没有什么大事情，就赶快回上海，店里需要她。她在任何时候都不会忘记自己的生意，不会忘记赚钱，杜茉莉是她店里的一棵摇钱树。何国典知道，杜茉莉在那个时候是不会离开他的，她和他这样说："国典，从今以后，我再不会离开你了，哪怕是要饭，我们也要在一起，我很害怕连你也没有了。"当时，何国典呆呆地望着她的脸，什么话也没说。

那是个鸟声清脆鸣叫的清晨，一夜没有合眼的何国典悄悄地离开了还在熟睡的杜茉莉，朝黄连村方向走去。这是个晴天，仿佛是大地震发生那天的清晨，山地是那么宁静。想起那个早晨，何国典心里就会呼喊何小雨的名字。他加快了脚步，朝黄连村赶去。

他知道，以后再不会有黄连村这个村名了，因为黄连村活下来的人太少了，上头把黄连村的幸存者并入了米镇，重新在异地规划建房。这个在何国典心中最安全的地方不存在了。何国典心里还是接受不了这个现实，就像接受不了自己的母亲和儿子已经死去的残酷现实一样。

他站在黄连村的废墟上，阳光如雨，浇淋在他身上。此时的黄连村一片死寂，就连微风吹拂过山脚下的那个堰塞湖湖面的声音，也无比的清晰。仿佛有许多魂魄在阳光中飘飞，阴森森地诉说着什么。何国典仿佛看见了那些飘飞的无辜的魂魄，他在寻找着，哪一个是老娘的，哪一个是小雨的……何国典伸出双手，在空气中乱抓乱舞，他什么也抓不住，那些魂魄无比光滑，从他的指缝中溜走。他的眼中变幻着不同的色泽，突然，何国典双膝跪在了地上，抱着自己的头，痛苦地号叫，没有人听到他绝望的号叫。

何国典变了一个人，他的眼睛涨得血红，目光朝埋葬死者的那片山坡上掠去，他听见很多人在说："我们还没有死，快来救我们——"他想说："好，好，你们等着呀，我马上过来救你们，马上就来——"可是，他喉咙里像是堵着一团棉花，什么话也说不出来，只是沙哑地"啊""啊"号叫着。

何国典站了起来，双腿一软又跪了下去。

那些呼喊声越来越微弱，何国典的心里就越来越焦虑。他不顾一切地朝那片山坡爬了过去。每爬出一米都是那么的艰难，他的手掌和膝盖疼痛刺骨。他已经顾不了那么多了，他只是想把他们救出来，让他们像他一样活在阳光下，否则，他的内心一生也无法安宁。他的膝盖和手掌在攀爬的过程中，被废墟中锋利的碎片划得血肉模糊。

他完全重新陷入了灾难之中。此时，他耳畔响起了山崩地裂的轰鸣，大地在不停地剧烈晃动，连天空中的那个毒日头也在剧烈晃动，似乎要掉落下来，焚烧大地，让大地变成一片灰烬。

何国典爬到了那片山坡上，身后留下了一条血迹。

那些似乎一模一样隆起的坟包，没有任何区别，没有墓碑，他根本就不知道那个坟包里埋着谁。他只是感觉到,每一个坟包上面都伸出一只伤痕累累的干枯的手,在召唤着什么。此时,天地间好像又恢复了宁静,那些绝望的喊叫声和那些魂魄一起飘走。何国典坐在一个坟包前,大口地喘着粗气,目光焦灼而又悲伤,嗓子眼儿在冒火。"难道你们都死了?真的死了?你们怎么不喊了?我答应过你们,一定要把你们救出来的,你们不能死呀!不能就这样走了!"他心里这样想着。突然,他疯狂地把双手插进坟包上的泥土里,使劲地挖了起来。坟包夯得很结实,就是用铁锹挖也会十分费劲,他用血肉的双手怎么能够把坟包刨开呢?何国典处于一种疯狂的状态,他不顾一切地用双手刨着坟包。他的十个手指都挖破了,鲜血涌出来,和泥土粘在一起。挖着挖着,十指的指甲也相继脱落。他似乎感觉不到疼痛,也许是因为心灵上的疼痛无以复加,肉体就会麻木,没有疼痛感。何国典嘴巴里喃喃地说:"小雨,我来救你了,你一定要挺住,你不会死,不会死的!娘,你也要挺住,你也不会死的,我不会让你们离开我的……"他的话语就像梦呓一般,让人毛骨悚然。不知过了多久,匆匆赶来的杜茉莉来到他的面前,看着他疯狂地用血肉模糊的双手挖着坟包,听着他梦呓般的话语,她不敢相信这一切会发生在何国典的身上。

杜茉莉的眼睛红了,热辣辣的泪水情不自禁地奔涌而出。

她扑倒在地,死死地抱着何国典,凄声说:"国典,你这是干什么呀!国典,你怎这么傻呀!你挖坟有什么用呀,国典!人死了不会复生了,你怎么就不能让他们安宁啊,你挖出他们,他们就可以复活了吗!你傻呀,国典!这些日子里,我和你说过的那些话,你都忘记了吗?我还以为你听进去了的,我还以为你会慢慢地好起来。你怎么就这样固执呢?国典!"

何国典突然目露凶光,咆哮着把她推开,继续疯狂地用双手挖着坟包。

杜茉莉看着被他刨出的泥土上沾满了暗红的血，心里刀扎般疼痛。说心里话，杜茉莉根本就不想在这个时候回到黄连村，只要她想到黄连村，内心就充满了风暴般的悲恸，就不想活了，何况是回来？她醒来后发现他不见了，四处找都找不到他，她就知道他回黄连村来了，只好硬着头皮赶过来。如果她不赶过来，不知道何国典会怎么样。杜茉莉的眼睛里突然冒出了火，她又朝疯狂的失去了理智的何国典扑了过去。

杜茉莉一把抓住何国典的衣领，把他拽到了自己的面前，他们的脸相隔不到一尺。杜茉莉眼睛里的泪光犹如迸射的火星，她朝何国典大声喊叫："何国典，你这个孬种，老娘受够你了！你他妈的不是男人！你痛苦，难道老娘就不痛苦吗？你不想活了，老娘陪你一起去死！要死也痛快点，不要这样折磨自己！你说，怎么死，是吃药还是上吊？你说啊！你说啊！"

何国典呆了，浑身颤抖，他张开嘴巴，想说什么，却什么也没有说出来。

杜茉莉扬起另外一只手，在他苍白而又满是泥土的脸上掴了一巴掌："你说啊！说啊！"

何国典的泪水流淌下来，在他的脸上冲出了两条小河。

杜茉莉的手左右开弓，不停地在他的脸上抽打起来，她边打边疯狂地喊叫："你说啊！说啊！哭有什么用，哭有什么用！我不想看到你的眼泪，不想看到！你说啊！怎么个死法，告诉我，我和你一起去！不就是个死吗，有什么大不了的！老娘也活够了，活够了！"

何国典的嘴角流出了鲜血。

杜茉莉停了手，目不转睛地凝视着他嘴角流出来的黏稠的血，脸上的表情凝固了。何国典突然抱住了杜茉莉，紧紧地抱着，好像一个溺水的人抱住了一根救命的木头。他被杜茉莉打清醒了。他在杜茉莉的耳边轻轻地说："茉莉，我不想死，不想。"杜茉莉也抱着他，哭喊着说："你傻啊，你真的好傻，你知道吗？你还有我呀，你怎么就不能为我想想呢？想那些死去的人有什么用，有什么用！"

何国典浑身抽搐着。

杜茉莉停止了哭喊，她焦虑地说："国典，你怎么了？"

何国典颤声说："茉莉，我冷。"

杜茉莉伸手抚摸着他的后脑勺，轻轻地说："国典，不怕，我永远陪着你，再苦再难，我都会和你在一起。"

何国典紧紧地抱着杜茉莉，此时，他就是一个迷途的孩子，寻求温暖和安全感的孩子，需要一个有力的人带他走出黑暗的丛林，回到正常的生活。杜茉莉很清晰地作出了一个判断，何国典不能再待在这个地方了，最起码在他的心理没有恢复正常之前，不能再待了。这个地方会让他一次次疯狂，如果还是让他继续待在这里，后果不堪设想。她必须带他离开，远远地离开这个伤心地，也许要经过很长很长时间才能让他心灵的伤口愈合，那不要紧，她有足够的耐心，一年，两年，三年……或者一生！反正，她不能让何国典再这样下去了，也许离开了这个地方，他会慢慢地好起来。那么，带他到哪里去呢？杜茉莉的脑海里闪现出一个地方，那就是上海，除了上海，她想不出第二个可以去的地方。

34

何国典望着远处被城市的夜光染得通红的天空，对妻子的思念和牵挂渐渐地占据了他的心灵，同时，也有种怪异的情绪在折磨着他，多少次，在他清醒的时候，想把心里埋藏的那些秘密向杜茉莉和盘托出，也许他说出了那些秘密，他就能卸下了心理上的重负，他就真正可以面对以后的生活。但是他害怕说出了那些事情，杜茉莉也许会离开他，一生也不会原谅他。何国典长长地叹了一口气。

一阵狂风刮过来,在工地上扬起了浓尘,何国典的眼睛也睁不开了,他背过身来,准备回工棚里去。风越刮越猛,工地上飞沙走石。何国典瑟瑟发抖,牙关打战,他还没有来到工棚门口,就听到工地的另一边传来了声音,好像有人在干什么事情。何国典朝声音传出的方向望了一眼,那个地方黑乎乎的,他什么也看不清。他心里突然升起了一丁点可怜的好奇心,地震以来,他以为自己的好奇心已经死了。何国典就蹑手蹑脚地朝声音传出的方向走去。那个地方是工地的仓库,他在朦朦胧胧中发现有好些人从仓库里搬东西出来,搬的好像是一袋袋的水泥和一根根钢筋。晚上工地都停工了,怎么会有人从仓库里搬出这些东西来?那些人是谁?他不清楚,他只知道工人们现在都在工棚里睡觉,只有他睡不着跑出来了。难道他们是贼?不可能呀,仓库里有看管的人,那是开发商派来的人。这个工地里的所有建筑材料都是开发商提供的,王向东只包工不包料。

何国典想,如果是贼,他该怎么办?

他的思想经过短暂而激烈的斗争,恐惧占了上风,多一事不如少一事,他决定悄悄地回工棚里去,装着什么也没有看见。

何国典转过身,蹑手蹑脚地往回走,他的心"扑咚扑咚"地狂跳,不禁加快了脚步。何国典没料到脚下被什么东西绊了一下,摔倒在地上,发出的声音马上就被那些搬东西的人听见了。

有人说了声:"不好!"

紧接着,就有两个人朝他扑了过来,何国典来不及从地上爬起,就被那快速扑过来的人抓住了。那两个人的力气很大,何国典怎么挣扎也没有用。其中一个按着他的人低沉地对他说:"你是谁?你看到什么了?"

何国典凄惶地说:"我是这里的工人,我什么也没有看见,你们放了我吧!"

那人又说:"你真的什么也没有看见?"

何国典说:"我真的什么也没看见,求求你们,放了我吧!"

另外一个人说:"他一定看见了,不然他为什么要跑?我看还是给王哥打个电话吧,问问他怎么处理。"

"好吧,你快打吧,我按着他呢,他跑不了!"

那人就躲到一边去打电话了。

何国典的头被压在地上,半边脸紧紧地贴在沙土上,他的脑海闪现出那可怕的一幕:他的身体被压在废墟里,半边脸贴在泥地上,呼吸困难……巨大的恐惧又一次袭击了何国典的心灵!他喃喃地说:"救救我,救救我——"

按着他的人奇怪地说:"救你?"

不一会儿,打电话的人回来了,他低声说:"王哥说了,放他走,谅他也不敢说出去的!"

那人就放开了他,对着还趴在地上的何国典说:"你就当作什么也没有看见吧,如果你敢乱说什么,小心我们把你头卸了!"

何国典听着他们的脚步声渐渐离去,他还在喃喃地说:"救救我,救救我——"此时,他仿佛又回到了地震发生后被埋在老屋的废墟里……不知过了多久,何国典才挣扎着从地上爬起来,茫茫然四处张望,黑暗的工地在他眼里就是震后的废墟。他在心理上没有力量对现实进行有效的抵抗,他又一次被击垮了,几天来玩命树立起来的信心顷刻间土崩瓦解。他像个醉汉,摇摇晃晃地朝工地的入口处走去。工地入口处的简易大门敞开着,门口不远处还停着一辆大卡车,看门的人不知是睡着了,还是怎么了,平常到了晚上,大门就会紧锁起来的。何国典走出工地的大门,突然听到身后传来脚步声,他浑身战栗,迟疑了一下,就朝公路上狂奔而去。

身后仿佛有人在大叫:"抓住他,抓住他,不要让他跑了——"

第七章

35

　　杜茉莉把那个大相框挂在了污迹斑驳的墙上，然后站在那里，仔细地端详着相框里的大幅照片。照片十分清晰，上面的儿子和丈夫以及自己的表情都很好，尤其是何小雨，晶亮的眼睛流露出幸福和快乐，遗憾的是，照片里没有婆婆。她记得给婆婆照过不少照片的，当然也有全家福，可是她没有带出来，那些珍贵的照片就永远留在废墟里了。

　　杜茉莉凝视着照片里的何小雨，轻轻地说："小雨，妈妈每天都看着你，你不会孤单的，总有一天，我们会在另外一个地方相见的，等着妈妈。"

　　这时，传来了轻轻的敲门声。

　　杜茉莉的目光从照片上收了回来，转向了房门的方向，她想，不会是隔壁的那个黑脸男人吧？这几天，她碰到过他几次，他总是用不怀好意的眼光在她身上寻找什么。杜茉莉离开"大香港"洗脚店后的这几天，除了去吴老太太那里，就是待在住处，她时刻提防这个男人。

　　杜茉莉赶快走进厨房，操起那把菜刀，走到了门边。她心里还是十分紧张，不安地问："谁——"

　　"是我呀，珍珍，快开门！我们以为你不在家，正想走呢。茉莉姐，快开门吧，外面冷死了。"李珍珍在门外说。

听到李珍珍的说话声，杜茉莉心上的那块石头落了地，这才打开了房门。李珍珍看到她手中提着的菜刀，有点吃惊："茉莉姐，你干什么呀？提着菜刀迎接我们？"

李珍珍的身后还站着一个人。杜茉莉看清楚了，那人是老板娘宋丽，她的手上还提着一袋水果。宋丽也看到了她手上的菜刀，脸上的肥肉抖了抖，往后退了两步。

杜茉莉没想到李珍珍会来，她来并不奇怪，奇怪的是宋丽怎么也来了。看见宋丽，杜茉莉脸上掠过一丝不快，很快地，她就换上了笑脸："你们快进屋吧，别站在外面了。"

她们进来后，杜茉莉反手关上了门，举起手中的菜刀，笑了笑说："我还以为来的是一只狼呢！"

李珍珍笑着说："茉莉姐，你说什么狼呀？快说来听听。"

杜茉莉说："珍珍，你别那么好奇好不好，哪来的什么狼呀，逗你玩的！"

李珍珍说："看来你的心情不错嘛，好，这样就好！我还担心你呢！看你的手机老是关机，给你打了那么多电话都打不通，我急坏了！这不，我们上门来看你来了。你没事，我就放心了。"

杜茉莉把菜刀放回了厨房，走出来说："我现在是无业游民，不关手机怎么办，难道你给我交手机费？我能有什么事，好死不如赖活嘛！"

她们在说话的时候，宋丽站在那里，脸一阵红一阵白，一脸难为情的样子。李珍珍突然觉得冷落了宋丽，就从她手中接过那袋水果，递给杜茉莉说："茉莉姐，这是老板娘给你的，你收下吧，老板娘今天是来请你回去上班的。"

杜茉莉瞥了一眼宋丽说："我不敢收，我受用不起，还是带回去吧。"

李珍珍顺手把那袋水果放在了桌子上,说:"茉莉姐,老板娘是诚心请你回去上班的,你就跟我们回去吧。"

她给老板娘使了个眼色。

老板娘一改往日里的飞扬跋扈,满脸堆笑地说:"茉莉姐,我是真心诚意的。真的对不起,让你受了那么大的委屈,都是我的错,我不应该那样对待你的。茉莉姐,我在这里给你赔罪了。"

尽管宋丽的话十分诚恳,还破天荒地叫了她"茉莉姐",杜茉莉心里还有气,没有用正眼看她,只是让李珍珍坐。

宋丽站在那里十分尴尬,不知如何是好,她可从来没有对自己手下的员工如此低三下四过。要不是杜茉莉的人气高,很多客人听说她离开了"大香港"洗脚店都不来了,要不是李珍珍告诉她关于杜茉莉家里发生的事情……宋丽死也不会来的。客人是她的上帝,如果客人都跑光了,她的洗脚店怎么开下去?她又怎么能赚钱?眼看着花花绿绿的钞票一张张飞走,她坐立不安啊!而且,李珍珍也串通了其他几个员工,准备跳槽。她能不急吗!杜茉莉从四川回来,宋丽问过她家里的情况。杜茉莉轻描淡写地对她说,没有什么大问题,只是房子没有了。当时宋丽就信以为真了,没想到杜茉莉家里出了那么大的事情,李珍珍昨天晚上和她吵架,情急之中把杜茉莉的事情说出来后,宋丽就动了恻隐之心。今天李珍珍一上班,宋丽就找她谈了自己的想法,让李珍珍陪她到杜茉莉的住处,把杜茉莉请回来。李珍珍想,老板娘能这样也不容易,况且,自己也希望杜茉莉能回来。李珍珍来之前,交代过宋丽,在杜茉莉面前一定不要提她家里的事情,装作什么也不知道。

李珍珍没有坐,笑着拉住了杜茉莉的手说:"茉莉姐,你不要为难老板娘了,她都向你认错了,不要得理不饶人了。茉莉姐,你就听妹妹一句话,回去吧!我们在一起多好呀!"

宋丽也说:"茉莉姐,你就原谅我这一回吧,以后我们好好相处，我做人也不好，以后真是要好好改改我这个臭脾气了。茉莉姐，你就跟我们回去吧，你要是还觉得我没有诚意，我答应给你们的提成再提高一点，怎么样？"

杜茉莉的脸色缓和了些，她说："钱多钱少我们也不是很计较，你不能用那样的话伤人的，我们也是人，再卑微也是有尊严的，你应该学会尊重我们的人格。"

宋丽说："茉莉姐，你说的没错，我记在心上了。"

李珍珍笑着说："茉莉姐，你看老板娘话都说到这个份上了，你就答应了吧。"

杜茉莉叹了一口气说："那我就回去吧！不过话说回来，如果再像上次那样，我还是会走的。"

宋丽笑了："谢谢你，茉莉姐，你真是帮了我大忙了。"

杜茉莉说："老板娘，你以后不要叫我'茉莉姐'了，我听了心里怪不习惯的，你还是叫我'23号'吧，这样我会舒服些。还有，我不是在帮你的忙，我是在帮我自己的忙。"

宋丽连声说："好，好，我还是叫你'23号'，茉莉姐！"

李珍珍笑得弯下了腰。

杜茉莉拍打了她一下："别笑了，你们坐一会儿吧，我收拾一下，就和你们走。"

李珍珍说："快点呀，说不定店里来了很多客人了。"

宋丽说："不急，不急，你好好收拾吧，我们等着你。客人来了也不要紧，就让他们等一回吧。"

杜茉莉想，老板娘要一直这样多好。她还是有点担心，说不准过不了多久，老板娘就会故态复萌，唉，管不了那么多了，今天还不知道明天的事情呢，未来会怎么样，只有天知道。

杜茉莉走进卫生间后，李珍珍对宋丽说："老板娘，你坐吧。"宋丽坐了下来，目光在房间里巡视，她突然想，如果让自己住在这种条件很差的地方，她能不能受得了？她的目光落在了墙上的那个大相框上，觉得照片中的何小雨阴森森地注视着她，她浑身颤抖了一下。

36

何国典从枯黄的芦苇丛中里爬出来，灰头土脸。他在这里躲了一个晚上，冻得浑身像坨冰，在最寒冷的时候，他也没有合眼，否则可能就被冻死了。他站在旷野中，阳光有些暖意，他的身体还是瑟瑟发抖。这是什么地方？他一无所知。这里离工地有多远，他也不知道。这是一片荒凉之地，有一条小河沟，河沟里有清冽的水，河沟两旁是一丛一丛的芦苇地，远处是农田和村庄，更远的地方才是城市，他不知道那是不是上海。昨天夜里，他走出工地的大门后就一直狂奔，从公路上跑进田野，然后又跑到这片野地里，后面追赶他的不是人，而是灾难，灾难在黑夜里追赶着他，他本来以为自己无处可逃，结果是那片芦苇丛救了他的命。

现在，他要到哪里去？

回工地去是不可能的了。

回四川家乡去，那几乎就是不可能完成的任务，他身无分文，那天他和杜茉莉到工地前，她给了他一百块钱，是给他留着急用的，可现在他搜遍了全身的每个口袋，连钞票的一点碎片都找不到了。这让他想起来，有个晚上，他从噩梦中醒来后，发现自己的床边站着一个工友，何国典问他干什么，他慌张地走了。何国典记得那一百块钱放在上衣的口袋里了，现在怎么就没有了呢。也许是在夜里疯狂奔跑时随风飘走了，也许是掉在芦苇丛中了，他钻进去，找了许久也没有找到那张一百元的钞票。他就是找到了，也回不了四川家乡，一百元连半张火车票都买不到。

回上海市区找杜茉莉？何国典觉得自己没有脸面再见她了，杜茉莉为了他，费尽了苦心，本以为给他找了一份工作，生活会重新阳光，他也以为自己能够通过工作，重新恢复生活的勇气，哪知道没干几天，就发生了这样的事情。如果昨天晚上他不走出工棚，也许什么事情也不会发生，命运之路没有那么多也许，就像那场突如其来的灾难。可他真的不希望自己再给妻子添任何负担了，看着她为之心碎的模样，何国典就像掉进了黑暗的深渊。何国典该往哪里去？此时，他觉得自己犹如一条无家可归的野狗。

他茫然地沿着小河沟旁边的小路，朝村庄那边走去，草叶间的露水打湿了他沾满泥土的鞋和裤管。在行走的过程中，何国典感觉到了饥渴，肚子里仿佛有一百只蛤蟆，不停地叫着，嗓子眼儿里冒着火，满嘴都是糨糊般的黏液。这种情景，在地震发生后，他被埋在老屋的废墟里时出现过，那时的他只是想着如何逃生，想着如何去救自己的亲人。现在，他的目光投向了水沟，那清冽的水勾起了他生理上的某种欲望。他走到了水沟边上，用双手捧起了冰冷的水，不顾一切地往嘴巴里送。清水顺着他的喉管进入他的体内，他感觉到五脏六腑就像干涸的土地被甘霖滋润，舒坦通透，有种久违的幸福感油然而生。当他重新走在小路上时，那种幸福感又随风飘散了，一种不确定的悲凉情绪在他脑海弥漫开来。

他究竟该往何处去？

没有人给他指明方向。

他在黑暗的世界里摸索着，如此的黑暗不知有没有尽头。

何国典拖着沉重的步履，饥寒交迫地来到了村庄的边缘，受过伤的那个膝盖刺骨地疼，像有毒蛇噬咬着他脆弱的心脏。这是一个美丽的村庄，通过那一栋栋的新楼房就可以看出这个村庄的富足。他和杜茉莉也曾经拥有一幢新楼房，就在春天的时候，他刚觉得离富足的日子越来越近，新楼房有了，债还掉，就会有存款，儿子也会渐渐长大，他们夫妻俩只要努力赚钱，就能让儿子无忧无虑地读中学，读大学，甚至可以供他出国留学……到时，杜茉莉就会回到黄连村，和他一起过幸福的日子，再也不会分离。他可以和杜茉莉一起对着青山绿水，高声唱歌，他知道，杜茉莉是多么喜欢歌唱。他们的歌声会越过一道道山梁，飘到很远很远的地方，在大城市里读大学的儿子也能够听到，儿子会对他的同学自豪地说："那是我父母亲唱的歌，多么的动听呀！"如今，那成了他再也无法实现的幻想。

何国典步履蹒跚地走进了村庄。

食物的香味在村庄里自由飘散。

此时，他只想填饱肚子，脑海里浮现出各种各样的食物，可谁只要给他一碗稀粥，他都会认为那是山珍海味，长时间以来，他第一次觉得如此饥饿，第一次觉得活着就应该填饱肚子，饥饿让他暂时忘记悲伤和苦痛。他来到了一栋楼前，这家人的门紧闭，村里每家人的门都紧闭着。他想去敲那扇铁门，但他伸出的手突然缩了回来。

他听到里面传来了说话的声音，是一男一女说话的声音。

男的说："这两床被子都还是新的，应该不会有问题。"

女的说："支书说了，灾区的人需要温暖，一定要捐献全新的被子，这两床被子虽然看上去还是新的，可还是用过的呀，我看还是把刚买的那两床新被子捐了吧。"

男的说："看不出来的，保证看不出来的，这两床被子也是刚买不久的呀，新买的还是留着自己盖，把这两床被子捐出去就可以了。"

女的说："看得出来的，支书那个人的眼睛毒，哪怕是盖过一天的被子，他都能看出来，就是看不出来，他一闻就闻出来了，你不知道他是属狗的，他的鼻子比狗鼻子还灵敏。你这个人也真是的，平常还装得挺大方的,一到关键时候,你那小心眼儿就露出来了。"

男的说:"你说清楚,谁小心眼儿呀!"

女的说:"你小心眼儿呀,你自己没有感觉呀?要不要我说给你听?"

男的说:"你说呀,你给我说明白点。"

女的说:"你和我结婚前,用假钻戒蒙我,是事实吧?有一回,你出去旅游,答应给我带个玉镯回来,结果带了个玻璃镯子回来蒙我,是事实吧?我都不想说你什么了。给灾区人捐钱捐物,是积德呀,积德的事情你也可以这样,你说你是不是小心眼儿,说你小心眼儿都是在表扬你了,我都不想说出更难听的话来了!你不想想,如果我们家遭灾了,会怎么样?"

男的说:"好了好了,别啰唆了,把新买的那两床被子拿去捐了吧!"

不一会儿,门开了。一个穿着体面的少妇提着两床包装得很好的新丝绵被子走了出来。她一眼就看到了站在门外蓬头垢面的何国典,她惊叫了一声:"啊——"听到她的惊叫,一个油头粉面的年轻男人走了出来,问道:"你又怎么了?"他的话音刚落,目光就落在了何国典的脸上。他突然气不打一处来,对何国典吼叫道:"哪来的叫花子,看你不缺胳膊也不缺腿的,出来要什么饭呀!我们不会给好吃懒做的人饭吃的,你赶快滚蛋吧!"少妇也用鄙夷的目光看着他说:"就是,这种人就不应该搭理!"

何国典的颅顶冲上一股热血,野狼般号叫了一声,扭头狂奔而去。

他在旷野狂奔,喊叫着:"我不能再这样活下去了,不能再这样活下去了!我是从废墟里爬出来的人,那么艰难的时刻我都挺过来了,我怎么能如此消沉地活着!"

何国典血红的眼中燃烧着愤怒和屈辱之火。

某种被灾难埋没的东西在他黑暗冰冷的心灵里慢慢地苏醒。他凄厉的号叫声传得很远，很远……

37

杜茉莉的右眼皮不停地跳。在地震前，她的右眼皮也这样跳过。那时，杜茉莉并不在意，没有想那么多。可她和宋丽、李珍珍她们来上班后，右眼皮就一直跳。俗话说："左眼跳财，右眼跳灾。"难道又有什么事情要发生？杜茉莉想，都已经发生那么多惨痛的事情了，还能怎么样！今天，她的心情还是不错的，如此顺利地回到"大香港"洗脚店，是她没有想到的，而且老板娘亲自到她住处，向她道歉，还用小车接她去上班，她说要骑车去的，老板娘说就坐一回车吧，下班了也会把她送回来的，这真是太阳从西边出来了。杜茉莉实在想象不出来自己会发生什么事情，倒是何国典令她担心。她想给他打个电话，问问他的情况，可是何国典没有手机，他从来没有用过手机。杜茉莉记得当时老陈给她留过包工头王向东的手机的，却不晓得把写着手机号码的那张纸条放哪里去了，她忘记存在手机上了。杜茉莉打电话给老陈，想问他工地的电话，可老陈的电话也没有办法打通，这个人又像是失踪了。

工作的间隙，杜茉莉坐在休息室的折叠椅上拿着手机，又给老陈拨电话，还是怎么也拨不通，不是他不接电话，而是停机了。难道老陈换了手机了？如果他换号了，应该会告诉她的。

李珍珍下钟后走进休息室，发现杜茉莉愁眉苦脸的模样，关切地说："茉莉姐，你又怎么了？脸色这么难看。"杜茉莉说："一个下午，我的右眼皮都在跳，心里特别不安，好像发生了什么不好的事情。"李珍珍笑了笑说："茉莉姐，我想你的心态还没有完全调整过来，所以总是会因为一点自然的现象就会联想到很多问题。真的，茉莉姐,你不要想太多,你认为有问题的时候,其实什么事情也没有发生,也不会发生。"杜茉莉幽幽地说:"你说的话也许有道理,可我相信我的感觉。国典这些天也不打个电话给我,我真担心他会发生什么问题,他还没有完全恢复过来,心理上有很多疙瘩没有解开,生活和工作都会有很大的障碍,我不在他身边,他会很困难的。"李珍珍叹了口气说:"茉莉姐,我不知道怎么说你好。真的,你的心地太善良了,你总是为他考虑,可什么时候考虑一下你自己?你这样活得太痛苦了,精神负担太重了。"杜茉莉说:"这和善良没有什么关系,你想想,他是我丈夫,他的心理创伤比我严重得多,我不考虑他,谁还能考虑他呢?他要是出了什么问题,我怎么办?他现在是我唯一的亲人,我考虑他,也是在考虑我自己,他好了,我才能好,他要是不好,我同样也不好。换作是你,你能放下他不管吗?我做不到,你也做不到,我相信很多人都做不到,除非是真正铁石心肠的人。"

38

下午还是阳光灿烂的天空,到了傍晚,就乌云密布了。

寒风飕飕,何国典徒步进入上海市区时,他已经精疲力竭了。对他来说,这是一次长征,他艰难地走过了一条漫长的道路。何国典实在走不动了,也不知道要到哪里去,他看到街旁的绿地上有供行人休息的长椅,就走过去,瘫倒在长椅上。许多路人向他投来莫测的目光,他们脸上的表情各异。作为一个活着的人,他和他们仿佛一点关系也没有。在这个城市里,只有杜茉莉和他有关系,她此时在干什么?如果杜茉莉现在朝他走过来,发现他如此狼狈不堪,她会怎么样?何国典不敢往深处想,他也不敢去找她。膝盖钻心地疼,他伸出手摸了摸,膝盖已经肿起来了。何国典明白,自己的膝伤复发了，至于有多严重，他搞不清楚，也不想去搞清楚，只要还能走路，就无所谓了。肉体的疼痛已经对他起不到任何作用，心理上的伤痛才是他的致命伤。

　　何国典躺在长椅上，双手捂住脸。他不想看到路人各异的表情，也不想让路人看到自己脏污而惨淡的脸。寒冷的风横扫过来，何国典像梧桐树上残存的枯叶般瑟瑟发抖。饥饿和寒风一样，侵犯着他瘦弱的身体。他脑海里突然出现了一个念头：自己会不会在这个夜晚饥寒交迫而死？死对何国典而言并不可怕，可就这样死在上海，多么的不甘心呀，还不如当初就不要从废墟里爬出来！他黑暗的心灵里划过了一道闪电！何国典耳旁响起了一声炸雷般的吼声："窝囊废，你站起来！站起来看着这个世界！看看有谁像你这样消沉，这样萎靡不振！天下有多少人在灾难中失去了亲人，又有几个像你一样不敢正视现实？你醒醒吧，何国典，想想你的妻子，想想她的痛苦，想想你作为丈夫的责任，想想未来的生活，你应该怎么办？"

　　何国典猛地从长椅上蹦起来。

　　他站在城市的夜色之中，辉煌的灯火照亮了他苍白的脸。

　　依然有行色匆匆的人从他的面前走过，人们的身上散发出不同的气息，刺激着何国典的心，那都是活人才有的气息。又一阵寒风吹来，何国典浑身又不停地战栗。寒风无情地吹走了他心中刚刚树立起来的一丁点儿活下去的信心，他的头耷拉下来，仿佛要接受死神的审判！他刚刚出现的一丁点儿光亮的心灵又被黑暗冰冷的潮水淹没。

　　他的内心在挣扎。

　　其实，他的内心一直在挣扎，只不过，总是被恐惧懦弱和无望占据了上风，挣扎的结果总是让他陷入更深的深渊。何国典早就认识到这样下去会毁了他，可是，很多时候，他根本就没有办法自拔，面对这个世界，他是多么的无能为力！何国典可怜兮兮地站在那里，他突然转过身，抬起了头，这时，他才发现，在这片面积不大的绿地后面是一座教堂，教堂一片沉寂，所有的门窗都黑乎乎的，没有任何的光亮透出，只有教堂尖顶上的那个十字架，沐浴在夜光之中，神秘而又庄严。

有一股奇妙的暖流从他的身体淌过，何国典痴痴地仰望着教堂顶尖的十字架。他不知道此时有多少人如此仰望那神圣之物，有多少心怀悲苦的人从教堂门外经过时，漠视那庄严的十字架。没有信仰的人是多么的卑微，卑微到随时都可以放弃生命的尊严而无法获救。

何国典竟然移动了脚步，朝黑乎乎的教堂走过去。

教堂外面的绿地上空空荡荡的，也许在夏天的时候，草地上会有许多人。何国典感觉到一种召唤，那是谁在召唤，是谁把光洒在他黑暗的心灵之上？他不知道，他的大脑混沌一片。他只是暂时忘记了寒冷和饥饿，忘记了恐惧、悲伤和肉体的疼痛。

仿佛有一只无形而又温暖的手，牵引着何国典，使他站在了教堂的大门前。大门紧闭，何国典看不到教堂里面的情景，也不知道里面有没有人，会不会打开大门，将他引领进去。

何国典呆呆地站在教堂的门口，焦灼的目光中透出一种渴望，渴望获救，渴望心灵的安宁。他伸出干瘦而又肮脏的手，敲了敲教堂厚实的木门，发出沉重的声响。

没有人从里面打开这扇门。

何国典又敲了几次，还是没有人从里面打开这扇门。

他不知道里面究竟有没有人。

就在这时，何国典听到一个苍老的声音说："你怎么敲也没有用的，这个教堂早就没有人住了，它只是这个城市的一个见证，这个城市的一个历史遗迹。你如果要找神父洗礼或者告解，到别的教堂里去吧。"

何国典的目光朝声音传来的方向寻找过去，他看到大门旁边的地上一个老人靠在大理石砌成的墙脚上，一条肮脏破旧的被子裹住了他的下半身，他的上身裹着一件破烂的露出棉絮的棉衣。老人的脸脏极了，借着夜光，也看不清楚他的表情，只是那双眼睛透出一股神奇的亮光。老人头发蓬乱，他不时地伸出手，在头发中抓挠，在里面捉出一个虱子，放在嘴巴里，"嘎嘣"咬一下，然后"扑"的一声吐出什么。那动作十分沉着和熟练。

何国典被他吸引了。

他站在了老头的跟前。

老头又说："你一定会问我，我是什么人。也许你已经猜到了，我是个无家可归的老头儿。没错，我的确无家可归，可哪里不是家呢？这个世界的任何一个角落都是我的家，包括我现在坐着的地方。你也许会问，我一个孤老头子，靠什么为生？我实话告诉你，我靠要饭为生，有时也在垃圾桶里捡些人们扔掉的食物来吃。这个世界里，太多的人不会珍惜，他们暴殄天物，把上天赐予的食物扔掉。我食用着那些被浪费的食物，同样感觉到那是上天的赐予，我感恩着，平静地接受着，因为它滋养了我宝贵的生命，让我健康地活在人世，享受着阳光和寒冷，享受着欢乐和悲伤。如果哪天我要死了，我就会躺在任何一个地方，平静地闭上眼睛，我会告诉自己，死亡并不可怕，我在人世间走了一遭，问心无愧，我会坦然地接受死亡的邀请，就像我坦然地面对生……你说，我是一个什么样的人？"

何国典心里说："你不是一个人。"

因为他从来没有见过如此超脱的人，老人看上去，是那么的糟糕，也许很多人会向他投来同情或者鄙夷的目光，可他是如此的高贵，他的精神已经超越了许多行尸走肉。就像此时的何国典，在老人面前，他就是一具行尸走肉。他的脸顿时发烫起来，在老人面前，他觉得脸红。

何国典说："你真的是这么想的？"

老人哈哈一笑，笑声爽朗极了。他说："我知道你不会相信我的话，因为很少有人能够像我一样活着。在世人的眼里，像我这样的人是无用的人，只有过上浮华的生活，才有价值。可是，他们为了过上那种生活，用尽了各种卑鄙的手段，挣扎的内心永远不得安宁，总是害怕失去，永无休止地争斗，让他们给自己戴上了沉重的一生无法摆脱的枷锁。人活着最大的幸福，就是遵从命运的安排，无论贫穷还是富足，无论灾祸还是平安，你都自然地活着，而不会屈从于任何压力，内心永远平静地面对一切。你说，我说的有没有道理？"

何国典点了点头。

他黑暗的心灵开始透出光亮。

老人又笑了笑："可以感觉得到，你是个经历过大悲大苦的人，你需要寻找一种心灵的救赎。可怜的人哪，你应该去找你的爱人，把你心中的一切痛苦和困惑都向她倾诉，你要坚强地去做你应该做的事情……那才是你真正的信仰。你会得救。"

何国典吃惊地睁大了眼睛，老人说完最后一句话，就在他的眼前消失了。这个老人真的在他眼前出现过？何国典心怀疑虑。刚才出现的那个老人和他说的一切难道是一种幻象？这简直不可思议。何国典揉了揉眼睛，再往那个地方望去，的确没有老人的踪影。何国典倒抽了一口凉气，那老人是个谜。他怀着复杂的心情离开了教堂的大门，走出一段路，他回过头，惊讶地发现那老头就站在教堂的门口，微笑地和他打着古怪的手势，老人的脸上蒙着一层白光。何国典也朝他笑笑，老人突然又不见了，教堂的大门黑乎乎的一片。他抬头看了看教堂顶上的庄严神秘的十字架，灵魂战栗。

何国典站在一个电话亭前，想给杜茉莉拨个电话，告诉她，他想见她，可是自己在这个城市里迷失了方向，根本就找不到她。何国典摸了摸口袋,什么也没有,他浑身上下连一分钱也没有。夜色渐浓,他该往哪里去?何国典拦住一个路人,低声问道:"请问,漕西支路怎么走?"

那人茫然地摇了摇头,匆忙而去。

何国典又拦住了一个路人:"请问,漕西支路怎么走?"

那人朝他笑了笑:"对不起,我也是外地人,不知道你说的地方在哪里,你最好去问本地人,或者去问警察,他们应该知道的。"

何国典无奈地看到这个人离开,消失在人流之中。在一张张过往的陌生的脸孔中,他怎么才能区别出外地人和本地人来?上海这么大,就是连本地人也有可能不知道漕西支路的,那是一条很小的路,有很多破旧的老公房,住着社会最底层的人。

何国典对警察还是心存畏惧,仿佛自己就是个十恶不赦的罪人,害怕被警察认出来,被捉去枪毙。何国典强忍着饥寒交迫的折磨,对自己说:"何国典,你是一个希望获救的人,你只有找到妻子,别无选择,她是你在这个世界上唯一的救星,你必须找到她。你不是罪犯,你是一个善良的人!"

他鼓起勇气,朝正在十字路口指挥着交通的警察走了过去。

那警察见他不顾一切地走过来,赶紧打着手势对他喊叫:"不要过来,站在那里别动——"

何国典听见了警察的话,惊慌地站在马路的中间,一动不动,许多汽车从他身旁呼啸而过。警察一边让他不要乱动,一边朝他走过来。他来到了何国典身边,拉住了他的手,另外一只手朝那些呼啸而来的车辆打着手势,他保护着何国典走回了路边。

警察有些恼怒地说:"你没有看见现在是红灯吗?!"

何国典木讷地说:"警察同志,我只是想找你问路,我迷路了。"

警察审视着他的脸:"你迷路了?"

何国典点了点头。

警察的口气缓和了些："你要到哪里去？"

何国典说："漕西支路。"

警察想了想说："漕西支路离这里很远，这个地方好像没有直达那里的公交车。这样吧，你到前面那个公交车的站点，乘22路车，到了终点换乘13路公交车，在中江路站下来，你再问问，那里离漕西支路就很近了，走十几分钟左右可以到达。"

警察说完，就朝十字路口的中间走去。

何国典说了声："谢谢！"

他说话的声音很轻，不知那个警察听到没有，反正他没有回过头来看何国典。

何国典朝前面的公交车站点走去。走到那里，才明白过来，自己身无分文，根本就没有办法坐公交车。他突然想出了一个主意，沿着22路公交车的路线一直走下去，就能够找到13路的公交车，然后再沿着13路公交车的路线，就一定能够找到中江路，找到了中江路，他就可以找到漕西支路了。他觉得自己的想法是十分明智的，心中有些窃喜。这无疑又是一次长征，只不过比在荒凉的旷野奔走要好多了，毕竟他可以看清脚下平坦的路，毕竟可以看到那么多人，不会显得那么孤独。何国典走了一会儿，问题马上又出现了。饥肠辘辘和膝盖的刺痛使得他举步维艰，他站在寒风中，大口地喘着粗气。他的目光落在了一个垃圾桶上面。

何国典想起了幻象中那个老头的话，冰冷的心收缩了一下。

他咬了咬牙，朝垃圾桶走了过去。何国典伸出手，揭开了垃圾桶的盖子，一股恶臭扑面而来。何国典没有在意那股恶臭，而是俯下身，把双手伸进了垃圾桶里，不停地翻腾着垃圾，希望能够从中找到一点被人扔掉的食物。命运就是如此残酷地捉弄人，他翻遍了那个垃圾桶，连一点面包渣子都没有找到。何国典哀叹了一声，心里说："茉莉，你在哪里？"

此时，他多么希望杜茉莉出现在自己面前，把他带走。这同样是他的幻想。无论如何，他还是往好的方向幻想了，而不是想到死亡或者绝望。何国典正要离开，有一只手朝他伸了过来，那是一只戴着手套的粗大手掌，上面放着一个冒着热气的烤红薯。一个浑厚的男中音对他说："兄弟，拿着吧！"

何国典抬起头，看了他一眼，这是个高大壮实的中年男子，他的脸上呈现出诚挚的笑容。何国典本能地摇了摇头。

那人说："拿着吧，兄弟，谁都有难的时候，看得出来，你是饿极了，否则你不会去翻那个垃圾桶。拿着，这是我自己烤的，不信你看看，那个烤炉就是我的，我是卖烤红薯的。"

何国典顺着那人手指指的方向望去，在一个街角，的确放着一个烤炉，上面还摆着不少烤好的红薯。何国典小心翼翼地接过他手中的红薯，迟疑地看了他一眼。

那人诚恳地笑着说："兄弟，快趁热吃吧，不够的话，那边还有。你不用难为情，就算我赊给你吃的，以后你有钱了，碰到我还给我就可以了。"

何国典的眼睛湿了。

他把红薯塞进嘴里，狠狠地咬了一口，紧接着，他就狼吞虎咽起来，眼泪情不自禁地淌下。

那人说："看来你真是饿急了，唉！想当初，我也有过这样的日子，人啊，活着真难！兄弟，你慢点吃，别噎着。我再去拿点过来，今晚，我干脆就让你吃个饱！"

39

张先生在这个深夜到来，杜茉莉觉得奇怪，他从来都是下午来做脚的，从来没有在晚上来过。杜茉莉感觉到他有阵子没来了，看上去，他瘦了许多，眼睛也深陷进去了。杜茉莉不清楚他发生了什么事情，她也不会去问他，只是觉得人世沧桑。

　　杜茉莉给一个客人做完脚，准备早点回去的，她还向老板娘请了一天假，明天去郊区的那个建筑工地看看何国典，如果他没有事情，她就放心了。老板娘宋丽答应了她，并且要开车把她送回家。她们正要走，满脸严肃的张先生就推门进来了。张先生看到杜茉莉，有点意外，他笑了笑说："23号，我真没有想到今天晚上能够碰到你，看来我们是有缘分。"

　　杜茉莉从他的笑容里看出了疲惫和某种无奈，她也笑了笑说："是呀，我正准备走呢，你来得真巧。"

　　张先生说："前几天来过一次，你不在，我就走了。晚上来，是碰碰运气，看你在不在，如果在，我就做个脚，如果不在，我就走了，也许就再也不会来了。"

　　杜茉莉觉得他话里有话，听上去十分伤感。

　　杜茉莉没有再问他什么，也不想知道他为什么这样说话，每个人都有自己的隐私。进入包房，杜茉莉就打开了电视，她知道张先生做脚的时候有看电视睡觉的习惯。没想到张先生却把电视关了，叹了口气说："今晚不看电视了，我只想好好地享受你给我做脚，也想和你说说心里话。"

　　张先生仿佛变了一个人，以前他不是这样的，他对杜茉莉不会如此客气，像个知心朋友，像有满腹的话要对她说。杜茉莉清楚，以前的张先生只是欣赏她的手艺和对客人负责任的认真态度，从某种意义上而言，张先生还是有点看不起她，也就是说看不起她这个职业的人，她们在他眼里是下等人。有时杜茉莉给他按摩完后，张先生就会伸手捏一下她的屁股，不怀好意地轻声说："23号，你的身材真好！"杜茉莉只能逃走。时间长了，杜茉莉也就没有太多的想法了，能躲就躲，躲不过就让他占点小便宜，只要他不是太过分，她也就忍了。在这个世界上，需要忍耐和宽容，否则真的没有办法活下去。

张先生今天的话特别多，而且带着某种生离死别的情绪。

"能够在今天晚上见到你，我心里真的很欣慰，"张先生半躺在沙发上，有气无力地说，"我真的是抱着试试看的心理来的，没料到你真的在。上次我来找你做脚，老板娘说你辞职不干了，我还真不相信你会这样离开。"

杜茉莉说："我还能走到哪里去，到哪里还不是赚口饭吃。"

杜茉莉不会把自己心中的悲伤向他吐露。

张先生凝视着她的脸，突然说了句杜茉莉听不懂的话："如果我再也不来找你按摩了，你会不会想我？很久以后你会不会记得还有我这样一个人？"

杜茉莉实在忍不住了，不解地问："张先生，你今天怎么了？看上去特别的反常。"

张先生苦笑着说："23号，你不问我，我也会告诉你的。我现在是快被推进火葬场的人了。"

火葬场这个词特别刺耳，杜茉莉浑身起了鸡皮疙瘩。她注视着张先生，心底涌起一股寒气，右眼的眼皮又跳起来。杜茉莉微笑着说："张先生，你好好的，怎么说这样的话呢？"

张先生叹口气说："好不了了！要是好好的，我也不会在这个时候来找你，你知道我不习惯在晚上做按摩的，我就是要来，我老婆也不让来，好像晚上来做按摩就是干那见不得人的勾当。现在我出来，她不管我了，就是我去干那见不得人的勾当，她也不会管我了，她不想让我不高兴，反正我时日无多了。"

杜茉莉的心一直悬着，张先生到底是怎么了？

张先生从杜茉莉的眼中看出了她的疑惑，他沮丧地说："我也不卖关子了，还是快些告诉你吧，我得了癌症。医生说到了晚期了，我想是没救了，这些天，发作起来，就痛得我不想活了。我怎么就

救 赎 271

会得这样的病呢？我没有做过什么伤天害理的事情啊！"

他说着，眼中就淌出了泪水。

杜茉莉不敢相信他说的话是真的，就像当初不敢相信儿子死了一样。她面对着这个流着泪伤心绝望的男人，一下子不知道说什么好。噩运降临到某个人身上时，他能够想到的人一定是他信任的人，杜茉莉弄不明白他为什么会对自己如此的信任。

过了好大一会儿，杜茉莉才说："张先生，我想你会没事的，你看你的脸色还是很不错的，尽管瘦了些，可看上去那么健康，不像是有病的人，以前我也见过得癌症的人，脸色是死灰死灰的。你不一样的，真的不一样的。"

张先生听了杜茉莉的话，擦了擦眼泪，精神陡然一震："你说的是真的？"

杜茉莉明明知道自己说的是安慰张先生的假话，可她还是点了点头说："真的！张先生，你看上去真的不错。"

张先生说："我自己照镜子发现脸色很难看的，怎么在你眼里不一样呢？"

杜茉莉笑了笑说："那是你的错觉吧。"

张先生喃喃地说："我老婆也这样说，可是我不相信她的话，现在你也这样说了，我有点相信了。我真的会没事吗？"

杜茉莉说："你应该住院治疗，就是有点小毛病，也很快就会好的。任何时候都不要往绝路上想，那样没事也想出问题来了。哪怕就是有什么问题，也要开朗地面对，心情好了，病就好了一半，其实很多人是被自己吓死的，而不是病死的。"

张先生坐起来，伸出一只手，轻轻地放在杜茉莉的膝盖上。杜茉莉没有像往常一样把他的手推开，这次，她任凭他的手那样放着，张先生的手像他的脚底一样冰凉冰凉的，以前不是这样的。杜茉莉心里十分同情眼前的这个男人，她真担心他会死去，再也不会来找她按摩了，算起来，她认识张先生已经快三年了，时间长了，人总会产生感情的，无论是什么样的感情。

张先生的眼睛里透出希望的亮光："你说我的病能够治好的？我治好病后还是可以继续来找你做脚的？"

杜茉莉认真地点了点头："一定的！"

张先生笑了："那样就太好了，那我还可以来找你做脚了。你可知道，我这一辈子最大的爱好就是做足底按摩，而且就是喜欢你给我做。只要我坐在这里，我的心就会变得安宁，这个世界发生什么事情都和我没有关系。长时间以来，我的股票一路下跌，我跳黄浦江的心都有了，但是只要坐在这里，我就不管那么多了，在你给我做脚的这两个小时里，我什么也不想，神仙般享受着。四川地震那段时间，你不在上海，我觉得很没意思，还担心你不会回来了！你给我做习惯了，别人给我做，我都觉得不舒服，我心理上对你有了一种依赖感。我心里一直在为你祈祷，希望你以及你的家人平安，那样你就可以早日回来了。我得知自己得了癌症后，我很绝望，今天晚上，我其实是来和你告别的，很感谢你这三年来带给我的快乐，我想如果有来生，我还是要找你给我做脚。"

杜茉莉的眼睛湿了，没想到平常话不多的张先生会向她说出如此推心置腹的话来，她心里十分感动。她真诚地对张先生说："张先生，你会好的，一定会好的！我会在这里等你来做脚，好好地给你做。"

张先生说："我明天就要住院做手术了，还是害怕——"

杜茉莉微笑着鼓励他："张先生，不要怕！你就把它当成一个小手术，就像割掉阑尾一样的小手术，你很快就会好的，很快就会来找我做脚的。相信自己，也相信医生！"

杜茉莉说这些话的时候，脑海里突然浮现出何国典苍白的脸，他也是个需要她安慰的男人，此时，他是否在安睡，或者噩梦缠身？

第八章

40

漕西支路上空无一人，也没有汽车驰过。只有凛冽的风呼啸着，把一些落叶卷起，摧残一番后被扔在某个角落。何国典仿佛听见了落叶沉重的喘息和哀鸣，他感觉自己和那些落叶一样，在这个凄凉的夜里无家可归。要不是那个好心人给他烤地瓜，让他填饱了肚子，也许他已经暴尸街头了。

他拖着疼痛的伤腿来到漕西支路时，心灵中的那点亮光在燃烧，拼命地撕裂着密不透风的黑暗。他走进了那个破败的小区。那个黑脸壮汉迎面而来，借着昏暗的灯火，他看到黑脸壮汉的神色严峻。他们擦身而过时，黑脸壮汉恶狠狠地盯了他一眼。何国典知道，黑脸壮汉总是昼伏夜出，他究竟是干什么的？何国典没有心思考虑他的问题，也许也是为了谋生吧，这个世界里，谁又活得容易？何国典摸黑上了楼，来到了住处的门前，楼道里没有灯，一片漆黑。他敲了敲门，里面一点动静也没有。现在是几点了，他一无所知。他又敲了敲门，里面还是没有动静。杜茉莉是不是睡得太实了，没有听见他的敲门声？或者……他又敲了敲门，还是没有人给他开门。杜茉莉一定还没有回来，何国典在黑暗中叹了口气，便靠着门瘫坐在地上。

41

　　杜茉莉坐在张先生的车上,有些紧张。张先生做完脚后,执意要送她回家,杜茉莉觉得意外。本来老板娘宋丽说好要送她回去的,杜茉莉就对他说:"张先生,谢谢你的好意,你还是回家早点休息吧,明天还要去住院呢,太晚回去不好,你爱人会担心的。老板娘会送我回去的,你放心吧。"张先生固执地说:"还是让我送你吧,无论怎么说,我都十分感激你,你给了我活下去的希望。"宋丽在一旁笑着说:"你就不要推托了,就让张先生送你一回吧。"杜茉莉不好再拒绝了,她怕伤了他的心,就坐上了他的车。

　　一路上,杜茉莉很少说话,心里忐忑不安,焦虑地惦念着何国典。张先生也没有说太多的话,除了问她路该怎么走,其他时间只是沉默地开着车。车开进寂静的漕西支路,在那个破旧的小区门口停了下来。

　　杜茉莉朝他笑了笑:"谢谢你,张先生,你赶紧回家吧,你这样让我心里很过意不去。"

　　张先生也笑了笑:"你不要客气,能够送你回家,也是我的福分,你是个好女人。对了,那么久以来,我都没有问你的真实姓名,冒昧地问一句,你能够告诉我吗?"

　　杜茉莉笑着说:"当然可以,我叫杜茉莉,木土杜,茉莉花的茉莉。"

　　张先生感叹道:"真好听的名字,和你的人一样美。好了,我该走了,希望真的能够再见!"

　　杜茉莉说:"张先生,你吉人自有天相,一定不会有问题的。好好治病,我等着你来,你一定很快就会来的。你下次来,我请客,给你好好做,不收你的钱!"

救　赎

张先生说:"那我走了,你也要多保重!"说完,他用不舍的目光看了她一眼,就开车走了。

杜茉莉目送他的车远去,当车子消失在街道拐角时,她的眼睛一热,泪水滚落下来。她心里说:"张先生,你一定会活下来的,希望下次见到你的时候,你是个红光满面的健康人!张先生,你一定要挺住,死神不会带走你的,噩运也打不垮你的!"她心里说的这些话,好像也是对自己的丈夫何国典说的,也像是给自己鼓气。

人在任何时候都不应该绝望!无论这个世界埋伏着多少凶险,我们都应该勇敢地走下去。杜茉莉这样对自己说,心里对何国典的担心却越来越深重,他会不会出什么大事?

杜茉莉的心情变得沉重起来,离开了洗脚店,离开了可怜的张先生,她又将陷入一个人的孤独。上楼时,杜茉莉从包里掏出一把小手电,在手电光的指引下,她不会看不清脚下的楼梯。

手电光照在了何国典蜷曲的身体上,杜茉莉忍不住一声惊叫:"啊——"

她看不清何国典双手抱着的头,心想:这是谁?他为什么要躺在她家门口呼呼大睡?这个想法很快就被另外的一个又惊又喜的念头代替了:他是国典,没错,他就是国典!他怎么会在这个时候回来?

杜茉莉蹲下来,用手摇着丈夫的身体:"国典,你醒醒,醒醒!"

何国典突然坐起来,喊叫道:"不要抓我,不要抓我——"

杜茉莉看着惊惶失措,满脸脏污,身上散发出一股臭味的丈夫,疑惑地问:"国典,你到底怎么了?"

何国典看不清她的脸,伸出手朝她抓了一下:"你是谁?"

杜茉莉把手电光照在了自己的脸上:"国典,是我,你的老婆茉莉啊!"

"茉莉,茉莉,你真的是茉莉——"何国典冰冷的手摸在了她的脸上,她的脸也一片冰凉。

杜茉莉说:"我真的是茉莉!快起来,我们进屋,进屋再说。"

她扶起了何国典,然后打开房门。他们相互搀扶着进了屋,杜茉莉按下了电灯的开关,房间里顿时明亮起来。何国典的目光落在了墙上的大相框上,儿子何小雨明亮的大眼睛注视着他,他的身体瑟瑟发抖,眼中呈现出惊恐的神色。杜茉莉对他说:"国典,你不要怕,那是我们的儿子小雨呀,他没有死!"

"什么,什么?你说小雨没有死?"何国典喃喃地说。

杜茉莉认真地对他说:"是的,小雨没有死,他只是先去了一个地方,他在那个地方等着我们,我们迟早会和他相见的,所以,我们要好好活着,等待我们相见的那一天!"

何国典的脸扭曲着,突然大声喊叫道:"杜茉莉,你胡说!小雨分明死了的,你为什么要说他还活着,你疯了,杜茉莉!你为什么要这样骗我?小雨真的是死了的啊!"

杜茉莉呆呆地看着何国典。

他是清醒的,是的,他的头脑是清醒的,他知道儿子已经死了。他开始真实地面对自己了,这是好事啊!杜茉莉呆立了一会儿后说:"国典,小雨是死了,可他在我们心里永远活着,总有一天,我们会在另外一条道路上相逢。"

何国典听清楚了杜茉莉的话,他稍稍平静了些,点了点头说:"小雨是死了,可他永远在我们心里活着!"

杜茉莉看他如此落魄的样子,好像是从垃圾堆里爬出来的,百思不得其解,她边给他脱着肮脏的衣服,边轻声问道:"国典,你这是怎么了?不在工地上好好待着,怎么把自己弄成这个样子,还跑回来了?"

何国典喃喃地说:"茉莉,我不想再离开你了。"

杜茉莉想,他一定发生了什么事情,人能够安全回来,已经是

救 赎 277

万幸的了,她的右眼皮好像也不跳了。她说:"国典,我们不会分开,我说过,我们死也要死在一起。我只是想知道,你到底发生了什么事情。"

何国典沉默。

杜茉莉扶着一瘸一拐的他,走进了卫生间。杜茉莉边打开热水器,边说:"国典,你究竟发生了什么事情,告诉我好不好?我是你老婆,是你最亲近的人,你有什么事情不能和我说的呢?你看你,自从地震后,你和我说过什么心里话?你把一切都闷在心里,多难受呀!那些东西埋在心里,是有毒的,你为什么就不能把它说出来呢?也许你说出来了,积压在你心里的毒就排出来了,你就放松了。"

何国典还是沉默。

莲蓬头喷出了热水,杜茉莉试了试水温,就往何国典的头上浇下去。何国典闭上了眼睛,站在那里一动不动,任凭杜茉莉不厌其烦地给他清洗脏污的头脸和身体。何国典的身体在清洗中渐渐地舒坦起来,头脑也渐渐地清醒了,在这个世界上,还有谁会像妻子一样对待他?何国典心里充满了感激之情。大灾之后,何国典经历了人间冷暖,也只有妻子始终对他不离不弃,而他给予妻子的又是什么?那是和灾难一样深重的负担。他没有给妻子安全感,也没有给妻子安慰,更没有给妻子爱……相反地,他总是让妻子担惊受怕,让她的精神备受折磨,从某种意义上而言,妻子比他更无助,更需要关怀……她却默默地承受着一切,何国典有愧于她啊!

杜茉莉蹲下身子给何国典洗腿时,发现他那受过伤的膝盖肿得像发面馒头,惊叫道:"国典,你的伤又复发了呀,都怪我不好,让你去建筑工地干活,一定是重活让你的伤复发了!我真无能,怎么就不能给你找个轻松一点的工作呢!唉,你这个人也是的,膝伤复发了,应该打个电话给我,让我去接你回来的呀!你怎么就自己跑回来了，这受多大的苦，遭多大的罪啊！"

何国典突然开口了："茉莉，都是我不好，连累了你！"

杜茉莉说："别说傻话了，什么连累不连累的！一定很痛吧！"

何国典咬着牙说："不痛！"

杜茉莉拿了一条毛巾，擦着他的头发和身体，边擦边说："不要死鸭子嘴硬了，还不痛！你以为你是铁打的。"

何国典说："现在真的不痛了。茉莉，我——"

杜茉莉给他擦干身体，扶着他走出了卫生间，让他躺在床上，给他盖上了被子："国典，你先躺着，我去洗洗就来，有什么话，一会儿我们再说，好吗？"

何国典说："好。"

杜茉莉很快洗完澡，她找了一块膏药，贴在了何国典受伤的膝盖上，她说："你浑身瘦得没二两肉，如果全身都像这个膝盖一样肿，你就不是一只瘦猴了。对了，明天我带你去医院检查一下吧，落下病根就不好了。我活着还可以照顾你，我要死了，谁管你呀！"

何国典说："应该不会有什么大问题。"

杜茉莉钻进了被窝，被窝里冷冰冰的。她的身体往何国典身边靠了靠，她多么想让丈夫紧紧地抱着自己，何国典没有这样做，他只是说："茉莉，我再不去工地了。"

杜茉莉说："不去了，我不会再让你去了。我应该考虑到，那里的活重，对你受过伤的膝盖不好的。你是个实在人，什么脏活重活都会抢着干。不受伤才怪呢。唉，都怪我考虑不周全，害苦了你。"

何国典伸出手，握住了杜茉莉温暖的手："茉莉，不怪你，真的不怪你，我回来和你没有关系，也和重活脏活没有关系。"

杜茉莉说："那是因为什么？"

何国典就把碰到有人偷建筑材料的事情和妻子原原本本地说了一遍。杜茉莉侧过身，抱住了他干瘦的身体："可怜的人啊，什么事情都被你碰上了。别害怕了,他们要是敢找上门来,我就和他们拼了!别怕,国典!以后有什么事情就对我说,说出来,你心里会好受些的。你的痛苦让我们一起承受,不要自己硬扛!"

何国典感觉到了温暖,他心里有很多话想要对妻子说,可又无从说起,而且有些话,又不知道该不该对她说,特别是那些隐藏在他心中的秘密,他不知道说出来后会不会伤到她,如果不说出来,他又会不安和疯狂。

杜茉莉好像看出了他的心思,说:"国典,你也累了,睡吧。什么话明天再说,明天我不去上班了,好好陪你一天。"

明天会怎么样?

何国典不知道。

42

有阳光的冬日,气温回升了几度。

杜茉莉取了些钱,带何国典到第六人民医院去看膝盖。这个医院是上海最好的骨科医院,杜茉莉还挂了专家门诊,这样会更好些,她希望何国典的膝伤再也不要复发。给何国典看病的是个老医生,看过片子后,他对何国典说,手术做得还是不错的,骨头长得也很好,就是有点风湿,要注意保养。老医生开了些内服外敷的药给他后,就打发他们走了。

取了药,杜茉莉扶着何国典走出医院的大门。何国典长长地呼出了一口气。杜茉莉笑笑:"不要叹气了,你不会变成瘸子的,话说回来,你就是变成瘸子,我也会给你买一副上好的拐杖的,实在不行,我做你的拐杖也成。"何国典也笑了笑。

杜茉莉看上去心情不错,何国典却还是心事重重。

杜茉莉轻声说:"国典,我带你去看一个人,怎么样?"

何国典有点紧张:"什么人?"

杜茉莉笑笑:"你不要那么紧张好不好,放松点,你成天如临大敌,多累呀!国典,你真的要学会放松,你想想,从前你是个多么放松的人,做什么事情都慢悠悠的,一点也不着急的样子,我真希望你像从前那样。那时的你是个胸有成竹、遇事不慌的男人。"

何国典很不自然地咧嘴笑了笑。

杜茉莉说:"走吧!"

她要带何国典去见吴老太太。杜茉莉在此之前,对何国典说过吴老太太,也许他没有记住。杜茉莉是有目的的,她想让丈夫从吴老太太身上感受到活着的力量。如果没有吴老太太,她自己也不知道如何面对现在和未来的生活,特别是在何国典不正常的时候,何国典无论是悲恸还是疯狂,不可能不影响她的情绪,她同样也会陷入绝望的黑暗深渊,像个溺水的人,无法呼吸。快乐和悲伤或者其他所有的情绪,都像传染病,从最亲近的人开始传染,然后传染给接触过你的人。杜茉莉一直在抵抗着何国典不同情绪对自己的侵蚀,长时间以来,她的心就像被一张粗糙的砂纸打磨着,磨出了血,磨得生疼,她忍受着,她想某一天,痛苦的心被磨得光滑了,就不会痛了。

吴老太太家的保姆薛大姐打开门,看见手捧着一束百合花的杜茉莉和局促不安的何国典,就朝里面笑着说:"老人家,你猜得真对,果然是茉莉。"

吴老太太爽朗地说:"呵呵,我是谁呀!你就是不和我打赌,我还想赌你半个月的工资呢,那样的话,我就可以用你半个月的工资买不少好吃的东西了。我不啰唆了,快让茉莉进来吧。"

杜茉莉走进去,笑着说:"老人家,我今天还带了个人来,欢迎吗?"

吴老太太说:"我猜猜看,呵呵,是你丈夫小何吧?"

杜茉莉说:"老人家,你是神仙啊!是他——"

吴老太太的好奇心强烈:"快,快领过来让我瞧瞧,我一直想看看小何是什么样的男人呢。"

何国典还站在门口,像个腼腆的孩子。薛大姐笑容满面地对他说:"何先生,进来吧——"

杜茉莉回头看了他一眼:"国典,快进来呀,还傻站在那里干什么。"

何国典看了看杜茉莉的脚,她已经把鞋脱在外面,换上了拖鞋。他又看了看自己的脚,迟疑着,不知该不该脱。他有点脚臭,脱了的话怕被别人闻到后厌烦,不脱的话,就这样走进去,怕踩脏了人家比自己的脸还干净的地板。薛大姐看出了他的心思,说:"何先生,你进来吧,不用脱鞋了,没有关系的。"

何国典这才走了进去,心里还是忐忑不安。

杜茉莉拉着他走进了吴老太太的房间。

吴老太太的房间里弥漫着百合花的芳香。她一看到杜茉莉就高兴地说:"闺女,你又给我买花了呀,你看看,你上次给我买的百合还在那里呢。你真会讨我这个老太婆的欢心,呵呵。不过,下次来可千万不要买了。"

杜茉莉走到花瓶旁边说:"是该换花了。"

吴老太太说:"闺女,让小薛去换吧,你过来,陪我说说话。"

薛大姐走过去,接过杜茉莉手中的花,抱着花瓶出去了。杜茉莉端了一个椅子放在床边,对何国典说:"国典,坐吧。"何国典的眼神不安而慌乱,不敢正眼看吴老太太。吴老太太想,他的自卑感还很严重的,于是笑着说:"小何,坐吧,到我家里就像是到自己家里一样,不要有什么顾虑的,我把茉莉当成我的亲闺女呢,那你就是我女婿,女婿到丈母娘家里,还有什么不好意思的。呵呵,我闺女的眼光不错呀,一看你就是实在人,不要有什么自卑感,走到哪里,你都是个堂堂正正的人!"

　　吴老太太的一席话,使何国典的内心平静了些,他坐了下来。何国典记起来了,在很多不眠之夜,杜茉莉对他讲过这个老人,他不相信会有这样的老人,面对那么大的灾祸能够坦然面对,他还以为是杜茉莉编出这么一个人来安慰自己的。现在他见到了吴老太太,第一感觉就是老人家身上有一种自己身上缺少的豁达和对待人生的积极态度。

　　吴老太太拉过杜茉莉的手,这里捏捏那里捏捏,亲密无间的样子。杜茉莉的脸像一朵重新开放的花朵,何国典的心一阵颤抖,他不明白为什么妻子面对这个老太太时,会如此的放松和快乐,仿佛那些悲恸的事情从来没有发生过。

　　吴老太太问杜茉莉:"闺女,小何最喜欢吃什么呀?"

　　杜茉莉瞟了他一眼说:"他呀,最喜欢吃的就是回锅肉。"

　　吴老太太说:"还有别的吗?"

　　杜茉莉想了想说:"还有麻婆豆腐。"

　　吴老太太又问:"还有别的吗?"

　　杜茉莉又想了想:"好像没有什么特别喜欢的了。"

　　吴老太太乐了:"就这些东西呀,好说好说,不过,今天中午你要自己下厨哟,小薛她做不来这些菜的。我也正好尝尝你做的菜,你不是说你烧得一手拿手川菜吗?"

　　杜茉莉有点害羞:"我做的都是家常菜,不一定合您老人家的胃口。"

　　吴老太太说:"不管,只要是你烧的菜,我都是要好好品尝的。"

　　接着,吴老太太就吩咐薛大姐去买菜了。

　　薛大姐走后,吴老太太就说:"闺女呀,今天的阳光不错,你们推我下楼走走吧!我也想出去散散心,这样美好的阳光可不能浪费了哟!"

杜茉莉痛快地说:"没有问题,我也有这个意思呢!"

吴老太太摸了摸杜茉莉俊俏的脸:"还是我闺女了解我,和我一条心。"

她们亲昵的样子感染着何国典,他心中的那块冰开始融化。如此温馨的情景,他许久没有看到过了,他都好像忘记了还有如此美好的亲情,在他眼里,吴老太太真的变成了杜茉莉的亲娘。

吴老太太坐在轮椅上,杜茉莉给她的下身盖了一条毯子。夫妻俩推着吴老太太走在小区的路上,阳光照耀着他们,也照耀着他们的心灵。小区的景致优美,有各种各样的树木,有假山,也有水池,水中还有清晰可见的游鱼,他们仿佛置身于江南园林之中。

杜茉莉和吴老太太有说有笑的,何国典的脸上也挂着笑意,她们的话语染濡着他,他的情绪也渐渐地爽朗起来,尽管还有阴霾笼罩在他黑暗的心底。阳光在他的脸上镀上了一层金色,吴老太太回过头来对他说:"小何,看得出来,你还是心事重重,想开点,凡事都要往好的地方想,我的情况想必你也知道,刚开始时,我不敢出门的,躲在房间里,灯也不开,希望自己在黑暗中死掉。我怕光,怕见到人,怕听到响动,因为这一切都会勾起我对他们的回忆,会让我痛苦不堪。我厌世,觉得活着很没意思,一切都是灰暗的,恐惧时时刻刻袭击着破碎的心……那样下去肯定是不行的。于是我试探着出来,看看天空,看看绿树,看看花儿,感受阳光的温暖,感受人们亲切的目光,感受自己的呼吸……我重新获得了力量,生活的力量。小何,我理解你的心情,你和我当初的情绪是一样的,你知道吗?你最起码还有茉莉,茉莉是一个多好的女人,你有她这样的妻子是你的福气,你并没有失去一切,你还有完好的身体,如果你像我变成了个残废人,你又会怎么样?上天给你留下的东西还很多,你没有权利放弃,小何,你应该珍惜,好好地活下去!哪怕是什么也没有了,只要还剩下一口气,你也要好好地活下去!"

何国典的心在颤抖。

43

他突然想起了那个黑夜,那是刚刚来上海不久的那个黑夜。他从噩梦中醒来,汗水湿透了他的内衣内裤。他惊惶地在黑暗中睁大眼睛,活着有什么意思?他不想活在噩梦之中,他的生活除了噩梦还有什么?可如果自己死了,杜茉莉怎么办?把她一个人扔在人间?不,不!他的脑海里产生了一个可怕的念头:把她也一起带走,让她和自己一起死!茉莉要是死了,他也就不会有任何牵挂了,他不会再担心她的痛苦和她的未来,他们一家就可以在阴间团聚了,就再也不会有噩梦缠绕,再不会担惊受怕了……何国典变得疯狂,被自己的这个恶毒念头感动,他认为这是最好的解脱方法。他轻手轻脚地爬下了床,摸索着走进了卫生间,卫生间里没有他需要的东西,他又摸进了厨房,他的手在颤抖……不,这样太残忍……他打了自己一巴掌,走出厨房,重新回到了房间里,他听到杜茉莉轻微的鼾声,那是活着的人才有的鼾声,人要是死了,就什么也没有了!何国典仿佛听到了死神的召唤,那是诱人的召唤,他的心里充满了喜悦,他们很快就要从这个悲伤的尘世解脱了,另外一个世界里应该没有痛苦,没有灾难……可他的心里突然出现了另外一个声音:"何国典,你这个杀人犯,你害死了自己的儿子,害死了李幺妹,你现在要杀自己的妻子,你是个狼心狗肺的人!你下得了手吗?你自己想死,为什么要拉上她呢?"何国典浑身哆嗦,口干舌燥,心底的喊声一遍一遍地变得强烈。何国典挣扎着,杜茉莉突然说:"国典,你不能再这样下去了,你要挺直了腰杆活呀,你是个男人!"杜茉莉说完这句话后又恢复了平静,何国典额头上冒出了豆大的汗珠。他受不了了,抱头痛哭起来。杜茉莉根本就不知道他内心的想法,被他的痛哭惊醒后，安慰着他："国典，是不是又做噩梦了？我知道你心里痛苦，你哭吧，痛快地哭！把你心中的痛苦都哭出来，哭完了就好了，痛到了最后，也许痛苦就消失了——"

……

杜茉莉挽着何国典的手走在柳州公园的小径上，很久以前，他们经常这样走在黄连村的小溪边，憧憬着未来美好的生活。在吴老太太家吃完午饭后，杜茉莉就带何国典来到了柳州公园，好不容易有个休息日，况且何国典的心情看上去也不错，她就决定带他来这里，彻底放松一下。何国典没有把那个黑夜里想自我了断的事情告诉她，却想说出那些从来没有说过的事情。杜茉莉明白他的意思后，鼓励他说："国典，你想说什么就说吧，我听着，你说什么我都好好听着，你不要有任何顾虑。"她此时的神态就像午饭时那样，何国典内心充满了感动。午饭时，她把她亲手烧的回锅肉夹在他的碗里，微笑地说："国典，多吃点，你不是喜欢吃我烧的回锅肉吗？我以后会经常烧给你吃的，只要你快乐，我什么事情都可以去做。"那时，他心里突然有了一种从未有过的感觉：活着真好，还有妻子的笑脸，还有香喷喷的回锅肉！

何国典心里滚过汹涌的潮水，他不清楚自己有没有勇气把那些事情讲完，在这个阳光灿烂的日子，他被妻子温暖着，他不能不把那些事情说出来。何国典想起那些事情，眼睛里出现了恐惧之色。杜茉莉说："国典，不要怕，说出来就好了，就是天塌下来，我也和你一起顶着。"

何国典点了点头。

沉默了一会儿，何国典开了口："茉莉，如果没有李幺妹，我不知道会怎么样，是她救了我……"

回忆是疼痛的，那些情景就算过去那么久了，还历历在目，遗忘是不可能的，或许一生也无法遗忘，就像他脸上的伤疤一样，永远留在他的身体上。

何国典被埋在废墟之中，身上堆满了瓦砾和坚硬的泥块，还有木头……他觉得自己没有死，右脸被什么东西划出了一条口子，热乎乎的鲜血淌出来。他挣扎着，双手还能动，可是腿却被紧紧地压住了，他怀疑是落下的房梁压住了双腿。何国典想，自己还活着，一定要爬出去！那时，他没有想太多的问题，只是想着要爬出去，想着老娘和儿子的安危！他无论怎么挣扎，就是无法爬动。他的双手不停地扒着前面的杂物，给自己多留一些空间，以免自己被全部埋住，连呼吸都困难，那样就没有救了。他大喊着："娘——"他希望听见老娘的声音，如果老娘没有事情，一定会答应他的，或许还会找人来救他。他喊了不知多久，就是听不到老娘的回应，也听不到别人的声音。他心里十分绝望，但还是这样对自己说："娘，你会没事的，小雨，你也会没事的，我出去后就去救你们！"最初的惊骇过去后，他忘记了身上伤口的疼痛，想的就是要活着出去，因为他心里装的是老娘和儿子！他的双手还是不停地扒着，在频繁的余震的轰响中挣扎。天渐渐地黑了，何国典又被恐惧的潮水淹没，他搞不清楚外面的状况，根本就不知道他赖以生存的这片山地已经支离破碎，完全变了模样。他在黑暗中大声喊叫着，希望有人能听到他的声音，那样就会有人来救他。时间在一分一秒地流逝，他要是出不去，老娘和儿子获救的希望也会越来越小，焦虑和恐惧以及莫名其妙的愤怒折磨着他的心灵。突然，他听到了一个声音："国典，国典——"是李幺妹的喊声，他怎么就没有想到喊她的名字呢？听到李幺妹的声音后，何国典来了精神，他想抓住了一根救命稻草："幺妹，我在这里——"李幺妹哭出了声，过了一会儿，她哭喊道："何国典，你这个没良心的东西，你还活着啊，你心里装的都是你的猪，你还记得我的名字啊——"何国典大声说："幺妹，你去看看我娘，看她怎么样了？"李幺妹哭喊道："村里的房子都垮了，没剩几个活着的人了。你娘也——"何国典吼道："李幺妹，你胡说，我娘不会死的，不会死的！"李幺妹说："都死了，都死了！就你还活着，想想怎么出来吧——"何国典继续吼道："我怎么出来，怎么出来——"李幺妹说："没良心的东西，我来救你，我就是死，也要把你刨出来！"何国典根本就不知道，李幺妹是因为去帮他挖黄连，才躲过了一劫，突如其来的大地震让她目瞪口呆，她死死地抱着一棵树……在她清醒地回到残酷的现实中之后，就疯狂地朝村里扑去。她的公公婆婆还有小儿子，都被埋在了废墟之中。李幺妹确认自己的亲人全部遇难后，才想起何国典。她发现何国典还活着，就不顾一切地对他进行施救。好在何国典是被埋在老屋里，要是埋在钢筋水泥的新楼房里，就是活着，凭她一个人的力量也不可能把何国典救出来。就是这样，李幺妹费尽了九牛二虎之力，才把何国典从废墟里拖出来，那已经是第二天的凌晨了。天上落着大雨，面对李幺妹，何国典来不及说一声谢谢，李幺妹气喘吁吁地说："我们赶快到镇上去吧，不知道他们怎么样了！"何国典知道她说的"他们"就是她的大儿子和自己的儿子何小雨，这也是何国典焦心的问题。于是，他们就朝米镇方向狂奔而去，他们的前面还跑着李幺妹家的那条狗。

说到这里，何国典的眼睛里积满了泪水。

杜茉莉轻轻地对他说："幺妹是你的救命恩人呀，我们都应该记着她！"

他们在公园的长椅上坐了下来，双手紧紧地相握。

何国典悲伤地说："可是幺妹死了，我看着她死，却无能为力！她跑得飞快，我因为膝盖有伤，远远地落在了她的后面，一路上，她总是停下来，回过头来招呼我，让我走快一点。我拼命追赶着她。她又一次停下来，站在山脚下，回过头来招呼我。我记得她当时的样子，浑身湿漉漉的，一绺头发粘在额头上，她的脸色苍白。她喊了我一声，我正要赶上去，突然又一阵山摇地动，我看着山上滚下来许多石头……我来不及喊她，让她快走，石头就把她砸倒了，不一会儿，她的身体就被滚落下来的石头埋起来了，她家那条狗好像要去救她，结果也被石头砸死了……如果她不回头来招呼我，也许她不会死，是我害死了她呀——"

何国典流下了滚烫的热泪。

杜茉莉用纸巾擦着他脸上的泪水说："国典，不是你害死了她，是地震，是地震夺去了她的生命，夺去了那么多人的生命！"

何国典泪眼蒙蒙地望着妻子，无语。

杜茉莉说："我们会记住幺妹的！"

何国典喃喃地说："记住有什么用？"

杜茉莉说："有用的，国典，记住她，你才知道感恩，才知道生命的珍贵！"

何国典还想说什么，纠结了好大一会儿，还是没有把想说的话说出口，他想，如果哪天，坦然地把心中那个一直折磨着他的秘密说出来，也许能够真正地从黑暗的梦魇中解放出来。

第九章

44

杜茉莉刚刚上班,李珍珍把她拉到了一个无人的包房里,笑着说:"茉莉姐,告诉你一件事情,你可不要笑话我呀。"

杜茉莉笑了笑:"什么事情呀?搞得神秘兮兮的,快说吧,说完去打扫卫生,一会儿老板娘又要骂人了。"

李珍珍说:"管她呢,她要骂就骂吧,不过,老板娘最近的确对我们客气多了,好像和她老公又和好了。"

杜茉莉说:"别老八卦别人的事情,快说你自己的事情吧!别吊我的胃口了。"

李珍珍脸上漫上羞涩的红晕:"茉莉姐,我男朋友向我求婚了,今天一大早就打电话给我,让我过年回去就和他结婚。"

杜茉莉惊喜地说:"啊,太好了!你不是说他总不理你吗?怎么一下子就想和你结婚了?"

李珍珍说:"是呀,我也这样问他,他说他早就想这个问题了,就是没有钱。他说前段时间一直在忙着赚钱,现在有点钱了,就可以对我开口了。我说,钱不是最重要的,重要的是你是不是真心爱我的。他说,如果不是真心爱我的,他就不会那么拼命地赚钱,就不会想和我结婚了。他说得十分诚恳,我都被他的甜言蜜语打动了。"

杜茉莉说:"珍珍,你答应他了吗?"

李珍珍点了点头说:"答应了。"

杜茉莉笑了笑:"那么快就答应了,不后悔?"

李珍珍坚定地说:"不后悔!我们谈了两三年恋爱了,想想是该结婚了。我们也老大不小的了,如果不结婚,再过几年,我就变成黄脸婆,没有人要了。况且,我真的喜欢他。他总不打电话来,我心里可着急了,说不理他是假的。茉莉姐,你说,我是不是应该嫁给他?"

杜茉莉说:"婚姻是你们自己的事情,你觉得应该嫁就嫁,别人的意见都不重要。珍珍,你既然决定了,我祝福你!真心地祝福你!"

李珍珍说:"茉莉姐,我要是结婚后,可能就不能再出来了,不能和你在一起工作了,他说了,要我跟他在一起,他去哪里我也去哪里。茉莉姐,见不到你了,我一定会难过的。"

杜茉莉说:"傻妹妹,难过什么呀!想我了就给我电话,和我说说话,就像见到了我一样。每个人都有自己的生活的,我们也不可能永远待在一起的,说不准,就是你不离开这里,我也会离开的,未来怎么样,谁知道呢?珍珍,这些年来,我把你当成我的亲妹妹,你也把我当成亲姐姐,我打心里希望你幸福,只要你过得好,我什么时候都替你高兴。以后要是真想我了,你也可以来看我的呀,你就想着,我们是好姐妹就可以了。"

李珍珍说:"茉莉姐,我真的是舍不得离开你。"

杜茉莉说:"我也不舍得,可总不能因为不舍得就不让你回去结婚吧!好了,珍珍,还没有到走的时候呢,以后的话以后再说吧。对了,我该给你准备一个结婚礼物了,呵,你喜欢什么?告诉我!"

李珍珍说:"我喜欢的东西可多了,可是,我不想让你买什么,你祝福我就足够了!"

杜茉莉说:"这个结婚礼物是少不了的,你推脱不掉。我知道你同情我，我现在的确也困难，很多地方都需要用钱，家里的房子也要重建，不过你放心，只要我们努力，很快就会好起来的。给你买礼物，也不会影响我们什么的。"

李珍珍说："谢谢你，茉莉姐！你真的很坚强，换作我，我早就趴下了！对了，我姐夫怎么样了？"

杜茉莉说："我不是坚强，人到了这个时候，只有承受，就是你换成我，你也会像我一样的。国典他的情绪好多了，这几天每天都出去找工作，今天早上，突然问我要了五百块钱，然后就出去了。我问他拿钱去干什么，他没有告诉我，只是说，他不会让我失望的。我相信他，无论他做什么，我都支持他！谁都可以怀疑他、打击他，我不能！"

45

李珍珍人逢喜事精神爽，给最后一个客人做完脚，和杜茉莉她们告别后，就哼着歌儿走出了"大香港"洗脚店的门。屋外风大，李珍珍缩了缩脖子，觉得很冷，她想，以后结婚了，也许就不用在如此寒冷的凌晨回家了，可以和他一起躺在温暖的被窝里。那是多么幸福的事情呀，想起来那么近又那么遥远，她还是要面对当下，迎着凛冽的寒风，骑自行车回住所。

突然，有个声音在叫唤："珍珍，快过来——"

李珍珍抬头看了看，不远处的街边站着一个人。啊，那不是茉莉姐的丈夫何国典吗？他的身边有一辆三轮车，三轮车上放着一个烤红薯用的泥炉。李珍珍愣了一下，然后跑了过去。李珍珍来到何国典面前，发现炉子里还生着火，炉子上面的边缘上放着十几条烤熟的红薯，散发出诱人的香味。李珍珍惊讶极了："你怎么——"

何国典笑笑："珍珍，饿了吧？来，吃个烤红薯，垫垫肚子。"说着,他用戴着手套的手抓起一条烤红薯递了过去。李珍珍接过烤红薯,说:"哎哟,好烫呀!"她手忙脚乱地剥掉红薯皮,就往嘴巴里送,她咬了一口,接着说:"好香呀!"何国典笑着说:"珍珍,慢点吃,别烫坏舌头了。"李珍珍说:"烫不坏的,烫好呀,天冷,吃了暖和。"李珍珍说完,飞快地跑进了洗脚店。

不一会儿,洗脚店里跑出来好几个人。跑在前面的就是老板娘宋丽,跟在她后面的都是店里的员工。她们围住了何国典和他的炉子。宋丽乐呵呵地说:"我说怎么坐在店里就闻到了一股香味,原来是烤红薯的香味呀!姐妹们,大家拿吧,今天晚上我请客!"大家就把手伸了出去,每人拿了一条烤红薯。宋丽说:"你们别顾着自己吃,给在上钟的姐妹们也带上!"何国典没有等宋丽说完,就抓了一条烤红薯在自己的手上。宋丽觉得奇怪,问他:"你这是?"何国典的脸发烫了,他没有回答老板娘这个问题。其中一个员工说:"老板娘呀,你真笨,人家是给茉莉姐留的!"宋丽笑了:"你看我这脑瓜,还真没有想到这点。"大家嘻嘻哈哈地拿着烤红薯回店里去了,只有宋丽还在那里问何国典:"老何,多少钱?她们拿的全部算在一起。"何国典说:"老板娘,不要钱。"宋丽说:"为什么呀?"何国典说:"今天是我开张的日子,我特地送来给你们吃的,怎么能够收你们的钱呢?要是收了你们的钱,茉莉非骂死我不可!"宋丽笑了:"你的心意我们领了,可这钱你一定要收,不然我们心里过意不去的。"说着,她掏出一张二十块钱的票子递给何国典。何国典死活不收她的钱。

就在他们推让时,杜茉莉和李珍珍也出来了,她们后面还跟着一个客人,这是杜茉莉今晚的最后一个客人。杜茉莉心里十分吃惊,何国典怎么卖上烤红薯了?她心里又有一种莫名的喜悦,卖烤红薯的确也是很好的一件事情,何国典无论如何,也算有个正事做了。见何国典和宋丽为了二十块钱在推让,杜茉莉笑着说:"老板娘,你把钱收起来吧,国典不会收你的钱的!"宋丽听了杜茉莉的话,就把钱塞进了口袋,嘴上却说:"这样怎么能行,这样怎么能行!"她边说,边拿着烤红薯进洗脚店去了。

和她们一起出来的那个客人看了看说:"怎么没有了?我看她们吃得那么香,都流口水了。"

李珍珍笑了笑:"哈哈,我姐夫手上还有一条呢,可那是给茉莉姐留的吧,你要想吃呀,改天吧!"

杜茉莉笑着从何国典手中拿过那条烤红薯递给了客人:"李先生,你吃吧!"

李先生接过那条红薯说:"多少钱?"

杜茉莉说:"提钱多俗呀,不就是一条烤红薯嘛,我请了。"

李先生说:"那我就不客气了!"

杜茉莉说:"客气啥哟!"

……

何国典和杜茉莉一起回到了住处,天气虽然寒冷,他们的心都像烤红薯一样热乎乎的。何国典还是有点小小的遗憾,就是杜茉莉没有吃上他烤的红薯,而杜茉莉对此并不在意,她在意的是他的心理的变化。杜茉莉高兴的是丈夫终于迈出了可喜的一步,为了这一步,她等了几个月的时光。回到住处后,杜茉莉对他说:"国典,你怎么会想到卖烤红薯的?怎么事先不和我商量一下?"何国典说:"那天晚上我回来时,差点就饿死了,是一个卖烤红薯的人给了我烤红薯吃,他提醒了我。我是想告诉你,你知道我没有做成的事情不喜欢事先张扬,我想,等我做成事后,给你一个惊喜!"杜茉莉捶了他一拳说:"我是又惊又喜!可是你必须答应我一件事,以后有什么事情都要事先和我商量。"何国典点了点头。杜茉莉笑了笑:"好了,快去冲个热水澡,赶紧睡觉吧,你这一天下来也不轻松。"何国典像个听话的孩子,走进了卫生间。

何国典洗完澡躺在床上，看了看墙上那幅大照片，百感交集，小雨要是活着该有多好！他害怕自己又回到黑暗的情绪中，视线离开了照片，心里说，过去了，一切都过去了，从今天开始，自己要重新生活。可他的心还是一阵阵地刺痛，要淡忘发生过的事情，是多么的困难。杜茉莉洗澡的声音从卫生间里传来，他可以感觉到热水滑过她柔滑肌肤的情景。他内心有种微妙的冲动，很久以来没有这种感觉了。但很快，这种微妙的冲动消失了，因为李幺妹的脸浮现在他脑海，他无法从脑海清洗掉李幺妹，他的心又颤抖了。李幺妹让他又内疚又惭愧，她让他的灵魂不得安宁。

杜茉莉裸着身子走出了卫生间，全身散发着热气，在这个寒冷的冬夜是那么的迷人。何国典的目光碰在她还是那么秀美的身体上，发出了星星点点的火花，他闭上了眼睛，心里还在颤抖。杜茉莉熄了灯钻进被窝，何国典闻到了妻子身上散发出来的香味，那是他熟悉的香味。他轻轻地叹了口气。杜茉莉轻轻地把头贴在了他瘦弱的胸膛上，说："国典，你叹什么气呢？"何国典说："没什么，睡觉吧。"杜茉莉轻轻地用手抚摸着他的脖子："国典，我睡不着，能陪我说说话吗？"何国典说："好。"

杜茉莉说："国典，你在回来的路上说，今天一天赚了五十多块钱？"

何国典说："是的。"

杜茉莉说："这样的话，你一个月就可以赚一千五百块钱，加上我的三千多块钱，那么一个月就有四千五百块，刨掉六百块的房租和六百块钱的生活费用，那么我们一个月就可以存上三千三百块钱。我算了一下，在我们家那边，建一栋楼房要十来万块钱，我们干个三年多，就可以回家建新房了。"

何国典说："是呀。"

杜茉莉说："国典，三年一眨眼就会过去的，只要我们努力，希望很快就会实现的,我很有信心的。"

何国典的心情突然变得十分复杂,他无语了。

杜茉莉好像感觉到了什么,她想,不能让他再出现不好的情绪了,她要用爱温暖他,唤起他美好的记忆,他还是一块冰,而不是一条热烘烘的烤地瓜。杜茉莉继续抚摸着他,从他的脖子抚摸到他的脸上,但她没有触摸他脸上的那道伤疤。杜茉莉轻柔地说:"国典,你还记得我们新婚的那个晚上吗?"

何国典的胸脯起伏着,杜茉莉可以感觉到他那颗男人的心在猛烈地跳动。

杜茉莉说:"国典,你一定记得的。那个晚上,你是那么的羞涩,我们相拥在一起,你的脸滚烫滚烫的,你的手在颤抖,我让你摸我,你不敢。我抓住你颤抖的手告诉你,我是你的人了,从今天晚上开始就是你的人了,一辈子都是你的人了,你怎么摸都可以,摸哪里都可以,你对我做什么我都接受,因为我是你的妻子了。最后,你抱紧了我,我感觉到了你的力量,你是多么的有力,你让我快乐和幸福……国典,你一定还记得的,是吗?"

何国典颤抖地说:"茉莉,我记得!"

杜茉莉拉起了他的手,放在了自己饱满的乳房上,轻轻地喘着气说:"国典,我要你摸我,我要你……"

何国典的喘息变得急促,他的手在微微地颤抖。

杜茉莉引导着他说:"来吧,国典,还是像新婚之夜那样,给我快乐,给我幸福!国典,来吧——"

何国典脑海中又浮现出了李幺妹在雨中的那张苍白的脸,他突然大吼一声推开了妻子温热而柔情蜜意的身体,缩到床的一角,双手抱着头,浑身瑟瑟发抖,他多么想抱着妻子,可是李幺妹是隔在他们中间的一道鸿沟。他想把心底的秘密说出来,也许说出来了,那道鸿沟就可以消失,可他开不了口啊,他害怕茉莉受伤,他不想再伤害任何人。

　　杜茉莉心想，这是灾难带给丈夫的心理障碍，她必须让他走出这一步，他的人生才会渐渐变得光明。杜茉莉和他隔着一段距离，那只是半张床的距离，也许心的距离会更远，她要努力缩短他们之间的距离。杜茉莉没有放弃，还是充满爱意地说："国典，你过来，我多么盼望你过来，你是那么的优秀！这个世界上，只有你才能让我快乐，让我幸福。国典，我是你的，一辈子都是你的，你过来吧，你说过的，和我在一起，你也很快乐，很幸福……国典，我需要你，真的需要你，你是我的男人，我不能没有你，来吧，国典——"

　　何国典在黑暗中睁大恐惧的眼睛，他看不清妻子的脸，妻子的声音仿佛从遥远的地方传来，他觉得自己无能为力。他懦弱地说："我怕，我怕——"

　　杜茉莉说："国典，你不要怕。我知道你心里还在想什么，一切都过去了，再也不会来临了。你过来，过来了你就胜利了，你要知道，你能去卖红薯，你已经战胜自己了，你只要过来，你就会变得更强大！国典，相信自己，相信我，过来吧，你不能让我伤心，不能的！你是多么的善良，从来都不舍得让我难过的，国典，快过来吧——"

　　何国典喃喃地说："我对不起你，对不起你——"

　　杜茉莉说："国典，你从来没有对不起过我，从来没有——"

　　何国典大声说："有，有，我对不起你，茉莉！"

　　杜茉莉还是不放弃："国典，哪怕你对不起我，我也不会记在心上的，我也会原谅你的。是的，你一度是那么的自闭，那么的疯狂，我恨过你，恨你不像个男人，不敢面对现实。现在不一样了，你已经可以面对现实了，你做到了，而且你做得那么好，你让我感动！国典，你还是从前的那个男人，负责任的男人，相信自己，没有什么可以打垮你的，国典！"

何国典无语了。

他的泪水流淌出来。

杜茉莉感觉到他在哭泣。

她说:"国典,来,到我这里来,在我怀里哭,来——"

……

何国典觉得自己像一条小船,在穿过汹涌的波峰浪谷,在潮水中到达了彼岸。杜茉莉紧紧地抱着他瘦弱的身体,嘴巴凑在他的耳边说:"国典,前几天,我做了个梦,我梦见小雨微笑地站在我面前,他对我说:'妈妈,我今生还要做你的儿子。'国典,我们再要个孩子吧,我们还年轻,才三十来岁。如果我们有孩子了,无论是男是女,都叫何小雨,就像他从来没有离开过我们。好吗,国典?"

46

冬至这天,冷得出奇。何国典和杜茉莉是同时出门的,一个上街去卖烤红薯,一个去洗脚店上班。临出门前,杜茉莉让他穿上了新买的毛衣,何国典穿上厚厚的旧货市场买来的军大衣后,杜茉莉对他说:"还缺顶帽子,一会儿我上班路上给你买,今天天冷,都零下四度了,上海很少有这样的冷天的,晚上你早点回家,不要去接我了。"何国典说:"我不会冷的,守着个烤炉再冷也冷不到哪里去的,帽子你不要买了,能节省点钱就节省点吧,晚上你等着我,我没有来,你不要离开,我们一起回来,这样我放心,很快就过年了,到处都乱得很。"杜茉莉就没再说什么。

何国典在楼下生好了火,把红薯放进烤炉里后,才蹬着三轮车出了小区的门。冷风飕飕,直往他的脖子里灌,何国典没有感觉到寒冷,他的心暖烘烘的。他没有固定的地方,像个游击队员一般在城市的大街小巷来回卖着红薯。在一些人多的地方,比如火车站附近，他的红薯卖得都比较好。他一般都躲在一些人流又多，又不太容易被城管发现的地方，这样又不影响生意，又可以避免一些不必要的麻烦。有经验的人告诉过他，看到城管来，就赶紧跑，不要和他们对抗，何国典记在了心上。有好几次，何国典把警察当成了城管，骑着车没命地跑，弄得自己像个罪犯似的。后来，他可以分辨出警察和城管的制服了，才没有那么的盲目。城市里戴大盖帽和穿制服的人多，这些人都让他发怵，他害怕和他们打交道。

越是害怕什么，就是越能碰到什么。

这天，何国典鬼使神差地蹬着三轮车来到了中江路小学门口左侧的一个街角卖起了红薯。他到这儿时，正是小学放学的时间，不一会儿，烤炉前就围上了一圈小学生，何国典忙碌起来。小学校的那个保安站在学校门口，不停地往何国典这边张望。何国典朝学校门口瞟了一眼，看到了保安惊讶的神情。何国典希望看到那个酷似小雨的孩子。

那个保安走了过来，朝何国典怪异地笑了笑。

何国典有些紧张，把烤红薯递给一个孩子时，手颤抖了一下。

保安说："你的生意不错嘛。"

何国典也笑了笑说："还行，还行！"说着，他拿起一条烤红薯，递给保安。保安把他的手推了回去："老兄，按道理我是不能让你在这里卖烤红薯的，要是学生吃坏了肚子，谁负责？你差不多了就赶快走吧，否则我也不好交代。我还要提醒你一句，千万不要被城管抓住了，被他们抓住了，可就没有这么好说话了，你眼睛要放亮些。"

何国典感激地说："谢谢您！"

保安摆了摆手说："不客气，不客气！"

保安说完就回到学校门口去了。

何国典的目光还是不停地在从学校里走出来的学生中寻找那个酷似小雨的孩子，他知道，那个孩子出来回家，一定会经过自己的红薯摊儿。他心里忐忑不安，像是在寻找一件丢失很久的东西。不一会儿，那张脸终于出现在他的眼帘中，他的心顿时狂奔乱跳。一刹那间，他眼前出现了幻象：何小雨笑容满面地朝他扑过来，口里大声喊着，"爸爸——"

幻象转瞬即逝，他看到的是这样的真实情景：那孩子朝站在校门口的一个戴眼镜的中年汉子跑过去，喊了一声："爸爸——"

孩子的父亲笑着拉起孩子的手，朝他这边走过来。他们有说有笑的，何国典不清楚他们在说什么，他心里呼唤着小雨的名字，觉得那个父亲是天底下最幸福的人。何国典内心有了一种莫名其妙的冲动，他真想扑过去，抱起那个孩子，问他："小雨，你想爸爸吗？你恨爸爸吗？"但何国典告诉自己："那不是你的儿子，你的儿子小雨已经到很远的地方去了，他在很远的地方等着你。"

那个孩子和他父亲走到他跟前，孩子扭头瞥了何国典一眼，脸上变了神色。他很快地转过头，紧紧地拉住父亲的手说："爸爸，快走！"父亲低头看了孩子一眼说："文西，怎么了？"宋文西说："爸爸，你别问了，快走！"父亲拉着孩子加快了脚步，经过了何国典的跟前。

何国典手里拿着一条烤红薯，眼睁睁地望着他们渐行渐远的背影。两个孩子对他说话，他也仿佛没有听见。他目送着他们走出了好长的一段路后，突然看见他们折了回来。父亲拉着孩子的手朝他走过来。孩子的脸上呈现惊惶的神色，父亲的脸上则带着笑意，他和孩子不停地说着什么。何国典想，那个孩子一定认出他来了，也许把上次的事情告诉了他父亲，他父亲带着孩子回来找他算账？何国典突然想跑，可他站在那里一动不动，手里拿着那条热烘烘的地瓜，犹如一尊雕塑。

宋文西和父亲走到了何国典的跟前。

这时，他前面还有两个学生等着买烤红薯，何国典的眼中看到的只有宋文西和他父亲。他呆呆地站在那里，脑海里顿时一片空白。宋文西惊恐地看着他，父亲对他说："文西，不要怕，这个叔叔不是坏人。"宋文西没有说话，只是紧紧地抓住父亲的手。

听了宋文西父亲的话，何国典紧绷的神经放松了些，朝他们笑了笑，他知道自己的笑容一定很难看。

宋文西父亲朝他友好地笑了笑："你是何先生吧？我听派出所的王警官说了你的事情，我们都很同情你。孩子心里却还是有些顾虑的，我一直告诉他，你不会伤害他的，他不相信。没有想到，在这个地方看到你了，所以我把孩子带过来，我还是要告诉他，你是好人，不会伤害他的。解铃还需系铃人，我想请你和孩子说说，这样他就不会紧张害怕了，我们不希望孩子心中留下什么阴影。"

何国典看看孩子，又看看孩子的父亲。

孩子用怀疑而又恐惧的目光看着他，孩子父亲的眼里却充满了期待。

何国典不知道说什么好。

孩子父亲又对何国典说："何先生，我十分理解你的心情，你的心灵受到了很大的创伤，你失去儿子的悲恸是难于想象的，我想如果我失去了文西，我也会和你一样，甚至比你更痛苦。现在，你给文西的心理也造成了阴影，我希望你对孩子说出来，对你和孩子都是一种解脱。"

何国典看出了孩子父亲眼中的真诚，他说的没有错，如果自己真的给孩子的心灵造成了伤害的话，这不是自己想看到的。何国典颤抖地对宋文西说："孩子，你真的很像我的儿子何小雨，他和你是一样的年龄，也在小学上学，他是多么聪明的孩子呀，可他死了，在大地震中死了。那天，我一看到你，就以为他还活着，我想抱着你，看看你是不是小雨，可我错了，你不是。对不起，孩子，相信我，我不会伤害你的。"

何国典说出这样的话，需要多大的勇气！

父亲对孩子说："文西，你听到叔叔说的话了吗？"

宋文西点了点头。

父亲又对孩子说："文西，叔叔和你爸爸一样，都是善良的人，他也爱他的儿子，从今以后，你不要害怕他，要尊敬他，明白吗？"

宋文西又点了点头。

何国典十分感动，特别是孩子父亲后面的那句话，让他的心在这个寒冷的冬至温暖极了。他把手中的那条烤红薯递给了宋文西说："孩子，吃吧。"宋文西不敢接，他看了看父亲。父亲微笑地鼓励他："文西，接着，叔叔烤的红薯很香的！"宋文西接过了烤红薯，说了声："谢谢！"

何国典再次目送他们的背影消失在人流之中，眼睛湿了。

就在这时，三个戴着大盖帽穿着制服的人出现在何国典的面前，他回过头来一看，刚才还温暖的心一下降到了冰点。

他面前站着的是三个城管。

第十章

47

杜茉莉正在给一个客人做脚,手机铃声响了起来。刚开始,她没有接电话,想等给客人做完脚后再看看是谁来的电话,如果是熟悉的人,就回拨过去,一般的人就算了。没想到,她的手机铃声一次又一次不依不饶地响起,客人对她说:"你先接电话吧。"杜茉莉微笑地说:"对不起了,您稍等一会儿。"客人大度地说:"不客气,谁没有个急事。"

杜茉莉拿着响个不停的手机躲到一个没人的包房里。

接通手机后,她听到了一个似曾相识的声音:"你是杜茉莉吗?"

杜茉莉说:"我是,请问你是?"

对方说:"我们见过面的,我是中江路派出所的王文波。请你赶快来一趟,你丈夫在我们这里。"

杜茉莉呆了。

好大一会儿,她才缓过神来。她仓皇地回到刚才工作的包房里,焦急地对客人说:"黄先生,我丈夫出事了,我必须马上出去一趟,你看让我别人替你做,怎么样?"

黄先生拉下了脸,显得很不高兴的样子:"去吧,去吧!"

杜茉莉也不管那么多了,出去把李珍珍叫了过来:"珍珍,你替我招呼一下二号包房里的客人,我得马上出去。"

李珍珍着急地问:"出什么事情了?"

杜茉莉说:"没时间和你说了,回来再说吧,我先走了。"

48

何国典的脸上肿起了乌青一块,就在他右脸的那条伤疤旁边。他木然地坐在那里,目光空洞。王文波把杜茉莉带进那间房间前,何国典一言不发。杜茉莉看到丈夫脸上的伤,心里疼痛极了:"国典,你这是怎么了?"何国典沉默,呼吸沉重。

杜茉莉见何国典不说话,就转过身问王文波:"王警官,这到底是怎么回事?"

王文波说:"你丈夫在中江路小学外面卖烤红薯,执法的城管过来告诉他那里不能摆摊,他就和城管吵起来了。城管要没收他的东西,他为了保护那些东西,和城管拉扯起来,脸就撞到了三轮车上……有群众打110报警,我们就赶过去了,我看没有什么大问题。"

"不会的,国典不会和他们吵的,一定是他们欺负国典!"杜茉莉喃喃地说。

王文波说:"我们经过调查,事实就是这样的。"

何国典突然站起来,暴怒地睁圆双眼,挥舞着拳头吼道:"事实不是这样的!不是!是他们蛮不讲理,上来就骂我,抢走我的东西,还打我!他们是强盗!强盗!"

王文波瞪着他:"何国典,冷静点。他们的确没有打你,这里有他们的口供,我也问过现场的一些人,他们也说城管没有打你,是你自己摔倒的。你冷静点,这里是派出所,不要大喊大叫。就是有什么问题,也应该好好说。"

杜茉莉上前,拉住何国典的手臂,含着泪说:"国典,有话好好说,好吗?你可别生气,气坏了身体怎么办?"

何国典浑身战栗，嘴唇哆嗦。

杜茉莉对王文波说："王警官，我们没有偷也没有抢，老老实实凭力气赚钱吃饭，我们犯了什么法？他们为什么要这样对待他？我们起早贪黑，辛辛苦苦地赚点血汗钱，容易吗？他们凭什么这样！"

王文波叹了口气说："我理解你们的难处，真的，可是，城市里有许多法规是不能违反的，你们也要理解，我真希望你们过得好，在法规允许的情况下，做什么都是可以的。"

杜茉莉说："那也不能打人呀！"

王文波说："根据我们了解，他们真没有打他。"

何国典又大声吼道："他们是强盗，强盗！让他们打死我好了，我早就不想活了！"

王文波无奈地说："你们先回去吧，我们再调查调查，如果他们真的打了何国典，我们会还你一个公道的。"

杜茉莉也不想在这里待了，拉起何国典就往外走。他们走出派出所的大门，一阵寒风灌过来，刺骨的冷。何国典耷拉着脑袋，一副凄惨无力的模样。杜茉莉的心被一把锋利的刀子割着，疼痛不已，她十分担心好不容易好起来的丈夫会再次陷入过去的那种状态，如果他彻底崩溃了，那么她也就陷入了万劫不复的黑暗。她挽着何国典的手，安慰着他："国典，没事的，什么事都没有的，我们重新来，你不要怕，我在你身边，我支持你！"

王文波站在派出所门口，叫了杜茉莉一声："杜茉莉，你回来一下。"

杜茉莉回过头，看了神色凝重的王文波一眼，然后对丈夫说："国典，你在这里等我，我去去就来。"

杜茉莉走到王文波的身边，咬了咬牙问道："王警官，还有什么事情？"

王文波说："我打心里同情你们，也希望能够帮助你们做点什

救　赎　305

么。我看你丈夫是不是心理上有问题,我认识一个心理医生,如果可以的话,我把他介绍给你们,让你丈夫接受一下心理治疗也许会好些。"

杜茉莉眼睛血红,她一字一顿地对他说:"我们不需要你的同情,我丈夫也没有病,不需要什么心理医生,我看真正要看心理医生的是你们!不要总是一副居高临下的样子,你是人,我们也是人,我们不比你们卑贱!"

说完,杜茉莉扭头就走了,寒风把她的头发吹乱。

王文波凝视着杜茉莉的背影,长长地叹了口气。

49

回到住所,杜茉莉用药水处理何国典脸上的伤,她轻轻地说:"国典,痛吗?"何国典说:"脸不痛,心痛!"杜茉莉说:"国典,把心放宽些,做什么事情都不可能一帆风顺的。你不要想那么多了,就当被狗咬了一口。"何国典喃喃地说:"他们是强盗,强盗!打了人也不敢认账,算什么东西!"杜茉莉说:"他们不是强盗,他们连强盗都不如!"何国典叹了口气说:"茉莉,我没事,你赶快回去上班吧,你不要管我了。"杜茉莉说:"我今天不去了,我在家陪着你,一会我去买肉,晚上给你烧回锅肉吃,再买瓶酒,我陪你喝。"何国典苦笑着说:"茉莉,你真的不要安慰我了,我没事的,你赶快回去上班吧,今天我的损失就很大,什么东西都被那帮强盗抢走了,你再不去上班,损失就更大了,我们还要赚钱回家建房子呢,这里不是我们的家!"杜茉莉说:"要不我们都不干了,回家去,再也不出来了,只要我们勤奋,饿不死我们的!"何国典说:"不,现在还不是回去的时候!"杜茉莉听了丈夫的这句话,安心了许多,过了一会儿,她就去洗脚店上班了。

杜茉莉走后，何国典感觉到了孤独、不安、烦躁和屈辱。

他突然站起来，走到墙边，抓起墙上的那个大相框，狠狠地砸在地上！破碎的玻璃四处飞溅，一小块玻璃划破了他的手背，血涌出来。他看着鲜红的血滴落在地上的照片上，一言不发。

他内心的愤怒之火在熊熊燃烧！他内心在喊叫："是谁毁了那些无辜的生命？是谁毁了平静安稳的生活？是谁让我变成一个懦夫？是谁让我在寒夜里没命地奔走？是谁让我的心灵如此破碎？"

血不停地流着。

他的眼睛里充满了血光。

"流吧，你就流吧，看多长时间才能将血流干！"他的内心继续在喊叫。

没有人能够听见他的喊叫，哪怕是他最亲近的人！

何国典听到有另外一个声音在耳边炸雷般响起："何国典，你不是男人，你是一个废物！你如此活着有什么用？你知道吗？这个世界上有多少人比你更苦，比你更悲惨，有多少人失去了所有的亲人，有多少人没有了手脚，有多少人从废墟中被救出来后还是死了，有多少人……他们像你一样窝囊地活着吗？你男人的血性哪里去了？你为什么不能正视你的内心，为什么不能正视现实？活着是多么的美好，你为什么不珍惜？你如果不能拯救世界，为什么就不能拯救你自己？谁的心里没有伤口？自己的伤口只有自己去舔，没有人能够让你真正走出黑暗，只有你自己才能真正给自己光明，你只有用自己的生命去照亮你前行的道路！"

50

傍晚的时候，何国典收拾完破碎的相框和染血的照片，就拿着桌子上的那张小照片出门去了，他要找地方做个大相框，把放大的

救赎 307

照片装进去，重新挂在墙壁上。他找了一家照相馆，把东西交给店里的人后，就在街上漫无目的地闲逛。寒风猛烈，何国典浑身冒出了鸡皮疙瘩。入夜后，他还在街上走着，他想让寒冷刺骨的风把自己彻底地吹醒。

这个晚上，许多上海人在街边烧纸钱，祭奠已逝亲人的亡灵。

何国典看着路边有人在烧纸钱，就站在旁边看着。

纸灰飘飞，烧纸的人口中喃喃地说着什么，他是说给死去的人听的，可他的脸上没有一丝悲伤，还带着笑容，仿佛在和亲人拉家常。何国典想，那些死去的人能够听到活人说话吗？他们真的会来收取那些纸钱吗？何国典想起了儿子何小雨，地震那天早上，送小雨去上学前，他给了儿子两块钱，那是给儿子买午饭的钱，不知他花光没有？儿子死后，他的身上一分钱都没有，他在地下会不会缺钱花？还有老娘，还有岳父岳母，他们也死得那么匆忙，没有带走一分钱，他们在地下是不是也没有钱花？何国典的心疼得厉害。他想着死去的亲人，在他们活着的时候对他们的不足之处，就十分的后悔和愧疚。在他们活着的时候都没有让他们过上好日子，在他们死后烧纸钱又有什么用？活着的人是不是应该更加珍惜自己的亲人，到生死两隔的时候，一切都晚了。何国典自然地想到了杜茉莉，此时的她是不是在给客人按摩足底？每次，何国典看到杜茉莉右手食指上的那个瘤子般的包，心里就十分不好受。他是不是应该对妻子好点？他不能再用自己的消沉和疯狂折磨她了，他竟然还想过和她一起了断，真是禽兽不如呀！他心里有个声音在说："何国典，你不应该沉湎在灾难带来的痛苦之中了，你要走出黑暗的困境，洗心革面，重新做人！"

何国典看着那些烧纸钱的人们，十分感慨，他叹了口气，还是去买点纸钱，烧给死去的亲人吧，这样对他们的亡灵和对自己的灵魂也算是一个安慰。他摸了摸口袋，竟然一分钱都没有了。他回过头,寻找回住处的道路。他已经走出很远的路了,结果,走了很长时间才回到住处取了点钱,到街旁的小店买了些纸钱,也在路边烧了起来。那燃烧的纸钱中浮现着亲人们的脸,他们的表情是那么的哀怨,黯淡无光。何国典喃喃地说:"你们安息吧,总有一天,我会和你们相聚的!"

何国典怀抱着一颗凄凉的心站在纸钱飘飞的漕西支路上,眼睛里迷蒙着一层淡淡的水雾。

就在这时,一个警察骑着一辆破旧的三轮车朝他赶过来。

渐渐地,他看清了那个警察的脸,也看清楚了三轮车后面那个洋铁桶制成的烤炉。这个警察不就是王文波吗?还有,他骑的也是何国典中午被城管没收的三轮车。何国典站在路边,不敢相信自己的眼睛。他使劲揉了揉眼睛,然后定睛一看,没错,那警察就是王文波,那三轮车就是他的。

王文波看见了他,便在他面前停下了三轮车,笑着对何国典说:"你也烧纸钱呀?我以为这是我们这边才有的习俗呢。"

何国典没有说话,他在想三轮车上的烤炉有没有被那些如狼似虎的城管破坏,还能不能烤红薯。他本想着明天再去买个炉子继续烤他的红薯的,没料到王文波给他送回来了。王文波看出了他内心的想法,笑着说:"何国典,你看看还少了些什么没有?"

何国典仔细检查了一遍说:"没少什么。"

王文波拍了拍他的肩膀说:"何国典,东西我给你要回来了,以后好自为之吧,该去的地方去,不该去的地方不要去。碰到什么事情,要冷静处理,不要着急,着急是没有用的,并不是所有的人都能够像我一样理解你。普天下并不是你一个人有困难,受过灾难,还有很多人活得比你要难得多,任何时候都应该想想自己是幸运的,也许你的心就会宽广起来,想问题就不会那么偏激了。多替自己想想,也替别人想想,人活着其实都一样的,都会面临灾难和困境甚至死亡,我们不知道明天会怎么样,只求问心无愧地活好每一天。我真诚地希望你能够幸福地生活,相信我!这个世界上还是好人多的。"

王文波说完,匆匆走了。

何国典望着他消失在寒风中的背影,若有所思。

51

这个冬至出奇的寒冷,杜茉莉在电视上看到,全国很多地方都在落雪,包括她的家乡。她想象着小雨在雪花飘飞的山野,和他父亲一起笑闹着打雪仗的情景,那情景一去不复返了。杜茉莉内心无限的伤感,如今的雪花飘落在那片山坡,是否覆盖了小雨坟头的枯草?杜茉莉买好了纸钱,等下班后找个僻静的地方烧给在大地震中死去的亲人。李珍珍也说好了陪她去烧纸钱,小雨活着的时候,还在电话里叫过她阿姨,想起小雨童稚的声音,李珍珍心里也特别的伤感。杜茉莉心里还在惦念着何国典,他晚上会不会来接她?她一无所知,其实她不希望他来,怕他看到她烧纸钱会勾起他痛苦的回忆。

杜茉莉和李珍珍下班后就各自拎着包,走出了"大香港"洗脚店的玻璃门,杜茉莉手中还提着一塑料袋的纸钱。今天她们提前了半小时出门,也已经是凌晨一点半了,按理说,已经过了冬至的这天,她们却没有什么感觉,仿佛还停留在冬至的晚上。

寒风呼啸,天寒地冻。街两旁的梧桐树已经掉光了枯黄的叶子,像一只只高举的瘦骨嶙峋的手,肃杀而又凄凉。

李珍珍捂着自己的耳朵,连声说:"好冷呀,这鬼天气!"

杜茉莉穿着羽绒服,可还是觉得冷,牙关打着战。她对李珍珍说:"珍珍,你还是赶紧回去吧,你穿得少,要是冻坏了,我妹夫还不找我麻烦。我还是自己找个背风的地方把纸钱烧了吧。"

李珍珍说:"那可不行,说好的事情怎么能说变就变呢。"

杜茉莉见她如此坚决,没有再说什么。

她们从洗脚店外面的停车棚里推出了自行车。

李珍珍说:"就在附近找个地方烧吧。"

杜茉莉说:"好。"

她们没有骑车,而是推着,边走边找地方。

杜茉莉笑了笑说:"珍珍,你上午买的那个戒指真不错,我妹夫戴上,肯定很有派头的。以后有余钱了,我也给何国典买一个,我们结婚时,我没有给他买过戒指。对了,为什么他的戒指要你买呀?"

李珍珍笑了笑:"我们俩说好的,他的我买,我的他买,这样比较公平,哈哈。"

她们来到一个街角,杜茉莉发现这里背风,就对李珍珍说:"珍珍,我们就在这里烧吧。"

李珍珍说:"好的!"

就在她们停自行车的时候,突然从人行道旁边的一棵树后面闪出一个黑影,朝她们扑过来。李珍珍惊叫了一声,她肩膀上挎着的小包就被一只有力的手扯掉了。抢到了李珍珍红色小包的歹人撒腿就跑。杜茉莉把自己的包扔给了李珍珍,就不顾一切地追了上去,自行车在她跑出去的一刹那间"咣当"一声倒在地上。她竟然忘了骑着自行车去追那歹人!

李珍珍焦急地站在那里,大声喊叫:"茉莉姐,抓住他,我给我男朋友买的戒指在包里啊。茉莉姐,快抓住他,抓住他——"

歹人跑得飞快。

杜茉莉也跑得飞快。

杜茉莉穿着羽绒服,影响了她跑步的速度,她没有作任何考虑就边跑边脱掉羽绒服扔在了身后,她上身只穿着一件白色的紧身毛线衣。脱掉羽绒服的杜茉莉穷追不舍,她忘记了寒冷,心里只是想着李珍珍的包和包里的那个戒指,那是象征着李珍珍爱情的戒指呀,怎么能被这个该死的歹人抢走了呢?

跑过了好几条街了,歹人气喘吁吁,明显速度慢了下来。

杜茉莉也快跑不动了,呼吸急促,大口地喘着气。但是她没有停下来,她心里想,不夺回李珍珍的包,绝不罢休。

在杜茉莉追赶歹人时,有几辆小车呼啸而过,对他们视而不见。

歹人不时回头张望,杜茉莉离他越来越近。歹人跑进了一条小街,杜茉莉也追进了那条小街。歹人实在跑不动了,他停了下来,回转身,面对着迎面而来的杜茉莉。他一只手拎着李珍珍的包,一只手捂着肚子,上气不接下气地对逼上来的杜茉莉说:"你别过来,别过来!"

杜茉莉跑得口干舌燥,双腿像灌了铅般沉重,她上气不接下气地说:"快把包还给我,快把包还给我!"

歹人是个小矮个,脸像黑炭一般,他说:"你不要逼我,我不想伤人!"

杜茉莉冷笑了一声说:"你威胁我也没有用,你把包还给我,我就放你走,就当什么事情也没有发生过,否则,我和你没完!你跑不了的,你就是跑到天边,我也会把你追回来!"

杜茉莉一步一步朝他逼了过去。

歹人突然从腰间拔出了一把寒光闪闪的尖刀:"我告诉你,你胆敢过来,我就一刀捅了你!"

杜茉莉面无惧色:"老娘要是怕你捅,就不会追上来了!不就是一条命吗?你有种就把我杀了,你要是没种,就赶快把包还给我!你知道那包里的东西对我小妹来说意味着什么吗?老娘不和你废话,你这种人渣根本就不知道什么叫感情!快把包还给我——"

歹人浑身在发抖，双眼露出惊惶之色。

杜茉莉朝他一步一步逼近，他的双腿开始往后退。

……

这个时候，站在原地乱喊乱叫的李珍珍听到背后有人在和她说话："珍珍，发生什么事情了？"李珍珍回头一看，是何国典骑着三轮车赶过来。李珍珍的哭音都出来了："姐夫，快，快追，有个歹徒抢了我的包，茉莉姐已经追上去了！"何国典吼道："你怎么不追上去？怎么让茉莉一个人去追？"李珍珍是吓坏了，这才意识到自己的不对。何国典大声说："还愣在那里干什么，还不快骑上车追，茉莉一个人会吃亏的！"他们俩各自骑着车，朝歹人和杜茉莉跑的方向追去。

……

歹人没有退路了。

这是一条绝路。

杜茉莉冷笑着说："你还能退到哪里去，你听老娘一句话，赶快把包还给我，就一了百了了！否则，你就等着坐牢吧！做人怎么能这样！人再穷，也要活得像个人样，也要有尊严！我特别鄙视你这种人，你明白吗？老娘鄙视你！你连禽兽都不如！"

歹人咬着牙，凶相毕露，他把握着刀的那只手举了起来，恶狠狠地骂了声："臭女人，你有什么尊严！老子捅了你！"

杜茉莉大叫一声，朝他扑了过去，一把抓住了李珍珍的小红包。歹人朝杜茉莉的胸前狠狠地扎进一刀，他说："去你妈的，臭女人，给老子松手！"血从杜茉莉的胸口喷出来，喷到了歹人的身上，歹人和杜茉莉抢夺着那个小红包，杜茉莉强忍着胸口的疼痛，死死地抓住小红包，就是不松手。歹人手中的尖刀又扎在了杜茉莉的手臂上，杜茉莉还是攥得死死的，就是不松手。

……

救 赎 313

第十一章

52

　　何国典焦急地等在医院的手术室外面，苍白的脸上满是泪水。他喃喃地说："我要早来一步就好了，都怪我呀，茉莉！"他的衣服上都是血，那是杜茉莉的血，等他和李珍珍赶到时，她已经倒在血泊之中了，她的手还死死地抓着李珍珍那个红色的小包。是他抱起昏迷不醒的妻子，把她放在三轮车上，往医院的方向狂奔而去。时间一分一秒地过去，已经好几个小时了，天也快亮了，还不见医生从急救室里出来。

　　李珍珍和老板娘宋丽还有几个洗脚店里的姐妹也焦急地等在急救室的门口，李珍珍抽泣着，两眼哭得通红，像烂桃子一般。就是被警察带去录口供时，她也一直哭个不停。宋丽的眼睛也红红的，她和李珍珍抱在一起，心里在经历着最寒冷的严冬。宋丽轻轻地对李珍珍说："茉莉姐会没事的，她那么坚强，那么大的灾难都挺过来了，她一定会没事的！"

　　何国典的身体里有一条毒蛇，它在无情地噬咬着他支离破碎的心脏，他的心脏在呐喊，在挣扎！老天爷为什么要如此残酷地折磨他？他想不明白啊！他一直以为自己老老实实做人，勤勤恳恳劳动，安安稳稳生活，为什么厄运会如此残忍地降临在自己头上？亲人们一个一个地离他而去，现在，死神又想夺走相依为命的妻子！这是天大的不公啊！老天，你要是有眼，你就睁开来看看吧，看看人世间备受煎熬的良善的人们那一张张无辜而又悲伤的脸!

何国典用衣袖擦了擦脸上的泪水,他告诉自己:"你不能哭,现在茉莉有难了,你要挺起脊梁骨,给她一个依靠,你要坚强!"就像刚刚从废墟中爬出来那样,他没有泪水,一心只想去救儿子何小雨,忘记了伤痛,不顾一切地在余震和死亡的威胁中走向米镇。现在,他要鼓足勇气等待杜茉莉的苏醒,尽管他无能为力,最起码也要为她祈祷。他不能失去杜茉莉,她是他唯一亲人,唯一和他肉体与灵魂一起相互依靠的亲人!

李珍珍站了起来,走到了何国典的面前,流着泪说:"姐夫,你合会儿眼吧,我们守着,一有消息,我们会叫醒你的。姐夫,对不起,都怪我。"

何国典心里是有点责备李珍珍,如果她当时一起追上去,如果她马上报警,或许杜茉莉不会被歹人扎成这样,生死未卜。他没有把心中的责备说出来,反而劝慰她:"珍珍,我不想睡,也睡不着。茉莉不醒来,我是不会合眼的。这事情不怪你,要怪也怪那个该死的歹徒!你不要哭了,哭有什么用,我看你也很辛苦,一个晚上都不得安宁,你回去休息吧。"

何国典又对宋丽和那几个姐妹说:"你们也回去休息吧,老板娘,你带她们回去吧,这里有我呢,不能因为茉莉影响店里的生意呀,你看,天都亮了,快回去吧!"

宋丽抹了把眼泪说:"就是生意不做了,我们也要在这里守着茉莉姐,我们不能离开!"

姐妹们也说:"对,就是生意不做了,我们也要守着茉莉姐,我们不离开!"

何国典说:"我知道你们姐妹情深,茉莉有你们这些好姐妹是她的福分。可你们干耗在这里也不是个事儿,你们还是回去吧。你们这样,我心里会更难过的,回去吧,茉莉一有消息,我马上打电话给你们。"

李珍珍说:"老板娘,我看姐夫说的有道理,你带姐妹们回去吧,我留在这里陪姐夫。"

宋丽考虑了一会儿说:"那好吧,我们先回店里去,一有什么情况,你们一定要马上告诉我们!"

李珍珍点了点头。

她们凄然地离开了医院。

53

一直到上午十点多,手术室的门才打开,走出来几个医生和护士。脸色苍白的何国典马上就迎了上去,李珍珍也迎了上去。何国典焦急地问道:"医生,我妻子她怎么样了?"一个高大的中年医生对他说:"很危险啊,你要是晚送来一会儿,也许就没救了,刀子扎到了心脏,导致心脏大血管损伤。送上手术台的时候,连生命体征都没有了,我们马上开胸复苏,然后做了修复的手术。现在基本上稳定下来了,但是危险期并没有过去。你放心吧,我们会尽全力救治的!"

何国典连声说:"谢谢,谢谢!救命恩人啊!"

医生说:"不要谢,这是我们应该做的事情。"

说完,他们就走了。

李珍珍赶紧给宋丽打电话。

不一会儿,两个护士把杜茉莉从手术室里推了出来,她们要把她送到重症监护室去。杜茉莉脸色死灰,没有一点血色,她的身上插着不同的管子。何国典看到她时,她微微地睁开了一下眼,无力地看了他一下,接着又闭上了眼睛。何国典轻声地说:"茉莉,你没事了,没事了呀!"

护士对他说:"现在不要和病人说话,她需要休息!"

何国典说："好，好，我不说，不说，让她好好休息。"

他想拉住杜茉莉的手，可没有，他的手有点僵硬。

李珍珍看着杜茉莉，嘴唇哆嗦，什么话也说不出来，只是一个劲儿地落泪。

这时，一个穿白大褂的女人走到何国典的面前，递给他一本病历和几张单子，说："你是杜茉莉的家属吧？去把押金交了吧！"

何国典接过单子，连声说："好，好！"

他来到交钱的窗口，把单子递了进去。不一会儿，里面的那个年轻女子面无表情地对他说："有医保卡吗？"

何国典说："没有。"

年轻女子还是面无表情地说："那先交五万押金吧！"

"什么？你说多少钱？"何国典不敢相信自己的耳朵，五万元对他来说无疑是个天文数字。

年轻女子不耐烦地说："五万！"

何国典呆了，自己哪里有这么多钱呀？他说："我现在没有这么多钱，你让我想想办法再来交，好不好？"

年轻女子说："快去吧，别在这里愣着了。"

何国典脑袋嗡嗡作响。

他茫然地走出医院的大门，骑上那辆破旧的三轮车，朝漕西支路的住所奔去。他只记得他们还有一万多块钱，其中一万块钱是不能动的，茉莉说了，那是吴老太太的钱，日后要还给她的。现在没有办法了，必须把这些钱取出来，救命要紧啊！何国典回到了住所，翻箱倒柜，怎么也找不到杜茉莉存钱的那张卡。何国典浑身冒着冷汗，这可如何是好。在焦急之中，他突然想起了杜茉莉的那个提包，卡会不会放在包里？她的包又在哪里？

何国典碰到了巨大的困难，他不能眼睁睁地看着杜茉莉因为交不起医疗费而死去。死亡是一个巨大的黑洞，绝对不能让它把杜茉莉无

救 赎　317

情地吞噬。他正在绞尽脑汁想着办法，突然响起了敲门声。何国典打开门，看到了黑脸壮汉的脸，他的脸上挂着一丝笑容。何国典往后退了一步说："我没有吵着你吧？"黑脸壮汉手中拿着一个信封，他笑了笑说："没有，我不是来找你麻烦的。"何国典说："那你是……"黑脸壮汉说："小区里的人都知道你老婆发生的事情了，你老婆是个英雄，我钦佩她，真的！换作是我，我也不一定能像她那么勇敢。我想，你们也不容易，我这里有点钱，不多，你先拿着救个急。"黑脸壮汉走到何国典的跟前，把那个信封塞在了他的手上。何国典喃喃地说："我不能要，不能要！"黑脸壮汉说："拿着吧，谁没有个难处！放心，这钱是干净的，我在火葬场上夜班赚的。"说完，他转身就走了。

……

何国典回到了医院，他身上揣着的只是黑脸壮汉给他的那三千块钱，还有那么多钱，到哪里去筹集呀？这真是屋漏偏逢连夜雨呀！何国典绝望极了。他内心又有一种力量在和绝望对抗着，那就是希望，这种希望的力量却是那么微弱，甚至不堪一击。他来到重症监护室门口，李珍珍迎了上来："姐夫，你怎么去了那么久呀？"何国典叹了口气，不知说什么好。李珍珍说："姐夫，你怎么了？这样垂头丧气。"何国典只好说："我交不起押金呀！"李珍珍说："姐夫，你不要急呀，需要多少钱？我们一起想办法！"何国典说："先要交五万块钱押金，以后还有多少钱，还不知道啊！"李珍珍说："我还有两万多块钱，我去取出来，我再找老板娘她们想办法，先凑足这五万块钱再说，你不要急，千万不要急，你急也急不出钱来的。"何国典说："珍珍，我不能用你的钱，你马上就要回去结婚了。"李珍珍说："茉莉姐为了我，连命都不要了，这点钱算什么！大不了我这婚不结，救人重要！人的命没有了就永远找不回来了，钱花掉了还可以再赚。你在这里好好守着茉莉姐，我去去就来。"

李珍珍风风火火地走了。

54

何国典骑着三轮车,沿街叫卖烤红薯,路人向他投来各种复杂的目光,他们无法理解他的心情。他已经暂时忘记了悲伤,暂时忘记了一直折磨着他心灵的那些事情。李珍珍和老板娘以及洗脚店的姐妹们给杜茉莉凑齐了押金。交掉押金后,他就踩着破旧的三轮车到街上卖烤红薯了,洗脚店的姐妹们轮流在医院里照顾杜茉莉,何国典深夜再到医院里去换班,让她们回去休息,自己留在医院里守护杜茉莉。他把她们给的钱的数目都记下来了,他要一点一点地赚钱,然后一点一点地还给她们,她们的钱也是血汗钱。

何国典想,火车站广场的人多,到那里也许会卖出更多的烤红薯,现在天已经黑了,那些城管或许不会出来巡查了。他就吭哧吭哧地踩着三轮车朝火车站方向去了。

还不到一个月,就是春节了,加上今年的经济萧条,很多出外务工的人提前返乡,所以,火车站广场上的人很多,他们站立在寒风中,等待着走上归家的路途。看着那一张张疲惫的脸,何国典想起了杜茉莉,那些年里,她在春节前夕,或许也是这样站在广场上,怀着异样的心情等待踏上归家的火车,有喜悦也满怀悲凉。他要是不出来,一定体会不到出门打工者的真实滋味。他的心一阵阵酸楚,为杜茉莉,为无家可归的自己。

在火车站的广场上,他的烤红薯十分受欢迎,也给人们带来了温暖。

突然,一个人站在了何国典面前,大叫了一声:"何国典,你他娘的怎么卖起烤红薯来了?"

何国典定睛一看,原来是工地上的工长李麻子,他背着一个很大的背包,双手分别提了两个小包,风尘仆仆的样子。何国典十分吃惊,他没有料到会在这个地方碰到李麻子。

李麻子说:"那天晚上你消失后,我还挺替你担心的呢。后来我带人去找过你,没有找到。我把你的情况和工友们说了,大家都十分同情你。对了,有个混蛋良心发现,悄悄找到了我,说他偷了你一百块钱,要我还给你。"

李麻子说着把手中提着的包放在了地上,从口袋里掏出了一小叠钱,抽出了一张百元大钞,递给了何国典。何国典说:"这——"李麻子说:"痛快点接着,这什么呀!"何国典慌乱地接过钞票,胡乱地塞进了胸前围裙上的大口袋里,那里塞着不少的散钞。

李麻子伸出一只手,抓起一条烤地瓜就吃,边吃边说:"真香,你他娘的还有这一手,真没想到你还会烤红薯。"

何国典有些腼腆地说:"现学的。"

他们说话时,有些人过来买烤红薯,他们买完烤红薯走的时候,都用怪异的目光瞟李麻子一眼。李麻子仿佛也十分知趣,躲到一边,边吃边和何国典说话。何国典问道:"麻子,你怎么这么早就回家呀?没那么快完工的吧,过年也还有些日子呢。"

李麻子说:"他娘的,别提了。早停工了,要不是工资没拿到,我早他娘的回家抱老婆了!你可能不知道吧,王向东那狗日的小白脸出事了,他串通开发商的仓库保管,把建筑材料偷出去卖,东窗事发了。看不出来,这狗日的满肚子坏水,还想赖我们的工资,要不是我带工友们去闹,还不知道能不能拿到我们的血汗钱呢!"

何国典不解地说:"怎么会这样?"

李麻子说:"想不到的事情多了去了,这年头,发生什么事情也不奇怪。就像你们那里的大地震,不是说发生就发生了!"

提到地震,何国典的心刀扎般痛了一下。

李麻子说:"明年还不知道怎么办呢,哈哈,实在不行,我就出来和你学烤地瓜,我就不相信能把我李麻子饿死了!好了,不和你说了,我该走了。吃你这条烤红薯,我就不给你钱了,给你你也不会收的，我懒得和你推让。老弟你多保重呀，希望过完年回来能够再看见你，到时我们哥俩好好喝两盅！拜拜了！"

李麻子乐呵呵地走了。

何国典却觉得李麻子十分凄凉和无奈。

他长长地叹了口气，谁活着也不容易！

一阵寒风刮过来，何国典打了个寒战。

……

夜深了，何国典该回医院去了。他蹬着三轮车离开了火车站广场。天在降霜，冷得出奇，他的耳朵都快冻掉了，这是他人生的严冬，他必须坚持住。此时，他心里装满了杜茉莉，为了她，他也要坚强地活下去。他骑着三轮车路过那个教堂时，停了下来。

他不经意地转过头，目光落在了教堂顶尖的十字架上，十字架被城市的夜光照亮，或者说是它照亮了这个城市，尽管教堂里面还是一片漆黑，没有一扇彩色玻璃窗可以透出光亮。何国典颤抖着，有股强烈的电流通过他卑微的肉体，脑海里升腾起一种从未有过的清爽之气。他从来没有如此清醒地意识到，活着就是奉献。他下了三轮车，鬼使神差地朝教堂门口走去，仿佛有种缥缈而又真实的声音在召唤着他。他来到了教堂的门口，伸出手，敲了敲那扇沉重的门。没有人给他开门。他站在门口，黑暗的心灵仿佛被神圣的光照亮。他相信自己受难的心灵已经获得了力量，他已获得拯救。他希望看到那个肮脏而又快乐的老人，他要给他奉上一条香喷喷的烤红薯，还要向他倾诉自己的罪，可怎么也找不到他的踪影。

55

杜茉莉躺在病床上，看上去是那么安详。她苍白而秀美的脸上挂着一丝淡淡的笑意。这种淡淡的笑意令何国典心碎。何国典坐在杜茉莉的病床边，身体异常疲惫，大脑却异常的清醒。深夜的医院十分宁静，何国典把杜茉莉的手捧在自己的手上，这是一双因为生存而变得粗糙的女人的手，特别是她食指关节上鼓起的那个褐色的包，刺激着他的神经，让他痛苦和自责。这个褐色的包，是按摩了多少人的足底形成的呀？

何国典的眼睛潮湿了。

他的心在颤抖。

他在心里说："茉莉，我有罪呀，我对不起你！"

现在，他清楚地知道，自己的罪恶的根源就是猜妒和欲望。

何国典想起那些事情，内心就不得安宁，那是他灵魂的地震。

不知从什么时候起，黄连村悄悄地蔓延一种流言，那是关于杜茉莉的流言，说她在上海做见不得人的事情赚钱。这种流言甚至蔓延到了米镇。何国典走在路上的时候，后面有人会偷偷地戳他的脊梁骨。

何国典起初并不知道这事情，还是儿子何小雨告诉他的。那天，何小雨耷拉着小脑袋回到了家里，一声不吭地进房间去了，到了吃饭时间，奶奶叫他吃饭，他也不理不睬，还把房间门反锁上了。何国典觉得很奇怪，小雨这是怎么了？何国典好言好语对他说话，希望他开门出来吃饭。好言哄他行不通，何国典就发了脾气。他正在凶巴巴地喊着，何小雨突然打开了门，眼泪汪汪地说："爸爸，你朝我发什么火，有本事去朝那些说妈妈坏话的人发火！"何国典说："他们说你妈妈什么了？"何小雨委屈地说："他们说妈妈在上海是卖的！我不相信，不相信！"何国典心里"咯噔"了一下，他们怎么能这样说，他也不相信，茉莉不是那样的人。何国典对何小雨说："小雨，不要理那些嚼舌头的人。你妈妈在工厂里做工，赚的钱都是干干净净的……"

可时间一长，何国典心里也有了疙瘩。

同村的少妇李幺妹也多次和他说这事情。他不知道李幺妹为什么要和自己说这事,每次他都会气得浑身发抖。李幺妹就笑着对他说:"何国典,你气也没有用呀,要么让她回来,她要是回来,不就什么事也没有了?我想,你就是逼她回来,她也不会回来的,那钱多好赚呀,只要往床上一躺,钱就来了。况且,茉莉那么长时间不和你在一起,我就不相信她能守得住,你看她每次回来风骚的样子……"何国典大吼道:"你他妈的别说了!"

何国典是个男人,他也有欲望。很多时候,夜深人静的时候,他的心就像猫抓般难受,浑身火烧火燎的!这个时候,他就会起床,穿着一条大裤衩子,走到外面,用一大盆凉水往自己的头上浇下。要是凉水也浇不灭欲望的烈火,他就走出家门,一个人坐在山坡上,朝着大山吼叫,他野狼般的吼叫传得很远。他的脑海也会浮现出龌龊的想法……

去年夏天的某个晚上,月明星疏。他穿着一条大裤衩子,裸露着上身,正站在山坡上吼叫。他的身后出现了一个女人,女人说:"何国典,半夜三更的,你鬼叫什么呀!"他回头一看,发现是李幺妹,她上身穿着一件无袖的花布内衣,下身穿着花布内裤,她没有戴胸罩,两个大奶子鼓鼓的,就是在月光下,也呼之欲出。何国典看到她这个样子,心里的火在燃烧。但他还是克制着自己。李幺妹靠近了他,笑了笑说:"何国典,我知道你心里在想什么。"何国典说:"不,你不知道!"李幺妹说:"我怎么会不知道?不就想那点事嘛,有什么复杂的。你怎么不问问,我想不想?"何国典无语了。李幺妹猛地抱住了他,咬着他的耳朵说:"何国典,我也想,真的想,我不想在家守活寡,何国典……"何国典要推开她,她的力气却大得惊人,根本就推不开。李幺妹说:"何国典,你老婆和何老三都在外面,我们也是被逼的呀……"何国典心里最后一道防线被摧毁了……

何国典有种负罪感,而且日益深重,让他无法解脱。开始,他是觉得对不起杜茉莉,后来李幺妹死了,他觉得她们两人,他都对不起……

何国典轻轻地叹了一口气,他想,等杜茉莉的伤好转后,一定要把一切都说出来,那些事情憋在心里,的确是有毒的,时间长了,会把他毒死,他不能再承受着巨大的精神枷锁生活了!

突然,他口袋里的手机响了。

杜茉莉出事后,他就一直把手机带在身上,要是杜茉莉有什么事情好联络。此时,何国典根本就不希望手机响,也不想接电话,怕杜茉莉会被吵醒,她应该好好睡觉,这些年来,她也没有好好休息。可还是把她吵醒了,何国典来不及把手机铃声按掉,杜茉莉睁开双眼,轻轻地对他说:"国典,接吧,不要紧的。"何国典接通了电话,他听了一下,递给了她:"茉莉,找你的。"

杜茉莉接过手机:"喂——"

"你是杜茉莉吗?"

"是我。你是?"

"我是张隋的老婆。我想告诉你一件事情,他去了。他走之前告诉我,在他走后一定要给你打个电话。他要我感谢你,在他最后的这段日子,想起你来,他心情就会好起来,就会变得坚强。他也要我感谢你,这些年来对他的服务,他从你这里得到了安慰。杜小姐,我也感谢你,你让老张走时一点痛苦都没有。他明明知道自己的病是没有办法好转了的,可他总是说:会好的,我好了还要去找杜茉莉做脚呢,我这一生最大的爱好就是做脚,而杜茉莉是世上做脚做得最好的人。我本来想让你来医院给他最后做一次脚的,可他没有答应……"

……

张隋就是张先生,其实到现在,杜茉莉才知道他的名字。杜茉莉的泪水流了出来,她伸出手和何国典的手紧紧地相握,哽咽地说:"国典,活着真好,无论怎么难,我们都要好好活下去!"

56

除夕夜。

何国典和杜茉莉吃完年夜饭,就一起出门,到火车站广场去卖烤红薯。他们知道,在这个夜里,火车站广场还是有许多等待回家的人。何国典想,这样又可以让那些人们吃到暖烘烘的烤红薯,自己又可以赚点钱。杜茉莉本来不让他去,要他好好地陪她度过这个夜晚,可拗不过他,只好让他去,而且决定自己也和他一起去。

火车站广场真的还有不少人。

很多店铺都不开门了。那些等待回家的人在寒风中看到何国典三轮车上的烤炉,都围了上来,纷纷抢着买烤红薯。何国典心想,这些人应该在温暖的家里和家人团聚的呀,可他们却还在这里等待,唉,今天的烤红薯就免费送给他们吃吧。他的眼珠子转了转,就大声说:"大家别急,别抢,一个一个买,今晚我给大家打折,半价卖给你们!"人们欢腾起来。

……

何国典蹬着三轮车,往回走,杜茉莉裹紧羽绒服,坐在后面。天上飘起了雪花。杜茉莉伸出手去迎接雪花,那些飘落的雪花是一个个精灵,那些精灵中有没有何小雨?杜茉莉心里一阵疼痛,何小雨就像那些雪花般飘落,落在地上,落在她的手心就化了,再也找不到了。她心里呼唤着儿子的名字,她不敢大声呼喊出来,怕何国典难过,怕他再陷入无边无际的黑暗之中。

他们路过一个小区时,好些人在放鞭炮和烟花。

不一会儿,这个城市像是被点燃了,到处都有人在放鞭炮和烟火。何国典停了下来,对杜茉莉说:"茉莉,新的一年开始了。"杜茉莉没有说话,她的心沉浸在悲伤之中,连成一片的鞭炮声和满天绚烂的烟花无法带给她节日的喜庆,她不知道自己内心的痛苦会持续多长时间,或许一生。她仿佛看到儿子在烟花中绽放出笑脸,对她说:"妈妈,我今生还要做你的儿子——"

杜茉莉的泪水流了出来。

何国典没有发现杜茉莉的泪水,他的目光在烟花绚烂的天空中寻找。他的内心也痛苦不已。儿子满是泥土和鲜血的脸浮现在烟花之中,他紧闭着曾经明亮的双眼,他曾经像春草般的头发也枯萎了……何国典的泪水也流了下来,背脊不停地抽动着,不一会儿就哽咽着哭出了声。

杜茉莉站了起来。

她抱住何国典,在这个大年夜里一起感受着悲恸。杜茉莉把嘴凑近何国典冻得发紫的耳朵,哽咽地说:"国典,我们什么时候都可以悲伤,可我们任何时候都不能丧失活下去的勇气!"

何国典哽咽地重复妻子的话:"我们什么时候都可以悲伤,可我们任何时候都不能丧失活下去的勇气!"

2008年圣诞节完稿于上海家中

我们为什么要呼救

> 谨以此书,献给汶川大地震所有的遇难者与幸存者,也献给所有热爱生活的人们。
>
> ——题记

一

2017年上海最寒冷的时候，我去了阿根廷的乌斯怀亚，那里据说是世界的尽头。有人说，乌斯怀亚有也格来日斯灯塔，也有孤独。红白相间的灯塔静静地矗立在比格尔海峡的一座小岛上，水鸟叫唤着，从天空掠过。我感受到了灯塔的孤独，觉得它是个巨大的心脏，永不止息地跳动。

有个穿黑色卫衣的女孩，独自站在船舷边，默默地凝视灯塔，目光忧郁，让我想起了世界上很多孤独的灵魂。我在世界尽头邮局，给一些同样孤独的人寄了些明信片。有人说，从这个世界上最小的邮局寄出的明信片，有的根本就到达不了目的地，我不相信。当那个孤独而又快乐的老人在明信片上用力敲下邮戳时我就坚信，那些明信片都会被送到那些孤独者手中，成为像也格来日斯灯塔一样的真实存在。

有个孤独的人叫莹，她在中国最北方的城市里，每天晚上在电台工作，用她甜美的声音陪伴深夜里不能入睡的人们。有时在凌晨下班后，独自穿过寂静街道回家时，她会突然流下泪水。她一直在等待我从世界尽头邮局寄来的明信片，像等待一只带来春天消息的候鸟。

那真是漫长的等待，快一年了，她也没有收到明信片。我特别内疚，仿佛是个做错事情的孩子，避免和她说话，也不敢去微信朋友圈里看她日复一日的笑脸和独语。

在这个秋天还剩点尾巴的时候，我来到了一个叫丁屋岭的古老山寨，住在靠山的一间小木屋里，试图在这个似乎与世隔绝的地方写本小说。我有个怪毛病，在家里根本无法进行长篇小说的创作，必须找个地方将自己封闭起来才能写完一本书。我很清楚这是个坏习惯，如果说我的小说创作本身是冒险的话，我每次出去写作更是一次次巨大的冒险。活着就是冒险。

比如那年在银厂沟，我差点没了命。那年五月的银厂沟，阴郁的天空，时断时续的雨水，各种各样的野花开放。我住在一个叫鑫海山庄的度假村里，写一本叫《幽灵战舰》的小说。写作间隙，我会站在房间的阳台上，眺望云山雾罩的九峰山。山谷的风无拘无束，我的心也无拘无束。5月12日中午，天空中出现了阳光，漫山遍野的蝴蝶和虫豸在飞舞，我似乎听到了它们的尖叫，可是我无动于衷，只是惊诧于它们的美丽。灾难在下午两点二十八分降临，是黑色的时刻，大地颤抖、咆哮、山摇地动。顷刻之间，我被深埋废墟……七十六个小时后，获救的我看着满目疮痍的山野，欲哭无泪，心里埋下了恐惧和绝望的种子。

黑色的瓦，暗红土墙，旧杉木门扉，狭窄巷道，磨得光滑的青石板路面，偶尔的人声和狗吠……丁屋岭有时会让我突然置身于古旧的时光里，不能自拔。我时常陷入可怕的宁静，那时山野的鸟鸣声，以及金灿灿的阳光，都让我沉迷。夜色降临后，鸟儿归巢，星星是天空的灯盏，一颗颗被点亮。夜晚的古老山村，才真正寂寞入骨。无边无际的寂寞中，我在文字中游走、癫狂。文字是毒药，将我一遍遍毒死，而文字又是灵药，刁钻地进入我的灵魂，一次次将我唤醒，告诉我还活着。

子夜时分，我停止了打字，用凉水洗了把脸，打开门。黑黝黝的山林隐藏着未知的东西。我深深吸了口气,又关上了门。我想起了遥远的乌斯怀亚,矗立在小岛之上的也格来日斯灯塔——它是黑夜里的灯火,总有一些东西应该被照亮。我想起了在遥远北方的莹,她也许还在电台里给无法入睡的人们讲述着什么。

我还想起了另外一个人,他的名字叫苏青。

二

苏青是我的难友。

大地震发生的时候,他正在银厂沟风景区的小龙潭前给一对年轻男女拍婚纱照。年轻男女站在一块石头上,背对着清澈的潭水,摆着相互亲吻的恩爱造型。苏青正要按下快门时,山崩、地裂,在连绵不绝的轰响中年轻男女瞬间就被埋葬,苏青的下半身也被石头压住……三天后的黄昏,我们被同一支救援部队营救,抬上同一架军用直升机,送到成都的医院救治。

军用直升机腾空而起时,我侧过脸,看着旁边蓬头垢面的苏青,他泪流满面。我没有流泪,但我知道,我和他一样,从此命运被改变了。我伸出可以动弹的右手,他迟疑了会儿,慢慢伸出左手。我们的手握在一起,什么话也没说。

巧合的是,他和我被送到了成都的同一家医院。医院病房爆满,到处兵荒马乱,不断有伤者被送进医院。我和苏青住在住院部外面场地上的帐篷里,每个帐篷里都有四张病床,我的对面就是苏青。他躺在病床上,一言不发。我躺着,头上包裹着绷带,浑身无法动弹,看不清他的脸,不知道他是不是还在流泪。我旁边的病床上躺着一个小姑娘,一直在沉睡。苏青旁边躺着一个老头,不停地呻吟。医生护士根本就不够用,给我们检查完,处理了一下伤口,打上吊瓶，就匆匆赶去看别的伤员了。

　　疼痛是我应该面对的事情，我忍耐着不叫出声。苏青也和我一样，甚至比我还要痛，我听到医生说过，他两条腿都断了，十分严重。从上海赶来的妻子在不停地接听电话，替我回答很多很多人的问题。我不想说话，一句话都不想说，闭上眼睛，又睁开，在反反复复的睁眼闭眼中沉睡过去。

　　在疼痛中醒来，发现妻子趴在我身边睡着了，我不动弹，不忍心惊扰她。我抬起头，看到一个老太太在给苏青擦脸。我以为是苏青的母亲，后来才知道，她是个志愿者，以前是这个医院的护士。给苏青擦完脸，她就走了。过了好久，她又回来了，端着一个小饭盆坐到苏青床头。她轻声说："我给你打来了稀饭，吃点吧。"苏青紧紧地闭着嘴巴，不说话。老太太叹了口气："不吃东西怎么行，你伤重，要补充体力的。"苏青还是不说话。

　　老太太看了看他的吊瓶，又走过来看了看我的，对我说："这瓶滴完了，我给你换上。"换完吊瓶，她问我："饿吗，我去给你打点稀饭？"我说："不饿，就是渴。"她给我水喝，我喝完又闭上了眼睛。我不知道苏青渴不渴。

　　噩梦中醒来，天已经大亮，灰蒙蒙的天空，空气中飘浮着刺鼻的味儿——一种死亡的气味。妻子见我醒来，对我说："你一直在喊叫，不要紧吧？"我笑笑，说渴。她给我喝水，我呛住了，连声咳嗽，咳嗽拉动了肌肉，浑身伤口的疼痛连成一片，我大汗淋漓。

　　我发现对面病床上的苏青不见了，其实那时我还不知道他的名字。我问妻子："对面的那个人呢？"妻子说："一大早就被护士推走了。"我说："知道他干什么去了吗？"妻子说："好像说是转院动手术去了。"我闭上眼睛，内心很空落，又无法说出什么。旁边的小姑娘在轻声唱歌，她的右手吊在绷带上，圆嘟嘟的脸上有几道划痕。那个老太太带着笑在给她梳头。她看到我，不唱了，朝我笑笑，我也

我们为什么要呼救　333

朝她笑笑。

"你唱得真好听。"

"叔叔，我会唱很多歌，你要喜欢，我天天唱给你听。"

"谢谢你。"

她又开始唱。

那时候，她就是个天使，给我们唱歌，让我心有慰藉。老太太悄悄挨个儿嘱咐大家，不要当她的面提起她的父母，因为他们已经不在人世。听着她的歌声，我想大哭，可是我只能对她笑。

三

霜降过去了，山寨里没有降霜。一连几天的晴天，白天的阳光暖烘烘的，如果坐在阳光下晒太阳，容易昏昏欲睡。从我住的木屋里看出去，十几米外的山壁上，野草和藤蔓丛生，有一串串红色的野果，十分诱人。老家人都叫这野果蛇泡泡，藤蔓上有细小的刺。小时候采摘蛇泡泡时，不小心会划伤手。注视着阳光下红得透亮的蛇泡泡，我想去采摘，可终究没有伸出手。

写作间隙，我不断想起苏青。就在我到丁屋岭之前，他给我打过一次电话，说大地震快十年了，还得去探访杨文波一家，问我有没有空。我说等我写完新书，再和他一起去。他说等着我。听他的口气不是很愉快，但我没有追问他为什么。

我本来以为，当初在成都医院和苏青分别，就不会再见面。几天之后，我离开了成都，回到上海的医院治疗，就和他失联了。大地震一周年的时候，我回银厂沟，路过一个村子时，看到一个长头发、瘦高个、穿着黑色西装的年轻人用微型摄像机拍摄村民建房子。我觉得他面熟，就让朋友将车停了下来。我坐在车上沉默了几分钟，脑海里搜索着对此人的记忆，隐约觉得他就是在军用直升机上和我握手的那个人。我下了车，朝他走过去。他看到了我，愣了，几秒钟后，说："你是——"

我笑了笑："没想到能够再见到你。"

他伸出了手，我们的手在一年之后，又紧紧地握在一起。

苏青说："见到你真好，老哥，当时本来想给你留个联系方式的，可是那时我太绝望了，就打消了那个念头。"

"我理解，只是一直记着你。"

因为各自都还有事情要办，我们相互留了手机号码，约定第二天晚上在成都见面。那天晚上，天一擦黑，他就来到了我住的格兰会宾馆。我给他倒了杯茶，仔细端详他。他的眼神忧郁，脸色苍白，但还是充满了微笑。

"老哥，你也许不知道我是干什么的吧，我是个摄影师，叫苏青。"

"我叫李西闽，写小说的。"

"作家，幸会幸会。"

寒暄了一会儿，我们就离开了宾馆，找了家火锅店，边吃边聊。我们像久未谋面的朋友，无话不谈。苏青是个孤儿，在孤儿院长大，大学毕业后，做了摄影师，在一家婚庆公司工作。大地震让他失去了右腿，装了假肢。他没有留在成都工作，而是去了上海，在一家时尚杂志社工作，没有再去给人拍结婚照——心里有阴影。谈起在他镜头前遇难的那对情侣，他心里特别难过，眼睛也湿了。

他有个计划，要拍个地震幸存者的纪录片，准备拍十年。说到这里，他说："我正要找个撰稿，刚好老哥是个作家，本身又是幸存者，更能感同身受，到时请你主笔，不知老哥愿不愿意。"我爽快地答应："没有问题。"

十年，拍一家人，这是个大工程，我怀疑苏青能否坚持下去。对未来的很多事情，我没有信心。苏青说："无论如何，我要做完这件事情，也许是对大地震最好的纪念，最重要的是，对我个人而言，是种慰藉。"

苏青的纪录片讲述的是杨文波一家的故事。

四

杨文波六十多岁,一辈子都生活在龙门山里的白水村。他有个独生子杨松树,在深圳打工,儿媳妇李翠花和孙子杨小虎在家。大地震发生的时候,杨文波正在家里看电视,李翠花在山里挖黄连,杨小虎在学校里念书。

杨文波家的房子是两层的楼房,房子建成不到两年,是用儿子多年在外打工赚来的钱建的。杨文波对儿子很满意,走在村里腰板挺得直,说起儿子眼睛放光,唾沫横飞。突如其来的大地震震垮了他家的房子,也将他埋入废墟之中。在废墟里,他最先想到的不是儿子,而是孙子杨小虎。

山坡像波浪一样翻滚,轰隆隆巨响,李翠花死死地抱着一棵树,心里惊骇。不远处河边的山在崩塌,山间的村庄房屋纷纷倒塌,掀起阵阵浓尘。强震过后,吓得瑟瑟发抖的李翠花发现自己没有被吞噬,脚下也没有裂缝,顷刻间,她想起了六岁的儿子。她承认,在那个时候,她已经忘了公公杨文波,她不顾一切地朝学校的方向奔去,路上跌了几跤,已经记不得了。

李翠花跌跌撞撞赶到学校,发现学校已经变成废墟。活着的师生,有的在哭,有的茫然地看着废墟,有的在大声呼喊,有的在寻找……断断续续有家长赶来,哭声喊声连成一片。李翠花哭不出来,泪眼迷蒙，不停地擦眼睛，寻找着儿子。天空中的日头在云中穿行，时隐时现，偶尔投射下惨白的光芒。李翠花没有在活着的人中找到儿子，却发现了灰头土脸、满脸哀伤的张老师，张老师是杨小虎的班主任。

李翠花的声音颤抖："张老师，你看到小虎了吗？"

张老师支支吾吾："我，我……"

李翠花感觉不妙："张老师，你说实话，小虎到底在哪里？"

张老师脸色发灰，浑身发抖。

李翠花双手突然抓住他白衬衣的衣领，使劲地扯了扯，撕心裂肺地叫唤："我的小虎呢？小虎呢——"

张老师的泪水滚落，咬着牙，什么话也说不出来。

小虎被埋在了废墟之中。教学楼有四层，一年级的班级都在一楼，小虎和他的同学们被埋在废墟的最底部。李翠花放开张老师，疯了似的冲到废墟上，不停地呼喊："小虎，小虎——"

面对废墟，李翠花无能为力。

她一直守在废墟上，从白昼到天黑。天黑后，天降大雨，浇洒在满目疮痍的黑暗大地。无论是大雨还是剧烈的余震，李翠花都没有离开废墟，她要守着儿子，不抛下他，一直到天亮。

天亮后，有救援队陆陆续续进入这个山区小镇，有些孩子从废墟里被救出，每救出一个孩子，李翠花都会喊叫着走过去，看是不是自己的儿子。也有些孩子的尸体被挖出来，放在废墟旁边的空地上，盖上了白布。家长悲伤地将自己孩子的尸体搬走，李翠花看着他们，万箭穿心。

村里活着的人大都被疏散到安全地带了。

没有人知道杨文波还活着。他沉睡了不知多久，醒过来时是黑夜。他听到狗的呜咽。那是熟悉的声音，是他养的狗。他喊："黑狼，黑狼——"

黑狼是杨小虎起的名字，他说大黑狗是条狼。黑狼听到主人的声音，用前爪用力地刨着破碎的水泥和砖头，企图救主人于危难之中。杨文波动了动身体，好像没有受什么伤，只是觉得饥渴，他被压在一堵墙下，幸好电视柜撑起了个狭小空间。小虎呢？翠花呢？杨文波心如刀割，老泪纵横。他大声喊道："黑狼，小虎在哪里，翠花在哪里？"

黑狼呜咽。

杨文波又大声喊叫："快去找小虎，不要管我，去把他找回来。"

黑狼抬起头，狂奔而去。

震后第二天的晚上。学校的救援还在进行着，很多士兵在废墟里挖掘。黑狼找到了正在和士兵们一起挖掘的李翠花。黑狼扑过去，咬了咬她的裤管。看到黑狼，李翠花百感交集，蹲下身，抱着它，泪流满面。她这时才深切地想起了公公杨文波，这两天里，也偶尔想过他，心里虽然牵挂，但在她心目中，公公还真没有儿子重要。李翠花心里愧疚，对黑狼说："我爸爸他还活着吗？"黑狼呜咽着，挣脱了她，在废墟里寻找着什么。

李翠花跟在它后面。

她晓得，黑狼和杨小虎可好了，每次小虎回家，还没有到村口，黑虎就飞奔出去迎接他。也许黑狼可以闻到小虎的气味，知道他埋在哪里。黑狼在某处停住了，爪子用力地刨着，呜咽着低吼。李翠花觉得小虎就埋在这下面。她赶紧找来了几个士兵，央求他们从这里挖下去。

那几个士兵脸色沉重，没有拒绝她，一层一层地往下挖。挖掘异常的艰难，每挖下一层，都要费很大的工夫，所以，进展十分缓慢。李翠花配合士兵，不停地将打碎的水泥块搬走，不知疲倦，蓬头垢面的她似乎苍老了十岁，双手都磨破了，血和泥巴糊在一起。从夜里一直挖到天亮，又挖到中午，才挖到最底下一层，那些士兵

我们为什么要呼救　　339

都已体力不支。

杨小虎被埋在压垮的课桌底下。李翠花俯下身,搬掉儿子身上的木板,轻轻地扒掉他脸上的渣石和泥尘,眼泪如雨,落在儿子的脸上。一旁的士兵们咬着嘴唇,默默看着她。李翠花抱起了儿子,在士兵们的帮助下,艰难地走出了废墟。

李翠花让士兵将儿子用白布裹起来,背在背上,用绳子绑好,然后要回村。憔悴不堪的张老师走到她面前,喃喃地说着对不起。他的眼睛通红,眼角还有些许的眼屎。李翠花瞥了他一眼,什么也没说,她的眼中已经没有了泪水,现在,她要带孩子回家。学校离家有十公里山路,李翠花拖着脚,像背负着一座大山,缓慢地走着。黑狼走在前面,不时一路小跑,在远远的地方停下来,回头张望,见她走得缓慢,又跑回来,对着李翠花呜咽,摇着尾巴。

李翠花想起了公公,不知道他是死是活,丈夫在遥远的地方,不知有没有得到家乡遭灾的消息。她的手机也弄丢了,就是手机还在,她也不敢打电话给他。儿子死了,她不知道该怎么和他说话,她觉得自己是个罪人。

十公里的山路,她走了半天。

走到村口时,已近黄昏。天空无雨,乌云密布,异常沉闷。村里满目疮痍,到处都是倒塌的房屋,就是几栋比较结实的房屋,也歪歪斜斜,墙壁上都是裂缝。

家也没有了。她背着儿子的尸体,站在曾经是家的那片废墟前,两腿一软,颓然地坐在地上,沉重地喘着粗气。黑狼在废墟上呜咽,杨文波听到了它的声音,努力地张开干渴的嘴,喊叫道:"黑狼,黑狼,找到小虎了吗?带他回来了吗?"

李翠花以为公公也死了,没想到突然听到了他的声音。她歪歪斜斜地站起来,步履蹒跚地走过去,喊道:"爸,爸,你在哪里?"

杨文波听到了儿媳妇的声音,精神一振,兴奋地说:"翠花,你还活着,太好了!你还活着。"

"爸,你怎么样,身体有没有受伤?"

"翠花,我没有受伤,只是困住了,出不去,我好渴,嗓子冒火,要渴死了。"

"爸,你坚持住,我会救你出来的。"

"好,好,你不要急,我可以忍受,你要注意安全啊。"

"爸,你一定要坚持住,我一定会想办法救你出来的。"

"翠花,你见到小虎了吗?"

"爸,我……"

"翠花,小虎呢?小虎呢?我要和他说话,他是我的命。"

小虎何尝不是翠花的命?她想了想,觉得此时不能告诉他小虎的死讯,生怕他受不了打击,出现问题。李翠花强作平静地说:"爸,你不要急,小虎没事的,他已经和其他人一起转移到安全的地方了,你安心等我救你呀。"

杨文波说:"好,好,小虎没事就好,我等着,等着你救我。"

李翠花松开了绳索,将儿子的尸体放在地上,用白布盖住了。黑狼守在小虎的尸体旁边。

李翠花开始搬掉压在杨文波上面的一些东西。先将小块的烂砖头、水泥块、木板等杂物清理掉,然后找来铁锤,将大块的凝固物敲碎,又将敲碎的东西清理掉。她的手都发麻了,一点力气也没有了,肚子也空空的,也不知道有多久没有吃东西了。在学校时,有些志愿者在那里烧了稀饭和面条,供给灾民吃,可是她难以下咽,不想吃东西。现在她需要食物,却没有了。天渐渐黑了下来,四处一片死寂。她得先找些食物果腹,才有力气继续干活,否则自己也会死的。在背着儿子的尸体回村的路上,她想过死,准备回村找个地方,挖个坑埋葬儿子后,就死在他的坟前。现在她不能死,因为公公还活着,如果不将他救出来,她死也不会安心。

她对黑狼说:"好好看着小虎,我去找点吃的。"

黑狼呜咽着朝她摇着尾巴,表示听清楚了她的话。李翠花打开部队士兵送给她的小手电,摸进了村子,找到一栋没有倒塌的房屋,蹑手蹑脚地走了进去。屋子里阴森森的,李翠花有种做贼的感觉。她从小到大,从来没有平白无故进入过别人的房屋里拿东西。"这是什么时候,管不了许多了",她说服自己,放松紧张的情绪。好不容易,找到了几个生红薯,桌子上有个陶瓷水壶,里面还装着半水壶的水。她拿着水壶和红薯,正要走出房屋,一阵剧烈晃荡。她仿佛要摔倒在地,红薯落在了地上,她紧紧地抱着水壶。房屋摇晃了一阵,很快又恢复了正常,好在没有倒塌。她捡起地上的红薯,匆匆离开了,逃一般回到了儿子的尸体旁。

天黑如漆,糊住了天和地,化不开,撕不破。

李翠花想生一堆火,可是没有点火之物,只好作罢。手电一直亮着,她很害怕电池用光。她干啃着红薯,大口地吞咽,那些没有嚼烂的红薯碎块似乎在刮伤她的喉咙。黑狼走到她跟前,拼命地摇着尾巴,吐着舌头,两眼闪动着凄楚的光芒。李翠花心伤,黑狼也饿了,也不知道已经多长时间没有吃东西了。于是,她将红薯喂给它吃。黑狼啃着红薯,也大口地吞咽。这时,李翠花心里充满了愧疚,公公还在废墟里,没吃没喝的,自己却在狼吞虎咽地吃着红薯。

吃了两条红薯,喝了几口水,疲惫的身体充了电般渐渐复苏。她站起身,对儿子的尸体说:"小虎,你好好躺着,妈妈先去救你爷爷,把你爷爷救出来后,我再来陪你,一直陪着你,不会再和你分开。"她又交代黑狼看好小虎,然后拿着铁锤,继续将那些大块的凝固物敲碎。

手电的光芒渐渐地暗下来,像一点微红的即将熄灭的烛火。李翠花停住了手中的活计,目光黯然。她看着儿子尸体旁边石块上的手电,感觉危险在悄悄临近。她叫了声:"爸,你还好吗?"

杨文波一直竖起耳朵听着废墟上面的声音,有点风吹草动,他都想听清楚,生怕错过什么。李翠花敲击凝固物的声音让他平静,知道她没有放弃努力。只要儿媳妇没有放弃努力,他就有希望重见天日,就可以去见心爱的孙子,也可以再和儿子见面。杨文波听到了儿媳妇的说话声,在这样寂静的夜里,她的声音亲近了许多,不像黄昏时么遥远。杨文波说:"翠花,我还好,你不要担心。"

李翠花说:"爸,你一定要坚持住呀。"

杨文波感觉到了什么:"翠花,你怎么了?"

李翠花说:"我没什么,只是有点怕。"

杨文波说:"翠花,你莫怕,我还活着,你要是实在害怕了,就和我说两句话。"

李翠花说:"爸,不要说了,你要保存体力,坚持住,我会把你救出来的。"

杨文波说:"别担心,阎罗王还不会那么快收走我,你要是累了,就休息一会儿,或者等天亮再说,你找个地方先睡个觉。我可以坚持下去的,想起1960年的时候,我饿了五天五夜都没有饿死,我这把身子骨抗饿。"

李翠花说:"爸,我实在看不见了,天太黑,什么也看不见了。"

手电光熄灭了,彻底的黑暗将一切淹没。

李翠花朝儿子的尸体摸索着走过去,黑狼走过来引导她。就在这时,不知道从哪里冲过来一群饿狗,狂吠凶叫地朝小虎的尸体扑过来。黑暗中,黑狼真的像条狼朝饿狗们扑过去。

那是一场你死我活的撕咬。

狗的尖叫声划破了漆黑的夜幕,李翠花感觉到血淋淋的撕裂,惊恐万状。不能,不能让这群饿狗将儿子的尸体撕碎。她扑到儿子的尸体上，哪怕自己被饿狗咬死，也要保全儿子的尸身。听着黑狼和饿狗们撕咬的声音，李翠花瑟瑟发抖，呼吸急促，仿佛要窒息。

她听到杨文波在喊叫："翠花，发生什么事情了？告诉我！发生什么事情了？"

李翠花无法回答公公，她死死地护住儿子的尸体，泪水在黑暗中汹涌流淌。她喃喃地说："小虎，不怕，有妈妈在，不要怕。"与其说是在安慰儿子，不如说她是在给自己打气，让自己有勇气度过这个恐怖之夜。

过了好大一会儿，黑狼还在和饿狗们浴血奋战。李翠花突然听到了脚步声，有人正在朝她这个地方赶来。果然，她看到了手电的光芒刺破黑暗，不止一把手电，是两把！有两个人奔跑而来。那两个人手中挥舞着棍棒，将那群饿狗赶跑了。来的两人中，一个是高个子，一个是矮个子。

矮个子的手电光照在了李翠花身上，他气喘吁吁地说："刘哥，这里有个人。"高个子的手电也照在她身上，说："大姐，你是活人吧？"

李翠花爬起来，说："我是活人，我是活人。"

矮个子说："大姐，你没事吧？"

李翠花心绪平静了些说："我没事，谢谢你们救了我。"

矮个子说："别客气，你没事就好。"

高个子的手电照在了蒙着白布的小虎的尸体上，问："这是——"

李翠花喘出一口气说："这是我儿子，他死了，刚才野狗冲过来，我怕它们伤害他，就扑在了他身上，我不能让那些野狗咬烂我儿子的尸体。"

矮个子沉默了。

高个子说："大姐，有我们在，不会再有事了，你放心吧。"

李翠花问："你们从哪里来？"

高个子说:"我们从成都来,是志愿者,来救人的。晚上我们就在前面的路边休息,听到狗叫,觉得有什么事情发生,就跑过来了。"

此时,眼前的这两个人,就是亲人。李翠花哽咽着说:"谢谢你们,真的谢谢你们,要不是你们赶来,我都不知道会发生什么可怕的事情。"

高个子说:"大姐,别难过了,晚上我们陪你,不会有什么事情发生了。对了,我叫刘雄伟,他是我朋友,叫赵平凡,我们都是成都卷烟厂的工人。对了,这里的人都疏散出去了,你怎么没有离开?"

李翠花说:"我不想走。"

赵平凡说:"这里很危险,你应该走的。"

黑狼这时摇摇晃晃地走过来,呜咽着。赵平凡发现了它,警惕地说:"狗,狗又来了。"刘雄伟举起手中的棍棒正要去打它。李翠花惊叫:"不要打它,它是我家的狗,一直在保护我们。"刘雄伟手中举起的棍子轻轻地放下来,手电光照在黑狼身上。黑狼血肉模糊,呜咽着,朝李翠花摇着尾巴走过来。它还没有走到李翠花跟前,就歪歪斜斜地倒在了地上,浑身抽搐,最后伸了伸后腿,就再也呜咽不出声音了。

李翠花喃喃地喊:"黑狼,黑狼——"

她的眼泪又扑簌簌地掉落。

忠心耿耿的黑狼为了她流尽了最后一滴血,李翠花能不悲恸吗。它就像她的孩子一样,让她伤心欲绝。

赵平凡叹了口气说:"可怜的狗儿。"刘雄伟说:"大姐,别伤心了,它已经死了,不能复生了。况且,它是为了保护你而死,死得其所。等天亮了,我们把它埋了吧。"

李翠花点了点头。

我们为什么要呼救　345

这时传来杨文波的喊叫声:"翠花,翠花,上面发生了什么事情?快告诉我,到底发生了什么事情,你还好吗——"

赵平凡说:"这是谁?"

李翠花说:"是我公公,他被埋在底下,已经两天两夜了。"

刘雄伟说:"他没有受伤吧?"

李翠花说:"我问过他,他说没有。"

刘雄伟说:"那就好,那就好,我们要想办法把他救出来。"

李翠花走到废墟上,对公公说:"爸,我没事。来了两个志愿者兄弟,是从成都来的,他们会帮我把你救出来,你就放心吧。"

杨文波说:"真的吗,真的吗?"

李翠花抹了抹眼睛,说:"真的,爸,是真的,我不会骗你的。"

刘雄伟说:"老人家,真的是我们,你要坚持,等我们将你救出来。"

赵平凡也说:"老人家,我们马上就开始救你,不救你出来,我们绝对不会离开。"

杨文波哭了,沙哑着嗓子说:"好,好——"

他们捡来些干树枝,燃起了两堆篝火,一堆在小虎的尸体附近,一堆在废墟旁边。

火光驱赶了黑暗,温暖着人心。

五

大地震一周年之际,苏青到白水村,找到了杨文波。杨文波正在建新房,新房建在原址上。他见到苏青,很是热情,又是递烟,又是倒水。他的客气让苏青有些不安,苏青说明来意后,杨文波脸上的笑容消失了,小眼珠子盯着苏青说:"拍什么拍,有什么好拍的!"苏青担心的事情发生了,一时竟然不知如何说服他。

杨文波冷冷地说:"你走吧,不要影响我们造屋。"

苏青只好离开,心里很不是滋味,像有一桶冰凉的水从头浇下。选中杨文波一家作为纪录片主角,他花了两个多月的时间,先是从成都的一家报纸上发现了一则报道,报道讲述了杨文波一家如何走出地震阴影的事情。苏青觉得他们并没有走出阴影,可以挖掘出更深的东西,于是,通过朋友的朋友找到了杨文波。苏青心想,等过两天想好说服杨文波的方法之后再来。

他走出村口时,有个女人追了上来。

女人说:"苏先生,对不起,我公公脾气变坏了,以前不是这样的。"

女人一头短发,瓜子脸,清瘦,眼神忧郁,像含着泪。苏青说:"你是?"女人说:"我叫李翠花,是杨文波的儿媳妇。"苏青眼睛一亮,眼前这个女人是杨家的重要家庭成员,也是他要采访的对象,如果她愿意接受采访，那问题就解决了大半。苏青说："你找我，是有什么话要说吗？"

李翠花点了点头："你和我公公说的话，我都听到了，苏先生，我愿意和你说，你问什么问题，我都会回答你。"

苏青注视着她凝重的脸，心里有点难过，但还是面带微笑："谢谢你，大姐。"

李翠花说："我们别站着了，找个地方说话吧。"

苏青说："好的。"

李翠花将苏青带回到建房的地方。杨文波瞪着眼睛说："翠花，你把这个人叫回来干什么？"李翠花冷淡地说："我有话要和他说。"杨文波提高了声音："什么话都和外人说，也不嫌丢脸。"李翠花也提高了声音："我有什么脸好丢的，我都活得生不如死了，你连话都不让我和人家说，你到底想怎么样？"

这时，一个建房子的泥水匠笑着说："老杨，翠花也不容易，你就不要难为她了，我要是翠花，天天被你这样唠叨，早就跑了。"杨文波翻了翻白眼说："去去去，少管我们的家事。"泥水匠又说："路不平有人踩，我看不过眼，就要说出来，不管是你家的事还是什么事。"杨文波沉默了。

苏青觉得尴尬，但还是将他们说话的情景拍摄下来了。李翠花将他领进了工地旁边的简易房里，对他说："就在这里说吧。"苏青觉得简易房里的光线不太好，建议就在简易房门口拍摄，让她坐在凳子上，背景是她家新房的建筑工地，他可以拍她说话，也可以将镜头推远，拍杨文波和工人干活的情景。李翠花说："外面会不会太吵？"苏青说："没事，我就要这种效果。"

苏青架好三脚架，固定好微型摄像机，就开始了对李翠花的采访。

李翠花面对摄像机，还是有点拘束，苍白的脸上泛起了红晕。她十指绞在一起，笑了笑说："说什么好呢？"

苏青也笑了笑："我也没有准备什么采访提纲，我是这样想的，你说什么我就拍什么，随便点，不用紧张。这一年来，你经历了什么，想到哪里就说到哪里，这样行吗？"

李翠花说："可以的。"

苏青说："那我们开始吧。"

"说什么好呢？说什么好呢？平常心里有很多话想和别人说，可是没有人愿意听我唠叨，有时打个电话给老公，他说几句就不耐烦，很快就挂掉了电话。我理解他，他辛苦，劳累了一天，要睡觉。而且，我知道他心里也难受，儿子死后，他就不太愿意和我说话，好像是我杀了儿子。有时候，我觉得儿子还活着，一直没有离开。就像现在，我觉得他还在学校里读书，心里想着他回家的样子，每次他回家，都会给我讲学校的事情。可是，可是他真的死了，我经常会走到他坟前，和他说话，说很多很多的话，不知道他能不能听见。"

"孩子的坟在哪里？"

"就在对面的山坡上，看到没有，我抬头就可以看到。我不知道自己为什么会活下来，不知道为什么。我好像已经麻木了，可是又会心痛，痛得要死，痛得天昏地暗。这一年，我就没有快乐过。我都忘记了快乐是怎么回事了。过年的时候，我老公回来，本来一家人在一起团团圆圆，应该欢欢喜喜才对，但是大家都不开心。公公和老公不停地喝着闷酒，什么话也不说，我心里也堵得慌，一个人去儿子的坟前，陪他过年。往年，孩子他爸会买很多鞭炮和烟花，吃完年夜饭，我们一家开开心心地放鞭炮和烟花。儿子最喜欢放烟花了，他说烟花真好看，像童话里的世界。"

苏青也很难过。

"是人都会伤心，伤过的心肯定不会和原来一样了。我觉得老公

我们为什么要呼救　349

也有了变化,以前,他每个星期都会打电话给我,都是在睡觉前打,说想我,想孩子,说在外面的苦和乐。我听着他的话,很感动,也心疼他,就对他说:'你回来吧,不要那么卖命了,在家种种地,养养猪,日子也可以过得去,只要一家人在一起,比什么都好。'他总是想多赚点钱,让我们的日子过好些,让孩子有个更好的未来。地震后的第四天,他赶回来了。他第一时间赶回来,买不到火车票,长途汽车也坐不上,只好坐短途班车,一站一站地倒回来。知道儿子死了,他成天阴沉着脸。有天晚上,他爆发了,掐着我的脖子,怒吼着,说我为什么不看好孩子。我说不出话来。孩子是死在学校里的,不是我害死的,但我还是觉得自己有责任,心里想,你掐死我吧,死了就不会有痛苦了,就可以和儿子在一起了。我公公拿着根棒子,劈头盖脸地朝他打下去,他才松了手。公公说:'你掐死她有什么用,人都死了,还能复生?'我老公蹲在地上,抱着头,呜呜地哭。我理解他的痛苦,我不恨他。我虽然救了公公,但他一直和我也没什么话说,我知道他心里的疙瘩也解不开。那天,报社的记者来采访他,他笑着说现在很好,能活着真不错。他说的是假话,他经常躲在没人的地方老泪纵横,有时也会去小虎的坟前,一坐就是半天。我不知道他和小虎说了些什么。"

苏青抹了抹眼睛,眼睛里有泪水。

"我老公待了四个月,就回深圳去了。临走前的那个晚上,他要碰我,我说没有兴趣,他什么也没说,把身体侧向一边。他要离开,我很害怕。说实话,他回来,我觉得有依靠,哪怕是他对我沉默寡言,恶语相向,甚至要掐死我,我也不会怪罪他。我对他说:'松树,你能不走吗?你一走,我心里就会空落落的,就会更加痛苦,你留下来吧,不要再出去打工了,好吗?'他沉默寡言,根本就不搭理我。第二天一大早,他就走了,只留下了一句话——照顾好我爸。他走后,我精神就很不好,总感觉自己得了什么病……"

六

深夜的丁屋岭,连狗儿都在沉睡,一砖一瓦都在静默中凝固。写作是寂寞的,是一个人的私语,我在文字中走进另外一个世界,这个世界与现实相通的唯一管道,就是我的心灵。香烟无声无息地燃烧,就像我点燃的生命之火。手指敲击键盘的声音或许是深夜里唯一的响动。

眼睛模糊,疲倦了。

头脑里,小说中的人物还十分清晰,但太阳穴有点痛,仿佛在警示我,你不能继续写下去了,必须休息了。这些年,每年都有写作者在创作中猝死,我也清楚,人不是机器,不能一直在运转。我停了下来,准备休息。我打开木屋的门,大口地呼吸着山里清新的空气,仿佛要将肺叶清洗干净。很长时间以来,我常常怀疑自己得了肺癌,胸部和后背总会剧烈地疼痛。我不敢去医院,生怕真的检查出了肺癌,我受不了打击。自从大地震后,我就是一只惊弓之鸟。某天,我实在忍受不了疼痛,就去医院检查,做完 CT 之后,等待结果,心里忐忑不安。太太见我惊惶的样子,冷笑着说:"放心吧,你不会有事的,你这样的人,死不了。"我说:"我是什么样的人?"她说:"你自己清楚。"我真不知道自己到底是个什么样的人,有时狂野,有时低沉,有时勇敢,有时懦弱。结果出来后,医生说我的肺叶清晰，没有任何问题，我那颗悬挂在半空中的心才回了原处。我握着医生的手说："谢谢，谢谢。"医生茫然地看着我说："你把我的手握痛了。"

我的疼痛是拜地震所赐。

每当刮风下雨，季节变换，我的旧伤就会发作，痛得我受不了，真想结果了自己的性命。

疼痛是我的宿命。

我关上了陈旧的杉木门，将黑暗关在了外面。

我知道无法入眠，但还是上床，钻进了被窝。如果在家，我会看部电影什么的，看着看着就会沉睡过去。我现在居住的小木屋里，没有电影可看，我也不喜欢在手机或电脑上看电影。我躺在床上，睁着眼睛，有些不安的念头会在脑海浮现——屋子外面，是不是有某种诡异的生物站在门口，随时破门而入。其实对于鬼怪，我毫不惧怕，有时，我觉得自己就是个鬼，早在地震中死去，行走在人世的只不过是我的魂魄，人们看到的我只是幻象。真正恐惧的是人心，莫测的人心。

我自然地又想到了苏青，因为我答应过他，写完手中的这部小说，就陪他去探访杨文波一家。地震一周年那时，我们在成都分别后，他就去了深圳，去采访杨松树，而我回到了上海。

过了十多天，苏青也回到了上海。

他约我吃了顿饭。我们找了个小馆子，叫了三菜一汤，两瓶黄酒，边吃边聊。他的眼神还是那么忧郁。我面对他，心里有种担心，担心我会突然崩溃，或者他会突然崩溃。刚开始，我说些开心的话题，试图掩饰我心中的担忧。他的目光虽然忧郁，却也锐利，看出了我的心思。

"一切都会过去的。"他笑了笑说。

我知道我说的那些开心的话题并没有什么意义，我们都不是那种粉饰太平的人,需要的是直面内心和现实。我话锋一转:"你到深圳,找到杨文波的儿子了吗?"

"找到了,是按李翠花给我的地址找到的,并没有费什么周折。不过,和他的谈话,让我陷入了困境。"

"他和你说了些什么?"

"说了很多,难得他那么敞开心扉。我以为他会像他父亲那样抵触我,没想到他和李翠花一样,也需要倾诉,而平常工作辛苦,很难找到可以倾诉的人。我发现,这世界上很多人都过着幽闭的生活,是心灵的幽闭,内心找不到出口,精神备受磨难。"

"你我也一样。"

"我们要比他们好些。杨松树从地震后辗转回家说起,一直说到他离开李翠花,说到伤心处,就会抹一把泪,眼睛一直红红的,布满血丝。他个子不高,但壮实,这样一个汉子落泪,特别让人心酸。他说刚刚到家,看到儿子的尸体,两腿发软,站不住,倒在了地上。醒转过来,父亲和妻子守在他旁边。妻子端过来一碗粥,他推开了,默默地看着儿子已洗干净的伤痕累累的脸,一直到天黑。救援部队给了他们一顶帐篷,儿子的尸体放在帐篷里,帐篷外架了一口锅,可以煮东西吃。杨松树说他想把锅砸了,儿子没了,日子还有什么过头。"

"我很理解他。"

"我也理解。他毕竟是个男人,悲恸过后,还是有些理智。第二天,他就在村子对面的山坡上挖了个坑,要将儿子埋了。杨文波也同意将孙子埋了,尽管他也伤心欲绝。可是李翠花不同意,她一会儿歇斯底里地哭喊,一会儿喃喃地说小虎没有死,他只是睡着了。她要守着他,等他醒来。看着妻子迷乱悲伤的模样,他不知道如何劝慰。他想将儿子装进用木板钉好的简易棺材里,放到墓穴里埋掉。李翠花扑在儿子身体上说:'将我也一起埋掉吧,我不想活了。'杨松树无奈，只好守着妻子和儿子的尸体。又过了一天，儿子的尸体开始腐烂，尸臭散发出来。杨文波对儿子说：'得想办法说服翠花，将小虎埋了，这样下去，不是个事呀。'杨松树和妻子说了几句，她就是不依不饶，死活不同意。杨文波突然跪在儿媳妇面前，老泪纵横地说：'翠花，我给你磕头了，你就让小虎入土为安吧。'说完，他就在地上一连磕了好几个响头，前额都磕破了。杨松树愣愣地看着父亲，不知所措。李翠花浑身颤抖，电击了一般，她跪在公公面前，扶着他哽咽地说：'爸，你不能这样，不能这样——'"

"她答应将儿子埋了？"

"是的，答应了。过了两天，乡里来人，动员他们一家离开白水村，到灾民的统一聚居点去，给他们安排了简易的板房。李翠花要再待一晚上再走。杨松树答应了她，他让父亲先和乡里的人去了。杨文波临走前，把杨松树叫到一边，低声说：'你要看好你媳妇，她很反常，我很担心。'杨松树说：'爸，你就放心去吧，我会照顾好她的。'那天晚上，真出了问题。李翠花趁杨松树睡着了，悄悄地走出了帐篷，来到了对面山坡上儿子的坟前，说了一会儿话，然后在旁边的一棵树上挂上了准备好的绳子。好在杨松树并没有睡死，他很快醒来，发现妻子不见了，就追出去了。如果他晚到一步，李翠花就吊死了。李翠花的脖子套在活结上，正要蹬掉垫脚的石头，杨松树打着手电赶到，惊叫了一声，扔掉手电，死死地抱住了妻子，喊叫道：'你不能死呀，翠花，不能！'他救下了妻子，连夜带着她离开了白水村。"

"唉，喝口酒吧。"

"喝，干了。杨松树有段时间借酒浇愁。他说他有很多话要对妻子说，也想抚慰她，可是说不出口，每次想要开口，不知怎么回事，又咽回肚子里了。等李翠花渐渐地恢复了常态，不会再想死了，杨松树才离开，回深圳打工去了。他承认，他是在逃避，压抑得很，不走的话，他也会想不开。我说：'你这样很不负责任，最好还是回去陪着翠花,她其实还没有摆脱阴影,你是他最亲近的人,你都不帮助她、关心她,还有谁能够让她恢复生活的信心.'他哭了,号啕大哭。临走时,我还是劝他回去,最好等翠花完全正常后,再回深圳打工。他没有说行,也没有说不行。我感觉他对翠花还是有情有义的,希望他能够回去。"

"对了,你这一年是怎么过来的?在成都时,你一直在讲杨文波一家的事情,都没有提及你自己。"

"我嘛,孤身一人,没什么好说的,大部分时间都在医院度过,来上海也才两个多月,不好也不坏,人总得活下去。你呢,这一年经历了什么?"

"噩梦,几乎每个晚上都是噩梦。我不能听到一些响动,那些响动让我心惊胆战,仿佛大难临头。我甚至连坐地铁都感到恐惧,地铁轰隆隆的声音会让我情不自禁地想起地震开始时地底传来的轰鸣声。每天,我太太上班后,我和不到两周岁的女儿在一起会好受些。被埋在废墟时,我最惦念的就是女儿,她还那么小,不能没有爸爸,也可以说,是女儿让我没有放弃,坚持了下来。获救之后,我才知道,在我被埋的那三个深夜,她都会突然惊醒,坐起来大哭,边哭边喊爸爸,那时她刚刚学会说爸爸。冥冥之中,有一根纽带,连接着我们父女的感情。我带她去公园里玩耍,看到花朵,她脸上也会笑开花。看着她蹒跚学步,叫唤着爸爸,朝我怀里扑来,我心里就有种莫名的感动,觉得活着真好。女儿的确给了我安慰,我不忍心在她面前表现出痛苦和绝望。可是到了深夜,从噩梦中醒来,我就会蹑手蹑脚地走出卧房,来到客厅里,坐在客厅里发呆,想着被埋废墟的每时每刻,泪流满面。我深埋废墟的那七十六个小时里,流了很多血,却没流一滴泪。为什么获救回家后,却会流泪,像个傻瓜一样流泪?我期待着天明,期待着女儿的笑脸,她的笑脸和稚嫩的话语,会让我暂且忘却深夜的恐惧和痛苦……"

我们为什么要呼救 355

七

苏青当时听完我的话,觉得我的精神出了问题,我却不以为然,认为这只是地震后的正常反应。他郑重其事地建议我到精神卫生中心去找个医生好好看看。我心里十分抵触,冷冷地说,我没有精神病。

记得那个深夜,从噩梦中醒来,冷汗湿透了内衣内裤,我轻手轻脚地起床,不想惊醒沉睡的小坏和她妈妈。我站在阳台上,看着城市的灯火,泪水莫名其妙地流淌,心里有个人在恶狠狠地说:"李西闽,你这样活在噩梦之中有什么意思?还不如死了,死了你就不会被噩梦困扰了,一了百了。"我看到夜空中有个人站在那里,看不清他的脸,只能看到一个影子。他也在说:"来吧,来,朝我走过来,你就脱离苦海了。"

我大脑一阵迷茫,打开了密封住阳台的玻璃门。

心里的那个人在说:"他说的没错,你只要一直往前走,就可以进入另外一个世界,那里没有噩梦,也没有痛苦,没有人生的种种磨难。"

夜空中的人继续在召唤:"来吧,来吧,我带你进入一个鲜花盛开的地方,这里是天堂,来吧,来吧——"

就在我要踏出那一步之际,我被人死死地抱住了。

是妻子抱住了我，她撕心裂肺地喊道："你不能跳，不能这样。"其实，每个深夜，我从噩梦中惊醒，她都会有感觉，有时会起床，来到客厅安慰我。我经历着人生的噩梦，她也经历着痛苦，她不可能无动于衷。她把我拉回到了现实之中，她是我最亲近的人，也是为我承受最多痛苦的人，从我被埋废墟到获救，再到被漫长的噩梦折磨，她从未停止担惊受怕。

来到客厅，她给我倒了杯热水，微笑着说："喝点水。"我的泪水还在汹涌流淌，她没有流泪，她曾经说过，泪水早在我被埋的那三个夜晚流光了。她给我笑脸，是在给我温暖和希望。

她温柔地说："都过去了，你应该放下了，你看，和那些死难者相比，你还活着，这是多么幸福的事情，你至少还有我，还有女儿，还有这个家。"

我擦了擦眼睛："你去睡吧，明天还要上班，我不会再做傻事了。"

她说："真的不会了？"

我点了点头。

她说："我不信。"

她坐在我旁边，伸出手，紧紧地握住我的手，她的手柔软而且冰凉，让我十分内疚。她是个好妻子，而我并不是个好丈夫，我给她带来的痛苦和伤害有时就是一场场灾难。她承受着我带给她的一次次心灵的地震，这需要多大的勇气和耐心。

我喃喃地说："对不起。"

她说："傻瓜，有什么对不起的，一家人在一起，就是相依为命。"

就那样，她一直陪我到天亮。看着她憔悴的面容，我心里疼痛，企图让自己快乐起来，哪怕是装得快乐起来，这样会让她的内心安宁些。可是，噩梦还在继续，我也继续在伤害着她。

还是一个深夜，我从噩梦中醒来，烦躁不安。我独自坐在客厅的沙发上，头痛欲裂，大口地喘着粗气。妻子披着一件红色的外衣走到客厅里，坐在我旁边，握着我的手，轻声对我说："放松，放松。"我觉得自己的脑袋要爆炸，或者已经爆炸了，我突然朝她怒吼："我不要你管，不要你管。"然后我站起来，走到墙前，不停地用头撞墙。山崩地裂。

妻子抱着我："你不能这样，不能这样。"女儿的哭声从房间里传出，我才从狂暴中清醒过来。我泪流满面，心里充满了更深重的愧疚。我真的不能这样，可是，很多时候，我根本就控制不了自己。我想逃离妻子和女儿，或许那样会让她们好过些，可是我无处可逃。

又一个深夜，我从噩梦中醒来后，听到了她们母女均匀的呼吸声。我没有开灯，黑暗中，我看不清她们的脸。她们是我最爱的人，惶恐中，我多么想伸出手去抚摸她们温暖的脸。我不忍心吵醒她们，蹑手蹑脚地离开了房间，轻轻地关上了房门。

我没有待在客厅里，而是穿起羽绒服，走出了家门。夜很静，下楼时，在电梯轿厢里，我看着自己布满血丝的眼睛，和那张我自己都厌恶的猪肚脸，心里焦躁到了极点。走出楼门，寒风凛冽，我却感觉不到寒冷，深深地呼吸了口气，就像个梦游者，晃出了小区大门，在寂静的街上漫无目的地游走。我没有想到，在这样寒冷的深夜，连偶尔在马路上疾驰而过的车辆都像深夜一样冰冷，有个人却会跟踪我。这事说起来谁都不会相信，现在回想起来都像一场梦幻，十分不真实。

尽管我像个梦游者，但还是觉察到了身后有人在跟着我。

我不晓得跟踪者是谁，是人还是鬼。我突然回转身，大喝一声："你是谁！"那人躲在路边的悬铃木后面。我走到那棵树跟前，"你给我出来。"那人藏不住了，闪了出来。在昏暗的路灯下，我看清了他的脸，他身后的地上，拖着他的影子。我心里咯噔了一下："是你——"

我记得他这张脸，虽然短，却棱角分明，左脸上有块黑色的胎记。他叫张北风，我和他有一面之交，好像是在一次什么活动上。活动结束后，我们一桌吃饭，他正好坐我旁边，于是有了交流。他也是个写小说的，他说他写了几本小说都出版不了，心里充满了焦虑。那时我正好在一家图书公司主持工作，就让他将小说发我看看。他像是捞到了根救命稻草，显得十分激动，但我还是给他泼了凉水，说要是小说质量不行的话，我也是无能为力的。他发给我三部长篇小说，我看完后，觉得他的小说语言不错，但是故事一般，想到他是个沪漂，在上海边打工边写作，也很不容易，就选了其中一本，决定给他出版。事情并不像我想象的那么顺利，他的小说还没有送到出版社，就被搁置下来了。我因为自身的问题，离开了那家出版公司，我的接任者并不像我一样同情他，就将小说退了稿。他从此恨上我，后来打过几次电话给我，我接通电话，他就破口大骂，把所有污浊的语言都像子弹般射向我，不容我任何解释，骂完就挂掉了电话。我理解他的心情，没有放在心里。骂就骂吧，只要他骂完后有所解脱，也算是件功德。那是大地震前三年的事情，我都将这件事情淡忘了，没想到他还耿耿于怀。我获救后，朋友在我博客上发布了我脱险的消息，有个人一直在那个帖子下诅咒我，说我就应该死在废墟里，不应该活着。

他冷笑着说："是我，你不会忘了我吧？"

"你要是不出现，我不会记起你来。"

"果然贵人多忘事，你当初害得我那么惨，你就没有一点记忆，或者愧疚？"

"我当初告诉过你，出版的事情我不能给你打包票，很多事情不尽如人意，我心有余而力不足，你要理解，况且，不就是书没在我手中出版吗？我怎么就害你了？"

"你敢说你没有害我？你告诉我要出版我的小说，我是多么的高兴。我告诉女朋友，女朋友说只要书出版，就和我结婚。那段时间，是我有生以来最开心的日子，就是阴天，我也觉得阳光灿烂。我也变了个人，人生充满了希望，好像好日子从此开始了。我走在上班下班的路上，对每个路人笑脸相向，不再像过街老鼠一样低头走路，害怕别人鄙视的目光。我还请工友们吃饭、喝酒，告诉他们，我的书很快就要出版了，我也很快就要做新郎了。我三十大几的人，渴望有个家，渴望小说出版，没有料到，你会欺骗我，让我一夜之间回到黑暗之中。女朋友和我吵架，说我是个大骗子，离开了我。你说我有多么绝望，我死的心都有了。我恨你，你这个王八蛋，你怎么不死！"

我无语了，不知怎么和他说下去。我无意之中让一个人的希望破灭，让他遭受了苦难，我真的有责任。

他继续咬牙切齿地说："这些年，我在这个城市里打拼、努力，也渐渐地忘记你了。是的，我必须忘记你，你就是我心里的一个伤口，想起你，我的心就会流血，就会加倍地恨你怎么不死。你知道我在网上看到你在地震中被埋，我有多么开心，多么希望你死掉。你死了，我就解脱了，就不会再想杀你了，因为我根本就没有这个勇气。如果老天收了你，我会烧高香、放鞭炮庆祝的。谁想到你没死，你活着，我心里就难以平静，伤口就会继续流血。这几天，我一入夜就守在你小区门口，等待你出现。我下了狠心，一定要杀了你，老天放过了你，我不能再放过你，我不能再活在你给我带来的痛苦和仇恨之中，我们必须要有个了断。"

说完，他从腰间抽出把一尺来长的刀，朝我一步一步逼过来。我注视着这个潜伏了许久的仇人，心里迷茫一片，不知所措。

他浑身颤抖，紧握刀把的手也不停地抖动。他穿得很单薄，寒风料峭，他是不是因为寒冷而颤抖，抑或是因为恐惧？我终于说："兄弟，放下刀，回家去吧，我看你冻坏了。"他的声音很坚定："谁是你的兄弟,你是我的死敌,我要杀了你。"

我的大脑渐渐清醒,这只是个可怜的人而已。我没有冲过去和他打斗。他在离我一步之遥的地方停下了脚步,浑身颤抖得更加厉害了,像汪洋上狂风巨浪之中颠簸的小舢板。

我异常冷静:"张北风,如果杀了我对你真的是一种解脱,你就痛快点,过来杀了我吧。我穿得厚,刀刺穿我的衣服有难度,你需要更大的力量,所以,不要用刀捅我的胸膛,也不要捅我的肚子,来,就在我脖子动脉这里抹一刀就可以了。我不会反抗,来吧!痛快点,反正我是死过一次的人了,再死一次也没有关系,活着比死亡更痛苦。快来,我成全你,你也成全我。"

他愣愣地望着我,我也凝神静气地看着他,想象着他像只豹子般朝我扑过来,将我杀死,血从我被割破的血管中喷涌而出,变成满天鲜红的雪花,纷纷飘落,一段莫名其妙的恩怨在这个冬夜烟消云散。

他并不像我想象的那样勇敢血性。

张北风泪流满面,低吼起来:"不,不,我不能杀人,我杀不了人,我不是杀人凶手,我下不了手,下不了手,我没有勇气,没有勇气——"

然后他扔下了手中的刀。

刀掉落在地上,还是寒光闪闪。它注定不是一把嗜血的刀。

张北风抱着头,狂奔而去,一路哀号着。我注视着他的背影,心里哀伤到了极点,他的哀号,也是我的哀号,我们都在寒夜里苦苦挣扎。

很快地,他跑入了另外一条街道,消失在我眼前。我居然也流了泪,泪冰一样冷。街道凄清,有辆出租车停在路边,车窗玻璃落下,司机对我说:"先生,需要用车吗?"我摇了摇头。

这时,我的手机响了。

妻子在电话里的声音充满了焦虑:"西闽,你在哪里?"

我说我在街上。

她说:"你在街上干什么?"

我说:"吹吹冷风。"

她说:"快回家吧,外面那么冷,会冻坏的。"

我说:"我马上就回来,不用担心,我不会死的。"

她说:"我能不担心吗,醒来看你不在,吓死我了,以为你跳楼了,看到阳台上的玻璃窗没有打开,才给你打电话。"

我说:"我现在就回来,你睡吧,我真的没事。"

挂了电话,一阵寒风吹拂过来,我感觉双脚已经冻得有些麻木了,鼻涕也流了下来。有条流浪狗在不远处望着我,我也看了看它。我擦了擦眼睛和鼻涕,迈开了脚步,朝家的方向走去。

很多时候,想起那个夜晚,就会想起仓皇而去的张北风,想起那条流浪狗,还有那些无家可归的人们。

八

丁屋岭深秋的早晨，天空蓝得像深海。太阳还没有露面，我就起床了，穿过狭小的村街，来到山路上，走上一个小时。直到太阳从东山坳冒出来，我才回到村里的小木屋里，开始一天的写作。那时，丁屋岭也真正苏醒，有了炊烟和人声。

走路时，我会采摘一些路边的野菊花，带回屋里，插在啤酒瓶里，小木屋里就多了些生气。白色的野菊花、黄色的野菊花、紫色的野菊花，每种颜色的野菊花都代表着一种希望，在这偏僻山野。

野菊花让我想起很久年月前的一个女孩子。那年我十七岁，因为没有考上大学，和我堂叔去做泥水匠，在和丁屋岭一样偏远的山村里建大队部。村里有个小酒馆，是个中年人和他女儿一起经营。中年人头很小，光光的，看上去比实际年龄要老许多，小眼睛，嘴唇薄薄的，黑黝黝的脸上总是带着笑意，说话的声音软软的。女孩子比我小，十四五岁，扎着长长的辫子，脸圆圆的，她的大眼睛总是让我觉得她不是她爹亲生的。她不像她爹那样话多而且面带笑意，很难得才说出一句话，笑脸也很少，十分警惕的样子。

工友们休息时，喜欢到小饭馆和小老板聊天，有时会拿女孩儿开玩笑，女孩儿的脸羞得通红，低着头在灶膛前烧火，生气了就会气呼呼地走到门口。她生气的样子不好看，却让人怜爱。小老板经常笑着哄她："人家和你是开玩笑的，别那么小气。"她瞪着眼睛道："我才不要他们和我开玩笑。"

工友们有时会要上一壶米酒，切上两块钱猪头肉，边说笑边喝酒。她就安静地坐在一边，默默地看着他们，脸上没有任何表情。

那段日子，我心里长满了野草，苦闷憋屈，觉得命中注定要当一辈子的泥水匠了，前途黯淡无光。我是又当学徒，又当小工，活儿很重，还要被师傅们训斥。他们的脾气都特别大，动辄就对我破口大骂。一天下来，累得腰酸背痛，肚子里积满了怨气。每天晚上，等工友们都走光了，我才溜进小饭馆，要一壶米酒，切盘猪头肉，喝闷酒。我找不到其他发泄的方式，只有借酒浇愁。有时喝多了，我就会瘫倒在小酒馆里，小老板和女孩儿就会将我扶回住的地方。我堂叔瞪着眼对我说："你这样每天晚上喝酒，你知道你喝的是什么吗？"我说："就是喝酒呀，还能喝什么。"他叹了口气说："你喝的是你自己的血汗，不是酒。"

堂叔一天给我两块钱的工钱，到了月底发工资，我把钱全部都送到小饭馆里去了，有时还不够，只好对小老板说，下个月发工钱再将欠款还清。他永远是那副不紧不慢的样子，对我说不要紧。我也有心疼钱的时候，觉得堂叔的话有道理，可没过两天，又继续在夜里溜进小饭馆喝酒，没有什么能够像酒那样让我沉睡，让我忘记烦恼。

有天晚上，我正在独自喝酒，瞥了眼坐在灶膛前的女孩儿，她的脸被灶火照得通红，大眼睛水汪汪的，也看着我。我的眼睛慌乱地躲开，我极少正视女孩子，就是上学时也那样，本能地羞涩和恐惧。我恐惧一切美的事物，因为在我十七岁之前，从来没有什么好事降临到我头上。

我没想到对我们这些做工的人十分警惕的她会和我说话。

她说："你不能再这样下去了，天天喝酒，总有一天会喝死的。"

我的目光落在酒杯上，头也不抬地说："我就是想喝死，活着真没有意思，你管那么多干什么。"

她笑了笑说："喝死就更没意思了，你还这么年轻，一事无成就喝酒喝死了，你觉得值得吗？"

我不敢看她的笑脸："我说过了，不要你管，我就是马上死掉，也是我自己的事情，不关你事。"

她说："本来嘛，是不关我事，我是看你和那些做工的人不一样，才多几句嘴的。他们怎么样，我都不会说，你真的和他们不一样，你不应该在这个地方待着，你应该去外面闯荡的。"

我说："我能干什么，大学也没有考上，一无是处。"

她说："你小看自己了，你高中毕业，算是有文化的人了，怎么能够和大老粗一般见识？我有个堂哥，同样没有考上大学，后来他去参军了，在部队考上了军校，当了干部。你也可以和他一样，去闯闯，总比在这里做工强。"

我无语了，一口喝完杯中酒，默默地站起来，走出了小饭馆。我想回头看看她的脸，可我没有回头。回到住处，我辗转反侧，怎么也睡不着了。我一遍遍地思考她说的话，心里像开了锅一样沸腾。

那个年代，我们乡下这些青年，考大学和当兵的确是两条出路。天蒙蒙亮的时候，我悄悄起床，提着行李包，谁都没打招呼就离开了那个山村，踏上了通向山外的道路。

时间已经过去了三十多年，当初那个女孩儿不知变成什么样子了。

但我一直记着那双水汪汪的大眼睛。

谈到野菊花，又要说到苏青。

苏青和我说起过那个像野菊花般的女孩儿。

苏青是个弃儿，他生下来就被人扔在街头的垃圾桶里。一个环卫工人发现了他，将他抱回了家。那个环卫工人被老婆骂得要死，他只好将孩子送到了派出所。后来，苏青就被送进了孤儿院。孤儿院的一个老阿姨对他十分疼爱，但他三岁时，老阿姨离开了孤儿院，就再也没有来看过他。老阿姨走后，小苏青大哭了一场，在年轻的阿姨宋文洁的呵斥下，他停止了啼哭。他说他永远记得老阿姨慈爱的眼神，对横眉怒目的宋文洁，他一直都在努力遗忘她的凶相和对他的种种折磨。

宋文洁像是和苏青有仇，孤儿院里那么多孩子，就是对他看不上眼。苏青和我说起宋文洁虐待他的事情，脸上露出平静的微笑。小时候，有个大哥哥用小刀在我耳朵上割开一个口子，我至今想起还心有余悸，当初他要是将我的耳朵割掉了，那该是多么可怕的事情。所以我不可能像苏青那样轻描淡写地谈起那些过往事情，像在谈论发生在别人身上的事一样。

让苏青记忆最深的是，有一天，宋文洁在深夜里将他叫醒，把他带到自己房间里，关上门，用根长长的针扎他的屁股。苏青尖叫，她就把手绢塞在了他的嘴巴里。苏青的屁股被扎得鲜血淋漓。扎完针，宋文洁狞笑着说："你听话吗？"苏青倔强地说："我就不听！"宋文洁于是把他关在一间小黑屋里，还在外面装鬼叫。苏青蜷缩在小黑屋里，瑟瑟发抖。

隔三岔五，宋文洁就折磨苏青，这样的日子过了有两年多，直到宋文洁虐待别的一个孩子东窗事发被开除后，他才得以解脱。

那两年多，对苏青而言，充满了黑暗和恐怖。如果没有那个像野菊花般的女孩子，他也许会沉沦，一生都活在宋文洁的阴影之中。苏青还记得她的名字，叫杨小稚。她被送到孤儿院的那天，阳光灿烂，苏青独自坐在院子角落的水泥凳上，看着她跟着一个中年妇女走进来。院长走到院子里迎接她，然后，院长将孤儿们召集起来，欢迎新人的到来。宋文洁也在场，她站在院长旁边，满脸笑容，一脸和善的样子。

解散后，苏青还是孤独地坐回到原处，一会儿望望天空，一会儿看看在院子里玩耍的孩子们。杨小稚走到他旁边，挨着他坐下来。杨小稚比苏青大两岁，显得成熟些。她问："你叫什么名字？"苏青说："我叫苏青。"她说："我叫杨小稚，杨树的杨，大小的小，幼稚的稚。"苏青说："我知道，刚才院长说过了。"

"你怎么不去和他们玩？"

"我不想玩，没意思。"

"你是不是每天都一个人坐在这里？"

"你怎么知道？"

"看得出来。"

"你好厉害，这也看得出来。小稚姐姐，你怎么会到孤儿院里来？"

"我爸爸妈妈死了，车祸死的。没有人要我了，就把我送孤儿院里来了。他们说，孤儿院就像家一样。"

"我不知道家是什么，我一生下来就没有家，从来都没有见过父母亲，我经常想我是从哪里来的。老阿姨还在的时候，她说我是从树上结的一颗果子里剥出来的，我就是一颗果实。"

"你比我还可怜，我至少还记得爸爸妈妈的模样，记得和他们一起生活的时光。"

"你真幸福。"

"现在不幸福了，想起爸爸妈妈，我就想哭，但哭了会更难过。可是我还是想哭。"

"那你就哭吧，我想想是不是陪你一起哭。"

于是，杨小稚就真哭了，苏青最终没有忍住，也哭了。

九

苏青告诉过我，他在大学三年级时，谈过一次恋爱，很短暂的恋爱。那姑娘是低他一届的师妹，和他一样喜欢摄影。在一次郊游时，苏青喜欢上了她。他心里对师妹动情，却难以启齿。在成长的过程中，他很少公开表达自己的喜好，压抑是常态。比如喜欢一朵花，他不会说出来，有了相机后，他会将喜欢的花拍下来，默默欣赏，这样就够了。

但他还是鼓足勇气，给师妹写了封情书。情书发送出去后，苏青忐忑不安，生怕被拒绝，也害怕伤害了她。师妹并不反感他，答应和他约会。收到她的回信后，苏青心里充满了幸福感。

周末的一个夜晚，他们来到了宽窄巷子的白夜酒吧。

白夜酒吧总有不散的热闹，这是成都女诗人翟永明开的酒吧，南来北往的文化人都有可能在这里遇见，当地的文化人也经常在这里聚会，也是很多文艺青年光顾的地方。这地方是师妹选的，苏青以前没有来过。他极少去酒吧，因为去酒吧意味着要开销，他没有父母，孤儿院也不可能再承担他的花销。除了奖学金，他平常勤工俭学，帮婚庆公司拍婚纱照赚点钱。他们找了个相对安静的角落，点了两瓶啤酒，一碟开心果，然后聊天。

师妹是个开朗的姑娘，喝了口啤酒，开门见山地说："你为什么会喜欢我？"

"我，我觉得你像一个人。"

"我像一个人，咯咯，好奇怪。因为我像那个人，你才喜欢我？"

"是的，你的神态，你说话的声音，都很像她。"

"她是谁呢？说来听听。"

"那是我在孤儿院时的小姐姐，她叫杨小稚。那时，我正处于极端的困难时期，我想到过死，想爬到院子里高高的树上，从上面跳下来，死了就不会有痛苦了。她来了后，我就不想死了，我要是死了，就听不到她给我讲的童话故事了，也不能陪她一起哭了。以前我忍着不哭，是她让我学会了哭泣，哭泣是一种很好的排解内心痛苦的办法。"

"你是孤儿？"

"是的，不折不扣的孤儿，我到现在都还不知道父母到底是谁。他们也许早就死了，也许还活着，可是我不知道他们在哪里，当初为什么要抛弃我。"

"可怜的家伙，同情你。继续说你的小稚吧，我想听她和你的故事。"

"那时，我经常被孤儿院一个叫宋文洁的阿姨虐待，心里灰暗极了。那个孤儿院在郊区，小稚常常溜出去，在田野里采束野菊花，放在我面前，笑着对我说：'苏青，喜欢吗？'我对花儿没有感觉，摇了摇头。她十分有耐心地说：'你看这花儿多美，我看到这些花儿，心里就开心了。妈妈活着的时候常说，花儿都是花仙子变的，它们的存在，就是让人们快乐，让世界美好。'我说：'看到你的笑脸，我才快乐。'她笑着说：'看到花儿也应该快乐。'从那时候开始，我学会欣赏一朵花，开始学习快乐，尽管快乐那么难。小稚是个野菊花般的女孩子，那么善良和美丽，和你一样。"

"呵呵，我可不是什么野菊花，你搞错了吧。"

"我没有搞错，你的确很像她。"

"好，我暂且接受，我就是个小稚那样的野菊花般的姑娘，你再讲点她的故事吧，我还想听。"

"有天深夜，小稚发现我被关在小黑屋里。她等装鬼吓我的宋文洁走了后，来到门口，喊我的名字。听到她的声音，我就不害怕了。她没有办法打开门，就坐在门口，给我讲安徒生的童话。记得那个晚上，她给我讲的是《卖火柴的小女孩》，我听到最后哭了，她也和我一起哭。后来，只要我被关小黑屋，她就会坐在门口，给我讲童话故事。有时，我也会和她偷偷地溜到田野里，去采摘野菊花。我会把野菊花插在她头上，笑着对她说：'小稚姐，你真美。'她的脸红扑扑的，很好看。小稚在一次我被关小黑屋后，忍不住跑到院长那里告了宋文洁的状，院长将宋文洁臭骂了一顿。宋文洁收敛了一段时间，不久又故态复萌，变本加厉地折磨我，折磨完我就折磨小稚，也用针扎小稚的屁股，还威胁我们，如果再敢告状，就弄死我们。"

"这个宋文洁真狠毒，她应该下地狱。"

"第二天，小稚红着眼睛对我说：'苏青，姐姐带你逃走吧，不能在这里待下去了。'我点了点头应道：'我早就不想待在这里了，可是我们去哪里呢？'小稚说：'别怕，姐姐带你浪迹天涯，不会再让你受苦了。'小稚就带着我偷偷离开了孤儿院。那是寒冬，事实上，小稚并没有给我安全感，我们在寒冷的夜里露宿街头，饥寒交迫。但我心里是暖的，没有人会用针扎我的屁股，也没有人将我关进小黑屋。我们离开孤儿院的第五个晚上，蓬头垢面的小稚去讨了个馒头，掰了大半个给我吃，她自己只吃一点点。那些天，我们像饿狗般在垃圾桶里寻找食物，能够讨到个馒头，是我们的福分。我们在寒风中冻得瑟瑟发抖，只好钻进垃圾桶里，相互拥抱在一起。我说：'小稚姐，我们会不会像卖火柴的小女孩那样冻死？'小稚说：'不会的，不会的，天亮了就好了。'她紧紧地抱着我，希望我获得她的温暖。在我们将要冻僵的时候,一个环卫工人发现了我们,他给我们买了点吃的,然后送我们回了孤儿院。"

"我想哭,苏青。"

"都是过去的事情了,我都不会难过了。"

"后来呢,后来小稚怎么样了?"

"后来小稚走了。有一天,孤儿院里来了个红头发的外国女人,她看上了小稚,收养了她。小稚对外国女人说要把我一起带走。外国女人说,她只能收养一个孤儿,以后有机会再收养我。临走前的那天晚上,小稚和我坐在院子里,说了很多话,她的话满天的星星都听见了。她反复说,以后会让外国女人来将我带走的,我相信了她的话。她走的时候,我没有去送她,躲在房间里凄凉地哭。她回来和我道别,我反锁了门,不想让她看到我的眼泪。她走了,我也没有看到她的眼泪。我知道,她一定流了好多泪水,像那天的大雨。她走后,我才冲出房间,冲进密集的雨帘,站在孤儿院的大门口,看着那辆黑色的轿车载着她远去。我哽咽地喊着她的名字,雨水打湿了我的全身。"

苏青讲完,师妹真的哭了。苏青干掉了满满的一杯啤酒。

苏青说:"从那以后,我就再也没有见到过她,也没有她的音信。"

师妹说:"你会找到她的。"

说完这句话,她就离开了白夜酒吧。苏青和她的短暂恋爱就这样结束了。也可以这样说,苏青和师妹的恋爱,还没有开始就结束了。第二天,苏青收到了师妹的一封邮件。师妹说:"我很同情你,却不能和你在一起,因为你爱的是小稚,不是我,我不可能是你心中的那朵野菊花。我衷心地祝福你,找到小稚,她才是你的爱。"看完邮件,苏青哑然失笑,从心里删除了师妹。

大地震后第二年三月的某个夜晚,苏青打电话给我,说他恋爱了。我惊讶地说:"你找到小稚了?"他说:"没有,也许此生是找不到她了,就是找到了,或许她也有自己的爱人了。让她美好地活在我的记忆里吧,有时怀念好过见面,物是人非,真的找到,也不会像从前那样,可以一起哭,一起笑了。"我说:"那也是,还是珍惜眼前人吧。"

十

干旱了几个月的丁屋岭落下了稠密的雨。这天是立冬，立冬下雨，意味着这个冬天特别冷。虽说是南方，但山区里海拔高，冬天严寒也是正常的，小时候下雪也是常见的事情，只是后来天气越来越暖，雪花也变成稀罕之物了，但只要足够寒冷，雪花还是会精灵般从天而降，山野瞬间银装素裹。

从第一阵雨落下来，我就明显感觉到了寒意。

这降温来得直接，不拐弯抹角，不掩饰，也不虚情假意。昨天还是十八摄氏度的气温，雨落下来后，骤降了七度。我赶紧添加衣服。上身的衣服我带够了，翻遍旅行箱，就是找不到一条秋裤。我离开家前，收拾行李时分明将秋裤装进箱子了的，怎么就找不见了呢。这两年，记忆力明显衰退，仿佛要进入人生的冬季。最后我与妻子通话后确认，根本就没有带秋裤。妻子总是最关心我冷暖的那个人，担心我挨冻，问我要不要将一些厚衣服打包快递过来，或者我自己到县城里买点防寒的衣服。丁屋岭快递无法到达，我只好自己想办法了。穿着条单裤，坐在四处木板缝透着冷风的木屋里写作，双脚有些麻木，下身不保暖，上身穿再多也无济于事。我想从前我是个不畏寒冷的人，现在怎么如此没用了，要是气温到零度以下，那岂不更加要命。

在没有买到秋裤之前，我得想办法让自己保暖。

如果不保暖，我身上的有些骨头就会疼痛。大地震留给我的后遗症并没有消除，我甚至还会有噩梦，还会产生极端的情绪，我不能保证自己每时每刻都处于安全的状态。寒冷是诱因，随时都有可能唤醒我心中那个沉睡的魔鬼。

保暖的办法一时想不到。我还是得坚持伏案写作，只有尽快写好小说，离开丁屋岭，才是最好的解决方法。

雨水降落的过程，缓慢而悠长，尽管肉眼看到的雨水急速地落到地上，落到黑色的屋顶上，然后顺着瓦楞，从屋檐间淌下。雨从早上一直下到黄昏，没有停止的迹象。我常常在写作时每天就吃一顿饭，早餐午餐都省略了，只吃晚饭，饥饿感让我更有斗志，今天也一样。因为寒冷，我呵出的气都是白色的雾，饥饿感也强烈起来。我不得不停止写作，去寻找食物。

我关上木屋的杉木门，锁上。其实，在这个山村里，就是不关门，也不会有人将你的东西拿走。我走下青石板砌成的台阶，来到村街上，走了十几米，拐进条小巷，再走了三十米左右，到了丁大保家门口。我来丁屋岭写作，就在丁大保家搭伙，他们吃什么，我就吃什么。丁大保家的门开着，我走了进去，从天井边的过道走上厅堂。丁大保坐在厅堂里的藤椅上抽烟，他朝我笑了笑，皱巴巴的脸上开了花："李先生，来了，坐坐。"我坐在他旁边的藤椅上，他递来根烟，我说："不抽了，今天抽太多了，咳嗽。"他说："烟是该少抽，我就是戒不了，气管炎十分严重，我可能会死在烟上，不过，我也活够了，该死就死了。"我笑了笑："你才六十多岁，还年轻，好好活吧，多享几年清福。"

丁大保将烟头摁灭在四方桌上的烟灰缸里，叹了口气："享什么清福，这不，儿子一个电话，就把我老婆叫到城里去了，儿媳妇要生孩子了，要去服侍她。现在的年轻女人娇贵，扔下我一个人在家里，我生气。"

我劝慰道:"大保叔,生什么气呀!都是一家人,该帮的忙就帮,况且,你儿媳妇生的孩子是你孙子呀。"

丁大保想了想,是这个道理。

我说:"凡事都要往好处想,对不对?"

说出这句话时,我肚子已经咕咕叫了,饿得有些眼花,他的脸在我眼前虚晃着。我本质上是个悲观主义者,经常不往好处想,总是往坏处想,一件微小的事情也会让我联想到世界末日。比如此刻我就想,再不吃饭,我就要饿死了,饿死的样子很难看的。

丁大保突然想到,我是来吃饭的,不是来和他聊天的。他有点难为情:"我老婆不在,我也不会烧菜,我们晚上就随便吃点吧。我去煮点粉干,你看怎么样?"

我吞咽下一口口水:"好,好,我喜欢吃粉干。"

我打了个寒战,如果填饱了肚子,也许就不会这么冷了。在等待吃饭的时候,我想到丁大保生孩子的儿媳妇,由她又想到了杨文波的儿媳妇李翠花。

十一

杨松树到底还是听了苏青的话，回到了白水村。他出现在白水村的时候，天空阴沉，凛风萧瑟，村口老柿子树上最后一片枯叶从他头顶飘落。村里人的房子基本上都建好了，还有一两家在装修，传来叮叮当当的敲击声，以及电钻刺耳的噪音。

路上碰到一个中年妇女，她惊讶地问："松树，你怎么这个时候回来？离过年还有两个多月呢。"杨松树笑笑："四嫂子，我想回来就回来，为什么要到过年才回来？"四嫂子说："你说的也没错，就是放着钱不赚，回来不是亏了吗？"杨松树说："什么亏不亏的，钱这东西，生不带来，死不带去，看淡点就好了。"四嫂子说："说的好听，没钱的日子，叫天天不应，叫地地不灵。"杨松树有点不耐烦："不说了，回家，你忙你的去吧。"

杨松树撇下四嫂子，径直往自家方向走去，四嫂子却叫住了他。他回转身怪道："四嫂子，你烦不烦哟。"四嫂子扭着腰，抖动着屁股上的肥肉，走到他面前，压低了声音说："昨天晚上，你婆娘和你爹吵架了，吵得很凶，村里人都听到了。"杨松树说："他们吵啥子哟？"四嫂子说："你回去问你婆娘吧。"

杨松树回到家里。这是崭新的屋子，却没有地震前的温暖，感觉像个冰窟。父亲在喝酒，桌子上放着瓶白酒、酒杯和一碟花生米。

他对儿子的归来冷若冰霜，视而不见。杨松树放下行李，说："爸，大下午的，你喝啥子酒？"杨文波瞥了他一眼道："关你屁事，老子喝酒还要向你汇报？"

杨松树说："爸，你吃错药了？"

杨文波说："你才吃错药了，你和你婆娘都吃错药了。"

杨松树说了声"不可理喻"，然后，他就喊道："翠花，翠花——"

没有人应答。杨松树来到楼顶，向对面的山坡眺望。他看到了儿子的坟地，也看到了坐在坟前草丛中的李翠花。杨松树倒吸了一口凉气，这个家里的人似乎已经貌合神离，家变成了一个漩涡。杨松树面临着艰巨的使命：挽救这个家。他下了楼，走出家门，朝对面山坡走去。

他站在儿子的坟前，凝视着妻子。她满脸蜡黄，头发蓬乱，有了不少白发，瘦得像根枯木，三十多岁的人，看上去像五十岁。杨松树心里酸涩，他不是无情无义之人，但让妻子变成这个模样，比无情无义还要恶劣，畜生不如呀。他想自己当初就不该离开妻子，不该一走了之的，事实上，他的离开并没有给自己的内心带来安宁，而是更深的焦虑和痛苦，还多了对妻子的愧疚。在她最需要自己的时候离开，这是多么绝情的事情。杨松树眼睛湿了。

李翠花坐在枯草中，冷漠地望着他。

杨松树蹲下来，伸出手要拉住她的手。李翠花的手触电般躲开，轻声说："你为什么要回来，外面的世界不是很好吗？不是有遍地黄金让你捡吗？你为什么要回来？"杨松树的泪水流淌下来，用力抓住她的手，将她拉过来，抱住了她。"翠花，我错了，我回来了，再也不会离开你了。"李翠花没有说话，杨松树像是抱着一块冰。他想，自己要融化这块冰。

"你真的不走了？"她推开了他，还是坐在枯草上，风吹过来，她的头发更乱了。

杨松树擦了擦眼睛，坐下来，和她面对面。"不走了，我要和你好好过日子，陪着你。"

"你心走野了，怕住不了多久，你就要走。"

"我保证，再不走了。"

"你回来了，我倒想走了，活得好累，不想再活了。你走时，我答应过你，不会去死，会照顾好你爹，现在你回来了，也说不会再走了，你爹好好的，能吃能喝，能吵架，我没有食言。往后，你就自己照看他吧。"

"你说的啥子话，你怎么能抛下我？"

"怎么不能？你对小虎说，你真的爱他吗，真的爱我吗？"

"我爱小虎，也爱你。"

"都是嘴巴上说的。你还记得小虎的生日吗，知道我近两年来的痛苦吗？你不记得了，也不会理解我。昨天是小虎的生日，我等了你一天的电话，结果是失望。就连你爹，口口声声说多么爱小虎，竟然也忘记了小虎的生日。我昨天晚上没有做饭，买了个蛋糕，在小虎坟前陪他过生日，一直到九点多才回家。你爹骂我，骂得很难听。我气不过，我忍受着痛苦服侍他，他就知道喝酒，喝多了就骂人，我和他大吵了一架，我从来没有这样愤怒。你现在回来了，你们好好过吧！我去陪小虎，你也不要阻拦我，我实在是受不了了。"

杨松树低下了头："我真的忘了小虎的生日了，可是他已经不在了，记着他的生日有什么用？"

"怎么会没用，你以为小虎真的死了吗？他没死，他一直还在，你看看，他现在就站在我们面前，正眼巴巴地看着我们呢。你难道没有看见吗？你眼瞎了吗？"李翠花的话语似乎是喊叫出来的。

杨松树抬起头，看着妻子，站起来，将她拖起来，抱着扛在肩膀上，快步朝山坡下走去。她很轻，没有什么重量。李翠花捶打着他的背，叫喊着："放我下来，我不想和你们过了，我要去死，要去陪小虎，小虎一直在等着我。"杨松树什么话也没有说，一直将她扛回了家。

回到家，杨松树将妻子放在床上。醉醺醺的杨文波摇摇晃晃地走过来，大声说："松树，你不能打她，不能打她，没有她叫人救我，我早就死了，是翠花救了我的命，你不能打她。"杨松树没好气地说："你知道是她救了你，你还老是骂她，你还是人吗？"杨文波抽了自己一耳光道："我不是人，我猪狗不如，我活在世上就是浪费粮食，我早该死了。我，我难受哇，我要是不喝酒，心就很痛，很痛。"

杨松树"砰"的一声关上房门，不管父亲说什么。

妻子瘦得皮包骨头，曾经饱满、充满了勃勃生机的乳房也干瘪了。他抚摸着妻子的身体，泪流满面。李翠花喊叫着："不要碰我！不要碰我！"杨松树说："我不会碰你。"说着，他将妻子抱进了卫生间，打开淋浴，试了试水温后，就给她洗了起来。

她的头发太脏了，也不知道有多久没有洗头了。以前，她是个多么爱干净的女人，头发总是洗得干干净净的，散发出洗发水的香味，现在却如此邋遢，要经过多大的折磨，才会有如此的改变，哀莫大于心死呀。杨松树心里暗暗发誓，要让妻子的心复活，要让她像从前一样，热爱生活，头发重新油亮干净，散发出香味。

洗完头发，他就给她洗身体，一点一点地，从脖子到脚丫子，每寸肌肤都要洗得干干净净。他要让她的皮肤重新呈现出白玉般的光泽，重新丰腴起来，像当初的新嫁娘那样充满生机和活力。

李翠花像个孩子，没有挣扎，也没有喊叫，乖乖地任凭丈夫给自己洗澡。就是在新婚之夜，丈夫也没有这样为自己洗过澡。她仿佛是在梦中，无数次梦到过丈夫，梦见过他的爱抚，梦见过他发脾气，梦见和他一起下地劳作……就是没有梦见过他给自己洗澡。

洗完澡，杨松树给妻子擦干身体，她的身体变得柔软，变得光洁。给她穿上干净的内衣，穿上那件新买的红色高领毛衣，她就鲜亮起来，卧房里有了暖意。杨松树让她坐在梳妆台前，用那把桃木梳给她梳头。梳好头发，扎起了一条辫子。镜子中的李翠花虽说脸色还是那么憔悴，却也有了些许的红晕。

两行热泪从她的眼眶奔涌而出。

有多久没有流泪了？她记不清楚了。

杨松树伸出手，抹去她脸上的泪水。李翠花突然抓住他的手，颤声说："你真的不会走了？"杨松树说："不走了。"李翠花说："不骗我？"杨松树说："不骗你。"李翠花说："可是我真的好累。"杨松树说："以后家里的活都由我来干。"李翠花说："我闲不住。"杨松树说："不会再让你受苦受累了。"李翠花说："你不反悔？"杨松树说："不反悔。"

杨松树又一次抱起了她。

她说："你要干什么？"

杨松树将她放平在床上，盖上被子，温情地说："你好好睡一觉，我去镇上买点肉，给你做顿好吃的。"李翠花说："你像变了个人，我有点不习惯。"杨松树微笑着说："慢慢习惯就好了，我们要重新开始。"李翠花闭上了眼睛。杨松树轻手轻脚地走出了房间，然后关上了门。

杨文波醉了，躺在房间门口的地上。杨松树抱起父亲，走进他的卧房。父亲的卧房里有股酸臭味，他把父亲放在床上，盖上了被子，然后走出门，去做他该做的事情去了。

十二

地震两周年头个月,苏青就回四川去了。出发前,我请他吃了个饭,他带来了女朋友。那个叫孙卉的姑娘一头短发,大眼睛,皮肤红润,朝气蓬勃的样子。她和苏青一样,叫我大哥。那顿饭吃得很愉快,几乎是在孙卉奔放的笑声中度过的。眼神忧郁的苏青一直微笑着说话,有时会侧过头,认真地注视孙卉,像是专门说话给她听,其实他是在讲述杨文波一家的故事,他没有提及自己的任何事情。我说了点我个人的情况,没什么改善。苏青还是认为我有精神上的疾病,建议我去精神卫生中心找个好医生检查一下。我不以为然,认为自己比前一年要好了许多。吃饭中,孙卉出去了一趟。我笑着说:"苏青,你口味变了,孙卉不是你理想中的野菊花般的女孩。"他也笑笑:"她喜欢我,我不忍心拒绝,像我这样的残废人,很难有人喜欢。"我又说:"你真的没有试着再找找小稚?现在互联网那么发达。"他摇了摇头:"不找了,我们也许注定没有缘分。"我内心隐隐约约有种担心,担心苏青和孙卉不会长久,不过他们都还年轻,有大把的时光可以浪费。吃完饭,我目送他们远去,孙卉比苏青矮半个头,她挽着他的手,步子轻盈。我心中突然浮现起一只翩翩飞舞的蝴蝶。

十三

川西山区的春天多雨，苏青和孙卉来到白水村时，天上飘着牛毛细雨，山上云雾缭绕，看不见山峰。白水河汩汩流淌，孙卉在路边捡起块石子，朝河里扔去，"扑通"一声后，石子消失得无影无踪。孙卉说："这里真美。"苏青说："上游的银厂沟才是真美，可惜被地震毁掉了，过几天我带你去看看，那是个让我受难的地方。"孙卉沉下脸："我不想去。"苏青说："为什么？"孙卉踮起脚尖，在他脸上亲吻了一下说："我不想看到你难过。"苏青说："都过去了。"

苏青给杨松树打过电话，所以杨松树在家门口候着他们。

看到苏青他们，他赶紧小跑迎上来，帮苏青拿行李箱。一进杨家家门，苏青就看到杨文波和两个老头以及一个老太太在打麻将。苏青赶紧让杨松树放下行李箱，打开，取出微型摄像机，开始拍摄他们打麻将的情景，孙卉则用手机拍照片。杨文波看到苏青，瞪起浑浊的小眼珠子，大声说："又来拍啥子哟，有什么好拍的嘛？"同桌的老太太说："你管那么多干什么，他们要拍就拍呗，又不损你半根毛。"另外两个老头也让他不要多管闲事，好好打麻将。杨文波这才闭嘴，边打麻将边偶尔向苏青他们投过去一瞥。

杨松树笑了笑："对不起呀，苏先生，老头子就这脾气。"

苏青也笑笑："没关系，没关系，我理解。对了，翠花嫂子不在家?"

杨松树说:"她下地去了,估计一会儿就回来了。"

苏青说:"那我们抓紧时间,先采访你如何?"

杨松树说:"可以,可以。"

孙卉架好三脚架,装上摄像机,对好焦,对苏青打了个手势,示意他一切就绪。杨松树坐在木凳上,背景是打麻将的老头老太太们。杨松树说:"他们会不会影响采访?"苏青说:"没有关系。"

这次,苏青准备了一些问题。他说:"杨哥,我问什么你回答什么就好了,放开来说,说的越多越好。"

"要得。"

"当时你从深圳回到白水村,是不是下了很大的决心?"

"那是的,从白水村走出去不容易,回来也不容易。在工厂里,无论如何,还是有钱赚的,只要勤劳些,多加些班,钱就会更多。回村里,我想过,怎么做也不能和在工厂里比。我告诉一个要好的老乡,准备辞职不干了,回老家去。他强烈反对,说回去要是没钱,老婆也会跟别人跑了。我说:'我要是不回去,老婆可能就死了。'我还是担心老婆的安危,还有我爹,他也一天不如一天,要是老婆倒下了,我们这个家就毁了。我好在听了你的话,回了家,否则后果不堪设想。我要是不回家,翠花她肯定会死,我回来救了她一命。"

"我知道,你和我说过,翠花嫂子得了很严重的抑郁症。你是怎么样让她走出困境的?"

"我刚刚回来那阵,她真的快到了崩溃的边缘,几乎每天都要到小虎的坟地里去和他说话。我说他已经死了,听不见你的声音了,她执拗地说他没有死,就站在她面前。她总是失眠,夜里睡不着觉,就是有时睡着了,半夜三更也会起来发狂,大声号叫,说梦见小虎没有东西吃,饿得瘦骨嶙峋。平静下来的时候,她像个正常人,可以感受到我对她的关怀——我真的很努力了。可是,有的时候,我

我们为什么要呼救 383

也会发火,朝她吼叫:要死一块去,反正这样的日子我也过够了。她就会可怜巴巴地看着我:'你发啥子火哟,你不是说会一直对我好的吗?'看着她那个样子,我又心软了,心里暗暗说:不能再和她发火了,她是个病人。我问了做医生的同学,他说这种病要吃药,不吃药好不了。我就带她去成都看医生,医生给她开了药,吩咐早中晚都要吃,不同的药。她不愿意吃药,我就劝她吃,逼她吃。吃了五个月后,就渐渐地好转了,我们一家人都有了希望,她脸上开始有了笑容。看到她的笑脸,我就像是在阴雨天看到了阳光。"

"翠花嫂子的病情好转后,你们是不是想重新要一个孩子?"

"不怕苏先生笑话,我们农村人,总归要有个孩子传宗接代。有天晚上,我爹叫我去他房间里。他半天不说话,一根烟在手指间捏来捏去,都捏破了,烟丝纷纷落在地上。我说:'爹,你平常也是个爽快人,有什么话就说吧,我是你儿,有什么话不能说的。'他叹了口气说:'我晓得现在说这个话不妥当,但有件事情憋在心里很久了,不说出来难受。'我说:'那就快说吧,我都快憋死了。'他说:'管他呢,我就说了。那个,那个,你是不是和翠花商量一下,再要个孩子?你看看我也是黄土埋到脖子上的人了,要看不到有个孙子,我死不瞑目呀。'听了他的话,我为难了,不知道怎么和翠花开口,因为她的病还没有完全好,要是生孩子,可能会加重病情。我思考了很久,也没有和她说。看着她的脸色一天天好起来,身上也长了些肉,我不希望因为生孩子她又把身体搞坏了,那就前功尽弃了。"

"你这样考虑是对的,你对翠花嫂子是真好,当时见你第一面的时候,我还怀疑,现在完全打消了顾虑。"

"我还是觉得对不起她,我没有想到我爹会那样做。过了一段日子,他又把我叫到了他房间里,问我事情怎么样了。我这个人不会说假话,照实说了。他气得发抖,骂我是个没用的东西,把我赶出了房间。我回到自己的房间,翠花问我发生什么事情了,她听到了我爹对我发火的声音。我什么也没说,我不能和她说,像钻进风箱里的老鼠,两头受气。第二天,我爹就装病,躺在床上不起来了。我有点生气,不理会他,吃完早饭,就下地劳动去了。翠花是个孝顺的女人,她将早饭端进他房间里,要喂他吃。他哼哼唧唧的,拒绝吃饭,说要饿死,反正也生不如死。翠花就问他到底怎么了。他一不做二不休,就将和我说的事情对她说了。他还威胁翠花,如果我们不要孩子,那么他就绝食,饿死。他是个性格倔强、想到什么非要做到的人,翠花很了解他的脾气,当时就答应了他。听完翠花的话,他马上就从床上跳起,高兴得像个孩子。他对翠花说:'你说的是真的?'翠花说:'真的,你快吃饭吧。'他眼珠子一转,说:'吃饭不着急,就是一顿饭不吃,也饿不死我,你先做一件事情,我才吃饭。'翠花就问:'什么事情?'他狡诈地说:'你给我写个保证书,保证给我生个孙子,我就吃饭。'翠花无奈,只好找来一张纸,写了保证书交给他,他才狼吞虎咽地吃起饭,然后像个得胜的将军,摇摇摆摆地走出家门,找人搓麻将去了。"

"后来事情怎么样了?"

"你听我慢慢讲。那天晚上,翠花脱了衣服上床后,就摸摸索索的,要和我做那事情。在很长的日子里,我很少和她做那事情,因为她不愿意做,说没有兴趣,说小虎在床边站着,不方便。偶尔的一两次,她也是照顾我的情绪,觉得对不起我,应付一下。我一直在等待,等待她恢复了健康,那就水到渠成了。我这样说,不是说我有多高尚,我也想,但是我可以忍耐,在外面打工,不也要忍耐嘛,我已经习惯了。我说:'你今天晚上怎么了?'她说:'来吧,别说那么多了。'我说:'真的要的话,我去拿套子。'她说:'不要套子。'我一下子明白了。晚饭时看到我爹那种得意的劲头,我就觉得奇怪,早上还装病,晚上怎么就精神了。我当时应该想到他和翠花说了些什么。我说:'是不是爹和你说了要孩子的事情?'她说:

我们为什么要呼救 385

'他说不说都不重要，重要的是我也想要个孩子，这样我就不会老想着小虎了。'我叹了口气，想要拒绝她，可是架不住她的念叨和攻势……"

"孩子怀上了吗？"

"怀上了。得知怀上孩子那天，我爹别提多高兴了。看得出来，翠花也开心，她说一家人开心比什么都好。我却很担心。我问过医生，在怀孕之前，她吃了几个月的药，会不会对孩子有影响？医生说有可能会影响。我很害怕生出一个不好的孩子，那样还不如不生。我劝过翠花，干脆打掉这个孩子，翠花不同意。她说要是把孩子打掉，我爹会发疯的。我还担心她因为怀孕，停了药，会不会再犯病，好不容易有了起色，要是复发，那将如何是好。那段时间，我都快得精神病了，每天晚上做噩梦，梦见有个怪胎爬到我头上，还梦见疯了的翠花抱着一个怪胎每家每户地哭闹。可能是老天有眼吧，就在我万分焦虑的时候，也就是前十来天的事情，翠花流产了。"

"啊，那翠花——"

"从医院回来，她很难过，去对面山坡小虎的坟前烧了好多纸，边烧纸边说：'小虎，你怎么回来了又走？妈妈多么希望你回来啊，重新做我的儿子，我重新把你养大。你怎么回来了又走？'烧完纸回来后，她告诉我，小虎答应她了，还会回来的。我看着她苍白的脸，心如刀割。她还告诉我了另外一件事情，就在她答应我爹的那天，她偷偷去了小虎坟前，和小虎说了很多话，说小虎答应她，回来做我们的儿子。我这次不能再答应她要孩子了，最起码也要等她的病情稳定了，停药以后再要。不管我爹怎么闹，也不能再答应他了。"

就在这时，厅里打麻将的四个老人吵了起来。

那个老太太说杨文波诈胡，杨文波说她血口喷人，另外两个老头一个帮杨文波，一个帮老太太，四人吵得不可开交。杨文波气得脑门上的青筋突起，他怒吼道："以后再不和你们这些不讲道理的人玩了，输不起，输不起还有什么好玩的。"老太太说："不玩就不玩，谁愿意和你玩，每次都要你赢，是你自己输不起好不好，我告诉你，杨文波，以后你再找我玩，除非你叫我一声娘。"杨文波的眼睛红了，骂道："明明是你自己死皮赖脸凑上来的，还说我求你，你要不要脸？"

这时，李翠花走进了家门，放下背篓，背篓里装满了青菜。

她气冲冲地走到他们面前，将麻将拨拉到地上，麻将一个个儿在地上跳舞，有的滚出老远。李翠花说："你们都是村里的老人，好意思为了几毛钱在这里撕破脸，故意让客人看笑话是不是？"老人们面面相觑，都不说话了，气呼呼地瞪着眼。她扭头对苏青说："苏先生，把他们的丑态都拍下来，拿到电视台去播，让全国人都看看他们的模样，让他们出大名。"苏青真的在拍。一听这话除了杨文波，那三个老人都灰溜溜地跑了。杨文波气恼地说："翠花，你怎么能这样，没大没小。"李翠花冷冷地说："你再说我，我就不给你生孙子了。"杨文波顿时语塞，转身走进房间里去了，在场的人都听到了重重的关门声。

十四

丁屋岭很少有外人到来，某种意义上也算是世外桃源。我躲在这个古老的客家山寨里，并没有断绝与外界的联系，因为有手机，也有网络。我相信，如果没有手机和网络，我会更加安心地写作，也许很快就会写完手中的这部长篇小说。但那对我无疑是种折磨，当代人习惯了用手机和网络进行社会交往、获取资讯、购买物品，几乎所有人都得了手机依赖症，如果没有手机，人都不知怎么活着了。

所以，我在写作之余，除了看着远山发呆、在山寨里游走、采摘野花之外，还会用手机上网，看看世界正在发生什么，有没有战争爆发，有没有灾难发生，甚至看到一个普通的人做的一件匪夷所思的事情……比如朝鲜试射导弹，美国有什么反应；比如巴厘岛拉贡有火山爆发，火山灰遮天蔽日，有没有影响到航空的安全，会不会造成全球性的灾难；比如连云港有个姓蔡的青年，每天下班回家路过某个路口，发现这里直行车道太堵，而左转弯车子很少，道路又宽，他就突发奇想，如果增加一个直行箭头，多拓一个车道，这样就可以加快直行的速度，就不堵车了，他一不做二不休，说干就干，拿着刷子，蘸着涂料涂改路线，结果被交警抓个正着，令人啼笑皆非……

我最恐惧的，就是看到地震的消息。

这个世界从来没有安宁过，地球也从没有停止过躁动，地震或许每天都在发生，能够上新闻的必定是有破坏性的。汶川大地震很快就十年了，我看到地震的消息，还是会心惊胆战，我想我当初是被吓破了胆，心理上也留下了后遗症。这天晚上，十一点刚过，我的头昏昏沉沉的，写作无法继续下去。我就躺在床上，打开手机，上网浏览一会儿，然后睡觉。丁屋岭还是一如既往的寂静，我太阳穴突突乱跳的声音也变得很响，像密集的鼓点。

我不希望看到的新闻出现了，伊拉克发生7.8级地震，死伤多人，新闻中配了房屋倒塌的图片。看到这条新闻，我身体里的某根神经被触动了，揪心极了。我很自然地联想到当时被埋在废墟里的情景。我很清楚，对我而言，这又是一个备受折磨的不眠之夜。那种恐惧已经深埋在我的骨血里，随时都有可能被唤醒。

我仿佛听到了来自伊拉克地震灾区废墟里传来的呼救声，一如当初我在废墟里声嘶力竭喊出的绝望的呼救声。

我也想起了，汶川大地震之后的玉树地震。

记得那天是4月14日，我带女儿去公园里玩耍，公园里的牡丹花怒放。我不喜欢牡丹花，总是觉得这种花开得很假，像染上颜色的纸花，在我小的时候，街上游行的人们就举着这样的纸牡丹花，大呼口号，招摇过市。但我幼小的女儿喜欢，她看到那些大朵大朵的花，挥舞着小手，咯咯地笑着。她喜欢，是她的自由，我不能将我的厌恶之感强加给她。我还告诉她这是牡丹花，她重复着我的话，牡丹花。她记住了牡丹花的名字，公园里有各种各样的植物，我都会告诉她它们的名字，她从小就记住了许多植物的名字。

我正在陪着女儿欣赏牡丹花，突然听到一个老头对另外一个老头说："地震了，地震了。"他是从收音机里听到了玉树地震的消息。我的心脏突然被击中，赶紧抱着女儿，匆匆回家。回到家里，我让女儿在她的小房间里玩积木——她从小就喜欢积木,后来就喜欢自己组装乐高的各种模型。女儿细心地搭积木时,我走到客厅,打开了电视。

电视新闻滚动播出地震灾区的场景。

那些惨不忍睹的场景摧毁了我这两年来好不容易建立起来的活下去的信心。我浑身瑟瑟发抖,泪水情不自禁地流淌下来,呆呆地看着电视屏幕。女儿搭完积木走出来,看到我惊惶的样子,走到我跟前,一脸稚气地说:"爸爸,你哭了。"听到她的说话声,我才从惊骇中清醒过来,赶紧关掉了电视。我不能让她看那些让人悲恸的画面。然后,我擦了擦眼睛,对她说:"有沙子进到爸爸的眼睛了。"她说:"爸爸,家里哪里有沙子呀?"

十五

  玉树地震发生的时候，苏青和孙卉正在白水村跟拍杨文波一家的生活。第二天，我接到了他的电话。他告诉我，他们已经跟成都的一个救援队到达了玉树灾区。他有两个身份，一个是杂志社的记者，一个是志愿者。

  他说话十分急促，像有冷风灌进他的喉咙，语气里带着悲怆。他没有多说什么，边简单介绍那里的情况，边重复着两个字——好惨。我说我也要过去，他严厉制止了我："这里条件恶劣，你的身体条件和精神状态都不适合来这里，听我的，千万不要来。"我争辩道："你都可以，为什么我不可以？"他武断地吼叫道："我和你不一样，知道吗？我和你不一样！"说完，他就挂掉了电话。

  那遥远的令人悲伤的玉树灾区有了一个具体的让我牵挂的人，不，是两个，还有他的女朋友孙卉，我担心着他们的安危。那些日子，我的手机基本不离身，生怕接不到苏青的电话。我在电视、网络和报纸的画面和图片中寻找苏青和孙卉，希望看到他们安然无恙的身影。我一直没有找到他们，连个背影都没有看到，我的心被哀伤和焦虑填满。

  那些黑夜里，我都不敢睡觉。只要一合眼，我就会陷入困境之中，梦见自己被埋，或者梦见苏青出事，他在高原里奔跑，跑着跑着，他的假肢脱落了，飞出去，无影无踪。他用一条腿跳跃着，最后精疲力竭地倒在雪地里，顿时山崩地裂，在他身体的底下裂开一条巨大的缝隙，他掉落深渊。奔跑过来的孙卉看着他被深渊里喷涌的岩浆吞没，撕心裂肺地喊叫。她那张明媚的脸变得支离破碎……

噩梦让我窒息。我也不敢再看那些死难者的图片，那些凝固的血、被泥巴糊住的伤口，同样令我窒息。我只是默默地坐在沙发上，身体僵硬，像个傻瓜一样流泪。

好几天，我都没有等到苏青的电话。

我真害怕梦中的情景变成现实。我实在忍耐不住，给他打了个电话，结果打不通，这让我陷入了更深重的困境，几乎不能正常地思考。妻子见我精神恍惚，就将女儿送到她爸爸妈妈那里。她也十分担心我，上班也不安心，时不时打电话给我。我对自己给妻子带来不安感到愧疚，她和我一样备受煎熬。我曾经想独自离开，到一个没有人找得到我的地方孤独死去，可是我做不到。

好不容易，苏青打来了电话。听到他充满磁性的声音，我热泪盈眶。"兄弟，为什么才来电话，你没事吧？"他说话还是那么匆忙："放心吧，大哥，我和孙卉都没事，这几天都在没信号的区域。"我说："没事就好，没事就好，你们一定要注意安全。"他说："大哥，你自己保重，'5·12'快到了，你要控制好自己的情绪，最好还是去精神卫生中心看看。另外，不要太关注玉树的事情，我很担心你会崩溃。"我哽咽地说："你和我一样的经历，你在灾区现场都没有崩溃，我也不会崩溃。"苏青说："你和我不一样，大哥，保重，不说了，我还有事情要去做。"

接到他的电话，我的心情平复了许多。

那天晚上，我收到了他发来的不少图片。我发现在他拍摄的那么多图片中，有震垮的房屋、寺庙，有残破的大地，有救援者，有获救者，有经幡，有诵经祈祷的喇嘛……就是没有尸体。后来，他回到上海后，我问过他，为什么没有拍遇难者的尸体？他被高原的阳光晒得黝黑的脸显得十分凝重。"我应该对死者有最起码的尊重，对死亡有敬畏之心。"说这话的时候，他忧郁的眼中，闪动着金属般的光泽。孙卉依偎着他，挽着他的胳膊，脸贴在他的肩膀上，眼睛里波光粼粼。她的脸粗糙了，暗红色，有细密的裂纹，这是高原的阳光和风留下的印记。

他们回到上海，是两个月之后的事情了。

他们回来的第二天晚上，我找了家小酒馆，给他们接风洗尘。开始时，我们好像没有什么话，只是相互打量，看看对方有没有缺少什么。孙卉说："你们两个大男人，像是久别的情人，好笑死了。"我没有觉得好笑，苏青是我的难友，是我的兄弟，比亲兄弟还亲。苏青笑了笑说："卉，你不会理解我们的感情。"孙卉说："苏青，别总把我当成涉世不深的小姑娘好不好？和你去四川、去玉树这两个多月，我仿佛年长了十岁，我没想到在短短的两个多月会经历那么多。所以，你们的感情，我理解，刚才只是和你们开个玩笑，活跃下气氛，你们总不能就这样干坐着吧？"

我笑了笑说："孙卉说的对，你们完好无损地归来，要好好喝两杯。"

苏青举起酒杯说："大哥，卉，喝一杯吧，敬活着的生命，敬我们自己。"

他一饮而尽。

我也一饮而尽。

孙卉也一饮而尽。

苏青笑着说："大哥，我有妈妈了。"我狐疑地审视他，觉得奇怪："你找到你妈妈了？"苏青摇了摇头。孙卉拿起手机，找出张照片，把手机递给我。"你看，就是这个老人。"那是苏青和一个藏族老阿妈的合影。苏青的长发有些凌乱，眼圈发黑，看上去就是劳累过度，没有休息好；藏族老阿妈花白的头发上扎了根红布条，黝黑的脸上沟壑纵横，笑得十分安详，眼睛眯成一条线，咧着脱落了好几颗牙齿的嘴巴。我说："这是你妈妈？"

苏青点了点头。

孙卉说："他非要认她当妈妈，可是，他和她说了好多话，老阿妈都没有答应。原来她根本就听不懂汉语。"

苏青说："听不懂又怎么样，心灵有感应就可以了。我握着她的手，就感受到她对我的认可，我喊她妈妈的时候，她笑着流泪。"

孙卉说："老人的眼泪是风吹出来的好不好？那时，风刮得猛，冻得老阿妈直哆嗦。"

苏青伸出食指，刮了刮孙卉的鼻子："瞎说，那时根本就没有风，阳光灿烂。"

孙卉说："怎么没有风？你还脱掉自己的羽绒服，给老阿妈穿上。那天风真的大，我也觉得很冷。"

我笑了笑说："好了，你们别为了风而争论不休了，我心里一直有个疑问，苏青为什么会认老阿妈做妈妈，这里面一定有故事吧？"

苏青正要说话，孙卉抢先说："还是我来说吧，我的表述会准确些，不带感情色彩，也不会添油加醋。"我微笑地看着她。苏青喝了口啤酒说："那你说吧，我省点力气。"

"我们是到得比较早的外地救援队。我们在那座寺庙的废墟里搜寻前，有个喇嘛说，寺庙旁边的那堆废墟也是寺庙的房子，是个养老院，里面住着十多个孤寡老人，已经救出来了三个人，也挖出了几具尸体，好像有一个老人还埋在里面，不知道是死是活。他说完，阴云密布的天空突然出现一道阳光，刹那间，那道阳光照在一面残墙底下，阳光转瞬即逝，乌云顷刻间遮住了太阳。我看着苏青艰难地朝阳光照耀过的地方走过去，中途还摔了一跤，因为他的右腿毕竟装的是假肢。他爬起来，继续走过去。他趴在残墙下的废墟上，神情凝重。我和那个喇嘛跟了过去。我说：'你发现了什么？'他没有回答我，还是趴在那里，侧着头，耳朵贴着渣土。过了会儿，他爬起来，兴奋地说：'我听到声音了，老人还活着。'我不太相信，也像他那样，趴在废墟上，倾听底下的声音。我什么也没有听见，对他的话产生了怀疑：'我怎么听不见？'他说：'不要问了，赶紧救人吧。'于是，我们三人就开始了挖掘。挖了将近四个小时，挖到了一块木板斜斜地横着。喇嘛说这应该是块门板。我们小心翼翼地挪开门板，看到一个老阿妈蜷缩在那里，头发上、脸上、衣服上全部是泥土，只有那双眼睛，无辜地看着我们。那块门板让她活下来了，门板下的那个小空间是她的藏身之所。看到我们，她没有说话，也没有惊惶，更没有获救后的激动，只是咧开嘴巴笑了笑。苏青后来对我说，看到她的笑脸，就像那道阳光照在了他的心上。他将老阿妈抱起来，一步一步艰难地走出了废墟，来到了安全地带。突然轰隆一声，我们看到那面残墙倒下了，震起浓浓的尘土。我张大了嘴巴，如果不是苏青发现老阿妈还活着，将她及时救出来，老阿妈或许就永远见不到天日了。我问苏青：'你怎么知道老阿妈埋在那个地方，又是怎么知道她还活着的？'苏青说：'是那道阳光指引了方向，总是有些神秘的指引会让你找到生命的迹象。'我不再问什么了，苏青身上迷人的地方也许就在于此吧。他对我说，要认老阿妈为妈妈。我没有反对，也没有赞成，那是他的自由。"

苏青笑了笑，平静地说："央金妈妈是神赐给我的，以后，她就不是孤寡老人了，我也不是孤儿了。如果有可能，我要接她到上海来一起生活。"

孙卉低下了头，不说话。

我笑笑："孙卉，以后的事情留给以后吧，多吃点，这两个月你们肯定没有吃上什么好吃的，放开肚子吃。"

苏青说："对，大哥说的对，多吃点。"

说着，他夹起一块红烧肉，放在孙卉的碟子上。孙卉仰起脸，注视着苏青，撒娇说："我要你喂我。"苏青笑着说："好，好，我喂你，大小姐。"他又从她碟子里夹起那块红烧肉，放到孙卉张开的嘴巴里。孙卉咬住红烧肉，嚼了几口，慢慢地吞咽下肚，闭上眼睛，夸张地说："好香呀，比接吻还舒服。"苏青一脸红道："喂喂喂，别这样好不好，大哥在这里，也不害臊。"

孙卉说："哼，有什么害臊的，我说的是实话，大哥是过来人，有什么大惊小怪的。大哥，你说对不对？"

我点了点头。我想，如果是我单独和苏青吃饭喝酒，气氛会很沉闷，说起灾区，会异常悲伤，至少我会这样，因为我们都是地震的幸存者，特别容易感同身受。我做不到像央金老阿妈那样的淡定和安详，可以微笑地面对一切。

孙卉又说："大哥，我要向你告苏青的状，你要给我做主。我在上海也没有什么亲人，你以后就是我的娘家人。"

苏青有些紧张，用胳膊肘碰了碰她道："别说，别说。"

孙卉倔强地说："我就要说。大哥，你让我说吗？"

我说："兄弟，就让小卉说吧。"

苏青不吭声了。

孙卉说："大哥，苏青很气人的，根本就不把自己的身体当回事。一个月前，他病倒了，发烧，十分吓人，躺在简易帐篷里，说着胡话。我听不清他在说什么。我找来了救援队的医生。医生给他打了退烧针，留下了药物，走前还交代，在高原上感冒发烧，一定要小心，很容易转化成肺炎。医生看到我帮他拆下来的假肢，惊讶地说：'他这样还来抢险救灾？'我说：'他是汶川大地震的幸存者，非要来。'医生愣了会，说：'他有什么问题，你随时来找我。'医生走后，我找了个塑料桶，去河里打了点清水，给他擦身体。我在给他擦身体的时候,央金老阿妈在摇小转经筒,口里不停地念叨着什么。给他擦完身体,穿好衣服,盖上被子,我就给他擦假肢。几乎每天晚上睡觉前,我都会给他擦假肢,我想,假肢也是他身体的一部分,我同样要爱惜。第二天,烧退了,他浑身无力地躺在行军床上,无神地看着我。我又去找来了医生,医生给他检查了身体。我问医生:'他有没有肺炎?'医生说:'万幸,肺部没有感染。'我说:'那就好,太谢谢你了。'医生脸无表情地说:'我建议,他休息两天,感冒彻底好了之后,就离开玉树吧。他身体虚弱,高原气候恶劣,现在这里兵荒马乱的,生活条件又不好,我怕他会有危险,还是离开的好。'结果,他死活不愿意离开,逞英雄,说什么他不是逃兵,还和我凶,吼我,说要走你自己走。我真的很生气,我是为了他好,他不识好歹。我赌气地收拾好行李,背上背包,头也不回地走出了帐篷,他也没有一句话挽留。我边走边流泪,心伤透了。我本来搭了辆到西宁拉救灾物资的大卡车离开的,可是,车还没有开出玉树市区,我就让司机停了车,跳下车就往赛马场方向狂奔。我气喘吁吁地回到帐篷里,他就淡淡地说了句:'我知道你会回来的。'央金老阿妈朝我微笑,给我端来一碗酥油茶。我接过那碗酥油茶,大口地喝着,我真的渴坏了。喝完酥油茶,我举起碗,要砸他。他笑了笑说:'不要那么野蛮好不好。'看着他憔悴的脸,我的心针扎般疼痛,还真不忍心朝他砸过去。"

十六

立冬过后的几天,每天都下雨,温度越来越低,湿气越来越重。我担心的事情终于发生了。这天暮色苍茫之际,我站在门口山壁下,看到几朵黄色的不知名的小花在寒风中开放,雨水落在花瓣上,微微颤动。满山遍野的雨雾之中,有多少这样的小花在颤动,在接受冷雨的洗礼,它们会不会疼痛,会不会发出撕心裂肺的尖叫?我身体的某个部位在隐隐作痛。

我在丁大保家吃过晚饭,回小木屋的路上,疼痛开始了。这种湿冷的天气,我受过伤的地方最容易发作。回到小木屋里,我坐立不安。骨头的关节里,就像有毒蛇在撕咬,那些连接骨头关节的筋脉、软组织被咬得支离破碎。体内的魔鬼在苏醒,在狞笑。我的身体抽搐着,我看不清自己的脸,却清楚它在夸张地扭曲。疼痛影响我的情绪,写作无法继续。

每次出门在外,我都会带上很多药物,包括止痛药。我长期服用止痛药,肝脏和神经都受到了损害,经常抽搐,记忆力也在衰退。为了避免止痛药对我的进一步伤害,我得忍耐。我想过很多办法转移注意力,以缓解刻骨的疼痛。我听舒缓优美的音乐,或者看喜剧片,让自己沉浸在欢乐的氛围里。如果是一般的疼痛,就会忍耐过去。但这一次不一样,这次发作的疼痛等级相当的高,音乐和喜剧片根本无法缓解，反而产生了巨大的反作用，让我更加痛苦。我将手机扔在一旁，躺在床上，咬着牙，努力地瞪着眼睛，希望疼痛瞬间消失。体内的魔鬼仿佛在说："我就是要用疼痛摧毁你的意志，我要让你的精神和肉体一起沉沦，进入万劫不复的境地。"我嗷嗷直叫，痛苦的叫唤正中了魔鬼的下怀，它在我体内手舞足蹈，疯狂地狞笑。我的肉体在分崩离析，就像一座貌似坚固的山，内部的石头在震动，在松垮，很快就要崩溃。

多年来，我都在忍受着疼痛带来的折磨。

如果在家里，我害怕女儿看到我疼痛的模样。那是一种毒药，会毒害她幼小的心灵。可是很多时候无法避免。我第一次发作时，她才不到两岁。她站在我面前，看着我痛不欲生的样子，眼睛里充满了惊恐。她吓坏了，哭喊着："爸爸，爸爸——"

我咬紧牙关，吃了止痛药后，抱着她，强忍着痛苦安慰她。她搂着我的脖子说："爸爸，我不要你痛，不要你痛。"我说："坏坏，不要怕，爸爸很快就不痛了。"她的头埋在我的胸前，不想再看我扭曲的脸。我不敢喊叫出来，其实那个时候，我真想吼叫着用脑袋去撞墙。有的时候，在深夜里，我真的会用脑袋去撞墙。不是要死，是要将体内的那个魔鬼撞死。我是在和自己搏斗。

漫长的岁月里，疼痛和恐惧如影随形，无法摆脱。

女儿李小坏也在渐渐地长大，五岁之后，如果看到我疼痛，她就会去药箱里给我找止痛药，也会给我倒上一杯水，让我吃药，目光里充满了对父亲的关爱和同情，还有一丝恐惧。我尽量装出没事的样子，她却发现我的笑比哭还难看。后来，我渐渐地学会了与疼痛及恐惧和平共处。我斗不过它，就要和它讲和，在接受的过程中，争取不让体内的魔鬼占上风。这样也是极端痛苦的，但最起码我面对了，没有逃避，也没有被彻底击垮。

今夜，在这个山村里，疼痛又一次无情地考验着我。这两三年来，还是有所好转。痛苦并没有减轻，但发作的次数越来越少。我知道这是上天对我的考验，我也知道，这一生，痛苦不会彻底消失，直到哪天我死去。"我不是那么容易被打垮的！"我对体内的魔鬼说。它阴险地反驳我："我不相信，只要是人，就会被打垮，你走着瞧吧！时间是最好的证明。"我说："我绝不屈服，让我再疼痛些吧！使出你所有的招数。"它不说话了。疼痛在加剧，我的牙也快要咬碎了。我索性从床上爬起来，打开小木屋的门，冲了出去。我在黑暗的村街上狂奔，冲出村街后，在山里的乡间公路上继续狂奔。雨水打湿了我的衣服，我感觉不到寒冷。我用奔跑和体内的魔鬼斗争，我只要战胜了自己，就会让它无计可施，在我体内沉睡。

我跑得大汗淋漓，汗水和雨水混杂在一起，流到嘴巴里，有些咸涩。

在奔跑的过程中，我想起了在玉树的那次疼痛。

十七

　　玉树地震的那年九月，我去了玉树。苏青在八月的时候，募集了许多物资，租了几辆大卡车，从上海运往灾区。我要和他一起去，他制止了我，死活不让我去。他没有想到我会到达高原。从西宁出发的长途汽车到达玉树时，已经是晚上九点多了。下了车，寒冷包裹着我。我从背包里找出羽绒服穿上，给苏青打电话。眼前尘土飞扬。

　　苏青说："大哥，你好吗？"

　　我呼吸有点急促："我在玉树。"苏青吃惊地说："真的吗？"

　　我茫然四顾："真的。"

　　苏青说："什么时候到的？现在在哪里？"我说："刚刚下车，在车站。"

　　苏青说："你在那里等我，哪儿也别去，我马上过来接你。"我心里涌起一股暖流说："好的，我等着你。"

　　我等了半个小时了，苏青还是没有来，我有点着急。有两个粗壮的汉子在离我几米远的地方说话，边说话边用莫测的目光审视我。我想起一个朋友在拉萨被人用刀子顶在肚子上抢劫的事情，心里忐忑不安。本质上，我是个胆小鬼。我害怕包里带的现金被打劫，这是我临行前妻子从银行取出的十万元，让我拿来帮助人的。我又给

我们为什么要呼救　　401

苏青打电话，无人接听，我心里更没底了。那两个人还在那里说着话，仍旧不时地朝我张望。这时，乱糟糟的车站人越来越少了，说是车站，其实就是个停车场。路灯昏暗，随时都有可能熄灭。我听苏青说过，震后的玉树，停电停水是家常便饭。要是停电了，黑灯瞎火之中，我会不会有危险？我的脊背在冒冷汗。我一紧张，就燥热难忍。

又过了半个多小时，我才看到一辆破旧的丰田越野车摇摇晃晃地开过来。车虽破旧，车灯却很亮，坑坑洼洼的泥土路面变得异常清晰。开车的是个姑娘，但不是孙卉，苏青坐在副驾驶位。车在我身边停下来，苏青下了车，拥抱了我一下，说："实在抱歉，来迟了，让大哥久等了。"见到他，我悬起的心放回原处，情绪立刻得到了缓解，笑着说："你来了就好，来了就好。"开车的姑娘下了车，她走到我面前，朝我笑了笑。她的脸很黑，牙齿很白。苏青将这个看上去健硕的姑娘介绍给我："这是文霞，也是个摄影师，志愿者。"文霞伸出手和我相握，说："听苏老师说过你，欢迎你来到玉树。"苏青笑笑："上车吧，回去再聊。"

上车后，苏青说："文霞的车是花两万块钱买来的二手车，有时会莫名其妙地熄火，刚才在来接你的路上，就突然熄火了，文霞修了半天才修好。"我对这个问题已经没有兴趣，我心里疑虑的是，孙卉怎么没有来接我？他和这个黑脸姑娘又是什么关系？从车站到苏青在赛马场的住处，也就十分钟的车程。到了住处，文霞和我说了声再会，就开车走了。走进住处，我看到了在帐篷里做饭的孙卉，心里的担心才消除。

赛马场是灾民的聚居点之一，也是最大的聚居点，密密麻麻的全是简易房和帐篷。此时的赛马场，已经十分安静了，只有苏青住的帐篷里还有灯火。帐篷中间有个藏式炉子，周围放着四张行军床。靠里面的行军床上，睡着一个老阿妈，身子被鲜艳的花被子盖住了，露出头,闭着眼睛。我知道,她是央金老阿妈。孙卉在煮面条,朝我笑笑:"大哥一定是饿了,马上就好。"我说:"不急,不急。"我的床已经铺好了。苏青说:"大哥,你就睡这里,条件差,你多担待。"我说:"我又不是来享福的,有个住的地方就很不错了。"孙卉说:"这帐篷是加厚的,苏青给央金老阿妈买的,放心住吧!来,面条好了,趁热吃。"她将一大碗面条端到我面前,我接过来,坐在行军床上,哧溜哧溜地吃起来。

吃完面条,就停电了。

苏青打亮手电,说:"大哥,走,带你去上个厕所,然后睡觉。"

厕所很远,是个简易的厕所,臭烘烘的。苏青说:"等重建好了,就有好厕所了。"我说:"什么时候才能重建好?"苏青说:"最起码要三年,所有的物资都要从外面运进来,而且入冬后根本就无法动工,现在不是重建的问题,马上就要进入严寒的冬季,那么多人的吃喝取暖才是问题。"我无语了,顿时觉得个人的力量是多么渺小。

回到帐篷里,孙卉已经躺下了。

苏青说:"大哥,睡吧,有什么话明天再说。"

我说:"好的。"

我躺在床上,并不觉得寒冷,奔波了一天,身体也需要休息了,很快地就进入了梦乡。在梦中,我在一条漫长的隧道里奔走,两旁很多赤身裸体的人,血肉模糊,纷纷伸出手来抓我,他们的嘴巴里嘟嘟囔囔,不知道在说什么。我十分恐惧,企图快速地跑出隧道,可是隧道没有尽头,怎么也跑不出去。我是被狗叫声惊醒的。我睁开眼睛,帐篷里一片漆黑。我相信帐篷外面也一片漆黑,不晓得天上有没有星星。我看了看手机,凌晨三点十二分。外面的狗叫声连成一片,我不清楚狗为什么会在黑夜里如此狂叫,叫得我心惶惶。

我翻了个身,叹了口气。

黑暗中,传来苏青的声音:"睡不着了,大哥?"

"做了个噩梦。"

"噩梦对我们来说,不是很正常的事情吗?"

"是的,都习惯了。狗为什么叫得凶?"

"几乎每天晚上狗都会叫,也许是饿了,也许看到了什么,也许它们心里也悲伤,也需要发泄。"

"你怎么也睡不着?"

"失眠是常态,总会在黑夜里想起一些不好的事情,其实有些事情想了也没有用,只是有时控制不住。我想,你比我要严重,我会化解,你还没有能力化解,因为你还没有走出大地震带给你的困境。"

"我现在好多了。"

"你来玉树,会加重你的精神负担,这就是我不让你来的原因。"

"可是我不来,会更加难过,有负罪感。"

"不要有这种感觉,没有人要你对任何事情负责任,又不是你带来的灾难。不过我理解你,你觉得你的命是被别人救回来的,你不做点事情,心里有愧。"

"你说的有那么点道理,可是——"

"大哥,别说了,睡吧,在高原上休息不好的话,身体容易出问题。"

"好吧,你也睡吧。"

我闭上了眼睛。

我听到孙卉轻微的一声咳嗽,她是不是也失眠了?

其实,我就是闭上了眼睛,也难以入眠,狗叫声还在继续。我也不相信苏青会那么容易进入睡眠状态,还有孙卉。我很清楚,我们都有各自的心思,有不同的想法,只有央金老阿妈的沉睡是实在的。她和我们不一样,像摆脱尘世烦恼的老神仙,生与死,都不是她考虑的问题。

我自然地想起自己被埋在废墟中的情景：钢筋穿过肋骨，余震时钢筋和肋骨的摩擦。那种像磨牙般的声音，在这个暗夜里还在穿透我的心脏，心有余悸，浑身颤抖。那些焦渴、饥饿、沉默和呐喊，到现在还那么真实。被埋废墟的那七十六个小时，几乎每隔两三个小时，我都要大声呼救。曾经有个记者问我："你为什么要呼救？"当时我觉得他问这个问题是多余的，我拒绝回答他。现在想起来，这个问题特别深奥，有点哲学的味道。我想在这个深夜回答这个问题，却回答不上来。难道仅仅是为了活下去，为了苟且偷生？我突然想起了妻子，想起了女儿，她们在这个夜里，是否还在为我担惊受怕？我不会忘记我离开家时，妻子复杂的眼神。她是善解人意的女人，明白无法阻止我来到高原，也无法预测我会不会再次碰到危险，会不会再次让她陷入痛苦和焦虑之中。女儿会不会在这个深夜，像我被埋的那三个夜晚一样，突然惊醒，坐起来，哭喊着爸爸？我希望她们安详地沉睡，像我受难前的每个夜晚，香甜地沉睡，梦中也是鲜花盛开，无忧无虑。我突然想起，到了玉树也没有给妻子打个电话，报个平安，这是我的罪过。明天早上，首要的任务，就是给妻子打个电话。

十八

清冽的清晨，天蓝得像什么灾难都没有发生过，狗叫声已经止息，寂静让我无端感动。我走出帐篷，在赛马场游走。人们都还在沉睡，我的脚步很轻，生怕吵醒睡梦中的人们。我从赛马场走到北面的山坡，俯瞰整个玉树，宁静残破的高原之城，满目疮痍，对面山坡上的经幡在风中飘扬。我仿佛听到了一遍遍的祈祷与诵经的声音穿透大地。

我看到一个人朝我走来。是苏青。

他来到我面前，眼睛有些浮肿。他说："大哥，你还是回上海去吧，这地方真的不适合你。"

我说："别说了，我不会轻易离开。"

他说："你来到这个地方，能够起什么作用？"

我无语。这个问题让我汗颜，我真的毫无用处，而且我带来的十万块钱，对于灾区来说，不过是杯水车薪，根本解决不了什么问题。我有些沮丧。苏青换了缓和的口气："对不起，大哥，我言重了，其实，你能来，什么事情都不做，就已经很了不起了，你有悲悯之心。"我无语。他又说："我一直觉得，你的精神有问题，我害怕你看到这里的情景，会受到更大的刺激，这是我不让你来、想让你离开这地方的原因。"我有点生气："苏青，你别再说了好吗？"苏青说:"对不起,我知道我说的话让你承受不了。"我不理他了,往山坡下走去。

这天,他们要到离玉树市区一百多公里的白马乡去,调查那里灾民的过冬情况。吃完早餐,文霞的车就开过来了,我们带上了些干粮和水,出发了。苏青的右腿装着假肢,脚不好放,坐在副驾驶的位置,文霞开车,我和孙卉坐在后排的座位上。车开出市区不久,我看到公路两旁大片的草原,草原上也有成片成片的板房和帐篷,苏青告诉我,这里也是灾民的聚居点。越野车驶出草原后不久,拐进了一条坑坑洼洼的土路,通向山里。在颠簸中,孙卉闭上了眼睛,歪着头,不一会儿就睡着了。

苏青和孙卉我都比较了解,对文霞却一无所知。

好奇心使然,我问道:"文霞,你为什么不和苏青他们住一起?"

文霞好像没有听到我的话,目不转睛地盯着前方的路,没有回答我。苏青听见了我的话,回答说:"文霞和她男朋友住在拉布寺宾馆,那是一个没有被震垮的宾馆,但墙都裂开了,是危房,我是不敢住,文霞和她男朋友胆子大,就住在里面。"

文霞接了句:"还好啦,我觉得问题不是很大,拉布寺宾馆结实着呢,也很便宜,比住帐篷和板房要舒服些。"

我说:"就你们两个人住里面吗?"

文霞说:"也有不少其他人住在里面,大部分都是来自各地的志愿者。"

苏青说:"文霞的男朋友是大地救援队的队员,叫王飞。他们是在玉树地震后认识的,说起他们的相爱,还是蛮有意思的。文霞也是在地震后不久,从广州来到了玉树。那天,王飞和救援队的同伴们在营救一个被埋的人,焦急地清理渣土和杂物,文霞端着相机,不停地拍照。王飞脾气比较火爆,朝她吼道:'滚一边去,别在这里碍手碍脚。'文霞没有搭理他,继续拍照,还对着王飞拍。王飞火冒三丈:'你这个女人是不是有病,给老子滚开。'文霞说:'我为什么要滚?'王飞说:'我们是在救人,不是演戏,不需要你拍照。'文霞听后将相机放在一旁,加入了他们的救援。当那个人被从废墟里挖出来后,文霞才拿起相机,继续拍照。救出的伤员被抬走后,文霞面无表情地对着坐在废墟上喘气的王飞拍了张照片,王飞瞪了她一眼,要她将拍他的照片删除。文霞不干,他们就吵了起来。吵着吵着,王飞站起来,扑过去要夺文霞手中的相机。在拉扯中,相机掉在了地上,那可是文霞的宝贝。文霞捡起相机,怒视着王飞,突然伸出手,朝他脸上狠狠地扇了一巴掌。那巴掌打蒙了王飞,他愣愣地望着文霞,什么话都说不出来。文霞检查了相机,发现没有摔坏,瞪着他说:'今天要是摔坏了的相机,看我不收拾你。'说完转身就走,扬长而去。"

我说:"有个性。"

文霞哈哈大笑,笑起来男人般爽朗,极具震撼力和感染力。她说:"王飞就是个贱骨头,我要不打他,说不准有多么讨厌我,挨打后就来追求我。"

我笑了。

苏青说:"文霞,我来说吧,你好好开车,这路不好,不要把车开到沟里去了。"

文霞又哈哈大笑:"好吧,好吧,不过你们放心,我是老司机了,十九岁就开车,现在也有十来年了。以前喜欢自驾游,走过滇藏线,也开车穿越过罗布泊,这种路难不倒我。"

正说着,越野车剧烈地摇晃蹦跶了几下。苏青说:"打脸了吧。"

文霞说:"正常,正常。"

我的心脏受到了震动,倒吸了一口凉气。我侧过脸,看了看孙卉,她还是闭着眼睛睡觉,若无其事的样子。但我发现了个微小的细节,她的眼睫毛动了动。

苏青继续说:"地震后,没有人敢住拉布寺宾馆,宁愿在帐篷里或在露天挨冻,那时天冷,还下雪。文霞是独自一人来到玉树的,找不到地方落脚,那天晚上,冻得实在不行了,就跑进拉布寺宾馆,找了个房间,倒头便睡,余震时,房子在摇晃,她也没有离开。后来,很多人见她都敢住,就住进去了。说实话,我是不敢住的,大哥,你敢吗?"

我笑了笑:"我不敢肯定,真要是没有办法了,说不定也会斗胆住进去的。"

苏青说:"你就不怕房屋倒塌,再次把你埋进废墟?"

我不知怎么回答苏青。

他说:"对不起,大哥,我不该说这种话的。"

我说:"没事。"

苏青说:"还是回到王飞追求文霞的主题上来吧。那些日子,救援队的队员们都很辛苦,入夜后,倒头便睡。王飞睡不着,他会想文霞。想得慌了,就爬起来,走出帐篷,去宾馆找文霞。他只晓得文霞住在宾馆里,不知道她住在哪个房间。宾馆里黑灯瞎火,他打着手电,一层一层地找。每到一层楼,他就从第一个房间开始敲门,敲到最后一个房间。有人会开门,恶狠狠地骂他,有的空房间里没有人就略过,也有人不开门,在里面骂的。影响别人睡觉,不挨骂才怪。到三楼敲到三〇五房时,开门的人朝他凶:'你他妈的有病呀!'王飞忙赔罪道:'对不起,对不起,敲错门了。'那人说:'你到底找谁?'王飞说:'有个拍照的姑娘,叫什么文霞。'那人想了想说:'有印象,好像在四楼,四〇三房间,你去看看。'门'砰'地关上了,王飞跑上了四楼,四楼也是宾馆的最高层。他站在文霞的房间门口,敲了敲门。里面没有人回应。王飞没有离开,继续敲门,里面还是没有人回应。他想了个鬼主意,使劲地砸门,喊叫道:'开门,开门,警察临检。'他听到急促的脚步声,然后,门开了,手电光照在文霞黝黑的脸上，王飞'扑哧'一声笑了出来。文霞发现是他，气得半死，重重地关上门。王飞在外面怎么央求，她就是不开门。王飞惹了众怒，不少人开门要打他，他才抱头鼠窜。"

文霞说："这家伙真是个贱骨头，我越是不理他，他就越上杆子，简直是拿他没有办法，最后我还是心软，答应和他做朋友。我比他大三岁，我对他说：'你要是觉得吃亏，那就算了。'他信誓旦旦，说非我不娶。走一步算一步吧，反正男人我见得多了，不行就散，我也没有打算要和哪个男人终老。"

苏青说："我看王飞对你是真爱，你看他对别人火暴脾气，在你面前，就是小乖猫。"

文霞笑着说："可能他从小缺少母爱，把我当妈了。"

苏青说："话不能这样说，人的感情是很奇妙的。"

文霞说："开个玩笑而已，我也这样和他开玩笑，他只是傻笑，说他妈对他可好了。我说有没有我好，他又傻笑，不说话。"

车子突然熄火了。

文霞怎么也启动不了。她让苏青把着方向盘，自己跳下车，让我们下车和她一起推车。孙卉嘟嘟哝哝，很不情愿的样子。文霞说："要是不推车就走不了了，这里前不着村后不着店，就在这里等死了。"孙卉无奈，只好和我们一起推车。好在这段路不是上坡，比较平缓，推起来容易些，但我们还是费了很大的劲儿，才将车推得发动起来。

上车后，孙卉说："文霞，你爹是个大老板，让他给你钱买辆新的越野车多好。"文霞说："那是他的钱，和我没有关系，况且，他是个铁公鸡，一毛不拔。"孙卉说："你不是说他也捐了一百万给灾区？"文霞说："那是给别人看的，私下里，他像割了肉一样心痛，我太了解他了，所以，做什么事情还得靠自己。"

我说："怎么不见王飞？"

苏青说:"他在西宁采购物资,这次到白马乡,看那里还缺什么,一起告诉他,他在西宁采购好了,就会押运过来。"

我说:"我带来的钱给你们吧,也拿去买过冬的物资。"

苏青说:"那好,多点钱,就能够多办点事情。"

我到玉树的第十三天晚上,下起了大雨。雨声很大,盖过了狗叫声,或许在这雨天里狗根本就没有叫唤?那些狗集体沉默,是不是听着雨声,和灾区的人们一样,在思虑着寒冬的来临?也就在这个晚上,我受过伤的膝盖开始了疼痛。下午我和文霞去结古寺的时候,脚踏空了一下,膝盖有点肿胀,我就隐隐约约地觉得,有什么事情要发生。雨下得很大,似乎整个玉树都被泡在阴湿的雨水之中。每个帐篷,每个房子,每个简易房,都是漂浮在汪洋中的小船。停电让玉树一片漆黑,黑暗中充满了某种不确定的因素,我不知道明天会怎么样,就像当时被埋废墟、无法预料明天一样。

膝盖渐渐地红肿起来,只要伸直,就痛得要命,左边的肩膀和手臂也一阵阵抽搐,疼痛不已。苏青打着呼噜,央金老阿妈和孙卉都无声无息。我疼得直冒冷汗,浑身黏糊糊的,异常的难受。我不敢呻吟,也不敢喊叫,生怕吵醒他们。我咬紧牙关,忍受着疼痛,听着哗哗的雨声,心里像扎进了一把锋利的刀子,仿佛要停止跳动。此时,我特别想家,想念妻子和女儿,可是她们离我那么遥远,仿佛星球与星球的距离,不可企及。

不知道忍耐了多久,天渐渐地亮了。

多少个夜晚,我就这样睁大双眼一夜无眠,看着天光从黑夜里剥离开来。雨好像小了些,我蹑手蹑脚地爬起来,打开行李包,找到了药袋,取出了止痛药,放进嘴巴里,然后从床头摸出那瓶矿泉水,拧开盖子,喝了几口,然后将矿泉水放回枕头边。汶川地震后,我几乎每晚都会在枕头边放上一瓶矿泉水,只要有些风吹草动,我

我们为什么要呼救 411

就会神经质般抓住那瓶矿泉水,因为我深知埋在废墟里那些日夜的蚀骨般的焦渴,焦渴比疼痛以及饥饿还要难熬。吃完止痛药,喝完水,我穿上雨衣,一瘸一拐地走出了帐篷。

路上泥泞一片,低洼处积满了冰凉的雨水,有些板房和帐篷里进了水。雨还在下着,天空灰蒙蒙的,让我十分压抑。我边走边打着寒战,膝盖刺骨地痛。上完厕所,我回到帐篷里。孙卉还在睡觉,苏青坐在行军床上抽烟,央金老阿妈盘腿坐在那里,手摇着小小的转经筒,口里念叨着我听不懂的经文。

苏青见我一瘸一拐走进去,吃惊地说:"旧伤又犯了?"

我点了点头。

他说:"严重吗?"

我说:"还好,有时发作连路都走不了。"

他叹了口气:"唉,我说不让你来,你非要来,这不,问题出来了吧。你的身体和精神都没办法适应高原恶劣的气候,而且这里生活条件十分糟糕。我看你还是回去吧,赶紧回去,刻不容缓,一会儿我就给你订机票,让文霞送你去机场。"

我说:"给我一根烟。"

他递给我一根烟,我点燃,深深地吸了口,吐出浓重的烟雾。在烟雾中,苏青的脸十分模糊,我的脸在他眼里也应该模糊不堪。抽上烟,疼痛感似乎减轻了些,但我很清楚,那是心理作用,也可能是止痛药开始起作用了。苏青说:"大哥,你真的不能再待下去了,听我的,今天就离开。"

我无语。

他说:"你这样在这里,于事无补,只会增加我们的负担。"

我心里十分难过:"我怎么会增加你们的负担?难道我活着就是给人增加负担的,在家里给妻儿增加负担,到这里也给你们增加负担？难道我活着真的一无是处？"

苏青说："我，我不是这个意思，你来这十多天，帮我们做了很多事情，也帮这里的人做了很多事情，你怎么会没有用？我的意思是——"

我说："你别说了，我明白你想说什么，我会走的，但不是这个时候，就像你说的，你不会当逃兵，我也不会。"

苏青声音有些严厉："无论如何，你必须走，要是发生什么大问题，我怎么向嫂子交代？怎么向小坏交代？我的良心也会过意不去。"

这时，传来孙卉的声音："苏青，不是我说你，你比大哥更应该离开这个地方，你看你截肢那条腿的创面，都烂掉了，再这样下去，你会死在这里的。"我看到孙卉掀开被子，用手抓过红色羽绒服，穿了起来。她头发蓬乱，脸红扑扑的。苏青说："孙卉，你胡说什么呀。"

我问道："小卉，到底怎么回事？"

孙卉告诉我了一件事情，如果她不告诉我，我永远都不会知道。

这次苏青和孙卉，带着一个六辆车的车队，从上海开往玉树。到了西宁，就从西宁走214国道前往目的地。孙卉坐在最前面那辆车上，苏青在最后一辆车上压阵。他们都带着对讲机，有什么事情可以及时联系和沟通。那些司机都是上海的司机，基本上没有走过如此难走的道路，对他们来说，这也是挑战。快到巴颜喀拉山时，天降大雨。

苏青打开对讲机，呼叫孙卉。他对孙卉说："让司机开车小心点，下雨路滑，千万要注意安全。"孙卉说："明白，明白。"这是条天路，海拔高，道路凶险，一不小心，就可能出大问题，一路上，他们都可以看到掉下路边沟底的汽车。苏青这辆货车的司机姓张，是个年轻司机。雨刮器不停地刮动，唰唰作响，雨水从天空中浇落，能见度十分低，很难看清前面的道路。苏青提醒他："小张师傅，小心。"小张师傅说："放心吧。"苏青说："实在不行，就停在路边，等雨停了再走。"小张师傅笑了笑："苏先生，你是不是信不过我的技术？不是吹的，前面那几辆车的老司机还不如我呢。"尽管他这么说，苏青还是提心吊胆。

　　翻越4824米高的巴颜喀拉山山口时，雨停了，太阳重新君临上界，白晃晃的阳光倾泻下来，将雨后的路边照得玻璃般闪闪发亮。山口道路两旁的经幡在风中飘扬，猎猎作响。他们的车停在了路边，大家下车休息，放松一下。孙卉将面包和火腿肠分发给司机们。她也给了苏青一块面包和一根火腿肠。苏青说："我不饿。"孙卉关切地说："吃点吧，高原上体力消耗大，我怕你吃不消。"苏青充满爱意地看着女朋友，接过了面包，但没有要火腿肠。撕开塑料包装，苏青咬了口面包，咀嚼着。孙卉又递过一瓶矿泉水："喝点水，别噎着了。"苏青接过水："谢谢你，亲爱的。"孙卉笑了："肉麻。"小张师傅啃着面包，在一旁朝他们笑。苏青说："当初文成公主进藏和亲，走的就是这条路，说不定也在这里休息过呢。"小张师傅说："找找，看有没有文成公主留下的脚印。"大家伙都笑了。在孙卉的印象中，那几个货车司机，人都不错，而且还喜欢开玩笑，如果不是小张师傅的车出事，那应该是段快乐的旅程。

　　是的，小张师傅的车翻掉了。

　　他们重新上路后，车与车之间拉开了应有的距离。那时，很多运输地震救灾物资的货车在这条路上行驶。有的急性子司机车开得快，不断地超车，喇叭声此起彼伏。汽车七拐八拐地下山，苏青给小张师傅点了根烟，给他提神，开长途货车，十分辛苦，人也容易疲惫。苏青还说："小张师傅，你要是累了，我来开会儿，你休息。"小张师傅笑笑："不累，不累。"苏青在颠簸中，有点犯困，打起瞌睡。就在他瞌睡之际，车翻到了路边的坡地上。他受到了剧烈的震动，心口被什么东西顶着，脚也被撞坏的车门夹住了。等他清醒过来，发现自己还活着，有点小小的庆幸，但内心还是充满了巨大的惊骇。他首先想到的是小张师傅。他喊叫道："小张师傅，你没事吧？"过了好大一会儿，小张师傅才说："没事，没事，苏先生，你怎么样？"苏青缓了口气说："我不知道，脚被夹住了，动不了。"小张师傅说："我还好，就是头撞坏了，流血，我出不去。"小张师傅呼吸沉重。苏青找到了对讲机，和孙卉联系上了。孙卉听说出了事，焦虑地说："你们坚持住，我们马上回去救你们，一定要坚持住！"

十九

　　货车整个翻了个个儿，四个车轮朝天，货物凌乱地散落在坡地上。万幸的是，这是个坡地，如果是深谷，或者陡峭的悬崖，那就完了，苏青和小张师傅生还的机会就微乎其微了。孙卉和司机们赶回来，七手八脚地将小张司机弄出来。他的头脸上全是血，孙卉拿出急救包，给他包扎，另外的人在想办法救苏青出来。苏青一条腿被夹住了，他们敲掉车的挡风玻璃，企图从这里拖苏青出来。
　　阳光猛烈，天上有大朵大朵的白云。孙卉给小张师傅包扎完，问他："除了头，其他地方有受伤吗？"小张师傅说："胸闷。"孙卉让他什么也别想，好好休息会。说完，她就走到车头前，一个司机半个身子在里面，屁股和脚露在外面。他说："压得太紧了，要把门撬掉，苏先生才能出来。"苏青被夹住的竟然是那条假肢，这让他感觉到了上天的眷顾，要是那条好腿，可就坏事了，要不要截掉都很难说。苏青说："把我的假肢卸下来，或许我就可以出来了。"孙卉说："师傅，你出来，我来，我知道怎么卸他的假肢。"那司机就退了出来，脸憋得通红，喘着粗气。孙卉爬进去，找到了苏青的假肢，解开绑在大腿根部的皮带，慢慢地将假肢卸了下来。假肢还夹在里面，苏青却可以活动了，在孙卉的帮助下，他爬了出来。苏青躺在坡地上的青草上，长长地呼出了口气，阳光和白云，在他的眼中变成迷幻的情境。

孙卉蹲在他旁边，给他擦去额头上的汗珠，轻声说："苏青，你没事吧？"

苏青紧紧地握住她的手，说："卉，我没事，这只不过是又一次考验。"

孙卉心有余悸地说："我吓坏了，我不能和你一样，装出若无其事的样子，我们回上海吧，再不来了，好吗？"

眼泪流淌下来，她抽泣起来。

苏青一把将她抱在怀里，亲吻着她的眼睛，她的眼泪是咸涩的。他说："卉，不要怕，我们都不会有事的，等我们做完事情，就回去。"孙卉哽咽地说："你为什么如此固执？你不是救世主，你的力量十分渺小，你要为自己活着，明白吗？为自己活着。"苏青说："我做的一切都是为了自己。"

小张师傅坐在草地上，目光黯淡而又惊恐。

苏青在孙卉的搀扶下，走到他跟前，和他并肩坐着。苏青说："小张师傅，事情都发生了，不要想太多了，我不怪你。"小张师傅什么话也没有说。孙卉也说："小张师傅，我们真的不怪你，你放宽心吧。"苏青说："我看车没有多大问题，我负责修理，你不要想太多了，一会儿你和他们的车先走，到前面的县城，先去检查一下身体，处理下伤口，其他的事情我来处理。"

接着，苏青让孙卉带着司机们开车先走，他在这里守着货车和物品。孙卉要留下来陪他，死活不肯走。苏青说："你必须走，否则他们不知道将货物拉到哪里。你放心，我已经打电话，让文霞他们叫了吊车和拖车，也租好了另外的货车拉货，他们很快会赶到的。快去吧，否则天黑下来，路就更难走了。"孙卉拗不过他，只好带着司机们离开了。

说到这里，孙卉抹了抹眼睛。她接着说："那次车祸，虽说他身体其他方面没有受到什么伤害，可是，他那条伤腿和假肢的连接处伤得很严重。每天看着他忍受着痛苦奔波，我心里都很不好受。"

苏青说："卉，别说了，那点伤算什么，很快就会愈合的。"

孙卉说："不好好休养和治疗，猴年马月才能愈合，我看你还是走吧，这里交给文霞他们，今天就和大哥一起走吧。"

苏青倔强地说："要走你走，我是不会那么快离开的。"

孙卉说："你不走，我也不会走，我放心不下你。"

苏青说："卉，真的不要勉强，你实在不想待了，就和大哥一起走，回上海去吧，不要心不甘情不愿的。"

孙卉说："苏青，你这话什么意思？今年我和你在这里待了那么长时间，什么时候不情不愿的了，你给我说清楚。你以为我是那种娇柔的吃不起苦的人吗？做人要有良心，不要总是认为自己伟大，自己无私，别人都是自私自利的。"

我叹了口气说："你们别吵了，你们都是好人，比我强多了。"

苏青和孙卉都不说话了，央金老阿妈还在念叨着什么。苏青在看手机，孙卉从床上爬起，在秋裤外面套上牛仔裤，然后拿起梳子梳头。给自己梳完头，就去给央金老阿妈梳头。她给老阿妈梳头的时候，我心里有股暖流流过，这是人间的某个瞬间，充满了爱和温情。很多时候，其实我们都是为了爱和温情活着，也只有爱和温情，最终可以抵御灾祸和苦难，抵御邪恶和压迫。

苏青并没有给我订到机票，马上就要进入严寒的冬季，很多志愿者和救援队的人、援建者都在陆续撤出，机票和长途汽车票都十分紧缺，一周后的票都卖光了。他无奈地说："大哥，你只好留下了，不过，我还会想办法的。"说完，他拿起假肢装上，下了地。孙卉给央金老阿妈梳完头，就开始做早餐，还是面条，面条真是很方便的食物，可以果腹，而且又不是很难吃。在这个地方，这个时期，吃什么对我们而言，真的不是很重要了，只要填饱肚子就可以了。有时，央金老阿妈会让我们喝酥油茶，吃糌粑，起初我不习惯，后来也吃得有滋有味。

那天，天晴了，碧空如洗，万里无云。我的膝盖还是肿的，走路也还是一瘸一拐，左手的神经痛好了许多，不会动不动就抽搐了。身体哪怕有些许的好转，都是令人愉悦的。

晌午时分，文霞打电话告诉苏青，王飞在西宁采购的藏式炉子、加厚的帐篷以及煤炭和面粉已经到了，要我们过去帮助送到各个地方，分发给需要的人们。过了会儿，文霞开着她那辆老越野车来接我们。苏青对我说："大哥，你就不要去了，你的膝盖还没有好，留下来休息吧。"我没有搭理他，上了文霞的车，苏青十分无奈。

这是我第一次见到传说中的王飞，他个子很高，显得很壮实，国字脸，目光炯炯有神。我对他的第一印象，并没有感觉到他的脾气有多火暴，反而觉得他是一个随和热情的人。他的笑容很真实、和我握手时，我感受到他的手有力而温暖。他说："李哥，听苏青、文霞他们多次说过你，其实我是你的粉丝，读过你不少作品，最喜欢《血钞票》那本书。"我说："谢谢你，王飞兄弟。"文霞用力地拍了拍王飞的肩膀："哥们，有时间再和大哥聊小说吧，我们现在的任务是要把这几车的物资分发下去。"王飞连连点头："对，对，有时间再聊。"我们做了下分工：文霞、苏青、孙卉和我带上一车的物资赶往白马乡，王飞和他大地救援队的兄弟们负责其他几车的物资，在玉树以及周边的几个灾民聚居点发放。简单开了个小会后，我们就分头行动。出发前，王飞对文霞说："路上开车小心点，注意安全，李大哥要是出了什么问题，我拿你是问。"文霞大大咧咧地说："我开车，你有什么担心的。"孙卉笑了笑说："王飞也学会拐弯抹角说话了，他担心的是文霞的安全，和李大哥有什么关系呀。"苏青也笑出了声。王飞挥了挥手说:"快走吧,别寒碜我了。"文霞开着那辆老破车,装满货物的大货车跟在我们后面,一路朝白马乡进发。

下午两点多,我们到达了白马乡。简单吃了个午餐,我们就开始干活。在给一个孤寡老人家送东西的时候,苏青摔倒在地上。我和他每人扛了一袋面粉,走向那个孤寡老人居住的简易板房,他走在我前面,偶尔会回头说:"大哥留神你的膝盖。"他担心我的膝盖会伤得更厉害。我们快要走到那个简易板房时,我看着他双腿一软,就摔倒在地上。我赶紧扔掉肩膀上那袋面粉,走过去,蹲下来,扶着他的上半身。他坐在冰凉的地上,浑身颤抖,脸上起了一层鸡皮疙瘩,额头上冒出了汗珠。他紧咬牙关,看得出很痛苦。我说:"兄弟,你怎么了?"他摇摇头,牙缝里蹦出两个字,没事。文霞和孙卉抬着一台藏式炉子走过来,见状放下了炉子,朝苏青围拢过来。苏青说:"你们赶紧干活吧,我没事。"他抓住我的胳臂,艰难地站起来。孙卉扶着他,焦虑地说:"你不能再走路了,赶紧回车上休息吧,这些活我们能干完的。"文霞也劝他上车休息。苏青提高了声音说:"别管我,我真的没事,赶紧干吧,天色不早了,我们还要赶回玉树。"孙卉眼中闪动着泪光,她的心一定很痛。苏青弯下腰,抓起那袋面粉,放在肩膀上,吃力地迈开了步子,朝板房里走去。我们都愣愣地看着他的背影,心里都不好受。

那天晚上,苏青发烧了。

他躺在床上,瑟瑟发抖,像秋风中枝头还没有掉落的一片枯叶,和季节做最后的抵抗。我弄了块湿毛巾,贴在苏青的额头上。王飞站在我身边,神色凝重。孙卉和文霞在帮他卸假肢。大腿和假肢的连接处都烂掉了,流着脓血,散发出腥臭味。文霞说:"怎么这样子了也不说?"孙卉说:"每天晚上都上药,他说很快会好,也不让我和你们说,你们都知道他的脾气,就是倔驴子。"

孙卉放了些盐巴在塑料脸盆里,提起炉子上的烧水壶,倒了些开水进去。她拿着一块破布，蘸着盐水，擦洗苏青的创口。文霞的眼睛里也有泪光，这段时间，我从来没有见过男人婆般的文霞有如此表情。她擦了擦眼睛，对王飞说："你去弄点好吃的东西来吧，现在市区里的那些饭馆应该还没有关门。"说着，她将车钥匙扔给了他。王飞接过车钥匙，默默地走出了帐篷。此时，我听到了帐篷外面呼呼的风声。给苏青用热盐水洗完创口，孙卉又给创口抹上药膏，然后给苏青盖上了被子。她凑到苏青的面前，柔声说："感觉好些了吗？"苏青动了动起泡的嘴："好多了，放心吧，卉，不会有大问题的。"孙卉说："我很心痛。"苏青说："我知道。"文霞说："孙卉，让他好好休息吧，不要和他说话了。"孙卉点了点头，就去给炉子加牛粪。她用铁通条捅炉子时，我闻到了牛粪燃烧后散发出来的清香。央金老阿妈颤巍巍地走到苏青跟前，手上端着一碗水，粗糙的手指蘸了蘸水，抹在苏青干裂起泡的嘴唇上，她的目光充满了慈爱和悲悯。那时，我想，她就是下到凡尘的白拉姆，就算老态龙钟了，也是圣洁的仙女。文霞和孙卉，也是白拉姆，也是圣洁的仙女，她们的存在，是凡尘的荣幸。

　　过了几天，苏青的烧虽然退了，烂掉的伤口还是没好。医生强烈要求他回汉地治疗，说他要是感染得严重，得了败血症，会有生命之忧。而且我的膝盖也没有好转，文霞和孙卉坚决要求我们离开玉树，回上海去。我们无奈，只好听她们的。因为机票太紧张了，也不放心我们坐长途汽车，文霞提出，开着老越野车送我们去西宁，然后从西宁乘飞机回上海。

　　苏青担心央金老阿妈，文霞说："我和王飞还留在这里，你们放心，我们会照顾好她的，她也是我们的老妈妈。"王飞说："我和一个寺庙联系好了，等他们的寺庙重新建好，会收留央金老阿妈的。"苏青说："那只好拜托你们了。"走的时候，天上飘起了大片大片的雪花。央金老阿妈送我们到帐篷门口，我们和她合照了一张照片，老阿妈脸上微笑着，每道皱纹都是一条慈悲的道路。苏青让文霞单独给他和老阿妈合了影，苏青没有笑。后来他说那是他和他的藏族妈妈唯一一张没有笑容的照片。我知道他为什么没有笑，他笑不出来。

车子开离玉树的时候，透过车窗玻璃，我看到结古寺后面的山上飘动的经幡，它们和雪花一起飞舞。我的心沉浸在某种苍凉和感动之中，无法自拔，热泪情不自禁地流淌下来。孙卉默默地递过纸巾，我没有擦掉眼泪，让它静静地流下来。

二十

这天,丁屋岭天晴了,天蓝得像藏区的天一样。这里没有污染,也从来没有过雾霾,空气的纯净,让我陷入无穷无尽的想象之中。中午时分,我吃完饭,在村街上溜达。老戏台前,那个老娭毑在晒太阳,看到我,朝我微笑,用浓郁的乡音问我吃饭了没有。老娭毑九十六岁了,是丁屋岭最老的神仙。她让我想起了央金老阿妈,也会让我想起母亲和奶奶,以及我的丈母娘,还有我在成长的过程中,遇见的一个个善良慈悲的老妇人。

老娭毑叫戴三妹。

我听丁大保讲过她的故事。

戴三妹老娭毑在村里的地位高,不亚于丁家的族长和村支书,虽然孤老一人,可村里人都把她当神仙般供着,有专人照顾她,衣食无忧。我无法想象,这么一个慈眉善目的老太太,年轻的时候是怎么样的英姿勃发,不让须眉。传说中的戴三妹,用丈夫留下来的土铳,轰掉了土匪头子李骚牯。丁屋岭深藏在崇山峻岭之中,丁家先民为躲避兵灾战火躲在此地,开基立业,繁衍生息。岂料到了二十世纪上半叶,闽西山野,匪盗出没,丁屋岭屡屡遭到洗劫。山民为了自保,筑起了寨门和寨墙,抵御匪盗。戴三妹二十一岁那年春天，正值青黄不接之际，饿急了的土匪攻破了丁屋岭，将丁屋岭洗劫一空，村里有五个青壮年汉子在和土匪的混战中殉难，其中就有戴三妹的丈夫。那时，戴三妹的儿子丁永其才八个月大。戴三妹在一个露水味很浓的早晨，将孩子交给了婶婶，背着装火药和铁砂的篓子，拿起了丈夫留下的土铳，独自离开了丁屋岭。早起的村民看着她踏上了弯弯曲曲的山路，野风拂起她的秀发，有些凌乱。

婶婶和村里人一样，都以为戴三妹再不会回来了。她一个人，去寻找土匪报仇，凶多吉少。每天黄昏，婶婶都抱着孩子，站在村口，往通向深山的山路眺望，希望戴三妹的身影出现。有些打柴回来的村民见到她，就说："回去吧，三妹不会再回来了。"婶婶不死心，直到天完全黑暗下来，星星一个一个在天空闪现，她才抱着孩子回家。

时间飞逝，三个月后的一个深夜，有个人敲响了婶婶的家门。寨子里的狗在狂吠。

所有的狗都在狂吠。

山寨被震动了，很多人都操了家伙，举着火把，走出家门。婶婶开了门，看到满脸血迹、头发蓬乱的戴三妹，惊得目瞪口呆。过了好大一会儿，婶婶才颤声说："你，你是人还是鬼？"戴三妹惨淡一笑："婶婶，我是三妹，我还活着，我替我老公和村里死去的其他人报了仇。"婶婶伸出颤抖的手，摸了摸戴三妹的脸，发现她的脸是温热的，才相信站在面前的是个大活人。婶婶惊喜万分，走出门口，大声喊叫："三妹回来了，三妹回来了。"

村民们听到了婶婶的喊叫，从四面八方朝她家聚拢过来。顿时人声、狗叫声连成一片，古老的山寨沸腾了。戴三妹一直在山野寻找土匪，找到了洗劫丁屋岭那股土匪的老巢——一个隐秘的岩洞。她要是进岩洞直接和土匪挑战，必死无疑。她一直掩蔽在暗处，等待着机会。终于被她等到了。那天晚上，土匪头子李骚牯独自去附近山村里幽会相好的寡妇。她在他回来的山路上伏击了他,用土铳爆了他的头,一连在他的头上开了十多铳,他的头被铁砂炸得稀巴烂。然后她隐入黑暗之中,逃回了丁屋岭。

戴三妹就这样成了丁屋岭的女英雄。族长担心土匪会来报复,连夜安排村民关上寨门,死守寨子。守了几天几夜,不见土匪来犯,村里人的心才安定下来。从那以后,再也没有土匪来犯,也许李骚牯的死让他们胆寒。因为戴三妹杀死李骚牯的故事很快就像风一样,在闽西山地流传,说她是个母夜叉般的女人,但只有见过她的人,才知道她是个美丽的女子。

戴三妹在丈夫死后,没有再嫁过人。

她将丁永其抚养成人,给公公婆婆送终之后,就孤独地一人生活,直到老去。丁永其后来不知所终。1949年,对戴三妹来说,是真正孤独的开始。她希望儿子未来是个知书达理、有所作为的人,所以,无论再苦再难,她都要供儿子上学。那年,儿子在县里的学堂里上高中,她最后一次送十七岁的儿子到寨门口,看他挑着担粮食和衣物走向通向县城的官路,泪水迷蒙了双眼。儿子走出一段路后,还回头朝她挥手。"妈姆,回去吧,我会照顾好自己的。"戴三妹怎么也没有想到,这是永诀。从那以后,她就再也没有见到过儿子,儿子刚刚长出毛茸茸胡子的青涩脸盘就定格在她的脑海,永远没有改变过,直到她白发苍苍,老态龙钟。有人说,她儿子被国民党抓壮丁过台湾去了,也有人说他去参加了共产党军队,反正他在那个春天的清晨离开丁屋岭后,就杳无音讯了。

阳光干净而温暖,照射在戴三妹老姨驰的脸上,她脸上的每道沟壑般的皱褶都被阳光填满。那褐色的老人斑,仿佛在诉说往昔发生的一个个故事,也是岁月留给她的不灭的勋章。我端了个小凳子,坐在她身边。她很开心,笑得十分慈祥,说:"晒晒太阳,人就不会发霉。"我说："是的，前几天下雨，又湿又冷，人都要发霉了。"她那么老了，思维还是如此清晰。"你们年轻人还可以，我们这些快要死的人，经不起寒冻了，天冷的时候，浑身就像死尸一样僵硬，只剩下一口气呼吸。"我说："老娭毑，你的身体还好着呢，你可以活到一百二十岁。"她笑了笑说："要死了，活够了，该死了，活那么久了，再活也没有什么意思了。"我没有从她的话语里听出伤感，却听出了那种对死亡和生命的淡然。有只小蜜蜂在阳光中嗡嗡地飞舞，她用手背揉了揉浑浊的眼睛，目光落在了小蜜蜂身上，小蜜蜂在她眼前飞舞了一会儿，就飞走了。她的目光追逐了一会儿小蜜蜂，然后收了回来，轻声说："我是该死了，是活够了。"

我的心脏刹那间被她的话语击穿，死亡到底是什么？

二十一

苏青说的没错,我的确有病,精神上的疾病。我没有想到,在地震三年后,病还会爆发。那段时间,我的情绪坏到了极点。每天送女儿上幼儿园后,我一个人在家里,什么也干不了,根本进入不了写作状态。打开电脑,屏幕上就会出现幻象,一座座山峰在坍塌,乱石飞迸,浓尘滚滚,仿佛地球在爆炸,末日来临。我赶紧关掉电脑,坐在客厅的沙发上,瑟瑟发抖,惊恐万状,头痛欲裂,涕泪横流。那种不可言状的痛苦,让我觉得活着毫无意义,绝望而又恐惧。

我以前一直固执地认为,自己是个坚强的男人。事实告诉我,并非如此。

不知道从什么时候开始,我变得如此懦弱,如此恐惧。也许是因为地震被埋,也许是因为病痛,也许是因为爱,爱也会使人懦弱和恐惧。疼痛折磨着我,每日每夜,我觉得自己整个地被撕裂、被击溃。我一次次地试图找到出口,但是一次次地失望,对自己失望。

李小坏在一天天长大,我晓得,她需要我,她不能没有爸爸。可是,死神就在不远处,冷漠地望着我,要把我带离人间。我在和死神搏斗,和疼痛搏斗,和内心的恐惧及懦弱搏斗,不知道有没有胜算。

我以为面对现实,面对苦难,就能从噩梦中走出,慢慢让伤口愈合。结果我还是没有从噩梦中走出，伤口还在孤独的暗夜淌血，死神还是冷漠地看着我，要带我去地狱。它甚至诱惑我，把地狱变成天堂的幻象呈现在我面前。我没有去过天堂，不知道天堂的样子。死神在幻象中，让我看到天堂，那是我想象中的天堂，没有痛苦，没有苦难，没有物欲横流，没有欺凌和虚伪……

有一天，我在沙发上一动不动地坐了一天，竟然忘记了去幼儿园接女儿。

幼儿园老师打电话给我妻子，正在上班的她接到电话，马上就打电话给我，让我赶快去接女儿，还责备了我几句。

我来到幼儿园。小坏独自坐在小凳子上，玩着橡皮筋，十个手指头被橡皮筋缠绕在一起。那个年轻的老师坐在那里看书。小坏看到我，收起橡皮筋，站起来，喊了声爸爸，朝我扑过来。那一声爸爸，将我从迷惘中暂时唤醒。我对老师说："对不起，今天来晚了。"老师满脸笑容，"没关系，没关系。"我拉起小坏的手，小坏对老师说："刘老师再见。"刘老师笑着说："再见。"然后我们走出了幼儿园。

本以为老师会说我几句的，都准备好要挨老师的训斥，结果没有，我忐忑不安的心平静了些。幼儿园离我家不远，走路也就十分钟左右。我边走边和小坏说话。我说："小坏，爸爸今天晚去接你，老师有没有说什么？"她说："老师让我不要着急，爸爸很快就来接我。"我又问："没有说其他什么吗？"小坏说："没有，她在看书。"我说："你着急了没有？"小坏说："我以为爸爸不要我了。"我心里内疚："怎么会，爸爸不会不要你的，我保证，再不会晚来接你了。"小坏说："爸爸说话要算数。"我说："算数。"小坏伸出小指头说："拉钩。"我就和她拉钩，我们同时说："拉钩算数，一百年不变。"走了一段，小坏站在那家冰激凌店不走了，笑着抬头看着我，不说话。

我知道她心里在想什么，就说："小坏，今天爸爸错了，买个冰激凌给你吃，就当给你赔罪了，好不好？"她笑着说："好，爸爸，我原谅你了。"我问她："你要吃什么味道的冰激凌？"她说："香草味的。"

小坏吃着冰激凌，看着她一路上开心的样子，我心里却很难过，像是堵着什么东西。我要是情绪一直这样糟糕，那会怎么样？那天晚上，小坏睡着以后，妻子和我长谈了一次。她问我最近到底怎么了，魂不守舍。我无言以对，心里焦躁不安。她叹了口气："有什么话不能说的？你碰到什么困难，心里想什么，都可以说出来，我们是夫妻，有什么困难我们共同承担。"我还是无语，不知如何开口。我们默默地坐了良久，她十分无奈地睡觉去了。她上班很辛苦，我觉得对不起她，但我内心莫名的恐惧和痛苦根本就无法言说，我还没有找到倾诉的方式。不仅仅是对妻子，就是对我最好的朋友，包括苏青，我也不愿意倾诉，而自我封闭使我的病情越来越严重。我就像一个在悬崖之间的独木桥上行走的人，而且是个不能掌控自己情绪的行走者，随时都有可能失足，掉进万丈深渊。

过了几天，我接到邀请，回老家参加一个活动。我心里抵触任何活动，在大庭广众之下，我会胆战心惊，害怕看到那么多人的目光，那些目光就像是一根根利箭，射得我体无完肤。可是，有些时候，碍于情面或是出于某种目的，我无法推脱。离开家的时候，我还在犹豫，该不该去。想想有段时日没有见到父母亲了，借这个机会回去看看他们也好。飞机飞往连城的过程中，我想象着飞机在空中解体，我和所有乘客都从高空跌落，谁都想抓住某个人的手，可大家都像散落的石头，往地上坠落。我听到内心恐惧的尖叫。飞机落地的时候，我还惊魂未定。

因为离活动还有两天时间，我就先回父母家住了一天。我不敢出门，害怕见到乡亲，他们的热情会让我受不了，我没有良好的情绪和他们拉家常，或者回答他们很多问题。我只是躲在房子里，母亲一直在忙碌，给我准备些好吃的东西。父亲和我坐着，我不敢看他苍老的脸和满头银色的头发。父亲从来都是个沉默寡言的人，他只是问了我一个问题，过得好不好。我回答他，我过得很好。然后我就不知道要和他说些什么话，他也不晓得要和我说什么。我清楚，他心里有很多话要和我说，就是说不出来他对我日积月累的挂念。见到我后，千言万语都从他慈爱的目光中流光了。我也想好了许多话语，但面对他时，竟然也哑口无言。哪怕没有语言，在一起坐着，相互也可以感受到父子的情感，这是没有语言的交流。但我心里突然有种惶恐，想逃离父亲，逃离这个家。

第二天一早，我就走了，害怕让父母亲看到我痛苦的状态。

那天晚上我住在县城里的宾馆里。晚上，活动的主办方请参加活动的嘉宾吃饭。一大桌子的菜，一大桌子的人。经介绍我认识了许多人，但不一会儿就忘记了大多数人的名字。很多时候就是这样，没有交集的人见一面就可以了，不会记住他的名字，以后也不一定会再见。匆匆的交往中，人与人之间不太可能见一面就产生深重的情谊。问题是，以前我不是这样的，我会很快记住别人的名字，也会记住他们各自的表情。这个晚上的饭局，我的确十分反常，什么话也不想说，也听不清他们在说什么，只看到每个人的嘴巴都在一张一合，每个人的脸都很生动。我也不想吃什么东西，有种反胃的感觉。我沉默地坐着，坐了一个来小时，就想逃走，孤独感油然而生，身体瑟瑟发抖。

我实在忍受不住了，借口逃离了宴席现场。

我几乎是跑回宾馆的。身后像是有人在追赶我，莫名其妙地追赶我。我恐惧到了极点，纵使是在我曾经熟悉的家乡县城，也像是来到了陌生的险象环生的荒野，那些追赶我的人不是饿狼就是其他吃人的野兽。回到宾馆房间，我用力地关上门，反锁上，还加上了插销。我背靠在门上，大口地喘息。

稍微平静了些，我就无力地躺在了床上。

我脑海里闪过一个念头，给妻子打个电话，给她报个平安，也想听听女儿的声音。一般我不在家，都是我丈人送她去幼儿园，也是他去接她回家。那个念头闪过之后，我并没有付诸行动。我将手机扔在一边，闭上了眼睛。寂寞如潮水，将我淹没，我就像个溺水者，在黑暗的水中沉浮，有种窒息感。突然，有个声音出现了，"嘿嘿嘿嘿"……这是我异常熟悉的冷笑声，是我心中的那个恶魔说话的前奏，这个前奏让我恶心想吐。

我还没有等他说出让我更恶心的话，就从床上翻滚起来，跑进卫生间，抱着马桶盖，翻江倒海地呕吐。昨天母亲做给我吃的东西，晚上宴席上吃的东西，就连前天在上海家中吃的东西全都吐出来了，吐得干干净净，最后吐出的是黄色的胃液，吐得我涕泪横流。

体内的魔鬼说："你就是将胃吐出来，也无法消除我，我就在你的血脉里，在你的骨肉里，在你的灵魂里，我和你不可分割，我们是个整体。"我浑身发抖，愤怒而又恐惧，还有悲哀。我的确无法摆脱这个魔鬼。我躺回床上，奄奄一息。魔鬼还在继续说话，他总是在我痛苦的时候喋喋不休。他说了很多恶毒的话，刺激我，我的情绪变得越来越恶劣。

魔鬼说了很久，在他说话的过程中，我不知道房间外面的世界在发生什么事情——夜也许渐渐沉沦，人们都像归巢的鸟儿，渐渐地沉睡，还有些依然在街上游荡的灵魂——也无法觉察内心的变化。魔鬼的那句话切中了我的要害："你活着还有意思吗？你是个无用之人，你活着就是在浪费粮食，浪费宝贵的水，浪费一切资源，你不仅仅在浪费，而且，你还给你的亲人带来痛苦，你让每个爱你的人都为你担忧，为你痛苦。你以为你能写几本书就很了不起吗？不，你的书写也是无用的，浪费纸张，浪费印刷工人的精力，也在浪费读者的时间。你真的一无是处，最好的归宿就是死亡了，你的死亡就是你对这个世界最大的贡献。你怎么还不去死？"

我头痛欲裂。

我突然站起来，狂暴地用头撞着墙。我内心在呐喊，在重复着魔鬼的话语。"对，魔鬼说的对，我活着毫无意义，只有死亡才是我最好的归宿。"那时，我完全被魔鬼控制了，我脑海里呈现的只有一个巨大的死字，这个死字光辉灿烂，让我迷恋。

我从药袋里找出了那瓶安眠药，对，那是满满的一瓶安眠药，之前我一片都没有吃过，尽管我经常失眠，经常痛不欲生。我想，这瓶安眠药到了该派上用场的时候了，我迫不及待地将整瓶安眠药吞咽下去，喝掉了一瓶矿泉水。吞食完安眠药后，我重新躺在床上，面露微笑，等待死神将我带走。此时，我体内的魔鬼安静了，什么话也没有了。我死后，他会不会离开我的身体，进入到另外一个人的身体？我不得而知，也不去想那么多了。

时间一分一秒地过去。

约莫过了十多分钟，我耳边突然响起了女儿的叫唤声："爸爸——"

不，不，我不能死。

就像当初被埋在废墟里，在最绝望之际，我心里想到女儿的笑脸。女儿又一次将我从死亡线上拉回了现实。我想到了呼救，就像深埋废墟时那样不停地呼救。我想大喊救命，可是喉咙里像被堵着一大团东西，我喊不出来，也无力喊出。我伸出手，摸到了手机。我拨通了一个电话，用微弱的声音说："救命，救命——"

对方在喊叫："李西闽，你在哪里，你在哪里——"我又说了声，长汀宾馆。

说完后，我的手无力地摊开，泪水流淌出来。

我不清楚接我电话的是谁，只是觉得身体轻飘飘的，像一片鸿毛一样，在轻盈地飞翔。就在我要闭上眼睛的时候，我听到了重重的砸门的声音。房门外有人在喊叫："李西闽，开门，开门——"

门被砸开了。

冲进来两三个人,他们其中一个人背起了软绵绵的我,朝外面狂奔而去。我被送到了医院。在半梦半醒中,有人在我面前晃动、说话,可是我听不清他们在说什么。我躺在那里,闭上了眼睛,不想看到白色的天花板,也不想看到晃动的人。一根管子从我的喉咙里插进去,我想喊也喊不出来,难受得一直流泪……洗胃的过程要是没有知觉就好了,那种难受还不如死了……我被送到了病房,脑袋很痛,但是脑子变得十分清醒。护士给我输液,我还是闭着眼睛,我不想看到她的脸,假装她看不到我的羞愧。是的,我异常的羞愧,自杀是那么的无耻,我怎么能这样做?就是这个时候,我还没有意识到自己是个精神上出了问题的病人。后来,我弟弟还有两个同学来看我,我都不好意思睁开眼睛。我什么话也不想说,我恨不得马上离开医院,离开老家的这个小城。要不是我浑身无力,医生说还要留下来观察,我马上就会逃离。

那个活动我没有参加。第二天早晨,我找朋友开车,把我带离了医院,也带离了我的家乡。我没有和活动的主办方告别,也没有和父母亲告别。我特地交代弟弟,千万不要告诉他们我自杀的事情,我不想让他们再为我担忧,弟弟却将我的事情告诉了我妻子。很多人打我的电话,我都没有接,我关掉了手机。我坐在副驾驶的位置上,一路上都闭着眼睛,也不说话。朋友开着车,他理解我的心情,也没有说话,只是默默地开着车。

到了厦门,找了家宾馆,我住了下来。朋友送我到房间后就走了,他还要赶回去,他工作很忙,走的时候只和我说了一句话,"兄弟,保重"。虽然短短的一句话,胜过千言万语。朋友走后,我拉上了窗帘,也没有开灯,黑暗淹没了我。经过一夜的折腾,我精疲力竭,我体内的魔鬼或许也精疲力竭了,况且我没有死,他是不是也

我们为什么要呼救　433

在羞愧？他的阴谋没有得逞，会羞愧而死吧？他要是死了，那就好了，我就再不会被他折磨。反正，可恶的魔鬼消停了，最起码在我躺在黑暗中的时候没有再出现。

我闭上眼睛。山崩地裂、被埋废墟、疼痛、绝望、痛苦、挣扎、呼救，直到被救出，我将地震时的情景回忆了一遍。我还想起了获救后和苏青在军用直升机上伸出手相握。也想起了在玉树的情景……不知道过了多久，我想，应该给妻子打个电话了。我将手机开机，无数条手机短信跳出来，我不敢打开微博或者博客，还有一些社交媒体，我想可能有更多的信息会跳出来。我没有看那些手机短信，这个时候，我没有能力去消化这些信息，也没有脸面去面对那些关心我的朋友和读者，我只想给妻子打个电话，告诉她我还活着，就像当初我从废墟里被救出来，在直升机上迫不及待地借了一个军官的手机，给妻子打电话，告诉她我还活着。

她听到我的声音，沉默了会儿说："你在哪里？"

我喏喏地说："厦门。"

她说："赶快回来。"

我说："让我安静两天，我需要想些问题。"

她无语。

我说："放心，我不会再自杀了。"

她叹了口气说："我和女儿在家等着你，尽快回来吧。"

说完，她就挂了电话。我感觉到了她的痛苦和焦虑。妻子表面上是个坚强的女人，只有我知道她会在夜深人静的时候，默默为我流泪，可是她从来不说。这一天一夜，她承受的痛苦和折磨，谁也无法感同身受。我真的很愧疚，我有什么脸面回去见她？

手机响了，不是妻子打来的，不管是谁，我都不愿意说话，哪怕是苏青。我关掉了手机，继续躺在黑暗之中，心里像打翻了五味瓶，甜酸苦辣一齐涌上来……我在宾馆里躺了整整三天，最后鼓足勇气,走出了宾馆的门,找了家小吃店,狼吞虎咽地吃了一碗牛肉面,然后买了张机票,飞回了上海。

回到家里,妻子和小坏正在吃晚饭。

我推开门时,妻子抬起头,愣了下,然后笑着说了声"你回来了",像什么事情都没有发生过。小坏看着我,像是不认识我,每次我出去后回家,她都是这个表情。妻子对她说:"是爸爸呀,爸爸回来了。"小坏这才羞涩地笑了,叫了声爸爸,然后扑过来,我抱住了她。我回家了,恍如隔世,我真的回家了吗?我是不是在做梦?家是最温暖的地方,我这才知道,在家里,我无论怎么恐惧和痛苦,都不会那么决绝地自杀,尽管动过无数次轻生的念头,因为有妻子和小坏。小坏说:"爸爸,有没有给我买礼物?"这次我真的没有给她带礼物回来,或许我还活着就是给她的最好的礼物。我说:"爸爸没有买礼物,不过,等周末的时候,爸爸带你去看电影,然后再给你买个礼物,好吗?"小坏说:"好的,爸爸,你可别忘记了。"我说:"忘不了。"

那天晚上,小坏睡觉前,我给她讲了一个小白兔死了后来又复活的故事。她在故事中安然地睡去。每天晚上,她都要听个故事才能入睡。我不在家的时候,妻子给她讲;我在家,基本上是我给她讲。她熟睡之后,妻子和我来到了客厅里。

妻子淡淡地说:"小白兔死了会复活,那是故事,人要真死了,就不可能活着了,这是现实。不过,我从你给小坏讲的故事里听出来了,你还是舍不得我们,还想再活下去。"

我低下了头,在飞机上想了很多话要和她说,却一句话也说不出来。

妻子说:"你不能再这样下去了,我受不了了。"我心里很难过,万箭穿心。

她又说:"你这样做,很不负责任。"

我开了口:"我不会再这样了,可是我真的很难受,无所适从,有时候觉得根本就没有办法活下去。"

妻子叹了口气:"这个世界上的人谁活得容易,比你难受的人多了去了,如果像你一样,动不动就要去死,那一夜之间,人口就会减半。你心里苦,有创伤,有过不去的坎儿,我理解,我们要想办法解决,不能再这样继续下去了。"

我又说不出话来了。

妻子说:"苏青给我打过电话,问你的情况,他说等你回来后,一定要带你去精神卫生中心检查,如果有什么问题,赶紧吃药,只有吃药才能解决问题。我认为他说的很有道理,我疏忽了,我也想过你是不是有这方面的问题,但我没有坚持这样的想法。我觉得你遭过那样的大难,心理有变化,有恐惧和轻生的情绪都是正常的,慢慢会好起来。这次事情发生后,我考虑好了,无论你自己怎么想,你明天都要和我去精神卫生中心。明天苏青也会来,我们陪你去看病,你也不要有什么心理负担,如果查出来真的有问题,就好好治疗。"

我抬起头说:"我没有精神病,我不去,我讨厌那个地方。"

妻子的泪水流下来,一字一顿地说:"你去也得去,不去也得去,由不得你,明白吗?如果你心里还有这个家,还有我们母女,还想像个正常人一样活下去,你就必须听我的话,到精神卫生中心去检查。"

我又一次低下了头,头特别沉重,特别疼痛。

二十二

　　进入冬季后，山里的天气多变，晴了几天后，又落起了雨，每落一次雨，温度就下降几度。雨水中的山茶花还是漫山遍野地开放，那白色的花朵、黄色的花蕊，落满了晶莹剔透的雨珠，风吹拂，花朵微微颤抖，水珠轻轻滑落，我似乎可以听到水珠的尖叫。我对那些在寒冬里开放的花朵有种特别的怜爱和喜欢，比如山茶花，比如蜡梅，这和我出生在凛冬有一定的关系，生命中的那种苍凉和悲悯与生俱来。

　　农历十月十五这天早晨，还在下雨，丁屋岭笼罩在浓郁的雨雾中，迷离而又神秘。一大早，从木板间的缝隙中透进来的白色雨雾的湿气，冷津津的，渗入骨髓。我听到了时而悠扬时而激越的唢呐声，还有接连不断的鞭炮声。唢呐和鞭炮的声音，让这冷色调的清晨，有了热烈的气氛。我推开窗门，看到村街上有支队伍走来。走在最前面的是个头上扎着红布的老者，他边走边放鞭炮。他后面是两个吹唢呐的中年汉子。在他们后面，两个青年抬着一尊木雕的神像，神像一米来高，披着红布。抬神像的青年后面，跟随着许多村民。平时冷清的丁屋岭，一下子聚集了这么多人，我很意外。村街热闹起来，像是突然被唤醒了，我心里有些莫名的激动。

　　我记起来了，农历十月十五，是丁屋岭的节日。其实，在闽西

我们为什么要呼救　437

很多地方，十月十五都是农民们的节日，他们在这一天请来道士打醮，敬神拜佛，祈求平安。昨天晚上吃饭时，丁大保还告诉我，十五这天村里过节，要抬菩萨，还请了江西的采茶戏班来唱大戏。他还说，他老婆和儿子儿媳都要回来过节，要杀鸡宰鸭。能在丁屋岭碰到这样的节日，也是一件十分庆幸的事情。我决定今天不写作了，在村里看热闹，晚上和丁大保一家喝上两杯。

丁家祠堂后面是山，有棵枯而不倒的老枫树矗立在竹林中，像个风烛残年又风骨犹存的老人。村里人说，原来祠堂后面有三棵巨大的老枫树，因为怕下雪时积雪压断粗枝，掉下来砸坏祠堂，老人们提议砍掉了它们。年轻人都觉得遗憾，要是那三棵老枫树还在，这个季节，枫叶肯定红得似火，点缀山寨的风光，但他们拗不过固执的老人们。祠堂外面有块平地，平地两边是房屋，对面山脚下，就是戏台。祠堂和戏台都有年头了，是古物。菩萨被从神庙里迎到村里，放在祠堂里，供村里人烧香朝拜。整个上午，祠堂里外都很热闹，香火气息浓郁，唢呐声、鞭炮声不绝于耳。对面的戏台上，戏班的人正在布台、化妆，准备下午和晚上的演出。入乡随俗，我也给菩萨上了炷香，祈祷我的亲朋好友平安。烧完香，我看到了丁大保，他也来烧香拜神。他看到我，满脸堆笑："李先生，你也来了。"我笑着说："我也来凑热闹。"他说："好，好。"我问道："今天村里怎么这么多人？"他说："在城市工作的人都回来了，还有丁屋岭人的亲戚朋友也有不少人来。"我恍然大悟，原来如此。他烧完香，对我说："中午早点过来吃饭，我女儿女婿也来了，他们在做薯饼。"我说："好的，好的。"

晌午时分，雨停了，丁屋岭山上山下还是浓雾缭绕。我在这里住了段时间，对这里的气候有了些了解，像这样的天气，浓雾一天都不会散去。浓雾中的十月十五，别有一番风情。我爬上山顶，俯瞰丁屋岭，弯弯山坳里的村寨在浓雾中只能隐隐约约看到黑色的屋顶，偶尔冲上天空的二踢脚炸响，充满了喜庆的气息。虽然雨停了，雾水像毛毛雨般飘飞，我头上的绒线帽都湿了。在山上溜达了一大圈，呼吸着清新的空气，肺叶被洗得干干净净。很快就到了吃午饭时间，我下了山，朝丁大保家走去，路上碰到一些村民，他们以淳朴的笑脸相迎，都邀请我到他们家吃饭，我一一谢过，心里温暖极了。

还没有踏入丁大保家，我就闻到了一股奇异的香味。

我深深呼吸了一口，心想，很久没有闻到这样的香味了，那是童年的气味。小时候，我奶奶就经常煎薯饼给我吃，这就是煎薯饼的香味。薯是老家特有物产，不是红薯，也不是土豆，而是有点类似淮山药一样的东西，不过淮山是细长的，大薯是粗粗的，有的一条大薯就有十多斤。大薯长得不好看，皮黑黑的，奇形怪状，每一条大薯都有不同的形状。不过大薯真的很好吃，尤其是煎薯饼：将大薯刮掉皮，磨成黏黏的薯浆，在薯浆里放进盐巴葱末，搅拌均匀，然后放到油锅里煎成一块块圆圆的薯饼，就可以食用了。薯饼的味道很特别，爽口有嚼头，大薯特有的香味在口腔里留存，久久不会消失。

丁大保在屋里看到了我，笑着朝我招手叫道："李先生，快进来，快进来。"我走进去，看到他的女婿和外孙坐在桌前，女婿三十多岁的模样，外孙七八岁的样子，父子二人都在玩手机。丁大保把我介绍给他们，我和他女婿说了会儿话，知道他是乡里的一个普通干部。不一会儿，丁大保的女儿端了一大盆煎薯饼出来，放在饭桌上，对我们说："趁热吃吧，凉了不好吃。"她的脸白净，眼睛很亮，穿着打扮很朴素，丁大保说她是镇上的小学老师。她朝我微笑，让我多吃点薯饼，不要客气。

丁大保说："我这女儿好，比儿子好。"

女儿说："爹，不要乱说，赶紧吃吧，我去把酒拿出来。"

我们喝着米酒，吃着薯饼，聊着天，挺开心的。吃得差不多了，我们听到了唱戏的声音。丁大保外孙放下碗筷，一溜烟跑了。女儿也笑着说："你们慢慢吃，我也去看戏了。"她走了后，女婿对我说："戏有什么好看的，唱来唱去，还是那几出，来，喝酒。"丁大保脸上有种焦虑的神色。"他们怎么还没有回来？"我知道，他说的是老婆、儿子和儿媳。女婿说："我上午打过电话，说是赶回来吃晚饭，吃完还要赶回城里，不在家里住，还说晚饭早点开席，回去太晚了路不好走。"丁大保叹了口气，点燃了根烟说："这儿子就像卖掉了一样，一年也见不了几次，没有用，还要他妈给他当老妈子。"

就在这时，家里的座机响了起来。

丁大保拿起电话，没好气地说："还不快回来？"他知道是儿子打来的电话。儿子在电话里说："爹，我们不回来了，晴晴要生了。"丁大保大声说："你说什么？再说一遍。"儿子也大声说："爹，你们好好过节，我们不回来了，晴晴要生了。"丁大保说："是男孩还是女孩？"儿子说："刚刚送到医院，还没有生出来呢，生出来马上告诉你，我挂电话了。"放下电话，丁大保自言自语："我说呢，怎么还不回来，以前过节，都回来吃午饭的。"女婿问："爸，他说什么？"丁大保吸了口烟说："说是晴晴要生了。"女婿说："那是好事呀！"我也说："好事情。"丁大保不说话了，只是默默地抽烟。我清楚他心里的焦虑，他是在琢磨儿媳是生男还是生女。吃完午饭，他女婿说要休息会儿，我和丁大保去看戏了。

平地上坐着二三十个人在看戏，大都是些老头老太太，年轻人没有几个，孩子们跑来跑去，嬉闹着。台上的演员们在咿咿呀呀地唱戏，台下的人叽叽喳喳说话，十分有趣。我发现了戴三妹老嫂驰，她坐在老人们中间，两腿之间放着取暖的火笼，火笼里的炭火散发出热量，温暖着老人。她看得很用心，混浊的老眼有种迷离的光亮。戏台上唱戏的人都是些中年人和老人，演一个道姑的女人就是化了妆,也可看出她苍老的脸皮。她唱得不错,声音也很好,可是我心里发酸,年轻人都不学唱戏了,老人还在戏台上卖命,不知是为了赚钱活命,还是出于对民间戏曲的热爱。

我看了一会儿,不是很感兴趣,加上中午喝了点酒,就离开了现场,回去睡会儿觉,这样阴湿的冬日,躺在被窝里,还是十分享受的。我还没有走到小木屋,就看到丁大保的女婿匆匆地走来。他看到我,兴奋地说:"晴晴生了,是个儿子。"我笑着说:"恭喜,恭喜。"他说:"我不和你说了,我要赶快去告诉我丈人。"我拍了他的肩膀一下:"快去吧,快去吧,大保叔听到这个喜讯,会高兴得跳起来的。"

二十三

苏青对李翠花有深深的忧虑。

每次我们在一起，谈起李翠花，他的神色都很凝重，他对白水村那一家人，早就产生了深厚的感情，杨松树像是他的亲兄弟。他们家最大的问题，就是李翠花生孩子的事情。

有一年多的时间，杨松树顶住父亲的压力，没有让李翠花怀孕。那一年，李翠花的精神有了很大的改观。她去小虎坟地的次数也少了，只有在过年过节、地震纪念日和小虎生日等日子，才会去陪他说说话，烧些纸钱。村里人也发现李翠花变了个人，不会像祥林嫂一样，到处找人诉说她儿子的事情了。

杨松树和李翠花的感情渐渐恢复，夫妻俩什么事情都有商有量，对未来的生活充满了憧憬。杨文波见李翠花迟迟不怀孕，心里烦闷，儿子不理会他这茬，他也不好再找儿媳妇说这事，装死绝食的办法都用过，无计可施。他常常喝闷酒，然后去找人说话，说日子没法过了，再这样下去，要绝后了。他的唠叨也招人烦，大家都不愿意听他说话。而且他酒后说话很大声，像吵架一样，听的人都觉得脑壳痛，躲他都来不及。

也没有人愿意和他搓麻将，不是他输不起，而是他脾气越来越差，动辄发火。打麻将本来就是娱乐，他发脾气，大家就不欢而散，索然无味,还要受他的气,于是就不带他玩了。他就是头困兽,要么喝酒,要么一个人坐在家门口发呆。原先,他见到苏青就烦,现在,他倒是盼望苏青来采访,因为只有苏青愿意和他说话。

见到苏青,他就拉着苏青的手不放。

"苏先生,你说说,我还能活多久?黄土都埋到我的脖子上了,我见不到孙子,死不瞑目哟。你能不能做做他们的工作?我这一辈子没有什么想头,只是想要个孙子。我吃也吃不香,睡也睡不好,活着有啥子意思。苏先生,我晓得他们听你的,你就好好和他们说说,你是好人,求求你了。"

苏青见他可怜兮兮的样子,就劝慰他,让他放宽心,说他儿子儿媳会要孩子的,只是时候没有到。苏青诚恳地说:"文波叔,你想想,翠花嫂子现在吃药,要是怀上了,生下个傻子,或者生个缺胳膊少腿的孩子,那如何是好?等翠花的病完全好了,停药了,再要孩子也不迟,你说对不对?也不差这一年半载。"

老头子听苏青的话说得也有道理,点点头说:"我理解,我理解。"

苏青笑了:"你既然理解,就不要胡思乱想了,你要配合翠花治好病,你总是喝多了酒给她脸色,她心情不好,病就更难好了,她的病要是一直不好,你也别想要孙子了。"

杨文波低下头,嗫嚅道:"苏先生,我听你的,不喝酒了,不喝了,我戒。"

苏青说:"我知道你爱喝酒,不喝你也难受,你不一定要戒,戒也很难戒掉,少喝点就好了,对我翠花嫂子好点,什么事都没有。我和松树哥、翠花嫂子都谈过,等医生诊断说翠花嫂子可以停药了,就可以考虑要个孩子了。他们也是这样想的,并不是不想要孩子。"

杨文波叹了口气说:"好吧,好吧,我听你的。"

苏青离开白水村后,有段时间,杨文波真的不喝酒了,对李翠花和颜悦色，抢着帮她做些家务，有时还会跑到镇上，买些好吃的点心给李翠花吃。他的变化，李翠花有点不习惯，不知道公公葫芦里卖的什么药。夜里，躺在床上，李翠花对丈夫说："爹最近不太对劲，特别客气，我有些害怕。"杨松树说："莫怕，我考虑，他可能是讨好你，要你生孩子。"李翠花说："松树，我的病也好得差不多了，我看就要个孩子吧，让爹也安心，我们这个家也安宁，爹也挺可怜的。"杨松树说："你的病你自己说了不算，我说了也不算，还是要医生说了算。"李翠花说："我都正常了，还去医院做什么，不要再花钱了。"杨松树说："妇人之见，钱花掉了可以再赚，身体垮掉了，省下再多的钱有啥子用。"李翠花说："话是这样说，我生这鬼病，用的都是进口药，报销不了，也花了不少钱，你回来后，收入少了，以后还要生孩子，用钱的地方多了去了，不省点，以后困难。"杨松树说："你就放心吧，不要想那么多，实在不行，我再出去打工。"李翠花不说话了。杨松树说："这样吧，过两天地里的活儿忙完了，我带你到成都去检查，如果医生同意停药，我们就考虑要孩子。"李翠花说："嗯，睡觉吧。"

　　医生的意见是可以停药，但有什么反复，要马上到医院就诊。杨松树和李翠花听了医生的话，都很兴奋，他们的眼前出现了光明的前景。杨松树心情舒畅，带李翠花去逛宽窄巷子。宽窄巷子名声大，各地的人都要光顾此地，身为四川人的李翠花还是第一次来。杨松树来过一次，有一次到成都坐火车去深圳，时间还早，和他一起出门打工的老乡王大头提议去逛逛，他们就来宽窄巷子走马观花了一番。宽窄巷子游人如织，李翠花眼花缭乱。李翠花说："成都有这么好的地方，你怎么不早带我来开开眼界？"杨松树说："想不起来。"李翠花说："你个龟儿子，今天怎么就想起来了？"杨松树挠了挠脑袋说："今天不是高兴嘛。"李翠花白了他一眼道："好像我们结婚那么多年，你每天都愁眉苦脸似的。"

　　那时已经到了中午的饭点了，李翠花说："这里人太多了，头有点晕,还是找个地方吃饭吧。"

杨松树肚子也饿了,说:"翠花,你想吃点啥子?"

李翠花说:"随便。"

杨松树说:"吃火锅吧。"

李翠花点了点头。

他们找了家火锅店,点了几样爱吃的东西。在等待上菜时,李翠花发现了一个人。她对丈夫说:"松树,你看,那是谁?"杨松树的目光顺着妻子的手指瞟过去,角落里有几个人在吃饭。他说:"哪个?"李翠花说:"就是那个,平头的,瘦瘦的,个子比较矮的。"杨松树又看了看,拍了脑袋一下道:"那不是救我爹的恩人赵平凡吗?"

李翠花笑了:"对头,就是他。"

杨松树说:"走,过去和恩人打声招呼。"

赵平凡见到他们,十分激动,地震后,他去过白水村,从那以后就没有再见到过他们。赵平凡热情地喊他们一起吃。杨松树说:"我们那边点了菜了。"赵平凡笑着说:"不要紧,让服务员把菜端过来不就得了,反正我们还要加菜。"不由分说,赵平凡就把他们按在了座位上,并且叫服务员加了两副碗筷。赵平凡今天刚好生日,请几个朋友吃火锅,正好被杨松树夫妇赶上了,他觉得这是天大的缘分。李翠花还记得另外一个救命恩人刘雄伟。她问赵平凡:"刘雄伟怎么没有来?"赵平凡笑着说:"噢,雄伟呀,他早就离开成都了,有两年没有联系了。"李翠花若有所思地说:"不知道他现在过得好不好。"赵平凡说:"放心吧,他能耐大着呢,不会太差的。"说完,他给杨松树倒了一杯白酒,又给李翠花倒了一杯。李翠花红着脸说:"兄弟,我不会喝酒。"赵平凡说:"就这一杯,今天我生日,这杯酒无论如何都要喝,否则大姐瞧不起我。"杨松树说:"既然恩人这样说,你就喝了吧,一杯酒不是毒药,毒不死你。"赵平凡笑了:"还是大哥爽快。"李翠花的脸更红了。

二十四

那年水稻熟的时候,李翠花又怀上了孩子。这次李翠花怀上孩子,杨文波不让他们声张,之前他找算命先生算过,怕声张后又保不住胎。杨松树不以为然,认为算命先生胡说八道。杨文波训斥儿子:"你懂个球,不听老人言,吃苦在眼前。"

李翠花生气了:"你们吵吵啥子哟,我怀不上,你们要吵,怀上了还是要吵,你们到底想怎么样?"

父子俩面面相觑。

李翠花扭头就出门去了。杨文波说:"我的话你还是要听的,不怕一万,只怕万一,注意点总是好的,对不对?"杨松树没有说话,也出门去了。

李翠花站在自家的稻田边上,风将她额前的头发吹拂,也吹起了稻浪。沉甸甸的稻穗让人喜悦,她摸了摸肚子,心里有异样的感觉。她轻轻唤了一声,小虎。她会想起从前的那些日子,同样是水稻成熟的时节,她和公公在收割稻子,小虎从家里提来茶水给他们喝,还在稻田里捡拾散落的稻穗。他会给妈妈背诵古诗,"锄禾日当午,汗滴禾下土,谁知盘中餐,粒粒皆辛苦"。他真是个懂事的孩子,他现在在哪里?

李翠花往那山坡上眺望。

儿子的坟前长满了萋萋芳草,她想走过去,和他说说话,却打消了这个念头。这时,杨松树走到她跟前,笑了笑说:"生气了?"李翠花说:"我怎么会生气,你真是的,爹说什么,你听不进去,不要搭理就是了,还和他吵,有什么好吵的?别人听了笑话。"杨松树说:"好吧,听你的,我不和他吵了,他说什么就是什么。"李翠花说:"这就对了,爹也不容易,被埋了那么久,小虎也走了,他心里也有过不去的坎儿,我也经常看到他偷偷抹泪。"杨松树拉起妻子的手说:"我晓得。"李翠花扯开了手说:"老夫老妻的,别拉拉扯扯,被人看到笑话。"杨松树说:"看到就看到,有啥子好笑话的,我又没有拉别个婆娘的手。"李翠花说:"别贫嘴了,松树,我刚才又想小虎了。"杨松树心里咯噔一声,担心妻子的心病复发。他说:"都过去了,别再伤感了。"李翠花说:"忘不了,但人总还得活下去,放心吧,我想得开。"杨松树说:"这样就好,这两天就收割稻子了,你就在家烧烧饭,其他什么事情都不要做了。"李翠花说:"这怎么能行,又不是大肚子的时候,该干的活儿还是要干的,怀小虎的时候,生产前一个月,我还在地里劳动,没那么娇贵。"杨松树说:"现在和那时候不一样,让你不要干就不要干,到时我让朋友来帮忙,他们有事情,我也会去帮忙的。"李翠花感动地说:"难得你对我这么好,好吧,我什么也不干,就在家里养着。"

稻子收割完后,下起了雨。

雨天里,杨文波和谁打了个电话,穿起雨衣,冒着雨骑着自行车走了。

李翠花十分奇怪,这老头又发什么神经了?她对正在修理凳子的丈夫说:"下这么大的雨,爹跑出去做啥子?"杨松树说:"他也没有给我汇报,我哪知道他去哪里?"李翠花担心公公:"下雨天路滑,要是摔上一跤,他那把老骨头还能受得了?"杨松树想了想,妻子说的有道理,急忙走出门外,想叫父亲回来,结果父亲已不见了踪影。

到了黄昏时分，杨文波才蹬着自行车，吭哧吭哧地回来了。自行车的车轮上沾满了泥巴，杨文波裤脚上也都是泥浆。

他把自行车放在屋门外，提着一兜什么东西走进了屋里。他把那兜沉甸甸的东西放在桌子上，接着脱去湿漉漉的雨衣，放在一旁。李翠花说："爹，你去哪里了呀？要是出点什么事情，那如何是好？"杨文波说："我硬朗着呢，能出啥子事？不用担心，只要我孙子生下来，我要再活五十年，看着孙子长大，娶妻生子，哈哈哈哈。"看他笑得爽朗，李翠花也笑了："爹，你就好好活着吧。"

杨松树在厨房里做饭，听到父亲的笑声，跑了出来。

他说："爹，你怎么疯疯癫癫的，一点老人家的样子都没有。"

杨文波说："谁说我老，我才六十多岁，还没有到七老八十呢，别小瞧老子。"

杨松树说："你今天是吃了兴奋剂了？"

杨文波提着那兜东西，瞟了李翠花一眼，将儿子拉进了厨房，关上厨房门。杨松树不解地问："你鬼鬼祟祟的，想干什么？"杨文波说："小声点。"他打开了那兜东西，那是一个大猪蹄和一包草药。杨松树拿起那包草药说："爹，这是什么东西？"杨文波的小眼珠子转了转道："这是好东西，是个老中医开的安胎药，这个老中医可神了，你二姑说，只要吃过他开的安胎药，百分之百顺利生产，啥子问题都没有。"杨松树说："你告诉二姑翠花怀孕的事情了？"杨文波点了点头。杨松树说："你不是说不能告诉别人的吗？"杨文波说："你二姑又不是外人，要不是她去找那个老中医，你还开不来药呢！那个老中医架子可大了，你以为谁都可以让他开药？"杨松树将信将疑地看着父亲。

杨文波说："别啰唆了，赶快将猪蹄炖上，半熟的时候放进药，炖好后把药渣捞掉，晚上睡觉前，给翠花吃，连汤带肉一起吃掉。"

杨松树说："这么一个大猪蹄，她能吃得完吗？"

杨文波的眼珠子又转了转说:"反正她能吃多少就吃多少,吃不完的,明天早上再吃。你可不能偷吃,只能给她一个人吃。"

杨松树点了点头:"要得,要得。"

交代完后,杨文波才打开厨房门,看到李翠花站在门口,他讪笑着换衣服去了。

李翠花走进厨房,拉下了脸:"杨松树,老实交代,爹和你说了些什么?"

杨松树笑了笑:"没说什么,爹跑了大老远,到二姑家给你取猪蹄去了,还拿了些补药,让我炖猪蹄给你吃。"

他没有说是安胎药,怕刺激她,毕竟李翠花流产过。

李翠花看了看猪蹄和那包草药,说:"下那么大的雨,跑那么大老远,为了我取个大猪蹄,也够难为他的了。"

杨松树说:"所以,你也不要老说爹不好。"

李翠花说:"我什么时候说他不好了,真是没良心。"

第二天,李翠花起床后,见公公坐在厅堂里朝自己微笑。李翠花对他说:"爹早。"杨文波笑了笑说:"翠花,我看你气色不错,昨夜猪蹄都吃完了吧?"李翠花说:"多谢爹,那么大的一个猪蹄,我怎么可能吃完!"杨文波说:"那早上继续吃。"李翠花说:"哪能留到今天早上,剩下的给松树吃掉了。"

杨文波马上变了脸色骂道:"这个贪吃鬼,和他说好的,他怎么就不听我的话。"

李翠花笑了笑:"吃就吃了,又不是熊掌。"

杨文波说:"那你汤喝完了吗?"

李翠花说:"喝完了,要是不喝完,他还不让我睡觉呢,都怪他,喝了那么多汤,害得我整个晚上肚子都胀胀的,还老跑厕所。"

杨文波脸上恢复了常态,说:"那就好,那就好。"

杨文波以为这次李翠花肚子里的孩子万无一失了,走在村里也

我们为什么要呼救　449

鼻孔朝上，得意扬扬。人家问他有什么喜事，他故意卖关子："以后你们就知道了。"算命先生说了，怀孕四个月后，肚子大出来了，就不怕人家知道了。要不是算命先生提醒过他，他早就满天下宣告了。他怎么也没有料到，李翠花怀的这胎，还是流掉了。

几天后的一个夜晚，李翠花做了个梦。梦中的情景在她醒来后，想起来还异常清晰。

那是一个陌生的地方，周围白茫茫一片，看不到远方。她站在那里，茫然四顾，喃喃地说："这是什么地方？我没来过。"有风吹过来，凛冽，她瑟瑟发抖，像陷入了一个巨大的冰窟。突然，她听到有人在叫喊，叫喊声若隐若现，听不清是谁。她也听见了水声。很奇怪的是，她眼前出现了条大河，四周还是白茫茫一片，河面上蒸腾着白色的水汽。她好像站在河岸上，又好像不是，她只能看到河面的局部。一个人赤身裸体从河流的上游漂下来，似一段剥掉了皮的光溜溜的木头。她惊讶地发现，那进入自己视野、漂浮在水面上的人是个女人，还是个孕妇，而且是她自己。她分明站在岸上或者某个地方，怎么会漂浮在冰冷的水面上呢？水面上的她一丝不挂，紧闭着双目，肚子微微隆起。她惊惶地注视着水面中的自己，那微微隆起的肚子突然鼓突起来，越来越大，像一个渐渐吹起来的气球。她感觉到了疼痛。肚子爆开了，裂开了一条缝，像是有一把看不见的刀子，划开了鼓胀得发亮的肚皮，喷出一股血水，血水落到水里，清澈的河水被染红了。从那裂缝里冒出一个头，缓缓地，她看到一个男孩站在水中，就在她的身体上面，就像站在独木舟上。他面目模糊，同样赤身裸体，身体上还有血水淌下。这是谁？她睁大了惊恐的眼睛。她听到那男孩叫了声妈妈。那声音十分缥缈，仿佛从遥远的地方传来，而他离她是那么的近，伸手就可以触摸到他的皮肤，他的皮肤也散发着寒气。她颤声说："你，你是小虎？"面目模糊的男孩突然跳入水中，无声无息，连水花都没有溅起，就消失得无影无踪。水中的身体渐渐地漂走，也消失在她的眼前。四周的浓雾漫上来，将她包裹起来。河流消失了，什么也看不到了。浓雾变成了茧，她就是茧中的蛹，无法挣扎，将要窒息。

从梦中醒来，冷汗湿透了她的内衣内裤，她长长地呼出一口气，下意识地摸了摸还没有隆起的肚子，心里稍微安定了些。她想，那只不过是个梦，不必在意。她也没有告诉丈夫，她做了这个奇怪的梦。早晨起床后，她照常出去走走路，呼吸山野的新鲜空气。杨松树关切地对她说："不要走太远，差不多就回来吃早饭。"

她笑着对丈夫说："要得。"这是个晴天，天空显得高远、蔚蓝，没有一丝云彩。朝阳金色的光芒映红了她微胖的脸。她并没有被夜里的梦境困扰，空气中充满了青草的气息，她的心情也十分清爽。

她刻意地让自己的目光不落在小虎坟地所在的那片山坡上。

李翠花溜达了一圈后，回到家门口，正要跨进门槛时，仿佛听到了一声喊叫，就像是梦中的那声喊叫，缥缈极了，从遥远的地方传来。她就那样回过头，朝对面的山坡上瞟了一眼。她什么也没有看到，心脏却被什么东西击中。她慌了神，迈脚刚要跨进门槛，突然脚被门槛绊了一下，她摔倒在地。

坐在厅堂里抽烟的杨文波见儿媳妇摔倒，大骇，惊叫道："松树，快出来——"

杨松树正在厨房里给妻子煎荷包蛋，听到父亲的惊叫，赶紧跑出来。李翠花趴在地上，没有爬起来。她抬起头，脸色煞白，惊恐的眼中噙着泪水。她朝丈夫伸出手，嘴唇颤抖，什么话也说不出来。

杨松树呆了，他看到血从妻子的裤裆里漫出来，在地板上漫延。

"不，不——"

他不敢相信自己的眼睛。

杨文波颤颤巍巍地走过来，抽了儿子一耳光，吼道："你还愣着做啥子？快救人，我先去叫车。"

说完，杨文波急匆匆地出门去了。

杨松树被打醒了，急急忙忙抱起妻子，朝外面狂奔而去……

李翠花又一次流产了。

二十五

人真是奇怪的动物，丁大保一直在我面前唠叨儿子儿媳妇，有了孙子后，就在我面前大谈他儿子儿媳妇怎么怎么好。他说儿子从小就聪敏过人，从小学到高中，学习成绩都名列前茅，每个学期都是三好学生。他以优异的成绩考上了名牌大学，大学毕业后，被政府部门录用，在县城里工作。他特别强调，丁屋岭在县城政府部门工作的人屈指可数，那些做生意做工的都算不得什么。他是这样赞美儿媳妇的："晴晴那姑娘眼睛毒，一眼就看上了我儿子，她家境好，父亲又是干部，我们家和她家没法比，她就图我儿子有能力，有才华，以后会出人头地，当时我就认为她会旺夫，结婚后，我儿子都提拔了两次了，看看，现在她又给我生了个孙子，真是好女子哇。"

我只能附和地对他说："大保叔，你真是好福气。"

他就呵呵地笑，露出黄黄的、残缺不全的牙齿。

那天晚上，我到他家吃晚饭。他告诉我，明天他也要去城里，和老婆一起，给他们带孩子，服侍儿媳妇。我说："真好，真好。"我心里闪过一丝忧虑，他走后我吃饭怎么办？他看穿了我心里的想法，笑着说："我把家里的钥匙留给你，家里吃的东西都有，粉干、米面、腊肉都有，蔬菜屋后的菜园子里也都有，想吃什么，就摘什么去炒，要是想吃什么别的东西，你就打电话给我，我让女婿给你送，他在镇里，离丁屋岭近。"

我考虑的问题他都全想到了。

我说："大保叔，你就放心去吧，我能照料自己的。"

他递了根烟给我："还是觉得对不住你，你大老远来，不能好好地照顾你。"

我点燃烟，吸了口，说："别这样说，你们对我够好的了，怪麻烦你们的，我心里都过意不去。"

我想，走的时候，多付点伙食费给他。

丁大保离开丁屋岭的那天上午，有个陌生人闯入了山寨，那是个貌似超凡脱俗的女子。我见到她时是正午时分。我习惯不吃早餐，到了上午十一点左右，肚子就会饿，丁大保家有人的时候，我会按他家的午饭时间吃饭，他家若没人，我就掌握了主动权，十一点就去他家做饭吃。对吃什么，我早就不在乎了，不过是填饱肚子而已，煮了碗青菜面条，就很满足了。

吃完午餐，我照常在村街上溜达。

来到祠堂边上时，我看到一个光头的女子，和戴三妹老娭毑一起，在平地中央，坐在竹椅上，边晒太阳，边说着话。那女子身上穿着一件灰色的长棉袍，脖子上围着一条灰色的围巾，脚上穿着白色的波鞋。她的脸十分清秀，纸一样白，眼睛大大的，明亮而宁静。

我不知道她是谁。为什么到这个偏远的山寨。不过，她吸引了我的目光。

眼前这个光头的女子，没有刻意躲避我的目光，而是用目光迎上来，并朝我莞尔一笑。那样的笑容很容易让我不知所措，我本能地抵御，慌乱地避开了她的目光。

她对我说："你好。"

我笑笑说："你好。"

我不敢和她直视,这是我从童年就落下的毛病,见到女孩子就内心恐惧,不敢直视,因为有个漂亮得像画眉鸟的小女孩曾经指着我的鼻子,说我比褪毛的鸭子还丑,我内心就留下了阴影,或者一生都挥之不去。

戴三妹老娭毑指了指她身边空着的竹椅,笑着对我说:"坐,坐。"

我坐下来,对光头女子说:"请问你是来丁屋岭走亲戚的吗?"

她说:"不是,我是误入丁屋岭的。我是佛教徒,在县城的南禅寺修行,今天早上,进山随便走走,走了四个多小时,就看到了丁屋岭,然后就进村来看看。见老人在这里晒太阳,就过来坐坐,和她聊聊天。对了,我叫静悟。"

我说:"你和老人家聊了些什么呢?"

静悟说:"也没有聊什么,随便说了些话。"

戴三妹对静悟说:"妹子,你饿了吧?"

静悟说:"老奶奶,我不饿。"

戴三妹说:"那你们在这里说话,我要去吃饭了,四凤家应该做好饭了,我要不去,又要麻烦人家啦。"

说着,她就站了起来。

静悟和我也都站起来。静悟说:"老奶奶,你去吧,谢谢你陪我聊天。"戴三妹笑着说:"我应该谢谢你才对,陪我一个孤老婆子。妹子,你还是跟我去吃点东西吧,会饿的。"

静悟说:"谢谢老奶奶,我真的不饿,刚才上山的时候,我吃了带着的饼干,你赶紧去吧。"

戴三妹说:"那我就不强求你了,我先走了,你们好好说话。"

我们目送她颤颤巍巍地离开,又重新坐在竹椅子上。静悟问:"她有多少岁了?"我说:"快一百岁了。"静悟说:"活了那么久,对一切都看得通透了。"我说:"她活着,就是为了等她儿子回来。"静悟说:"她儿子呢?"我言简意赅地讲了老娭毑儿子的事情。静悟说:

我们为什么要呼救 455

"可怜的老奶奶，还是没看透。"

我说："对我们平常人来说，看透了反而更加痛苦。活着有希望，总比心死了要好，能够一生惦念一个人、一件事，终归不会完全绝望，有活着的动力。如果有人确定地告诉老人，她儿子死了，那么她就会绝望，也许早就离开人世了。"

静悟说："我不同意你的说法，她的执念，是她一生痛苦的根源，她完全可以放弃那种执念。儿子离开后，一直没有音讯，证明她和儿子的缘分早就断绝了，她所有的期待，都是在给自己制造不必要的痛苦。"

我不想和她继续讨论戴三妹老娭毑的事情，转了话锋问道："你那么年轻，为什么要出家修行？"

她笑了笑说："你真的想知道？"

我点了点头。

静悟淡然地说："很久没有人问我这个问题了，我也很长时间没有对人讲起过出家的原因了。碰到你，是个意外，虽然我们之间不可能发生什么故事，可和你讲讲也无妨，你就当这是别人的故事听吧。"

我还是不敢和她对视，目光闪烁地说："谢谢你的信任。"

她笑出了声："我没有说信任你，也不可能信任你，却也不会怀疑你什么。我看破红尘，也是自我的一种解放，选择皈依，说穿了，就是为了洗净自己的罪孽，来世有个好的结果。我以前是个放浪形骸的女孩，十七岁的时候就开始混世界，玩世不恭，醉生梦死。我有过好几个男朋友，我对他们若即若离，招之即来，挥之即去，根本就不把他们当回事，只是玩弄他们的感情。我爸爸妈妈根本就管不了我。他们早就离婚了。我妈妈到处勾三搭四，离婚后，她就更加肆无忌惮，还当着我的面带男人回家，在她房间里大呼小叫，欲生欲死。

"有一次，她带回来的男人对我动手动脚，我十分生气，用裁纸刀捅了他，差点要了他的命，然后我就离家出走了，再也不想回那个家。我对我的那些男朋友从来没有动过真情，只想当女王，让他们围着我转，享受众星捧月的感觉。看着他们争风吃醋，为我要死要活，我就十分得意。

"我没想到我会对一个男人动情，那是个冷漠的男人，我在一个酒吧里和他相识后，我就想得到他，让他成为我众多男朋友中的一员。结果，我被他俘虏了，他反而对我若即若离，招之即来，挥之即去，我还死心塌地地跟着他。最后，他像扔掉一块擦完嘴巴的纸巾，无情地抛弃了我。我从一个高高在上的女王，变成了怨妇。我对一切产生了怀疑，堕入了万丈深渊。我想到过死，自杀了几次都没有成功。

"有一天，我莫名其妙地来到了一个尼姑庵，看着那些尼姑，突然觉得她们的生活才是有意义的。我问一个老尼：'你会有痛苦吗？'她说：'没有。'我又问她：'你会觉得寂寞吗？'她说：'不会，我内心很充实。'我再问她：'你会羡慕别人的生活吗？'她面无表情地说：'你问的问题对我来说，都不是问题，出家人四大皆空，哪会有那么多烦恼。'我突然觉得，这就是我要的生活。于是，我就皈依了我佛，出家修行，尽管现在没有很深的道行，但基本上对一切都不会动心了。"

我听完她的故事，有点恍惚。我说："在我看来，修行是需要毅力的，不知你是怎么做到的？要忘掉一切事情，并不是那么容易，比如，你还是记得出家前的事情，那些事情并没有从你的心里清除干净。"

静悟笑了笑说："有记忆并不意味着我还留恋过去。我修行，就是在清洁自身，从内到外，样样都要清洁，然后才能跟佛相应，把世间贪着的荤腥、血食去掉，把身体上的各种装饰都去掉，把内

我们为什么要呼救 457

心的各种欲望都去掉，心就会非常朴素，就会安静，就能够与佛相应。"

她说的道理十分简单，很容易懂，可要我像她那样做，却做不到。我想和她说说我经历的种种磨难，可是我说不出口。她从背着的灰色棉布包里拿出一个玻璃杯子，喝了口茶水，然后又取出一个苹果手机，看了看。收起手机后，她笑着对我说："我该回去了。"我突然问道："很冒昧，请问你有微信吗？"

她站起身，背好包，淡淡地说："有的。"我说："能加你的微信吗？"

静悟又笑了笑："没有必要吧，我走出丁屋岭，就会忘了你，忘了和你说过的话。你加我的微信，毫无意义。"

说完，她就头也不回地走了。

我看着她袅娜地消失在村街的尽头，心里惘然若失。她就像一缕风，飘走了，仿佛从来没有出现过。我甚至觉得自己只是做了个梦。

二十六

　　某个夏日的深夜,我突然接到了孙卉的电话。她哭着对我说:"他打我。"我十分诧异:"谁打你?"孙卉说:"还有谁,就是你的好兄弟苏青呀。"我想不明白,苏青那么温文儒雅又充满爱心的人,怎么会动手打女人?而且是他深爱的女人。我说:"这不可能吧?"孙卉哭出了声:"怎么不可能,他还说要和我分手,我不想活了。"

　　我焦急地说:"小卉,你千万不要想不开,告诉我,你现在在哪里?我马上赶过来。"

　　她哽咽地说:"我在外滩,我要跳黄浦江。"

　　我说:"你等着我,我很快就能赶到,你千万不能干傻事。"

　　妻子问我:"怎么回事?"

　　我说:"孙卉和苏青吵架了,她想不开,要跳黄浦江。"妻子说:"那赶紧去,女人想不开,很容易出事的。"

　　我穿好衣服,匆匆出门,打了辆出租车往外滩赶。上车后,我对司机说:"师傅,外滩,快点开,我朋友的女朋友要跳黄浦江。"司机说:"啊,有这事?我尽量快吧,现在的人都怎么了,动不动就寻死。"我说:"师傅,谢谢你了。"他没有说话,车开得飞快。我马上给苏青打电话,却怎么也打不通,他的手机关机了,打他家里的座机也没有人接。我都快急死了,孙卉要是有个三长两短,那如何

我们为什么要呼救　　459

是好。

苏青这个家伙到底怎么了？

打不通他的电话，我又开始打孙卉的电话。电话接通后，她没有说话。我说："小卉，你不要挂机，一定要保持通话的状态，我现在在赶过去的路上，你可以不说话，但千万不要挂断，让我感觉到你一直还在就好了，有什么事情，等我到了再说，没有解决不了的问题。"

她的手机一直保持着通话的状态，我还可以听到黄浦江上轮船的汽笛声。

下了车，我奔跑着赶到外滩的江边。

此时的外滩，没有了摩肩接踵的喧嚣，我一眼就看到站在护栏边上的孙卉。她穿着粉色的T恤，白色的短裙，半高跟的白色皮凉鞋，江风拂动着她凌乱的短发。我朝她奔跑过去，站在她面前，气喘吁吁地说："小卉，我来了。"她泪眼迷蒙，凄楚地看着我说："大哥，我真的不想活了。"

我不敢和她的目光对视。"小卉，别说傻话，你们好好的，怎么会弄成这样？"

她流着泪说："他打我，恨不得打死我，不知道他为什么如此恨我。你看，这是他用假肢砸的，都肿了。"她伸出胳膊给我看，在路灯下，我发现她的胳膊红肿了一大块。

我有点心疼孙卉。"这家伙疯了，为什么下如此狠的手？"

孙卉说："他是疯了，我就说了他几句，他就发脾气，凶我，还用假肢打我。"

"小卉，好好说，到底发生了什么事情？"

"事情还得从两个月前他的摄影展说起，那次展览，你不也来了吗？呜，呜……你还记得有个穿红衣服的姑娘吗？展览开幕式结束后吃饭，还和我们坐一桌的——"

"噢，我想起来了，是个摄影发烧友，说是苏青多年的粉丝，叫什么来着？"

"对，就是她，叫许虹。"

"她怎么了？"

"她喜欢苏青，他们还幽会过。呜，呜……有一次，苏青说出差，去拍什么片子。你晓得的，一直以来，他到哪里都带着我，天下人都知道，我是他的恋人，也是他的助手。这次，他没有带我去，我问他为什么。他骗我说，这次出差，只能一个人去，杂志社有要求。我就奇怪了，我每次和他出去，都没要杂志社报销差旅费，为什么这次就不能带我了？在他的坚持下，我还是没有去。后来，我才知道，他是去和许虹幽会。呜，呜——"

"不会吧，他不是这样的人。"

"大哥，我怎么会说假话骗你？你很明白，我是个没心没肺的人，要不是许虹那个不要脸的女人写情书给他，我怎么会怀疑他们的奸情？呜，呜……那女人还玩什么浪漫，用花里胡哨的信笺给苏青手写情书，还在信笺上喷上了香水，呛死人了，估计倒上了半瓶香水。呜呜。她太疯狂了，情书竟然寄到了家里。是我在信箱里取信的，拿到香得令人窒息的信笺，我就怀疑有问题。那时，苏青在上班，我就用刀片偷偷地打开了信封，读了那封信。那女的真是不要脸，满纸莺声浪语，赤裸裸地描写他们幽会的情景，还要苏青一直和她幽会下去。我看得心惊肉跳。怎么可能，怎么可能？我都快晕过去了。我真想冲到杂志社去质问他为什么要这样做。"

"来，擦擦泪水，慢慢说。"

"后来我想了想，和他相爱一场不容易，想用缓和的方式解决问题。信封被我用胶水原封不动地粘上了。他回家后，我装作什么也没有发生。他拿起那封信，走进书房，关起了门。我看不到他看那封情书的表情，是享受还是胆战心惊，不管怎么样，我都会装得若无其事。过了好大一会儿,我站在书房门口,温柔地说:'苏青,吃饭了。'他答应了一声,打开门走出来,微笑着说:'好,吃饭。'他也装作若无其事,我心里特别难受,但是没有表现出来。吃饭时,我一直想说什么,可是什么也没有说。睡觉时,我躺在床上,想了很久才说:'苏青,你真的爱我吗?'他平静地说:'别说傻话了,我怎么会不爱你呢?'我说:'你爱我什么呢?'你听他怎么说,他说爱我的一切。我又问:'以后到哪里,都像以往一样带着我,好吗?'他将我搂抱过去,亲吻我的唇,他的嘴唇很热,我的嘴唇很冷。之后,他说:'我真的爱你,睡吧,太累了。'我多么希望他说爱我是发自肺腑的呀。那个晚上,我一夜没合眼,我选择相信他的话,希望他良心发现,和许虹断了往来——"

"小卉,难为你了。"

"大哥,你知道我有多么爱他吗?他也有痛苦的时候,只是不愿意在外人面前表露出来。他在孤儿院长大,从小就习惯了没有人保护的生活,打碎了牙都往自己肚子里咽。结果那场大地震,让他失去了一条腿,他也会做噩梦,也会在深夜醒来,茫然四顾,无所适从。有几次,他像个孩子那样,趴在我的怀里号啕大哭。我心疼他,抱着他,安慰他。我一直以为他是真的爱我。央金老阿妈病危的时候,我陪他飞到了玉树。央金老阿妈拉着我们的手,说我是天上下凡的仙女,要苏青好好爱护我、保护我,以后我流的每颗眼泪都是慈悲。当着央金老阿妈的面,他答应对我好,答应要娶我的。可是,可是,他还一直和许虹保持着联系。"

"我想不明白,他为什么会这样。"

"大哥,我想问问,是不是你们男人都是这样,吃着碗里的看着锅里的?"

"这——"

"大哥,你不用回答我,没有关系。今天晚上,他竟然又去见许虹了。他回家后，我闻到了香水味，就是许虹信笺上的那种香水味。我心里难受到了极点，我不能再这样忍受下去了，我要他给我说清楚，是要许虹，还是要我，他必须作出抉择。我还是和往常一样，给他卸下假肢，边卸边问他：'苏青，有件事情，在我心里憋了很久了，我必须说出来，否则我会闷死的。'他轻描淡写地笑了笑说：'有什么就说出来吧，我听着。'他这种漫不经心的样子，我最受不了了，好像无辜的是他，无理取闹的是我。我的手在发抖，我说：'你和许虹到底是怎么回事？'他还是那个若无其事的样子说道：'我们能有什么事情？'心里一股怒火涌上来，我生气地说：'你不要以为我不知道你们的事情，那封情书是她写的吧？那次出差是和她在一起吧？今天晚上你也是和她在一起吧？你说，你说，是不是？'他愣愣地盯着我，眼里冒着火，突然气急败坏地说：'你这个人简直是不可理喻。'我反问他：'到底是谁不可理喻？你自己偷腥还不承认，怪不得我多次催促你去登记结婚，你迟迟不去，拖来拖去的。我和你在一起几年了？你什么时候考虑过我的感受？'他理亏，什么话都说不出来了，浑身发抖。我又说：'你只有一个选择，要我还是要许虹？如果要她，我马上就走，如果要我，你就赶紧和她断，我们去领证结婚。'他突然拿起我卸下来的假肢，疯狂地朝我砸过来，我躲了一下，假肢砸在了我手臂上。他本来是要往我头上砸的——"

我心里异常的难过，也十分惊愕。孙卉给我描述了苏青的另一面，我不了解的一面。我不知道怎么安慰孙卉，只能这样对她说："小卉，苏青打你肯定是不对的，怎么能对女人下手？你就是打他，他也不能还手的。这样吧，我陪你回家，我当着你的面，骂他，给你出头。他要是不认错，我帮你揍他。"

孙卉抹了一把说："你不能打他，他那样子，经不起打。别看他长得那么高，根本就不会打架，有次我们去个地方，和一个很瘦弱的小矮个儿发生了冲突，他都打不过人家，还不如我。还是我冲上去，挠花了对方的脸，把那人踢跑了。况且，他还缺条腿，其实挺可怜的——"

我叹了口气说："你看，你心里还是爱着他，护着他，怕他吃亏。走，我带你回去，让他给你赔礼道歉。我想，他还是会听我的话的，我让他和许虹断，尽快和你去登记。我和你嫂子给你们操办婚礼，要办得隆重，就在这黄浦江上包条游船，在游船上举行盛大的婚礼，把所有好朋友和他的同事都请来，让大家都知道，你是他的爱人，而不是许虹。"

孙卉含着泪笑了，笑得有些凄楚："大哥，那敢情好，我做梦都想成为他的新娘，穿着美丽的婚纱。央金老阿妈去世后，在回上海的飞机上，他的手一直紧紧地抓住我的手，我感觉到了他的忧伤，也感受到了他的爱。那时，爱对我而言，是多么具体，多么真实。我以为回上海后，他就会和我结婚，我好几次独自跑到婚纱店里去试婚纱，婚纱店里的小姑娘们说我穿什么婚纱都好看，说我长得美。我心里喜滋滋的，仿佛真的成了他的新娘。婚纱店里的小姑娘还说：'你这么漂亮，你的先生一定是个大帅哥，否则配不上你。'我羞涩地说，他真的是个大帅哥，但我没有说他缺了条腿。小姑娘们羡慕的样子，让我无比的幸福。我曾经以为幸福是触手可及的东西，没想到离我是那么遥远，仿佛是天上的星星，不可企及。就是到现在，我都没有穿上试穿了多次的婚纱。现在路过那个婚纱店，我都会很难为情，匆匆地逃开……"

我真心心疼眼前这个叫了我多年大哥的姑娘。其实我也不晓得怎么帮助她，但今夜绝对不会让她跳进滚滚的黄浦江。我又一次将纸巾递给她，她擦了擦眼泪，轻声说："谢谢大哥。"她的声音都沙哑了。

我说："我送你回去吧，苏青在家里估计也很着急。"

她又擦了擦眼睛，说："他才不会着急呢，说不定在偷乐呢。我走了,正中他的下怀,他就可以名正言顺地和许虹双宿双飞了。我出来后,也心软过,怕他气出毛病,他身体不好。我打电话给他,可是手机关机,家里的电话也不接,所以我才打电话给大哥的。呃,我看他是铁了心,不想要我了,就是我真的跳了黄浦江,他也不会有半点心痛……"

我沉默了一会儿说:"也许他真的是昏了头,不知道怎么处理问题了,才关掉手机不接电话的,也许他也很伤心,正在后悔呢。好了,我送你回去吧,小卉。"

孙卉说:"大哥,我今天晚上就不回去了。我想静静,好好想想。"

我说:"那你要到哪里去?"

孙卉惨淡一笑说:"放心,大哥,我不会真的跳黄浦江的,我很惜命。我要真的想跳,也不会告诉你呀,我自个儿结束不就得啦。我只是要找个人倾诉,你是最合适的人选,和你说任何事情都是安全的,你会守口如瓶。晚上,我想到我闺密那里住一晚上。"

我叹了口气问:"你闺密住在哪里?我送你过去。"

她点了点头。

这时,我的手机铃声响起,以为是苏青打来的电话,结果是我妻子打来的。她焦虑地说:"孙卉怎么样了?你出去那么久也不打个电话回来。"我说:"孙卉没事了,你放心睡觉吧,我很快就回家。"

二十七

　　这个夏日的深夜闷热，一丝风也没有，悬铃木的叶子也在饱受煎熬。送孙卉到她闺密家里后，我没有回家，想到苏青，必须去看看，和他沟通。不能让他和孙卉的鸿沟越来越宽、越来越深，到了不可逾越时，就无可挽回了。苏青住的地方，在建国路上，是一栋两层楼的老房子，他租了下面一层的两居室，一间做书房和工作室，一间是卧室。还有很小的饭厅和狭窄的厨房和卫生间。下了出租车，我走进小区的大门，七拐八拐，来到他家门口。

　　苏青的家门紧闭。

　　昏黄的路灯下，苏青的假肢横陈在家门口，落寞而凄凉，甚至让人有种说不出的心疼和恐惧。我的身上冒着汗，怕热是我的毛病。看到苏青的假肢，我却感觉到了寒冷，身上冒出了一层鸡皮疙瘩。

　　我捡起假肢，就像是捡起了苏青被截掉的残腿。要是当初我的腿也被截掉，那会怎么样？我能否像苏青那样，装上假肢，行走在这个世界？我不敢往下想了，越想心里越冷。站在苏青家门口，我按响了门铃。门内传来沙哑的声音："谁——"

　　我说："是我，苏青兄弟。"

　　苏青听出了我的声音，开了门。他挂着拐杖，脸色阴沉，注视着我问："大哥，三更半夜的，你怎么来了？"我笑了笑说："难道来看你还要分时间吗？"

他也笑笑，笑得比哭难看。"当然不要，大哥什么时候来，我都欢迎。"

我说："那让我进屋呀，堵着门干什么？"

他退让到旁边，我走了进去。随后，他探出头，看了看外面，然后关上门。我把他的假肢放在沙发上，问道："你的假肢怎么会在外面？你怎么也不捡回来？"他的脸有点挂不住，道："唉，说来话长，大哥，坐吧。"

我坐在沙发上，他坐在我对面的椅子上，脸上下了层霜。我从来没见他如此沮丧过，他一直是我的榜样，我在面对病痛、恐惧和折磨的时候，自然会想起他。他曾经对我说过，自救是疗伤最好的方式，人都是独立的个体，许多时候，别人根本就救不了你，只有自己才能够拯救自己。而他就是那么过来的，从童年到成年，从地震遇险到获救，再到截肢后的生活。

茶几上放着一瓶威士忌，只剩下半瓶酒，边上还有个水晶玻璃杯，杯子里还有小半杯酒。我来之前，他在喝酒浇愁。

我和他说话，没有什么过渡，单刀直入："兄弟，你和小卉之间到底发生了什么？"

他端起酒杯，又放下，说："大哥，你也来一杯？"我点了点头。

他要站起来去拿杯子，我制止了他："你腿脚不便，我自己去拿吧，我知道酒杯放在哪儿。"

苏青坐着没动，我找出酒杯，倒上酒，喝了一口，说："这酒不错，是我喜欢的款。"他也端起杯子，抿了口酒说："这瓶酒是朋友从日本带回来的，有好几年了，一直不舍得喝。"我笑了笑："那今天怎么舍得喝了？而且独喝，也不和我一起分享。"他苦笑道："没有什么东西值得珍藏的，都是身外之物，还不如喝了。"我说："这不像你说的话。说说吧，你和小卉到底怎么了？"

他说:"我晓得她会找你的。"

我说:"她要不找我,你可能永远也见不到活人了,后悔也来不及。"

他又喝了口酒说道:"她不会死的,她是个多么惜命的人。"

我有点生气:"苏青,你说这话太无情了吧,你知道她有多伤心吗?"

苏青愣愣地看着我,说:"你太不了解孙卉了。"

接着,他讲述了他和孙卉发生的一些事情,他的叙述和孙卉说的不太一样,也许他们都是站在自身的立场上看待问题。

他也是从那次摄影展说起。许虹并不是苏青邀请来参加开幕式的,她在一个由摄影发烧友和一些摄影家组成的微信群中,得知了苏青办摄影展,就不请自来了。在此之前,她和苏青在网上有些交流,却从来没有谋面。见到许虹,苏青有些意外,她是个漂亮姑娘,眼睛十分勾人,而且,她对苏青十分迷恋,目光没有离开过他。除了苏青上台发表开幕演说,其他时间里,许虹都站在他的左右,不会超过两米远。他在和朋友说话时,她也会插上一两句,不明真相者还会以为她是苏青的助手或者女友,而他真正的助手和女友孙卉则在替男友招呼各路的客人和媒体记者。有个空当,许虹抓住机会,和他聊了几分钟,那几分钟里,几乎是她一个人在说话,委婉地表达她对苏青的爱慕之情。苏青并不在意,但他没想到,开幕式结束后,许虹没有像那些不请自来的人一样离开,而是跟着苏青来到了举办答谢晚宴的饭店,让人意外的是,她堂而皇之地坐在了宴席的主桌上,毫不见外,似乎这是理所当然的事情。既然她坐下了,苏青也不好意思让她走,孙卉却十分反感,在他耳边说:"那个女人是谁呀?怎么这么厚脸皮。"苏青细声说:"是我的一个粉丝,算了,不就是吃个饭嘛。"孙卉很不开心,总是用鄙夷的目光瞅她。许虹心里知道女主人的不快，却没有表现出任何不安或难为情，满脸坦然的笑容。许虹的姿态，让孙卉更加恼火，她又不能表现得太明显，还得对在座的其他朋友笑脸相向，说些场面话。饭局中，许虹去了趟洗手间，孙卉也跟了进去。许虹对着镜子补妆，孙卉抱着双手，冷冷地说："请你自重些，离苏青远点。"许虹对她的态度是无视，把她当成了空气，补完妆，微笑着出去了，根本就没有搭理孙卉。孙卉受了莫大的羞辱，气得发抖。更让孙卉气愤的是，晚宴结束后，许虹还扑上去拥抱了苏青，在他耳边说了句悄悄话，苏青还笑着和她挥手告别。

在回家的车上，孙卉就开始发飙，质问苏青和许虹到底是什么关系，是不是早就勾搭上了。

苏青百口莫辩，只好沉默。

孙卉不依不饶："你不说就是默认了，对不对？"

苏青说："不想和你说，不可理喻。"

孙卉说："我怎么不可理喻了？你不是口口声声说爱我吗？你不是说要娶我吗？你拿出行动来呀，要真爱我，真的和那个女人没有任何关系，我们明天就去登记结婚。"

苏青叹了口气："没有的事情你让我怎么承认，我没有说不和你结婚，不是说好了吗？等我们存够钱，买了房，有了我们自己真正的家，再结婚。况且，结婚只是个形式，我们现在不是和结婚了一样吗？一起生活，不分彼此。"

孙卉无语了。

那次苏青出差，是去参加一个采风活动，主办方明确说谢绝带家属，苏青就没有带孙卉去。孙卉是他的左膀右臂，离开她，他也很不习惯，也不方便，但那也是没有办法的事情。苏青觉得意外的是，许虹在他采风的那个江南古村落制造了一场偶遇。苏青在拍摄一栋老屋时，许虹闯进了他的镜头，她手上端着相机，也在拍照。苏青说："前面那位女士，麻烦你让一下。"许虹回眸一笑，惊讶地喊了声："苏老师，是你呀——"

苏青也笑了笑说："原来是你。"

她快步走过来，拂过来一阵香风。许虹身上的香水味很浓郁，有些呛人，苏青皱了皱眉头。许虹娇媚地笑着："苏老师，真是太巧了，你也在这里创作。"苏青说："我们来这里采风，当地旅游部门组织的。"许虹拨弄了一下头发，眼中闪动着波光。"真是太好了，这两天我也休假，可以向你学习。"苏青说："我们的时间安排得很紧，我恐怕没有时间和你探讨了。"许虹伸出手，用纤巧的手指捏去他衣袖上的一颗苍梧籽，柔声说："不要紧，只要能看到苏老师，我就可以感受到苏老师的艺术气息，这也是种很好的学习，潜移默化嘛。"苏青说："你真会说话。"许虹咯咯地笑。苏青说："我该走了，他们在那边等我呢。"许虹说："好的，不打扰你了。"苏青朝那群摄影家走去。许虹在他身后说："苏老师，你住哪个宾馆？"出于礼貌，苏青回头说："山居别墅。"

那天晚上，苏青多喝了几杯酒，头有点晕，没有参加主办方安排的唱卡拉 OK 活动，独自回到了房间。他坐在沙发上，孤独的潮水将他淹没。他想起了孙卉，如果孙卉在，会和他聊天。尽管她喜欢说些鸡毛蒜皮的事情，但她柔美的声音是按摩器，能抚慰他的心灵。她还会在浴缸里放好热水，帮他卸下假肢，脱掉衣服，扶他进盥洗室里泡澡，给他搓背……想到这些，苏青给她打了个电话，告诉她在这里安好，不要担心。孙卉絮絮叨叨地给他讲了一堆琐事，家里的网速突然慢下来了，看个美剧卡得要死；厨房抽油烟机的灯坏了，明天要叫人来修……挂了电话，苏青靠在沙发上，闭上眼睛休息了一会儿，就去放水泡澡。

门铃响了。苏青想，谁会来找他？参加采风活动的那些摄影家应该不会来找,一是和他们不熟悉,也没有和他们联络过感情,二是他们在唱卡拉OK,也顾及不了他,找乐子比找他重要多了。主办方的人,也不可能找他,没有什么事情要单独和他交流的。在这个地方,苏青也没有什么朋友,这是第一次来。

苏青站起身,走到门边,透过猫眼,看到一张女人的脸。

是许虹。苏青有点吃惊,她怎么会找上门?他有些后悔告诉她自己住什么酒店。他犹豫了片刻,还是打开了门。许虹穿着低胸吊带红色长裙,白生生的乳房露出一半,身上一股浓郁的香水味。她一手提着黑色小皮包,一手提着水果。许虹笑面如花,说:"苏老师,我来看看你,不知会不会烦扰你?"

苏青有些不安,但还是礼貌地请她进了房间。

她进房间后,苏青让座,她没有坐,而是拿起一串葡萄,进盥洗室里去洗。苏青说:"你别洗了,我很少吃水果的。"许虹边洗葡萄边说:"水果要多吃,对身体有好处。"苏青忐忑不安地坐在沙发上,觉得自己是客人,许虹反而是主人。

许虹款款地走出来,把装着葡萄的果盘放在茶几上,每颗葡萄都饱满黑亮,像少女的瞳仁。房间里充满了许虹身上散发出的香水味,苏青晕乎乎的,呼吸有些困难。许虹摘了一颗葡萄,放在苏青的唇边,柔声说:"苏老师,尝尝,很甜的。"苏青紧闭嘴巴,轻轻地推开了她的手。

许虹蹲在他跟前,目光迷离地说:"苏老师,吃吧,真的很甜的,你放心,我没有在葡萄里下毒。"她又一次将葡萄放在他的唇边,苏青的眼睛瞟到了她的胸部,心里慌慌的。他微微张开了嘴巴,那颗葡萄滑进了他嘴里,许虹的手指触碰到了他的下嘴唇,他的嘴唇滚烫滚烫的。

苏青也感受到她柔嫩而冰凉的手指。他嚼了两口,就吞下了那颗葡萄,脸色绯红。

许虹白皙的脸蛋也红霞满天,声音颤抖:"苏老师,甜吗?"

苏青嗫嚅地说:"甜。"

许虹又拿起一颗葡萄,塞进了他嘴巴里。苏青边嚼边说:"你坐吧,我自己会吃。"

许虹还是蹲在他跟前,两只手搭在了他的大腿上,说:"苏老师,我就喜欢这样,和你亲近的感觉特别特别美好。"

苏青胸膛起伏,心里已惊涛骇浪。"你还是坐着吧,这样我很不习惯。"

许虹抬起右手,摸了一下他的脸。"苏老师,你知道我有多么爱你吗?我珍藏了很多你的照片,每天晚上,躺在床上,看着你的照片,亲吻着你的脸,然后把你的照片贴在胸口,才能睡去。几乎每个晚上我都梦见你,在梦中和你在一起,你教我拍照,你和我一起漫步,我挽着你的手,头靠在你的肩膀上,我心里就像一个蜜罐,甜得惊人。从美梦中醒过来,孤独地面对漫漫长夜,我的泪水流下来,想着什么时候才能真正和你在一起,忧伤极了。今天白天,我看到你时,又惊又喜,心跳得很快,差点心肌梗塞死过去。你是我的偶像。我知道你在汶川大地震中受过磨难,还断了条腿,可是你还是坚强地站起来,直面生活,我感动得为你流泪,也特别特别佩服你。我从你身上看到做人的勇气和尊严。"

苏青的耳朵发烫,像着了火,脑子也发热,晕晕乎乎。他喃喃地说:"我没你想的那么坚强,我也会做噩梦,也会在深夜痛苦不已,我是个普通人,没有你说的那么崇高。"

许虹抚摸着他的假肢,眼泪汪汪地说:"苏老师,你别说了,你越这样说,我就越心疼你。我也想过,你内心的痛苦怎么排解,这些年来,你是怎么战胜自己的。很多时候,我想替你分担痛苦和忧伤,陪着你走,哪怕是一年,一个月,或者一天,我也是幸福的。"

苏青喘着粗气说:"你走吧,我真的不需要别人的理解,也不需要陪伴，况且，我有女朋友了，她很好，她和我走过了很长的道路，我要和她继续走下去，直到老死。许虹，我只能说，谢谢你。你赶快走吧，你在这里，我会崩溃的。"

许虹泪水涌出眼眶。"不，不，我就要陪着你，就这一夜我也死而无憾。我知道你对孙卉的感情，她不是不在吗？今夜就让我守候着你，你让我干什么，我都心甘情愿。好吗，苏老师？就让我留下来吧，不要赶我走，我会伤心欲绝的。我会像孙卉那样待你，为你付出一切，苏老师，答应我吧。"

苏青突然站起来，拉起她来到门边，打开门，将她推了出去，然后，"砰"的一声，重重地关上了门。许虹在门外用拳头捶着门，喊叫道："苏老师，你不能这样对我，我是真心爱你的，苏老师——"

苏青什么话也没说，背靠在门上，双手抓住自己头上的长发，自言自语道："她是疯了，疯了。"

许虹还在门外喊叫："苏老师，你开门，我还有很多话对你说，就让我把心里话全部向你倾吐吧，说完我就走。求求你，开门好吗？苏老师，你不能这样伤害一个真正爱你的人的心，这太残忍了。"

无论她怎么说，苏青就是不开门。他不能开门，开门意味着对孙卉不公平，也是对他们爱情的背叛。他脑海里全是孙卉的脸，微笑的脸，忧伤的脸，忧愁的脸，快乐的脸，没有表情的脸……渐渐地，门外的声音被他屏蔽了，许虹说什么，他都听不见了。至于许虹什么时候离开了的，他也一无所知了。他后来才知道，许虹是被宾馆保安请走的，她在那里大喊大叫，歇斯底里，对门的住客打电话到前台投诉后，保安就赶到了。

至于孙卉向我提到的那封信，苏青没有否认。他坚持说是许虹在作怪，他怀疑许虹是个变态。那天晚上，他根本就没有和她发生任何事情，她在信中描绘得有声有色，不堪入目，是对他的羞辱。他分析，许虹没有得逞，就编造了那些子虚乌有的事情，写了那封信，故意寄到他家里，是对他的报复，目的是要让孙卉看到，使他和孙卉的关系产生裂痕，破坏他们的感情。苏青说，许虹这一招十分阴毒，他是不会原谅她的，从那以后，他就决定永远也不再和她来往。

说到今夜发生的事情，苏青十分难过。

这些日子以来，苏青和孙卉的感情真的出现了问题。每天苏青下班回家，她就像一条狗一样，在他身上左嗅嗅，右嗅嗅，希望发现奇怪的气味。苏青一直忍耐着。苏青只要不是去杂志社上班，到哪里孙卉都跟着，而且十分警惕，对和苏青有交往的女人，都审查一遍，说话也酸溜溜的，阴阳怪气。苏青忍不住了，就和她吵架。孙卉见他因为别的女人训斥自己，就哭闹，说他心里已经没有她了，寻死觅活。这个时候，苏青就烦闷到了极点，借酒浇愁。苏青喝酒，她也喝，她的酒量不行，喝几杯就醉了。醉酒后的孙卉不是安静地睡觉，而是情绪爆发，无理取闹，什么话都说得出来。说苏青这样一个残疾人，也只有她才是真心实意、死心塌地对他好，别的女人都虚情假意，抱着不可告人的目的。还说她为了苏青，牺牲了自己的青春年华，完全是他的保姆，她受够了，再也不想这样过下去了。苏青气得发抖，话赶话地吼叫道："我从来没有求你为我做任何事情，你要是觉得委屈，就走，我绝对不会拦着你，你有你的自由，我早习惯了孤独，习惯了一个人在深夜里舔自己的伤口。"孙卉听了他的话，气急败坏，就将他卸下来的假肢扔到门口，还不止一次。苏青伤透了心，彻底无语了，也不去捡回假肢，躺在床上，浑身颤抖，死的心都有了。

孙卉酒醒后，会像个做错了事情的孩子，乖乖地捡回门口的假肢，流着泪向苏青赔礼道歉，说尽了软话，并且发誓，再也不会这样了。苏青要是不理她，她就跪在地上，痛哭流涕，可怜兮兮。苏青受不了她这样，就原谅了她。他原谅了她，她却总还是会故态复萌，苏青不知如何是好，只好走一步算一步。

今天晚上，苏青下班后，就被主编叫去陪个客人，那个客人是女的，也喜欢在身上喷上浓郁的香水，而且她用的香水和许虹喷在信笺上的香水是同款的。用完晚餐送客时，女客人因为和主编是老朋友，热情地拥抱了下主编。她看了看苏青，也礼节性地和他拥抱了一下。结果，苏青回到家后，被孙卉嗅出了香水味。孙卉认定他和许虹幽会去了，马上发火骂道："苏青，你不要再骗我了，还口口声声说和那女的没有任何关系，还骗我说是主编叫你一起去陪客人吃饭。"

苏青辩解道："小卉，你讲点道理好不好？我真的是和主编一起去陪客人了，根本就没有和许虹在一起，我早就和她没有来往了，不信你打电话问主编。"

孙卉冷笑着说："嘿嘿，鬼才会相信你的话，我还不晓得你们男人之间的小伎俩？你和许虹幽会前，就和主编串通好了。我不是傻子，怎么会打电话给他，他还不是向着你说话。你要是和他去陪客人，为什么身上会有许虹的香水味？你给我说清楚。"

苏青叹了口气："告诉你，我们和客人分别的时候，客人拥抱了主编，也拥抱了我。她的确也用了香水，我怎么知道她和许虹的香水是一个牌子的？用这种香水的女人多了去了，是不是每个用这一款香水的女人都和我有染？"

孙卉说："天下有那么巧的事情吗？你就编吧，别以为我是傻子。苏青，你今天说清楚，你和许虹到底干了什么见不得人的事？我以为你是值得信赖的正人君子，没想到你如此龌龊。我算看透你了，我们分手吧，我不想再伺候你了。"

苏青百口莫辩，气得发抖，边卸假肢边说："你这个人真的不可理喻，我和你无话可说。你想走就走吧，我也受够了，我一个人清静。"

孙卉眼中的泪水滚落。"好你个苏青，竟然要赶我走了。我就知道会有这么一天，你的心早就被那个狐狸精勾走了。好，我走，我

我们为什么要呼救　475

也不想活了，我去死，你满意了吧。我死了，你就可以和那个狐狸精双宿双飞了。"

说完，她气急败坏地拿起苏青刚刚卸下来的假肢，打开门，扔了出去。她回过头，瞪着泪眼说："苏青，你这个没良心的东西，我走了，永远也不会再回来了，你好自为之吧。"

她冲出门，头也不回地跑了。

听完苏青的叙述，我也沉默了，干了杯酒。孙卉和苏青说的不一样，我闹不清楚他们谁说的更接近事实，或许两个人说的都不是事实，我对他们的说法都表示怀疑。无论如何，我不希望他们分开，在我眼里，他们都是很好的人，只是两人的沟通出了问题。

良久，我打破了沉默："兄弟，我想问你个问题。"

苏青抹了抹眼睛说："大哥，你问吧。"

我说："你觉得，孙卉是个什么样的姑娘？"

"她是个好姑娘，这些年来，她对我无微不至的关怀和照顾，我没齿难忘。"

"她真的要离开，你是不是会不舍，会伤心？"

"是的，我还是舍不得她，心里十分忧伤，感觉到人生很灰暗。"

"那就对了。听我一句话，明天去接她回来，好好待她，没有什么问题是解决不了的，有话好好说。我也会开导她，解开她心里的疙瘩。但解铃还须系铃人，你自己的态度最关键，不要再发火，她说什么都听着。她要是不爱你，也不会怀疑你。你们之间最大的问题，是没有进行有效的沟通。生活在一起，沟通是多么的重要。"

他点了点头，又喝了口酒。

话虽这样说，我心里其实也没底。他们未来会怎么样，只有天知道。

二十八

  天气越来越冷，我敲击电脑键盘的手指，也变得僵硬。我心里有种紧迫的焦虑感，对妻子女儿的思念也与日俱增。我想尽快写完小说，回到温暖的家里去。天上又淅淅沥沥地落下了冰冷的雨，气温下降到三摄氏度，丁屋岭又笼罩在浓浓的雾霭之中。我看不清附近的山峰，那些还在山野开放的白色山茶花被浓雾遮掩，让我对尘世的某些事情产生了怀疑，甚至对自己也产生了怀疑：写作到底有没有意义？但写作已经是我生命里无法舍弃的一部分。

  这天中午，我正在做饭，丁大保回家了。我有点惊讶："大保叔，你怎么回来了？"

  他阴沉的脸露出点笑意。"我在城里待不惯，还是觉得丁屋岭好，就回来了。"

  我不相信他的话，也不好多问。整个中午，我看出他闷闷不乐。回小木屋后，我想，丁大保一定有难与人言的心事。

  我的判断很快得到了证实。两天后，村里就有了传闻，传闻的真实性待考，却让人心酸。有了孙子后，丁大保心里乐开了花，考虑了半天，还是想到城里去，和老伴一起照顾儿媳妇和孩子。要去的话，必须经过儿媳妇的同意，他不好意思给儿媳妇打电话说这事，就把电话打到了儿子的办公室，对儿子说出了心里话。儿子理解父亲的心情，当时就答应了，不过，让他过两天再去。儿子这样说，是给自己有个缓冲，如果妻子不答应，还可以劝父亲不要来。

儿子回家后，背着母亲，单独和妻子商量。妻子有些为难，觉得家里房子小、人多了挤，不想让公公到城里来。儿子心里难过，说父亲想孙子心切，不让他来，会伤他的心。妻子扔给他一句话："来不来你自己决定吧，不要来问我。"儿子说："那这样吧，先让爹来住几天，如果实在不便，就让他回去，到时候我来做工作，恶人我来当。"妻子勉强同意了。

丁大保兴冲冲来到城里儿子家，见到孙子，笑逐颜开，从老婆的手中接过白胖的孙儿，凑到他的脸前，逗孙子笑。儿媳妇见状，从他手中抢过孩子，拉下脸说："爹，你的口水都喷到孩子的脸上了，孩子抵抗力弱，感染了怎么办？大人的口水里有很多细菌的。"儿媳妇的话像一盆冰冷的水，劈头盖脸地浇下，他心里很不爽，没好气地说："我儿女小时候，都用嘴巴嚼饭喂他们，也没有感染过，也没有得过什么病，我就逗逗孙子，怎么就会感染了？"儿媳妇生气地说："现在什么年代了，还提用嘴巴嚼饭喂孩子，懂不懂科学呀，要是出了什么问题，我找谁去？"

丁大保还想说什么，老婆推了推他，说："老头子，你是牛呀，犟什么犟，活了一大把年纪了，还像个愣头青，一边去。"

她从儿媳妇手中接过孩子，哄道："晴晴，老头子什么都不懂，不要理他，你放心，我会教他怎么带孩子的。"

儿媳妇说："妈，我没有恶意，这样做真的不对，现在带孩子和你们那时候不一样的，什么都得注意。"

丁大保老婆满脸堆笑："对，对，你说的对，现在的孩子都是宝贝。"

儿媳妇进房间后，丁大保黑着脸对老婆说："你怎么帮她说话？"

老婆低声说："你少说两句好不好？要在这里待下去，就要守这里的规矩。她的要求多,我刚来时也不习惯,现在不也过来了?听我的没错。"

丁大保真想马上回丁屋岭去,想想刚来就回去,没有面子,村里会怎么说他?况且,无论如何,在这里还可以看到孙子,这口气就咽下去了。老婆和他说了很多儿子家里的注意事项,儿子也委婉地和他说了些问题,他嘴上答应了,心里却难受:儿子的家,不也是他的家吗?怎么像是到外人家里一样?

第二天,又发生了件事情。

他大便后忘了冲水。儿媳妇走进卫生间,闻到那股味,捂着鼻子嘴巴冲了水,然后走到客厅里,生气地说:"怎么上完厕所连水都不冲,这又不是乡下,多不卫生呀。"老两口面面相觑,什么也没说。儿子下班回来后,晴晴将丈夫拉进房间里,关上门,拉下脸说:"你好好说说你爹,难道连冲厕所都不会吗?这样下去,我们家怎么住人,臭都臭死了。"他赔着笑脸道:"老婆大人息怒,我爹他不是不习惯嘛,我会好好说他的,让他把这个坏习惯改过来。"晴晴说:"我看很难改过来,我说了不要让他来,你非要他来。你看看,刚来两天,就让我生了两场气,这样下去,我非气死不可。"他说:"别生气,别生气,说一千道一万,他也是你的长辈,包容一下吧。"晴晴说:"我包容他,谁又包容我?"他说:"我呀!我不是一直包容你吗?"晴晴说:"我不管,如果你爹再闹出什么事情,我就不客气了,非要请他回去了,到时候,你要不说,我去说。"

过了三天,丁大保没出什么问题,一家人相安无事。到了第四天晚上,又出状况了。凌晨两点多时,晴晴起夜上厕所,刚走出房间门,就闻到了一股浓浓的烟味。她看到有个人在黑暗中坐在沙发上抽烟,烟头一明一灭,她吓了一跳,厉声说:"谁——"

丁大保说:"是我。"

她打开了灯,气恼地说:"爹,你在客厅里,怎么也不开灯?吓死人了。还有，和你说过多少次了，家里有孩子，不要在家里抽烟，要抽到阳台上抽，你怎么就不听呀！"

丁大保站起身，往阳台上走去，边走边说："阳台上不是冷嘛，晚上孩子不在客厅里，抽两根烟问题不大。"

晴晴气得发抖，她也不好和公公吵，上完厕所回到房间里，用力地在丈夫的手臂上掐了一下。丈夫叫唤了声："哎哟，你搞什么鬼，痛死我了。"晴晴咬牙切齿地说："就是要痛死你，我告诉你，你明天要是不让爹回丁屋岭，我们就离婚。"丈夫说："神经病，我爹又怎么惹你了？"晴晴说："你自己去问他，反正我的话放在这里，明天要是他不回丁屋岭，那我就带着孩子走。"

我不知道儿子是怎么让丁大保回来的，但可以看得出，他蛮受伤的。不过，他还是装出高兴的样子，夸赞他的孙子，说长得像他儿子，那么一点点小就很机灵，长大了一定是个人精。

我不会附和他的话，不知和他说什么好。

二十九

每年 5 月 12 日这天，我都要回到银厂沟，在当时被埋的地方凭吊，凭吊和我一起被埋进鑫海山庄没有活着出来的人，也凭吊我死去的过去。我一直认为，我的过去留在了废墟里，每年这天站立在这里的，是个新生的人，尽管有那么多伤痛。

记得地震一周年那天，成都的天空灰蒙蒙的，头天晚上落了一夜的雨，雨声让我难以入眠，想了很多一年来的事情，心里十分难过。离去年那个黑暗的日子越来越近，心中的恐惧感也被重新唤起。我对自己说，我有没有勇气面对埋我的那片废墟？无论如何，我要面对，这个坎儿怎么也要跨过去。

张青开着车来成都接我，他见到我时显然很高兴，见面的第一句话就问我的身体怎么样了，战友之间的感情总是溢于言表。车子沿着通向彭州的高速公路行驶，天上又落起了雨。一路上，我看到很多白色的蝴蝶在公路旁边的树墙上翻飞。

易延端在彭州等我，会合后就直奔银厂沟。小鱼洞大桥还没有通车，路十分难走。过了龙门山镇后，路就更难走了，特别是一个叫鬼抓手的地方，因为泥石流，路堵上了，工人正在修路。我们的车子也坏在了这里。我和易延端在路通后，搭了一个当地老乡的车，继续往山里走。路过谢家店时，我看到大片的乱石，曾经美丽的谢家店不复存在，几十户人家就那样被无情地埋葬了。我下了车，默默地为那些长眠地下的亡灵哀悼。

我和易延端来到了银厂沟鑫海山庄遗址。天上还飘着细雨。站在废墟上，我的心情十分沉重和悲恸，惨绝人寰的大地震仿佛就发生在昨天，我甚至怀疑我活着的真实性。我必须面对这个受难的地方，否则一生都难以平静，这也是我这次四川之行的目的。

大地震时有五个人和我一起被埋在鑫海山庄废墟里，就我一个人获救，那五个死难者生前对我都十分友好，想起他们的音容笑貌，我的内心刀割一般疼痛。他们的坟就在废墟旁边的那片树林里。上山时，我们带了香烛和纸钱，用来祭奠他们的亡灵。因为怕引起山火，我们就没有在树林里烧纸钱。我们在废墟的中央，点燃了香烛和纸钱，不禁黯然泪下。还是有许多白色的蝴蝶在山野飞舞，我想，那些蝴蝶应该是死难者的魂魄化成的吧。

易延端安慰我，让我不要难过，他说一切都过去了。他的声音很轻，听上去十分平和，我不清楚他内心是否也波澜起伏。他是我的救命恩人，如果没有他找来部队官兵，我今天就不能和他在这里凭吊了。因为救我，他受到了一些不公正的对待，远走他乡，到贵州一个偏远山区的煤矿里打工。为此，我的心无法安宁。很多媒体记者听说他的事情后，要采访他，为他抱不平，他都推掉了。他说他的心已经平静，他不会说任何人的不是，能够渡过这么大的灾难，还有什么东西不能原谅的呢？

烧完纸钱，我们坐在废墟上，良久无语。细雨打湿了我们的头发，打湿了这片山地，有清脆的鸟鸣声从林子里传来。

还是易延端打破了平静，他说："西闽，你不要太伤感了，一切都会好的。经过灾难，我们都在改变。可以这样说，我内心已经没有了仇恨，仇恨是柄双刃剑，伤害别人的同时也在伤害自己。我甚至原谅了所有从前伤害过我的人,同时,我对在过去岁月里被我有意或无意伤害过的人表示愧疚,希望得到他们的原谅,如果有机会,我会当着他们的面,真诚地说一声,对不起!这个世界需要的是爱,只有爱,才能拯救我们的灵魂。"

细雨中,废墟上野草茂盛,蝴蝶在野花中飞舞,有黄的花,白的花,有白蝴蝶,有黑蝴蝶,还有花蝴蝶。我泪眼迷蒙,心脏被什么击中,抽泣、哽咽,然后面对着花和蝴蝶,号啕大哭。我内心积压的恐惧痛苦,通过我的号叫和泪水奔涌而出。易延端什么也没有说,不晓得怎么安慰我,其实我也不需要安慰,所有的安慰都苍白无力。

我每年来这个地方,是缅怀,也是祭奠,更是让自己勇敢面对,只有面对,才能让我从噩梦中走出,才能慢慢让伤口愈合。

第二年来到受难地,还是易延端陪着我,看着野花和蝴蝶,以及那些坟包。我还是会泪流满面,但比一周年时要好了许多。第三年来的时候,阳光灿烂,天蓝得像宁静的大海。这是我首次在这片山野看到如此蔚蓝的天空。依旧是野花和蝴蝶,依旧是纸钱飘飞,真情的祭奠。每一年,每一天,我不会遗忘,哪怕伤痛得难以言说,面对才能真正的重生。

五周年的时候,这片废墟上重新建了些木头房子,有对老夫妻住在这里。我和易延端来到这里,他们用奇怪的目光看着我们。我被埋的地方还有废墟的痕迹,野花和蝴蝶也还在,蝴蝶也许是那些死者的魂魄,每年都在这里等待着我。我曾经想过,我要是死了,是否也会变成一只蝴蝶。站在山谷边,眺望远处的九峰山山顶,恍如隔世。

我接到了卓玛从遥远的玉树打来的电话,她平静地告诉我,她奶奶还是没有熬过这个春天。我眼泪流出来,安慰她。她还是平静地说，奶奶死时一点也不痛苦，让我不要伤感。我们都是平凡卑微的人，相互取暖，面对艰难和无奈的人生。头年的夏天，我去了玉树，在偏远的嘎尔寺小学帮助那里的学生办免费午餐，认识了卓玛。她是个年轻的民办老师，和她一样的民办老师有好几个，他们的工资都很低。我想了些办法，筹钱给他们补贴，每月让他们能够拿到一千多元，这样缓解了他们的困难。卓玛的奶奶生病在家，没钱看病，我特地给了她一笔钱，给她奶奶治病。收到钱后，她就带奶奶去了山外的医院。没想到，卓玛的奶奶还是走了，离开了人世。

在这个日子听到卓玛奶奶去世的消息，我心里还是很难过，我想卓玛的奶奶是不是也变成了一只蝴蝶，在花间飞舞。

易延端问我："怎么了？"

我说："一个老人走了。"

易延端说："人总是要死的，死亡也是解脱。"

我说："是呀，活着比死亡更痛苦，活着就是受难。"

易延端说："可是还得活下去。"

他说的话没有错，无论面对什么苦难，无论死亡是不是就在前路等着我们，我们还得活下去。有时候，我也会审视易延端的人生。其实，在地震前，他和妻子的感情已经到了崩溃的边缘。地震后，他们的感情有了好转。我很少问及他们家庭的事情，觉得那是他们的私事，过问是多余的，也是不道德的，就像我不喜欢别人打探我的家事。不过从他们的表情和言谈，可以感受到些什么。易延端在什邡工作，他妻子是农村户口，没有工作。他们还有两个女儿，生活比较困窘。

这天中午，我们从山上下来，在山下他们的新房里吃午饭。因为他妻子户口还在山村里，他们分到了一小套援建的房子，平常回乡下，也有落脚的地方。他们准备了很多菜，还有白酒。我身体不是很好，左手还是麻木的，都很长时间没有喝白酒了，怕喝了后手会抽搐、疼痛。易延端说:"酒还是要喝的,多少总得要喝点。"他小女儿也说:"叔叔,你就喝点吧。"然后斟上一杯酒,放到我面前。易延端大女儿在外面打工,小女儿还在上中学。我们喝着酒,说些无关紧要的事情。他妻子很少说话,不时往我碗里夹菜。我不喜欢这样,可也没有拒绝。

那天晚上,我住在他们的新房里。

很累,晚饭后,喝了会儿茶,我就想睡觉。躺下来后,却怎么也睡不着了。听到易延端夫妻俩在说着什么,他们具体说的什么听不清楚,我猜想是在讨论家庭的事情。过了会儿,他们好像争吵起来。易延端说:"你能不能小声点?吵到西闽睡觉了。"我想,他们的感情是不是又出现了问题?地震后,他们的确过了一段美好的日子,头两年来时,从他们的神态和话语可以看得出来,尤其是地震两周年之际,我还看到他们手拉着手在车站迎接我。客厅里安静下来,他们不说话了。

寂静中,我想象着他们的表情。他们的面容在我眼前,时而生动清晰,时而模糊不堪。突然,我有种很不好的感觉,认为自己破坏了他们的生活,心里十分愧疚。如果不是因为我,他当时就不会受到不公正的对待,也不会远走他乡去挖煤,尽管后来还是回什邡上班,换了份工作。这些年来,每年我来,他都陪着我。我是不是给他增添了麻烦?

麻木的左手抽搐起来,我料到会如此的。

我忍耐着疼痛,不敢叫出声,生怕惊动他们。这些年来,我习惯了如此咬牙忍耐,在家里如此,不想让家人看到我的痛苦,在别的地方也如此,不希望得到同情。我必须要和疼痛和解,接纳一切痛苦。痛苦是我的宿命,我不会回避。

痛得实在受不了,我从旅行箱里找出止痛药,用备好在床头的矿泉水送服。过了半个多小时,疼痛感稍微减弱。我想,不能再胡思乱想了，得睡了，失眠会让我崩溃。我决定上个厕所，然后就去睡。走出房门，看到易延端的妻子还在客厅里坐着，电视机开着，却没有声音，她在看无声的电视剧。她看到我，红扑扑的胖脸露出了笑容："睡不着吗？是不是吵到你了？"我笑了笑："没有吵到我，你可以开大声点，不影响的，你这样看电视多难受。"她说："没得关系，只要能看懂就行了。"

上完厕所，我正要回房，她低声叫住了我："西闽，来，我问你件事。"

我走到她跟前："嫂子，有什么事你就说吧。"

她小声说："你是不是给过易延端一笔钱？"我想起来了，地震后，我觉得他们家困难，是给过一笔钱给易延端，希望让他妻子开个小吃店什么的，总比没有工作好。后来小吃店没有开起来，我也没有过问，他们应该有自己的打算。我点了点头："是的，怎么了？"

她有点气恼，还是低声说："他根本就没有告诉过我。还有，那笔钱他拿去炒股票，亏得血本无归了。"

我愣了会儿，笑了笑说："他也是想多赚点钱，亏就亏了吧。"

她叹了口气："对不起，和你说这些。"

我说："没有关系。"

她说："你去睡吧。"

我回到房间，感觉到他们之间又有了裂缝，或许裂缝一直就没有愈合过，当时只是因为大灾难让他们的心都受到了震动，需要相互安慰，相互取暖。时间一长，那种裂缝又渐渐重现。我有些后悔对她承认给过易延端钱，心里很不舒服，仿佛自己是罪魁祸首，破坏了他们之间的感情。第二天一早我就离开了他们家。临行前，他妻子问我："上海的工作好不好找？"我实话实说："工作是很多，可是适合你做的很少。"她笑了笑："给人家家里当保姆也可以。"我不知怎么回答她，心里还是很难过。我只希望他们能够恩恩爱爱地生活,没有必要背井离乡。

阴天,没有一丝风,有点沉闷。

我坐在开往成都的车上,想着易延端妻子闪烁的眼神,也想着山野的花儿和那些纷飞的蝴蝶,心里异常的难过。

三十

孙卉还是离开了苏青。那天雾霾浓重，空气里有股子微酸的怪味。早晨六点，我起床，给小坏和妻子做早餐。小坏离不开肉，一天三餐无肉不欢。这天早餐，我做的是瘦肉米粉。做好早餐，小坏妈妈已经在给她穿衣服了。小坏睡眼惺忪，一副不高兴的样子，每天早上起床，对她来说，都是一件十分痛苦的事情。我心里同情小坏，却没有办法，学总归要上。不过，看到米粉里面的肉后，她的眼睛亮了起来，吃完早饭，就将起床的痛苦忘记了。看着女儿吃饭，是件享受的事情。她吃得很香，表情十分丰富。我想着法子做好吃的东西给她吃，这是我生活中的乐趣。

吃完饭，我就送小坏去上学，小坏已经上一年级了。给她戴好口罩，背上沉重的书包，我领着她出了门。这样的雾霾天，我担忧小坏的肺会受到摧残。这年月，摧残孩子的东西太多，防不胜防，我担心着孩子的成长。从家里到校车停靠点，走路五分钟左右，一路上，我都在和她讲雾霾的危害，教她学会防范，尽管我很清楚，很多东西根本就无法防范。到了校车停靠点，等了会儿，车就来了。校车开走后，我接到了孙卉的电话。

孙卉忧伤的语气，很应景这样的雾霾天。

"李大哥，我走了，不会再回来了，我真的没有勇气再和苏青一起过下去了。我不想责备他,也许都是我的错,我想过再坚持一段时间,可是我坚持不下去了。我是爱情的逃兵,必须逃走了。大哥,我很伤心,不知道以后会不会一直这样伤心,我要找个地方疗伤,你让苏青不要找我,找也找不到的。还有,苏青就拜托大哥了,你多照顾他,他一个人会更艰难,让他少喝点酒,不要熬夜,他听你的。大哥要多去看他,他像个孩子,自尊心又很强。我希望我离开后,他会过得好。"

"小卉,你在哪里?"

"我在浦东机场,马上就要登机了。大哥,你也要好好的,坚持吃药,放宽心胸。你会好起来的,相信自己。"

"小卉,你要去哪里?"

"大哥,不要问了,我不会告诉你的,我到哪里已经不重要了。我走时没有告诉苏青,只是给他留了封信,他醒过来就会看到我的信。他会受不了的,你最好过去安慰安慰他,这样我就放心了。大哥,对不起,我要登机了,就不说了。如果还有缘,也许我们还会再见。"

我心里一片迷茫。

孙卉和苏青的分手,是我不愿意看到的,但这事情到底还是发生了,不会以任何人的意志为转移。我匆匆地叫了辆出租车,赶往苏青的家。苏青打开门,脸色煞白,头发乱糟糟的,眼睛布满了血丝,穿着一件皱巴巴的白衬衣。

"大哥,你怎么来了?"

"来看看你,有些日子没有见面了。"

"进屋吧。"

"嗯。"

茶几上有块面包,还有杯牛奶。苏青说:"大哥,你吃早餐了吗?"我说:"你知道的,我不吃早餐很多年了。"苏青说:"不吃早餐

我们为什么要呼救 489

对身体有害。"我说："到目前为止，不吃早餐的危害还没有在我的身体上显现。"苏青笑了笑："还是要注意，真有什么问题就来不及了。"我也笑了笑："我们都经历过死亡的威胁，对生死已经看淡了。"苏青话锋一转："大哥，是不是孙卉让你来的？"

"你知道了？"

"知道了，起床就看了她留给我的信。大哥，你是不是担心我受不了，特地赶过来安慰我？其实你不用担心的，正如你刚才说的，我们都经历过死亡的威胁，这种别离算不了什么，我早就预感她要离开，心里还是淡定的。当然，会有遗憾，也会伤感，毕竟一起生活了那么多年。"

"你预感到孙卉要离开，为什么不想办法挽留？"

"拦不住的，她对我已经厌倦了，况且，她有了心上人。"

"兄弟，你可别乱说，孙卉可是一心一意待你，她怎么会有别人？"

"这世界，有什么事情是不可能发生的？去年秋天，她和她朋友去了趟丽江，回来后就魂不守舍。有一次，我偷偷听到她和某个人打电话，她分明在说情话，还说，'我爱你'。我推门进入房间后，她就慌慌张张挂了电话。我没点破她，像什么事情都没有发生过。这两年，我们的感情淡了，不像头两年，爱得死去活来，谁也离不开谁。那次她去丽江，本来叫我一起去的，我没有去，她心里失落，碰到了喜欢的人，也难免擦出火花。我没有怪她，走就走了，既然爱她，就给她自由。跟着我，她也受了很多苦，解脱了也好，除了祝福，我又能怎么样？"

"唉。"

"大哥，别替我难过，一切都会过去的。"

三十一

生而为人，常常羞愧难当。

特别是对自己的家人，和你相依为命的人，动辄恶语相向，仿佛他们应该承受你的粗暴。每次发完脾气，就后悔，可伤害已经造成，后悔有什么用？一次次对自己说，再不能这样了，可还是故态复萌。

那天晚上，因为一件很小的事情，我又朝妻子发了脾气。

小坏已经睡了，她要是看到我暴怒的样子会怎么样？我承认，那时我是个魔鬼，面目可憎。妻子流下了泪水："你怎么能对我这样，我是你的敌人吗？"暴怒过后，我心里难过，自己是太过分了。我不知道怎么安慰妻子，只是说："对不起，我病又犯了。"她哽咽地说："不要老拿病犯了当借口，我也有病，日复一日，为你担惊受怕，什么时候都照顾你的情绪，怕触动你的哪根神经，忍受着你的臭脾气。我受够了，我是你的妻子，不是你的仇人。"

我低下了头。

她擦了擦眼泪："你不是口口声声对别人说，地震后，你的脾气变好了吗？也许你对别人是变好了，没有脾气了，为什么对我还是那样呢？甚至变本加厉，难道我对你不好吗？我知道你有病，有时控制不住发火，我谅解你，你也要有发泄的渠道，我就当你的垃圾桶好了，你心里的精神垃圾尽管往我身上倒好了，可是，你不能一直这样。我真的忍受不了了，我们还是离婚吧。"

我说："不，不要离婚！"

她惨淡一笑："你看，又来了，是不是又要发火了？你怎么就不能有效地控制自己的情绪，心平气和地和我好好说话？"

我又低下了头。

她淡淡地说："你考虑一下吧，是过下去，还是分开。我累了，明天还要上班，去睡了。"她进房间后，我脑袋嗡嗡作响，大难临头的感觉。烦闷到了极点。我走出了家门。夜风吹拂，我的头脑清醒了些。

我在街上漫无目的地走着。我的确有很多问题，灾难之后，我已经不再是那个阳光开朗的男人了，内心积压了太多阴暗的东西，精神又出了问题，悲观绝望的情绪对妻子女儿都有负面的影响。妻子为我付出了许多，女儿还是要健康成长，也许我离开，对她们是件幸运的事情。我多次考虑过离开她们，走得远远的，找个偏远之地，自生自灭。问题是我下不了这个决心，因为还有眷恋，我不能离开这个家。

我经常会想起苏青问过我的那句话——你被埋在废墟里的时候，为什么要呼救？

除了求生的本能，更多的是不舍。

这个问题和为什么活着一样，其实很难回答。在这个深夜想起这个问题，让我的内心备受煎熬。

我看到一个瘦高的姑娘在遛狗。

我朝她走过去，她提防地看着我。她牵着的是一条拉布拉多犬，她朝它说着话："小白，快拉屎，我好困，要回家睡觉了。"小白走到路边的悬铃木下，翘起条后腿，撒了泡尿，并没有拉屎。姑娘无奈，只好跟着它继续往前走。

我像个幽灵般跟着她。

她突然站住,拉紧狗绳,回过头对我说:"你跟着我干什么?"

我说:"我没有跟着你。"

她提高了声音:"你分明在跟着我。"

我没有理会她,朝她走过去。她大声说:"你给我站住,别过来!"我说:"大路朝天,各走半边,你遛你的狗,我走我的路,你凭什么让我站住?"看得出来,她特别紧张。突然,她从短裤的兜里掏出一把折叠式水果刀,打开后指着我说:"别过来!"我想起了那个叫张北风的人,他当初也是在夜里,也是在这条街上,用刀子指着我。我叹了口气:"你为什么要这样?你以为我是什么人?要劫财劫色?"姑娘拿刀子的手在发抖:"我不管你是什么人,只想对你说,不要靠近我。"

我没有回头,直接就走了过去,如果她用刀子捅我,我不会还手。她躲到边上,手上的刀子始终对着我,生怕我会突然朝她扑过去。她的担心是多余的,我根本就不会对她造成任何伤害,我伤害的是我最亲近的人。我径直走了过去,连看也没有看她一眼。我也没有回头看她,一直往前走,也不知道要走向哪里。夜风还在吹拂,悬铃木的叶子沙沙作响,偶尔会飘落几片枯叶。不过,我在想,那遛狗的姑娘为什么如此提防我,难道我像流氓?我这一生从来没有打过女人,就连女人追着我打,我也只会逃走。

曾经有一次,看到街上有个男人在追打一个女人。男人下手极狠,抓住她的头发,又踢又踹。女人喊叫着,"救命,救命"。围观的人们冷若冰霜,没有一个人上前出手相救。我心中怒火熊熊燃烧,冲过去,将女人从男人的暴力中解救出来。然后,我对那男人一顿暴揍。没想到,那个披头散发的女人从地上爬起来,手里拿着高跟鞋,扑过来,边用高跟鞋的鞋跟砸我,边喊叫道:"你凭什么打我老公?你凭什么打我老公?"我落荒而逃,身后看热闹的人发出一阵嘲笑声。

走了一会儿,我听到狗的叫声和脚步声。我回头张望,发现那个姑娘朝我奔跑过来。见我回头,她喊叫道:"先生,等等。"我想,她该不会是神经病吧,追我干什么?如果她真是个神经病,手上又有刀子,追上我,捅我几刀,我找谁去?于是,我加快了脚步。

她跑得越来越快,我听到身后急促的脚步声,也奔跑起来。

有个骑自行车的路人见姑娘追赶我,停下来,朝她喊道:"姑娘,你追的是流氓吗?要不要我帮你追?"姑娘说:"好,好,快给我拦住他。"

疯了,这个姑娘一定是疯了。骑车人是个青年男子,很快就追上了我,人和自行车横在我面前。他愤怒地说:"你对姑娘干了什么好事?"我气喘吁吁地说:"我什么也没干。"他说:"什么也没干,那你跑什么?"我也生气了:"我跑还要经过你们的同意吗?给我让开。"他义愤填膺的样子:"干了坏事还理直气壮?你休想跑掉。"

姑娘追上来了,也气喘吁吁地说:"对不起,他不是流氓,我追不上他,只好让你帮忙了,谢谢,谢谢。"骑车人嘟哝了声什么,骑车飞快地离开了。他可能在想,我和那个姑娘都是神经病。

姑娘对我说:"先生,对不起呀,我追你,就是想对你说声抱歉,因为我误会了你,我清楚,被人冤枉的滋味,是很不好受的。"

我心里一块石头落了地:"没有关系。"

姑娘有张瘦削的脸,鼻子挺拔,眼睛很深,是看不见底的深潭。她平静下来,笑了笑:"先生,我这个人就是这样,总是一惊一乍的。"我说:"真的没有关系,你还有什么事吗?没有什么事的话,我该走了。"姑娘说:"看样子,你心事重重,你要到哪里去?"我说:"我也不知道要到哪里去,随便走走。"姑娘说:"我猜对了,你心事很重,我很好奇,今夜,你身上发生了什么事情?"我说:"你真的想知道?"

她点了点头。

狗儿在舔她干瘦的手背，亲昵的样子。她抚摸着狗的头说："小白，乖。"

我说："我和我妻子吵架了，出来随便走走，散散心。"

姑娘说："吵得很厉害吗？"

我说："是的，不过，都是我的错。"

姑娘说："为什么吵？"

我说："因为我有神经病，总是抑制不住想发火。"

姑娘说："唉，好像很多人都这样，焦虑、不安，被生活折磨得无所适从。你还知道自己错，不容易。我老公从不认错，他不光冲我发火，有时还动手，还要杀死小白，说它和我一样讨厌。我们现在都懒得吵架了，分房睡，已经没有感情了，离婚是迟早的事情。他父亲得了重病，我答应他，在他父亲病好之前，不谈离婚的事情，和他在他父亲面前装出恩爱的样子。我没有学过表演，也不是什么演员，演戏很累的。先生，我想问你，你还爱你妻子吗？"

我说："爱，正因为爱，所以我特别痛苦。我们还有个女儿，上小学。"

姑娘叹了口气说："他要是还爱我，我会对他好的，其实他也不是什么坏人。他曾经想温暖我，让我过好日子，可是失败了。他说他做不到，不能陪我再走下去。他心里有障碍，解不开的疙瘩。"

我们一起在人行道上走着，说着话，不明真相的人会以为我们是对情侣，其实我们什么关系都没有，只是深夜里偶遇的陌路人。我觉得她是真诚的人，便对她讲了我在地震中的遭遇，几年来受到的折磨。她听了很感慨，对我讲了她的惨痛经历。

那年，她和恋人，也就是她现在的丈夫，刚刚大学毕业，去西部旅行。到了一个小镇，他们住在一家小旅馆里，旅馆里还住着几个年轻男子。他们吃完晚饭回来时,看到那几个青年男子蹲在旅馆外面喝酒,每人手中都拿着一个酒瓶子,有的嘴巴上还叼着烟。其中那个胖子的目光盯在她的脸上,笑着说:"这妞够味。"其他人就哄笑开了。她男朋友很生气,说了句什么。那些人围上来,很不友好,胖子还朝他脸上吐了口浓烟,轻蔑地说:"小子,想打架?"她赶紧对胖子说:"大哥,对不起,对不起。"然后拉起男友的手,匆匆走进旅馆。她以为没事了,到了深夜,她听到声响,从床上坐起来,拉亮了灯,推了推熟睡的男友:"快起来,有情况。"男友睡眼惺忪:"什么事,还让不让人睡觉了,困死了。"门突然开了,那几个年轻男子闯进来,领头的就是那个胖子,他们身上散发出浓郁的酒气。胖子说:"把门关上。"有个人就关上了门。她吓坏了,睁大了惊恐的眼睛喊道:"你们要干什么?"男友清醒过来,跳下了床,挡在了床边,企图阻止他们靠近床上的女友。胖子淫笑着说:"我们想玩玩,这么够味的女子,你不能独享啊。"那些人笑了。胖子突然伸出手,在男友脸上猛击了一拳,男友"哇"地叫了声,双手捂住了脸。胖子打了个手势,两个人扑上来,将男友按在了地上,男友喊叫道:"放开我!放开我!"一条毛巾塞住了他的嘴,他怎么也喊不出来了。她坐在床上,双手抱在胸部,嗫嚅地说:"你们走开,不要过来,不要过来。"胖子色眯眯地盯着她,朝她逼过来。她往后退缩,退到床角,没有地方再退,她大声喊出来:"救命!救命!"胖子跳上床,有力的巴掌捂住了她的嘴巴,另外一只手撕扯着她的内裤。又上来两个人,按住了她拼命挣扎的手脚。胖子撕掉了她的内裤,说:"来,让我玩玩,别怕,我不会杀你。"……他们走后,男友抱着痴呆的她,泣不成声。他恨自己,没有保护好她,悲愤地用头去撞墙。

她讲完后,叹了口气道:"其实,我没有怪罪他,只是恨那群狼心狗肺的流氓。不过,他们也没有好结果。当天晚上,他们就开车逃离了那个小镇。我们报警后，追捕他们的警察在离小镇三十多公里的地方，发现他们开的车翻到了山沟里，他们五个人，死了两个，另外三个人也没有逃脱法律的制裁。我丈夫心里的坎儿过不去，内疚、愤怒纠缠着他，我们甚至不能亲热，他会想起我被强暴的情景。另一方面，他又觉得对不起我，一直不敢面对自己。我们真的走到了尽头，我也不想让他活在噩梦之中，分开也许对我们都有好处。先生，你还爱着你的妻子，这是多么美好的事情，千万不要再伤她的心了，回家去吧，我也该回家了。"

她牵着小白走了。

走出一段路，她回头朝我招了招手。我看不清她的眼神，也朝她挥了挥手，然后回家。回到家里，妻子已经熟睡了，我轻手轻脚地爬上床，躺在她身边，伸出手，握住了她热乎乎的手。她的手动了动，握紧了我的手。我的泪水流出来，无声无息。

三十二

　　冬夜，雨水从屋檐滴落，声音敲击着我的心，落寞而凛冽。遥远的北方，大部分地区都在飘落鹅毛大雪，雪花覆盖了苍凉大地，也覆盖了我内心躁动的欲望。我期待丁屋岭也下一场大雪，雪花飘落的时候，我的目光会穿过迷茫的天空，看到天堂里仙女的模样，她们撒下凡尘的花瓣，就是纷纷扬扬的雪花。雨水的声音还在继续，还在敲打着我脆弱的神经。我躺在床上，身体漂浮起来，像是漂浮在蔚蓝的海面。我听到鸥鸟的鸣叫，它们从我的身上掠过，让我感觉到翅膀扇动出的力量，和鸣叫声中的悲怆。

三十三

杨文波陷入了极度的狂躁之中,白水村的人都躲着他。他好像是个汽油桶,丁点的火星都会令他爆炸,动辄就和村里人吵架,为了一点鸡毛蒜皮的小事。村里人都在背后戳他的脊梁骨,说他越老越没有形象。村里人越不搭理他,他就越生气。

那天,他骑着自行车从镇上回来,在一条小路上和四嫂子狭路相逢。四嫂子赶紧躲他,还是没有躲开,差点被撞倒在路边的稻田里。四嫂子还没有说他,他却停下来,指着四嫂子破口大骂:"你瞎了眼,没看到我骑车过来吗?"四嫂子气坏了,和他吵起来。

"杨文波,你讲不讲道理,这路又不是你家的,我怎么就不能走了?明明是你撞了我,还恶人先告状,我看你是越活越回去了。"

"老子就不讲理了,你能把我怎么样?"

"不要以为大家都怕你,我也会怕你。大家躲着你,是不想和你计较,是同情你。翠花生不了孩子,能怪大家吗?你做啥子要把气都撒在乡里乡亲的头上呢?谁欠你的了?你好好想想,你有什么事情,还不是要找人帮你,那天翠花流产,还不是我老公开车送你们去医院?做人不能没有良心。"

不提翠花的事还好,四嫂子说到翠花不能生孩子,还流产,杨文波气不打一处来,头上的青筋都暴出来了,小眼珠子喷出了火。

他一脚踹掉自行车，自行车倒在稻田里，压倒了一片秧苗。他右手的食指在四嫂子的鼻尖上指指戳戳："你说啥子？谁不能生孩子？格老子，你说清楚，谁告诉你我家翠花不能生孩子？你们是不是天天在诅咒翠花？"

他说话时，口水喷在了四嫂子的脸上。

四嫂子像是受到了莫大的侮辱，气得浑身发抖，抓住他指着自己的手指头，扳了下去。杨文波惨叫了声："恶婆娘，你要把我的手指掰断了。"四嫂子松了手，说："你再指我鼻子试试，看我敢不敢掰断你的手指。"杨文波扑过去，和四嫂子扭打在一起。他们各不相让，从路上打进稻田，两人都倒在泥水里，不停地滚来滚去，最后还是四嫂子占了上风，将他压在身下，那对肥硕的奶子正好压住了杨文波的脸。杨文波有种窒息感，使尽了浑身的力气也无法挣脱四嫂子的压迫，就张开嘴巴，狠狠地在她的奶子上咬了一口。四嫂子尖叫着："老东西，快松口！我的奶头都要被你咬掉了。"

要不是有人回村里报信，杨松树和四嫂子的老公杨四赶到，强行将他们分开，四嫂子的乳头说不准真的被杨文波咬掉了。浑身泥浆的四嫂子在杨四的搀扶下，哭哭啼啼地走了，边走边骂："不要脸的老东西，就该断子绝孙。"杨四怒斥道："臭婆娘，你给老子住嘴。"四嫂子哭喊："我都被人欺负成这样了，你还向着别人，我还是不是你老婆？"杨四没好气地说："别丢人现眼了，有什么话回家去说。"四嫂子不吭气了。杨文波听到"断子绝孙"这四个字，差点昏死过去，瘫倒在地上，什么话也说不出来了。杨松树抱起父亲，沉着脸说："爹，你怎么总是这样惹是生非？村里的乡亲都被你得罪光了，以后我们怎么在这里做人？"

那天晚上，杨松树和李翠花分头去四嫂子和稻田的主人家赔礼道歉。

杨松树走进四嫂子的家门，四嫂子和丈夫在看电视，嗑着瓜子。四嫂子见到他，拉下了脸，头扭过一边。杨四站起来，招呼杨松树坐下，给他倒茶。杨四的脸也阴沉着。

杨松树赔着笑脸说："四哥，四嫂子，实在对不住，看在同宗同族的分上，你们就原谅我爹吧，他是有点不正常，想孙子想疯了，你们肚量大，多多包容。"

四嫂子说："我看他真的是疯了，就像条疯狗，见到谁都咬。"

杨四白了她一眼说："有你这样说的吗？无论怎么样，文波叔也是你的长辈，张口就是疯狗疯狗的，成何体统？我看一个巴掌拍不响，你也有过错。要是我，就是文波叔平白无故扇我两耳光，我也会赔着笑脸，他还能再发火？你要是能让一步，不要理会他，走人不就万事大吉了？还能闹成那样？丢人！"

四嫂子气鼓鼓的，瞪着丈夫，什么话也说不出来，把手中的瓜子扔回盘子里，不嗑了。

杨松树说："四哥，你别说四嫂子了，主要还是我爹的错，他是为老不尊，我也说过他了，你们就原谅他这一回吧，我给你们磕头也可以。"

说着，杨松树站起来，要跪下的样子。杨四慌忙站起来，扶住了他，说："不能这样，不能这样，都是自家兄弟，不要见外，牙齿还会咬到舌头，磕磕碰碰是很正常的事情。"

杨松树说："四哥，四嫂子，你们大人大量，以后用得着我的地方，尽管使唤我，我一定尽力。"

杨四说："兄弟不要往心里去，这事情就算过去了。不过，你也要好好劝劝文波叔，以后真的不能这样了。你四嫂子伤得不轻，这要换了别人，早就报警抓人了，这叫什么妇女罪来着，非判个三四年不可。"

杨松树连连点头："是的是的，我会好好说我爹的，四嫂子受委屈了，我明天让翠花送只老母鸡过来，给四嫂子好好补一补。"

四嫂子说："老母鸡就不要了，我受用不起，还是留给翠花补身体吧。你们赶快弄出个孩子来，否则你爹还会出来乱咬人的。我老

我们为什么要呼救　501

公也说了,这事情就算了,我自认倒霉,以后碰到他,躲远点就啥子事情都没了。"

杨松树给四嫂子作揖,谢谢她宽宏大量。

杨松树的目的达到了,闲聊了几句之后,就告辞了。四嫂子坐在那里没有挪屁股,抓起一把瓜子,继续边嗑瓜子边看电视。杨四送杨松树到门口,说:"松树兄弟常来耍。"杨松树说:"要得,四哥回屋吧。"杨四回到屋里,冷笑一声说:"你今天倒是大方,老母鸡也不要了。"四嫂子瞟了他一眼道:"我的客气话你都听不出来,放心吧,我了解松树,他是个说话算话的明白人,明天会让翠花把老母鸡送过来的。"杨四说:"这样就好,老母鸡可以下蛋,不急着杀了吃。"

四嫂子瞪了他一眼:"你就那点出息。"

杨松树在岔路口碰到了妻子。李翠花说:"谈得怎么样?"杨松树说:"没事了,他们的气也消了,明天你抱只老母鸡到他们家去。"李翠花叹了口气道:"好吧,好吧。"杨松树说:"你那边说得怎么样?"李翠花说:"没事了,坏掉的稻田,明天去弄点秧苗补插上就好了。"杨松树说:"难为你了,翠花,爹做下的事情,总是你来擦屁股。"李翠花说:"唉,谁让他是你爹呢,我们不管,谁管?"杨松树说:"看来,你要是生不下孩子,他就会不停地制造麻烦,这可如何是好?"李翠花赌气地说:"干脆我们离婚,你再娶个老婆,让她给你生孩子。我这辈子可能生不了孩子了,怀了三次,都流掉了。医生不是说了,我是习惯性流产,很难再怀上了,就是怀上,也保不住,要流掉的。"杨松树说:"你就是生不出孩子,我也不会去找别的女人,更不会和你离婚,孩子要不要都无所谓了,我可不能失去你。"李翠花说:"有你这话,我就心满意足了,证明我没有跟错人。对了,刚才在那人家里,他女儿是防疫站的,说习惯性流产也是可以治疗的,到大医院去看,会好些。"杨松树说:"我也听医生说过,我们抽空去看看。"李翠花说:"这可能是最后的出路了。"

三十四

苏青梦见一个女人在水边哭泣。

看不到她的脸,背部抽搐,长发也在抖动。天色阴暗,水白茫茫一片,波纹荡漾。她站起来,转过身,朝他走来。他站在草地上,凝视着女人深一脚浅一脚地走过来。她面目模糊,长发飘扬。不晓得她是谁,也不知道自己站立的是什么地方。女人离他越来越近,眼看就要看清她的容颜,突然,狂风骤起,顿时飞沙走石,他的眼睛睁不开了,身体摇摇欲坠,衣服被狂风吹得猎猎作响。风停沙息之后,苏青揉了揉眼睛,睁开眼,不见了那女人的身影。他仿佛听到水面上传来了微弱的呼救声:"救命,救命——"

他朝水边奔跑过去,脚被一块石头绊了下,身体摔倒在地,他感觉到右边的大腿剧烈的疼痛。他是在疼痛中从梦里醒过来的,黑暗中,他抱着残疾的大腿,叫唤起来。没有人听到他在暗夜里痛苦地叫唤。他沉浸在黑暗的泥淖里,抓住自己的头发,奋力地将自己拔出来。多少日子以来,他都这样和黑暗对抗,自我拯救。他的残腿很长时间没有如此疼痛了,在这个深夜突然发作,是不是又出现了什么新的问题?他不敢往深处想。

苏青一直在想,梦中从水边朝他走来的女人是谁?

是小稚吗?他都记不清她的模样了,他们分别也有二十多年了,她现在到底在哪里？一无所知。他还记得她走时说的话，曾经在漫长的日子里，他心里都充满了期待，相信她会信守诺言，回来带他离开孤儿院。可是她杳无音讯，不知生死。

也许是孙卉。孙卉离开一年多了，不知她在何处，手机停机，所有社交媒体的账号都将他屏蔽了。她走后，苏青就开始后悔，在那些孤寂的长夜里，想着她的好处，心如刀割。许多东西，失去了才知道宝贵，可人生路上根本就没有什么后悔药，每次的生离死别，都玄机重重。他曾经打电话到她父母家，接电话的是她妈妈。孙妈妈是个大学教授，用温和平缓的口气对他说："小苏，你不用找她了，她去了哪里，我们也不知道，这孩子从小特立独行，我们也给了她充分的自由。她和你在一起时，我们没有干预，现在也尊重她的选择。每个人的路都要自己去走，没有人可以帮谁选择脚下的道路，所以，你也要尊重她自己的选择，不要再找她了。"孙卉给他卸下假肢，然后细心地擦拭干净的情景，最让他难忘，这一生，也许再没有人会为他做这件事情了。

不可能是许虹，她从来没有在他的梦中出现过。尽管他有时会想起她妖娆的模样，还有那浓郁的香水味。孙卉走后，许虹仿佛是个胜利者，和苏青同居了一段时间。孙卉是苏青最好的助手和生活伴侣，一切都料理得井井有条，而许虹不一样，她根本就不会照顾人，而苏青是需要照顾的，日常生活中，他多有不便。许虹的爱只是停留在表面，连做饭、收拾家务都懒得做，更不用说给他卸假肢、擦拭了。她成天叫外卖，或撺掇他到外面下馆子，家里乱得像狗窝般也懒得收拾。让苏青受不了的是，她常常抱怨，说和他在一起性生活不和谐，说他没有情调，想不起给她买礼物，还说他帮助贫困山区的孩子是伪善……苏青根本就不能满足她的要求，没过多久，双方都厌倦了。最终，还是许虹提出了离开，苏青觉得是真正的解脱，痛快地让她走了。她走的那天，苏青十分愉悦，像是卸下了沉重的枷锁。不过，苏青心里还是很痛，如果不是许虹，孙卉就不会离开他，他的日子就不会过得如此落寞。最重要的是，他发现自己深爱的人，就是孙卉。他想，如果孙卉能够回来，他会向她忏悔，会好好呵护她，再也不会让她生气，永远也不会让她再离开了。

梦中的那个女人，也许是文霞，但不是很像，文霞从来不留长发，也没有那么苗条的身段。她大大咧咧的模样一直深刻在他的脑海，她至今还在高原上，帮助那里的孤寡老人和孩子。她有什么资助项目也会告诉苏青，苏青会想办法给她筹钱。去年五月，文霞来过上海，苏青因为去四川拍摄杨文波一家，错过了，觉得十分遗憾。不知道文霞和王飞的爱情有没有结果……

第二天早上，苏青接到了杨松树的电话。

杨松树和苏青讲了二十多分钟，说了家里的情况，最主要的还是妻子李翠花的孕育问题。苏青听完后，不假思索地说："松树哥，这样吧，我马上给你们订机票，你们明天就来上海。我觉得上海的医院在这方面会有更好的办法，我今天给你挂好后天的专家门诊。"杨松树沉默了会儿说："苏先生，这样太麻烦你了，我看还是在成都看吧，成都也有很多大医院。"苏青说："还是来上海吧，不麻烦的，来吧，翠花嫂子也没有来过上海，正好带她来散散心。"杨松树说："那好吧。"

苏青有个想法，李翠花看医生的过程可以拍下来，这也是很重要的部分。

苏青给杨松树夫妻订的是下午一点成都双流机场飞往上海浦东机场的机票。这天早晨，李翠花很早就起床了。坐在梳妆台前梳头时，她端详着镜子中的自己，脸色比以前好多了，有了光泽，这是张姣好的脸，如果不是那场灾难，会更年轻些，眼睛里也不会有忧郁的神色。她现在肩负着家庭的重大使命，这次去上海，也许就会

我们为什么要呼救 505

改变这个家庭的现状。她自言自语道:"李翠花,振作起来,不要再愁眉苦脸了。"梳妆完毕,她挑了一套自己喜欢的新衣服穿上,然后走出了房间。

杨松树也早早起来,已经在厨房里做早饭了。杨文波本来就睡眠少,儿子和儿媳妇今天要去上海,他心里焦虑,天还没亮就醒了,坐在厅堂里抽烟,心里忐忑不安,不晓得这次他们去上海,会带回来什么消息。见到儿媳妇从房间里走出来,他的眼睛一亮,儿媳妇打扮得很漂亮,看上去非常有精气神。杨文波心中一喜,这是好兆头呀,俗话说,人逢喜事精神爽。杨文波站起,朝儿媳妇咧开嘴巴,笑了笑。李翠花说:"爹你怎么不多睡会儿,那么早起来,又没啥子事。"杨文波说:"睡不着,这把老骨头,只有等死的份了。"李翠花晓得他话中有话,笑了笑:"孙子都还没有呢,你舍得死?"杨文波笑着说:"不舍得,不舍得。"李翠花说:"我和松树不在家,你少和村里人斗气,好好地等着我们回来。"杨文波连连点头道:"好,好,我在家里等着你们的好消息。"

李翠花走到厨房门口,对丈夫说:"松树,我出去一下,一会儿就回来。"

杨松树说:"要得,早点回来吃饭。"

李翠花走出家门,走出村子,看到了在路边菜地里摘菜的四嫂子,便笑着和她打招呼:"四嫂子早哇。"四嫂子站起身,手上抓着把青菜:"哎哟,翠花今天打扮得真好看,听我们家那位说,你们要去上海,他要送你们去成都,一早就去加油了。"李翠花说:"真是有劳四哥了。"四嫂子笑笑:"应该的,应该的。"李翠花说:"那我不和四嫂子多说了,我去山上看看就回来。"四嫂子说:"去吧,去吧。"四嫂子躬下身,继续摘菜,菜叶上还有露珠,抖抖,露珠就滑落到肥沃的泥土里。

李翠花走上山坡,来到小虎的坟前。坟头上长满了萋萋芳草,她可以闻到草叶间散发出来的清新的露水味儿，几只小鸟在不远处的树上啁啾。李翠花喃喃地说："小虎，妈妈和爸爸今天要去上海了，你苏青叔叔说了，会找最好的医生给妈妈检查身体，等妈妈身体好了，你就可以回到妈妈肚子里来了。到时候，我们就可以团聚了，你爷爷，你爸爸，都盼望你早日回来。小虎，妈妈不在的这段时间，你要乖乖的，别淘气哟。以后你回来了，妈妈还是会好好爱你、疼你，让你快快乐乐的。小虎，你听到了吗？如果你听到了，就出来看妈妈一眼，妈妈记得你的模样。"

就在这时，从坟头的草中跳出一只绿色的蚂蚱。

绿蚂蚱一蹦一跳地落到李翠花的鞋面上，李翠花心里有潮汐涌动，她俯下身，双手捧起绿蚂蚱。绿蚂蚱乖乖的，没有跳走，仿佛在注视着李翠花，唧唧地叫唤，好像在和李翠花说话。李翠花眼中噙着泪水，笑着说："小虎，妈妈听到你说的话了，妈妈的身体会好起来的，到时你回来，我们就再也不会分开了。"她说完话，绿蚂蚱突然跳起来，落在了地上，然后一蹦一跳地没入草中，不见了踪影。

这时，她听到了丈夫的喊声："翠花，回来吃饭了——"

她转身看到了站立在对面家门口的丈夫，回应了一声："好咧——"

那一声回应，荡气回肠，又有些忧伤。

她想，悲伤总会过去，她期待着那一天。

李翠花没有坐过飞机，有些忐忑。杨松树也是第一次坐飞机，他学习能力比较强，也出过远门，见过些世面，比较坦然。候机时，李翠花总是问问题。

"松树，飞机那么一个大铁家伙，怎么不会掉下来？"

"因为它会飞呀，它有像鸟一样的翅膀。"

"噢，飞机上有厕所吗？要是尿急了怎么办？"

"傻瓜，当然有厕所。和火车上一样，有厕所，听说，飞机上的厕所还是很高级的。"

"那飞机飞那么高，会不会颠簸呀？"

"不会，飞机比火车和小汽车还稳，就像我们现在坐在这里一样。"

"你又没有坐过，怎么知道？"

"王大头坐过，他什么都告诉了我。有次回来过年，他让我和他一起坐飞机回成都，我心疼钱，就没有坐。"

在飞机上，李翠花一泡尿憋了很久，实在憋不住了，才去上厕所。她不知道怎么把厕所门反锁，结果，有个男人推开了厕所门，吓得她尖叫起来，伸出双手抵住门，心惊肉跳。那个男人也很窘迫，在外面说，门是可以反锁上的。上完厕所，她满脸通红地回到了座位，咬着丈夫的耳根说："坏事了，我会不会被别的男人看到了。"杨松树说："谁让你不反锁上厕所门。"她嗔怪道："你又没有和我讲清楚。"杨松树说："好了，没事了，下次在飞机上上厕所，你就有经验了。"不一会儿丈夫已经闭上眼睛，打起盹儿来。而李翠花提心吊胆，担心飞机会掉下去，直到飞机在上海浦东机场落地。

三十五

苏青提前等在机场的出口,手上拿着微型摄像机,脸色憔悴。杨松树夫妻提着旅行箱从里面走出来,苏青忧郁的眼中闪现出亮光,拿起微型摄像机开始拍摄。他边拍摄,边朝他们招手。李翠花眼尖,先发现了他,拉着丈夫的手说:"我看到苏先生了。"杨松树笑着说:"我也看到了。"见到苏青,李翠花紧张的情绪得到了有效的缓解,下飞机后,她还在想,要是苏青不来接他们怎么办。李翠花说:"孙卉没来呀?"苏青笑了笑:"我们分手了。"李翠花又问:"怎么会呢?你们那么好。"杨松树盯了妻子一眼:"别问了。"李翠花也觉得自己有些唐突,吐了吐舌头,脸也红了。苏青笑笑:"没什么,分手很正常的。"

他们开车赶往市区的路上,李翠花惊叹上海的庞大。她的确没有见过这么大的城市。她笑着说:"要是我一个人,肯定不敢来,迷路了都不晓得。"苏青笑了:"嫂子,不要这样说,很多农村来的人,在上海做事情,各行各业都有,习惯就好了。"李翠花说:"估计习惯不了,还是在白水村踏实。"杨松树说:"苏先生,不要搭理她,她没见过世面,在飞机上连厕所门都不晓得锁。"李翠花说:"说啥子哟,就你见过世面,不就是到深圳打了几年工嘛,有什么了不起的。"苏青听了他们的话,哈哈大笑。李翠花红着脸说:"苏先生是笑话我嗦?"苏青说:"不敢,不敢,我是觉得你们说话好耍,见你这样,我就放心了。"

苏青在家附近的快捷酒店,给他们订了间房。

安排他们入住后,苏青就带他们去吃晚饭。李翠花问:"苏先生,酒店房间那么好,床那么大,住一个晚上需要多少钱?"苏青说:"这酒店不算好了,你们就凑合着住吧,没多少钱的,说出来就见笑了。"杨松树说:"苏先生,你对我们这么好,都不晓得怎么报答你。"苏青说:"说这话就见外了,谈什么报答,这些年来,我总是去劳烦你们,你们也没有要我报答,对不对?"李翠花说:"我心里还是过意不去,这一趟来上海,又是坐飞机,又是住宾馆,得花你多少钱。"苏青说:"你们这次来,能把问题解决了,那最好不过了,其他事情就不要提了。"

苏青找了一家地道的上海菜小馆子,点了四菜一汤:红烧狮子头、响油鳝丝、红烧肉、素炒油麦菜、海带排骨汤。菜上来后,李翠花睁大了眼睛:"这么多菜,我们三个人,能吃得完吗?"苏青笑笑:"放开肚子吃吧,吃不完我打包回家。"苏青还要了几瓶啤酒,和杨松树喝了起来。他还问李翠花:"你也喝点?"李翠花摇了摇头:"不行,我不行,喝一杯就要倒。"苏青说:"我们四川女子,不会喝酒的还真少见。"李翠花说:"苏先生,不要让松树喝太多,我们要孩子,医生说过,喝酒不好。"苏青说:"对,对,对,松树哥,你少喝点,今晚喝点,从明天开始,我就不让你喝酒了。"

吃完饭,苏青说:"你们也累了一天了,我送你们回宾馆休息,明天早上,我过来接你们去吃早餐,然后带你们去医院。"杨松树说:"要得,要得。"李翠花说:"就是太麻烦你了。"苏青说:"一家人不要说两家话,只要我做得到的事情,责无旁贷。"

苏青走后,李翠花笑着说:"松树,你说上海菜好吃吗?"杨松树说:"还不错,就是太甜了,上海人喜欢在菜里放很多糖。"李翠花说:"我吃不惯,不好吃,不辣,明天你和苏先生说说,不要再带我们去吃上海菜了。回来路上,我看有重庆小面的面馆,吃碗面就可以了,又合胃口,又省钱,晚上那些菜,花了苏先生三百多块钱,挺心疼的。"杨松树叹了口气:"苏先生有情有义,难得的好人,碰到他,是我们的福分。"

第二天,吃完早餐后,苏青就带他们去了医院。

约好的妇产科专家是一个个子高大、脸色白皙、戴着眼镜的男医生,他姓陆。从他们走进医院,来到专家门诊,苏青都进行了拍摄。面对镜头,他们并没有不适,因为拍摄者对他们已经有了感情。

他们和陆医生面对面坐着。

陆医生十分随和,面带微笑,口气柔软。他先询问了李翠花三次流产的情况。李翠花将当时的情景一五一十地告诉医生,她的脸红红的,有些羞涩,因为面对的是个男性医生。之前,苏青提醒过她,不要紧张,医生问什么就如实回答,否则会影响诊断。

接着,陆医生又问:"你以前有什么病史,就是说,有没有得过什么病?"

李翠花想了想说:"地震前好好的,什么病都没得,身体也不错,连感冒也很少,怀上小虎的时候,什么活都干,到生他的前几天,都还在干活,啥事都没得。"

陆医生说:"那孩子呢?"

李翠花说到小虎,眼睛有些潮湿:"小虎他不在了,地震时,学校的楼房倒塌,他没有跑出来。地震后,我得了抑郁症,治疗得差不多了,听医生的话,停了药,才怀孕的。结果,一连怀了三胎,都没有保住,流掉了。"

陆医生叹了口气:"原来是这样。除了抑郁症,还有没有其他的病症,比如遗传性疾病,有没有感染过,有没有带过环?另外除了吃抗抑郁的药物,有没有吃过其他的药物,有没有药物中毒过,或者接受过放射线治疗？"

李翠花擦了擦眼睛说："没有，什么都没有，就是得过抑郁症，吃过治抑郁症的药。我以前身体可好了，不晓得为什么现在就不行了。"

陆医生说："不排除和你得过抑郁症有关，我们还得做进一步的检查。我给你开个各项检查的单子，做完全面检查后，确定是什么原因造成流产，然后再定解决问题的方案。"

苏青拿着单子去缴完费后，就带她去做了一系列的检查。杨松树这边并没有异常，李翠花的免疫系统却查出了问题，还查出了子宫肌瘤。当陆医生对他们说出了导致流产的原因后，李翠花脸色发青十分紧张地问："医生，我是不是永远怀不上孩子了？"杨松树也忐忑不安。

陆医生笑了笑："你们不要怕，免疫系统的问题，有切实可行的治疗办法。也就是基因主动免疫疗法，应用配偶的淋巴细胞主动免疫治疗习惯性流产，是目前为止最有效和最广泛使用的方法，临床有效率还是很高的。子宫肌瘤也不是大问题，做个小手术就可以解决。考虑到你有抑郁症病史，还要注意，不要让自己的精神过度紧张，要学会缓解自身压力，放松情绪。杨先生，你也要照顾好你妻子，好好安抚她，疏导她。"

杨松树点了点头。

李翠花说："陆医生，请问，那个什么免疫疗法，要花多少钱？"

苏青说："翠花嫂子，你不要管钱的问题，只要能够治好病，顺利地怀上宝宝，钱都不是问题，我来出。"

李翠花说："这怎么能行，我们不能花你的钱。"

杨松树也说："苏先生，翠花说的对，不能花你的钱，我们还有点积蓄，要是钱不够，回家卖房子也要把翠花的病治好。你赚点钱也不容易，还要娶妻生子，你让我们来上海，已经很破费了，再花你的钱就说不过去了。"

苏青说："我一个人吃饱全家不饿，况且，这辈子我也不想结婚，留着钱也派不上什么用场，帮助你们是我应该做的事情，你们就不要推让了。你们的那点积蓄，留着以后用吧，要是怀上孩子，用钱的地方多了去了。松树哥，翠花嫂子，这件事情就听我的，就在上海治疗，一切费用我来负责，你们千万不要再说什么了，否则我生气了。"

杨松树看看妻子，李翠花看看丈夫，夫妻俩一时不晓得说什么好。

苏青对陆医生说："陆大夫，这事情我做主了，就在你们医院治疗吧。"

陆医生笑了笑："那好，可问题是现在床位比较紧张，要排队。"

苏青说："陆大夫，他们都是从四川乡下大老远过来的，时间耽误不起，您就想点办法，尽快安排吧。家里还有位老人在眼巴巴地等着他们回去，如果时间长了，我怕他会出什么问题，他也是地震的幸存者，从废墟里挖出来的。陆大夫，你就帮帮这个忙吧，我看网上对你的评价很高，都说你是妙手回春的大好人。"

陆医生考虑了一会儿，笑着说："我也十分同情他们，考虑到他们的实际情况，我想点办法吧。你们先回去，等我的电话，我尽快安排治疗。"

苏青握着陆医生的手道："太谢谢您了，陆大夫。"

第二天，苏青就接到了陆医生的电话，让李翠花赶快过去住院治疗。苏青急匆匆地赶到酒店，发现杨松树手足无措地站在酒店门口，焦虑万分。苏青吃惊地问他："松树哥，发生什么事情了？"杨松树哭丧着脸说："刚才，我带翠花去买个东西，回来的路上，我回过头，就发现她不见了，找了好久都没有找到，我只好在这里等她，

我们为什么要呼救　513

她应该会找回来的。"苏青说:"上车,找翠花嫂子去。"

于是,苏青开着车,沿着他们走过的路寻过去。

路过徐家汇公园时,他们看到围着不少人。苏青想:"翠花会不会在这里?"他停好车,和杨松树匆匆地赶过去。李翠花果然在这里,她被一群人围在中间,面如土色,瑟瑟发抖。一个穿着入时的女人一手拉着一个六七岁的男孩子,一手指着李翠花咒骂。李翠花嗫嚅地说:"我不是人贩子,我不是人贩子。"有围观的人说:"在这里骂她有什么用?报警吧,要真的是人贩子,就让她去坐牢,要不是人贩子,也由警察调查清楚,还人家清白。"

杨松树穿过人群,进去搂住妻子,对那女人说:"谁说我老婆是人贩子?我跟你拼了!"李翠花抱住丈夫的腰,眼泪流了下来。那女人说:"哟,哟,人贩子的同伙来了,看来真的要报警了,一起抓去坐牢。"说着,她就开始拨电话。苏青走到女人面前,笑着说:"大姐,对不起,我是杂志社的记者,他们真的不是人贩子,我可以保证。"女人看了看他,按掉了电话说:"你说你是记者,记者证给我看。"苏青从挎在身上的小皮包里拿出记者证,递给她:"我真的是记者,他们是我亲戚,有什么冒犯的地方,请大姐原谅。"

女人看了看记者证,又看了看苏青,笑了笑:"我认识你们的主编,算了算了,你们走吧。"

李翠花没想到事情这么容易就解决了,感激地说:"苏先生,又给你添麻烦了。"

苏青说:"别说了,我们还有要紧事,赶快和我去医院吧,他们同意你今天入院治疗了,看来陆医生真是个好人。"

上车后,杨松树问妻子刚才到底发生了什么事情。

事情原来是这样的。本来她和丈夫一起回酒店,看到有个女人拉着个小男孩迎面走过来。她的目光落在了那孩子的脸上,心里被触动了,那男孩子长得和小虎可像了,她呆呆地站在那里,眼睛痴痴地盯着孩子。杨松树心里也有事，想着妻子治疗的事情，担心要等很长时间才能入院治疗，那样会给苏青增添多大的麻烦。他一直朝前走，妻子落单了也没有发觉。李翠花痴痴地跟了上去，她甚至觉得孩子走路的姿态都和小虎一模一样。她心想，难道小虎还活着，来到了上海？她一直跟到徐家汇公园。这是个没有围墙的开放式的公园，绿树成荫。那个女人让孩子在公园的一条长椅上坐着等，就离开了。李翠花走到孩子面前，愣愣地凝视着，自言自语道："这不就是小虎吗？"孩子抬起头，看了看她问："你是谁？"李翠花的眼睛里呈现出某种光泽，急切地说："小虎，我是妈妈呀，你怎么会在这里？"孩子站起来，惊讶地说："你这个人好奇怪，小虎是谁？你不是我妈妈。"李翠花突然抱住他，连声说："你就是小虎，我的好儿子，我是你妈妈，真的是你妈妈。"这时，那个女人回来了，推开了她："你是谁，抱我儿子干什么？"李翠花从幻觉中清醒过来，想跑，女人一把抓住了她："你不能跑，你给我说清楚，你到底是谁？"李翠花百般辩解无济于事，女人认定她是个人贩子，公园里玩耍的人纷纷围拢过来……

三十六

阴雨或者晴天,是自然的变化,和人的生老病死一样,最正常不过了。这天,丁屋岭艳阳高照,天气晴朗,会让人心生愉悦,也是正常不过的事情。写作间隙,我坐在山坡上的一块石头上,被温煦的阳光包裹,望着山野的一草一木,感觉自己也是一棵草或是一棵树,在大自然中,平静地被岁月恩宠,会暂时忘却活着的痛苦和忧伤,感受到难得的快乐。

中午到丁大保家吃饭,发现他的右手掌被野山蜂叮了,肿得像发面馒头,村里的土医生丁文生已经用剁烂的草药给他包扎上了。丁大保痛得龇牙咧嘴,每根头发都在颤动。他对我说:"李先生,中午你就随便做点吃的吧,我的手动不了,火烧火燎,疼得要老命。"我说:"没事,你好好休息,我来做饭给你吃。"他说:"不用做我的饭,你就做自己吃的,一会儿我女婿来接我到他家去住几天。唉,还是女儿好,她小时候我还偏心,对她不好。"我说:"那样也好,有人照顾你。"

丁大保说:"你去做饭吧,不用管我。"

我笑笑:"不急,先陪你说说话,等你走后我再吃。"

丁大保说:"你是个好心肠的人。"

"将心比心。大保叔,你这手是怎么被野山蜂叮伤的?"

"不是今天天晴嘛,在家无聊,就去山上砍柴,没想到碰到一个很大的蜂窝,野山蜂朝我嗡嗡飞过来,我赶紧脱掉外衣包住了头,手掌没顾到,被叮了两针。野山蜂毒性大,好在没有叮到头脸,不然就惨了,要死人的。以前我们丁屋岭,就有人被野山蜂叮到头后,毒性发作死掉了。在山上,最要提防的就是毒蛇和野山蜂,这两种东西要人命。"

"真是万幸,没有叮到头脸。"

"别看我老了,我还是蛮机灵的,不然就真有可能死在野山蜂的毒针下了。虽说叮在手上要不了命,也是痛得钻心的,这鬼蜂,就是那么细小的一根针就那么厉害。人真是太没用了,连狗都不怕野山蜂。"

过了会儿,丁大保的女婿到了,说车停在村口。他和我打了声招呼,扶着痛苦不堪的丁大保走了。我看着他们在阳光下的小巷尽头消失,心里莫名其妙地颤抖了一下。

这个晚上,没有月亮,却布满了星星。深夜,睡觉前,我走出门,沿着门外山壁的小路,走上山坡,坐在一棵野金橘树下,仰望星空。能够在这样寂静的夜里孤独地望星空,也是一件幸运的事情,这个世界上,并不是每个卑微的人都能够仰望星空。每颗星星都在发着亮光,像每个平凡生活在尘世的人,在各自的生活轨道运行。有流星滑落,消失在茫茫夜空,让我感伤。

我突然忆起在遥远的嘎尔寺仰望星空的情景。当然,也想起了那个在深夜陪我一起望星空的人,她就是文霞。

三十七

　　两年前那个凛冬的早晨,冷得石头都在发抖,阳光透过浓重的雾霾,迷茫地照耀着我所居住的城市,也照耀着我,却再也照耀不到那个叫文霞的年轻姑娘,她在这个早晨的八点,在离我很远的福建宁德,闭上双眼,离开了人世。当苏青沉痛地告诉我这个消息时,我不相信这是真的。随后,我接到文霞丈夫王飞的电话后,才接受了这个噩耗。当时,我正带女儿李小坏去学写毛笔字,见我难过,她问我:"爸爸,你怎么流眼泪了?"过了好大一会儿,我才悲恸地告诉她:"爸爸一个很好的朋友死了。"

　　她童稚的眼睛扑闪着:"她为什么会死?"

　　我含着热泪说:"人总是要死的,就像枯叶总是会被风吹落。有一天,爸爸也会死去,也会离开你。"

　　她有些紧张:"爸爸,你不要死。"

　　我摸了摸她的头,"爸爸现在不会死,但不可能永远活着,死亡是每个人必须经历的事情,你不要怕。如果爸爸死了,你要勇敢面对,只要你还记得爸爸,爸爸就还在,就会活在你的记忆里。"

　　她说:"爸爸的朋友死了,她也会活在你的记忆里吗?"

　　我点了点头:"她会一直活在我的记忆里。"

　　她想了想后说:"爸爸,你怕死吗?"

我说:"怕。"

她说:"为什么?"

我说:"怕你伤心。"

她说:"我知道现在爸爸为什么伤心了。可是,你伤心,你死去的朋友知道吗?"

我说:"也许知道,也许不知道,可这不重要。重要的是,我不能忘记她,如果忘记了,她就没了,真正地消失了。"

一生中,有很多人离开了,时间长了,就忘记了,就像忘记了一棵野草,或者一块石头。人心是柔软的,也是残忍的,有些人真不应该被残忍地遗忘,比如文霞。

文霞的去世,令苏青也十分悲恸。

我们约好了,一起去参加她的葬礼,送她最后一程。在上海虹桥高铁站,我们一起踏上了开往南方的列车。苏青穿着黑色的风衣,长发有些凌乱,脸色苍白,目光忧郁。他似乎永远是这个模样,除了当初从玉树回来,脸被高原的阳光烫得有点黑。

一路上,我们都在回忆和文霞在一起的时光。

"大哥,文霞的辞世,像颗子弹射穿了我的脑壳,我对人生产生了怀疑。她比我们年轻,活得比我们纯粹,敢爱敢恨,我怎么也想不到,她会先我们而去。她和王飞结婚才一年,有大把的好时光在等着她。

"我很难过,像是掉进了一个巨大的冰窟,没有温暖可言,她曾经给了我们多少温暖,给了那些老人孩子多少温暖,给了世界多少温暖,可她现在却躺在冰冷的冷藏箱里,等待火化。

"想起那年在玉树救灾,刚刚认识她时的情景,仿佛就在昨日。我们刚到玉树的那天晚上,找了安全的空地扎下了帐篷。半夜时,听到有个姑娘在外面喊:'谁的帐篷有空,让我住一个晚上?'她的声音很大,把我们救援队的人都吵醒了。有人吼叫:'谁他妈的在叫,让不让人睡了?明天一早还要起来救灾呢。'她火了:'你救灾我就不救灾了?天这么冷,我就问问有没有空位,借个宿,你就瞎嚷嚷,什么玩意,一点爱心都没有,还来救灾。'我们的帐篷只有我和孙卉两个人住,孙卉就出去对她说:'别叫了,到我们这里来吧。'文霞笑嘻嘻地钻进了帐篷:'对不起,对不起,打扰你们了。'我说:'没有关系,快睡吧,时候不早了。'天亮后,见她第一面时,没有觉得她有什么特别之处,十分普通的一个姑娘,脸晒得很黑,因为黑,很容易让人忽略了她的五官。她向我们介绍自己时,露出一口洁白的牙齿。其实,地震前,她就来到了玉树。她喜欢民俗摄影,来玉树拍这里的民居、民族歌舞和这里人的生活。地震后,她没有离开,留下来救灾。后来,她也没有离开,每天拿着相机,到处去拍照,跑遍了玉树市区以及周边的所有灾民安置点和学校。她拍照片提供给外界的一些慈善机构,希望能够得到他们的帮助。在赛马场灾民安置点,面对一个叫根求卓玛的八十三岁孤寡老人,她哽咽了。我看着她红红的眼睛,对她有了信任,我总认为,善良的人值得信任。我看过她拍的很多照片,拍得比我好,每张照片都充满了特殊的情感。我觉得,一个好的摄影师,是通过镜头去表达内心丰富的情感。当时,面对那些受难者,我们有共同的理念,不去拍遇难者的遗体。基于我对她的信任和我们共同的理念,后来我们一起在灾区做了一些力所能及的事情。她得病的事情一直也没有告诉我,那次她来上海,我和孙卉去了四川,没有和她见上面,后来才知道她是到上海来看病的,王飞陪着她。王飞和我说过,看着她一天天消瘦下去,变得形销骨立,心里异常痛苦。文霞提出要和他分手,说不想连累他。王飞是条汉子,对文霞是真爱,在她最后的日子里,和她成了亲。我特别佩服王飞,我考虑过,要是当初孙卉和我在一起时,像文霞那样,我会不会离开她。"

"玉树地震第二年秋天，我去了玉树，当时你还筹了一笔钱，让我带来给文霞，帮助她做的项目。其实我们都是同类，帮助他人，不是为了什么别的，而是自我救赎，让自己心安。到玉树后，文霞安排我住在则热活佛姐姐家的板房里，我问她：'怎么不住那个宾馆了？'她笑着说：'那宾馆拆掉重建，等建好了再去住。'那个夜里，凛风呼啸，半夜传来狗的狂吠，大雨如注，板房漏雨，被褥被雨水浇湿，板房的地上也积起了水，我的鞋就像小船一样漂在上面。我浑身发抖，文霞在隔壁说：'李老师，你没事吧？要不我们换个房间，我这个房间好些，不漏雨，我年轻，能扛得住。'我内心十分感激，但是没有和她换房，我不能让一个姑娘为我受罪。文霞坚守在玉树，把温暖带给了那里的人们，而她自己，却在高原的风中，默默忍受痛苦。我竟然不知道她是乳腺癌患者，也没有想到，她在高原上会得肺积水。也许她早点离开了高原，回内地去，身体就不会垮掉，生命也不会因此消逝。她是个异常能吃苦的姑娘，我不知道她为什么可以忍受那艰难的日子，很多人去了，走马观花，又旅游一样地走了，她却还守在那里……我不知如何表达对她离世后的哀伤和歉疚。每每想到远方的玉树，都觉得那是一种亲近，是沦落天涯之人带来的温暖和爱。想起和文霞一起在玉树度过的日夜，历历在目，那些艰苦的日子因为高原明亮的阳光而温暖，倍感珍贵。记得她最开心的一次是带我去见我助养的孤儿金珠时的情景。我们去帮助远在囊谦大山里的尕尔寺小学。她和王飞在玉树等着我，接到我后，她就带我去看小金珠。小金珠生下来不到一个月，父母亲就被灾难夺去了生命，她和哥哥由爷爷奶奶抚养，住在赛马场的帐篷里。见到小金珠，文霞开心极了，黑乎乎的脸上绽放出如花的笑容，露出洁白的牙齿。她抱起小金珠，说：'你看谁来看你？'小金珠朝她笑。她把小金珠放到我怀里，我抱着小金珠。小金珠也朝我笑，我却心酸起来，想起幸福的李小坏，小金珠让我难过。文霞看到了我眼中的泪水,一直安慰我,说小金珠的爷爷奶奶对她可好了,会健康成长的,让我放心。第二天,王飞在玉树有要紧事,文霞和我去了尕尔寺。文霞还是开着那辆破旧的越野车,我们早上从玉树出发,一路奔波,中午到了囊谦县城。文霞说:'尕尔寺小学师生生活很艰苦,我们买点菜上去吧。'于是,我们买了肉和菜,继续上路,到了傍晚,太阳西沉时,才走完坎坷的道路,到达尕尔寺小学。虽然路不好走,但是尕尔寺峡谷的风光却让我们赏心悦目。小学的条件真的很差,前段时间,小学的教室被洪水冲垮,孩子们都在操场的帐篷里上课。我们到达时,学生们放学了,只剩下空空的帐篷。小学校长和几个老师等着我们。我要给老师们做顿饭吃,文霞和两个女老师给我打下手,洗菜什么的。因为没有电,在烛光中,我炒完了四个菜,然后,大家边吃边聊。热情的老师们又是唱歌,又是跳舞,欢迎我们的到来。我们实在太累了,这里海拔又高,很快,我就晕头晕脑了。那个叫卓玛的民办教师,把她的房间腾出来给我们住,狭小的房间里有两张床。我出门在外,从来没有和别的姑娘单独同居一室,有些尴尬。文霞看出了我的心思,说:'李老师,睡吧,这里的条件就这样,没有办法,凑合住一个晚上吧。'我点了点头。她又说:'你先睡吧,等你睡着了,我再睡,因为我打呼噜,怕影响你。'我和衣而眠,很快就睡着了。半夜,我被呼噜声吵醒,怎么也睡不着了,就披着被子,出了门。我独自坐在校门口坡地上的一块石头上,呼吸着清冷稀薄的空气,望着满天繁星和远处黑黝黝的群山,脑海里充满了幻想。我从来没有那么近地靠近星空。银河清晰可见,大而明亮的星星宝石般耀眼,仿佛伸手可触。天气出奇的冷冽,寂静中,呼吸是证明自己活着的方式。就在我出神地望着星空无限遐想之际,文霞悄悄地坐在了我旁边,她披着一件军大衣。她轻声说:'李大哥,我是不是吵到你了?对不起呀。'她的话语温柔极了,根本不像平时的样子。我说:'没有,我只是想看这里的星空,你看，多美呀。'我告诉她，这些年来，只有两个地方是看星星最好的地点，一个是西藏阿里的古格王朝遗址，一个是这里。她也很喜欢这里的星空，说看到那么多闪亮的星星，就会想到很多星星般散落在各地的朋友。她陪我待了一个多小时，最后我们都耐不住寒冷，才回到房间里。我上床后，她就没有再打呼噜，在寂静中，我一直沉睡到天亮，也没有被呼噜声吵醒。回去的路上，文霞告诉我，为了让我好好休息，后半夜她一直没有睡，生怕呼噜声再次将我吵醒。当时没有觉得什么，现在想起来，特别的内疚。回到玉树后，我的骨伤又发作了，疼痛不已。文霞和王飞对我悉心照料，直到我有所缓解后，才送我离开。"

"文霞身上有种不让须眉的侠义，如果她活在古代，她会是个行侠仗义的女豪杰。玉树地震时，来灾区的人鱼龙混杂，甚至有些打着赈灾旗号的骗子。有个叫洪宝胜的骗子，在网上发动捐款，收了很多钱，被文霞发现后，他开着车逃跑了。那时王飞去西宁办事去了，文霞就独自开着车，去追赶洪宝胜。她也没有告诉我，体谅我是个残疾，要是和她去了，她怕我受到伤害。文霞开车很猛，一直追到清水河草原才将那家伙截住。她将洪宝胜从车里拖下来，要带他去清水河派出所。洪宝胜气急败坏，和她打了起来。她头上脸上挨了几拳也不在乎，死死地扭着他不放，并对路过车辆上的人高喊抓坏人。有个拉救援物资的司机停下了车，帮她制服了骗子，他们联手将骗子扭送到了派出所。想起来，我都后怕，要是没有那个货车司机，她会不会被洪宝胜打死？回来后，我问她为什么要这样做，她咬着牙说：'我最恨这些发灾难财的人渣，冒死也要将他抓住。'然后她让我们陪她喝酒，文霞喝酒也爽气，十分痛快，和她在一起，再冷漠的人也会被她炽热的性情感染。多想和她再痛快地喝次酒，可是她已经和我们阴阳两隔，生和死，就是一层薄薄的窗户纸，那么容易被戳破。"

我和苏青都泪流满面。

旁边的人看着我们俩，不清楚我们为什么流泪。

列车到了宁德，王飞早已经在车站门口等候我们了。见到王飞，我们分别和他拥抱，让他节哀顺变。

王飞的眼睛红肿，充满了悲伤，脸上却挂着笑意。"文霞走的时候很安详，她微笑地对我说，她离世后，不要哀伤，要快乐地活着，人生短暂，为什么要痛苦。我当时就哭了。她拉着我的手说：'傻瓜，哭什么呀，我只不过是早走一步而已，你也迟早会来，我在另一个地方等你，就像从前我们相互不认识，一直等待你的出现。或者说，我去出了趟远门，迟早会归来，和你相聚，如果我们真的有缘的话。'她还想到了你们，说你们都是好人，希望你们好好活着。我擦掉眼泪，看着她平静地闭上眼睛，呼出了最后一口热气。她躺在床上，就像睡着了一样，仿佛死亡从未发生过，第二天一早，她还会醒来，微笑地告诉我，她觉得身体好多了，很快就可以出去做事了。"

我强忍着，不让泪水掉下来。

苏青却号啕大哭起来。我从来没有见过他如此的表情，他一直那么的隐忍，不露声色。

文霞的灵堂设在殡仪馆二楼的一个小厅里。灵堂里摆着一圈花圈，墙上挂着文霞的很多摄影作品。她的遗像挂在正中间，遗像披着黑纱，黑纱上缀着大朵白色的绢花。她微笑地俯视着我们。文霞的遗体平放在棺木里，身上铺满了鲜花，她安宁地躺在鲜花丛中，真的像沉睡了一般。为她送行的人不多，也就是二十来个人，有她在广州当老板的父亲，还有她的母亲和正在读大学的弟弟，以及她的丈夫王飞。其他都是她生前的亲朋好友。王飞代表亲友致了悼词，悼词极为简短，简单陈述了文霞短暂的一生和她最后的遗言，让大家不要为她哀伤,要快乐地生活。悼词没有对她的评价,其实,也没有必要评价,她是什么样的人,我们心里早有了答案。默哀过后,我们围绕着她的尸体为她送行,我走到她跟前,将一朵玫瑰花放在了她胸前,什么也没有说,只是站立了良久,直到后面的人细声提醒我该走了,我才迈动脚步。我满脑子都是在高原上她陪我看星星的情景。

什么言辞都不足以悼念一个淳朴的志愿者。可是我想,一个朋友去世了,我们哀悼她,其实也是哀悼自己。能做朋友的、能相互信任的,都是这个世界里为数不多的同类,走一个就少一个了,最后,当自己离去时,世界就彻底安静了,再不会有哀伤。所以,活着时,尽量对朋友好些,不要用各种理由伤害朋友,不要辜负"朋友"这两个字,亲人也一样,文霞也是我亲人。文霞酷爱民俗摄影,拍了许多精美的照片,我想有机会,会想办法筹钱给她出本摄影作品集,也许那是对她最好的纪念。

我和苏青陪王飞,还有文霞的弟弟,一起送文霞进了焚化炉,看着她被烈火吞噬,最后变成灰烬。

走出火葬场,失魂落魄的苏青突然问了句:"文霞到底去了哪里?"

我轻轻地说:"只有一个答案,她去了天堂,或许她本来就是落入尘世的仙女,现在回到了她来的地方。"

只有天堂才能安放她的灵魂。

三十八

入夜，又下起了雨，雨水带来的寒气，从木屋四周木板的缝隙中透进来，又穿透我的衣服，从我的毛孔中渗进去，企图让我受过伤的骨头和神经受到摧残。为了抵御山寨里的寒冷，前几天我托县城里的同学买了个叫小太阳的电烤灯。夜里的温度急剧下降，是该电烤灯派上用场的时候了。果然，开启电烤灯后，顷刻间我就感觉到了温暖，犹如灼热的阳光照耀着我。寒冷和恐惧绝望一样，会冰封人的想象力和激情，使人变成不能思想的僵尸。木屋里有了小太阳后，我思维活跃，灵感流入键盘，变成一个个神采飞扬的文字。

写作是抵抗寂寞和孤独最好的方式。

反过来说，寂寞和孤独借着写作，变成了我的一种享受。

屋外沙沙的雨声像是音乐，在为我伴奏，一个孤独者的夜晚顿时丰富起来，我的心灵变得无所畏惧。我的身体和思想一起在燃烧，像个充满了情欲的人，明明知道燃烧是冷却的开始，还是会义无反顾地飞蛾扑火，直到成为灰烬，但我会在冷却和灰烬中找到极乐世界。这也是我创作一本小说的过程。

就在我忘我写作之际，我听到有什么东西在拱木屋的门扉，接着听到了狗的呜咽。开始时，我没有理会，手指头还是继续敲击着键盘，充满了力量和节奏感。我知道门口有条狗在拱着门扉，也在呜咽,并且以为它一会儿就会离去。良久,那条狗还没有走掉,我动了恻隐之心,像拧紧了水龙头一样暂停了思路,站起身,走到门边,打开了门。那条狗半躺在门槛后面,抬着头,吐着舌头,可怜兮兮地望着我,它的眼中流着泪水,泪水在狗脸上冲出两条暗影。这是一条黄色的土狗,丁屋岭几乎每家都养着这样的土狗,它浑身抽搐,不停地呜咽,像是在哭泣。它艰难地企图站起来,走进屋里,小太阳的红光吸引着它。

黄狗的左后腿受了伤,血肉模糊,疼痛和寒冷此时是它致命的敌人。

我的心在颤动,深知疼痛和寒冷的滋味,在这落雨的夜里,我对一条受伤的土狗感同身受。我抱起了它,它没有反抗,也没有惊叫,更没有设防,还向我表示友好,摇着尾巴,温润的舌头舔着我的手背。我的手背被它舔得痒痒的,体味到了它的情意。我把受伤的土狗放在小太阳的暖光可以照射到的地板上,它趴在那里,身体还在抽搐,特别是那条伤腿,像上了发条般不停地颤动。

因为经历过大地震,我出门在外都会带上急救包和一些药物,以备急时之需。我用电热壶烧了壶开水,倒在脸盆里,找了块抹布,蘸着热水,给它擦洗伤口。血迹褪去,黄狗的膝上露出了个豁口,很深,可以看到骨头,我心里疼痛,为这条雨夜不速而至、向我求救的土狗。我轻声说:"忍耐一会儿,我马上给你用药、包扎,很快你就不痛了。"黄狗呜咽着,听明白了我的话似的。我拿出一瓶云南白药,拧开了瓶盖,放在一边备用。我又拿起急救包,撕开了口子,从里面拿出一小卷绷带,放在旁边。然后,我一手拿着云南白药的瓶子,一手按住了狗腿,将药粉均匀地撒在伤口上,狗腿用力抽搐了几下,我紧紧按住。接着,我用绷带把狗腿上的伤口包扎起来。包扎完后,我对它说:"你就在这里好好休息吧,没事的,你会好的。"黄狗抬起头,看着我,目光迷离,它明显比刚刚进屋时好了许多。

我坐回书桌旁,静了静,准备再度进入狂热的写作状态。刚敲下一行字,手机铃声就响了起来。是谁会在这个时候打电话给我?在这里写作,除了家里人,没有几个人打过电话给我,平时我社会交往并不多,没有人有什么事情找我,就是有事情,他们也已经习惯在微信上留言,极少打电话。我拿过手机,看到了显示,竟然是在遥远北方的莹打来的电话。

莹的语调十分激动:"李老师,收到了!收到了!"

我笑了笑:"小莹,你慢慢说,到底是什么收到了。"

"李老师,你难道忘记了吗?是你从世界的尽头乌斯怀亚邮局给我寄来的明信片呀。晚上我从电台下班后,回到家,打开邮箱,就看到这张明信片静静地躺在那里,我拿起一看,是你去年冬天寄来的明信片,上面是你亲手写下的祝福。我的心都要跳出来,简直是太高兴了。你知道吗?今天晚上的雪很大,风也刮得很猛,特别的冷,可是看到明信片,我觉得无比的温暖。"

"已经快一年了,我以为永远也到达不了你手中了,恍如隔世呀。这张明信片到底经历了多大的波折,才抵达哈尔滨的,而且经过了一年四个季节,从冬天到冬天,像是梦幻般的传奇。"

"是的,李老师,真的太传奇了。我还以为你是骗我的,根本就没有寄出这张明信片,我错怪你,真诚地对你说声抱歉。我觉得这是神的旨意,特地在最寒冷的夜晚,让它温暖我疲惫的心灵。感谢神,也感谢李老师。我会珍藏这张宝贵的明信片,当我孤独寒冷的时候,我就会看着它,让我整个世界都温暖起来,阳光灿烂,春暖花开。"

认识莹也是因为大地震。地震后,我写过一本非虚构作品《幸存者》,讲述了深埋废墟的真实经历。她读了这本书后,就联系我,说看完流了泪，问我是否能够让她朗读，在电台播放。我答应了她。从那以后，她就和我有了交往，但仅仅限于微博微信的信息，电话也没有打过。当她得知我自杀、得了精神方面的疾病，总是发消息来关心我、安慰我。像她这样的朋友和读者有很多，在我最艰难的时候，总是用诚挚的语言陪伴我，让我能够鼓足勇气去面对心灵创伤和肉体的苦痛。

有一天，她发了一条消息给我，说她得病了。

她没有告诉我得的是什么病，出于尊重个人的隐私，我也没有多问，她想告诉我自然会告诉我，问了会让对方显得尴尬。那段时间，她每天都在微信朋友圈发消沉的语句，十分消沉。想起她在我熬不过去的时候，给我的鼓励和安慰，我就发消息给她，同样给她安慰和鼓励。我发给她的消息都没有回，她还是继续发朋友圈，说些梦呓般的感伤话语。我思忖，是不是我给她发的消息让她反感了，或者她已经忘记了我这个朋友，所以不敢再贸然给她发消息了。

有天深夜，她突然发了个消息给我，问我方不方便接电话。那时，我正在写作，马上停了下来，回复她说可以接电话。几分钟后，她的电话就打过来了。

"李老师，我活不下去了，我想死。"

"小莹，冷静，有什么话对我说，千万不要想不开。"

"对你说有用吗？"

"没用，可是可以缓解你不良的情绪。告诉我，你现在在哪里？发生什么事情了？"

"李老师，我在下班回家的路上。我很害怕，总是觉得身后有个人在跟着我，我不想让他杀死我。我回过头，大声喊叫：'你不要跟着我，我受够了，不用你来杀我，我自己都想杀了自己。'街道空空荡荡的，鬼影都没有。我真的很害怕，越寂静越害怕，那人就躲在我看不见的地方，随时都有可能突然出现。"

"你赶紧打个车回家,听我的,不要挂电话,手机一直保持通话状态。"

"打不到车,我也不想打,离家不远了。"

"那你现在开始奔跑,一鼓作气跑回家,到家后我陪你好好聊。"

"好,李老师,我听你的,你不要挂电话,我跑到家后就和你说话。"

"好的,好的,我不会挂电话。"电话里传来急促的脚步声,喘息声。

……

"李老师,你还在吗?我到家了。"

"我在,小莹,你关好门了吗?"

"关好了。"

"你从猫眼往外面看看,有没有人?"

"看了,没人。"

"你先喝杯水,最好是冰水。"

"好的,李老师。"

"你现在的心绪,有没有平静点?"

"没有,还是想死,但我不想被别人杀掉,我想自己解决。我真的很害怕,害怕那躲藏黑暗中的恶人。他一直在盯着我,已经很久了,我到了崩溃的边缘。我死了就不会恐惧了,所以,我要解决自己,这也许是摆脱恐惧最好的方式。"

"你知道的,我也多次自杀过,都没有死成,现在让我去死,我肯定不愿意了。自杀是一件残忍的事情,对自己,对亲人朋友,都是残忍的。而且,自杀也不能让人解脱,只是让自己的灵魂陷入万劫不复的深渊。小莹,你明白吗?"

"这——"

"我想问你个问题,你为什么老是会觉得有个人躲在阴暗处,要伺机杀死你？这是你恐惧的根源，就像大地震是我恐惧的根源一样。"

"我不想说，李老师。"

"不，你必须说。"

"好吧，不过我想起那件事情，心里就很痛。"

"不要紧，小莹，你说出来。"

"那是九个月前的事情了。那是个夏夜，我和同事晓洁下了夜班一起去吃烧烤，吃完烧烤已经是深夜了。因为吃得太撑，我们就在空荡荡的街上走走，消消食，反正我们上的是夜班，白天可以睡觉。我们有说有笑地走着，夜风凉爽，惬意极了。我们商量着休假去哪里玩。晓洁说要去丽江，我提议去厦门，我们各执己见，嘻嘻哈哈地争论着。突然，从路边阴暗角落窜出一个人，挡在了我们面前。我不知道他是谁，也不知道他想干什么。晓洁挡在我前面，厉声说：'宋明亮，你想干什么！'我听过这个名字，但是没有见过他，他是晓洁的前男友。他和晓洁分手后去了三亚，他的出现让我很吃惊。宋明亮冷笑地对晓洁说：'我说过不会放过你的，你以为你想怎么样就怎么样？我得不到的东西，谁也甭想得到。'晓洁说：'你给我滚。'宋明亮突然从腰间掏出一把刀子，扑过来，一刀捅在晓洁胸口……晓洁瘫倒在地上。我吓坏了，浑身发抖，想跑但迈不开腿，想喊也喊不出来。他看了看我，说了一句：'这就是背叛我的下场。'说完就扬长而去。警车和救护车赶到时，晓洁已经死了，鲜血流了一地。"

"可怜的晓洁。宋明亮后来怎么样了？"

"他被抓住了，判了死刑。"

"那你还怕什么？"

"我怕，吓破了胆。"

"唉，你是得了恐惧症和癔症，那个躲在暗处要杀你的人本就不存在，那是你想象出来的人。最好的办法，就是面对。你试试每天晚上都从晓洁被杀的地方走一次，放慢脚步，对自己说：我不怕，凶手已经伏法了，不怕，我不怕——"

"我没有勇气。"

"你要鼓起勇气，才能从幻想和恐惧中走出来。"

"那我试试。"

"值得一试。"

……

阳光初现的时候，我对她说："小莹，你拉开窗帘。"她去拉开了窗帘。我说："你看到阳光了吗？"莹说："看到了。"我说："阳光是不是很美好？你的心是不是被阳光照亮了？"她轻声说："是的。"我平静地说："你现在恐惧吗？还想自杀吗？"她说："现在不了，但是我不能保证当夜色降临时，我那种可怕的情绪是否会死灰复燃。"我说："有反复不怕，就怕你放弃希望。"

后来有一天，她告诉我她有了信仰，每天都祈祷，心境渐渐平复，不再恐惧和臆想，走出了困境，尽管在夜深人静时，还会感觉到孤独，但孤独是每个人的常态。我们一直没有见过面，但经常会彼此想起，彼此关怀，她成了我从未谋面的亲人，和很多关爱我的人一样。

三十九

这些年,还是有些让苏青做梦都会笑醒的事情的。比如,李翠花终于在地震后的第七个年头,又怀上了孩子。得知这个消息的时候,苏青供职的杂志社难以为继,倒闭了,他一夜之间成了无业游民。网络对纸媒的冲击是残酷的,但对苏青来说,并非坏事,在此之前,他就找到了适合自己生存的方式,早早地在微信开了公众号,发布自己的摄影作品,写关于摄影心得的文章,积累了大量的拥趸,打赏和广告收入可以让他维持生活。

杂志社倒闭,苏青十分伤感,在这里待了几年,上上下下都对他十分关照,真是舍不得离开。解散的头一天,大家都在收拾东西,表情各异,有人嘻嘻哈哈插科打诨,有人阴沉着脸一言不发,有人在相互细声说话情意绵绵……一个年轻女同事微笑地问他:"苏青哥,以后有什么打算?"苏青笑笑:"还没想好,不过,震后一家人的纪录片还是要跟踪拍下去的。"她说:"需要我帮忙时,说一声,愿效犬马之劳。"苏青眼睛潮湿地回道:"谢谢你,需要时一定叫上你。"这时,主编打开门,叫了声:"苏青,你来一下。"苏青走进主编办公室,主编让他关上门。他和主编隔着一张乱七八糟的办公桌。主编脸色淡定地说:"苏青,要分别了,有几句话对你说。"苏青眼睛里掠过一丝慌乱,不晓得他要说什么。

主编摸了摸油亮的头发接着说:"这些年,你在我们杂志社做了不少工作,也很支持我,从来没有让我难堪,我真诚地表示感谢。杂志社没了,人还在,以后还有见面的机会,也许还会在新的地方成为同事。有件事情,你要坚持下去,就是你那纪录片,拍了那么多年了,半途而废十分可惜。"

苏青的眼中燃起火苗:"老大放心,我会坚持下去的,决不放弃。"

主编笑了笑:"我想也是,以你的性格,不会轻言放弃。我想以后在这件事情上帮不了你什么了,我给你准备了两万块钱,就当你以后拍片的经费吧,多了我也拿不出来,算是我的一点心意。"

苏青摆了摆手说:"不,不,我不能收你的钱,这些年来,你给了我很大的支持,又是给钱又是给时间,我已经很感激了。"

主编从抽屉里拿出装着钱的牛皮纸信封,走到他跟前,递给他:"苏青,收下!"

看着主编不容置疑的眼神,苏青站起来,伸出了手。主编拍了拍他的肩膀,认真地说:"好好拍,我等着看。"苏青点了点头:"谢谢老大,我这个人不善于表达,感激的话也不会说,我会努力做好该做的事情,老大放心。"

那天晚上,杂志社最后一次聚餐,苏青喝了很多酒,醉了,不知道怎么回家的,醒来时躺在家门口,有条流浪狗趴在他身边,像是醉了,他吐出的秽物被流浪狗舔得干干净净。此时,苏青特别想念孙卉,却不晓得她在何方。

无所事事,苏青在家里躺了几天。那天上午,他挎着相机,正准备到衡山路去拍点街景,就接到了杨松树的电话,他在电话里激动地告知了李翠花怀孕的消息。这无疑是天大的喜事,苏青突然做了个决定——去白水村,就住在杨松树家里,跟拍他们一家从李翠花怀孕到分娩十个月的全过程,这也是这部纪录片最重要的部分。

苏青的到来，让杨文波全家都很高兴。杨松树已经给他收拾好了房间，被褥都是新的，浆洗过，有阳光的气味。杨文波特地拿出了一瓶五粮液，据说藏了五年了，是地震一周年，赵平凡来探望他时送给他的礼物，他一直没舍得喝，藏在床底下的箱子里。苏青和这一家人喜洋洋地吃晚餐，杨松树说："这瓶五粮液是我爹救命恩人送的，是他的宝贝，难得他舍得拿出来喝，你要多喝两杯。"苏青说："我受宠若惊，谢谢文波叔。"杨文波一副难为情的样子，说："谢啥子哟，苏先生是我们家的大恩人，不要说一瓶酒了，就是要我的老命，我也给。"苏青笑了笑："我怎么能要叔的命？那我不成杀人犯了？"杨文波乐了，露出黑乎乎的牙齿，从口袋里掏出一根烟，点燃，舒心地吸了一大口，烟雾丝丝缕缕缓缓地从他口中吐出。

苏青看了看他说："文波叔，有句话不晓得当说不当说。"

杨文波说："见外了，有什么不能说的，你说的话我都听。"

苏青说："翠花怀孕了，最好不要在家里抽烟，二手烟对她不好，对肚子里的娃儿也不好。"

杨文波脸色变了，赶紧将手中的烟摁灭。"不抽了，不抽，从今天起戒烟，只要我孙儿好，让我干什么都可以。"李翠花笑了："还是苏先生厉害，一句话就可以让爹戒烟。戒烟也好，对爹的身体也有好处，每天晚上听到他咳嗽，我就担心。"

苏青说："来前，我问过陆医生，翠花要注意这几方面的问题。首先，要注意休息，每天作息要有规律，什么时候睡觉和起床，要有个时间表，不要熬夜，保持充足的睡眠，避免疲劳过度；再来，情绪也要平静，大喜大悲都会有影响，精神压力过大也不好，要心情舒畅，翠花自己要注意缓解焦虑的情绪，多想点好的事情；文波叔和松树哥也要注意，不要当着翠花的面发脾气，翠花有什么事情烦恼或者想不开，你们要多关心她、开导她，特别是松树哥，你在这个问题上要负起责来；第三点，饮食方面也极其重要，不要吃助热和刺激性强的东西，比如羊肉、辣椒等等，油炸的、寒性的东西最好也不要吃，吃东西要清淡，有营养，多吃维生素和微量元素含量丰富的食物，新鲜蔬菜和水果每天都要吃，什么东西不能吃，什么东西要多吃，陆医生开了个单子给我，吃完饭我给你们；还有，要注意劳逸结合，不要干过重的活，也不要有剧烈的运动，多散步。"

杨文波一家三口几乎是屏住呼吸在听苏青说话。

吃完饭，杨松树跟苏青进房间拿陆医生开的单子。苏青关上门，压低了声音说："松树哥，还有件事情，也十分重要。"杨松树说："什么事情，快讲。"苏青小声说："现在翠花嫂子怀孕了，你要忍耐住，千万不要和嫂子亲热，最起码头三个月不能。"杨松树挠了挠头，呵呵一笑道："苏先生，要得，你放心吧，在深圳打工那些年，我不也是一年到头都能忍得住。"苏青笑出了声。杨松树说："有啥子好笑的？"苏青说："没什么，我就是突然想笑。"杨松树也嘿嘿笑了。苏青从行李箱里拿出一个塑料袋，里面装着几瓶药物，递给他说："这是我给翠花嫂子买的叶酸，让她每天吃一粒，对胎儿有好处。"杨松树接过塑料袋说："苏先生，你没有结婚，也没有孩子，怎么懂这么多？"苏青说："都是陆医生告诉我的。"

尽管李翠花怀上孩子了，这个家在平静中还是有波澜。

一天上午，杨文波坐在厅堂的角落里，从兜里掏出一包烟，抽出一根，叼在嘴巴里，拿起火机准备点燃，想了想不对劲，就将烟插回烟盒里。他叹了口气，一脸的烦躁不安。苏青觉得他异常的孤独，其实，每个人都是一颗孤独的行星。苏青用微型摄像机记录下了这个细节。

杨文波在烦躁不安中像是想起了什么，霍地站起身，走到门口，骑上自行车，飞快地朝村外奔去。苏青走到门口，看着杨文波消失在山脚的拐弯处，若有所思。杨文波午饭都没有在家里吃，杨松树问妻子:"爹去哪里了?"李翠花说:"不晓得,他没有和我说。"苏青说:"我看他骑自行车出村去了。"杨松树说:"唉,他可能又去找我姑姑了。"

杨松树说对了。

傍晚时分,杨文波骑着自行车回来了,兴冲冲地提着一兜东西进来。他来到厨房,对正在做饭的儿子说:"快拿去炖了!"杨松树问:"啥子东西?"杨文波低声说:"猪蹄,保胎药。"杨松树拉下了脸道:"你怎么又去搞这些东西了?上次吃了就没有用,我还怀疑是吃了那不明不白的药,翠花才流产的。"杨文波瞪着眼睛叫道:"你说啥子?都怪你把翠花吃剩下的猪蹄都吃了,你还怪罪我了,难道我会害翠花?"杨松树和父亲顶撞起来:"不管怎么样,我不会再让翠花吃这种来路不明的东西了。"杨文波气得发抖:"去,去,去,你不炖,我来!"杨松树一气之下拿起那包药草,走出厨房,来到家门口,将它扔到水沟里去了。杨文波大怒,追出来,抓住儿子的领口,瞪着小眼珠子咆哮:"龟儿子,你去给老子捡回来。"杨松树大声说:"就是不捡!"

他们正在僵持,在厅堂里说话的苏青和李翠花走了出来。

苏青分开了他们。"父子俩有什么话不能好好说,吵吵什么呢。"

李翠花说:"你们到底想做啥子?不是说好不让我生气的吗?"

听了她的话,父子俩面面相觑。

杨文波嗫嚅地说:"翠花,我是为你好,去找老先生抓了安胎药,不晓得他会发那么大的火。"

杨松树说:"苏先生,你评评理,这种莫名其妙的药能吃吗?要吃也要找正规医院的医生,怎么能相信估计连行医执照都没有的老先生?"杨文波反驳道:"那么多人都吃了有用,为什么到你这里就没用?"杨松树说:"那要问你自己,你怎么知道其他人吃了有用?"

苏青说:"你们别吵了,我觉得药还是不要乱吃,松树哥怀疑是对的。文波叔,你以后不要再去给翠花抓什么草药了,定期去医院检查,有什么问题医生会给出解决的方案。"

李翠花说:"苏先生说的有道理,爹,你就不要瞎操心了,你开开心心耍就好了,那草药就是炖好了,我也不会再吃了,上次吃了,就感觉不舒服,呕吐了半天。"

杨文波悻悻地走进屋,嘴里嘀咕着:"你们都有理,我是吃饱了撑的,唉,可惜了我那三十块钱药费。"

李翠花有时会痴痴地站在家门口,一手叉腰,一手抚摸着肚子,往对面的山坡上张望。山坡上芳草萋萋,草叶在风中起伏,在阳光下闪耀出迷离的光亮,仿佛有无数的白蝴蝶在飞舞。那时,杨松树和父亲去山里挖黄连去了。李翠花站了会儿,迈开腿,朝对面的山坡上走去。苏青举着微型摄像机,跟在她的后面。她仿佛觉得他不存在,自顾自地走着,而且步子迈得越来越快。

她来到小虎坟前,细声地说着什么,不时地抹眼睛。良久,她才发现旁边的苏青。

她吃了一惊,像是从梦游中醒转过来:"苏先生,你怎么来了?"苏青笑着说:"我看你上山,就跟着过来了。"李翠花的目光慌乱,一副手足无措的样子。苏青说:"别紧张,没事的,你是不是又想小虎了?"

李翠花点点头:"是的,昨天晚上,我又梦到他了,梦到他钻到我肚子里来了。他说还要做我的儿子,在梦中,我别提多开心了。我对他说:回来就好,我不会让你再离开。以前梦见小虎,心里会很痛,想他想得脑壳痛,这回梦见他,心里很踏实。可是,刚才我站在家门口时,居然看到了他,他站在草丛里朝我招手。我一下子呆住了,他不是在回到我肚子里来了吗?怎么又回去了?不行,我要去叫他回来,于是,我就走过来了。可是,我来到这里,他又不见了。"

苏青说:"翠花嫂子,我理解你,你心里从来就没有忘记小虎,要是我,我也忘不了,这是人之常情。可是,你不能再这样沉溺于思念中,你要接受一个事实,小虎已经永远离开了你,不会再回来了,虽然这个事实是如此残酷。现在你要想的是肚子里的孩子,要让他安全地降临到这个世界,你情绪波动,会影响胎儿的发育的。"

李翠花叹了口气:"可是我忘不了。"

苏青说:"不是要你遗忘,我是说,你对小虎的思念不要太投入了。你现在对他还会产生幻觉,这样很不好,情绪很容易有变化,你还没有完全接受小虎已经不在世上了这个现实,你心里还有阴影。你必须从阴影中走出来,回到阳光下,心理才会真正的健康。"

李翠花有点哀伤:"唉,那我试试吧,可是有什么办法呢?"

苏青说:"你要把注意力转移到肚子里的娃儿上来,而且要告诉自己,这个娃儿不是小虎,小虎已经上天堂了,不会再回来了。你肚子里的娃儿是你新的孩子,你要像疼爱小虎那样疼爱他、呵护他,这样对你肚子里的娃儿才是公平的,否则,他也会活在阴影里。等他生下来,懂事后,你可以告诉他,他还有一个在天堂里的哥哥,你对他说,你爱他一如爱他的哥哥,那样多好。"

李翠花说:"我还和松树说过,等娃儿生下来,也叫他小虎,松树也答应了的。"

苏青说:"千万不能这样,他不是小虎,他是另外一个生命,真的不能让他活在小虎的阴影之中,他会觉得你根本就不爱他,不尊重他,你爱的是小虎,他只不过是个替身,他会恨你们的。"

李翠花说:"真的会这样?"

苏青说:"是的,会这样,或许还会更糟糕。"

李翠花说:"让我好好想想,从来没有人这样对我说过,我真的要好好想想。哦,我们该回家了,要是让松树知道我上山,他会生气的。你替我保密，不要告诉他，好吗？"

苏青笑笑："我保密。"

谁想到，杨松树和父亲背着装满黄连的背篓回村来了。一进村，杨松树不经意地往山坡上瞟了一眼，就发现了苏青和妻子。他取下背篓，扔在地上，疯狂地奔上山坡，来到他们面前，气喘吁吁地说："翠花，我和你说了多少遍，不要到山坡上来，你怎么就不听，上山的路不好走，要是摔个跤，那可如何是好。"

李翠花低下了头："对不起，我再不来了。"

杨松树扶着妻子，一步一步、小心翼翼地往山下走去。苏青有点尴尬，默默地跟在后面，拍摄着。

四十

有天晚上，我接到了苏青的电话，其实那时我也想给他打电话，问问杨文波一家的情况，主要是李翠花的胎儿保住没有。我们已经三个月没有联系了。接通电话后，我先问他李翠花好不好。他说："翠花嫂子蛮好，已经五个月了，没有什么异常，看来这次怀孕是成功了。"我可以感觉到苏青说话时脸上的笑容，仿佛看到了他的眼睛里已经没有了抑郁。难道是杨文波一家治愈了他？

苏青的话语激动起来，迫不及待地说："大哥，我要告诉你一件事情。"

我说："什么事情？"

苏青说："小稚有消息了。"

我感到很意外。

苏青说："真的，过几天，她就会飞回成都，来看我。大哥，我该穿什么衣服去见她？好像我没有一套正式的穿得出去的衣服。我以前从来没有考虑过这个问题，去见小稚，总归要有点仪式感。"

我理解苏青，对他心中刻骨铭心的女神的归来，不能那么随便，庄重是表达敬意的崇高方式。我也替他激动，这突如其来、从天而降的喜事，会砸晕人的。我说："你说的对，要有仪式感。这样吧，我明天和你嫂子上街，给你挑一套西装，快递过去给你。"

苏青没有拒绝我的好意："那太好了，谢谢大哥。"

我说："不要和我客气。"

苏青说："大哥，你猜猜，是谁帮我找到小稚的？"

我笑笑："我这个人脑子愚钝，最怕猜谜了，你还是直接告诉我吧。我十分好奇，刚才就想问你怎么找到小稚的。"

苏青说："是宋文洁。"

我说："宋文洁是谁？"

苏青的声音有了变化，变得低沉："就是当年在孤儿院虐待我的那个阿姨宋文洁。"

我异常吃惊："怎么会是她？"

苏青说："是的，我也没有想到会是她，特别意外，有一种火星撞地球的感觉。"

挂了电话，我还沉浸在喜悦中。正坐在我旁边看书的李小坏抬起头，扔过来一句话："爸爸，你为什么那么开心？"我说："你苏青叔叔找到了他童年时的好朋友。"小坏说："哦，我还以为你捡到了宝贝呢。"我说："这比捡到了宝贝重要。"小坏说："那好吧，你继续开心，要是每天都这样开心就好了。"我心里咯噔了一声，我的确反复无常，时而忧伤，时而高兴，是个神经病。她低下头，继续看《灵药》。那是一本古怪的书，一个孩子制作了一种药，让他讨厌的奶奶吃药后，越变越小，最后变没了……我想，小坏讨厌我的时候，会不会也想制作一种药，让我消失得无影无踪？

四十一

　　宋文洁一直在关注着苏青，二十多年来，苏青从没有离开过她的视野，但是她一直没有和他联系过。她有个网名，叫忏悔的鸟。她潜伏在苏青的博客、微博、微信公众号里，经常在他的帖子和文章后面回复，苏青却不晓得她是谁。她的头像是教堂顶尖的十字架。

　　那天，宋文洁来到了白水村，她是通过苏青微信公众号的文章和照片，得知他在白水村杨文波家的。她站在杨文波家门口时，局促不安。李翠花发现了她，腆着肚子走出来，微笑着问她："大姐，你找谁？"

　　宋文洁有些慌乱："你是李翠花吗？"

　　李翠花笑着说："我是，你找我？可是我不认识你。"

　　宋文洁说："不，我是来找苏青的，请问他在吗？"

　　李翠花说："在，进来噻，我去喊他。"

　　宋文洁跟着走进屋里。李翠花朝着楼上喊："苏先生，快下来，有人找你。"苏青正在给公众号写文章，听到李翠花的喊叫，应声走下楼来。他站在宋文洁面前，注视着她。这是个五十多岁的女人，娇小的身材，穿着朴素，脸很白，眼角有了深深的鱼尾纹，额头上也有深深的皱纹，像是雕刻刀划出来的。她的头发不是很浓密，两鬓花白，眼神迷离，有泪光闪烁。苏青不会忘记这张脸，只不过比起从前,这张脸苍老了许多,不过,她的眼中,不再有暴戾和阴险。苏青对她已经没有了仇恨,只是觉得意外。"你,你怎么来了?"他本想叫她一声宋阿姨的,还是没有说出口。

宋文洁抹了抹眼睛,笑了笑说:"我来是想告诉你好消息的。"

苏青说:"请坐吧。"她坐下来,李翠花要去烧水泡茶。苏青说:"翠花嫂子,你去休息吧,我来。"李翠花是个知趣的女人,看出他们关系不寻常,就进房间去了。杨松树和她公公都不在家,下田劳作去了。

一杯浓浓的茶放在宋文洁面前的桌子上,散发着清香。

苏青说:"请喝茶。"

宋文洁说:"谢谢。"

苏青说:"你说有好消息?"

宋文洁说:"是的,我帮你找到小稚了,你还记得她吗?就是当初在孤儿院里老和你在一起的那个小姑娘。"

苏青异常吃惊:"这,这,不可能吧?"

宋文洁细声细语地说:"真的,我找到她了,托我在瑞士工作的女儿找到她的,恰好当时是瑞士的一对夫妇收养了她。半年前,我看你微信公众号写了对她的回忆文章,才知道你们断了联系,我将这事告诉了女儿,她从那个时候就开始寻找,终于被她找到。我女儿在瑞士的一个美丽的小镇生活。"

苏青不敢相信可以找到小稚。"这不是真的,你在骗我。其实这么多年来,我已经淡忘你了,也不记恨你了,你为什么还要编织个美丽的谎言来骗我呢?"

宋文洁眼睛红了。"苏青,我真的没有骗你,是真的,过几天她就会回来看你。我不是以前的宋文洁了,我真心希望你快乐,能够过好每一天。这些年来,我一直在忏悔,我深知,没有忏悔,就没有救赎。2008年,5·12大地震,我也被埋了,当时我在青城山度假,获救后,每天都有无数个声音在我心里响起:你必须忏悔。在此之前,我早就觉得对不起你,也对不起那些被我伤害过的孤儿,可是我没有勇气忏悔。我内心备受煎熬,却无从表达,也害怕见到你们,成天像个可怜虫一样生活。地震后,我想明白了很多问题,而且信了基督教,我每周都到教堂里向神父忏悔。我的心渐渐地安宁了,而且可以面对自己过去的恶,也可以更好地面对未来。我现在是教会的义工,通过做些有益社会的事情,努力赎罪。我一直想当面向你道歉、忏悔,但是一直没有找到机会。这次能够找到小稚,是个很好的契机,我可以当面向你们道歉。苏青,现在我真诚地对你说声'对不起',请你原谅过去那个罪人。"

说完,宋文洁站起来朝苏青深深地鞠了个躬。

苏青眼睛也湿了,站起来扶住了她。"宋阿姨,你别这样,过去的都过去了。"

他们重新坐下来聊天,气氛缓和了许多,阳光从窗户外倾泻进来,照耀在他们的脸上。

"宋阿姨,我想问你个问题,不知道会不会唐突。"

"苏青,你问什么问题我都可以回答,我已心无旁骛。"

"我一直不解的是,当初你为什么要那样对我?"

"对不起,真的对不起,我不该伤害你。我本该像母亲那样爱你、呵护你,给你温暖。可是,那时恶魔占据了我的心,邪灵蒙住了我的眼。那时,也是我人生最难熬的时光,面临着第二次婚姻的失败。我带着三岁的女儿嫁给了一个男人,他也是个二婚头,还有一个七岁的儿子。我们组成了个新的家庭,以为生活会好起来,没想到陷入了更大的困境。他那个儿子对我们充满了仇恨,总是制造事端。他用针扎我女儿,我经常回家看到女儿手臂上的针眼,看到她眼泪汪汪的眼睛,我心如刀割。我不能打他、骂他,有次我实在生气了,说了他几句,他就向他爸爸哭诉,说我欺负他,他不要在这个家里待下去了，要去找他妈妈。那男人向着儿子，因为怕他被前妻争夺去，就恶狠狠地骂我，抓着我的头发，威胁我，如果再敢欺负他儿子，就要我的命。才和他一起过了三个月，我就想和他分手，我们没有爱情，只是凑合在一起过而已，要走也没有什么留恋。他却死活不肯离婚。我乞求他：'你对我不好，你儿子又老欺负我女儿，真的没有办法过下去了，就放我和女儿一马吧。'无论我怎么说，他都不同意离婚，还无视我的意愿，强暴我。我实在无奈，就带着女儿，离开了他。他还不依不饶，常到我家里骚扰我……那段日子真的是暗无天日呀，每天来到孤儿院，看到你，我的心就开始战栗，因为你和他儿子长得很像，那眉眼，如出一辙。真的是恶魔占据了我的心，我将对他们的仇恨转嫁到了你身上……苏青，阿姨对不起你，让你遭罪了。我忏悔，愿主垂怜我，拯救我，宽恕我。"

那天下午，苏青和宋文洁早早地来到了双流机场，等待小稚的到来。宋文洁捧着一束玫瑰花，笑容满面。苏青心里忐忑不安，无法像宋文洁那样淡定。这几天夜里，苏青一遍遍地回忆和小稚在一起的画面，放电影似的，黑白电影。他想象着小稚如今的模样，高矮胖瘦都想了个遍，却怎么也勾画不出一个完整的成年小稚。他还做过一个梦，梦中，他被石头压住，有个女人呼唤着他的名字，从阴沉的天空中飘下来，像个天使，这个天使面容模糊。她轻轻地推开压住他的石头，拉着他的手，飞向天空，天空顿时阳光灿烂。她温柔地说："苏青，我来接你了，我带你去一个繁花似锦的世界。"梦境只不过是梦境，醒来后，只剩下泪水冰凉，仿佛置身于苍凉的无人旷野。

"来了，来了！"宋文洁指着一个高瘦的女人边喊边将玫瑰花束递给苏青，"一会儿你亲手献给她。"

苏青接过花束，手心都紧张得出汗了。

那女人头发烫得卷曲，戴着遮住半张脸的墨镜，穿着白色蕾丝圆领衬衫，白色长裤，黑色高跟鞋，外面穿着一袭米黄色风衣。她手提着红色的坤包，款款地走出来。她身边有个壮实高大的欧洲男子，穿着黑色西服，推着行李车，行李车上面放着两只皮箱，底下的大，上面的小，像一个大人和一个孩子。苏青看不清她的眼睛，心在狂奔乱跳。宋文洁朝她挥着手，大声叫着："小稚，小稚，我们在这里——"

她仿佛没有听见宋文洁的喊叫，继续不动声色地往外走。眼看快到跟前了，宋文洁又叫了声："小稚，我是宋阿姨——"

她这才反应过来，快步走到宋文洁面前，叫了声"宋阿姨"。推行李车的欧洲男子在她身后停了下来，微笑地看了看宋文洁，然后目光落在了苏青脸上，朝他点了点头。茫然无措的苏青也慌乱地朝他点了点头。

"宋阿姨，对不起，很久没有人叫我小稚了，以为你叫的不是我，我现在的名字叫安娜，以后就叫我安娜吧。"

宋文洁说："好，好，叫你安娜。"

安娜看着苏青，薄薄的嘴唇动了动，想说什么，没有说出口。宋文洁对她说："这是苏青呀，你记不得了吗？"

安娜喃喃地说："苏青，苏青，你就是苏青。"

苏青觉得她说话的口音也变了，像外国人说的蹩脚的中文，不，她早已经是外国人了。苏青微笑着将鲜花递给她，故作平静地说："欢迎你归来。"安娜接过鲜花，放在鼻子下闻了闻："哇，好香。"期待中的热情拥抱，久别重逢的泪水，惊喜的场面都没有出现，一切都是那么的平常。安娜甚至没有注意他身上笔挺的咖啡色西服，也没有注意他梳得油光水亮的飘逸长发。接着，安娜将身后的男人推到他们面前，告诉他们，这是她的丈夫安德鲁。安德鲁用更加蹩脚的中文说了声"你们好"。然后，苏青和宋文洁就带他们往停车场走。

我们为什么要呼救　　547

苏青开着车，朝成都市区奔驰而去。苏青心里十分失落，莫名其妙的失落。她不是从前的小稚了，而是瑞士人安娜。

到了成都市区，已经华灯初上。

安排他们在酒店入住后，苏青和宋文洁带他们到宽窄巷子的香积厨吃饭。香积厨是诗人李亚伟开的饭店，做的是川菜，苏青想让小稚品尝故乡的味道。吃饭的时候，安娜摘掉墨镜，整张脸才显露在苏青眼中。安娜完全不是他记忆中的模样，眼神也变了，那时的眼神虽说纯净，但还充满了忧伤和不安，像受过惊吓的小兔子。现在她的眼神淡然，无忧无虑，清澈得像秋天的溪水，毫无压力和焦虑感，也没有疲惫和心事重重。苏青点了一桌子的菜，他们喝着红酒，吃着地道的川菜，说着不痛不痒的话。每次苏青回忆起过去孤儿院的生活，安娜就会茫然地注视着他，仿佛他说的那些事情和她无关，或者说从来没有发生过。连宋文洁真心诚意的道歉和忏悔，她都没有什么反应。难道二十多年的时间，就可以让她把过去的生活忘得干干净净？苏青百思不得其解。激动的心渐渐冷却，他甚至想，宋文洁的女儿是不是搞错了，她不是小稚，而是另外一个毫不相干的人。问题是，她的确是那个小稚，她也还记得苏青和宋文洁，还可以说出孤儿院院长的模样，但对发生过的事情都记不清楚了，也许她是选择性遗忘。吃完饭，剩下了很多菜，苏青让宋文洁打包回去。一直默默吃饭的安德鲁，用德语对妻子说："他们吃饭怎么点这么多菜？"安娜也用德语回答他："中国人就是这样。"安德鲁耸了耸肩膀，笑了笑，没再说什么。

本来吃完饭，苏青想带他们去白夜酒吧坐坐的，安娜说他们太累了，需要休息，苏青就送他们回酒店。那天晚上，苏青一夜没合眼，想了很多很多。他还以为，可能是丈夫安德鲁在场，小稚故意隐藏对他的情感，他们也许会有个单独在一起的机会，那样小稚就可以表露真情了。

但是，这样的时机一直都没有出现。苏青不是薄情寡义之人，无论怎样，童年的好友回国，他还是尽到了地主之谊。他和宋文洁带着安娜夫妇在成都市区，以及成都周边的一些地方转了几天，看风景，吃美食，安娜和安德鲁还是蛮开心的。他们开心，苏青也有了点安慰，见到安娜第一天晚上纠结的心情也得到了缓解。陪着安娜夫妇，他心里就会想起孙卉，想给她打个电话，告诉她，自己真正爱的还是她，小稚只是个幻象，是镜中花，水中月。

安娜离开成都的前一天晚上，吃完告别晚宴后，苏青带他们去了卡拉OK厅。安德鲁十分尽兴，不停地唱着英文歌。末了，安娜提议放支舞曲，要和苏青跳支舞。宋文洁和安德鲁微笑着看他们跳舞。安娜的确很瘦，全身都是骨头，苏青搂着她跳舞，怕自己的手用力点，就会将她的腰肢弄碎。安娜身上散发出淡淡的香水味，苏青想在她耳边轻声地说声什么，却说不出来。舞步在旋转，苏青的心在跳跃，这些天，第一次和她如此亲近，可以闻到她的鼻息。安娜干净、幽香、高贵，她绝对是个气质女人。她还是离他很遥远，心与心不会再发生碰撞，像两个距离遥远的星球。突然，苏青倒在了地上。安德鲁和宋文洁几乎同时站起来，惊讶地看着倒在地上的苏青。苏青的假肢不小心踩在了安娜拖地的裙摆上，一下子被带倒了。安娜弯下腰，伸出手要拉他，却发现了他的假肢。她蹲下来，摸了摸他的假肢，眼睛里充满了关切。刹那间，苏青回到了过去，找到了熟悉的永远难忘的小稚的眼神。不过，那种感觉很快就消失了。

四十二

    这个寒冷的夜晚,据说是零下一摄氏度,我大半夜都在等待雪花的飘落,写会儿小说就打开门看看。闽西山村的冷,难以忍受,我只好躺进被窝里,在温暖的梦乡里等待雪花。

    我没有在梦中见到精灵般的雪花,却梦见了我的奶奶。奶奶来到我身边,她慈爱的笑容阳光般温暖我。她说要带我去一个地方,像小时候她带我去姑婆家探亲一样。我跟在她身后,她身材高大,步子很快,大脚板在沙土路上砸响。我跟不上她,她就会在前路上停下来等我,回过头,微笑地望着我,等我靠近了她又继续前行。我问她:"奶奶,你要带我到哪里去?"她回头笑了笑,没有回答我,我明白她的意思,跟着她走就是了。我们翻山越岭,走了很长很长的山路,最后进入一座大城,这个大城似乎十分陌生,又似曾相识。走到一个小区门口时,奶奶突然不见了。我抬头望了望天,奶奶驾着一朵红云离去。啊,这不就是我在上海住的小区吗?我看到妻子牵着李小坏的手从不远处走过来,我朝她们喊叫,她们都听不见我的声音,也看不见我。我听见妻子对小坏说:"你爸爸死了,你还会想他吗?"小坏回答了句什么,我居然没有听清楚。我大喊:"我没有死!我没有死!"我眼睁睁地看着她们走进小区,想迈开步伐去追赶她们,但两腿像钉在地上了一样,动弹不得。

我醒来后一阵迷茫，不清楚这个梦有什么深意。

奶奶是我最亲的人。从小都是她将我带大，她去世时，我却不在她身边，没能给她送终，是我一生的缺憾，每每想到这事，我就有无尽的愧疚。要不是她，我就不可能活下来，也不可能长大成人。我刚刚生下来时，就经历了生和死的考验，我被当成死孩子，扔到了河边的水柳树下。奶奶跟了过来，听到我石破天惊的一声啼哭，流下了泪水，将我抱回了家。我双手双脚都是畸形的，是她用双手将我的手脚揉好的。那些凄风苦雨或者星光灿烂的长夜，奶奶边揉着我的手脚，边为我祈祷，她一生都在为我祈祷。她无疾而终之后，我也同样可以感觉到她的慈爱，她会在梦中和我相见，给我指明道路。

我从不畏惧死亡，可是死亡像个魔咒，一直缠绕着我。我无法对死神微笑，因为他并不美好，我只负责对美好的事物微笑。但我敬畏死亡，就像敬畏大地、天空和生命一样。

天亮以后，我打开木屋的门，还是没有看到雪花从空中飘落。浓雾飘进小木屋，将我淹没。我从来没有见过如此的浓雾，一米之外就看不见人和物，走路都要摸索着前进。

不一会儿，我就听到有人大声喊叫："戴三妹老娭毑不见了，戴三妹老娭毑不见了。"喊叫的人是丁光荣，今天轮到他家照顾戴三妹，他去戴三妹屋里接她去吃早饭时，发现戴三妹的屋门大开，里面空空荡荡的，戴三妹不知所踪。丁光荣找遍了整个山寨，都没有找到戴三妹。丁光荣急坏了，于是就大呼小叫地跑到了村长丁大头家。丁大头正端着饭碗喝稀粥，筷子夹了颗花生米扔到嘴巴里，有滋有味地咀嚼着。听到丁光荣的喊叫，他扔下饭碗走出家门，就看到了奔跑过来的丁光荣。

丁大头虎着脸问："丁光荣，你乱喊什么？天又没有塌下来。"

丁光荣上气不接下气地说："大，大头，戴三妹老娭毑不——不见了。"

丁大头说:"不会吧?她怎么可能会不见?村里找找,看她是不是在溜达,她喜欢早晨起来溜达。"

丁光荣哭丧着脸说:"我,我都找遍了,我们山寨放个屁,全村都会闻到臭味,这么小的地方,还经得起怎么找。我都找了半个多小时了,都没有找到。"

丁大头想了想后说:"今天雾大,可能躲在哪个角落里你看不到。这样吧,你拿上我家的铜锣挨家挨户敲打,让他们到祠堂门口集合,我有话要讲。"

"好,好。"丁光荣说。

丁大头回到家里,拿出铜锣和棒槌,交给丁光荣。"快去。"

丁光荣敲着铜锣,大声喊:"大家到祠堂门口集合啦,大头有事情要讲。"

很快地,村里人纷纷走出家门,在乳白色的浓雾中穿行,朝祠堂门口汇集。我也跟着村民,摸索着来到了祠堂门口。人到得差不多了,丁大头站在戏台上,扯着沙哑的嗓子说:"大家听好了,丁光荣说戴三妹老媭驰不见了,大家现在分头在山寨里寻找,不要漏过每个边边角角,找到人送她到祠堂里来,如果找不到,一个钟头后,大家回到这里集合,再想办法。"我也加入了寻找的人群。

一个小时后,村人纷纷回到祠堂门口,都说没有找到她。

这时,有个妇女挑着一担尿桶走过来。看到大家聚集在这里,问道:"这是做什么?"有人告诉她,戴三妹老媭驰失踪了。"你难道不晓得?"妇女说:"啊,我起床后,去野猪坳浇菜地,出村时,看到了老媭驰。我问她去哪里,她没有回答我,只朝我笑了笑,一转眼,就不见了,被浓雾遮蔽了。我没有觉得不妥,认为她只是随便走走,怎么我浇菜回来就找不到人了?"丁大头走到她面前说:"你真的看到她了?"妇女说:"真的。"丁大头又问:"她往哪条路走了?"妇女说:"雾那么大,我怎么知道?"

丁大头跳上戏台,大声说:"大家静静,我说两句。"

戏台下顿时鸦雀无声,丁大头只能看清最前面那些人的脸。他清了清嗓子,继续大声说:"现在断定,戴三妹老娭毑已经不在山寨了,至于她去了哪里,我们都不晓得,只有沿着每条山路去找,谁找到了,马上挂电话给我,我会群发手机短信告诉大家找到人了,让大家别再找了。"

村民们在浓雾中沸腾了,纷纷朝村口涌去。

我决定不写作了,和他们一起去山野寻找戴三妹老娭毑。在浓雾的山野寻找一个老人,就像在大海里捞针,十分艰难。我们找了一天,翻山越岭,腿都快跑断了,也没有找到戴三妹老娭毑。第二天,天晴,我和村民们继续在山野寻找戴三妹老娭毑。阳光下的山野,还是找不到戴三妹老娭毑的影子,直到太阳落山,黑暗如潮水漫上来。第三天,我们往更远的山野寻找,从太阳从东方升起,到星斗满天,都没有找到戴三妹老娭毑的身影。

丁光荣十分难过和伤感,他说:"半年前,我家的一只山羊跑丢了,全村人都去帮我找,找了一个晚上,就在东山坳的荆棘丛中找到了它,怎么就找不到戴三妹老娭毑呢?就是死了也可以找到尸体,何况是个大活人。"

戴三妹老娭毑就这样消失在浓雾之中,再也没有出现。她活着也好,消失也好,彻头彻尾,都是一个传奇,传奇是她的宿命,就像她一生的等待和悲苦。

四十三

这个世界总是有人消逝,也有人降生。每个消逝的人和降生的人,都不是自己要死,也不是自己要生,都是命运的安排。

那年初冬,李翠花顺产,生下了一个肉乎乎的女婴。

李翠花进产房分娩之际,杨文波父子,还有苏青,都守在产房外面。苏青想进去拍摄李翠花分娩的过程,医生和李翠花都不同意,他只好作罢。杨文波在走廊上走过来,又走过去,眉头蹙得紧紧的,额头上的每条皱纹都无法舒展。杨松树和苏青坐在白漆刷成的木头长椅上说话。

"你看我爹都急成啥子了,他比生孩子的人还急。"

"老人家的心情可以理解,马上要抱孙子了,心里五味杂陈。"

"其实我心里也很不安,七上八下的,刚才医生让我签字时,看到那条'如果难产,保大人还是保孩子'时,我都犹豫了。"

"你是选保孩子还是保大人?"

"考虑了一下,还是保大人,翠花要没了,我的命就没了,她是我的命。孩子没了还可以再生,翠花要没了,我到哪里去找这样好的婆娘。说到这里,我也焦虑了。"

"放心吧,别想那么多,大人孩子都会没事的。"

"但愿如此。苏先生,你说说,翠花生的娃娃,是男的还是女的？"

"说不准。不过，无论是男娃还是女娃，都要一样对待，都是你的骨肉。"

"说的是，可是——"

"可是什么？"

"你看看我爹那样子就晓得了。这也是我担心的问题。"

杨文波还在走来走去，走到他们跟前时，问了句："你们是不是在说我？"苏青说："是的，说你比生孩子的翠花还急。"杨文波笑了笑，又溜达到走廊的另一头去了。杨松树说："我爹心眼多。"

这时，苏青和杨松树都听到了婴儿的第一声啼哭。杨松树霍地站起，惊喜地说："啊，生了，生了。"苏青赶紧录下了这一幕。杨松树对走到走廊另一头的父亲喊道："爹，爹，翠花生了。"杨文波赶紧跑过来，跑得太急，一个趔趄，摔倒在地上。杨松树跑过去，扶起父亲说："爹，没摔伤吧？你小心点。"杨文波揉了揉膝盖，说："没事，没事，我还硬朗呢，摔这么一下子，算啥，只要翠花给我生个孙子，摔上十跤八跤，我也欢喜。"他一瘸一拐地走着。杨松树扶着他问道："真的没事？要不要去找医生看看？"杨文波推开他道："老子说没事就没事，别扶我，我自己走。"

他们来到产房门口，一个护士抱着孩子走出来，微笑地对他们说："恭喜，恭喜，生产顺利，大人孩子都很好。"杨文波焦急地问："护士，是男娃还是女娃？"护士还是面带笑容地说："是个女娃娃，你们看，多漂亮的女娃娃。"一听这话，杨文波呆立在那里，一言不发。杨松树笑逐颜开："好，好，只要大人孩子都平安无事，生男生女，我都高兴。"他看了看婴儿，乐不可支。护士很快就把婴儿抱走了。杨松树朝苏青竖起了大拇指说："都平安，都平安。"苏青朝他笑了笑，指了指呆立在那里的杨文波。

杨松树说："爹，你怎么了？翠花和娃娃都平安，你应该高兴才对，你看你的脸拉那么长，好像谁欠你的麻将钱不还似的。"

杨文波突然说："高兴个啥，气死老子了。"说完，他黑沉着脸，气呼呼地走了。

杨松树说："爹，你去哪里？"

杨文波没有理他，一会儿就不见了。

杨松树对苏青摊了摊手，无奈地说："你看看，我说对了吧，他心里想着的就是孙子，不是孙女，以后这日子又不好过了。"

苏青说："不急，不急，他会拐过这个弯来的，我们一起好好做做他的工作。"

杨松树叹了口气说："难，他是倔脾气，属牛的。"

杨文波走出医院大门，太阳明晃晃地挂在天上，十分炫目。他心里有股无名火在熊熊燃烧。"难道老天爷要让老子绝后？就杨松树这么个独子，好不容易有个孙子，又在大地震中遇难，盼星星盼月亮，儿媳妇历尽千辛万苦怀上娃儿，生下来居然是个女娃娃。这不要老子的命吗？"

杨文波找了个小店，买了包烟和火机，蹲在马路边，点燃根烟，报复式地恶狠狠地抽起来，大口大口地吸入，大口大口地吐出。一连抽了好几根，竟眼泪汪汪，不晓得是烟熏的，还是心里难过流的泪。接着，猛烈地咳嗽起来，咳得太阳都黑暗下来，肺都要吐出来。

良久，他蹲在马路边，看着车来车往，红男绿女飘过，心里堵得慌。

苏青找到了他，蹲在他旁边。杨文波不理他。苏青笑笑："文波叔，你生气了？"杨文波赌气地将脸转向另外一边。苏青说："文波叔，你晓得吗？翠花嫂子很伤心，她一直在哭，这样下去，会哭坏身体的。"杨文波没好气地说："她哭啥子哟，还有脸哭？"苏青说："文波叔，按理说，你是长辈，我不能说你，但你说这话昧良心啊。"

杨文波说："格老子，我怎么昧良心了？"

苏青说："你好好想想，当初，翠花嫂子从学校里将小虎的尸体背回来，心里有多痛苦？她死的心都有了，就是在这种情况下，还想方设法救你，要是没有她，你还有这条命吗？她的病刚刚有些好转，你又一次次逼她生孩子，三次流产啊。她还是为了照顾你的情绪，为生孩子到处奔波，吃尽了苦头。如今孩子生下来了，你又怪罪她生的是女孩，看都不去看她一眼，有你这样做公公的吗？我都生气了，说实话，换作任何一个女人，你这样待她，她早就跑了，你以为你家是金窝银窝吗？谁稀罕呀。翠花嫂子人长得又不丑，找个男人还不容易？你好好想想吧，如果还是个人，就去病房里看看她，不要伤人心。文波叔，今天我的话有点多，也说重了些，你多多担待吧。过两天，我就回上海了，你们家里的事情，还得你们自己解决。"

杨文波使劲干咳了几声，算是对他的回应。苏青笑了笑，站起来，回医院病房去了。

过了会儿，杨文波挠了挠头，也站起来，慢吞吞地晃进医院大门，朝妇产科的住院部走去。他的影子被阳光拖得老长，像一条长长的尾巴。

杨文波像个做错事的孩子，走进了病房。李翠花躺在床上，女婴躺在她身边，眼睛是一条缝，看着陌生的世界。她不知道自己未来的命运，也不知道自己生下来就让亲爷爷生气。杨松树没有搭理父亲，坐在病床边，一勺子一勺子地给妻子喂鸡汤。

杨文波站在床边，朝儿媳妇笑了笑，笑得比哭还难看，充分体现了他此刻的心情——纠结。李翠花没哭，也不像哭过的样子，还朝他笑了笑："爹，你来了。"杨文波说："你没哭？"李翠花吞下口鸡汤，说："我为啥子要哭，我现在心情好极了，女儿好好的，还有老公给我喂鸡汤，我哭啥子哟。"杨文波站在那里哭笑不得："好，好，

我们为什么要呼救

不哭就好,不哭就好。"他进也不是,退也不是,无所适从,可怜巴巴的。

苏青将这一切都用微型摄像机记录了下来。

他觉得杨文波以后还会闹出什么事情,那是以后的事情了,目前,他算是暂时安稳下来。

四十四

尽管李翠花生的是个女孩,满月时,杨文波家还是办了一场满月酒,请了亲戚朋友和本村的乡亲。杨文波还让儿子喊来了成都的救命恩人赵平凡。赵平凡欣喜赴宴,还给杨文波带了两瓶五粮液和一个红包。杨文波见到五粮液,十分开怀:"恩公,酒我收下,红包万万不能收。"赵平凡说:"酒要收,红包也要收,酒是给你老人家的,红包是给我侄女的,不搭界。"杨文波拗不过赵平凡,只好收下了红包。那天,赵平凡喝得很开心,走时还推心置腹地和杨松树说了一番话,杨松树听得连连点头,不停地说:"要得,要得。"

夜晚,热闹散去,关上大门,杨文波和儿子坐在厅堂里拆红包,李翠花坐在一旁,给女儿喂奶。杨文波负责拆红包,杨松树在小本本上登记。这些礼金是要还的,以后谁家办满月酒,给过他们多少礼金,就送多少回去,这是乡间的规矩。红包大都五十到一百不等,拆下来,礼金给的最多的还是赵平凡,两张百元大钞。杨文波感叹:"唉,本来想让恩公来喜庆一下,结果让他破费,两瓶五粮液,两百块钱红包,少说也两千块钱,他一个工人,赚的也是辛苦钱,于心不忍,于心不忍。"

杨松树说:"平凡兄弟仁义,走的时候还对我说,要想办法在成都给我找份工作,离家近,可以照顾到家,最重要的是有份固定收入,以后用钱的地方多了,在家里坐吃山空,会很难办的。你看看,人家什么都给我们想到了。爹、翠花,我们商量商量,如果平凡兄弟给我找到了工作,要不要去。"

杨文波说:"恩公既然都这么说了,应该去,况且我们家也不富裕,是该赚点钱了。"

杨松树对妻子说:"翠花,你说呢?"

李翠花淡淡地说:"爹都说了,去嚛,我没意见。"

杨松树体谅妻子:"我走了,你带着孩子,还要照顾爹,你压力太大,我放心不下。"

杨文波说:"我不要翠花照顾,娃儿我也会帮着带。"

李翠花说:"放心吧,我没事,挺得住。"

杨松树说:"那就这么定了。"

杨文波说:"定了。恩公对我们家,真是恩重如山哇,以后有机会,我们要好好报答人家,你们都要记住我这句话。"

赵平凡是敦厚之人,并不是酒后一时兴起瞎承诺,不到十天,他就给杨松树找到一份临时工,在一家民营小厂当保安,月薪两千元,包吃包住。杨松树问妻子:"去不去?从前,我在深圳工厂,月薪也有五六千元,这里两千元,太少了点。"

李翠花说:"你不能这样想,深圳虽然薪水高点,但花销大,又离得远,每年来回的路费都是一笔大开支;成都离家近,有什么事情马上就可以回来,休息日也可以回家,两千块钱是实实在在的收入,况且,当保安不累,比你在深圳工厂干苦力强多了。我看你不要太把自己当回事了,在家里,累死累活,能赚几个钱?去吧,去,家里有我,你放心。以前,你在深圳打工,我带小虎,不也一样过。"

杨松树听了妻子的话,就到成都当保安去了。

丈夫走的那个晚上,李翠花有些不习惯,给娃儿喂完奶,躺在床上却睡不着了,对丈夫特别挂念。白天才走,晚上就开始想念,而且还不是出远门，不过是在一百多公里外的成都，李翠花自己都觉得有点不可思议。也许是这些年，丈夫对她太好了，让她产生了依赖，离不开他了，新婚时都没有这样的感觉。到了下半夜，给娃儿换完尿布，喂完奶，她才沉沉睡去。

有个影子闪进了房间。李翠花记得关上门了的，还反锁上了，门怎么就自动开了呢？那个影子是谁？她惊坐起，房间里的灯十分昏暗，也很安静，她可以听到自己的呼吸。"你是谁？"影子飘到娃儿旁边，有了人形。那是小虎，他站在床边，伸出白生生的手，要去摸娃儿粉嫩的脸。李翠花惊叫："小虎，别碰她，她是你妹妹。"小虎惊吓得缩回了手，抬起头，望着母亲，没有说话。小虎的脸色煞白，没有一丝血色，连嘴唇也是寡淡的颜色。李翠花心痛地说："小虎，你怎么来了？"小虎冷冷地说："你不是一直要我回来吗？有了妹妹，你就不要我了。"李翠花说："不，不，你永远都是我的好儿子。"小虎的话语还是冷冰冰的："不是了，不是了，我只不过是个死人。"他的眼睛突然变成了两个黑洞，流出水来，水从脸上流淌而下，水流过的地方，变成粉尘，他的身体很快灰飞烟灭，不见了踪迹。李翠花只听到由近而远、渐渐消失的声音："妈妈，妈妈，你不要我了……"

娃儿的啼哭声吵醒了李翠花，她惊骇地抱起女儿，左看右看，生怕她少了点什么。她哄着女儿，想着梦中的情景，心里难过极了。是呀，很久没有去看小虎了，尽管每天出门抬头就可以看到对面的山坡。女儿睡熟后，她再也合不上眼了，一直到天亮。

吃完早饭，李翠花让公公照看娃儿，自己去村里杨富贵家买了些纸钱香烛，匆匆到对面山坡上去了。山坡上的枯草在冬日的阳光下摇曳起伏，沙沙作响。风呜咽着，像是在哭泣，在诉说。她的心沉浸在冰湖里，冻得要破碎，阳光没有一点温度。来到小虎的坟前，她点燃了香烛，插在小虎的坟前。然后，她烧起了纸钱。香烟缭绕，纸钱飘飞，没有泪水，只有喃喃低语，仿佛是最后的告别，又像是

我们为什么要呼救　561

一切才刚刚开始……

她还没有踏进家门,就听到了公公杨文波的声音:"造孽哟,我的命苦哇,怎么会生下你这样个女娃儿,算命先生明明说是个男娃儿的,怎么就变卦了……"

李翠花本来心情就不太好,听了公公说的话,气得发抖,怒冲冲地闯进屋里,从公公手中抢回襁褓中的孩子,咬牙切齿地说:"爹,你以后再这样说话,我就带娃儿走,再也不回来了,我说到做到,到时别怪我心狠。"杨文波像是做贼被捉住了,顿时面如土色,不知如何是好。

杨松树穿上保安的制服,心里还是觉得很爽的,有种当警察的感觉,看人都不一样了。其实,他的任务就是晚上值夜班看厂房,白天睡觉,穿制服再神气,在晚上也没人欣赏,这让他有点遗憾。有天中午,他饿得不行,又不想去厂里的饭堂吃,想到外面去吃碗面。他穿着保安制服出去了,刚刚吃两口,就有个穿西装的男子走进来,对他呵斥道:"不好好看门,跑出来吃什么面?还不快跟我回去。"杨松树胆战心惊,放下碗筷跟着他走,来到那家高级宾馆门口,那人才发现找错了人,杨松树根本就不是他们宾馆的保安。杨松树气得骂了一句,才想起了那碗没有吃完的面,等他赶回面馆,那碗面已经被店家收掉了,他只好自认倒霉,再要了碗面吃。从那以后,他就不敢在厂外穿保安制服显摆了。

杨松树怎么也没有想到,一场祸事会悄悄地向他逼近。那是杨松树上班四个月后的事情。

那天杨松树休息,接到了赵平凡的电话,问他有没有空,出去喝酒。杨松树爽快地应允了。赵平凡不仅仅是他们家的恩人,还是他在这个城市里最值得信赖的朋友。

他们在一家小酒馆相聚。杨松树赶到时,赵平凡已经点好了四碟小菜,酒也倒好了。赵平凡的左眼肿着,乌亮乌亮的。杨松树吃惊地问:"平凡兄弟,你这是怎么啦?"赵平凡苦笑了一声说:"没事,没事,来,走一个。"他端起酒杯,一饮而尽。杨松树也干了那杯酒。赵平凡给满上酒,端起酒杯说:"杨哥,来,喝。"杨松树端起酒杯,两个酒杯碰在一起,发出清脆的声响,酒滑落喉咙,却无声无息。一连干了好几杯,杨松树说:"平凡兄弟,不要干喝,吃点菜吧。"赵平凡红着脸说:"好,好,先吃菜,再喝。"

杨松树伸出筷子,夹了块腊肉放进嘴里,边嚼边说:"平凡兄弟,你心里有事。"

赵平凡叹了口气说:"恼火哟。"

杨松树说:"啥子事让你恼火?"

赵平凡独自端起酒杯,刺溜下去一杯酒,没受伤的那只眼睛燃烧着火焰。"我婆娘和人跑了,妈的,明目张胆地和那龟儿子住到一起了。我去找她,要她回家,她死活不肯,说和我过日子没趣,没钱,没快感。妈的,我们结婚都五年了,孩子都三岁了,今天才对老子说这种话,啥子意思嘛。我说,你要离婚,不想和我过了,也没问题,先跟我回家,办完离婚手续,你再走也不迟。我都低三下四到这个地步了,她还不依不饶,死活不跟我回家,还让那奸夫打我,他比我高出一个头,壮得像头牛,我根本就不是他对手,一拳打在老子眼泡上,当时就肿了,这只眼睛什么也看不见了,痛得我想杀人,问题是我谁都杀不了。我那婆娘真是无情无义,我只好灰溜溜地走了。她在我身后说:'明天民政局见,办离婚手续。'我回过头吼叫:'好,好,明天民政局见,不见不散。'她笑了,笑得十分得意:'好,不见不散,不来就是龟儿子。'那奸夫也在哈哈大笑,我心里窝囊极了,我真没用,连老婆都看不住。"

杨松树沉默了,不晓得怎么安慰恩人。他心里却早已翻江倒海。

赵平凡笑了笑:"杨哥,别替我难过,没什么大不了的,其实我早就发现他们有一腿,只是睁一只眼闭一只眼,希望她良心发现,自己回头。既然如此，就让她去吧，明天我会准时去民政局的，好聚好散。反正我也赚了，赚了个女儿，女儿跟我，对我好，我就心满意足了，好好将女儿养大成人，才是最重要的事情。恼火归恼火，日子还得过下去。来，杨哥，喝酒，一醉解千愁。"

那个晚上，杨松树辗转反侧，怎么也睡不着，父亲那句话一直在他脑海萦绕："恩公对我们家，真是恩重如山哇，以后有机会，我们要好好报答人家，你们都要记住我这句话。"如今，恩公碰到这种事情，这口气怎么能够咽得下，尽管恩公表示算了，但他杨松树算不了。他虽说平常胆小，但也不怕事，兔子急眼了还会咬人。他心里有了个计划。

第二天一早，他就躲在民政局对面的一个角落里，等待他们的出现。这天，他特意穿上了保安制服，给自己壮胆，还在工厂里找了一截铁棍。晌午时分，太阳在天空中若隐若现，雾霾很重，空气浑浊。先是赵平凡出现了，他站在民政局门口左顾右盼。不一会儿，赵平凡老婆也出现了，有个男人陪着她。他们说了会儿话，女人就跟着赵平凡进民政局了。那男人站在路边的一棵树下抽烟。

杨松树心里忐忑不安，又想起了父亲的话，于是鼓足勇气，穿过马路，朝那男人走去。走到男人面前，男人看了看他，继续抽烟。杨松树突然骂了一声，举起手中的铁棍，用力地朝他头上砸了下去。只砸了一下，男人就蹲在地上，双手捂住了头，鲜血从他的指缝间渗出，流淌在他的脖子上、脸上。杨松树呆了，手中的铁棍"当啷"一声落在地上。警察来了，他也没跑。那一铁棍致使那男人颅骨骨折，造成轻伤，杨松树被判了两年刑。

让杨松树懊恼的是，被他打伤的那个男人，不是恩公赵平凡的情敌，而是赵平凡老婆的哥哥。据说，赵平凡老婆和他离婚后不久，也和情夫分手了，离开了成都，不知到哪里去了。

四十五

　　雪花终于纷纷扬扬地飘下。我独自漫步在山野小路上，想起遥远的某个日子，在西北某地服役时的情景。那时也是个大雪飘飞的黄昏，我穿着军大衣，背着枪在高炮阵地站岗。天渐渐暗下来，在雪光中，我发现有个影子在另一边晃动了一下。我跑过去，大喝了一声——"谁？"手电光照过去，一个女孩子蜷缩在那里，瑟瑟发抖，她的脸冻得通红。我收起了枪，声音柔和起来："你是谁？为什么来这里？"

　　她怯弱地说："我饿。"

　　我说："你饿来这里干什么？"

　　她颤声说："我要说出来，你不要抓走我。"

　　我说："我不会抓你，你说吧。"

　　她嗫嚅地说："村里有人说，你们这儿地里埋了很多萝卜白菜，我想弄点回家。"

　　的确，高炮阵地间隙的地是连队的菜地，菜地里挖了坑，埋下了过冬的萝卜和白菜。我动了恻隐之心，对她说，"跟我来"。她哆哆嗦嗦地站起来，弓着腰跟在我后面。我带她来到了埋土豆白菜的地方，扒开浅浅的一层土，露出铺着的一层麦秸秆，扒开麦秸秆，就看到了萝卜和白菜。我说："你自己拿吧，能拿多少就拿多少。"

她从衣服下面掏出了一个蛇皮袋，抖开，然后快速地往袋子里装萝卜和白菜。我说："快点，一会儿连长来查岗，就完了。"她装了整整一蛇皮袋的萝卜和白菜，扛起，说了声谢谢。我说："快走吧。"她吃力地扛着蛇皮袋，快步离去。我看着她消失在雪光之中，心里也飘起了无边无际的大雪，眼睛滚烫滚烫的，有泪淌下。

　　那是三十多年前的事情了，如今那女孩估计也四十多岁了，不知道是否安好。天渐渐黑了，我在雪花中穿行，回到村里，走进小木屋。我打开电脑，开始写作。这部名为《向死而生》的长篇小说已经到了尾声，再坚持几天，我就可以离开寒冷潮湿的丁屋岭，回到温暖的家中了。我没有马上写作，突然想给妻子打个电话。我拨通了她的电话，她问我："还好吗？"我说："还好，快写完了。"她又说："身体怎么样？"我说："还是那样。"她担心我犯病，旧伤的疼痛和抑郁症一直折磨着我。她说："药够吗？"我说："够了，对了，丁屋岭下雪了。"她说："下雪了，不是更加寒冷？小心犯病。"我说："让小坏和我说吧。"她说："和我没什么话说？你心里想着的全是小坏。"小坏说："爸爸，什么时候回来？"我说："很快了。"小坏说："每次都说快了，你说等我放假了，带我去海边玩，还算数吗？"我说："当然算数，小坏，我这里下雪了。"小坏说："堆雪人没有？"我说："没有，雪还没有积起来，如果明天雪积起来，我就去堆个雪人，拍照片给你看。"小坏开心地说："好呀好呀。"我说："估计积不起来，雪落到地上就化了。"小坏说："那多没劲。"我笑了："不过也不一定，要是明天早上雪积起来了呢，有时奇迹会出现。"小坏冷笑了一声说："就你？还会有什么奇迹？"我说："那不一定……"

　　打完电话，我像是完成了某种使命，静下心来写作。

　　木屋外面的雪花还在飘飞，无声无息，像默片中的很多小小的精灵在天地之间嬉戏。它们陪伴着我，在这寂静的雪夜，雪花是温暖的，我一点也不觉得寒冷。有雪花精灵的陪伴，我写得十分顺利。

直到眼睛酸涩，实在睁不开了，我才停下来，将自己的身体安放在床上，闭上眼睛，沉沉地睡去。

这个温暖的雪夜，如果不是那条瘸腿的土狗，我就掉进村外的小水库里了，会不会淹死，不得而知，但肯定会冻成冰块。我仿佛在睡梦中听到了狗的狂吠。我惊醒过来，发现自己站在小水库的边缘，如果再往前踏一步，就会有灭顶之灾。我穿着秋衣秋裤，那条黄狗咬住我的裤脚，把我往安全的地方拉，这条黄狗就是那个雨夜前来求救的土狗。我怎么会在这里？估计我的梦游症又犯了。我十分紧张，赶紧跑回了小木屋。那条狗一直跟在我身后，一瘸一拐的。我让黄狗也进了屋，我摸了摸它的头说："谢谢你。"它舔着我的手掌，舌头特别温润。

我后怕，梦游的时候，我是不是像个鬼？如果被起夜的村民看见了，会不会被吓得魂飞魄散？我想象着我梦游的样子，突然觉得寒冷，赶紧穿上了羽绒服。我不敢再睡了，怕再次梦游出去。木屋外的雪花还在飘飞，是不是那些精灵邀请我出去的，它们给我灌了迷魂汤？

有生以来，我有两次梦游的经历，一次是在这个雪夜，另外一次是多年前在汕头。

大地震后的第三年夏天，我去了一次汕头，那是我生活过十多年的地方，有特殊的感情。刚到的那天晚上，几个朋友请我吃饭，喝了点酒。因为太累了，吃完饭就回宾馆休息。我洗了个热水澡，就躺下了。这是家老酒店了，设施都有些陈旧，躺在床上，望着斑驳的天花板，像幅地图。我想着一个个去过的地方，然后闭上眼，渐渐地睡去。我有个习惯，喜欢裸睡，在夏天的时候，甚至喜欢裸体写作，那样没有任何羁绊，自由自在。不知道睡了多久，我突然听到一声尖叫，猛地醒来，发现自己赤身裸体地站在酒店的大堂中间，总台的一个女服务员看到我，发出了那声尖叫。酒店大堂里空空荡荡的。我无地自容，赶紧捂住私处，奔向电梯。怎么会这样，我吓坏了，那时，我是只仓皇的过街老鼠。我战战兢兢，羞愧难当地回到房间门口，发现门已经锁上了，我身无一物，怎么开门呢，难道又光着身子跑下去叫服务员来开房门？我没有那个勇气，躲在走廊窗户的窗帘后面，不知如何是好。不一会儿，我听到两个女人嘻嘻哈哈说话的声音，透过薄纱的窗帘，我看到两个年轻女孩子走过来。我心惊胆战，要是她们发现了我，说我耍流氓，那我就死定了，一世英名将毁于一旦。好在她们没有发现我，进房间去了。我长长地舒出了口气。我该怎么进房间？绞尽脑汁。突然，我想起了电梯间的小桌子上有座机。于是，我像个贼一样，捂着私处，走了过去，特别害怕有人会从房间里走出来。我接通了总台的电话，接电话的一定是那个看见我裸体出现在大堂里而尖叫的姑娘。我颤声说："我就是你刚才在大堂里看到的那个人，现在进不了房间了，能否过来给我开下房门？"她的声音甜美，和刚才的尖叫声迥然不同："先生，是哪个房间？"我说："四一二房间。"她说："您的名字？"我说："李西闽，李子树的李，西方的西，闽南的闽。"她说："您的身份证号码？"我报出了身份证号码。过了会儿，她说："对的，我们上去给你开门。"我又战战兢兢地跑回到窗帘后面。不一会儿，姑娘在一个保安的陪同下上楼来了。姑娘说："先生，您在哪里？门开好了，您可以进去了。"我脸红耳赤，呼吸困难："你先走吧，你走后我才能进去。"姑娘赶紧跑开了，保安给我推着门，我走进去后，连忙道谢。保安说："你怎么了？"我很难为情地说："梦游了。"我看他忍不住笑出了声，赶紧关上了门。我想在保安眼里，我是个狼狈不堪的小丑。第二天，我换了个酒店，退房的时候，还羞愧难当，走在街上，仿佛自己赤身裸体，一丝不挂。后来，我经常梦见自己光着身子突然暴露在大庭广众之下，十分羞愧和无助，上天无路，入地无门，死的心都有了。

听人说，不能对梦游的人叫唤，否则梦游的人会被吓死。两次梦游，我都没有被吓死，却更加恐惧了，就是沉睡中，也充满了危险，随时都有可能不知不觉地陷入某种困境，无力自拔。

曾经有个美丽的姑娘对我说："老李，生而为人，无论怎么悲观，都要骄傲地活着。"这句话特别鸡汤，也没有毛病。可我知道，在赤身裸体梦游被尖叫声唤醒时，在被深埋于废墟时，我无法骄傲，只有深深的羞愧、自卑和恐惧。不要告诉我你什么也不在乎，什么也不怕。

天渐渐地亮了。

我推开门，黄狗窜了出去，一瘸一拐地走了。雪已经停了，有些积雪，但无法堆雪人。奇迹在夜里发生过，那条黄狗救回了我，早上奇迹就不会再出现了。这是一个多么平凡的冬天的早晨，天色阴沉，炊烟从各家各户的屋顶袅袅升起，有的公鸡还在打鸣，还有隐隐约约的人声、狗叫。

这个平凡的早晨，我却得到了一个让我震惊的消息。

也许对一般人而言，这个消息再平常不过了，地球上那么多人，每天都有人死于枪弹之下，有人被谋杀，有人老死，有人自杀，有人得了绝症……我们见惯了太多的死，对别人生命的逝去已经麻木，因为那些死者离你很远，没有情感的交集。

这个让我震惊得不敢相信的消息是孙卉告诉我的。

就在我思忖为什么多年后又会出现梦游这种可怕事情之际，孙卉给我打来了电话。听到她的声音，我十分惊喜："小卉，你在哪里？这些年过得好吗？"孙卉的声音有些沙哑："大哥，对不起，一直没和你联系，我过得还好，可是，可是苏青很不好。"

我说："小卉，你说什么？"

孙卉抽泣:"大哥,苏青得了骨癌,现在在上海的医院里化疗,他已经病得不成样子了。大哥,我很心痛。"

啊,我呆了,浑身的汗毛都像刺猬般竖起来,心里冰凉冰凉的。

我说:"他怎么不告诉我?一个多月前,他还要我和他一起去四川,拍摄杨文波一家,片子准备这几个月做出来,地震十周年时放映。"

孙卉说:"他也不让我告诉你,怕影响你写小说。大哥,我看很危险,这两天特别不好,你要是可以的话,回来看看他吧。"

"好,好,我马上回去。"

我不能想象苏青此时躺在病床上的样子,从孙卉的语气中听得出来,他的情况绝对不容乐观。以前我听他说过,那剩下半截大腿的骨头总是疼痛,以为只是戴假肢造成的,想必早就有了问题,只是他不肯去医院检查,一直强忍着。他的疼痛要比我严重得多,相比之下,我显得有些矫情。有些人是在自我拯救,有些人是靠别人来拯救,我和他都是前者,这和他的童年经历有关,如果他不拯救自己,就会沉沦,我却没有他强大,常常沉浸在痛苦中不能自拔。

四十六

  从连城冠豸山机场飞往上海的航班，并不是每天都有，我订了第二天晚上七点飞往上海的机票。我中断了《向死而生》的写作，好在只剩下万把字的结尾了，我必须回去看看苏青，之后才能写完它。与生死相比，小说已经无关紧要了。我们都是在向死而生，让我悲伤的是，苏青还有多少活着的日子？这天下午，我让好朋友刘雄到丁屋岭接我下山。我和村里人告别的时候，他们都觉得不舍，特别是丁大保。他被野山蜂叮伤的手已经好了，前两天就搬回家里来住了。他对我说："李先生，我都把你当家里人了，你走了，我会不习惯的，以后想来就来住段日子。"我眼睛有些潮湿，点头说："好，有时间还要来的。"
  丁大保一直送我到村口，我最后对他说："大保叔，多理解你儿子和晴晴，他们有自己的生活，你也有自己的生活，你儿孙永远都是你的儿孙，不会改变，你要开心，不要想那么多。"
  车开动后，从反光镜里我看到了那条黄狗，它在后面一瘸一拐地追赶着，狂叫着，最后追不上了，站在路中间，看着我们的车远去。
  轿车沿着弯弯曲曲的山间公路下山，到半山腰时，我看到对面山顶上站着一个人，她头上有云雾飘过。我急忙让刘雄停车。下车后我看清了，那是戴三妹老嬭驰。刘雄也下了车，问我看到什么了。我指了指，说："你看，那山顶上是不是有个老太太？"刘雄看了一会儿，说："哪有什么老太太，那是棵枯树。"我说："分明是个老太太，她是丁屋岭的戴三妹老嬭驰。"刘雄坚持说："是枯树，不是人。"不过，一会儿她就消失了，枯树呈现在我眼前。

刘雄将我送回了在河田镇的父母家，然后就走了，说第二天下午来接我去机场。他是我们长汀县的散打教练，自己也开了武馆，要忙着回去授业，也不容易，十分辛苦。

晚上，吃完晚饭后，我到温泉澡堂泡了个澡，把身上的污垢洗了个干净。这段时间住在丁屋岭，没有好好泡过一次澡。我曾经对苏青说过，来我们河田镇住上几天，好好泡泡温泉澡，吃吃河田鸡。据说河田鸡是世界五大名鸡之一，我没有去考证过，河田鸡的肉质却是一流的，我吃遍了国内各地的名鸡，能够和河田鸡媲美的，不会超过三种。回家路上，我还在想，苏青或许永远都不会来河田了，不禁伤怀，泡温泉澡时的舒坦荡然无存。

我和父母亲坐在厅堂里，电视机里放着抗日神剧，父亲看得津津有味，他一直话很少，我回来后陪他坐着，不用说话，他也满心欢喜。他已经八十岁了，身体还健朗，还可以种菜喂猪。母亲七十六岁，身体也还不错。这是我的福分。母亲的话比较多，简直是十万个为什么，总是有无数个鸡毛蒜皮的问题在等待着我。不过，她经常问题还没有问几个，就在藤椅上开始打瞌睡，父亲就会赶她去睡，她就痴痴地睡觉去了。今天晚上，她好像十分精神，问了许多问题后，还没有睡意。她眼珠子转了转，有点担心地看着我说："你那个病好了没有？还要吃药吗？"我晓得，她说的是我的抑郁症。我说："好多了，放心吧，我不会再那样了。"母亲笑了笑："好了就好，千万不要想不开呀，细人子（指李小坏）还没有长大，你要长命百岁。"我说："知道了。"

其实我现在还在吃一种叫做"劳拉"的蓝色药片，它可以缓解我的焦虑情绪。吃了几年药，还不能停。我经常会在夜深人静的时候，情不自禁地流泪，那是我排解内心苦郁的方式。有时真的十分厌恶自己，痛不欲生，给家人带来忧伤，也让朋友们担心，但我一直对自己说，要坚持，不要再有自杀的情绪。那种蓝色的药片伴随着我，我会将它想象成蔚蓝的海。我的抵抗，就是为了挽回一点做人的尊严。自杀是可耻的，可死亡也值得敬畏。我同情和理解那些用自己的方式结束自己生命的人，并对他们充满了悲悯。

那次回长汀在宾馆轻生的事情，最终还是传到了父母亲的耳里，他们担心了好久，现在也还在担心，看到我坐在他们面前，他们才觉得我活着是真实的。父亲还因为我的事情，和别人差点打起来。他去温泉洗澡时，路过一家人门口，有几个人凑在那里议论我，说我得了精神病才自杀的。父亲本来心情就不好，听到他们的议论，就和他们吵了起来。父亲很少发脾气，一生都老老实实地做事，与人为善。老实人发起火来，也是很吓人的。好心人过来拉开了父亲，将他劝走了。后来，我对父亲说，别人说什么都没有关系，不要去计较。他默默地看着我，没有说话。

母亲终于挺不住了，到房间里睡觉去了。

我陪着父亲。过了一会儿，他开了口："阿闽，你也去睡吧，明天还要赶飞机。"我说："睡不着，你要想睡了，就去睡吧。"他笑了笑："我每天晚上都看电视剧，困得实在不行了，才去睡觉，我已经习惯了。"我就一直陪着他，直到他像鸡啄米一般打起了盹儿。

在飞往上海的航班上，我心绪不宁。到目前为止，最后一次和苏青一起乘坐飞机，是今年 5 月 11 日那天，我们一起飞往成都。他继续去拍摄杨文波一家，我还是去我的受难地凭吊。苏青有个习惯，上飞机后就睡觉，还特地交代乘务员，不要叫醒他。他不想吃飞机餐,他不是嫌弃,而是要睡觉,睡觉对他来说,就是充电。他可以一觉从上海睡到成都,中途不吃不喝,也不用上卫生间,让我特别佩服。

那天晚上,《青年作家》杂志社的朋友们请我们吃饭,还叫了裘山山、蒋蓝等朋友。裘山山大姐对我一直很关照,每次来成都,只要有条件,我们都要见上一面,每次见面都特别亲切,亲人一般。成都的很多朋友都像我的亲人,他们对我的好,永生难忘。吃完饭,我回宾馆,苏青就消失了,我不知道他去哪里住,也不过问。他说13日再联系我。

第二天上午,卢一萍一家陪我上山,他妻子开车。这天天气不错,阳光灿烂。我不喜欢阴雨天,沉闷压抑。路上,一萍问我:"九年了,你还会恐惧吗?"我说:"会,不可能消除,只能去习惯它。"一萍说:"习惯恐惧也是很艰难的事情,因为恐惧是毒药。"

到了彭州,易延端还是在汽车站等我,每年都这样,雷打不动。远远地,我就看到了他,他站在路边,个子高高的,像根电线杆,脸上还是那淳朴的微笑。我有个朋友说过,看到他的脸,就觉得这张脸是实在人的标签。

我没有见到易延端的妻子,也没有问。他的大女儿和女婿带着孩子来了,孩子还小,在襁褓之中。我想起了杨松树的孩子,那女娃也快两岁了。易延端女婿开了辆车,他们一家人坐一辆,我还是坐卢一萍的车。两辆车向龙门山进发,半途我们又停下来,等彭州的女诗人陈维锦,她要和我们一起去。

到了我当年被埋的地方,还是那些木屋,不见有人住,那年来时,住在木屋里的那对老夫妇也不见了。空空荡荡的木屋,并没有让我看到什么生气。没有人住的房子,都是没有生命的,所有房子,都因为有人住,才有了活力,人是房子的食物。我被埋的那块三角地还荒着,长满了野草,开满了黄色的山花,白色的蝴蝶还在飞舞。

那些蝴蝶一直在，我也会一直来，直到我离开人世。我向朋友们讲述当年被埋的情景，易延端不时地补充。几乎每年来，我都要向和我一起来的朋友讲述一遍，每讲一遍，内心的不良情绪就会释放一次，这对我心理的疗伤很有裨益。每年的这个日子，我都会站在这里，回忆那些黑暗的时刻。今年我没有哭，不仅仅是因为有蔚蓝的天空，有朋友们陪伴，山还是同样的山，水还是同样的水，只是死亡的气息似乎被淡化了。那几座坟已经迁移走了，我不知道迁去了哪里，没有人告诉我。但是我知道，他们没有离开，那些蝴蝶就是他们的魂魄，他们还在听我讲话。九年，只是一瞬间，只是疼痛和恐惧被拉长，没有人可以永生，记忆却会留下来。我庆幸自己还有写作和爱的能力。

中午，我们在山下吃饭，几次，我都想问易延端，他妻子去了哪里，我很清楚，她要在，一定会来的。终究我没有开口问他，那是他的隐私。和他告别时，我们依旧拥抱，相互祝福，语言很少，却意味深长。我说明年还会来，他还是那句话，等着你。陈维锦离开时说了句："西闽，好好活着。"

13日一大早，苏青打来了电话，让我在宾馆等他，两个小时后来接我。我说好。我发现自己的眼睛肿得厉害，不晓得发生了什么事情，怎么也记不起来。打电话给卢一萍，他说我昨晚见到战友赵郭明，就喝多了，然后他们送我回宾馆。在房间里，我和赵郭明不知道说起什么事情，我就发火了，我们俩扭打在一起，我的眼睛就被弄伤了。我心里十分愧疚，赵郭明特地从江油赶过来看我，我还对他发脾气。他也很内疚，在这个特殊的日子弄伤了我的眼睛。无论如何，我们都还是好朋友。

两个小时后，苏青开着一辆越野车，到了宾馆门口。我上车后，发现李翠花抱着女儿和杨文波并排坐在后面。李翠花的脸黯淡了许多，那双眼睛却多了些坚韧，其实我不愿意从她眼睛里看到坚韧，我想看到的是平静柔和，还有喜悦。杨文波苍老了许多，像缩了水一般，头小了，脸上没有肉，只剩一层老皮，眼睛也更加小了，眼珠子不像以前那么灵活，也不滴溜溜转了。只有女娃娃的脸色是红润的，眼睛无邪而又明亮，童稚天真。我和他们打了招呼，他们也向我问好。李翠花还对女娃娃说："小丽，叫伯伯。"小丽笑着说："伯伯好。"不知怎的，我有流泪的冲动。

苏青从朋友那里借的车，他要带我们去监狱探望杨松树。路上，苏青问我："和人打架了？"

我笑了笑："是的。"

"和谁打的？"

"朋友。"

他哈哈大笑。

我说："你笑什么？"

他说："就是想笑。"

杨文波说了句话："不要打架，松树都还在里面。"

我说："文波叔，放心，我没事的。"

他没有再说话。

我很清楚，杨松树入狱，对他们一家是沉重的打击，生活也每况愈下。赵平凡和苏青的接济也是杯水车薪，解决不了大问题，杨文波还每天去城里捡垃圾，让人心酸。到了监狱，只有李翠花能抱着孩子和杨松树会面。

我们三个人在监狱外等待。我给了杨文波一根烟，他说戒了，死活不抽。李翠花生了女娃后，他又复吸了，杨松树入狱后，他又把烟戒了，他的吸烟史，就是人生的悲欢史。我们什么话也没有说，静静地等待着。

探视时间到了，李翠花抱着孩子走出来。杨文波迎上去说："翠花,松树好吗?"苏青在拍摄。李翠花笑了笑:"还不错,白了,结实多了。"杨文波又问:"他说了些什么?"李翠花说:"他说等出来后,我们再要个孩子,要给你生个孙子,让你好好活着,等着抱孙子。"杨文波老泪纵横:"好,好,我等着,等着。"我说:"翠花,松树什么时候能出来?"李翠花说:"快了,如果没有意外的话,明年这个时候应该就可以出来了。"我说:"明年我们一起来接他出狱。"

一阵风吹过来,有些凉意。很快,天就要热了。又一个闷热难熬的夏天即将来临。

四十七

回到上海,已经晚上九点多了。寒风凛冽,觉得比丁屋岭冷多了,而且空气也很糟糕。我没有回家,带着行李,直奔医院。在出租车上,我给妻子打电话,说我先去医院看望苏青。她说:"好的,早点回家,小坏已经睡了,回家轻点,不要吵醒她。"接着,我给孙卉打电话,告诉她我回来了,在赶往医院的路上。她激动地说:"好,好,我等着你。"

人生就是这样,兜兜转转,孙卉还是回到了苏青身边。她离开上海,的确和一个比她小的大男孩在一起。那男孩子对她十分迷恋,那个姐字叫得甜腻,让孙卉十分受用。这对孙卉来说,是和苏青完全不同的情感体验。她沉迷其中,享受着男孩的甜腻之爱。然而有一天,她突然发现,他在泡另外一个比她还大的女人,竟然喊那个女人妈妈。孙卉十分吃惊,怎么会有这样的人。她不动声色,想看他怎么表演下去,到底还会去勾引什么样的年长女人。孙卉的探求欲还没有得到满足,那男孩却不辞而别了,再也没有出现过。孙卉想想,这样的人走就走了,也没有过多的留恋。其实,她的心还在苏青身上,苏青是让她想起来会心痛的男人。她放飞了自己两年多时间,到处溜达,最终还是回到了上海,苏青却已经身患骨癌,住进了医院。

苏青躺在病床上，形销骨立，那头长发不见了，光头的模样让人心酸，已经没有了那种洒脱和俊逸。孙卉将我领进了病房，这是间特护病房，像宾馆一样，什么都有。苏青见到我，要坐起来，我按住了他。

他笑着说："大哥，你来了，小说写得怎么样了？我等着看呢。"

我含着泪说："写得差不多了，很快就会出版，你会看到的。"

苏青说："大哥，你哭什么呀，我又没有死，告诉你，我是打不死的小强，会活过来的。你看看，大地震都没有被砸死的人，哪有那么容易死？再过五个月，就地震十周年了，我们的纪录片还要剪辑呢。还有，到时候我们还要一起去接松树哥出狱呢，说好的，不能变。大哥，你看看，小卉回来了，我做梦都梦见她回来，还真的应验了，真是神奇呀。你说我有这样的好运气，能死吗？"

我本来想安慰他的，岂料被他安慰了一顿。

我含泪笑了："对，兄弟，你就是打不死的小强，我们都要好好活下去。"

苏青说："有大哥这句话，我就放心了。"

孙卉说："大哥，前两天，苏青可不好了，医生都下了病危通知书，我吓坏了，不知所措，只好给你电话。前天早上，给你打电话的时候，他都还在昏迷。打完电话，我在他耳边说：'苏青，大哥很快就回来看你了，你挺住。'真是神奇，今天早上他就醒过来了，你看他现在，好了很多，连医生都觉得意外。冥冥之中一定有种力量在支撑着他。"

我想起了他说过当时被压在石头底下时的情景。他说在那几十个小时里，他一直都没有呼救，想象着死亡的美妙，疼痛也渐渐消失。他看到有人站在不远处看着他，那是个女人。尽管从来没有见过母亲，他感觉站在一堆乱石上的那个女人就是母亲。他喊了声妈妈，那女人就倏地消失了。他从来没有如此愉悦过，在他人生最黑

我们为什么要呼救　579

暗的时候,竟然看见了母亲。他就那样静静地等着,等待母亲将他带走。他认定,母亲早就去了天堂,否则怎么会不回来找他,没有人不爱自己的孩子。

2016年上海最寒冷的日子,我的确去了世界的尽头乌斯怀亚,也去了南极,带着李小坏,还有她的妈妈。在乌斯怀亚游船上见到的穿黑色卫衣的孤独女孩,没有和我们一起登上"海钻"号邮轮,我不知道她去了哪里。如果在未来的旅途中碰到她,我要问她一个问题,一个人走遍天下后,会不会变得更加孤独?"海钻"号邮轮经过三天三夜的航行,穿过了被称为死亡海峡的德雷克海峡,这是著名的西风带狂浪区,不知有多少船只在这里被恶浪吞没,也不知道有多少人在此葬身鱼腹。穿过德雷克海峡后,我们进入了南极圈。漂移的冰山、苍茫的南极大陆渐渐呈现在我们眼前。企鹅、海豹、座头鲸、贼鸥……这片无人之地的主人也渐渐呈现。我记忆最深刻的是那些沿着西风带飞翔的信天翁,它们不停地飞,不分昼夜,直至生命的最后一刻。

李小坏在邮轮上问我:"爸爸,你为什么要带我到南极来?"

我笑着说:"我想有生之年和你多去些地方,哪天你独自去远方时,会想起和爸爸一起旅行的日子,那时无论爸爸老去还是死去,你都不会孤独。"

她问:"孤独是什么?"

我指了指岸边冰原上矗立的十字架说:"那就是孤独。"

那个晚上,我梦见自己被困在某个孤岛上,所有的人都消失了,四周白茫茫一片,无边无际的恐惧漫上来。我突然声嘶力竭地喊叫道:"救命呀!"我想,早年那些来南极探险的科学家被困之后,或许也如此呼救过,就是没有喊出来,心里也在呐喊,尽管最后还是死在了这里。这个世界的很多人都曾经呼救过,有的呼救被人重视,有的呼救被忽略了,不是所有的呼救都会有回应,但我们不能够停止呐喊,这是人类的本能。

2017 年 12 月 19 日完稿于福建长汀丁屋岭

后　记

　　写完这本书的时候，是凌晨五点多，丁屋岭的村落和山野还一片漆黑，呼啸的冽风拍打着窗棂，有公鸡的打鸣声传来，我的脑袋发热，还处在亢奋之中。在丁屋岭写作此书的过程，也是我的心灵经历凛冬的过程。仿佛是我人生中最后一次寒冬，过去的毕竟过去了，天亮之后，我还是要踏上新的旅程。

　　我泡了壶茶，慢慢地品尝，就像是品味这十年来的甜酸苦辣。这本书为汶川大地震十周年而写。

　　十年，需要一个总结，需要回顾，需要思考，否则我无法继续活下去。

　　活着，太艰难了，书中描述的只是九牛一毛。我还是没能够写尽这十年的痛苦和欢欣。无论如何，我还是写了这本小书，也算是对自己的一个交代。生而为人，真的很抱歉。我无法对十年来关爱我的人、与我共渡难关的亲友付出什么，只能在此对他们说声，谢谢！

　　记得有次，我和一位同样经历过灾祸的读者见面。他给我带来了一摞厚厚的手稿，说没有什么礼物可以送给我，只能送给我他在车祸后几年记录下来的点点滴滴，因为他得知我得了严重的抑郁症，希望他的手稿对我有用。他是个比我年长的老者，我们只在一起待了一个多小时，我送他走出咖啡馆时，他对我说了句话："好好活下去。"我目送拄着双拐离去的他，眼睛湿了。那摞手稿给我的震动很大，我看到了一个人是怎么在艰难的困苦中战胜自己的。我深知，这个世界并不是只有我一个人活在痛苦之中，要真正获得重生，还必须靠自己，因为最终打败你的只有你自己。

我一直告诫自己，不要被自己打败。

每年5月12日那天，我都会出现在银厂沟，站在当初被埋的地方，对自己说："在这片山野，你还站立着，还在呼吸着新鲜的空气，还有蝴蝶在野花丛中飞舞，还有像易延端这样的好兄弟陪着我，你必须活下去。"这些年，陪我去过银厂沟凭吊的有许多朋友，比如都江堰诗人文佳君，好几年，他将我从彭州接到都江堰去，目的是为了让我开心，他的良苦用心，让我感动。成都以及周边城市的朋友裘山山、蒋蓝、余海静、魏巍、杨婷、谢玲珑、谢倩、魏冬梅、李亚伟、杨孜等，都对我十分地关爱，在我最艰难时，给过我温暖。最让我铭记的是我的救命恩人们：赵斌、范夕忠、黄贵清、鲍俊杰、李小飞、张世鹏、王洪伟、侯斌……每当想起他们，我就觉得不能苟活于世。十年来，全国各地有很多朋友都帮助过我，就不在这里一一列出名字了，我心里记着你们。

十年，也就是一瞬间。

我不知道下个十年会怎么样，但是，我可以对十年来关爱我的亲人朋友们说的是，无论有多大的困难和风浪，我都会面对，不会退缩，只要还有一口气，就会挺直腰杆做人。

这段时间，在丁屋岭写作，很感激这里的人们，他们淳朴善良，给我提供了很好的写作场所，并且在生活上也关怀备至。我必须感激这些人：卓国志、陈日源、黄冠奇、丁强强、三秀、丁冬香、丁仰秋、丁瑞先、丘有滨、卢弓、刘雄、林强辉、董茂慧等。

《我们为什么要呼救》是我这十年的心灵史，也完成了我写作的另外一种转变。此书成稿后，得到了《青年作家》主编梁平、副主编卢一萍等的肯定，并在该杂志全文刊载。在此深表感谢。

李西闽

2018年3月24日于上海家中

图书在版编目（CIP）数据

地震三书/ 李西闽著. -- 上海：上海文艺出版社,2023
ISBN 978-7-5321-8726-3

Ⅰ.①地… Ⅱ.①李… Ⅲ.①纪实文学－作品集－中国－当代
Ⅳ.①I25

中国国家版本馆CIP数据核字(2023)第055032号

发 行 人：毕　胜
策　　划：李伟长
责任编辑：崔　莉
封面设计：钟　颖

书　　名：地震三书
作　　者：李西闽
出　　版：上海世纪出版集团　上海文艺出版社
地　　址：上海市闵行区号景路159弄A座2楼 201101
发　　行：上海文艺出版社发行中心
　　　　　上海市闵行区号景路159弄A座2楼206室　201101　www.ewen.co
印　　刷：上海中华印刷有限公司
开　　本：890×1240　1/32
印　　张：18.375
插　　页：3
字　　数：464,000
印　　次：2023年5月第1版　2023年5月第1次印刷
I S B N：978-7-5321-8726-3/I.6874
定　　价：82.00元
告 读 者：如发现本书有质量问题请与印刷厂质量科联系　T:021-69213456